Anna Jacobs

Töchter der Insel - In der Ferne die Hoffnung

Weitere Titel der Autorin:

Träume im Glanz der Morgenröte: Töchter des Horizonts
Sehnsucht unter weitem Himmel: Töchter des Horizonts
Goldene Stunde in der Ferne: Töchter des Horizonts
Hoffnung unter dem Südstern: Töchter des Horizonts
Silberstreif des Glücks: Töchter des Horizonts

Die Australien-Töchter: Wo die Hoffnung dich findet
Die Australien-Töchter: Wo das Glück erstrahlt
Die Australien-Töchter: Wo die Liebe dich erwartet

Über die Autorin

Anna Jacobs hat bereits über siebzig Bücher verfasst. Sie wurde in Lancashire geboren und wanderte 1970 nach Australien aus. Sie hat zwei erwachsene Töchter und wohnt mit ihrem Mann in einem Haus am Meer.

Anna Jacobs

Töchter der Insel –
In der Ferne die Hoffnung

Aus dem Englischen von
Freya Rall

Lübbe

NACHHALTIG PRODUZIERT

Die Bastei Lübbe AG verfolgt eine nachhaltige Buchproduktion. Wir verwenden Papiere aus nachhaltiger Forstwirtschaft und verzichten darauf, Bücher einzeln in Folie zu verpacken. Wir stellen unsere Bücher in Deutschland und Europa (EU) her und arbeiten mit den Druckereien kontinuierlich an einer positiven Ökobilanz.

FSC www.fsc.org MIX Papier | Fördert gute Waldnutzung FSC® C014496

Vollständige Taschenbuchausgabe
der bei Bastei Lübbe erschienenen E-Book-Ausgabe

Titel der britischen Originalausgabe: »A Pennyworth of Sunshine«
Originalverlag: Hodder & Stoughton, Hachette UK

Textredaktion: Dr. Clarissa Czöppan
Covergestaltung: Guter Punkt, München unter Verwendung von Motiven © iStock/Getty Images Plus: ChristianB | lovleah | zhaojiankang | Annartlab; © Shutterstock: ViChizh
Satz: 3w+p GmbH, Rimpar
Druck: GGP Media GmbH, Pößneck

ISBN 978-3-404-18908-3

6 8 7 5

Sie finden uns im Internet unter luebbe.de
Bitte beachten Sie auch: lesejury.de

1

März 1859

Keara Michaels kurbelte den schweren Eimer aus dem Brunnen empor und hievte ihn auf den Rand, um einen Moment auszuruhen. Schwer atmend schöpfte sie sich mit den Händen ein paar Schlucke Wasser in den Mund, ehe sie einen Zipfel ihres Rocks in den Eimer tauchte und sich damit das verschwitzte Gesicht abwischte. Sie kam vom Acker, wo sie ein paar Kartoffeln aus der rasch zusammenschrumpfenden Miete vom letzten Jahr ausgegraben hatte. Schwere Arbeit für ein unterernährtes Mädchen von sechzehn Jahren, doch sie hatten alle Hunger, und die Schwangerschaft ihrer Mutter war zu weit fortgeschritten, als dass sie noch in dem Erdhaufen hätte wühlen können.

Ihr Vater hätte mehr helfen sollen, doch er war auf Besuch zu seinen Verwandten im Nachbardorf gegangen, von wo aus er seine Arbeitsstelle als Stallknecht im Herrenhaus ebenso gut erreichen konnte. So machte er es immer, wenn eine Geburt näherrückte, und mittlerweile war Keara alt genug, ihn dafür zu verabscheuen. Wenn das Baby dann da war, würde er zur Stelle sein, um den Namen auszuwählen und herumzustolzieren, als hätte er es in seinem eigenen Bauch ausgetragen – erst recht, wenn dieses Kind endlich der Junge wäre, um den er schon so lange betete.

Über ihren Vater machte Keara sich keine Illusionen, genauso wenig wie über irgendetwas sonst auf der Welt. Ein paar Träume hatte sie allerdings doch: Essen im Bauch, ein anständiges Haus mit Fliesenboden anstelle von festgetretener

Erde und ein abgeteiltes Schlafzimmer für sie und ihre Schwestern, wo sie nicht dem nächtlichen Tun ihrer Eltern lauschen müssten. Beim Blick hinab auf ihren eingerissenen, ausgefransten Rock fügte sie einen weiteren kleinen Traum hinzu: ordentliche Kleider.

Vater Cornelius pflegte sie für ihre Gier zu tadeln und sie zu ermahnen, sie solle ihre niedrige Stellung im Leben als Gottes Willen hinnehmen. Doch das konnte sie nicht. Und würde es auch niemals tun! Manche Menschen besaßen so viel, während ihre Familie so wenig hatte. Es war einfach nicht gerecht!

Sie hatte bereits daran gedacht, ihr Heim zu verlassen, da es hier in Ballymullan keine richtige Arbeit für sie gab, doch ohne sie würde ihre Mutter es nicht mehr schaffen. Außerdem waren schon viele aus den umliegenden Dörfern auf der Suche nach Arbeit fortgegangen und nie zurückgekommen. Ihre Schwestern Mara und Ismay niemals wiedersehen? Unvorstellbar! Allein beim Gedanken daran überlief Keara ein Schauer. Also verdingte sie sich als Tagelöhnerin, wo immer sich eine Gelegenheit ergab – beim Unkrautjäten auf den Feldern, als Erntehelferin, als Unterstützung junger Wöchnerinnen und seit Kurzem auch in der Waschküche des Herrenhauses.

Und wann immer sie ein paar Pennys verdiente, gab sie das Geld rasch für Essen für sich, ihre Mutter und ihre Schwestern aus, denn wenn sie das nicht tat, nahm ihr Vater es ihr ab und gab es für Schnaps aus. Wann immer sie eine Arbeit annahm, stellte sie von vornherein klar, dass sie es nur tun würde, solange man den Lohn ihr und nicht ihrem Vater auszahlte.

Einer der vielen Gründe, warum ihr Vater sie nicht ausstehen konnte.

In diesem Augenblick kam Mara um die Ecke, im Arm die Stoffpuppe, die ihre Mutter für sie gemacht hatte. Sie lächelte, als sie ihre große Schwester sah. Für ihre sieben Jahre war sie klein – deutlich kleiner als Keara oder Ismay im selben Alter. Doch wen sollte es wundern? Sie hatte ihr Leben lang nicht anständig gegessen, so sehr Keara sich auch abmühte, mehr Essen auf den Tisch zu bringen.

Plötzlich drang ein Schrei aus dem Haus, und Keara zuckte vor Schreck zusammen. Beinahe hätte sie den Holzeimer wieder in den Brunnen gestoßen. So schrie ihre Mutter nur dann, wenn sie ein Kind bekam. Die restliche Zeit über war Betsy so still, dass man sie kaum bemerkte.

Noch nicht!, flehte Keara stumm. *Bitte, Gott, noch nicht. Ich will auch artig sein. Ich sage Dir hundert Ave Maria auf, aber lass bitte noch nicht das Baby kommen.* Sie hatte noch das Haus putzen wollen, bevor ihr nächstes Geschwisterchen zur Welt kam, und die Decken für das Kind waren noch nicht gewaschen und gelüftet. »Geh, hol Ismay! Schnell!«, wies sie Mara an, und als das Mädchen loslief, griff Keara sich den Eimer. Ohne sich darum zu scheren, wie das Wasser ihr über die nackten, schlammigen Füße schwappte, begann sie, den schweren Behälter eilig zum Haus zu schleppen.

Drinnen fand sie ihre Mutter auf dem Strohsack in der Ecke. Mit schmerzverzerrtem Gesicht umklammerte sie den prallen Bauch, der so riesig wirkte im Verhältnis zu ihrem schmalen Körper.

»Kommt das Baby, Mam?« Hastig stellte Keara den Eimer neben der Tür ab.

Ihre Mutter nickte, ohne die Augen zu öffnen. »Aye, das tut es. Und zwar so schnell wie immer, Gott sei's gedankt. Hol Mrs Raney, ja, Liebes?« Stöhnend krümmte sie sich zusammen.

Ismay kam hereingestürzt. »Ist es …«

»Geh und hol die Hebamme«, sagte Keara. »Und nimm Mara mit. Ich bleibe bei Mam.«

Mit einem knappen Nicken verschwand Ismay wieder. Mit

ihren elf Jahren war sie alt genug, ihre jüngste Schwester noch vor den gröbsten Schlechtigkeiten, die das Leben für Mädchen wie sie bereithielt, zu schützen – den Tritten und Schlägen ihres Vaters und den schmerzhaften Geburten ihrer Mutter. Nach Mara waren zwei Babys tot geboren worden. Arme, blasse Würmchen, die zu früh gekommen waren. Ihr Vater hatte sie im Dunkel der Nacht auf einer Ecke des Kirchhofs begraben. Tagelang hatte ihre Mutter sich die Augen ausgeweint. Auch nach Keara hatte es noch einen Bruder gegeben, doch der war kurz nach seinem ersten Geburtstag gestorben, und die Schwester nach Ismay hatte nur wenige Wochen gelebt.

Ihre Mutter stöhnte. »Ah, ich bin froh, wenn ich es diesmal hinter mir habe. Schon seit Tagen hab ich ein ganz grausiges Ziehen im Bauch.«

Keara hatte gesehen, wie sie sich in letzter Zeit öfter den dicken Bauch gerieben und in sich hineingemurmelt hatte. Die Schmerzen mussten wirklich schlimm sein, denn so deutlich drang der Lancashire-Dialekt ihrer Mutter nur dann durch, wenn es ihr sehr schlecht ging. Für gewöhnlich sprach sie leise und bemühte sich, den weichen Singsang der anderen Dorfbewohner zu imitieren, um sich gut einzufügen. So hatte sie es all die Jahre über gehalten, seit Mick Michaels seine schwangere junge Frau aus England mit in sein kleines irisches Heimatdorf gebracht hatte. Aber so wohlwollend die Einwohner von Ballymullan ihr auch begegneten, war sie doch keine von ihnen.

»Halt meine Hand, Mam«, drängte Keara, doch Betsy war schon nicht mehr ansprechbar und begann laut stöhnend, zu pressen. Wenn Keara es richtig einschätzte, würde das Baby sehr bald zur Welt kommen. Sie hoffte nur, Mrs Raney würde schnell eintreffen.

Als hinter ihr Schritte ertönten, seufzte sie erleichtert auf, doch an der Tür stand nur Ismay.

»Mrs Raney ist auf Besuch bei ihrer Tochter. Sie schicken sie her, sobald sie wieder da ist.« Das Mädchen zögerte. »Soll ich hierbleiben, um zu helfen?«

»Nein, du bist noch zu jung.« Keara wusste, ihre Mutter wollte nicht, dass ihre jüngeren Töchter sie so sähen. Um genau zu sein, wollte sie keine ihrer Töchter da haben, doch nun ging es nicht anders. »Geh am besten mit Mara woandershin, bis es vorbei ist.«

Sie trat an die Tür, um für einen Moment ihren Schwestern hinterherzuschauen, wie sie über den Pfad davonliefen. Ismay hielt Mara bei der Hand, und in deren anderer Hand baumelte noch immer die Stoffpuppe. Es war, als würde sie jüngere Ausgaben ihrer selbst betrachten. Immer wieder hörten sie, wie ähnlich sie einander sahen mit ihren schwarzen Locken und den Michaels-Augen. *Oh, diese Augen sind unverkennbar*, pflegten die Leute zu sagen. *Dieses leuchtende Blau und die langen, dunklen Wimpern.*

Seufzend ging Keara wieder ins Haus und machte sich daran, die Decken für das Kind hervorzuholen.

Zwischen zwei Wehen blickte Betsy auf. »Kommt Mrs Raney – bald?«

»Sie ist nicht daheim, Mam. Sie schicken sie her, sobald sie zurück ist.«

»Neiiin! Das Baby kommt *jetzt.*«

Keara kniete sich neben den Strohsack. »Ich war auch letztes Mal dabei, Mam. Ich weiß, was zu tun ist.«

»Ach, Kleines, dafür bist du noch viel zu jung.«

Keara rang sich ein Lächeln ab. »Ich bin alles, was du hast, also finde dich damit ab.«

Über die folgenden Minuten schrie und stöhnte Betsy in stetem Wechsel, dann war das Baby plötzlich da. Schwer atmend ließ sie sich auf den Strohsack sinken. »Was ist es?«

»Ein Mädchen.« In Erinnerung an Mrs Raneys Tun beim letzten Mal beugte Keara sich geschwind vor, um die Kleine hochzuheben und ihr einen festen Klaps auf den Hintern zu geben.

»Geht es ihr gut? Ich höre sie nicht schreien.«

»Sie atmet nicht, Mam.«

»Gib ihr noch einen Klaps.«

»Sie … ist verkehrt gewachsen, Mam.«

»Zeig sie mir.« Betsy starrte auf den reglosen kleinen Leib mit dem übergroßen Kopf, berührte sachte das Gesicht und schloss dann abgekämpft die Augen. »Binde die Nabelschnur ab und wickle das arme Ding ein.«

Als Mrs Raney gehetzt das ärmliche Haus erreichte, pries sie die junge Keara für ihr Handeln und machte sich daran, die Mutter zu versorgen. Ihr gefiel nicht, wie schwach die arme Betsy noch immer war. »Du solltest dich nicht mehr von ihm benutzen lassen«, flüsterte sie. »So kannst du nicht weitermachen.«

»Wie soll ich ihn denn davon abhalten?«, entgegnete Betsy, und wieder stiegen ihr Tränen in die Augen.

»Ich an deiner Stelle würde ihm einen Tritt dorthin verpassen, wo es wehtut«, sagte Mrs Raney unverblümt. Doch noch während sie es aussprach, wusste sie, dass Betsy Michaels ihren Ehemann niemals würde hindern können, zu tun, was ihm beliebte. Dazu besaß sie ein zu sanftes Gemüt. Was Mick anging – er mochte ein gut aussehender Kerl sein, doch wahre Schönheit kam von innen, wie Mrs Raney zu sagen pflegte, und er war ein selbstsüchtiger Teufel, herzlos und ein schlechter Ernährer noch dazu.

Später am selben Tag fing sie ihn auf dem Heimweg ab und sagte ihm ins Gesicht, wenn er seine Frau nicht in Frieden ließe, würde er seine Kinder bald ohne Betsys Hilfe großziehen müssen.

»Was wissen Sie schon über solche Sachen?«, gab er abfällig zurück. »Sie sind kein Arzt.«

»Es war schon diesmal verteufelt schwer, die Blutung zu stoppen. Haben Sie gesehen, wie blass sie ist?«

Er marschierte ohne ein Wort weiter und hätte ihre Mahnung komplett ignoriert, hätte nicht in der kommenden Woche eine Witwe aus Dublin ein Haus im Nachbardorf bezogen. Eine Frau, die ihre fruchtbaren Jahre hinter sich gelassen hatte, doch einen Mann in ihrem Bett vermisste und unmissverständlich zu erkennen gab, wie anziehend sie Mick fand.

* * *

Am nächsten Tag ließ der Gutsverwalter Diarmid O'Neal fünf Schillinge zu Familie Michaels bringen, um mit den Ausgaben zu helfen. Diesen Brauch hatte sein Herr nach seiner Heirat mit der reichen Lavinia Hardwick eingeführt, und die Dorfbewohner sandten Theo Mullane Gottes Segen dafür.

»Dabei ist es solch eine Kleinigkeit für uns«, hatte Theo zu Diarmid gesagt. »Eine halbe Guinee für ein lebendiges Kind, fünf Schillinge für ein totes.«

»Für sie ist es eine große Hilfe, auch wenn Ihr Vater sich im Grabe umdrehen muss.« Der alte Mr Mullane war seinen Pächtern gegenüber äußerst knauserig gewesen, während er für sein eigenes Vergnügen mit dem Geld nur so um sich geworfen und so das Familienvermögen verprasst hatte. Nur aus diesem Grund hatte sein Sohn eine Erbin heiraten müssen.

Seit der Heirat verbrachte Theo den größten Teil seiner Zeit in Lancashire, weil es seiner Frau in Irland nicht gefiel. Doch er kam regelmäßig zu Besuch nach Ballymullan und brachte sie gelegentlich sogar mit.

Niemand mochte die Gattin des Gutsherrn, eine untersetzte, wohlgenährte Frau, die trotzdem immer unglücklich aussah. Wie man mit vollem Bauch, einem hochherrschaftlichen Haus und feinen Kleidern unglücklich sein konnte, ging über den Verstand der Menschen in Ballymullan.

Keara hielt nach dem Geldboten Ausschau und fing ihn ab, um die Münzen rasch zu verstecken, bevor ihr Da von der Arbeit heimkam.

Nicht einmal eine ordentliche Tracht Prügel konnte sie dazu bewegen, das Versteck preiszugeben, denn sie wusste genau, was er mit dem Geld anstellen würde: In Benny Noonans illegale Spelunke gehen – von der jeder im Dorf wusste – und seinen Kumpanen so viele Gläser spendieren, wie er sich von fünf Schillingen leisten konnte. ›Die Könige des Schwarzbrands‹ nannte Mrs Raney sie mit einem angewiderten Naserümpfen.

»Gib deinem Da das Geld, Liebes«, wisperte Betsy auf ihrem Lager, während die Schläge auf Keara niederprasselten.

Doch Keara würde nichts verraten, nur weiterhin bei jedem Hieb nach Kräften aufjaulen, denn dann hörte er meist schneller auf.

»Undankbares kleines Miststück«, grollte er schließlich und stieß sie quer durch den Raum. »Das kommt dabei heraus, wenn ein Mann von seiner Frau nur Töchter bekommt.« Dann aß er die Hälfte der Kartoffeln, die Keara gekocht hatte, um anschließend auszugehen und mit seinen Kumpanen seinen Kummer zu ertränken.

Erst da brachte Ismay die kleine Mara wieder ins Haus. »Hat er uns was übrig gelassen?«

»Die Hälfte hat er aufgefressen, das gierige Schwein.«

Entmutigt sahen die beiden älteren Schwestern einander an, dann hinunter auf die Schüssel mit den Kartoffeln. Sorgsam teilte Keara die Reste auf und brachte einen der Teller ihrer Mutter.

Betsy schob ihn beiseite. »Esst ihr nur, Liebes. Ich habe keinen Hunger.«

»Du musst etwas essen, Mam, sonst erholst du dich nicht. Wenn du deine nicht isst, esse ich meine auch nicht.«

Nachdem sie ihr karges Mahl verspeist hatten, gingen die

drei Mädchen zu Bett und kuschelten sich unter den löchrigen Decken aneinander, während Keara eine Geschichte erzählte. Als Mara und Ismay eingeschlafen waren, lag sie noch lange wach. Mit vor Hunger krampfendem Magen wünschte sie, sie könne eine richtige Arbeit finden, wünschte, ihr Vater würde sich besser um seine Familie kümmern.

In dieser Nacht kehrte er nicht zurück. Sie hörte ihre Mutter leise weinen, sagte jedoch nichts. Betsy weinte nur dann, wenn sie sich unbeobachtet glaubte.

Keara hingegen weinte nur dann – oder gab es vor –, wenn ihr Vater sie schlug, denn Weinen brachte einen nicht weiter.

* * *

Erst zum Frühstück kam ihr Vater heim und beschimpfte sie alle, dass es nichts zu essen gab. Im Hinausgehen hieb er nach Keara. »Heute Abend kriege ich dieses Geld aus dir heraus«, drohte er, dann stapfte er aus dem Haus und warf die Tür krachend hinter sich zu.

Erst als er in sicherer Entfernung bei der Arbeit am Herrenhaus war, ging Keara zum oberen Ende ihres Kartoffelackers und grub die Münzen aus. Eilig suchte sie den Dorfladen auf und befragte die Inhaberin Arla, wie sie das Geld am effektivsten einsetzen könnte. Nach langen, ernsthaften Beratungen entschied sie sich für einen Laib Brot und etwas Käse, von dem Keara heute nur die Hälfte mitnehmen und den Rest morgen holen würde. Da war ein großer Käsefreund und neigte dazu, jedes Stück, das ihm in die Finger fiel, sofort aufzuessen.

Vom restlichen Geld kaufte sie Mehl. Da ihr Vater ihren kleinen Acker nicht bestellte, wuchs darauf nichts, um die Familie sicher zu ernähren. Schon beim bloßen Gedanken an heiße Puffer aus Mehl und Stampfkartoffeln, in der Pfanne knusprig gebacken, lief ihr das Wasser im Mund zusammen.

Am besten würden sie noch heiß mit Butter schmecken, doch Butter war in ihrer Familie ein seltenes Gut. Manchmal hatten sie allerdings Glück, und nichts schmeckte Keara besser.

»Ein kluger Kopf, dieses Mädchen«, sagte Arla Lynch zu ihrer nächsten Kundin.

»Den braucht sie auch bei der Familie«, entgegnete die andere Frau säuerlich. »Mick wird mit dem Alter nur noch schwieriger, und dieses arme Frauchen an seiner Seite hatte ihn noch nie unter Kontrolle. Hast du von dieser Witwe gehört, die ihm schöne Augen macht?«

»Sicher, wer hat das nicht? Und hast du die blauen Flecken gesehen, die das Mädchen heute im Gesicht und auf den Armen hatte?«

»O ja, o ja. Jetzt schlägt er neben der Mutter also auch noch sie.«

Mitleidig seufzend schüttelten sie die Köpfe, doch Arla ging das verhärmte Gesicht des Mädchens nicht mehr aus dem Kopf. Keara war so dünn, dass sie die Kauffrau an ihre eigene Tochter Shealagh erinnerte, die während der Großen Hungersnot gestorben war. Lag das wirklich schon zehn Jahre zurück? Shealagh hatte sich Fieber eingefangen und war einfach dahingeschwunden. Seit jener schlimmen Zeit hatte Arla regelmäßig ein Mädchen aus dem Dorf unter ihre Fittiche genommen. Viel hatten sie und ihr Mann weiß Gott nicht übrig, denn das Dorf war winzig und der Laden keine Goldgrube, doch mit ihrer Hofstelle kamen sie gut über die Runden. Brian arbeitete hart, anders als so manch anderer. Und so konnten sie immerhin genug erwirtschaften, um im Gedenken an Shealagh immer wieder einzelnen Mädchen zu helfen.

Der Priester nannte es eine segensreiche Tat, und tatsächlich tat es Arlas gebrochenem Mutterherz gut wie nichts sonst. Die Hungerjahre hatten ihren Monatsfluss versiegen lassen, sodass sie keine weiteren Kinder hatte bekommen können.

Ihr jüngster Schützling hatte erst vorige Woche das Dorf

verlassen, um eine Stelle als Dienstmagd anzutreten – wohlgenährt dank Arlas reichhaltigem Essen und zudem des Lesens und Schreibens mächtig. Auch wenn der Priester den Kindern des Dorfs in seiner kleinen Nachmittagsschule die Buchstaben beibrachte, schlug sich dabei keines besonders gut, weil sie öfter zu Hause gebraucht wurden, als sie im Klassenzimmer saßen. Deshalb hatte Brian es auf sich genommen, ihren Schützlingen zu helfen, ihre Kenntnisse zu verbessern.

Mit einem Nicken fällte Arla ihre Entscheidung und ging zu ihrem Mann, um ihn darüber zu informieren.

»Ist Keara nicht schon ein wenig alt?«

»Zum Lernen ist man nie zu alt.«

»Also gehen wir es ihr heute Abend sagen?«, fragte er gutmütig.

»Ich werde erst einmal ein kleines Gespräch mit ihr führen, wenn sie das nächste Mal herkommt.«

Denn dieses Kind war etwas Besonderes, das wusste Arla einfach. Irgendetwas hatten Kearas klarer Blick und der feste Zug um ihren Mund an sich, das verkündete, sie würde sich nicht einfach vom Leben herumstoßen lassen.

* * *

In dem großen, mit allem Komfort ausgestatteten Gutshaus in Lancashire stieg Theo Mullane nach dem Genuss einer Flasche Wein vorsichtig die Treppe zum Schlafzimmer hinauf, nur um sich ein weiteres Mal vor verschlossener Tür wiederzufinden. Genau das hatte Lavinia ihm angedroht, sollte er noch einmal versuchen, ihr beizuwohnen, doch er hatte nicht geglaubt, sie würde den Mut besitzen, ihre Drohung wahrzumachen. Sie war eine Frau wie eine weiche Mehlspeise, die ihm außer einer ordentlichen Mitgift nicht viel gegeben hatte, nicht einmal ein Kind. Und dumm war sie obendrein. *Wie* dumm, war ihm erst aufgegangen, seit er mit ihr im selben Haushalt leben musste.

Mit finsterer Miene starrte er auf die Tür. Wenn seine liebe Frau glaubte, er würde brav davontrotten und sich in sein eigenes Bett legen oder sich von ihr einschüchtern lassen, hatte sie sich gründlich getäuscht. Ein grimmiges Lächeln trat auf seine Züge, als er sich mit seinem kräftigen Leib gegen die Tür warf. Schon beim ersten Aufprall gaben die Angeln leicht nach, und so machte er lachend weiter, bis er sie ganz eintreten konnte.

Dick Pearson hörte aus dem Schlafzimmer nebenan, wie seine Herrin kreischend ihre Zofe anflehte, sie nicht zu verlassen. Als ob das dem törichten Weibsstück etwas bringen würde!

»Verschwinden Sie auf der Stelle, Mary, wenn Ihnen etwas an Ihrer Anstellung liegt!«, fuhr Theo die Zofe an, sobald er im Zimmer war, und bedachte sie mit einem derart bohrenden Blick, dass ihr ein ängstliches Quieken entfuhr und sie zum Ausgang huschte.

Er schmetterte die Tür hinter ihr zu, die allerdings nicht mehr recht schließen wollte, und stapfte zum Bett. Als er so dastand und auf seine Frau hinabsah, fragte er sich, ob es das wert war. Doch abgesehen vom Geld war sein Hauptgrund für diese Ehe der Wunsch nach Kindern gewesen, und niemand würde ihm seine Rechte verwehren.

»Das tust du nicht noch einmal«, warnte er seine Frau und ließ dabei eine Hand auf ein Beistelltischchen niederfahren, um seinen Worten Nachdruck zu verleihen. Irgendein Tand sprang dabei vom Tisch und zerschellte klirrend am Boden.

Lavinia kreischte auf, zog sich die Decke bis ans Kinn und brach in Schluchzen aus.

»Sei still!«, brüllte er sie an.

Doch ihr Geheul wurde nur lauter, und ehe er sich's versah, hatte er ihr eine Ohrfeige gegeben. Er starrte auf sie hinunter, wütend auf sich selbst, dass er die Beherrschung verloren hatte. Doch diese Frau würde selbst einen Heiligen zur Weißglut treiben mit ihrem Gejammer und Gestöhne, ihrer grenzenlosen Selbstsucht. »Sei – still!«, wiederholte er und schüttelte sie diesmal nur.

Mit einem erstickten Laut verstummte sie und starrte ihn geschockt an. »Theo, nicht!«, bettelte sie, und in ihre blassblauen Augen stiegen Tränen. »Ich kann das nicht ertragen.«

»Lavinia, doch«, äffte er sie nach und blickte aufgebracht auf sie hinunter. Die Frau hatte keinen Farbtupfer an sich: helles Haar, das weder blond noch braun war, fahle Haut – jetzt gerötet, wo seine Hand sie getroffen hatte – und dazu diese kleinen Äuglein, die aus aufgedunsenen Falten zu ihm emporschauten, als versetzte sein Anblick sie in schieres Entsetzen. »Solltest du mir je wieder dein Bett verwehren«, sagte er langsam und deutlich, »werde ich die Tür zu deinem Schlafzimmer dauerhaft entfernen lassen.«

»Du bist grausam«, klagte sie.

»Zum Teufel! Was ist grausam daran, wenn ein Mann mit seiner Frau das Bett teilen möchte? Ich will Söhne, Weib. Was bedeutet, dass ich dich damit schwängern muss, denn du bist nun einmal die einzige Ehefrau, die ich habe.«

»Ich bin noch nicht wieder kräftig genug. Die letzte Fehlgeburt liegt erst wenige Monate zurück.«

»Der Arzt sagt, du hast dich lange genug erholt. Und nun, da diese Tür derzeit ihren Zweck nicht erfüllt, können wir den Akt entweder hier in aller Öffentlichkeit vollziehen oder dazu in mein Schlafzimmer gehen. Du entscheidest.«

Ohne ein Wort erhob sie sich, doch jeder Zoll ihres teigigen Körpers unter dem zeltartigen, furchtbar hässlichen Flanellnachthemd verkündete ihr Martyrium, als sie nach nebenan in sein Zimmer voranging. Dort lag sie wie ein toter Fisch unter ihm, während er den Akt vollzog, der ihm hoffentlich endlich ein lebendes Kind bescheren würde.

Immer noch schweigend verließ sie danach sein Bett, und erst als sie sich nebenan wusch, hörte er sie wütend in sich hineinmurmeln. Dann ächzten die Bettfedern unter ihrem Gewicht, als sie sich hinlegte.

Theo starrte noch lange schlaflos in die Dunkelheit. Es war ein Fehler gewesen, Lavinia Hardwick zu heiraten, doch sein Vater hatte ihn dazu getrieben, als er ihm die desaströse Finanzlage des Guts offenbart hatte. Und *ihr* Vater hatte ihm eine völlig übertriebene Mitgift geboten – jetzt wusste Theo, weshalb –, damit er seine törichte Tochter heiratete. Um Ballymullan Manor halten zu können, hatte er sich darauf eingelassen, wenn auch nur unter der Bedingung, dass die Mitgift an ihn und nicht an seinen Vater ausgezahlt würde. Was zu weiteren Auseinandersetzungen geführt hatte.

Doch ein voll im Saft stehender Mann wie er brauchte eine Frau mit Feuer, kein blasses Wesen, das zusammenzuckte, wenn man es auch nur streifte. Und er brauchte einen Erben. Welchen Sinn hätte es sonst, das Landgut zu bewahren? Außerdem liebte er Kinder, sehnte sich verzweifelt danach, selbst welche zu haben. Und zwar ehelich geborene. Bastarde zu zeugen hatte noch nie zu etwas Gutem geführt, und er hatte dafür Sorge getragen, dass ihm das bei seinen gelegentlichen Stelldicheins niemals passiert war.

Auch Lavinia lag noch lange wach. Zornig auf ihren Ehemann, wünschte sie, wie sie es schon seit ihrer Hochzeit tat, ihr Vater hätte ihr erlaubt, Nancy zu behalten. Nancy war zuerst ihre Amme, dann ihre Zofe gewesen, und bei ihr hatte Lavinia sich sicher gefühlt. Doch ihr Vater hatte gesagt, es sei an der Zeit, dass sie sich von der alten Hexe löse, und Nancy in den Ruhestand geschickt.

Was einfach ungerecht war. Alles war so ungerecht. Und so versuchte sie, sich in den Schlaf zu weinen, bis Theo an ihrer Tür erschien und brüllte: »Sei still!«

Als Keara am folgenden Tag den Laden betrat, tauschte Arla ein Lächeln und ein Nicken mit ihrem Mann aus. Sie bediente das Mädchen, sah zu, wie sie ihre mageren Einkäufe in einen ausgefransten Leinenbeutel legte, und verschränkte dann die Arme vor der Brust. »Hast du einen Moment Zeit? Ich würde mich gern ein wenig mit dir unterhalten.«

Keara nickte, überrascht von der Einladung.

»Gut, gut. Kommst du mit nach hinten und trinkst einen Tee mit mir?«, fragte die Ältere und deutete in die entsprechende Richtung.

Auf der Schwelle zum Hinterzimmer blieb Keara ehrfürchtig stehen, um alles einen Augenblick auf sich wirken zu lassen. Nur wenige Menschen wurden hier hereingebeten. Bis heute hatte sie nur hier und da einen Blick erhaschen können. Der Raum war ausgestattet wie ein kleiner Palast, mit Steinfliesen, einer echten Leinentischdecke auf einem Tisch, dessen Beine auf Hochglanz poliert waren, zwei blutrot gepolsterten Schaukelstühlen und einem richtigen Teppich, in einem Geschäft erstanden, sogar mit Muster. »Oh, was für ein königlicher Raum, Mrs Lynch. Königlich.«

Zufrieden blickte Arla sich um. »Ja, ich habe es gern schön. Nun denn …« Sie trug ihr Angebot vor und beobachtete das Mädchen genau, um ihre Reaktion einschätzen zu können (hauptsächlich fassungsloses Staunen). Schließlich sagte sie: »Also, wäre es dir recht, wenn Brian und ich dir ein wenig helfen?«

Mit Tränen in den Augen starrte Keara sie an und brachte einen Moment lang kein Wort heraus. Sie wusste – das ganze Dorf wusste, dass das Ehepaar Lynch schon Breda und Colleen und Mona geholfen hatte, indem sie sie mit Essen versorgt und unterrichtet hatten, damit sie eine gute Anstellung finden konnten. Doch niemals hätte sie damit gerechnet, dass die beiden sie als ihren nächsten Schützling auswählen würden.

Sie musste schwer schlucken, bevor sie herausbekam: »Oh, Mrs Lynch, ich wäre Ihnen so dankbar!«

»Das Essen, das ich dir gebe, wirst du hier bei uns essen«, fuhr Arla fort. »Das wird nicht nach Hause zu deiner Familie mitgenommen. Hätte ich genug, um auch sie zu versorgen, würde ich es sofort tun. Himmel, ich würde das ganze Dorf verpflegen, wenn ich es könnte.«

Keara errötete. Tatsächlich hatte sie bei sich gedacht, sie könnte vielleicht ab und an eine Kleinigkeit für ihre Schwestern beiseitelegen und hinausschmuggeln.

»Ich weiß, wie schwer das ist, aber wir wollen sicherstellen, dass unsere Unterstützung auch wirklich dir zugutekommt.« Angesichts der Enttäuschung auf den Zügen des Mädchens gab Arla ein wenig nach. »Allerdings wage ich zu behaupten, dass hier und da wohl auch einmal ein Bröckchen für Ismay und Mara abfallen wird.«

»Ich danke Ihnen, Mrs Lynch.«

»Im Lesen und Schreiben wird dich Brian unterrichten. Ich werde dich Manieren lehren und dir etwas über ordentliche Hausarbeit und die Welt da draußen beibringen.« Denn Arla hatte vor ihrer Heirat in Sligo als Hausmädchen gearbeitet und wusste, was der Adel erwartete.

Überglücklich schloss Keara die Augen, und als sie sie wieder öffnete, versprach sie heiser: »Ich werde Sie niemals enttäuschen, Mrs Lynch, das verspreche ich Ihnen. Ich werde hart arbeiten und lernen, so viel ich kann.«

»Gott segne dich, mein Kind. Als ob ich das nicht längst wüsste.« Arla nahm ihre Schürze ab und griff sich ihre Haube, um sie sorgfältig unter dem Kinn zuzubinden. »Dann begleite ich dich nun heim, damit wir es deiner Mammy zusammen sagen können.«

Doch zu Kearas Bestürzung war auch Da zu Hause, weil ihn ein neu eingetroffenes Pferd beim Auskeilen so heftig am Kopf getroffen hatte, dass es ihn umgeworfen hatte. Man hatte den Bewusstlosen auf einen Karren gelegt und heimgebracht, damit er sich erholen konnte. Schon von draußen sah Keara ihm an, dass er grässlicher Laune war, deshalb zupfte sie Arla am Ärmel und flüsterte schnell: »Können Sie vielleicht ein anderes Mal herkommen, Mrs Lynch? Wenn Da nicht so … mitgenommen ist? Es … es könnte sein, dass Ihr Angebot ihm missfällt.«

Überrascht sah Arla sie an. »Also, warum um alles in der Welt sollte es denn das?«

Keara ließ den Kopf hängen, denn sie wusste nicht, wie sie erklären sollte, wie verstockt ihr Vater sein konnte – und wie er es noch mehr auf sie abgesehen hatte, seit sie ihm das Geburtsgeld vorenthalten hatte. Jetzt wischte er ihr eins aus, wo immer er konnte, und zog Freude daraus, ihr das Leben schwer zu machen. Ihre blauen Flecken waren der beste Beweis!

Unbekümmert betrat Arla das Haus als Erste, gewiss, dass man ihr Angebot mit gebührender Dankbarkeit annehmen würde. Sie grüßte Kearas Eltern und sagte, was sie zu sagen hatte.

Mick lauschte mit finsterer Miene, und bevor irgendjemand sonst etwas sagen konnte, blaffte er ein schroffes: »Nein. Wir danken dir für deine guten Absichten, Arla, aber du suchst dir besser ein anderes Mädchen. Eins, das deine Wohltätigkeit mehr verdient als das hier.«

Keara stiegen Tränen in die Augen. Wie konnte er ihr das antun? Und warum? Es würde doch auch zu seinem Vorteil sein, wenn sie eine Stellung als Dienstmädchen im Herrenhaus ergattern und damit ein regelmäßiges Einkommen erzielen könnte.

Zaghaft legte Betsy ihrem Mann eine Hand auf den Arm, nur um grob abgeschüttelt zu werden. »Mick, tu das nicht«, flehte sie.

Aufgebracht sprang er auf und verzog das Gesicht, als sein

Kopf offenbar vor Schmerzen dröhnte. »Ich hab Nein gesagt!«, brüllte er. »Bin ich noch Herr in meinem eigenen Haus oder etwa nicht?«

Auf seinen Zügen loderte ein derartiger Zorn, dass Arla ungewollt einen Schritt zurückwich, dann noch einen.

Keara stürzte laut schluchzend aus dem Haus.

Als Arla ihr folgte, konnte sie keine Spur des Mädchens entdecken. Langsam ging sie nach Hause, verblüfft von Micks Reaktion.

In dem kleinen Haus stand Mick da und lächelte wie eine große, zufriedene Katze, die soeben einen Vogel gefressen hatte.

»Warum in Gottes Namen hast du das getan?«, fragte Betsy.

»Weil dein Balg zu lernen hat, mir zu gehorchen, solange es die Füße unter meinen Tisch stellt. Ich bin immer noch Herr in diesem Haus!«

Unfähig, seinen Anblick noch eine Sekunde länger zu ertragen, ging Betsy tränenblind zur Tür und ignorierte ihn, als er brüllte: »Komm sofort zurück, Weib!«

Und so konnte Mick den errungenen Sieg allein genießen, während sein Kopfverband sich bereits zu lösen begann. »Denen bringe ich noch bei, wer hier der Herr ist«, murmelte er und setzte sich dann abrupt hin, weil die Wände sich um ihn zu drehen schienen.

Als er sich wieder etwas besser fühlte, ging er nach draußen zu dem kleinen Schuppen hinterm Haus, holte seine Flasche Schwarzbrand heraus und nahm sie mit in den Wohnraum. Nach einem großen Schluck seufzte er erleichtert. Es gab doch nichts Besseres als Schnaps, um einem Mann durch eine harte Zeit zu helfen.

»Dem Miststück hab ich's gezeigt!« Lächelnd stürzte er einen weiteren Schluck des feurigen Branntweins hinunter.

Ein wenig später lugte Ismay zur Tür herein, doch er brüllte sie an, sie solle verschwinden.

Nachdem er die Flasche geleert hatte, schlief er am Tisch ein, den Kopf auf die Arme gelegt.

2

März 1859

Blindlings stolperte Betsy in das winzige Gotteshaus des Dorfs. Im Vestibül hielt sie inne, um wieder zu Atem zu kommen. Sie hatte nicht gewusst, wohin sie sich sonst wenden sollte – nur hier fand sie dieser Tage noch einen Hauch von Frieden und Ungestörtheit. Sie trat ein, bekreuzigte sich und ließ sich in einer der hinteren Bänke nieder.

Was sollte sie nur tun? Die Vorstellung, Keara müsse sich diese goldene Gelegenheit entgehen lassen, war unerträglich. Dies war womöglich die einzige Chance ihrer Tochter, je ein besseres Leben zu führen.

Wie gern hätte sie um die Führung des Herrn gebetet, doch außer *Bitte, Gott* wollte ihr einfach nichts einfallen, und so neigte sie schließlich das Haupt, ließ die Tränen fließen und ihr Herz für sich sprechen. Wie schon so oft wünschte sie, Mick Michaels nie begegnet zu sein. Damals hatte sie als Dienstmädchen im Haushalt der Hardwicks in Lancashire gearbeitet, als Mick aus Irland herübergekommen war, um in den Stallungen auszuhelfen. Der alte Mr Mullane hatte ihn geschickt, weil sein Freund Chas Hardwick einen Stallknecht brauchte, der ein Händchen für Pferde hatte, und Mick etwas von der Welt hatte sehen wollen.

In jenen Tagen war sie hübsch gewesen und hatte sich von Mick im Sturm erobern lassen. Der schlimmste Fehler seines Lebens, wie er offen erklärte, wann immer er betrunken war. Das sei überhaupt erst der Grund, warum er trinke.

Nun, es war auch der schlimmste Fehler *ihres* Lebens, für

den sie seither bitter bezahlte. Mr Hardwick hatte darauf bestanden, dass Mick das schwangere Dienstmädchen heiratete, und die beiden dann zurück nach Irland geschickt, da er – so seine Worte – in seinem Haushalt keine Schürzenjäger und Huren duldete. Dabei waren sie nur zwei einsame junge Menschen auf der Suche nach etwas Zuneigung gewesen, die sich eingebildet hatten, verliebt zu sein. Zumindest, was Betsy anging. Mick war nur auf ihren Körper aus gewesen.

»Was ist geschehen?«, ertönte eine Stimme hinter ihr.

Erschrocken zuckte sie zusammen und fuhr herum, voller Angst, Mick könnte ihr hierher gefolgt sein. Doch es war Vater Cornelius, was beinahe genauso schlimm war. Er hatte nichts gemein mit dem freundlichen Priester, den sie als junges Mädchen in Lancashire gekannt hatte. Dieser Mann sagte ihr immer nur, sie solle ihrem Ehemann gehorchen, während er sie zugleich dafür schalt, dass sie besagten Ehemann nicht öfter zum Kirchgang bewegte.

»Sagen Sie mir, was Sie sorgt, Betsy Michaels«, befahl er nun.

In ihrer Verzweiflung vergaß sie, wie nervös er sie machte. »Es ist wegen Mick. Er ruiniert unserer Keara aus reiner Boshaftigkeit das Leben.« Als sie die ganze Geschichte erzählt hatte, entwich ihr ein langes, zittriges Seufzen, während sie darauf wartete, dass der Priester sie anwies, sich in dieser wie in allen anderen Angelegenheiten dem Willen ihres Gatten zu fügen. Doch ausnahmsweise einmal überraschte er sie.

»Lassen Sie mich mit dem Ehepaar Lynch darüber sprechen, dann unterhalte ich mich mit Ihrem Ehemann. Das ist eine vortreffliche Gelegenheit für Ihre Tochter, und es ist falsch von ihm, ihr das zu verwehren.«

»Danke, Vater, aber das wird nicht helfen. Wenn Mick sich einmal etwas in den Kopf gesetzt hat, ist seine Meinung nicht mehr zu ändern.«

»Das werden wir noch sehen. Nun lassen Sie uns gemeinsam den Herrn um Hilfe anrufen, und dann gehen Sie heim und überlassen die Angelegenheit mir.«

Anschließend begleitete er sie noch zur Kirchentür und blickte ihr nach, als sie langsam die schlammige Straße entlangging. Aus jeder Bewegung ihres Körpers sprach Erschöpfung. Wie viele der Frauen hier wirkte Betsy Michaels älter, als sie war. Mittlerweile war sie so dünn, dass ein Windhauch sie hätte davontragen können, und hatte tiefe Schatten unter den Augen. Sie sah krank aus. Im leichten Regen spritzte mit jedem Schritt Schlamm von der Straße an ihren Rocksaum und ihre Waden, doch sie schien es nicht zu bemerken. Anders als einige andere Dorfbewohner ging sie niemals barfuß, doch ihre Schuhe waren ebenso abgetragen wie ihre Kleider. Nur eine ausgefranste Schnur hielten sie an ihren Füßen.

* * *

Am folgenden Morgen bekamen die Michaels-Töchter kein Essen, da Mick das Brot fand, das Betsy für sie beiseitegelegt hatte, und alles aufaß. Angeblich, weil er nach seinem Unfall wieder zu Kräften kommen müsse. Im Anschluss stapfte er widerwillig nach draußen, um ein paar Kartoffeln aus der Miete auszugraben. Als er von seiner beschwerlichen Aufgabe zurückkehrte, warf er sich auf einen Stuhl am Tisch und starrte seine Familie missmutig an.

»Kannst deinem Mann nicht mal einen lebenden Sohn gebären, was?« warf er Betsy an den Kopf.

Sie senkte nur das Haupt und sagte nichts, denn sie wusste, es hatte keinen Zweck, mit ihm zu streiten.

Da sein erster Plan damit offenbar vereitelt war, wandte er sich nun Mara und Ismay zu, die ihn nervös aus der Ecke beobachteten. »Verschwindet, ihr zwei! Ich bin verletzt und brauche meine Ruhe!«

Keara war dabei, die blutbefleckten Lappen zu waschen,

die ihre Mutter für den Wochenfluss benutzte, und wartete nur darauf, dass er auch ihr irgendeine Beleidigung zuwarf. Glücklicherweise kam jedoch in diesem Augenblick Diarmid O'Neal zur Tür herein.

»Wie geht es Ihnen, alter Knabe?«

»Schlecht«, antwortete Mick sogleich.

Mr O'Neal besah sich das geschwollene Gesicht, auf dem ein riesiger Bluterguss prangte. »Dann bleiben Sie wohl besser noch einen Tag daheim.«

»Aber wir brauchen das Geld«, jammerte Mick.

»Wir werden Ihnen nichts von Ihrem Lohn abziehen. Ich habe selbst gesehen, was passiert ist – Sie haben nur Ihre Arbeit gemacht.«

Mick lachte abfällig, als der Verwalter wieder fort war. »Nette Abwechslung, mal fürs Nichtstun bezahlt zu werden. Dieser O'Neal ist ein Sklaventreiber, ich sag's euch.«

Wenig später erschien Vater Cornelius.

Mick begrüßte ihn mit einem Stirnrunzeln und fragte: »Was wollen Sie?«

»Mit Ihnen sprechen, mein Sohn.«

»Tja, ich will aber nicht mit Ihnen sprechen, und ich bin auch nicht Ihr Sohn.«

Betsy keuchte erschrocken auf angesichts seiner Unhöflichkeit, doch Vater Cornelius ließ sich davon nicht beirren. »Wie ich hörte, haben Sie es abgelehnt, Ihre Tochter bei Arla in die Lehre zu schicken.«

Drohend blickte Mick zu Betsy hinüber. »Wer hat Ihnen das erzählt?«

»Das ganze Dorf weiß davon.« Doch obwohl Vater Cornelius mit Engelszungen auf ihn einredete, erntete er nur Unflätigkeiten von dem Stallknecht und ließ schließlich von ihm ab. Mit zusammengepressten Lippen verließ er das Haus und überlegte ernsthaft, ob er dem Gutsherrn schreiben sollte, um sich über den Kerl zu beschweren. Es war eine Schande, mitansehen zu müssen, wenn ein Mann des Alkohols wegen seine Familie hungern ließ.

Als er ein Stück die Straße hinunter die beiden jüngeren Mädchen sah, blieb er einen Moment bei ihnen stehen. »Habt ihr Hunger?«

»Ja, Vater.«

Er konnte es einfach nicht ertragen, kleine Kinder so abgehärmt zu sehen. »Wenn ihr mich begleitet, kann ich vielleicht irgendwo ein Stück Brot für euch auftreiben.«

Freudestrahlend stießen sie einander an und folgten ihm zu dem behaglichen kleinen Haus neben der Kirche.

* * *

Als der Nachmittag anbrach, war Mick dazu übergegangen, sich erbost zu beschweren, dass kein Essen im Haus war.

»Gib mir das Geld, und ich kaufe dir etwas zu essen.« Für Betsys Verhältnisse kam das einer offenen Herausforderung gleich, da sie beide wussten, dass er sein letztes Kleingeld zwei Abende zuvor für Schwarzbrand ausgegeben hatte – daher auch sein Kater und die daraus resultierende Unachtsamkeit mit dem Pferd gestern Vormittag.

»Ach, geh einfach hin und frag Arla Lynch nach Geld«, grummelte er. »Sag ihr, ich zahle es zurück, wenn ich am Samstag meinen Lohn kriege.«

»Nachdem du sie gestern so beleidigt hast, wird sie mir bei so einer Bitte bloß ins Gesicht lachen.«

»Ich hab gesagt, geh und frag sie!«, brüllte er und versetzte ihr einen so heftigen Stoß, dass sie schwer gegen den Türrahmen fiel. Im nächsten Moment reckte er drohend die Faust gegen seine älteste Tochter, die wutentbrannt herbeigestürzt war und sich zwischen ihn und ihre Mutter stellte. Sie versuchte nicht einmal, ihre Abscheu zu verbergen, als sie ihrer Mutter nach draußen half.

»Keara, begleitest du mich ins Dorf? Ich brauche einen stützenden Arm.«

»Natürlich, Mam. Warum bleibst du nicht hier und lässt mich an deiner Stelle gehen?«

»Weil er dann behaupten wird, du hättest nicht vernünftig gefragt, und dich dafür schlagen.«

Doch gegen dieses Schicksal war ihre Mutter dieser Tage auch nicht gefeit, dachte Keara bei sich. Es wurde immer schlimmer mit ihm. Warum hatte Gott sie mit einem solchen Vater strafen müssen?

Betsy ging langsam und stützte sich schwer auf ihre Tochter. Schon vor dem Aufbruch war sie erschöpft gewesen, hatte sich noch nicht wirklich von der Geburt erholt. Als sie Arlas Laden betraten, wurde ihr so schummrig, dass sie gegen die Theke sackte.

Mit großen Augen starrte Arla sie an, dann hielt sie einen Finger in die Höhe, um ihnen zu bedeuten, einen Moment zu warten. Sie verschwand ins Hinterzimmer und kam kurz darauf mit zwei Butterbroten zurück. Mit einem gebieterischen »Esst das« hielt sie ihnen die Brote hin. Als sie Betsys prüfenden Blick bemerkte, setzte sie scharf hinzu: »Aber hier unter meinen Augen. Zu dem Kerl bringt ihr mir nichts.«

»Aber die Mädchen …«

»… sind deutlich besser dran mit einer Mutter, die nicht gleich vor Hunger in Ohnmacht fällt. Wann hast du das letzte Mal etwas gegessen, Betsy Michaels? Verrat mir das.«

Aus Betsys Augen quollen Tränen der Scham und Schwäche.

Keara lief beim Anblick der Brote das Wasser im Mund zusammen, und schon streckte sie die Hand nach einem aus, zog sie dann jedoch zurück und blickte ihre Mutter um Erlaubnis heischend an.

Nichts davon war Arla entgangen. »Ach, nun esst schon das Brot, und dann schickt ihr mir die Kleinen vorbei, damit ich ihnen auch noch etwas gebe. Aber nur das eine Mal, dass das klar ist! Ich bin auch kein Goldesel.«

»Aber Mick wird immer noch Hunger haben, und wenn er in dieser Laune ist, dann …« Betsy errötete. Es mochte ja sein, dass alle Welt wusste, wie er sie und die Kinder herumschubste, doch es offen anzusprechen, war etwas ganz anderes.

»Der Kerl kriegt von mir gar nichts, und mehr hat er auch nicht verdient.« Mit einem entschlossenen Zug um den Mund verschränkte Arla die Arme.

Kaum jemand wagte es, sich mit ihr anzulegen, wenn sie so dreinblickte, nicht einmal ihr Ehemann. Ein paar Sekunden zauderte Betsy noch, dann nahm sie das Brot und biss ein kleines Stück ab. In tiefer Glückseligkeit schloss sie die Augen – es war frisch gebacken. Sie wandte sich an Keara. »Iss deine Stulle langsam, Liebes. Dann hält es länger vor.«

Als sie wieder nach Hause kamen, sah Mick seine Frau fordernd an. »Und?«

»Arla sagt, sie gibt keinen Kredit, und ich soll dir ausrichten, nachdem du so mit ihr gesprochen hast, gibt sie dir gar nichts.«

Dafür schlug er sie so hart, dass sie ungelenk auf dem Fußboden landete. Die eben hereingekommene Mara heulte los, und Mick schrie seine Frau an, sie solle das verfluchte Balg ruhigstellen, bevor er hinausstürmte.

Einen Moment lang blieb Betsy mit geschlossenen Augen liegen, dann richtete sie sich auf und rieb sich die Wange. »Ist er weg?«

Keara, die gerade noch einem Tritt ihres Vaters hatte ausweichen können, beobachtete, wie er über die Felder davonstapfte, und seufzte erleichtert. »Er geht zum Gutshaus. Soll ich Mara und Ismay jetzt zu Mrs Lynch schicken?«

»Geh mit und pass auf sie auf. Ich denke, ich werde ein wenig schlafen.« Betsy sah die hängenden Schultern ihrer Tochter, wusste, wie unglücklich sie war, eine solche Gelegenheit zu verpassen, und versuchte sich zusammenzunehmen. »Ach, und Keara, Liebes …«

Das Mädchen wandte sich zu ihrer Mutter um.

»Hol uns für einen Penny Sonnenschein. Ich kann den Regen nicht mehr sehen.«

Es war ein vertrauter Spruch von Betsy, und als Keara ihn nun vernahm, wusste sie, dass ihre Mutter endlich auf dem Weg der Besserung sein musste. »Nur für einen Penny?«

»Das soll für den Anfang reichen.«

»Und worin soll ich ihn tragen?« Auch das gehörte zu ihrem kleinen Scherz.

»Lass ihn dir in die zusammengelegten Hände strömen. Aber nur ja nichts verschütten auf dem Heimweg.«

»Ist gut, Mam.«

Diese Redewendung benutzte ihre Mutter schon, seit Keara denken konnte. Und so sehr sie Betsy liebte, so sehr verabscheute sie mittlerweile ihren Vater. Ihm war alles außer ihm selbst gleich, und sie verstand bis heute nicht, was ihre Mutter je an ihm gefunden hatte.

Sie wünschte, sie könnte wirklich etwas warmen Sonnenschein mit heimbringen. In dem feuchten Häuschen hatte ihre Mutter oft Husten, und nicht einmal diesen einen Raum konnten sie richtig heizen, weil ihnen das Geld für Brennholz fehlte.

* * *

Überrumpelt blinzelte der Gutsverwalter zu seiner Cousine Arla empor, die unverhofft in sein Arbeitszimmer geplatzt war.

»Ich brauche deine Hilfe, Diarmid O'Neal, und ein Nein lasse ich nicht gelten.«

Mit wachsender Verärgerung lauschte er ihrer Erzählung. Mick Michaels war in letzter Zeit kaum je vollständig nüchtern, auch wenn er ihn bislang noch nicht dabei ertappt hatte, bei der Arbeit zu trinken. Das Problem bestand darin, dass der Mann wirklich mit Pferden umzugehen wusste und damit ein wertvoller Angestellter war, betrunken oder nicht. Hätte er seine Finger bei sich behalten, hätte Mick tatsächlich etwas aus sich machen können. Stattdessen war er missmutig und verbittert aus England zurückgekehrt und hatte jetzt nur noch für die Pferde und den Schwarzbrand etwas übrig.

»In ein paar Tagen kommt Mr Mullane für eine Weile her«, sagte Diarmid nun. »Ich werde ihn darauf ansprechen, aber versprechen kann ich nichts.« Natürlich hätte er Mick schlicht befehlen können, das Mädchen zu Arla gehen zu lassen, doch wenn er das täte, würde der Stallknecht sich dafür an Keara rächen. Und das Mädchen hatte es so schon schwer genug. Nein, diese Angelegenheit würde er besser Theo überlassen. Er war einer der wenigen Menschen, die Mick fürchtete.

Wenn Theo Mullane beschloss, auf dem Gut solle etwas geschehen, dann geschah es auch. Diarmid betrachtete ihn als Freund, doch selbst er würde Theo nichts abschlagen, sobald der einen bestimmten Ausdruck in den Augen bekam.

Als auch noch der Priester mit der Angelegenheit zu ihm kam, unter seinem großen Regenschirm zusammengekauert wie eine schwarze Krähe, gab Diarmid ihm dieselbe Antwort.

»Und Sie sind sich sicher, dass Mr Mullane eingreifen wird?«, vergewisserte sich Vater Cornelius.

»Ja, Vater. Absolut.« Nun ja, er war sich *ziemlich* sicher. Bei Theo wusste man nie, denn er hatte zwar ein gutes Herz, war aber auch schwer geprüft durch seine törichte Frau, und manchmal fuhr er einen dann grundlos an.

* * *

In Lancashire stürmte es, und der Regen prasselte gegen die

Fensterscheiben. Gereizt blickte Theo nach draußen, während er darauf wartete, dass Dick mit dem Packen fertig wurde. Sein Leibdiener war zugleich auch sein Stallmeister und beinahe eine Art Freund, da sie zusammen auf Ballymullan aufgewachsen waren. »Fertig, Dick? Also gut, bring in Erfahrung, ob deine Herrin aufbruchbereit ist. Ich gehe nach unten und sammle meine Briefe ein. Mittlerweile sollte die zweite Post eingetroffen sein.«

Dick verzog das Gesicht. Seine Herrschaften kommunizierten zunehmend über ihre persönlichen Bediensteten, und das war weder für ihn noch für Mary angenehm. »Jawohl, Sir.«

»Ach, nenn mich Theo. Das hast du doch vor meiner Heirat auch getan.«

»Aber das gefällt Mrs Mullane nicht, Sir.«

»Zum Teufel mit Mrs Mullane!«

»Ich lasse es lieber, Sir.« Unvermittelt schmunzelte er. »Zumindest, wenn sie in der Nähe ist.«

Als Theo mit einer Handvoll Briefe zurückkehrte, die er im Gehen durchsah, musste Dick sich räuspern, um auf sich aufmerksam zu machen. »Mary hat wie von Ihnen angewiesen die Koffer gepackt, aber die Herrin ist noch zu Bett. Es scheint, als sei sie recht – äh – aufgewühlt.«

Theo seufzte. Übersetzt bedeutete das, Lavinia protestierte noch immer heulend, sie sei zu krank, um die Reise auf sich zu nehmen. »Dann ist es wohl an der Zeit, dass ich ihr einen Besuch abstatte.« Ohne anzuklopfen stieß er die Verbindungstür auf und stand dann einen Moment schweigend da, die Hände in die Hüften gestemmt. Er musterte seine herzzerreißend ins Kissen schluchzende Frau. Zumindest wäre es herzzerreißend gewesen, hätte Lavinia es nicht ruiniert, indem sie zur Seite lugte, um die Wirkung auf ihn abzuschätzen.

»Nur im Nachthemd wird es eine kalte Reise«, bemerkte er in beiläufigem Tonfall.

Sie hielt lange genug in ihrem Wehklagen inne, um zu fragen: »Wie meinst du das?«

»Genau so, wie ich es gesagt habe. Wir nehmen den nächsten Zug, und solltest du noch nicht angezogen sein, wenn wir zum Bahnhof aufbrechen, wirst du so mitkommen müssen, wie du bist.«

Der Tränenstrom schlug in Wut um. »Das wagst du nicht!«

»Ach, nein?« Er verschränkte die Arme und betrachtete sie leidenschaftslos. Sie war teigig und blass, weil sie sich keinerlei körperlicher Ertüchtigung befleißigte und sich weigerte, auch nur einen Finger krumm zu machen, wenn es nicht absolut unvermeidlich war. Und sie war das dümmste Weibsstück, das ihm je begegnet war. Er fragte sich zum hundertsten Mal, warum ihm das nicht schon aufgefallen war, als er um sie geworben hatte.

Doch im Grunde kannte er die Antwort. Er hatte ihr keine besondere Beachtung geschenkt, weil nicht sie ihn angezogen hatte, sondern das Geld, das sie mitbringen würde – seine einzige Möglichkeit, sein Landgut zu retten. Und ihre Familie hatte ihn niemals mit ihr allein gelassen, sondern sie mit Menschen umgeben und nur solche Unternehmungen und Unterhaltung geboten, die Lavinia zugesagt hatten und sie im besten Licht erscheinen ließen. Genauer gesagt hatte ihr Vater all das getan. Ihre Mutter war immer kränklich gewesen und kurz nach der Hochzeit verstorben. O ja, Mr Hardwick hatte sein Blatt äußerst geschickt ausgespielt und Theo gründlich an der Nase herumgeführt.

Doch zwei Jahre später war sein Schwiegervater bei einem Kutschunfall ums Leben gekommen und hatte alles Lavinia hinterlassen – beziehungsweise ihrem Ehegatten. Und es war nicht annähernd so viel Geld gewesen wie erwartet, ganz zu schweigen von einer erstaunlichen Zahl an Außenständen, die das Gut der Misswirtschaft von Mr Hardwick zu verdanken hatte. Manchmal dachte Theo, er wäre besser gefahren, hätte er seine Besitzungen verkauft und sich mit dem Erlös in die Kolonien aufgemacht, wo man angeblich ein Vermögen machen konnte. Doch für Lavinia konnte er sich ein solches Leben beim besten Willen nicht vorstellen.

Er schüttelte seine Grübeleien ab. Was brachte es schon, verstrichenen Gelegenheiten nachzutrauern? Nun war sie seine Frau, und er musste das Beste daraus machen. Also zückte er seine Taschenuhr und erinnerte sie: »In exakt einer halben Stunde verlassen wir dieses Haus, ob du angekleidet bist oder nicht. Und zieh für die Reise bloß keinen von diesen verfluchten Reifröcken an, oder ich ziehe ihn dir persönlich wieder aus. Eine derart törichte Mode habe ich noch nicht gesehen.«

Missmutig blickte Lavinia ihm hinterher. Sie hasste ihn. Und das Gut in Irland hasste sie ebenfalls. Das Haus war eine Bruchbude, und die Bediensteten schlugen einen viel zu vertraulichen Tonfall an, als hielten sie sich für ihren Herrschaften ebenbürtig.

Mary ergriff ihre Gelegenheit. »Ich glaube, wir ziehen Sie besser an, Ma'am. Sie wissen ja, wie der Herr ist, wenn er erst einen Entschluss gefasst hat, und in meinen Augen sah er ziemlich entschlossen aus.«

Lavinia stemmte sich hoch. »Ach, meinetwegen! Hol mir etwas zum Anziehen – was, ist egal. Ich überlebe diese Reise sowieso nicht. Und pack mir ein paar Kirschpralinen zur Stärkung ein.«

Mit Mühe unterdrückte Mary ein erleichtertes Seufzen und beeilte sich, ihre Anweisungen zu befolgen.

Einen Augenblick lang blieb Lavinia noch liegen, ihr wollte jedoch kein Weg einfallen, wie sie doch noch um die Reise herumkommen sollte. Eine halbe Stunde später gestattete sie ihrer Zofe, ihr langsam die Treppe hinunterzuhelfen.

Die Eingangstür stand offen und Theo wartete im Foyer,

ungeduldig mit dem Fuß tippend. »Beeilung, Frau! Der Zug wartet nicht.«

Daraufhin bewegte Lavinia sich noch langsamer, doch als sie am Fuß der Treppe ankam, packte Theo sie beim Arm und zerrte sie mit sich. Weder ging er auf ihr erschrockenes Quieken ein noch auf ihren Versuch, sich von ihm loszumachen, während er sie nach draußen schleifte und ohne Rücksicht auf ihre Würde in die Kutsche verfrachtete.

Am Bahnhof fasste er sie beim Ellenbogen und sorgte dafür, dass sie flotten Schrittes zum Zug ging. »Sie können heute mit Dick fahren, Mary«, rief er über die Schulter, als sie ihr Abteil erreichten.

»Aber ich brauche auf der Reise ihre Unterstützung«, protestierte Lavinia. »Mary fährt immer bei uns mit.«

»Nun, heute nicht. In einem Abteil sitzen kannst du auch ohne ihre Hilfe. Na los, Mary!« Auffordernd sah er die Zofe an, die hastig knickste, ihrer Herrin einen Korb übergab und über den Bahnsteig zu Dick eilte.

Kurz nachdem der Zug sich in Bewegung gesetzt hatte, griff Lavinia sich den kleinen Picknickkorb, doch Theo nahm ihn ihr ab, noch ehe sie ihn öffnen konnte. Dann holte er das Schälchen mit den Kirschpralinen hervor, einen neuen Roman, ein Stück Kuchen, das in eine feine Leinenserviette eingeschlagen war, sowie einige Kekse in einer weiteren Serviette. Ein Teil nach dem anderen reihte er auf der Bank neben sich auf, dann musterte er sie unbewegt. »Du wirst mit jedem Tag fetter, und das Zeug macht es nicht besser.« Ohne ein weiteres Wort öffnete er das Fenster und warf die Süßwaren samt Servietten zum Fenster hinaus. Anschließend gab er ihr den Korb zurück, der nun nur noch das Buch und ein leeres Silberschälchen enthielt.

Abgesehen von einem empörten Aufschrei, gefolgt von etwas halbherzigem Schluchzen, sprach sie kein Wort mehr, bis sie Liverpool erreichten. Doch die Blicke, mit denen sie ihn bedachte, waren mehr als garstig.

Als man sie zu ihren verbundenen Fährkabinen geleitete, schlug sie Theo schnell die Tür vor der Nase zu und schob von innen den Riegel vor.

Geduldig wartete er draußen, bis ihre Zofe erschien und von ihrer Herrin eingelassen wurde, dicht gefolgt von Theo. »Von jetzt an abseits der Hauptmahlzeiten keine Süßwaren, Kuchen oder Kekse mehr für deine Herrin, Mary. Und wenn ich dich dabei erwische, dass du meine Anweisung missachtest, wirst du auf der Stelle entlassen. Ist das klar?«

Mit offenem Mund starrte die Zofe ihn an, brachte jedoch einen hastigen Knicks und ein schwaches »Jawohl, Sir« zuwege. Als die Tür hinter ihm zuschlug, wandte sie sich an ihre Herrin, die bereits aufmüpfig das Kinn vorschob. »Verzeihung, Ma'am, aber ich wage es nicht, mich ihm zu widersetzen. Ums Leben nicht.« Die mühselige Aufgabe, Mrs Mullane – beileibe keine einfache Herrin – zu umsorgen, war gut bezahlt, und diese Stellung wollte sie nicht verlieren.

Lavinia steigerte sich in einen ausgewachsenen hysterischen Anfall hinein und war durch nichts zu besänftigen.

Ein oder zwei Minuten später platzte Theo in die Kabine und schüttelte seine Frau grob. »Wenn du nicht mit diesem Geplärre aufhörst, muss ich dich knebeln. Ist dir denn völlig egal, dass dich alle Welt hört?«

»Warum bist du so grausam zu mir?«, schluchzte sie, allerdings schon deutlich leiser.

»Weil ich einen Sohn will. Oder eine Tochter. Sobald ich eins von beiden habe, lasse ich dich mit Freuden in Ruhe. Wirst du dich jetzt ruhig verhalten oder muss ich etwas unternehmen?«

Sie nickte.

Als er wieder fort war, starrte sie mit einem regelrecht bösartigen Blick auf die Tür. »Sollte ich je einen Sohn von ihm zur Welt bringen, würde ich die Kreatur mit ihrer eigenen Nabelschnur erdrosseln. Einer von der Sorte ist schon zu viel.« Nie hatte sie sich in jemandem so getäuscht wie in ihm. Dabei hatte sie ihn so anziehend gefunden, als ihr Vater ihn ihr als Ehegatten vorgeschlagen hatte. Er war etwas größer als der Durchschnitt und auf eine nachlässige Art gut aussehend mit seiner kräftigen Gestalt und jener gesunden Gesichtsfarbe, die man nur hatte, wenn man viel Zeit an der frischen Luft verbrachte. Sie hatte schon immer eine Vorliebe für dunkles Haar gehabt, und wenn er guter Stimmung war, tanzte das Lachen in seinen graugrünen Augen.

Und doch hatte er sich als große Enttäuschung erwiesen, denn er gab sich mit dem Gesinde ab und schien nur an zwei Dingen auf der Welt interessiert zu sein: Pferde zu züchten und Lavinia zu schwängern. Beidem konnte sie selbst nicht das Geringste abgewinnen. Und niemand hatte sie darüber aufgeklärt, was im Ehebett geschah, sonst hätte sie niemals zugestimmt, ihn oder überhaupt einen Mann zu heiraten. Ohne Gesellschaft, die das Gespräch am Laufen hielt, neigten sie dazu, schweigend dazusitzen, wenn sie einmal einen Abend miteinander verbrachten. Sie zog ihre Freundinnen vor, bei denen sie sich nicht ständig den Kopf zerbrechen musste, was sie erzählen sollte, weil diese Frauen stets den neuesten Klatsch und Tratsch zu berichten wussten und mehr als zufrieden waren, wenn Lavinia einfach dasaß und ihnen lauschte.

Und dass Theo so unbedingt auf Kindern bestehen musste. Als wollte sie sich damit abplagen! Kinder waren lärmende, schmutzige Kreaturen, für die sie noch nie etwas übriggehabt hatte – nicht einmal, als sie selbst eines gewesen war, denn die anderen hatten sie gehänselt und verspottet, sie als dumm bezeichnet. Hätte sie Nancy nicht gehabt, sie wäre ein furchtbar unglückliches Kind gewesen.

Mary sagte nichts, sondern setzte sich nur wartend in die

Ecke. Es sah aus, als würde ihnen eine raue Überfahrt bevorstehen, und schon bald würde es ihrer Herrin zu schlecht gehen, als dass sie noch irgendjemanden drangsalieren könnte. Tatsächlich war auch Mary schon etwas unwohl, doch konnte sie es sich nicht leisten, dem Gefühl nachzugeben. Ganz gleich, wie die Überfahrt verliefe, Lavinia Mullane würde immer erwarten, von vorn bis hinten bedient zu werden. Ihr käme überhaupt nicht in den Sinn, wie schwierig es war, über ein schwankendes Deck zu stolpern, um einen Nachttopf oder eine Schale Erbrochenes über die Reling auszuleeren. Sie bestand schlicht darauf, derlei stinkendes Zeug auf der Stelle loszuwerden.

* * *

Diarmid saß bei einer Flasche Bordeaux mit Theo Mullane in dem kleinen Zimmer, in dem die Waffen aufbewahrt wurden. Soeben hatten sie die jüngsten Geschäfte des Landguts besprochen, und erst jetzt berichtete er seinem Herrn von Mick Michaels' Bosheit seiner Tochter gegenüber.

»Als ob ich noch mehr Probleme bräuchte«, seufzte Theo. »Und warum sollte mich dieses überhaupt betreffen?«

»Es war Arla Lynch, die dir die neue Küchenmagd vermittelt und ausgebildet hat. Wenn sie nicht wäre, hätten wir große Schwierigkeiten, anständiges Gesinde zu finden. Junge Frauen arbeiten nicht gern in einer so abgeschiedenen Gegend, so weit von jeder größeren Stadt entfernt, wenn sie nicht gerade hier geboren sind. Außerdem ist es für die Mädchen im Dorf wirklich ein Segen, was Arla tut.«

Dabei beließ Diarmid es, starrte in sein Glas und betete, dass der Fall das Interesse seines Herrn wecken würde. Als Theo nichts sagte, setzte er noch hinzu: »Ach, gib dir einen Ruck! Keara ist ein gutes Mädchen und verdient etwas Besseres vom Leben. Und gescheit ist sie auch. Das hat sie von ihrem Vater, nicht von ihrer Mutter, auch wenn sie sich diese Bemerkung verbitten würde. Ein selbstsüchtiger, bösartiger Kerl, dieser Mick Michaels. Für nichts gut außer zur Pferdepflege und dazu, sich einen hinter die Binde zu kippen. Es wäre eine Schande, ihn so über ihr Schicksal bestimmen zu lassen. Eine andere Chance auf ein besseres Leben wird sie nicht kriegen.«

Theo zuckte die Achseln. Auch mit Diarmid hatte er schon als Junge gespielt. Mit ihm fühlte er sich wohl, anders als mit dem Verwalter in Eastwood House, der sich in seiner Gegenwart einfach nicht entspannen konnte und ein Langweiler vor dem Herrn war. »Ach, meinetwegen! Dann spiele ich eben den elenden Philanthropen für dich. Was genau erwartest du denn von mir? Soll ich Mick befehlen, das Mädchen bei Arla in die Lehre gehen zu lassen?«

Diarmid warf ihm einen um Verzeihung heischenden Blick zu. »Bloß nicht. Wenn wir ihm Befehle erteilen, wird er seinen Ärger nur anderweitig an ihr auslassen. Er schlägt Frau und Kinder schon jetzt und versäuft den Großteil seines Einkommens, sodass seine Familie nicht selten hungern muss. Wenn das Mädchen eine Stellung als Dienstmädchen antritt, könnte ihr Lohn für ihre Mutter und die Schwestern einiges ausmachen. Vielleicht sogar den Unterschied zwischen Leben und Tod.«

Theo knurrte erzürnt. Hier saß er und konnte kein überlebensfähiges Kind zeugen, während einer seiner Angestellten die drei, die er so nebenbei bekommen hatte, hungern ließ.

Diarmid nahm noch einen Schluck Wein und überlegte. »Könntest du es vielleicht – ich weiß nicht – so formulieren, dass du seinen eigenen Vorteil in den Vordergrund rückst?«

Mit einem Augenrollen schenkte Theo sich nach. Eine Weile saß er da und nippte an seinem Glas, dann umspielte ein Lächeln seine Mundwinkel. »Ist der Kerl gerade bei der Arbeit?«

»Ja.«

»Dann lass uns einen Spaziergang zu den Stallungen machen.«

* * *

Sie fanden Mick beim Ausmisten einer Box. Nebenbei sprach er mit leiser Stimme zu dem Pferd, das draußen angebunden war. Als sein Arbeitgeber bei ihm stehen blieb, unterbrach er seine Arbeit, um mit einem respektvollen Nicken zu grüßen, und betrachtete sie unbehaglich.

Diarmid ergriff als Erster das Wort. »Wie geht's dem Kopf heute, alter Knabe?«

Ein Achselzucken. »Tut immer noch ein bisschen weh, Sir.«

»Und wie steht es um Ihre Familie?«, erkundigte sich Theo. »Ich war betrübt zu hören, dass Sie und Ihre Frau Ihr Kind verloren haben. Hier, gönnen Sie sich ein Bier zur Aufmunterung.«

Damit warf er Mick einen halben Schilling zu, und der hocherfreute Stallknecht fing die Münze mit einer Geschicklichkeit auf, die lange Übung verriet.

»Wie ich höre, kann man Ihnen dafür zu Ihrer Ältesten gratulieren«, fuhr Theo fort und tätschelte dem Pferd den Hals.

Darauf wusste Mick keine Erwiderung und stand stirnrunzelnd da, während er grübelte, wovon sein Herr sprach.

»Scheint ganz nach Ihnen zu kommen, hat man mir gesagt. Wie aus dem Gesicht geschnitten und gescheit noch dazu.«

»Vielen Dank, Sir.« Die mangelnde Begeisterung war ihm deutlich anzusehen. »Aber ein Sohn wäre mir lieber gewesen. Drei Mädchen hab ich nun, auch das Letzte wär noch eins gewesen.«

Theo musste tief durchatmen, um sich zu beherrschen. Er hätte auch ein Mädchen mit Kusshand genommen. Doch ohne sich seine Verärgerung anmerken zu lassen, bemerkte er beiläufig: »Wird Ihnen eine große Hilfe sein, wenn Sie älter werden und eine Tochter in guter Stellung haben, nicht wahr? So wird Keara Ihnen und Ihrer Frau aushelfen können, wenn Sie selbst zu alt zum Arbeiten sind. Damit Sie nicht im Armenhaus landen.«

»Ach, ja?« Es fiel Mick sichtlich schwer, diese Vorstellung in seinen schmerzenden Schädel zu bekommen.

»Aber natürlich. Unverheiratete Dienstmädchen verdienen so lange ihr eigenes Geld, bis sie selbst zu alt sind, und dann pensionieren wir sie. In den meisten Fällen schicken sie einen Großteil ihres Lohns heim zu ihren Familien. O ja, es wird Ihnen eine große Hilfe sein, ein Dienstmädchen zur Tochter zu haben. Und wenn sie bei uns anfängt, geht ihr Lohn direkt an Sie.«

Mick fiel die Kinnlade hinunter.

Verwundert fragte Theo sich, warum Diarmid den Mann als gescheit bezeichnet hatte. Im Augenblick wirkte er dumm wie Stroh.

»Da waren Sie bestimmt noch nicht wieder klar im Kopf, als Arla vor ein paar Tagen zu Ihnen gekommen ist, was?«, warf Diarmid ein. »Sie hatten sich ja einen ordentlichen Tritt eingefangen.«

Sofort griff Mick die Ausrede auf. »Da haben Sie recht. Mir hat der Schädel gedröhnt wie nichts Gutes. Tut er heute noch.«

»Dann schauen Sie wohl besser heute Abend bei Mrs Lynch vorbei und vertragen sich mit ihr«, schlug Theo vor, zufrieden, dass der Mann den Köder geschluckt hatte. »Dafür lässt Diarmid Sie heute auch eine halbe Stunde früher gehen, nicht wahr? So, und wenn Sie hier fertig sind, holen Sie mir doch einmal den neuen Fuchs nach draußen, damit wir uns mal anschauen können, wie er sich bewegt. Dem Vernehmen nach ist er ein wenig lebhaft.«

»Aber er hat einen schönen, raumgreifenden Schritt, und die Manieren bringen wir ihm schon noch bei«, antwortete Mick wohlwollend. So ganz schmeckte es ihm noch nicht, Keara und Arla nachzugeben, aber Mr Mullane hatte recht. Was dabei für ihn herausspringen würde, hatte er definitiv nicht bedacht.

* * *

Arla blickte auf und sah Mick Michaels hereinkommen. »Ich habe dir nichts zu sagen.«

»Ach, Arla, ich bin hergekommen, um mich zu entschuldigen, wirklich. Als du bei uns warst, hatte ich mir gerade einen ordentlichen Tritt vor den Schädel eingefangen, da war ich nicht ganz bei Sinnen.« Er drückte eine Hand an seine Brust und ließ den Kopf hängen. »Ich hoffe, du kannst mir verzeihen, wenn ich undankbar gewirkt habe.« Vorsichtig spähte er unter seinen langen Wimpern zu ihr empor. »Na komm, gib dir einen Ruck! Du nimmst mein Mädchen doch trotzdem noch, nicht wahr?«

Sie musste tief durchatmen, doch sie hatte sich fest in den Kopf gesetzt, dass Keara ihr nächster Schützling sein sollte, also nickte sie. »Nun gut. Aber du musst aufhören, deine schlechte Laune an ihr auszulassen. Wenn ich irgendwo an dem Mädchen einen blauen Fleck entdecke, beschwere ich mich bei meinem Cousin Diarmid.«

»Warum sollte ich sie schlagen? Sie wird mir doch eine Stütze im Alter sein, wenn sie als Dienstmädchen arbeiten geht. Hat Mr Mullane mich persönlich drauf hingewiesen.«

Mit offenem Mund blickte Arla ihm nach, als er den Laden wieder verließ. Mr Theo hatte tatsächlich selbst eingegriffen? Dann lächelte sie und dachte bei sich, dass sie diese Intervention vermutlich Diarmid zu verdanken hatte. Drei Mädchen hatte sie nun schon geholfen, und alle hatten ihre erste Anstellung im Herrenhaus gefunden, auch wenn Breda und Colleen mittlerweile nach Sligo und Belfast weitergezogen waren. Nun, genau so sollte es sein. Sie tat das Ihrige, um den Mädchen einen guten Start zu ermöglichen, dann lag es an ihnen, was sie aus ihrer Chance machten. Wäre ihre eigene Tochter noch am Leben, hätte sie sie auf denselben Weg geschickt, denn hier im Dorf gab es nichts für die Mädchen.

Unvermittelt fiel ihr wieder ein, dass Keara noch zwei Schwestern hatte und zumindest Ismay ein helles Köpfchen war. Mara war noch zu jung, um etwas über sie sagen zu können, außerdem hing sie noch sehr am Rockzipfel ihrer Schwestern und machte nur selten den Mund auf. Arla lächelte zufrieden. Es gab noch viel Gutes zu tun.

Dann wurde ihr bewusst, dass sie herumstand, als wollte sie Maulaffen feilhalten, und mit einem tadelnden Schnalzen machte sie sich wieder an die Arbeit. Was hielt sie sich hier tatenlos auf, wo sie doch einen Laden zu betreiben, eine Ziege zu füttern und einen Garten zu pflegen hatte? Ganz zu schweigen von dem neuen Hemd, das sie für Brian nähen musste.

3

März – April 1859

Es war ein verregneter grauer Märzmorgen, an dem Mark Gibson in London eintraf und das Büro der Reederei aufsuchte, deren Anzeigen er einige Male in der Zeitung gesehen hatte.

»Da haben Sie aber Glück, junger Mann«, sagte der Agent zu ihm. »Großes Glück. Es gibt noch Plätze auf dem Schiff, das in drei Tagen nach Australien segelt – nun ja, segeln wird es, wenn der Wind richtig steht. Anderenfalls werden Sie erst einmal da draußen im Wasser dümpeln und warten.« Er lächelte über seinen eigenen Humor, dann musterte er stirnrunzelnd Marks Gesicht. »Waren Sie in eine Schlägerei verwickelt?«

Mark nickte. Das würde er kaum verleugnen können, solange seine Blutergüsse so deutlich zu sehen waren und seine angebrochene Rippe bei jeder unbedachten Bewegung schmerzte.

»Ich hoffe, das ist keine Vorliebe von Ihnen. Derartiges Verhalten wird an Bord nicht toleriert.«

»Man hat mich abends auf dem Heimweg von der Arbeit überfallen. Hätte ich etwas mehr Erfahrung im Kämpfen, hätten sie mich vielleicht nicht ganz so übel zugerichtet.« Als Kind hatte er genug gelernt, um sich gegen die Raufbolde im Dorf zu behaupten, aber nie und nimmer hätte ein einzelner Mann drei massigen Burns-Brüdern standhalten können, die ihn dafür hatten büßen lassen wollen, dass er ihre Schwester geschwängert hatte.

Einen Moment lang blickte der Agent ihn noch eindringlich an, dann nickte er. »Nun ja, solange Sie wissen, was an Bord von Ihnen erwartet wird.« Er wandte sich wieder dem Zettel zu, auf dem er bereits einige Einzelheiten über Mark notiert hatte. »Sie sind ledig, sagten Sie?«

»Ja.«

»Ich bin überrascht, dass ein strammer junger Kerl wie Sie noch unverheiratet ist.« Wieder ein durchdringender Blick. »So manch einer flüchtet sich nach Australien, um seiner Frau zu entkommen.«

Mark spürte, wie sich Anspannung in ihm breitmachte. »Nun, für mich gilt das nicht. Ich habe nie geheiratet und werde das auch nicht tun, solange ich nicht in der Lage bin, eine Familie zu ernähren.« Was nicht ganz der Wahrheit entsprach. Eine Zeit lang wäre er sehr wohl dazu in der Lage gewesen, hatte nur nie eine Frau kennengelernt, die ihn zu einem so großen Schritt wie einer Heirat hätte verleiten können.

»Wie dem auch sei – wenn ein gut aussehender Bursche wie Sie bis zum stolzen Alter von fünfundzwanzig Jahren dem Ehejoch entgehen konnte, haben Sie sich nicht schlecht geschlagen. Die Damen können sehr hartnäckig sein, und die meisten Männer hängen in diesem Alter längst am Haken. Mir ging es jedenfalls so.« Er seufzte und starrte für einen Moment ins Leere, dann setzte er seine Unterschrift auf das Papier. »Wir werden Sie auf Ihre Reisetauglichkeit untersuchen müssen, aber bis auf die Blutergüsse scheinen Sie mir recht gut in Form zu sein. Das macht dann zwanzig Pfund, bitte.«

Nachdem er den Fahrpreis gezahlt hatte, wurde er mit dem Zettel zum Arzt geschickt, um ihn auch dort unterzeichnen zu lassen, durfte sein Gepäck jedoch im Büro des Agenten lassen.

Nach einer oberflächlichen Untersuchung verkündete der

Arzt, die Blutergüsse würden bald verblassen und die Rippe in ein paar Tagen abheilen, und erklärte Mark für reisetauglich. Er unterschrieb den Laufzettel und schob ihn über den Schreibtisch zurück zu Mark. »Den müssen Sie zurück ins Reedereibüro bringen. Haben Sie eine Unterkunft?«

»Nein. Ich dachte mir, für ein oder zwei Nächte suche ich mir eine Pension.«

»Uns ist es lieber, wenn Sie mit den anderen Passagieren vom Zwischendeck in der Emigrantenunterkunft bleiben, bis es an Bord geht. Die ist kostenlos. Hier, damit kommen Sie hinein.« Der Arzt reichte ihm einen ebenfalls unterschriebenen Berechtigungsschein.

Als Mark das Arztzimmer verließ, war es bereits vier Uhr nachmittags. Mittlerweile todmüde, da er in der Nacht zuvor kaum geschlafen hatte, und mit einem Bärenhunger, weil ihm auch nicht nach Essen gewesen war, stapfte er zurück, um dem Auswanderungsagenten seinen Laufzettel abzugeben. Der wiederum schickte ihn zu einem scheunenartigen Gebäude an einer Straßenecke in der Nähe der Anleger. »In ein oder zwei Stunden gibt es Abendessen.« Er drückte Mark einen weiteren Zettel in die Hand. »Das ist eine Liste der Dinge, die Sie für die Reise benötigen. Vergewissern Sie sich besser, dass Sie wirklich alles haben.«

An der Unterkunft begutachtete ein Aufseher den Pass, ehe er Mark einließ und eine Reihe von Regeln herunterratterte, während er ihn zu einer freien Schlafkoje dirigierte. »Fürs Erste können Sie Ihre Taschen hier deponieren, aber das Frachtgepäck werden Sie bis morgen Nachmittag um Punkt zwei Uhr verladefertig machen müssen. Die meisten anderen Zwischendeckspassagiere haben ihre Sachen schon gestern aufs Schiff gegeben.«

Mark blieb neben seiner Koje stehen und sah sich um. Seine Müdigkeit war so lähmend, dass es einen Augenblick dauerte, bis Einzelheiten zu ihm durchdrangen. An den Wänden reihten sich Stockbetten aus grobem Holz so dicht aneinander, dass kaum ein Mensch dazwischen gepasst hätte. Die einzigen anderen Möbel waren eine Reihe von Tischen und Bänken in der Mitte des Saals. Wo er auch hinschaute, waren Menschen: spielende Kinder, leise tuschelnde Frauen mit eng zusammengesteckten Köpfen, Gruppen von Männern, die mit ernsten Mienen miteinander sprachen. Einzelne Leute lagen in ihren Kojen, mit dem Rücken zum Raum oder einem Arm über dem Gesicht.

Seufzend ließ Mark sich auf die untere Koje sinken, die man ihm zugewiesen hatte. Während er überlegte, was er nun mit sich anfangen sollte, trat eine Familie zu ihm und erklärte, sie seien in den Betten gleich neben seinem einquartiert, sodass er wieder aufstehen musste.

Der Vater, ein kleiner Mann mit strengem, bitterernstem Gesicht und schütterem grauem Haar, reichte ihm die Hand. »Ich bin Alex Jenner, das sind meine Frau Nan, meine Tochter Patience und mein Sohn Harry.« Der Sohn war größer als sein Vater und musste etwa sechzehn Jahre alt sein. Mit einem raschen Lächeln nickte er Mark zu, sagte jedoch nichts. Beide Geschwister hatten feines blondes Haar und waren von schlanker Gestalt.

»Ich bin Mark Gibson.«

»Und wenn ich richtig höre, kommen Sie aus dem Norden wie wir. Woher genau?«

»Bilsden«, rutschte es ihm heraus, ehe er sich bremsen konnte.

»Nie dort gewesen. Wir kommen aus Todmorden. Setzen zu meinem Bruder und seiner Familie in Melbourne über, so der Herr uns vor den Gefahren der Tiefe bewahrt.« Jenner seufzte schwer, als bezweifle er Letzteres.

Da in diesem Moment die Essensglocke läutete, blieb Mark nichts anderes übrig, als mit den Jenners zu Tisch zu gehen, auch wenn der Vater ihm so gar nicht passte. Der Mann schien sich unglaublich wichtig zu nehmen, während seine Familie keinen Mucks machte, solange er nicht ausgeredet hatte. Geschweige denn, dass sie irgendeiner Aussage von ihm widersprochen hätten. Völlig anders, als es in Marks eigener Familie zuging – wann immer sie zusammenkamen, wurden lebhafte Diskussionen geführt, bei denen ständig einer dem anderen ins Wort fiel und sie gemeinsam über die Torheiten des Alltags lachten. Die Konversation mit Mr Jenner war todernst und gespickt mit Bibelzitaten und davon abgeleiteten Verkündungen, die für gewöhnlich dem Thema ein Ende setzten.

Es war Mrs Jenner, die ihn beim Warten auf die Mahlzeit fragte, welches Schiffszeug er gekauft habe.

Ratlos starrte Mark sie an. »Schiffszeug?«

Sogleich übernahm wieder Mr Jenner. »Wie, haben Sie etwa noch keins, Bursche? Hat man Ihnen keine Liste der benötigten Dinge gegeben?«

»Oh. Doch.« Mark fischte ein zerknittertes Stück Papier aus seiner Tasche. Er hatte noch nicht einen Blick darauf geworfen.

Mr Jenner nahm ihm den Zettel ab, strich ihn sorgfältig glatt und tippte mit dem Zeigefinger darauf. »Dort, sehen Sie? Sie müssen Ihr eigenes Bettzeug, Toilettenartikel und Besteck mitbringen. Das alles gibt es der Einfachheit halber in Paketen zu kaufen.« Nach kurzem Zögern fragte er: »Sie haben doch etwas Geld dafür beiseitegelegt?«

Mark nickte, konnte sich jedoch nicht wirklich konzentrieren.

Als erneut die Glocke ertönte, entschuldigte Mr Jenner sich. »Ich muss das Essen für diesen Abschnitt des Tischs holen.«

Mrs Jenner bemerkte in ihrer bedächtigen Sprechweise: »Sie sehen erschöpft aus, Mr Gibson. Warum lassen Sie sich nicht morgen Vormittag von meinem Mann zum Schiffsausrüster begleiten? Vermutlich sollten Sie auch ein paar zusätzliche Essensvorräte für die Überfahrt kaufen. Ich weiß ja, was für einen gesegneten Appetit ihr jungen Männer habt.«

»Ich dachte, für Essen ist gesorgt«, sagte Mark und sah Mrs Jenner ungezwungen lachen, während ihre Tochter ihn mitfühlend anlächelte. Sobald der Vater den Tisch verlassen hatte, war der Rest der Familie deutlich gelöster.

Nun schüttelte Mrs Jenner missfallend den Kopf. »Man bekommt sogenannte Wochenrationen von Grundnahrungsmitteln: Pökelfleisch, Mehl, Haferflocken, Rindertalg, Reis, Rosinen, saure Gurken und dergleichen. Kaum ausreichend, wenn Sie mich fragen.«

»Vergiss nicht den Limettensaft, Mum«, ergänzte Patience. »Sie geben einem Limettensaft, damit man keine Mundfäule bekommt, Mr Gibson. Wir haben uns mit einem zusätzlichen Vorrat an Nüssen, Äpfeln, Trockenobst, gewachstem Käse und reichlich sauren Gurken versorgt. Mein Onkel hat geschrieben, auf einer so langen Reise giert man irgendwann nach sauren Gurken.«

Sobald Mr Jenner zurückkehrte und die Servierschüsseln auf den Tisch stellte, verstummten die beiden Frauen wieder. Ehe jemand auch nur einen Bissen nehmen konnte, stand Mr Jenner erneut auf und hob zu einem lauten Tischgebet an. Die meisten Umsitzenden legten ihr Besteck nieder und senkten die Köpfe, doch einige ignorierten ihn auch und begannen mit dem Essen.

Der Mann ließ sich reichlich Zeit bei seinem Lobpreis, obwohl Mark bei der Zahl der anwesenden Kinder ein schlichtes Dankeswort deutlich angemessener gefunden hätte. »Ich wusste nicht, dass ich so ein Schiffszeug brauchen würde«, gestand er, als Mr Jenner endlich zum Ende gekommen war. »Tatsächlich glaube ich, ich sollte mir noch einiges mehr besorgen. Mein Aufbruch war etwas – äh – überstürzt.« Als er die Blicke der Jenners auf sich lasten spürte, setzte er hastig hinzu: »Aufgrund unglücklicher familiärer Umstände.« Zu seiner Erleichterung hakte niemand nach.

Mark reichte zuerst der Tochter, dann der Mutter das Essen, während Mr Jenner nur sich selbst nahm und keine Anstalten machte, den Frauen mit den schweren Schüsseln zur Hand zu gehen.

Nachdem er einige Bissen gegessen hatte, erklärte Mr Jenner: »Ich begleite Sie morgen nach dem Frühstück zum Schiffsausrüster. Mir wird die Bewegung guttun, und Sie kennen ja den Weg noch gar nicht.«

»Äh … vielen Dank.« Auch wenn Mark die Gesellschaft des Mannes nicht gerade genoss, musste er sich sputen, wenn er sein Gepäck bis zum folgenden Mittag vollständig beisammenhaben wollte.

Mit seinen Kopfschmerzen erschien ihm das Abendessen endlos, und er war froh, als er sich endlich vom Tisch erheben und zu seiner Koje zurückkehren konnte. Auf so engem Raum in aller Öffentlichkeit schlafen zu gehen, fühlte sich seltsam an, und so legte er seine Oberbekleidung erst ab, als er unter die Decke gekrochen war.

Um neun Uhr sollten in der Unterkunft die Lampen gelöscht werden, und kurz vorher trat der Aufseher aus seinem Büro und rief: »Fünf Minuten noch.«

Alex Jenner ging auf die Knie, gefolgt von seiner Familie, und begann laut zu beten. Sein Sohn wirkte peinlich berührt und blinzelte ein oder zwei Mal, doch die Frauen folgten dem Beispiel des Familienoberhaupts und hielten die Augen geschlossen.

Währenddessen kam ein Mann zu Marks Bett herüber und hievte sich in die obere Koje. Von oben nickte er Mark zu und deutete mit dem Kinn auf die Jenners. »Macht ganz schön Lärm, das Aas, was? Von solchen Kerlen halte ich mich fern, und Sie täten gut daran, sich ein Beispiel an mir zu nehmen.«

Mark nickte. Schon jetzt bereute er es, Mr Jenners Angebot angenommen zu haben, ihm bei der Wahl eines Schiffszeugs zu helfen, doch nun konnte er nicht mehr zurück. Er zog die grobe graue Decke bis unters Kinn und versuchte in den Schlaf zu finden. Nur eine kleine Funzel in der Nähe der Tür brannte noch, sodass der Saal fast in völliger Dunkelheit lag, doch es dauerte noch lange, bis Ruhe einkehrte. Seufzend wälzte er sich hin und her und versuchte erfolglos, auf dem harten, schmalen Bett eine angenehme Liegeposition zu finden.

Als er so dalag, fühlte er sich sehr allein, einsamer als je zuvor in seinem Leben. Er war davongelaufen und hatte seine gesamte Familie zurückgelassen – acht Brüder und Schwestern sowie deren Kinder. Schon beim bloßen Gedanken an sie bekam er einen Kloß im Hals, und ihm stiegen Tränen in die Augen. Was sie wohl von ihm denken mochten, dass er sich so heimlich davongemacht hatte? Nun, was sein Vater dachte, wusste er. Daraus hatte John Gibson keinen Hehl gemacht. »Du bist nicht mehr mein Sohn.« Und die Verachtung seines Vaters schmerzte schlimmer als alles andere.

Er drehte sich zur Wand und ließ im Schutz der Dunkelheit den Tränen freien Lauf. Seit Jahren hatte er ab und an mit der Idee gespielt, nach Australien zu gehen, weil es hieß, dort sei es immer warm und sonnig. Etwas, wonach man sich im regnerischen Lancashire mehr als sehnte. Plötzlich war er sich ganz und gar nicht sicher, dass er wirklich dorthin wollte.

Doch nun war es zu spät, es sich noch anders zu überlegen. Er hatte sein Leben verpatzt und brauchte einen Neuanfang. Jetzt, da die Überfahrt gebucht war, konnte er den genauso gut in Australien wagen.

* * *

Das Frühstück war ebenso schlecht gekocht und unappetitlich

angerichtet wie schon das Abendessen. Mark aß den klumpigen Haferbrei nur, weil er Hunger hatte, und zahlte einen Penny extra, um wenigstens mit einem Klacks Honig etwas Geschmack hineinzubekommen. Er fragte sich, welches Budget dem Aufseher und seiner Frau zur Verfügung stand, um so viele Menschen zu verpflegen, und wie viel sie sich mit Extras wie dem Honig dazuverdienten. Mit ziemlicher Sicherheit hätte er die Beköstigung besser hinbekommen als das hier. Er hatte sein Handwerk gelernt, wusste große Mengen schlichter Speisen zuzubereiten und hatte mit seinem Speisehaus gutes Geld gemacht.

Ehe sie die Unterkunft verlassen durften, mussten Mark und Mr Jenner die Erlaubnis des Aufsehers einholen und eine schriftliche Bestätigung mitnehmen.

»Das ist ja wie im Gefängnis«, beschwerte Mark sich wütend, als sie endlich auf der Straße waren. »Für wen halten die sich, mir vorzuschreiben, wann ich zu kommen und zu gehen habe? Ich bin ein ehrbarer Engländer, der das Land aus freien Stücken verlässt, kein Straftäter, der in die Kolonien deportiert wird!«

»Ach was, sie wollen nur sicherstellen, dass sich keine blinden Passagiere einschleichen, und müssen außerdem die Gesundheit im Auge behalten. Ein Masernausbruch oder dergleichen auf hoher See wäre eine Katastrophe.«

Marks Ärger verflog so schnell, wie er aufgeflackert war. »Da haben Sie wohl recht.«

Unvermittelt blieb Mr Jenner stehen, packte Mark beim Arm und fixierte ihn mit einem brennenden Blick. »Hören Sie, Junge, ich will mich nicht einmischen, aber ich sehe Ihnen an, dass Sie unglücklich sind. Weshalb, werde ich gar nicht erst fragen – es sei denn, Sie wollen es mir anvertrauen. Eine Frage muss ich aber stellen: Sind Sie sich wirklich sicher, dass Sie mit dieser Fahrt nach Australien das Richtige tun?«

»Von Sicherheit kann keine Rede sein, aber irgendwohin

muss ich, und Australien schwirrte mir schon länger im Kopf herum. Es klang immer … interessant. Und sonnig. Deshalb habe ich mich für dieses Ziel entschieden.«

»Nun, wann immer Sie zweifeln, können Sie sich an den Herrn wenden und beten, dass Er Sie leite. Führen Sie eine Bibel mit sich?«

»Äh – nein.«

»Dann sollten Sie eine kaufen. Sie sind niemals allein, wenn Sie das Wort des Herrn lesen können.«

Mark stieß nur ein unverbindliches Brummen hervor, und glücklicherweise erreichten Sie in diesem Moment das große Lagerhaus des Schiffsausrüsters, sodass Mr Jenner das Thema ruhen lassen musste.

Die Halle war gigantisch und bis unter die Decke mit Handelsgütern und Ausrüstungsgegenständen vollgestopft, die Mark in großen Teilen völlig fremd waren. Aufmerksam lauschte er den Erläuterungen des Verkäufers und seines Begleiters, prüfte die Qualität der Waren und überschlug, welches der verschiedenen Pakete das beste Preis-Leistungs-Verhältnis bot. Dasjenige, für das er sich schließlich entschied, beinhaltete Decken und Laken, eine Wasserflasche, eine Waschschüssel, einen Teller und eine Suppenschüssel, einen großen Trinkbecher aus Weißblech, Besteck sowie drei Pfund Seife, Schreibutensilien und ein leeres Notizbuch.

»Viele schreiben auf der Überfahrt Tagebuch«, sagte der Verkäufer. »Ein guter Zeitvertreib.«

»Tatsächlich keine schlechte Idee, nehme ich an.«

»Manche schicken ihre Tagebücher zurück in die Heimat, sodass ihre Familien wissen, wie es ihnen ergangen ist. Oder sie fertigen Kopien dafür an.«

»Verstehe. Also gut, dieses Paket soll es sein.« Dazu kaufte er zusätzliche Unterwäsche, Hosen und Hemden, da er nicht all seine Habseligkeiten hatte mitnehmen können, und ergänzte das Ganze in Gedanken an Mrs Jenners Ratschlag noch um eigene Lebensmittelvorräte für die Reise, da er tatsächlich für gewöhnlich einen gesegneten Appetit hatte.

In diesem Moment ging ihm auf, dass sich hier möglicherweise eine Gelegenheit bot, Geld zu machen, und er lächelte trocken in sich hinein. Er war wahrlich Annie Gibsons Bruder – immer einen scharfen Blick für jegliche Chance auf ein Geschäft! Interessiert fragte er den Verkäufer: »Sagen Sie, nehmen manchmal auch Reisende Nahrungsmittel oder andere Waren mit, um sie in Australien zu verkaufen? Oder sogar an Bord während der Überfahrt?« Eine Kiste Rosinen ließe sich problemlos in kleinere Portionen aufteilen, tassenweise vielleicht, und würde so mindestens das Doppelte des Einkaufspreises einbringen.

»O ja, Sir. Und nicht nur Esswaren. Schuhe und Haarnadeln und Rasierklingen. Kleine Metallgegenstände verkaufen sich in Australien immer gut, habe ich mir sagen lassen.«

Und so investierte Mark deutlich mehr von seinem Geld als geplant. Einige Vorschläge lehnte er ab, andere erkannte er als äußerst sinnvoll. Im Hinblick auf den alltäglichen Bedarf würde Australien sich wohl nicht allzu sehr von Lancashire unterscheiden. Um diese zusätzlichen Einkäufe unterbringen zu können, musste er noch eine Blechtruhe erstehen.

»An Geld mangelt es Ihnen offenbar nicht«, bemerkte Mr Jenner, als sie das Lagerhaus wieder verließen.

»Ein wenig habe ich zur Verfügung, aber keine Unmengen«, antwortete Mark knapp. Ihm gefiel der berechnende Ausdruck in den Augen seines Begleiters nicht.

Zurück in der Emigrantenunterkunft wandte Mr Jenner sich seiner Bibel zu, während seine Frau es übernahm, Mark beim Packen zu beaufsichtigen und zu beraten. Ihre Tochter half ihr dabei. Er besaß nun zwei Taschen und eine Truhe, die alle mit Kleidung bestückt werden mussten, bevor er seine Handelsgüter auf den verbleibenden Platz verteilte. Als sie damit fertig waren, holte Patience den Aufseher herbei. Der überprüfte das Gepäck und versiegelte die für den Frachtraum bestimmten Stücke, da einige Gegenstände wie Waffen oder alkoholische Getränke an Bord verboten waren.

Anschließend musste das Gepäck gut sichtbar mit Marks Namen versehen werden, und im Tausch gegen ein paar Pence stellte der Aufseher ihm einen Pinsel und etwas weiße Farbe zur Verfügung. Eine Tasche würde Mark ins Zwischendeck mitnehmen, ebenso sein Schiffszeug und seine Essensvorräte. Die zweite würde man im Verlauf der Überfahrt aus dem Frachtraum holen, damit er frische Kleider hätte, und die Blechkiste einen oder zwei Tage vor der Ankunft in Australien.

»Dort sollten Sie Ihre feinsten Kleider hineintun, Mr Gibson«, hatte Mrs Jenner ihm geraten. »Sie werden bei möglichen Arbeitgebern einen guten Eindruck hinterlassen wollen.«

Nachdem der Aufseher gegangen war, zauderte Mrs Jenner etwas, dann fragte sie plötzlich: »Mein Harry muss ins Ledigenquartier. Könnten Sie vielleicht ein Auge auf ihn haben, bitte? Patience wird bei den alleinstehenden Frauen wohl zurechtkommen – dort gibt es eine Oberin, die über sie wacht. Aber junge Männer werden manchmal etwas übermütig, und mein Harry hat eine sehr strenge Erziehung genossen. Rüpelhaftes Benehmen ist er nicht gewohnt. Ich sorge mich, wenn er dort ganz allein ist.«

Harry, der ganz in der Nähe auf seiner Koje saß, wirkte verlegen, und so entgegnete Mark locker: »Natürlich behalte ich ihn im Auge, und er kann dasselbe für mich tun. Mir werden meine Brüder und Schwestern fehlen.« Beim letzten Wort brach seine Stimme, und er ließ Mrs Jenner in seiner verbliebenen Tasche herumräumen, wie es ihr beliebte, denn unvermittelt überwältigte ihn wieder die Trauer und war nur mit Mühe zu beherrschen. Hätte er sich doch nur richtig von seiner Familie verabschieden können! Sein altersmäßig nächster und vertrautester Bruder Luke wusste, was er plante, und hatte ihm geholfen, sein Gepäck zum Bahnhof zu tragen, und aus purem Zufall war sein Neffe William im selben Zug gewesen wie er, doch für die anderen musste Marks Flucht ein Schock gewesen sein.

Im Laufe des Abends sank seine Stimmung auf einen solchen Tiefpunkt, dass er abermals ernsthaft überlegte, wieder nach Hause zu fahren, doch nach einer Weile kam er zum selben Schluss wie schon zuvor: Eine Rückkehr nach Bilsden würde bedeuten, Nelly Burns zu heiraten, und dazu wäre er nicht imstande, niemals, was immer sein Vater auch sagen mochte. Als Junge hatte er mitansehen müssen, wie die nichtsnutzige zweite Frau seines Vaters die Familie in den Ruin getrieben hatte, indem sie John Gibsons Lohn regelmäßig achtlos verschleudert hatte, dem Gin anheimgefallen war und sie alle nach und nach in eine solch bittere Armut hinabgezerrt hatte, dass sie für ihr Überleben auf Almosen angewiesen gewesen waren. Er erinnerte sich an viele hungrige Tage. Als seine Stiefmutter am Fieber gestorben war, dicht gefolgt von zwei seiner jüngeren Geschwister, hatte seine Schwester Annie die verbliebene Familie gerettet, indem sie sie zu sich genommen hatte. Dafür würde er ihr auf ewig dankbar sein.

Niemand würde ihn je wieder in eine derartige Armut treiben. Nicht einmal die Mutter seines ungeborenen Kindes!

Den Gibson-Fluch nannten er und seine Brüder scherzhaft die allzu große Leichtigkeit, mit der die Männer der Familie Kinder zeugten. Sein eigener Vater hatte neun lebende Kinder von seinen drei Frauen.

Nun, zumindest hatte Mark finanziell für Nelly und ihr Kind gesorgt – und nicht zu knapp –, bevor er aufgebrochen war. In dieser Hinsicht konnte ihm niemand etwas vorwerfen. Und sein Speisehaus hatte er in die Hände seines Bruders Tom übergeben, sodass ein Einkommen zur Verfügung stehen würde für Nelly und ihr Kind – von dem er nicht einmal mit Sicherheit wusste, ob es von ihm war.

Doch dass er sich davongemacht hatte, würden seine Brüder und Schwestern nicht gutheißen, dessen war er sich sicher.

Er schämte sich ja selbst dafür, doch die Vorstellung, auch nur einen Monat mit der törichten, gehässigen Nelly Burns zusammenzuleben, war schlicht unerträglich. Ganz zu schweigen von einem ganzen Leben mit ihr.

Es war eine Erleichterung, als man endlich die Passagiere des Zwischendecks an Bord ließ. Spätestens der Anblick der Bedingungen, unter denen sie untergebracht waren, riss Mark aus seinem Elend. Es entsetzte Mark, wie beengt alles war. In den Anzeigen hatte es geheißen, es sei ein modernes, komfortables Schiff, doch »komfortabel« hätte er das nicht genannt. Das Ledigenquartier der Männer war in winzige kastenförmige Kabinen unterteilt, die sich um eine offene Fläche gruppierten, in deren Mitte Holztische und Bänke am Boden festgenietet waren. Zwei Ebenen unter Deck war die Luft stickig. Zudem würden sie in konstantem Dämmerlicht leben und sich nur mithilfe von Lampen zurechtfinden können. Die dünnen Trennwände reichten nicht bis zur niedrigen Decke, um eine bessere Durchlüftung zu gewährleisten, was bedeutete, dass man sich nirgends wirklich ungestört unterhalten konnte. Für gewöhnlich bestanden die Kabinen aus vier äußerst schmalen Kojen, zwischen denen ein Mann stehen, aber nicht einmal ganz die Arme ausbreiten konnte. Die Eingänge konnte man nur mit Tüchern verhängen, die im Augenblick mit Schnüren zurückgebunden waren.

»Reichlich eng, finden Sie nicht?«, bemerkte auch Harry.

Da streckte ein älterer Mann den Kopf aus der Nachbarkabine und grinste sie an. »Das hier ist Luxus, Burschen, reinster Luxus, sage ich euch! Hättet mal sehen sollen, wie es auf den älteren Schiffen zuging, als ich zum ersten Mal nach Australien bin. Da gab's keine Kabinen, bloß Kojen von eins achtzig Breite, in die wir uns zu viert hineingequetscht haben. *Das* nenne ich eng!« Er warf einen raschen Blick über die Schulter, als eine weitere Gruppe junger Männer den Niedergang herabgestiegen kam. »Wenn ihr zwei schlau seid, schnappt ihr euch flugs die oberen Kojen. Macht keinen Spaß, wenn sich eine Handbreit über dem eigenen Gesicht einer hin und her wälzt.«

Sie befolgten den Rat, und als sie sich wieder umwandten, stand bereits ein junger Mann am Eingang ihrer Kabine.

»Ich bin Ned Leigh, aber die meisten Leute nennen mich Fuchs. Ihr könnt euch wohl denken, warum.« Gutmütig grinsend deutete er dabei auf sein rotes Haar. Unversehens fand Mark sich nach einem kurzen Handschlag im Gespräch mit einem unerschütterlich fröhlichen Gleichaltrigen wieder, dem es nicht das Geringste auszumachen schien, wie zögerlich Mark zu der Unterhaltung beitrug.

»Sind die unteren Kojen noch frei?«

»Ja.«

»Dann gesellen wir uns wohl zu euch. Die jungen Kerle alle beisammen. Hierher, Bert!«

Mit einem gezwungenen Lächeln stellte Mark sich und Harry vor, auch wenn ihm so gar nicht nach Gesellschaft zumute war.

»Man hat mir gesagt, fürs Essen werden wir in Messen zusammengefasst – achtköpfige Gruppen. Könnt ihr kochen? Wenn das jemand mir überlässt, haben wir ein Problem.« Abermals kicherte Fuchs mit hoher Stimme.

Mark zauderte einen Moment, dann zuckte er die Achseln. »Ich habe daheim ein Speisehaus geführt. Da kenne ich mich recht gut aus.« Schließlich wollte er nicht irgendeinen Mist essen, den jemand zubereitet hatte, der keine Ahnung hatte, wie man mit guten Nahrungsmitteln umging.

Einen Augenblick lang starrte Fuchs ihn mit offenem Mund an, dann lachte er begeistert auf und schlug ihm auf die Schulter. »Tja, da haben wir wohl einen Glückstreffer gelandet. Hiermit ernenne ich dich zum Kapitän der Messe und Chefkoch.«

»Gott sei Dank!«, stieß sein Kompagnon mit Nachdruck hervor.

* * *

Am folgenden Tag kam der Lotse an Bord, um die *Mathilda Mary* von Greenwich aus die Themse hinunter zu dirigieren, dann mussten sie auf günstigen Wind warten, der sie nach Süden in Richtung Australien tragen würde.

Alles freute sich, als sie schon am folgenden Tag die Segel setzen konnten, doch Mark war wie betäubt. Inmitten einer aufgeregten Menge stand er da und sah die englische Küste in der Ferne verschwinden. Er würde so unglaublich weit weg sein von allem, was er kannte, und nur aufgrund seiner eigenen Dummheit. Sicher hatte er davon geträumt, in ein warmes, sonniges Land auszuwandern, doch nicht so.

Nur einer Sache war er sich jetzt noch sicher: Er würde seiner Familie erst schreiben, wenn er etwas aus sich gemacht hatte. Es war ohnehin höchste Zeit, dass er aus Annies Schatten trat und auf eigenen Beinen stand.

* * *

Glücklich summte Keara vor sich hin, als sie eines frühen Aprilmorgens zum Herrenhaus ging. Der Frühling machte sie immer glücklich, und selbst ihre Mam wurde munterer, sobald die Sonne schien.

Sie half nun schon eine Weile ab und an bei der Hausarbeit auf dem Gut aus, doch heute würde sie zum ersten Mal dort sein, während die Herrschaften zugegen waren. Leise sprach sie diese magischen Worte vor sich hin – »Die Herrschaften sind zugegen« – und lächelte über ihre Aussprache.

Arla hatte ihr viele gute Ratschläge gegeben, während Brian Lynch ihr beibrachte, immer besser zu lesen und zu schreiben.

Ebenso hatte Keara begonnen, sich verschiedene Ausdrucksweisen anzueignen, denn sie war eine gute Nachahmerin. Wie ihr Vater und die anderen Dorfbewohner sprach sie für gewöhnlich mit irischem Akzent, doch ebenso beherrschte sie die Lancashire-Sprechweise ihrer Mutter, und Arla lehrte sie nun für die Arbeit im Herrenhaus eine neue Art zu reden. Eine merkwürdig verknappte Aussprache, »ein Hauch von England«, wie Arla es nannte.

Keara blieb kurz stehen und sandte ein rasches Gebet empor, dass sie sich gut anstellen und ihren vielen Helfern Ehre machen würde. Sogar Mr Mullane persönlich hatte sich bei ihrem Vater für sie eingesetzt, als er das letzte Mal in Irland gewesen war. Dass ein Mann wie er überhaupt von ihrer Existenz wusste!

Es hatte geregnet letzte Nacht, und an den Bäumen und Sträuchern glitzerten noch die Regentropfen im Sonnenschein. »Jawohl, Mr Mullane«, probte sie laut und schüttelte einen Zweig, um die Tropfen in einem Silberregen niedergehen zu sehen. Sie knickste artig. »Nein, Sir.« – »Selbstverständlich, Ma'am.«

Heute ließ die Haushälterin sie die Betten für die Herrschaften machen – eine Ehrfurcht einflößende Verantwortung, denn es hatte auf ganz bestimmte Weise zu geschehen. Aber Keara hatte geübt und war sich sicher, dass sie es schaffen würde. Eine Unzahl an Decken und Überwürfen hatten sie dort. In diesen Betten würden sie es selbst im Winter wohlig warm haben, statt sich gegen die Kälte aneinanderschmiegen zu müssen wie sie und ihre Schwestern.

Kurz nachdem Keara sich an die Betten gemacht hatte, fuhr überraschend die Kutsche vor. Damit hatte niemand gerechnet, denn für gewöhnlich übernachteten die Herrschaften nach der Überfahrt von England in einer Gastwirtschaft, um am folgenden Vormittag den Zug nach Sligo zu nehmen.

»Sie sind da! Sie sind früher gekommen!«, rief jemand von unten herauf, und sogleich ertönte Fußgetrappel auf der Treppe, denn die Bediensteten pflegten Mr und Mrs Mullane vor dem Haus zu begrüßen.

Keara starrte auf das nur halb bezogene Bett. Was sollte sie tun? Sie beschloss, ihre Arbeit lieber zu Ende zu führen, für den Fall, dass die Herrin sich hinlegen wollte. Außerdem – wer würde sie schon vermissen? Sie gehörte nicht einmal zum Stammpersonal.

Sie arbeitete, so schnell sie konnte, doch zu ihrer Bestürzung ertönte keine zwei Minuten später lautes Schluchzen, dann Schritte auf der Treppe, begleitet von schwerem Atmen. Im nächsten Augenblick kam der Herr persönlich ins Zimmer, der zusammen mit Mr Pearson die Herrin stützte. Die arme Frau schien völlig außer sich zu sein, ihre Augen waren rot und verquollen. Ohne dass man es ihr hätte sagen müssen, schlug Keara die Decken auf und trat beiseite, damit die Männer Mrs Mullane ins Bett legen konnten.

»Gutes Mädchen«, sagte der Herr und trat zurück.

Die Herrin lag da, wie sie sie abgelegt hatten, und heulte weiter. Von ihrer Zofe keine Spur.

Einen Augenblick wartete Keara ab, doch der Herr stand nur da und starrte finster auf seine Gattin hinunter. Sie konnte es nicht ertragen, die arme Frau so leiden zu sehen, und so trat sie vor und legte ihr eine Hand auf die bebende Schulter. »Ist schon gut, Ma'am«, sagte sie, als spräche sie mit ihrer kleinen Schwester, die sich gerade das Knie aufgeschlagen hatte. »Sagen Sie mir, was ich tun kann, um Ihnen zu helfen.«

Erst als sich der drohende Blick des Herrn nun auf sie richtete, ging ihr auf, dass sie ungefragt den Mund aufgemacht hatte. Doch bevor er etwas sagen konnte, fasste die Herrin Keara beim Arm und klammerte sich an sie, um noch heftiger zu weinen. Also setzte Keara sich aufs Bett und tröstete die Frau auf die einzige Art, die sie kannte: indem sie sie in den Armen wiegte und sanfte, beruhigende Laute murmelte.

Nach und nach ebbte das Schluchzen ab, und Keara wagte einen fragenden Blick zum Herrn. Der sah mittlerweile nachdenklich aus statt wütend – Gott sei Dank – und nickte ihr anerkennend zu.

Die Köchin traf ein, gefolgt vom Hausmädchen Theresa.

»Wer ist das neue Mädchen?«, erkundigte Theo sich leise bei der Köchin.

»Keara Michaels. Ein fleißiges kleines Ding. Arla Lynch hilft uns, sie auszubilden.«

»Sie ist mehr als bloß fleißig, das Mädchen wirkt Wunder«, entgegnete Theo trocken. »Das ist das erste Mal, dass meine Frau aufgehört hat, zu heulen, seit wir von Bord gegangen sind.«

»Hat Mary Sie denn nicht begleitet, Sir?«

»Doch.« Er warf einen raschen Blick zu seiner Frau, sah, dass sie immer noch getätschelt wurde, und lehnte sich zur Köchin hinüber, um zu flüstern: »Unglücklicherweise ist die arme Frau im Sturm über Bord gegangen und in der rauen See sang- und klanglos versunken.«

Schockiert keuchte die Köchin auf und bekreuzigte sich. Nach einem kurzen Gebet für Marys unsterbliche Seele runzelte sie die Stirn. »Wie konnte das geschehen?«

»Meine liebe Gattin wollte irgendetwas haben und hat Mary nach dem Steward ausgeschickt, ungeachtet der rauen Wetterlage. Offenbar ist irgendein betrunkener Tölpel gegen sie gestolpert, als er zur Reling stürzte, um sich zu übergeben, und hat sie dabei über Bord gestoßen.« Theo beobachtete, wie das Mädchen seiner Frau den molligen Arm streichelte und weiter besänftigende Laute von sich gab. Er sah, dass Lavinia diese Aufmerksamkeit förmlich aufsaugte. »Kann das Mädchen bleiben und meiner Frau helfen, bis wir eine neue Zofe für sie gefunden haben? Sie weiß besser mit ihr umzugehen als irgendjemand sonst seit dem Unglück.«

»Selbstverständlich, Sir. Allerdings hat Keara gerade erst ihre Ausbildung begonnen – mit vielen Dingen ist sie noch nicht vertraut. Und sie ist noch keine siebzehn Jahre alt.«

Noch einmal musterte er das Dienstmädchen, für das er sich bei Mick Michaels eingesetzt hatte. Ihr Körper wirkte jünger als sechzehn Jahre, sehr dünn, als wäre sie noch lange nicht ausgewachsen. Mit besseren Kleidern und einer ordentlichen Frisur wäre sie durchaus hübsch, doch im Augenblick steckte ihr Haar unter einer schmucklosen Haube und lugte nur in einigen herabgefallenen Strähnen hervor. »Im Gesicht sieht sie älter aus.«

»Nun, sie hat es nicht leicht im Leben. Mick Michaels wird mit dem Alter nicht unbedingt umgänglicher, und die Mutter ist schon länger kränklich.«

»Aber mit den Pferden weiß Mick umzugehen, und dafür bezahle ich ihn schließlich. Hören Sie, solange Keara meine Frau beruhigen kann, lassen Sie sie hierbleiben und die Rolle der Zofe übernehmen – nur für den Augenblick.«

Die Köchin nickte und sah ihm nach, bis er das Zimmer verlassen hatte, dann studierte sie mit gerunzelter Stirn das Tableau auf dem Bett. Dieses Mädchen hatte keinen Schimmer, wie man sich dem Adel gegenüber zu verhalten hatte. Der Herrin so vertraulich den Arm zu streicheln, also wirklich! Beinahe hätte sie schockiert aufgekeucht, als ihr jüngstes Dienstmädchen einen Arm um die dicklichen Schultern ihrer Herrin legte und sie kurz umarmte, ehe sie Mrs Mullane beim Aufsetzen half und ihr die Haube abnahm. Sie strich der Frau das zerzauste Haar aus der Stirn wie einem Kind.

Und die Herrin benahm sich auch wie ein Kind – es schien ihr gar zu gefallen, wie sie behandelt wurde.

»Sie werden sich besser fühlen, wenn wir Ihnen das Gesicht waschen und das Haar bürsten«, murmelte Keara und setzte verspätet ein »Ma'am« hinzu.

»Ja. Ja, du hast recht, Kind. Bitte lassen Sie etwas heißes Wasser heraufbringen, Köchin.« Lavinia klammerte sich an die feste junge Hand, deren sanfte Berührungen und Liebkosungen ihr nach dem stundenlangen Geschrei und Gewüte ihres Mannes ein großer Trost waren.

Die Köchin stieß Theresa an. »Komm mit und hol das Wasser für die Herrin.«

»Ich? Das ist ihre Aufgabe!« Die Dienstmagd zeigte auf Keara.

»Nun, sie kann dafür wohl kaum die Herrin allein lassen, nicht wahr? Und es wird dich schon nicht umbringen, einmal auszuhelfen.«

Beleidigt folgte Theresa der Köchin über die Dienstbotentreppe in die Küche, wo sie der Küchenmagd Mona brühwarm erzählte, dass Keara Michaels sich bei der Herrin einzuschmeicheln versuchte. Doch während sie einen Krug mit heißem Wasser befüllte, dachte sie darüber nach und hob schließlich die Schultern. Lieber Keara als sie. So unstet, wie die Herrin war, würde das Mädchen ohnehin morgen schon wieder unerwünscht sein. Mrs Mullane war eine furchtbare Dienstherrin – änderte ein Dutzend Mal ihre Meinung, was sie nun von einem wollte, und hochnäsig war sie noch dazu. Der Gedanke entlockte Theresa ein Kichern. Als ob man so eine plattgedrückte Nase hochhalten könnte. Für ihr gutes Aussehen war die Herrin nicht auserwählt worden, so viel war sicher. Genauso wenig für ihr angenehmes Wesen. Sie waren immer alle froh, wenn Mrs Mullane zurück nach Lancashire verschwand.

Aber der Herr war in Ordnung. Hatte immer ein freundliches Wort übrig und sah obendrein noch gut aus.

In seinem eigenen Schlafzimmer tauschte Theo seine von der Reise zerknitterten Kleider gegen frische, dankte Dick für seine Unterstützung und machte sich auf den Weg nach unten, um ein spätes Frühstück einzunehmen. Im Anschluss daran würde er Marys Familie schreiben müssen, um ihnen von dem Unglück zu berichten, denn Lavinia hasste es, Briefe zu schreiben.

Als er mit dem Essen fertig war, ging er zur Köchin in die Küche. »Wie geht es Mrs Mullane? Hat sie nach irgendetwas geklingelt?«

»Sie trinkt gerade eine Tasse Tee und isst etwas Toast, Sir. Hab ich höchstpersönlich hochgebracht.« Sie zögerte, bevor sie hinzusetzte: »Ich muss zugeben, unsere Keara stellt sich gut an. Auch wenn sie noch nicht weiß, wie man sich dem Adel gegenüber zu verhalten hat. Daher hoffe ich, Sie verzeihen, wenn sie ein wenig …« Wieder zögerte sie. »… vorwitzig erscheint.«

»Als ich da oben war, hat sie meine Frau behandelt wie ein kleines Kind, und meiner Frau schien es zu gefallen. Aber wen interessiert das, solange es Mrs Mullane bei Laune hält? Was nicht immer einfach ist, wie wir beide wissen.«

Sie tauschten einen wissenden Blick aus, dann ging er zurück in den kleinen Salon, in dem sie sich aufzuhalten pflegten, wenn sie keine Gäste hatten, und wurde immer deprimierter, je länger er allein dort herumsaß. Dreimal hatte Lavinia nun bereits ein Kind vorzeitig verloren – arme, missgestaltete kleine Kreaturen. Doch die dritte Schwangerschaft war weiter fortgeschritten als jene davor, deshalb hatte er zu hoffen begonnen. Den resultierenden Schmerz hatte er sich selbst zuzuschreiben. Der tote Fötus hatte nicht einmal wie ein richtiges Baby ausgesehen. Ein Sohn. Er hatte darauf bestanden, ihn zu sehen.

Der Arzt hatte gesagt, sobald Lavinia sich vollständig von der Fehlgeburt erholt hatte, könnten sie es wieder versuchen –

solange sie gut umsorgt wurde, denn sie war recht schwächlicher Konstitution. Allerdings hatte er Theo gewarnt, es müsse wirklich eine gute, lange Ruheperiode sein. Ebenso hatte er gesagt, dass sie möglicherweise niemals ein Kind würde austragen können, was kein Trost war für einen Mann, der einen Erben brauchte. Überhaupt kein Trost.

Sie waren so weit gekommen beim letzten Mal: sechs Monate. Sobald der Arzt seine Erlaubnis gab, würden sie es erneut versuchen, beschloss Theo, auch wenn er wusste, dass sie protestieren würde. Doch er glaubte nicht, dass er es ertragen würde, kinderlos durchs Leben zu gehen.

4

April 1859

Zu Marks Überraschung hatten die Zwischendeckspassagiere während der Überfahrt alle Hände voll zu tun. Ihre eigenen Kabinen waren nach einem strengen System sauber zu halten, und die Männer mussten beim Putzen anderer Teile des Schiffs helfen, alles in einem Dienstplan festgeschrieben. Und wehe dem, der seine Arbeit nicht ordentlich machte.

Mark machte es nichts aus, weil es half, die Zeit herumzubringen, doch wenn er weniger beschäftigt war, fühlte es sich manchmal an, als würde man ihn nicht eine Sekunde in Frieden lassen. Er versuchte Tagebuch zu führen, doch es fiel ihm schwer, seine Gedanken und Gefühle in Worte zu fassen, und so beschränkte er sich größtenteils darauf, die aktuellen Längen- und Breitengrade einzutragen, wie weit das Schiff in den vergangenen vierundzwanzig Stunden gesegelt war und ähnliche Nutzlosigkeiten. Als er einmal durch das bisher Geschriebene blätterte, erschien es ihm bedeutungslos, und er schwor sich, es bleiben zu lassen – doch die Langeweile ließ ihn das Notizbuch bald wieder zur Hand nehmen. Wie viel lieber hätte er sich mit der Buchführung eines anständigen Geschäfts auseinandergesetzt!

Er schlug eine Einladung in den Männerchor aus, lehnte es ab, sich einer Gruppe anzuschließen, die Bücher kapitelweise laut vorlas, und hatte Ärger mit einem Ehepaar, das Unterstützung suchte für ihre Anstrengungen, Kindern wie Erwachsenen das Lesen, Schreiben und Rechnen beizubringen. Warum bedrängten sie ausgerechnet ihn, diese Leute zu unterrichten? Was interessierte es ihn, ob andere Menschen lesen oder schreiben konnten?

Am schwierigsten war es, Mr Jenners Versuchen aus dem Weg zu gehen, ihn für seine Bibelstunden anzuwerben oder in das Morgengebet hineinzuziehen, das er Tag für Tag auf Deck abhielt. Der Mann war eine Landplage. Ständig versuchte er, einem seine Version von Religion überzustülpen. Viele der Passagiere mieden ihn, wo immer es möglich war. Marks Problem war, dass er sich mit Harry angefreundet hatte und auch die Gesellschaft von Patience Jenner genoss. Sie war ein sanftes, empfindsames Mädchen, und oft wandten die Kinder an Bord sich an sie, wenn sie in Schwierigkeiten steckten. Und wenn ihr Vater ihr nicht über die Schulter sah und zuhörte, war sie eine angenehme Gesprächspartnerin.

Harry murrte über die täglichen Aufgaben und behauptete verächtlich, Putzen und Schrubben sei Weiberarbeit – ebenso sein Vater, der klare Ansichten zu dem Thema hatte. Doch unternehmen konnten sie nichts dagegen, denn die Arbeit war verpflichtend und der Kapitän äußerst penibel, was die Sauberkeit seines Schiffs anging – ebenso wie der Bordarzt.

Harry lungerte am liebsten in ihrer Kabine herum und musste selbst zu den Arbeiten für ihre eigene Messe gedrängt werden. »Es gibt doch nichts Schöneres«, sagte er eines Tages, »als einfach dazusitzen und nichts zu tun.«

Es dauerte eine Weile, bis Mark bewusst wurde, dass Harry sich ebenso wie Patience abrupt veränderte, sobald er mit seiner Familie an Deck war. Dann wurde der Junge stiller und gehorchte vor allem seinem Vater aufs Wort. Um genau zu sein, beeilte sich die gesamte Familie, Folge zu leisten, wann immer Alex Jenner etwas anordnete, und Mrs Jenner schien ihn gar mit einer leisen Furcht zu betrachten. Niemals widersprach sie ihm auch nur mit einem Wort. Bei seinem eigenen Vater konnte Mark sich ein derart tyrannisches Verhalten nicht vorstellen, geschweige denn, dass er irgendjemandem Furcht einflößen würde.

Doch wenn er in den Genuss der Gesellschaft von Patience kommen wollte, konnte er nicht umhin, auch ihrer Familie zu begegnen. Ihre beruhigende Stimme und klugen Beobachtungen über das Leben an Bord zehrten nicht an seinen Nerven wie Fuchs' dumme Scherze oder Harrys endlose Beschwerden über die Arbeit, die sie zu leisten hatten. Manchmal standen Mark und Patience einfach nur gemeinsam an der Reling, ohne etwas zu sagen, und blickten in einträchtigem Schweigen über das Wasser. Er war betrübt, als sie aufgrund schlechten Wetters alle unter Deck bleiben mussten, doch zu seiner Erleichterung war er recht seetüchtig und verspürte kaum je mehr als ein leichtes Unwohlsein.

Patience wirkte nach wie vor zerbrechlich, auch wenn sie mittlerweile etwas Farbe im Gesicht hatte, doch sie versicherte beharrlich, die Seeluft tue ihr gut, und beschwerte sich mit keinem Wort über ihre Gesundheit. Bei rauer Witterung allerdings wurde sie furchtbar seekrank, und wenn sie nach einem Sturm wieder aus dem Zwischendeck hervorkam, wirkte sie jedes Mal fahl und ausgelaugt.

Sie zog die Aufmerksamkeit einiger junger Männer auf sich, obwohl sie nichts Kokettes an sich hatte. Die meiste Zeit über behielt ihre Mutter sie jedoch dicht bei sich, abgesehen von den Spaziergängen mit Mark oder ihrem Bruder.

Eines Tages, als Harry gerade nicht da war, grinste Fuchs Mark an und sagte: »Hast was übrig für Miss Jenner, was?«

»Was?«

»Ist ein hübsches Ding, wenn auch etwas farblos für meinen Geschmack. Aber mich würden ihre Eltern auch niemals allein mit ihr ausgehen lassen. Die haben dich im Visier, mein Junge, und du tappst ihnen geradewegs in die Falle.«

»Wag es nicht noch einmal, so über Patience zu reden! Dem Mädchen ist Berechnung absolut fremd. Dass du solche

Abscheulichkeiten überhaupt in den Mund nimmst. Kein Wunder, dass sie dich nicht mit ihr allein lassen wollen.«

»Das nimmst du zurück!«

»Warum sollte ich? Es ist die Wahrheit. Anders als das, was du hier verbreitest.«

Erzürnt starrten die Männer einander an. Mark hatte sich noch nie als streitlustig empfunden, doch schließlich musste er gehen, sonst hätte er seinen Kabinennachbarn geschlagen.

An jenem Abend folgte Fuchs ihm an Deck, als Mark sich aufmachte, das Essen für ihre Messe zu holen. »Hör mal, Gibson, ich wollte nur sagen – also, ich wollte Miss Jenner nicht beleidigen, wirklich nicht. Mir ist bloß aufgefallen, dass ihr zwei …«, er hob die Schultern, »… vertraut miteinander wirkt. Nach deiner Reaktion von vorhin verstehe ich, dass es dir ernst ist damit.«

Mark atmete tief durch. »Mir tut es auch leid. Ich hätte nicht so aufbrausen sollen. Ich respektiere und mag Pa… Miss Jenner sehr, aber ich habe nicht vor, irgendjemandem den Hof zu machen, ehe ich mich in Melbourne niedergelassen habe und in der Lage bin, eine Familie zu versorgen.« Darin war er unerschütterlich. Er hatte schon einmal einer jungen Frau wegen beinahe sein Leben ruiniert und gedachte nicht, dieses Risiko noch einmal einzugehen.

Als sie mit dem Essen zurückkehrten – Kartoffeln und Pökelschinken gefolgt von Korinthenküchlein –, fielen die jungen Männer mit ihrem üblichen Appetit darüber her. Anschließend kam das Gespräch auf die Hoffnungen, die sie auf das Leben in dem neuen Land richteten. Einige wollten geradewegs zu den Goldfeldern ziehen und schwärmten davon, wie man dort in kürzester Zeit ein Vermögen machen konnte. Bisher hatte Mark nie ans Goldsuchen gedacht, doch jetzt war er auch versucht, es einmal auszuprobieren. Harry seufzte wehmütig, er wünschte, er könnte sie begleiten, doch sein Vater würde es ihm niemals erlauben.

Was ihm eine Menge Spott und Häme einbrachte und ihn den Rest des Abends mit finsterer Miene dahocken ließ.

Am folgenden Morgen suchte Mark nicht die Gesellschaft von Patience, sondern fragte Mr Jenner, ob er mit ihm sprechen könne. Verlegen brachte er schnell hinter sich, was er zu sagen hatte: »Jemand hat mich damit aufgezogen, ich würde Ihrer Tochter den Hof machen, Mr Jenner. Ich bin derzeit nicht in der Position, das zu tun, deshalb tut es mir leid, sollte ich in dieser Richtung Erwartungen geweckt haben.«

Missfällig sah Alex Jenner ihn an. »Wir hatten in der Tat gehofft, Sie hätten ernsthafte Absichten. Sie haben viel Zeit im Gespräch mit ihr verbracht – um ihr den Hof zu machen, dachten wir.«

»Es tut mir leid.«

»Tja, nun, mir tut es auch leid. Sie hätten besser achtgeben müssen, was Sie tun.« Mit finsterer Miene stapfte Jenner davon.

Von da an war das Verhältnis zu den Jenners – abgesehen von Harry – angespannt, größtenteils beschränkt auf ein höfliches Nicken, wenn man sich an Deck begegnete. Manchmal blickte Patience bedauernd zu ihm herüber, doch davon würde Mark sich nicht erweichen lassen. Seine Ehrlichkeit war das einzig Richtige gewesen.

Auch wenn es sich nicht richtig anfühlte und ihm Patience' Gesellschaft sehr fehlte.

Stattdessen fand er sich nun öfter im Gespräch mit Walter Hudson wieder. Der ältere Mann aus der Nebenkabine kehrte gerade von einem Familienbesuch in England nach Australien zurück und hatte unzählige Geschichten von den Goldfeldern zu erzählen. Die Reise nach England hatte er mit seinen Goldfunden finanziert und schwärmte glühend vom Leben als Goldsucher und den zahlreichen Gelegenheiten, auf diese Art sein Glück zu machen.

»Jetzt ist das Geld beinahe aufgebraucht«, bemerkte er eines Tages reuevoll, »aber ich hab es mir verdammt gutgehen lassen damit, und so, wie ich das sehe, kann ich jederzeit mehr Gold schürfen. Ganz gleich, was da von diesen vermaledeiten Brechern behauptet wird. Mich wird keine Maschine aus dem Geschäft drängen.«

»Haben Sie denn gar nichts beiseitegelegt, Mr Hudson?«

»Nenn mich Walter. Nein. Warum sollte ich? Hab schließlich keine Frau, die mir damit in den Ohren liegen könnte, nicht wahr? Ich will mich nicht niederlassen. Nein, ein kurzes, aber fröhliches Leben, das ist mein Motto. Außerdem gefällt mir das Leben auf den Goldfeldern. Da draußen findet man gute Freunde. Kerle, die wissen, wie man Spaß hat.«

Jemandem wie Walter war Mark noch nie begegnet. In seiner Familie legte man weniger Wert auf Spaß, sondern auf harte Arbeit, mit der man Geld ansparen und sich ein Leben aufbauen konnte.

Tja, und wohin hatte ihn das geführt?

»Was hast du denn vor, wenn du in Australien angekommen bist, wenn ich fragen darf?«, erkundigte Walter sich eines Abends, als sie noch etwa eine Woche von Port Melbourne entfernt waren. »Ich dachte ja, du eröffnest ein Speisehaus, aber wenn man dich so hört, hast du es dir anders überlegt.«

»Nun ja, ich habe mir gedacht, ich versuche mit einigen der Jungs mein Glück auf den Goldfeldern. Probiere es für eine Weile aus.«

»Lass es bleiben.«

Verwundert sah Mark ihn an. »Warum denn das?«

»Die haben doch von Gold keine Ahnung. Mit einem wie mir wärst du besser dran, einem, der alle Tricks kennt.«

»Ach ja? Und warum solltest du die ausgerechnet mit mir teilen?«

Walter grinste ihn an. »Weil ich einen Geldgeber brauche und du einen Partner, der sich auskennt. Wenn du die Ausrüstung auslegst, bringe ich dir bei, wie der Hase läuft. Alles, was wir finden, teilen wir fünfzig zu fünfzig auf.«

»Und was willst du machen, wenn ich Nein sage?«

»Mir einen anderen Grünschnabel suchen und den fragen. Aber du wärst mir lieber. Du bist meine erste Wahl, weil du ein bisschen Grips im Schädel hast.« Lachend pikste er Mark in den Oberarm. »Auch wenn du ein paar mehr Muskeln brauchen wirst. Du musst ja wirklich ein bequemes Leben geführt haben bisher.«

Mark ließ sich nicht in die Karten schauen. »Ich bin fünfundzwanzig. Kein Knabe mehr.«

»Ich werde bald fünfzig. Für mich bist du ein Knabe.« Walter nahm einen langen Zug von seiner Tonpfeife, die er nur abends rauchte, um seine Tabakvorräte über die Reise zu strecken. »Denk drüber nach. Du könntest es schlechter treffen, weit schlechter.«

Schon seit einer Weile graute Mark vor dem Tag, an dem er von Bord gehen und allein in einem fremden Land zurechtkommen müsste. Und es ergab tatsächlich Sinn, mit einem loszuziehen, der wusste, was er tat. »Also gut. Wieso nicht?«, sagte er unbekümmert. »Aber das Geld, das ich für die Ausrüstung vorlege, will ich zurückgezahlt bekommen. Auf Zinsen werde ich allerdings verzichten.«

Einen Moment blickte Walter verärgert drein, dann hob er die Schultern. »Bisschen knauserig.«

Mark zuckte ebenfalls die Achseln. »Entweder so oder gar nicht.« Er würde nicht sein hart erarbeitetes Geld einem Verschwender wie Walter einfach in den Rachen werfen, wenn der womöglich nicht würde liefern können, was er versprach. Sollten sie Gold finden, würde Geld vielleicht keine Rolle mehr spielen, doch wenn nicht, wollte Mark nur seinen gerechten Anteil riskieren.

Walter schlug ihm auf die Schulter. »Ach, was soll's. Wird sowieso keine Rolle spielen, weil wir ein Vermögen machen werden. Wirst schon sehen. Ich hab's im Gefühl, wie schon beim letzten Mal.«

* * *

Als Mr Mullane ihr sagte, sie könne sich für diesen Nachmittag ein paar Stunden freinehmen, starrte Keara ihn überrascht an. »Aber davon hat die Herrin gar nichts gesagt.«

»Ja, nun, meine Frau vergisst gern, dass ihre Zofen auch ein Leben und eine Familie haben, ganz zu schweigen von einem Recht auf Freizeit. Ich werde es ihr sagen. Geh du nur deine Mutter besuchen.«

»Ich danke Ihnen vielmals, Sir.«

Er blickte ihr nach. Ihre Schuhe waren überall abgestoßen und sahen aus, als hätten sie einmal jemandem mit wesentlich größeren Füßen gehört, und das dunkle Kleid passte ihr genauso wenig, doch trotz alledem hatte sie etwas sehr Anziehendes an sich. Merkwürdig. Für gewöhnlich stellte seine Frau weder junge noch hübsche Zofen ein. Doch Keara Michaels hatte ein so gutes Herz, dass sie komplett auf das Geheule und Gewinsel seiner Frau hereingefallen war, und ihre Güte war Balsam für Lavinias selbstsüchtige Seele.

Zudem schien es seiner Frau zu gefallen, ihre neue Zofe zu unterrichten. Stundenlang übten sie, Lavinias Haar zu frisieren oder sie an- und auszukleiden. Auch wenn das Mädchen zuvor keinen Schimmer gehabt hatte, wie eine Dame und ihre Kleider zu behandeln waren, lernte sie schnell. Und als er sich nach ihr erkundigt hatte, war jeder auf dem Gut voll des Lobes für sie gewesen – außer ihrem Vater. Was Theo wirklich leidtat. Welcher Vater sprach denn derart abfällig von seiner eigenen Tochter?

Durch die Verbindungstür hatte er Keara und seine Frau miteinander reden und lachen hören. Dieses Lachen hatte er schon eine ganze Weile nicht mehr gehört. Nun, in seiner Gegenwart lachte sie auch nicht. Nur, wenn sie mit diesen gehässigen Klatschbasen zusammensaß, die sie als Freundinnen bezeichnete.

Schon jetzt war durch das gute Essen Kearas Haut reiner geworden, samtig und strahlend, die Wangen rosig … Irritiert schüttelte er den Kopf. Was dachte er denn da? Von den Zofen seiner Frau ließ er tunlichst die Finger, denn damit würde er sich nur ins eigene Fleisch schneiden. Vielleicht könnte er sich hier in Irland eine Mätresse zulegen. Ein Mann hatte Bedürfnisse, und das galt für Edelmänner ebenso wie für alle anderen, auch wenn seine Gattin etwas anderes glaubte.

Ah, Edelmann – schon das bloße Wort war eine Falle. Theo fühlte sich nicht als Edelmann, sondern als ganz normaler Mensch, und hasste es, wenn seinetwegen irgendwelches Getue veranstaltet wurde. Seine verfluchte Frau hingegen konnte nicht einmal eine Tasse Tee trinken, wenn das Tablett nicht perfekt arrangiert war und das Einschenken des Tees nicht in genau der richtigen Reihenfolge stattfand.

Ohne zu ahnen, dass sie das Objekt lüsterner Gedanken ihres Herrn war, lief Keara eilig zur Köchin, um ihr zu sagen, dass Mr Mullane ihr die Erlaubnis gegeben hatte, sich den Nachmittag freizunehmen. Dann machte sie sich auf nach Hause und freute sich, dass ihr Vater in den Stallungen zu tun hatte und sich nicht einmischen konnte.

Im Gehen dachte sie, wie gütig Mr Mullane doch war. Ein freundliches Lächeln für jeden, selbst für sie, die unbedeutendste all seiner Angestellten. Niemals hätte sie geglaubt, dass man einen Grundbesitzer mögen könnte, doch ihn mochten alle Bediensteten. Und ihr ging es ebenso, nachdem sie ihn nun etwas besser kannte. Außerdem war er ein gut aussehender Mann, darin waren sich alle Dienstmädchen einig. Dieses dichte dunkle Haar. Und er achtete sehr auf Sauberkeit, badete regelmäßig und wechselte ständig seine Kleidung. Ihr Vater roch durchdringend nach Pferdestall, doch obwohl Mr Mullane viel Zeit mit seinen Tieren verbrachte, ließ er die schmutzigen Stiefel an der Tür zur Waschküche stehen und zog sich vor dem Dinner um. Ständig wechselte man beim Adel die Kleider.

Lächelnd blickte sie an sich hinunter. Auch sie war reinlicher geworden, weil die Köchin darauf bestand, dass die Dienstmädchen sich jeden Tag wuschen. So streng war selbst Arla nicht gewesen. Aber die Haut fühlte sich dadurch schön an. Zufrieden drückte sie das Bündel Reste an sich, das die Köchin ihr mitgegeben hatte, und war überglücklich, dass sie ihrer Familie so gutes Essen bringen konnte. Sie würde es bedauern, wenn die Mullanes wieder nach England abreisten, denn solange sie auf dem Gut residierten, fielen reichlich Essensreste an. Ihre Schwestern profitierten davon sehr. Ihre Mutter hingegen hatte immer noch kaum Appetit.

Auch über ihre eigene Unwissenheit musste sie lächeln, während sie so einherschritt. Es gab so vieles, was sie nicht gewusst hatte, als sie im Herrenhaus zu arbeiten begonnen hatte – beispielsweise, was es bedeutete, zusätzlich zu ihrem Lohn in Naturalien bezahlt zu werden. Erst Theresa hatte ihr erklärt, dass strenge Bräuche bestimmten, welche Bediensteten Anspruch auf welche Zusatzleistungen hatten. Nun, solange Keara die Essensreste bekam, war es ihr gleich, mit welchen Naturalien die anderen ihren Lohn aufstockten.

Als sie das Haus betrat, schaute Mara auf und kam sofort mit ausgebreiteten Armen zu ihr gerannt. Keara ließ das Bündel mit dem Essen auf den Tisch fallen und drückte das Kind fest an sich, dann hob sie es hoch und wirbelte es im Kreis, bis es kreischte vor Begeisterung. Manchmal glaubte Keara, sie würde schmelzen vor Liebe zu ihren Schwestern, und als sie die Jüngere wieder absetzte, umarmte sie sie noch einmal für einen langen Moment, ohne etwas zu sagen.

Ismay sah ihnen aus der Ecke zu, still und zurückgezogen wie immer. Sie umarmte Keara nur kurz, denn Ismay mochte es nicht, festgehalten zu werden, dann trat sie in die ausgebreiteten Arme ihrer Mutter und ließ sich liebevoll von ihr wiegen, wie Betsy es immer tat.

Nur dass ihr heute zum ersten Mal auffiel, wie ungewaschen sie alle rochen. Sie hatte ein schlechtes Gewissen, es überhaupt zu bemerken. Auch das Haus roch unangenehm.

»Ach, ist das schön, dich zu sehen, Liebes.« Zärtlich lächelte ihre Mutter sie an. »Hast du den Nachmittag freibekommen?«

»Ja, Mr Mullane hat gesagt, ich soll euch besuchen. Schaut, was ich euch mitgebracht habe.« Stolz breitete sie das Essen aus. »Iss lieber gleich etwas, Mam, bevor er heimkommt und alles wegfrisst. Sieh mal, da ist ein schönes Stück Schinken. Den nimmst du für dich. Und mit dem Fett aus der Schwarte könnt ihr euch ein paar Kartoffeln anbraten, das wird köstlich!«

Betsy stiegen Tränen in die Augen, als sie den Schinken nahm – etwas, das sie kaum je zu Gesicht bekamen. »Ach, Mädchen, du solltest nicht so über deinen Vater reden.« Sie aß ein paar Bissen, zeigte aber wie üblich wenig Appetit.

»Und er sollte nicht meinen kompletten Lohn einbehalten und für Schwarzbrand ausgeben.« Die Köchin hatte berichtet, dass Da neuerdings für alle seine Freunde regelmäßig eine Runde ausgab. »Hat er dir auch nur einen Penny von dem Geld gegeben?«

»Nein, und es bringt nichts, sich darüber aufzuregen, Liebes. Männer tun nun einmal, was ihnen gefällt, und deinen Vater änderst du nicht, indem du ihn anschreist. Das macht ihn nur noch starrköpfiger.«

Keara bemerkte einen Bluterguss auf Betsys Wange und berührte ihn vorsichtig. »Warum hat er dich diesmal geschlagen?«

Betsy senkte die Stimme. »Aus dem gleichen Grund wie immer. Weil ich ihn nicht lassen wollte.« Deutlicher wurde sie nicht, doch das musste sie auch nicht. Obwohl der Arzt ihn gewarnt hatte, dass ein weiteres Baby sie wahrscheinlich das Leben kosten würde, versuchte er noch immer ab und an, ihren Körper zu benutzen. Sowohl Vater Cornelius als auch der Arzt hatten ihn dafür gescholten, doch sobald er betrunken war, spielte das keine Rolle mehr.

»Er hat dich doch nicht … gezwungen?«

»Nein, Liebes. Diesmal nicht. Und nach dem letzten Mal gab es keine Probleme. Ich glaube, die Heilige Jungfrau wacht über mich.« Betsy tätschelte ihren flachen Bauch.

Keara wusste, dass ihr Vater sich seiner Frau seit der letzten Geburt schon mehrfach aufgezwungen hatte. Wenn er ihre Mutter umbrachte, indem er sie ein weiteres Mal schwängerte, würde sie nie wieder mit ihm reden. Manchmal wünschte sie, er wäre tot. Schon so war es ihr beinahe unerträglich, mit ihm zu sprechen, ob hier oder am Gutshaus. Und ganz gleich, wie viele Bußen der Priester ihr auferlegte, wenn sie derlei Gedanken beichtete – letztes Mal hatte sie zehn Ave Maria beten müssen, nicht fünf! –, wollte die Vorstellung sie einfach nicht loslassen, wie viel besser es ihnen ohne ihren Vater ginge. Abgesehen von dem Lohn, den Keara dann selbst bekäme, könnte Ismay mit ihren zwölf Jahren nun auch hier und da etwas dazuverdienen. Und selbst Mara hätte ab und an bei der Feldarbeit aushelfen können, als Vogelscheuche oder beim Unkrautjäten.

Für eine Weile gab sie sich dem Tagtraum hin, sie würden ohne ihn zusammen in diesem Häuschen leben, dann spürte sie jemanden an ihrer Hand zupfen.

»Können wir im Wald spazieren gehen? Bitte?« Sehnsüchtig lächelte Mara zu ihr empor. »Mam ist immer zu müde dafür, aber heute ist so ein schöner Tag.«

Keara schaute zu ihrer Mutter. »Ist dir das recht? Nur eine Stunde oder so?«

»Natürlich, Liebes. Es wird ihr guttun, mal aus dem Haus zu kommen. Solange es nicht regnet …«

Als Nächstes wandte Keara sich an Ismay. »Willst du auch mitkommen?«

»Nein. Arla hat gesagt, ich kann heute Nachmittag ein oder zwei Stunden bei ihr arbeiten. In letzter Zeit helfe ich ihr oft aus, weil es ihr nicht gut geht, aber das sollen wir niemandem sagen. Und lass bloß nicht Da zu Ohren kommen, wie oft ich im Laden arbeite. Er glaubt, ich werde nur mit Essen bezahlt. Ich hebe die Pennys auf, die sie mir gibt. Viel ist es nicht, aber eines Tages ist es uns vielleicht eine Hilfe.«

Überrascht von diesen Enthüllungen blickte Keara ihrer Schwester nach, als die sich auf den Weg zum Laden machte. Ismay sah ebenso ordentlich und ernst aus wie immer. Auch wenn sie erst zwölf war, wirkte sie plötzlich schon sehr erwachsen. Keara wandte sich zu ihrer Mutter um. »Und du ruhst dich bitte aus, solange wir fort sind, ja?«

»Jawohl, versprochen.« Betsy kam noch zur Tür, um ihnen zu winken. Als sie das Ende des Garten erreichten, rief sie unvermittelt: »He, Mädchen! Vergesst nicht, mir meinen Sonnenschein für einen Penny mitzubringen!«

Keara lächelte. »Das sagst du immer.«

»Weil ich mir immer wünsche, es wäre möglich. Wir hatten schon so lange keinen richtigen Sonnentag mehr.«

Nachdenklich blickte Betsy ihren Töchtern hinterher. Seit Keara so groß geworden war und weibliche Formen bekommen hatte, wirkten sie eher wie Mutter und Tochter als wie Schwestern und verhielten sich auch so. Als die Sonne hinter den Wolken hervorlugte, hob Betsy das Gesicht und genoss die Wärme auf ihrer Haut.

So blieb sie stehen, bis die Sonne wieder verschwand, dann beschloss sie, sich hinzulegen. Als sie sich wieder dem Inneren ihres Häuschens zuwandte, kamen ihr die Tränen. Was war das für ein Leben? Sie hatte gesehen, mit welcher Miene Keara sich umgeblickt hatte. Sie hausten hier kaum besser als Tiere, und das war allein Micks Schuld. Diarmid hatte angeboten, ihnen ein anderes Haus zur Verfügung zu stellen, doch dort wäre die Miete höher gewesen, und so hatte Mick behauptet, es wäre doch gut, wo sie waren. Wie konnte er diesen ärmlichen einen Raum als gut bezeichnen, wo doch seine Töchter in großen Schritten zu Frauen heranwuchsen? Es war kaum mehr als eine Baracke.

Ihr einziger Trost war, dass sie immer achtbar geblieben war. Ihre Mädchen wussten, wie sie sich zu benehmen hatten, und keine von ihnen war je so tief gesunken, zu betteln oder zu stehlen. Und auch wenn Keara jetzt erwachsen war, wusste Betsy, dass sie ein gutes Mädchen war. Sie hatte ihr mehrfach eingetrichtert, sich ihre Unberührtheit zu bewahren, denn sie wollte nicht, dass ihre Töchter denselben Fehler begingen wie sie und es für den Rest ihres Lebens bereuten.

Seufzend legte sie sich auf den Strohsack, den sie mit Mick teilte, und versuchte zur Ruhe zu kommen. Doch unablässig zogen Bilder vor ihrem inneren Auge entlang, hauptsächlich von Keara. Ach, was würde wohl aus dem Kind werden? Selbst wenn sie unberührt blieb, was nicht leicht war für ein hübsches Mädchen, wollte Betsy nicht mitansehen müssen, wie sie einen Mann wie Mick heiratete. Keins ihrer Mädchen sollte unter solchen Umständen leben müssen. Und so sandte sie ein rasches Gebet gen Himmel, in dem sie die Heilige Jungfrau bat, ihre schützende Hand über alle drei Mädchen zu halten. Danach ging es ihr besser, und sie machte es sich so bequem, wie es eben ging, während ihre Gedanken von einem Mädchen zum nächsten wanderten.

Ismay war stiller als die anderen beiden, weniger ausdrucksstark, doch niemand könnte je anzweifeln, wie sehr die drei einander liebten. Betsy war sich gewiss, dass sie aufeinander achtgeben würden, sollte ihr einmal etwas zustoßen. Wie gern sah sie zu, wie die dunklen Locken ihrer Töchter im

Wind wehten, wenn sie aus purer Freude an der Bewegung um die Wette rannten. Sie liebte es, wie sie die Welt um sich herum mit einem interessierten Funkeln in ihren blauen Augen betrachteten.

Ihr Vater war genauso gewesen, als sie ihn kennengelernt hatte. Ach, Mick war so von sich eingenommen gewesen, weil er diese Stelle in Lancashire ergattert hatte und aus dem Dorf fortgekommen war. Und so wütend, als man ihn gezwungen hatte, Betsy zu heiraten und zurück nach Ballymullan zu gehen. Wie töricht sie gewesen war, sich ihm hinzugeben. Doch sie hatte wahrhaftig geglaubt, er würde sie lieben. Und was immer er auch behauptete: Ihr Leben war dadurch weit schlimmer ruiniert worden als das seine. Auch wenn man es nicht ernsthaft bereuen konnte, eine Tochter wie Keara zu haben.

Nun wurde Micks Haar langsam schütter und begann zu ergrauen, sein Gesicht war verquollen und seine Augen die meiste Zeit blutunterlaufen. Seine Sauferei würde sie alle ins Elend treiben, das wusste sie. Und je bösartiger sein Wesen wurde, desto öfter schlug er sie, schlug selbst die Mädchen. Sie wusste nicht, was sie dagegen unternehmen sollte. Manchmal fühlte sie sich so unbeschreiblich müde – als hätte sie keine Knochen mehr im Körper, um ihr Halt zu geben –, und trotzdem erwartete er von ihr, dass sie ihm alles hinterhertrug.

Ihre Gesundheit ließ sie im Stich, das wusste sie, doch sie wollte nicht sterben, ehe ihre Töchter alt genug waren, um ohne sie zurechtzukommen. Keara konnte nun selbst für sich sorgen, doch Ismay und Mara noch lange nicht. Betsys größte Sorge war, jemand könnte ihre jüngeren Mädchen ins Armenhaus schicken. Ganz gleich, wie oft der Priester oder andere Dorfbewohner ihr versicherten, so weit würde es niemals kommen – nicht auf Mr Theos Grund und Boden –, der Gedanke ließ sie nicht los. Das Armenhaus war eine bleibende Erinnerung aus ihrer eigenen Kindheit, und keine gute. Nach dem Tod ihrer Mutter hatte man Betsy dort hineingesteckt, und erst als sie mit zwölf Jahren alt genug gewesen war, um als Dienstmädchen zu arbeiten, war sie diesem trostlosen Ort entkommen.

Ach, wie töricht ich heute bin, dachte sie. *Das liegt alles in der Vergangenheit. Meinen Kindern wird nichts geschehen. Mr Theo ist ein guter Grundherr, kein bisschen wie sein Vater. Moira hat er schließlich auch nicht auf die Straße gesetzt, als ihr Mann gestorben ist, nicht wahr? Meine Mädchen wird er genauso wenig hinauswerfen, wenn mir etwas zustößt.*

Sie kam zu dem Schluss, dass sie wohl nicht mehr einschlafen würde, und erhob sich, um noch einmal das mitgebrachte Essen durchzusehen. Ein paar Bissen zwang sie noch hinunter, damit sie bei Kräften bliebe, dann ruhte sie sich ein Weilchen am Tisch aus, weil es ihr als zu großer Aufwand erschien, sich noch einmal zu ihrem Schlafplatz hinüberzuschleppen.

Als die zwei Mädchen von ihrem Spaziergang zurückkehrten, fanden sie ihre Mutter schlafend am Tisch, den Kopf auf den Armen abgelegt.

Keara legte einen Finger an ihre Lippen und zog Mara wieder nach draußen, wo sie ihr etwas zu essen gab und ein Spiel daraus machte, mucksmäuschenstill zu sein. Ehe sie ging, würde sie ihre Mutter daran erinnern, etwas von dem Essen zu verstecken, damit ihr Vater sich nicht alles einverleibte. Ständig schwatzte er der Köchin etwas ab, und trotzdem aß er zu Hause weit mehr als seinen gerechten Anteil. Ein gieriger Teufel war er.

Mittlerweile hatte sie selbst Hunger, doch im Herrenhaus bekam sie reichlich zu essen, deshalb nahm sie sich nichts und freute sich daran, Mara so herzhaft zugreifen zu sehen. Doch als das Mädchen satt war, dauerte es nur wenige Minuten, bis sie mit ihrem Gelächter Betsy weckte, und an den länger werdenden Schatten erkannte Keara, dass es ohnehin Zeit wurde, zum Gutshaus zurückzukehren. Widerstrebend stand sie auf, umarmte zuerst Mara und wandte sich dann ihrer Mutter zu. »Begleitest du mich noch die Straße hinunter, Mam?«

Arm in Arm schritten sie langsam einher, während Mara fröhlich vor ihnen entlanghüpfte.

»Ach, du bist eine wundervolle Tochter«, sagte ihre Mutter zu Keara, als sie sich voneinander verabschiedeten. Sie war so bewegt, dass ihr Lancashire-Akzent deutlicher zu hören war als sonst.

»Ach, du bist auch eine wundervolle Mam«, neckte Keara sie und ahmte ihre Sprechweise dabei noch stärker nach.

»Und du … bewahrst auch deine Unschuld, wie ich es dir gesagt habe?«

»Das weißt du doch, Mam. Außerdem, mit wem sollte ich mich schon einlassen? Mr Mullane?« Schon die bloße Vorstellung ließ sie auflachen. Als würde ein so reizender Mann wie er einem Mädchen wie ihr auch nur einen zweiten Blick schenken.

»Das ist mein braves Mädchen.«

»Das ist meine brave Mam.« Und endlich einmal sah sie ihre Mutter wieder lachen. So sah sie beinahe hübsch aus.

Es war hart, so fernab von ihrer Familie im Gutshaus zu arbeiten und zu wohnen, doch wenigstens sah sie sie alle paar Tage, und die Köchin hatte bereits gesagt, wenn die Herrschaften erst wieder in England seien, würde es sogar noch häufiger sein. Keara taten die Mädchen, die auf der Suche nach Arbeit das Dorf verlassen mussten, wahrlich leid. Sie würde niemals von hier fortwollen.

* * *

»Ich denke, ich werde Keara nach England mitnehmen«, verkündete Lavinia am selben Abend unvermittelt am Essenstisch. »Ein fleißiges kleines Ding.«

Theo blickte auf, die Gabel verharrte vor seinem Mund. Er war ebenso überrascht von ihrem entschiedenen Tonfall wie von dem, *was* sie gesagt hatte. »Ich glaube, das wäre ein Fehler. Es gibt noch so vieles, womit sie sich nicht auskennt. Sie kann nicht einmal richtig lesen und schreiben. Das restliche Gesinde wird es ihr nicht leicht machen.«

»Nun, die meiste Zeit wird sie mit dem restlichen Gesinde nichts zu tun haben. Schließlich arbeitet sie für mich. Und was sie nicht weiß, kann ich ihr doch beibringen.«

»Lavinia, das Mädchen ist als Zofe nicht geeignet. Sie ist einfach zu jung, ihr fehlt die Ausbildung.« Doch während er die schlichte Frisur seiner Gattin betrachtete, fragte er sich, ob das wirklich von Bedeutung war. Lavinia sah besser aus als seit Langem, und zufriedener obendrein. Selbst die teigige Blässe war aus ihrem Gesicht gewichen, seit Keara sie regelmäßig zu kurzen Spaziergängen ermunterte, um einen blühenden Strauch oder einen besonders malerisch gelegenen Teich zu bewundern. Dinge, von denen Theo nie geglaubt hätte, Lavinia könnte daran Gefallen finden. Er runzelte die Stirn. All diese Veränderungen konnten doch nicht allein dem Einfluss eines sechzehnjährigen Mädchens zu verdanken sein?

Ungeduldig wedelte Lavinia mit der Hand. »Mir wird es Freude bereiten, sie auszubilden.« In ihre Stimme schlich sich ein schmeichelnder Ton – eine Seltenheit in ihrer Beziehung, die bereits seit Jahren bestenfalls frostig war, die meiste Zeit gar von offener Feindseligkeit geprägt. »Bitte, Theo. Ich brauche Keara. Sie muntert mich auf. Mir geht es so gut wie schon lange nicht mehr.«

»Ich werde darüber nachdenken.« Er entschied, die beiden von jetzt an aufmerksam zu beobachten, wenn sie beisammen waren. Wenn es wirklich Kearas Verdienst war, dass Lavinia so wohl gelaunt war, dann würde er das Mädchen definitiv mit nach England nehmen. »Hast du sie denn gefragt, ob sie bereit ist, Irland zu verlassen?«

»Sie gefragt? Eine solche Gelegenheit wird sie mit beiden Händen ergreifen.«

»Das ist nicht immer der Fall.« Und er wusste von Diarmid, wie aufopfernd Keara sich um ihre Familie kümmerte und wie sehr diese darauf angewiesen war.

»Theo, sie kann doch nicht ablehnen! Das würdest du nicht zulassen, nicht wahr?«

Er war erstaunt, wie vehement sie darauf beharrte, und erfreut über ihren Willen, das Mädchen zu fördern. Für gewöhnlich mied sie so viele der Aufgaben, die sie als Gutsherrin hätte erfüllen sollen – sowohl hier als auch in Lancashire –, dass er es schon beinahe aufgegeben hatte, sie anzuhalten, sich um ihre Pächter zu kümmern. »Nein, natürlich nicht. Wenn ich beschließe, dass wir sie mitnehmen, werden wir schon dafür sorgen, dass sie nicht Nein sagen kann.«

Ein weiterer Aspekt der Sache war, dass seine Frau dies unbedingt wollte. Nun, er wollte auch etwas von ihr. Wenn sie dankbar genug wäre, generell zufriedener mit dem Leben, wäre es vielleicht für sie beide einfacher, noch einmal zu versuchen, ein Kind zu zeugen.

* * *

Entsetzt starrte Keara ihre Herrin an und konnte nicht verbergen, wie unvorbereitet sie dieses Anliegen traf. »Mit Ihnen nach England gehen? Oh, verzeihen Sie, Ma'am, aber daran kann ich nicht einmal denken. Meine Mam würde ohne mich niemals zurechtkommen.«

Lavinia war noch schockierter als sie. »Das kannst du doch nicht ernst meinen, Keara! Es wäre eine so wunderbare Gelegenheit für dich. Außerdem – ich brauche dich.« Bei den letzten Worten zitterte ihre Stimme, und Tränen traten ihr in die blassen Augen.

Mit gedämpfter Stimme versuchte Keara, einen Weg zu

finden, ihre Herrin zu überzeugen, dass ihr Wunsch nicht praktikabel war. »Mrs Mullane, wenn Sie wieder auf Ihrem Anwesen in England sind, werden Sie eine Zofe brauchen, die weiß, was sie tut, wenn es um Ihre Garderobe und Ihre Frisur geht, das wissen Sie doch auch. Alles mussten Sie mir von der Pike auf beibringen, und ich bin noch immer so unwissend, dass ich bloß die einfachsten Frisuren zuwege bringe. In England würden sie mich doch auslachen.«

»Ich würde schon dafür sorgen, dass das niemand wagt.« Davon abgesehen war es sehr angenehm, wenn jemand an einem übte, das Haar zu bürsten und zu arrangieren.

»Das ist wirklich sehr freundlich von Ihnen, Ma'am, aber …« Keara zauderte, dann erklärte sie eingehender, wie die Dinge zu Hause standen und wie sehr ihre Mutter auf sie angewiesen war.

Theo stand still im Nebenzimmer und belauschte die Unterhaltung schamlos. Nach seinen Beobachtungen der letzten Tage war das Mädchen tatsächlich der Grund für Lavinias gehobene Stimmung. Seltsam, dass ein so junges Ding so fähig sein konnte. Und dass Lavinia es wahrhaftig genoss, sie auszubilden. Er verzog das Gesicht zu einem trockenen Lächeln. Nun, es kam nicht oft vor, dass Lavinia in irgendetwas besser war als jemand anders. Sich überlegen zu fühlen musste für sie eine angenehme Abwechslung sein. Diese sogenannten Freundinnen in England tolerierten sie nur, weil sie sie kannten und sie eine von ihnen war.

Doch je länger er Keara vom Leben im Michaels-Haushalt erzählen hörte, desto mehr ärgerte es ihn, dass der Lohn des Mädchens für Schwarzbrand verschwendet wurde. Ihm war nicht klar gewesen, wie schlimm es um die Familie stand, als er Mick gesagt hatte, der Verdienst seiner Tochter würde an ihn ausgezahlt werden.

* * *

Als Keara das nächste Mal ihre Familie besuchen ging, hörte sie im Wald Schritte hinter sich, ehe eine Stimme rief: »Warte!«

Sie wandte sich um und war überrascht, ihren Herrn zu Fuß unterwegs zu sehen, denn für gewöhnlich bewegte er sich zu Pferd über das Gut. »Mr Mullane, Sir!«

Als er auf sie zukam, starrte er sie auf eine Weise an, dass sie sich fragte, ob mit ihrem Haar etwas nicht in Ordnung war. Manchmal sah er sie so merkwürdig an, und bei anderen Gelegenheiten wiederum hätte sie eine Fliege an der Wand sein können, so wenig nahm er sie wahr. Doch ihn musste man wahrnehmen, so voller Lebenskraft war er.

»Hast du es dir noch einmal überlegt? Kommst du mit uns nach Lancashire?«

Ihr wurde das Herz schwer und sie schüttelte den Kopf. »Es tut mir leid, aber ich kann nicht, Sir.«

»Warum nicht?«

»Das habe ich doch bereits gesagt. Meine Familie braucht mich.«

»Was deine Familie braucht, ist anständiges Essen auf dem Tisch. Das können sie haben, wenn du uns begleitest. Und ein besseres Haus noch dazu.«

Ihr stiegen Tränen in die Augen. »Aber ich will nicht fort von ihnen. Wirklich nicht. Es tut mir leid, Sir, aber ich werde meine Meinung nicht ändern.«

Damit wandte sie sich zum Gehen, doch er fasste sie beim Arm und drehte sie wieder zu sich. »Einen Augenblick, bitte. Es geht auf der Welt nicht nur um das, was du willst, Keara. Ich will, dass meine Frau zufrieden ist, und du machst sie zufriedener, als irgendjemand sonst es kann. Deine Mutter will für deine Schwestern anständiges Essen auf den Tisch bringen, damit sie gesund und kräftig heranwachsen. Habe ich recht?«

Sprachlos starrte sie ihn an, konnte nur die Kraft der Hand

wahrnehmen, die sie festhielt. Bisher hatte sie ihn für einen gütigen Mann gehalten, doch jetzt, da sie die Macht hinter der Freundlichkeit sah, überlief sie ein Schauer.

»Dies ist keine Bitte mehr, Keara, es ist ein Befehl. Du wirst uns nach England begleiten und weiterhin tun, was immer du tust, um meine Frau so zufrieden zu machen.« Als sie den Mund öffnete, um sich zu weigern, hielt er einen Zeigefinger in die Höhe, um sie zum Schweigen zu bringen. »Wenn nicht, wird dein Vater seine Arbeit verlieren und deine Familie aus dieser Baracke ausziehen müssen, die du ein Zuhause nennst.«

»Oh, Sir, das würden Sie doch nicht wirklich tun, oder?«

»Doch, das würde ich, Keara. Wenn ich etwas will, dann tue ich, was immer nötig ist, um es zu bekommen.« Und mehr als alles andere auf der Welt wollte er ein Kind von seiner Frau. »Wenn du allerdings mit uns kommst, stelle ich deiner Familie eins der neuen Häuser zur Verfügung – zum selben Mietpreis.«

Keara verzagte angesichts der Entschlossenheit in seinem Blick. Sie hatte schon des Öfteren gesehen, wie eine Katze einen Vogel belauerte und der Vogel irgendwann einfach reglos sitzen blieb, bis der Jäger zuschlug. Genau so fühlte sie sich jetzt. In der Falle. Sie konnte sich nicht rühren, konnte nichts unternehmen gegen das Grauen, mit dem er sie erfüllte. Tief in ihrem Inneren spürte sie ein Wehklagen anheben, als spürte sie schon jetzt den bevorstehenden Verlust.

Mr Mullane ließ sie los und trat einen Schritt zurück. »Ich gebe dir keine Bedenkzeit mehr, Keara Michaels, ich sage es dir, wie es ist: Du kommst mit uns nach England.«

Diesmal wagte sie nicht zu protestieren. Alles, was aus ihrer Kehle kam, war ein leises Wimmern.

Er verschloss sein Herz vor dem Schmerz in ihren Augen. Natürlich würde er ihre Familie nicht auf die Straße setzen – niemals! –, doch das durfte sie nicht wissen. »Wenn du heute

Abend von deinem Besuch zurückkehrst, kannst du meiner Frau sagen, dass du es dir anders überlegt hast. Erzähl ihr, du würdest es nicht übers Herz bringen, sie im Stich zu lassen, auch wenn wir beide wissen, dass du es nur aus Liebe zu deiner Familie tust. Haben wir uns verstanden?«

Wie betäubt vor Elend starrte sie ihn an. Es würde ihre Mutter umbringen, ihr Heim zu verlieren und auf der Straße zu sitzen. Oder, schlimmer noch, wieder ins Armenhaus gehen zu müssen. Auch das Leben von Ismay und Mara wäre ruiniert. Das konnte sie ihnen nicht antun. Hingegen würde es ihre Mutter unheimlich glücklich machen, in einem schöneren Haus zu wohnen, auch das wusste sie. Ihre Achtbarkeit war Betsys höchstes Gut, und sie bemühte sich verzweifelt, wenigstens den Schein zu wahren. Als die Köchin Keara einige alte Kleider mitgegeben hatte, die beim Aufräumen des Speichers übrig geblieben waren, hatte ihre Mutter kaum an sich halten können vor Freude. Sorgfältig hatte sie die Sachen geändert, um nun des Sonntags in ihrem neuen Kleid und den feinen Schuhen hoch erhobenen Hauptes zur Messe zu gehen. Dabei kümmerte es sie nicht, dass die neuen Schuhe ihr nicht richtig passten und ihre Füße davon schmerzten. Oder dass der braune Stoff des Kleids sie noch fahler wirken ließ.

Ein letztes Mal sah Keara ihren Herrn flehend an, beschwor ihn stumm, seine Meinung zu ändern, und glaubte sogar für einen Moment Scham in seinen Augen aufflackern zu sehen. Doch darin musste sie sich getäuscht haben, denn er starrte sie nur an und fragte mit eisiger Stimme: »Nun?«

»Ich habe wohl keine Wahl, Sir, nicht wahr?«

»Nein. Hast du nicht.« Zu ihrer Überraschung fügte er jedoch hinzu: »Es tut mir leid. Aber man muss auch an andere Menschen als nur sich selbst denken. So ist das Leben.«

Keara antwortete nicht. Eines Tages würde sie einen Weg finden, England zu entfliehen und wieder hier bei ihren

Schwestern zu sein. Eines Tages, wenn ihre Mutter nicht mehr auf Kearas Lohn angewiesen war.

Als sie das nächste Mal aufblickte, entdeckte sie einen anderen Ausdruck auf seinem Gesicht. Einen, bei dem sie sich … unwohl fühlte. Heilige Mutter Gottes, er sah sie an wie ein Mann eine Frau! Ihre Mutter würde der Schlag treffen, wenn sie so etwas sähe.

Dann veränderte seine Miene sich abermals, und Keara fragte sich ernsthaft, ob sie sich jenen anderen Blick nur eingebildet hatte. Ja, natürlich war es so! Wie könnte ein hochwohlgeborener, gut aussehender Gentleman wie er sich je zu einem groben Dorfmädchen wie ihr hingezogen fühlen?

»Auf Wiedersehen, Keara«, sagte er abrupt und wandte sich auf dem Absatz um.

Wütend blickte sie ihm nach. Was tat er ihr nur an? Und doch konnte sie nicht umhin zu denken, wie gut er aussah, wie energiegeladen und voller Leben. Sie machte sich wieder auf den Weg und wischte mit dem Handrücken eine oder zwei Tränen fort. Jeder Baum, jeder Strauch, an dem sie vorüberkam, erschien ihr plötzlich schöner denn je, überhaucht vom zarten Grün des Frühlingslaubs.

Wie mochte es in Lancashire aussehen? So schön wie hier in Ballymullan konnte es nicht sein, wo sich hinter dem Dorf steil die Hügel emporschwangen, die Kuppen oftmals in Wolken gehüllt. Und oh, wie herrlich die Luft an einem Sommerabend hier sein konnte. Sie kannte jeden Winkel, jede Kurve der Landschaft, jeden Baum, Strauch und Felsen. Erinnerungen aus allen Jahreszeiten strömten auf sie ein, an ihr Dorf, die Wälder im Herbst, die Blumen im Sommer, und wieder flossen die Tränen.

Wie sollte sie es ertragen, Irland zu verlassen? Dieses Land war ebenso sehr Teil von ihr wie ihre Familie.

Kurz bevor ihr Haus in Sichtweite kam, hielt sie inne und atmete tief durch, bevor sie ein Lächeln versuchte. Sie wollte nicht, dass ihre Mutter sich sorgte, deshalb würde sie ihr vorgaukeln müssen, sie würde sich auf die Reise nach England freuen. Doch niemals könnte sie vorgeben, sie wäre glücklich, ihre Familie hinter sich zu lassen. Niemals.

Zu ihrer großen Enttäuschung war ihre Mutter jedoch begeistert über die Neuigkeit und behauptete beharrlich, mit diesem Schritt habe sie es geschafft.

»Aber dafür muss ich euch hier zurücklassen«, schluchzte Keara.

»Ach, das würdest du ohnehin bald tun, Liebes. In deinem Alter bleibt ein Mädchen nicht mehr lange daheim. Entweder es heiratet, oder es sucht sich irgendwo in der Ferne eine Arbeit.« Betsy blickte sich um und ließ ausnahmsweise ihre Abneigung gegen dieses Haus erkennen. »Und wenn wir dafür in eines der neuen Gebäude ziehen dürfen, nun – für deine Schwestern kann ich mir kaum etwas Besseres vorstellen. Was ist denn dies für ein Ort? Ich bin sogar froh, dass du hier nicht mehr leben musst.« Dann wandte sie sich wieder Keara zu und erklärte mit fester Stimme: »Und deshalb ist jetzt Schluss mit diesem Unsinn. Sei dankbar für eine so wundervolle Gelegenheit und mach das Beste draus. Was du tust, wird uns allen zugutekommen.«

Doch als Keara wieder fort war, seufzte Betsy. Ihre Tochter würde ihr furchtbar fehlen. Sie würde nicht nur ein Kind, sondern auch ihre engste Freundin verlieren. Ein Schluchzen drang aus ihrer Brust, dann ballte sie die Faust und presste sie an ihren Mund. Sie durfte nicht weinen. Dies war das Beste, was Keara widerfahren konnte, das Allerbeste. Daraus musste sie ihren Trost ziehen.

* * *

Als Keara an jenem Abend wieder im Herrenhaus eintraf, tat

sie, was Mr Mullane ihr befohlen hatte, und erzählte ihrer Herrin, sie hätte es sich anders überlegt.

Strahlend blickte Mrs Mullane sie an. »Oh, Keara, das macht mich so unheimlich froh!« Als sie sah, wie traurig das Mädchen dreinblickte, fügte sie hinzu: »Ich weiß, wie sehr du deine Familie liebst, aber auf diese Weise können wir zwei zusammenbleiben. Außerdem – niemand kann alles haben, was er sich wünscht.« Bei den letzten Worten verfinsterte sich ihre Miene. »Man kann immer nur sein Bestes geben.«

Nach einer weiteren Pause setzte sie hinzu: »Deine neue Heimat wird dir auch bald ans Herz wachsen, da bin ich mir sicher. Eastwood House ist viel edler als dieser modrige Bau, und größer ist es auch. Die Gegend, in der wir wohnen, grenzt an die Heidelandschaft, die wirklich ganz reizend ist. Theo hat erzählt, dass deine Mutter aus Lancashire stammt. Sie muss dir doch davon erzählt haben.«

Doch auch wenn Keara vorgab, sich über die Planänderung zu freuen, und ihre Herrin ermunterte, ihr von Eastwood House und all seinen Annehmlichkeiten zu erzählen, war England noch immer ein fremdes Land und bedeutete ihr nicht das Geringste.

Und sie empfand Mrs Mullane zunehmend als – schwierig.

* * *

Eines Nachmittags einige Tage später fand Vater Cornelius Keara herzzerreißend weinend in seiner kleinen Kirche vor. »Was betrübt dich so, Kind?«

Mit Mühe unterdrückte sie ihr Schluchzen so weit, dass sie sprechen konnte. »Ich will nicht nach England.«

»Wie kannst du das sagen?«

»Weil es die Wahrheit ist.«

»Aber denk doch an deine Familie. Bedenke, welchen Unterschied dein Lohn machen wird. Und wie ich höre, dürfen sie zudem in eines der neuen Häuser ziehen, alles dank dir.«

»Aber Da wird das zusätzliche Geld nur wieder für Schwarzbrand ausgeben. Es ist so ungerecht. Meine Mutter und meine Schwestern werden trotzdem noch hungern.«

Einen Moment lang schwieg Vater Cornelius. Sie hatte recht, und es war eine himmelschreiende Ungerechtigkeit. »Soll ich Mr Mullane vielleicht bitten, deinen Lohn stattdessen an Arla Lynch auszuzahlen? Unter der Bedingung, dass nur deine Mutter davon bei ihr einkaufen darf?«

Blinzelnd sah sie ihn an. »Könnten Sie das wirklich tun, Vater?«

»Das könnte ich in der Tat. Ich bin mir sicher, Mr Mullane wird mir darin zustimmen, dass es eine gute Idee ist. Ein oder zwei Schilling werden wir dir lassen, denn etwas wirst du selbst brauchen, aber der Rest kann deiner Mutter zugutekommen. Würde es dir damit besser gehen, Kind?«

»Ja. Vielen Dank.« Auch wenn es keine Entschädigung dafür war, dass sie alles verlieren sollte, was sie kannte und liebte, würde es ihr ein großer Trost sein, dass ihre Mutter und ihre Schwestern anständiges Essen auf den Tisch bekämen.

Seine Stimme wurde sanfter. »Für dich ist es doch auch von Vorteil, dieses Angebot anzunehmen.« Als er ihr Gesicht betrachtete, vom Weinen gerötet und verquollen, doch immer noch hübsch, setzte er vorsichtshalber eine Warnung hinzu. »Solange du dich nicht umwerben und zum Heiraten verleiten lässt dort drüben in England.«

Das entlockte Keara nur ein abfälliges Lachen, das sich in ein Schluchzen auflöste. »Ich? Heiraten? Niemals, Vater. Niemals! Ich habe gesehen, was die Ehe mit einer Frau macht, und ich werde mir nicht von einem Mann das Leben ruinieren lassen. Darauf verzichte ich dankend.«

Mit einem mitleidigen Lächeln blickte der Priester ihr nach, als sie die Kirche verließ – noch immer mit hängenden

Schultern. Er hatte schon viele Mädchen so vehement jede Heiratsabsicht verneinen hören, doch die meisten heirateten am Ende trotzdem. Und so sollte es auch sein. Wo bliebe sonst die nächste Generation?

Sein Lächeln verblasste. Er hoffte nur, Keara würde es in England nicht ihrem Vater – und wohl auch ihrer Mutter – gleichtun, sondern sich von allem Ärger tunlichst fernhalten. Darüber würde er noch einmal mit ihr sprechen, bevor sie das Land verließe – und über besonders eine der sieben Todsünden.

5

April – Mai 1859

Wenige Tage später stieg Keara mit Mr Mullanes Leibdiener in die zweite Kutsche und gab sich große Mühe, die Tränen zurückzuhalten, als man sie zum Bahnhof fuhr.

»Er wird wütend werden, wenn er dich weinen sieht«, warnte Dick. »Er will, dass du seine Frau aufmunterst.«

»Dann sollte er mich wohl nicht zwingen, meine Familie zu verlassen, nicht wahr?«

Seufzend drückte Dick ihr ein blütenweißes Taschentuch in die Hand. »Trockne dir sofort die Augen, du törichtes Mädchen. Hast du denn gar keinen Stolz, dass du deine Gefühle so vor aller Welt zur Schau trägst?«

Erschrocken verstummte Keara.

»Wisch dir die Tränen fort«, wiederholte er in sanfterem Ton. »In ein oder zwei Monaten werden wir zurück sein. Es ist ja nicht so, als würdest du Ballymullan für immer verlassen.«

Sie tat wie geheißen, denn letztlich konnte man nicht ewig weinen, auch wenn es einem das Herz zerriss. Schon letzte Nacht hatte sie sich in ihrer Dienstbotenkammer unter dem Dach in den Schlaf geweint, nachdem sie von ihrer Familie Abschied genommen hatte. »Danke, Mr Pearson.«

»Ach, nenn mich Dick. Ich bin kein Freund davon, ständig den Amtsschimmel zu reiten.«

Überrascht blinzelte sie ihn an, dann brachte sie ein zaghaftes Lächeln zustande. »Dick.« Es fühlte sich irgendwie erwachsen an, ihn so anzusprechen, und gab ihr ein Gefühl von Bedeutsamkeit.

Als die Kutschen an der Eisenbahnstation in Sligo hielten, stieß Dick sie an. »Geh und sieh nach, ob deine Herrin etwas braucht. Du wirst dafür bezahlt, sie zu bemuttern, also geh und bemuttere sie.« Seine eigene Beziehung zu seinem Arbeitgeber war deutlich entspannter. Schon als Jungen hatten sie zusammen gespielt, und die meiste Zeit behandelte Theo ihn wie einen Freund. Seine Pflichten als Leibdiener waren überschaubar, da Theo weder für raffinierte Kleidung noch für komplizierte Frisuren zu haben war, ganz zu schweigen von den üppigen Backenbärten und Schnäuzern, die dieser Tage so beliebt waren. Seinen Worten nach wäre ihm ein Bart zu viel Aufwand und würde außerdem jucken. Und als sie auf Lavinias Drängen hin einmal einen Mittelscheitel von der Stirn bis in den Nacken ausprobiert hatten, das Haar zu beiden Seiten voluminös aufgebürstet – der letzte Schrei, wie man hörte –, hatte Theo laut aufgelacht und erklärt, die Mode könne zum Teufel gehen, er wolle nicht aussehen wie eine Schneiderpuppe.

Lavinia klagte bitterlich über den Mangel an »standesgemäßem Stil« ihres Ehemanns, doch andere Damen schien das nicht zu stören. Dick hatte gesehen, wie sie Theo bei den seltenen gesellschaftlichen Veranstaltungen, die er besuchte, schöne Augen zu machen versuchten.

Keara ging hinüber und fragte mit einem Knicks, ob sie etwas für ihre Herrin tun könne. Ihre Stimme klang ausdruckslos, ganz anders als sonst, doch sie konnte nichts daran ändern.

Mr Mullane betrachtete sie mit verengten Augen, als wisse er, was in ihr vorging.

Mit einem selbstgefälligen Lächeln antwortete Mrs Mullane: »Im Augenblick nicht, mein Kind. Bleib du nur bei Pearson.«

Auf dem Weg zurück zu Dick sah Keara sich mit großen Augen um. Sie war noch nie in Sligo gewesen, hatte noch nie eine Eisenbahnstation gesehen, geschweige denn war sie mit einem Zug gefahren. Auch wenn Arla ihr erklärt hatte, wie diese Maschinen aussahen, hatte nichts Keara auf den Anblick dieses zischenden metallenen Monsters vorbereiten können. Als das Ungetüm kurz darauf dicke weiße Wolken ausstieß, die geradewegs in die Station zogen, entfuhr ihr ein erschrockener Ausruf, und sie bekreuzigte sich und rückte näher zu Dick.

Der schmunzelte nur. »Keine Sorge, das ist bloß Dampf. Stell es dir vor wie einen riesigen, lärmenden Teekessel.«

Einen solchen Teekessel hatte sie noch nie gesehen.

Der Bahnhofsvorsteher höchstpersönlich kam aus seinem Büro und geleitete die Mullanes in ihr Abteil. Doch als Keara ihnen folgen wollte, zog Dick sie zurück. »Wir Dienstboten fahren in der zweiten Klasse. Komm mit, hier entlang.«

Beim Einstieg in den Waggon schluckte sie schwer, bemühte sich, ihre Furcht im Zaum zu halten, und setzte sich kerzengerade hin. Was würde nun geschehen? Als der Zug sich ruckend ein kleines Stück vorwärtsschob, quiekte sie auf und umklammerte die Kante der Sitzbank. Dann ertönte ein Pfiff, und plötzlich war vor dem Fenster nur noch Dampf zu sehen. Wieder suchte sie unauffällig Dicks Nähe.

»Dir geschieht schon nichts«, sagte er. »Um Himmels willen, Mädchen, es fahren doch ständig Leute mit dem Zug.«

Als sie Fahrt aufnahmen, verflüchtigte sich der Dampf, und plötzlich flogen sie so pfeilschnell durch die Landschaft, dass es über Kearas Verstand ging, wie das Gefährt sich auf den Schienen halten konnte. Womit sie etwas Neues hatte, worüber sie sich sorgen konnte.

Doch je länger die Fahrt andauerte, desto beruhigender wirkte das rhythmische Klackern auf sie. »Es tut mir leid«, sagte sie unvermittelt.

Dick hob den Blick von seinem Buch. »Hmm? Was denn?«

»Dass ich so eine dumme Gans war! Wegen des Zugs.«

»Schon in Ordnung.« Damit wandte er sich wieder seiner Lektüre zu.

Da er offensichtlich nicht plaudern wollte, verfolgte sie aus dem Fenster ihren Weg nach Belfast. Hier und da hielten sie an, um Fahrgäste zu- oder aussteigen zu lassen – oder, wie Dick sie bei einem der Halte wissen ließ, um ihnen Gelegenheit zu geben, sich in den Stations-Wartesälen zu erleichtern. Er zeigte ihr den Weg zum Damen-Wartesaal der zweiten Klasse und gab ihr einen kleinen Schubs, als sie zaudernd vor der Tür stehenblieb.

»Na los. Bis Belfast hältst du nicht durch.«

Als sie wieder herauskam, war er fort, und für einen Augenblick geriet sie beinahe in Panik. Doch dann sah sie Mr und Mrs Mullane vorbeigehen und wusste, dass man sie nicht im Stich gelassen hatte. Eilig kehrte sie zum Zug zurück und fand Dick wieder seelenruhig lesend vor. Sie fragte sich, worum es in dem Buch ging. Ein wenig konnte sie lesen, aber nicht die langen Wörter, und sicher keine ganzen Bücher. Aber wer wollte auch schon den lieben langen Tag drinnen sitzen und lesen, wenn man genauso gut draußen an der frischen Luft sein konnte?

Bloß dass die Fahrt eine Ewigkeit zu dauern schien. Sie war es nicht gewohnt, müßig herumzusitzen. Sie wünschte, sie hätte irgendeine andere Beschäftigung als bloß ihre traurigen Gedanken daran, was ihre Mutter und ihre Schwestern wohl gerade tun mochten.

* * *

Die Fähre war ebenso Furcht einflößend wie der Zug, und als das Schiff ablegte, bekreuzigte sie sich automatisch.

»Lass das!«, fuhr Mrs Mullane sie an.

»Was denn, Ma'am?«

»Dieses ständige Bekreuzigen. Wir sind keine Katholiken, genauso wenig wie der Großteil unseres Gesindes. Die werden dich auslachen, wenn du dich so abergläubisch benimmst.«

»Ich – werde mich bemühen, Ma'am.« Doch ihr war überhaupt nicht bewusst gewesen, dass sie sich bekreuzigt hatte. Wie sollte sie sich dann in Zukunft davon abhalten?

»Braves Mädchen. Und jetzt werde ich mich hinlegen, denke ich. Du kannst mich in die Kabine begleiten. Auf dem Schiff wird mir immer übel. Es kann sein, dass ich rasch eine Schale brauche.«

Keara tat, wie ihr geheißen, und sah zu, wie ihre Herrin sich auf ein schmales Bett legte. Für sie stand nur ein harter Stuhl bereit, von dem aus sie trübsinnig aus dem Bullauge der Kabine ihrer Herrin starrte, während es langsam dunkel wurde. Dicht unter dem Fenster wogte das graugrüne Wasser der Irischen See, und allein von diesem Anblick wurde ihr unwohl.

Plötzlich rief Mrs Mullane: »Bring mir die Schüssel! Schnell!« und übergab sich heftig.

Sie erbrach noch einige weitere Male, wovor Dick Keara ebenfalls gewarnt hatte, doch unter keinen Umständen wollte sie ihrer Zofe erlauben, den Eimer leeren zu gehen. Im Gegenteil – nach dem furchtbaren Unfall, der die arme Mary das Leben gekostet hatte, schien es Mrs Mullane mit entsetzlicher Angst zu erfüllen, wenn Keara auch nur die Nase aus der Kabinentür steckte.

Kurz vor Anbruch der Morgendämmerung verließen sie in Liverpool das Schiff, und die Herrin fühlte sich schon wieder wohl genug, um sich darüber zu beschweren, dass sie zu einer solch unchristlichen Zeit hatte aufstehen müssen. Keara, die auf ihrem harten Stuhl kein Auge zugetan hatte, blickte sich ängstlich um, als sie über die Planke ging. Himmel, das war ja schlimmer als in Sligo. Noch nie in ihrem Leben hatte sie so viele Menschen gesehen! Wer waren die alle? Woher kamen sie? Und warum waren sie nicht daheim und kümmerten sich um ihre eigenen Angelegenheiten?

Mit einem nachlässigen Fingerzeig rief Mr Mullane eine Kutsche herbei und half seiner Frau hinein. Ein weiteres Signal, und eine zweite Kutsche hielt gleich dahinter. Dick winkte Keara einzusteigen, während er das Verladen des Gepäcks beaufsichtigte.

»Bis zum Mittag werden wir da sein«, teilte er ihr mit, als sie einen weiteren Zug bestiegen hatten. »Du wirst feststellen, dass Ellerdale sich sehr von Ballymullan unterscheidet.«

»Ja, das hat meine Mutter mir erzählt.«

»Seit dem Abschied deiner Mutter muss sich die Stadt noch sehr verändert haben. Sie wird von Jahr zu Jahr größer. Ein schmutziger Ort ist es geworden, aber davon wirst du nicht viel sehen, denn Eastwood House ist draußen auf dem Land. Theo kann das Stadtleben nicht ausstehen.«

»Du nennst den Herrn Theo?«, fragte sie mit großen Augen.

»Nicht in der Öffentlichkeit, aber wenn wir unter uns sind, dann durchaus. Schließlich haben wir schon als Kinder zusammen gespielt.«

Mit einem müden Seufzen lehnte er sich zurück und schloss die Augen, und so sagte Keara nichts weiter. Die Entfernung zwischen ihr und ihrer Familie wuchs mit jeder Minute. Und sie würde nicht einmal davonlaufen können, wenn es ihr in England nicht gefiele, da sie nicht das Geld hatte, um die Reise zurück nach Ballymullan zu bezahlen. Selbst wenn sie gewusst hätte, wie man überhaupt dorthin kam.

Am Bahnhof in Ellerdale erwarteten sie Mr Mullanes persönliche Kutschen, und selbst die für die Dienstboten war sauber und komfortabel. Bestürzt starrte Keara auf die dreckig wirkenden Häuser, die sich gleich neben der Eisenbahnstation terrassenförmig auf dem Hügel aneinanderreihten. Gleich daneben spuckten hohe Schornsteine schwarzen Qualm aus. »Warum ist alles so schmutzig?«, flüsterte sie.

»Natürlich durch den Rauch aus den Fabrikschloten«, antwortete Dick.

»Und woher kommt all der Rauch?«

»Von den Dampfmaschinen, mit denen Anlagen angetrieben werden.« Doch er sah ihr an, dass sie nicht verstand, wovon er sprach, deshalb führte er es nicht weiter aus. Das arme Mädchen sah aus, als wäre es am Ende seiner Kräfte, doch sobald sie am Herrenhaus wären, würde Mrs Mullane sie wieder herumscheuchen.

Eine halbe Stunde später hielt die Kutsche der Herrschaften vor dem Eingang eines hässlichen roten Backsteinbaus, während Keara und Dick zur Rückseite gefahren wurden. Der Leibdiener nahm sie mit in die Gesindeküche und wies sie an, dort sitzen zu bleiben und auf Mrs Bertram zu warten.

Die Haushälterin kam erst nach einer Viertelstunde und wirkte wenig erfreut, als sie Keara in ihr Büro mitnahm. »Stellen Sie sich dorthin.« Sie selbst setzte sich hinter den Schreibtisch. »Nun, wie alt sind Sie?«

»Sechzehn, Ma'am.«

»Nicht ›Ma'am‹ – Mrs Bertram.«

»Verzeihung. Mrs Bertram.«

»Sie sehen älter aus.«

Was sollte sie dazu sagen? »Ich werde bald siebzehn, Mrs Bertram.« Was konnte sie dafür, wie sie aussah? Sie verstand nicht, wie sie das Missfallen der Haushälterin auf sich gezogen haben konnte.

»Nun, ich weiß nicht, wie Sie es geschafft haben, sich bei der Herrin einzuschmeicheln, aber mich werden Sie als weit weniger empfänglich erleben, das verspreche ich Ihnen. Allein in Ellerdale könnte ich ein Dutzend Zofen finden, die ihre Arbeit besser beherrschen als Sie, ohne mir auch nur den geringsten Ärger zu machen. Es kommt nie etwas Gutes dabei heraus, wenn eine Dienstherrin sich ihre Lieblinge herauspickt, also bilden Sie sich nur nicht zu viel darauf ein.«

Nur mit Mühe konnte Keara an sich halten angesichts einer solchen Ungerechtigkeit. Als hätte sie hierherkommen wollen!

»Nicht einmal anständige Kleider haben Sie. Mrs Mullane hat mir mitgeteilt, dass Ihre Familie zu arm ist, um Ihnen eine angemessene Ausstattung zu beschaffen, also werden wir Ihnen eine zur Verfügung stellen müssen. Darüber spreche ich morgen mit Ihnen. Bis dahin verlangt die Herrin nach Ihrer Hilfe.« Damit erhob sie sich, öffnete die Tür und rief: »Minnie, hier ist Keara, Mrs Mullanes neue Zofe. Bringen Sie sie nach oben.«

Minnie starrte mit offenem Mund zuerst Keara, dann die Haushälterin an.

»Haben Sie mich verstanden, Minnie?«

»Ja, Mrs Bertram. Verzeihung. Hier entlang, bitte, Keara.«

Mrs Mullane empfing sie mit den Worten: »Da bist du ja endlich. Mir brummt noch immer der Kopf von dieser furchtbaren Reise. Ich brauche eine Massage.«

Keara unterdrückte ein Seufzen. War sie nicht selbst erschöpft? Doch unter ihren fürsorglichen Händen erholte die Herrin sich so gut, dass sie wahrhaftig lächelte, als sie sich zu einem späten Abendessen zu ihrem Gatten gesellte.

Allein zurückgeblieben in dem opulent eingerichteten Schlafzimmer, machte Keara sich daran, Ordnung zu schaffen. Ungehindert liefen ihr dabei die Tränen über die Wangen, so sehr sie sich auch bemühte, sie zurückzuhalten. Nach einer Weile wurde sie wütend auf sich selbst. Was brachte ihr das Weinen schon? Sie war nun einmal hier, daran war nicht zu rütteln. Nun musste sie das Beste daraus machen.

Auf dem Weg nach unten in die Gesinderäume verlief sie sich, und als sie endlich eintraf, musste sie feststellen, dass schon alle am Essenstisch saßen. Acht Menschen starrten sie wortlos an, und als sie ein zaghaftes Lächeln wagte, lächelte niemand zurück.

»Sie kommen zu spät«, tadelte Mrs Bertram von ihrem Platz am Kopfende des Tisches.

»Verzeihen Sie bitte. Ich habe noch Mrs Mullanes Zimmer in Ordnung gebracht.«

»Minnie hätte Sie holen sollen.« Stirnrunzelnd blickte die Haushälterin das andere Dienstmädchen an.

»Tut mir leid, Mrs B. Ich hab's vergessen.«

Keara sah Minnie an, dass es ihr nicht im Geringsten leidtat, und fragte sich, ob ihre »Vergesslichkeit« Absicht gewesen war.

Mrs Betrams Stimme holte sie zurück ins Hier und Jetzt. »Nun setzen Sie sich hin und essen Sie schnell.«

Folgsam nahm Keara den freien Platz ein und sah, dass ihr schon jemand einen Teller gefüllt hatte. Und es war gutes Essen, doch sie verspürte keinen Hunger. Trotzdem senkte sie den Kopf zu einem kurzen Dankgebet, dann zwang sie sich zu essen. Die Riege starrender Gesichter flößte ihr Angst ein – alles hier flößte ihr Angst ein. Abermals spürte sie, wie ihr Tränen in die Augen stiegen, und wischte sie unauffällig fort. Doch sie sah, dass Minnie die Geste nicht entgangen war und das andere Dienstmädchen abfällig auf sie herunterblickte.

Nach dem Essen ließ der Herr durch Dick ausrichten, dass Mrs Mullane ihre Zofe für heute nicht mehr benötigen würde, woraufhin Minnie und eine andere Frau sich Blicke zuwarfen und kicherten. Sie nahmen Keara mit in die Dienstmädchenkammer unter dem Dach, die sie mit vier weiteren Frauen teilen würde, bemühten sich jedoch nicht, sie in ihre Gespräche einzubinden. Als Keara ihr fadenscheiniges Nachthemd hervorholte – mehr hatte sie nicht –, verdrehte Minnie die Augen und stieß die Frau an ihrer Seite an, die spöttisch das Gesicht verzog und hinter vorgehaltener Hand etwas flüsterte. Dann kicherten sie beide.

Über Tränen war Keara längst hinaus, und als sie ins Bett stieg, lag sie noch lange wach und fragte sich, wie sie es hier aushalten sollte.

»Ich hoffe, du heulst nicht schon wieder«, erklang eine Stimme im Dunkeln. »Du solltest froh sein, dass du das Glück hattest, diese Stelle zu ergattern. Wirst uns anderen erst mal beibringen müssen, wie man sich bei der Herrin einschleimt.«

»Ich wollte überhaupt nicht herkommen!«

Minnie lachte bloß. »Das kannst du den Bäumen erzählen! Die glauben dir vielleicht, aber wir wissen es besser. Und wie auch immer du dir ihre Gunst erschlichen hast, lange wirst du sie nicht behalten. Das tut nie jemand. Eines Tages wirst du es bereuen.«

Keara bereute schon jetzt, was geschehen war, doch sie vergeudete keine Zeit darauf, es zu sagen. Stattdessen überließ sie sich dem Schlaf der Erschöpfung und rührte sich nicht, bis Minnie sie am Morgen wachrüttelte.

* * *

Nach einer Woche in Lancashire war Keara zutiefst verzweifelt. Diese sieben Tage waren die schlimmsten – die allerschlimmsten! – ihres Lebens gewesen. Als ob es nicht gereicht hätte, dass sie furchtbares Heimweh nach Irland und ihrer Familie plagte, war sie in so vielen alltäglichen Dingen so unwissend, dass die anderen Dienstmädchen sie offen verhöhnten.

Einmal hatte Minnie sie geschickt, einen »Eimer Dampf« aus der Waschküche zu holen, und gedankenlos war Keara losgetrottet, weil das sanfte Trommeln des Regens an den Fensterscheiben sie so sehr an zu Hause erinnert hatte. Die Waschfrau hatte sich beinahe verschluckt vor Lachen, bevor sie Keara eröffnet hatte, dass sie einem alten Streich aufgesessen war. Mit tiefroten Wangen hatte Keara sich wieder ihren Pflichten zugewandt.

Und nun war ihr Geburtstag – auch wenn sie niemandem davon erzählt hatte. Wen würde es schon kümmern? An diesem Vormittag beging sie einen weiteren törichten Fehler, den Minnie den anderen beim Mittagsmahl in der Dienstbotenküche brühwarm auftischte.

Alle lachten so schallend, dass Keara es keine Sekunde länger aushielt. Sie schob ihren Stuhl so heftig zurück, dass er krachend zu Boden fiel, und rannte heulend wie ein Kind aus dem Haus. Mrs Bertram rief ihr hinterher, sie solle auf der Stelle zurückkommen, doch Keara ignorierte sie. Ohne sich darum zu scheren, wohin sie lief, rannte sie über den Stallhof. In den schönen neuen Schuhen, die Arla für sie aufgetrieben hatte, schmerzten ihr die Füße, und sie hatte noch immer Blasen an den Fersen. Als sie einen Mann auf sich zukommen sah, floh sie blindlings einen Pfad hinunter, der ins kühle Dämmerlicht des Waldes führte. Sie wollte einfach nur allein sein. Ein Stück weiter fand sie einen kleinen Wasserlauf und ließ sich auf das grasbewachsene Ufer fallen, wo sie sich laut schluchzend die Seele aus dem Leib weinte.

Kurze Zeit später berührte sie jemand an der Schulter, und in der Erwartung, dass es eins der anderen Dienstmädchen war, schüttelte sie die fremde Hand ab und rief: »Lasst mich doch endlich in Ruhe!«

»Keara.«

Obgleich die Stimme sanfter klang als sonst, schnappte Keara nach Luft und riss die Augen auf, um Mr Mullane neben sich hocken zu sehen.

Er reichte ihr ein Taschentuch. »Was bedrückt dich?«

Sie setzte sich auf und versuchte mit dem Weinen aufzuhören, doch es gelang ihr nicht.

Mit einem unverständlichen Murmeln ging er auf die Knie und zog sie an sich. Er ließ sie an seiner Brust weinen, bis ihre

Tränen versiegten. Als sie zur Ruhe gekommen war und nur noch ein gelegentlicher Seufzer kam, hielt er sie auf Armeslänge von sich und beharrte: »Sage mir, was dich bedrückt, Keara.«

Stumm starrte sie ihn an, während er sie losließ und seine Sitzposition veränderte. Er klopfte neben sich auf das Gras und sie setzte sich, plötzlich verunsichert.

»Dann lass mich raten. Die anderen Dienstboten triezen dich. Sag mir, wer der Rädelsführer ist, und ich mache dem ein Ende.«

Wenn sie ihm irgendeinen Namen nannte, würde es nur noch schlimmer werden statt besser. Das immerhin war ihr klar. »Es ist niemand Bestimmtes«, murmelte sie und wich seinem Blick aus. »Es ist – irgendwie alles. Hauptsächlich ich selbst. Ich mache so dumme Fehler.«

Einen Moment herrschte Stille, dann tätschelte er ihr die Schulter und sagte: »Vermutlich tust du gut daran, niemanden an den Pranger zu stellen. Aber so kann es nicht weitergehen.« Dazu war das Mädchen zu wertvoll für seine Frau. »Komm mit.« Er stand auf und reichte ihr eine Hand.

Ohne nachzudenken ließ sie sich von ihm auf die Beine ziehen. Einen Augenblick lang standen sie so da und sahen einander an, ihre Hand noch immer in seiner. Dann murmelte er etwas in sich hinein und trat einen Schritt zurück, und so wischte sie sich rasch mit seinem Taschentuch die Augen und hielt es ihm wieder hin.

Trocken lächelnd winkte er es fort. »Gib es in die Wäsche, wenn du zurück zum Haus gehst. So kann ich es nicht gebrauchen.«

»Verzeihung, Sir.«

»Schon in Ordnung. Und jetzt geh und wasch dir das Gesicht. Ich spreche mit Mrs Bertram.«

Als sie zurückzuhumpeln begann, rief er ihr nach: »Halt! Was ist mit deinen Füßen?«

»Was? Oh, nur ein paar Blasen, Sir.«

»Zeig her.«

Sie hob ihren Rocksaum und zeigte ihm die Rückseite des rechten Fußgelenks.

»Und der andere?« Er stieß einen mitfühlenden Pfiff aus. »Das muss doch teuflisch wehtun.«

»Es ist nur, weil die Schuhe mir ein wenig zu groß sind, aber in der kurzen Zeit konnten wir nichts anderes kriegen.«

»Du hättest etwas sagen sollen, dann hätten wir dich zum Schuhmacher geschickt und dir welche anfertigen lassen.« Seine Stimme wurde wieder weicher. »Arme Keara. Es gefällt mir nicht, wenn unter meinem Dach jemand unglücklich ist und Schmerzen leidet.«

Bei dieser Anteilnahme wurde ihr warm ums Herz. Er war ein guter Mann, und auch wenn die anderen Dienstboten angedeutet hatten, dass er ein Schürzenjäger war und irgendwo auf diesen Ländereien ein Häuschen unterhielt, in dem er bisweilen die eine oder andere Frau unterbrachte, glaubte sie ihnen nicht.

Eines war jedoch seltsam, dachte sie, als sie langsam und widerstrebend zurück zum Herrenhaus ging. Es gefiel ihm nicht, Menschen unglücklich zu sehen, und selbst zu einer unbedeutenden Dienstmagd konnte er gütig sein, doch seine eigene Frau war einer der unglücklichsten Menschen, die Keara je kennengelernt hatte. Trotzdem ließ er Mrs Mullane des Nachts nicht in Frieden, genau wie Kearas Vater ihre Mutter nicht in Frieden ließ.

Langsam kam Keara zu der Erkenntnis, dass Männer überall gleich waren und der Adel sich gar nicht so sehr von gewöhnlichen Menschen wie ihr unterschied. Das war ihr nie zuvor in den Sinn gekommen. Aber wenn Mr Mullane doch andere Frauen hatte, dann würde sie darauf wetten, dass er nett zu ihnen war. Was mehr war, als man von ihrem Vater behaupten konnte.

Am nächsten Tag hielt Minnie sie auf der Dienstbotentreppe auf und flüsterte: »Danke, dass du nicht gesagt hast, dass diese Späßchen hauptsächlich mein Werk waren.«

Späßchen?, dachte Keara. *Das waren mehr als bloß harmlose Späßchen.* Doch ihr war klar, dass dies ein Versuch der Wiedergutmachung war, und so zuckte sie nur mit den Schultern und antwortete ebenso leise: »So etwas mache ich nicht.«

»Wolltest du wirklich nicht herkommen?«

Bei dieser Frage konnte Keara nicht verhindern, dass ihr Tränen in die Augen stiegen, und weil sie ihrer Stimme nicht traute, schüttelte sie bloß den Kopf.

»Ich würde alles geben, um eine Stellung als Zofe zu bekommen«, gab Minnie zu. »Darum war ich so wütend.«

»Und ich würde alles dafür geben, nach Hause zu dürfen.«

»Die Welt ist schon ein seltsamer Ort, was?« Unbeholfen tätschelte sie Keara den Arm. »Ach, komm schon, du Häufchen Elend. Reg dich nicht auf. Von jetzt an wird es besser, wirst schon sehen.«

Keara seufzte und trocknete sich mit ihrer Schürze die Augen, bevor sie ihres Weges ging. Wie viel besser es auch würde, zu Hause wäre sie trotzdem nicht. Und ihre Familie wäre weiterhin auf der anderen Seite der Irischen See.

* * *

Mark Gibson sah die australische Küste Kontur annehmen, als das Schiff Port Phillip Bay durchquerte. Das flache Land hatte einen schlammigen Grundton, und als sie näher kamen, konnte er spärliche Vegetation in einem matten, leblosen Grün erkennen. Er hatte Sonnenschein und eine farbenfrohe Pflanzenwelt erwartet, dazu eine große Stadt, die wie ein Kleinod inmitten des Kontinents funkelte. Stattdessen nieselte es, was einen zusätzlichen grauen Schleier über die Landschaft legte.

»Nicht ganz, was ich erwartet hatte«, gestand er Harry.

»Nicht ganz«, bestätigte der. »Wenn du mich fragst, sieht dieses Land aus wie ein glückloser Ort, und noch glückloser wird er sein, wenn ich wieder mit ihm zusammenleben muss.«

»Mit deinem Vater?«

Harry nickte. »Wenn er da ist, hat man keine Minute für sich, immer will er nur beten, beten, beten. Ich wünschte, ich könnte mit dir zu den Goldfeldern kommen.«

»Dazu brauchst du Geld.«

»Das besorge ich mir schon irgendwie. Viel länger halte ich es nicht mehr mit ihm aus.«

Das kommentierte Mark nicht weiter, konnte jedoch nicht umhin zu denken, wie sehr er sich wünschte, er könnte bei seinem eigenen Vater sein.

Walter Hudson trat zu ihnen an die Reling. »Da sind einige Gebäude dazugekommen, seit ich das letzte Mal hier war. Wird eine richtig ansehnliche Stadt, jawohl.«

Auf Mark wirkte die Stadt nicht im Entferntesten ansehnlich. Von hier aus sahen die Häuser geduckt und schäbig aus, und die Landschaft wirkte kahl – nur wenige kärgliche Sträucher und vom Wind zerzauste Bäume. Seine Stimmung sank noch tiefer. Warum war er nur in Panik geraten und hatte eine so weite Reise angetreten, so fern von seiner Familie? Genauso leicht hätte er sich in London ein neues Leben aufbauen können. Sie fehlten ihm alle so sehr, besonders Luke.

Was, wenn er sie niemals wiedersähe?

Als er nach links schaute, sah er die restlichen Jenners ganz in der Nähe stehen. Patience sah hoch und fing seinen Blick auf. Sofort wandte sie sich wieder ab, doch nicht ehe er ihre verletzte Miene gesehen hatte. Mr Jenner starrte ihn finster an und winkte seinem Sohn, er solle zu ihnen kommen. Seufzend ließ Harry seine Freunde stehen und stellte sich wortlos hinter seinen Vater.

Nach dem Andocken dauerte es noch eine Weile, bis sie

das Schiff verlassen durften. Während sie an der Reling dicht gedrängt ungeduldig warteten, mussten sie zusehen, wie das Gepäck ausgeladen und achtlos fallengelassen wurde, wo gerade Platz war.

Walter grinste Mark an. »Halt die Augen offen nach deinen Sachen. Wenn wir erst vom Schiff runter sind, werden alle zu den Pferdekarren stürmen.«

Drei Stunden später konnten sie ihr Gepäck einsammeln, und Walter ergatterte irgendwie eine Transportgelegenheit in die Stadt. Mark saß neben seinem neuen Partner auf einem Karren, der gerade genug Platz für sie beide, ihre Sachen und einige andere Waren bot, die der Fahrer am Anleger abgeholt hatte.

Er war froh, dass Walter sich auszukennen schien, denn für Mark war das alles völlig fremd. Die Stadt war weit größer, als sie vom Wasser aus gewirkt hatte, und bot einige ansehnliche moderne Gebäude, doch die Straßen waren unfassbar schlammig. Schon jetzt wusste er, warum so viele Männer hier hohe Stiefel trugen.

Sie passierten auch ein Etablissement mit weit geöffneten Türen, hinter denen Tanzende zu sehen waren. Zwei Männer kamen herausgetaumelt, jeder mit einer auffällig gekleideten Frau am Arm.

»Die gehören zu den Glückspilzen«, bemerkte Walter. »Das ist das *Barlow's.* Ein guter Anlaufpunkt, wenn man einen Fund gemacht hat. Ich hab mal zwei Tage am Stück durchgefeiert in dem Laden.« Er seufzte. »Wäre nicht gerade ein Schiff kurz vor dem Auslaufen gewesen, hätte ich auch über Wochen dableiben können, statt noch mal nach England zu reisen. Im *Barlow's* gibt's ein paar äußerst zuvorkommende Damen.« Erinnerungsselig lachte er in sich hinein. »Du hast nicht zufällig Lust, uns da heute Abend eine Runde zu spendieren, oder?«

»Nein. Ich bin etwas müde, und wir müssen noch eine Unterkunft finden.«

»Hast wohl recht.«

Doch die Enttäuschung in Walters Tonfall war unüberhörbar. Der Mann hatte eine seltsame Vorstellung von Geld. Sollten sie wirklich das Glück haben, Gold zu finden, gedachte Mark nicht, es für Huren und Schnaps zu verschleudern. Konnte man wahrhaftig ein Vermögen machen, nur indem man im Dreck wühlte? Wenn es ihm nicht gelänge – und er war nicht gerade optimistisch, dass die Nuggets einfach so herumliegen und nur darauf warten würden, dass jemand sie aufhob, ganz gleich, was Walter behauptete –, würde er nach Melbourne zurückkehren und hier nach einer geschäftlichen Gelegenheit suchen. Er hatte doch in Lancashire sicherlich genug gelernt, um sich auch hier in Australien sein täglich Brot zu verdienen? Die Menschen mussten schließlich essen, ganz gleich, wo auf der Welt sie lebten.

* * *

Patience stand neben ihrer Truhe und sah die hochgewachsene, männliche Gestalt Mark Gibsons in der Ferne verschwinden. Sie seufzte. Ihr Vater sagte, es sei Gottes Wille, dass Mark sie nicht heiraten wolle. Selbst ihre sonst so gutmütige Mutter war äußerst gereizt von der Angelegenheit und warf Patience vor, sie habe sich etwas mehr um seine Gunst bemühen sollen. Doch Patience hatte nicht die geringste Ahnung, wie sie etwas Derartiges anstellen sollte. Sie wusste nur, dass sie sich in Marks Gegenwart wohler fühlte als mit irgendjemandem sonst.

Auch Harry mochte ihn, wenngleich er angemerkt hatte, Mark sei ein wenig zu nüchtern und habe keine Ahnung von Spaß. So, wie es sich anhörte, hatte Harry hingegen etwas zu viel Spaß gehabt, als er den Fängen ihres Vaters endlich entkommen war. In letzter Zeit war das Verhältnis zwischen den beiden gar nicht gut. Und Harry brannte darauf, auf Goldsuche zu gehen. Ihren Vater trieb das zur Weißglut, und wann immer das Gespräch auf das Thema kam, verfiel er in flammende Predigten über die »Verlockungen des Teufels« und darüber, dass Geldgier die Wurzel allen Übels sei.

Hoffentlich würden ihre Eltern bald das restliche Gepäck finden. Sie würde froh sein, wenn sie wieder ein richtiges Haus und ein eigenes Leben hatten. Die Zeit im Ledigenquartier der Frauen war für sie nicht besonders erfreulich gewesen. Die anderen Mädchen in ihrem Alter waren alle so laut und dachten an nichts anderes als daran, sich einen Ehemann zu angeln. Die Hälfte von ihnen war allein aus diesem Grund nach Australien gereist, während die andere Hälfte wie Patience keine Wahl gehabt hatte, weil ihre Väter oder andere Verwandte entschieden hatten, die ganze Familie mit hierherzunehmen, um ein neues Leben anzufangen.

Es war vereinbart, dass ihr Onkel sie abholen würde, und als keine Spur von ihm zu entdecken war, wurde ihr Vater nervös.

Nach einer Weile trat ein Mann auf ihn zu und fragte, ob er Mr Jenner sei.

»Ja. Haben Sie eine Nachricht von meinem Bruder?«

»Nun ja, nicht direkt. Von seiner Frau. Leider muss ich Ihnen mitteilen, dass Ihr Bruder vor drei Monaten gestorben ist, einfach umgefallen und gestorben. Pamela lässt ausrichten, dass Sie sich selbst um den Transport nach Melbourne werden kümmern müssen, aber Sie können einige Tage bei ihr unterkommen, bis Sie etwas Eigenes gefunden haben.«

Nan Jenner schluchzte auf, und so legte Patience ihr einen Arm um die Schultern. Harry grub die Hände in die Hosentaschen und starrte finster durch die Gegend. Selbst ihrem Vater schienen ausnahmsweise einmal die Worte zu fehlen.

Es war alles ein so strahlender Traum gewesen. In den

höchsten Tönen hatte ihr Onkel von den Möglichkeiten gesprochen, die sich einem anständigen Mann hier boten, solange er nur bereit war, hart zu arbeiten. Nur deshalb hatte ihr Vater unerwartet beschlossen, ihm zu folgen, denn in seiner Anstellung bei einem Lebensmittelhändler in Todmorden hatte er nie den Erfolg gehabt, der ihm seiner Ansicht nach zustand. Nun würden sie allein in einem fremden Land zurechtkommen müssen, denn sie wussten alle, dass Tante Pamela eine rückgratlose Person war, die ihnen eher zur Last fallen als ihnen helfen würde, sich einzuleben.

Nichts verlief so, wie es sollte, dachte Patience. Einfach gar nichts.

Es dauerte Stunden, bis sie alles beisammen hatten und einen Fahrer fanden, der sie in die Stadt brachte, und mittlerweile waren sie alle am Verhungern.

Als sie an der Adresse ihres Onkels hielten, erschien Patience das Haus sehr klein. Tante Pamela öffnete die Tür und lächelte sie etwas nervös an. »Kommt herein, kommt herein. Ihr müsst müde sein. Ich habe euch Betten bereitet, aber leider werdet ihr alle im selben Raum schlafen müssen. Und euer Gepäck werdet ihr im Abstellraum hinter dem Haus unterbringen müssen und nur herausnehmen können, was ihr gerade braucht, denn oben ist kein Platz dafür. Ich nehme an, es wird alles dreckig sein und ihr werdet einen Waschtag abhalten wollen?« Diese Aussicht schien sie zu verärgern, auch wenn es nach einer so langen Schiffsreise nun wahrlich nicht anders zu erwarten war. Stirnrunzelnd sah sie zu, wie Patience und ihre Mutter einige Kleider auspackten und nach oben brachten.

Als sie wieder nach unten kamen, sagte Patience' Vater gerade: »Es betrübt mich sehr, dass der Herr in seiner unendlichen Weisheit beschlossen hat, deinen Mann heimzuholen, Schwester. Ich hoffe, eure Gemeinde ist dir in dieser Zeit der Trauer eine Unterstützung.«

»Nun ja, äh, ich war nicht auf ihre Unterstützung angewiesen. Ich denke, ihr setzt euch besser. Ich – muss euch noch etwas sagen. Folgt mir doch bitte in den Salon.«

Ihre Tante schien sich wirklich sehr unwohl zu fühlen, und Patience war erstaunt, dass man ihnen noch immer keine Erfrischungen angeboten hatte.

Im Salon wartete ein Mann, der offenbar seinen Sonntagsanzug trug und sich ebenso unbehaglich zu fühlen schien wie Tante Pamela.

»Das ist Ralph. Sein Geschäft war – ist neben unserem, und … nun ja … Wir haben geheiratet. Er hat letztes Jahr ebenfalls seine Frau verloren, und schlussendlich ist es nur naheliegend, dass wir einander helfen.«

Patience' Mutter schnappte nach Luft und sah hilfesuchend zu ihrem Mann, der immer wusste, was zu tun war. Patience hielt den Blick gesenkt, doch als sie kurz zur Seite spähte, sah sie, dass Harry aus dem Fenster starrte, als gehörte er gar nicht wirklich zur Familie.

Es dauerte einen Moment, bis ihr Vater das Wort ergriff, und seine Stimme klang weniger selbstsicher als sonst.

»Ist das Leben hier in Australien so anders als daheim, dass die Leute wieder heiraten, noch ehe sie überhaupt Zeit hatten, ihren Verlust zu betrauern?«, fragte er schließlich.

»Für mich war es das.« Tante Pamela rückte näher zu ihrem neuen Ehemann.

»Ihr Bruder war schon eine Weile vor seinem Tod in einige merkwürdige Verhaltensweisen verfallen, fürchte ich«, erklärte Ralph nun. »Sein Verstand war – nun, Ihr Bruder war zunehmend orientierungslos. Einige Male mussten wir ihm gar Fesseln anlegen. Am Ende war es eine Erlösung für die arme Pamela.«

»Und dann brauchte ich jemanden, der sich um mich kümmert und mir mit dem Laden hilft«, setzte sie hinzu. »Ich wusste nicht einmal, dass ihr nach Australien kommt. Das hatte er vor mir verborgen. Gegen Ende konnte er sehr durchtrieben sein. An manchen Tagen wirkte er beinahe normal, an anderen – seltsam. Deine Briefe habe ich erst gefunden, als ich seinen Schreibtisch ausgeräumt habe, und da war es schon zu spät, ihr wart bereits aufgebrochen. Ihr versteht also, dass die Dinge hier nun anders stehen. Du wirst nicht im Laden aushelfen können, weil nun Ralphs Brüder dort arbeiten, und … nun ja … So ist es eben.«

Im Verlauf ihrer Erklärung hatte sich Alex Jenners Miene immer mehr verfinstert. »Ich weiß nicht, was ich sagen soll. Bisweilen sind die Wege des Herrn unergründlich, gehen weit über unseren sterblichen Verstand. Doch dies wird eine schwere Bürde sein. Wir werden den Herrn um Rat anrufen müssen.«

Pamela tauschte einen Blick mit ihrem neuen Ehemann, der klar erkennen ließ, dass sie nicht ganz so viel Vertrauen in die Kraft des Gebets setzten wie ihr Schwager. »Wir haben die älteren Kinder bei Freunden untergebracht, damit ihr wenigstens für eine oder zwei Wochen ein Dach über dem Kopf habt. Wir werden tun, was wir können, um euch zu helfen, euch zurechtzufinden, aber letztlich liegt es an dir und deinem Sohn, eine Arbeit zu finden, Alex. Nur so könnt ihr euch in Australien ein Leben aufbauen. Die Unterschiede zu England sind groß. Einige fassen hier Fuß, andere wiederum nicht.«

Dem Tonfall ihrer Tante entnahm Patience, dass Pamela sie eher unter Letzteren einordnete, auch wenn sie nicht verstand, warum. Ja, ihr Vater war vor allem deshalb so begierig gewesen hierherzukommen, weil er erwartet hatte, mit seinem Bruder in dessen Geschäft zu arbeiten. Doch ihr Onkel hatte auch von seiner freikirchlichen Gemeinde berichtet und wie gottesfürchtig ihre Mitglieder waren.

Ihr Vater musste in dieselbe Richtung gedacht haben, denn nun fragte er: »Was ist mit eurer Freikirche? Es wird doch sicherlich Menschen in der Gemeinde geben, die bereit sind, uns zu helfen?«

»Es tut mir leid, aber diese Freikirche gibt es nicht. Das war alles nur in seinem Kopf. Am Ende hat er nicht einmal mehr den Gottesdienst besucht.«

Darauf wusste selbst Alex Jenner nichts zu erwidern. Er war so trübsinnig, dass Patience froh war, als sie endlich zu Bett gehen konnten. Dort lag sie im Dunkeln neben ihrer Mutter, sorgte sich, wie es nun weitergehen sollte, und hörte, wie ihr Vater sich auf seiner Matratze auf dem Fußboden hin und her wälzte. Er und Harry würden doch sicher schnell Arbeit finden? Ihre Mutter würde sich wie gewohnt um den Haushalt kümmern, aber auch Patience konnte sich nach einer Anstellung umsehen. Es musste etwas geben, das sie leisten konnte. Ihre Konstitution war viel besser geworden.

Ja, sie würden schon bald wieder auf die Füße kommen, davon war sie überzeugt. Sie konnten nicht so weit gereist sein, nur um zu scheitern.

6

Juni – August 1859

Keine drei Monate nach ihrer Ankunft in Lancashire ergriff eine Rastlosigkeit Besitz von Mr Mullane, und alle im Haus bekamen es zu spüren.

»Er wird langsam sauertöpfisch. Bald schleift er sie zurück nach Irland«, prophezeite Minnie eines Tages. »Was wird das wieder für ein Heulen und Zähneklappern geben! Darum beneide ich dich nicht, Keara.«

»Wie kommst du darauf? Mrs Mullane hat nichts von einem Besuch in Irland erwähnt.«

»Wenn es nach ihr ginge, würden sie auch nie da rüberfahren. Er ist derjenige, dem es dort gefällt. Für seine Pferdchen hat er deutlich mehr übrig als für sie, so viel ist sicher. Aber er bleibt nie lange an einem Ort. Man sollte meinen, mit all dem Geld müsste er zufrieden sein – ich wär's jedenfalls –, aber er macht ganz und gar nicht den Eindruck. Genauso wenig wie sie.«

Zwei Tage später traf Keara eine in Tränen aufgelöste Mrs Mullane an und wurde informiert, dass sie für eine Weile nach Irland zurückkehren würden. Ohne zu überlegen klatschte sie in die Hände und strahlte ihre Herrin an.

Lavinia starrte mürrisch zu ihr empor. »Für dich ist das schön und gut, du kommst nach Hause. Aber für mich ist dieses Loch kein Zuhause und wird es auch niemals sein. Eastwood House ist so viel herrschaftlicher – und ich habe meine Freundinnen in der Nähe.«

Und so jammerte und klagte sie weiter, dass Keara sie hätte schütteln mögen. Zu Beginn hatte sie noch gedacht, man täte ihrer Herrin unrecht, doch schon bald hatte ihr zu dämmern begonnen, wie schwierig es für einen voll im Saft stehenden Mann wie Mr Mullane sein musste, mit einer derart trägen und einfältigen Person verheiratet zu sein. Und gehässig konnte Mrs Mullane noch obendrein sein, selbst wenn man sich die größte Mühe gab, ihr alles recht zu machen.

Später am selben Tag hielt Mr Mullane sie auf dem Korridor auf und bemerkte: »Du siehst glücklich aus.«

Keara nickte. »Ich freue mich darauf, meine Familie wiederzusehen.« Nichts war ihr wichtiger als das. Nichts auf der Welt.

* * *

Als sie Ballymullan Manor erreichten, sah Keara ihren Vater bei den Stallungen und rief: »Da! Ich bin wieder hier!« Doch seine Antwort bestand aus nichts als einem finsteren Blick, bevor er sich abwandte und davonstapfte. Als sie Dick in die Küche folgte, hätte sie weinen mögen über diese öffentliche Zurückweisung.

Die Köchin blickte von einem großen Topf auf, in dem sie gerade rührte. »Hallo, Keara.« Dann registrierte sie den Gesichtsausdruck des Mädchens. »Was ist denn los?«

»Es ist wegen Da. Er hat kein Wort mit mir gewechselt, ist einfach weggegangen.«

»Ach, das hat nichts mit dir zu tun, Kind. Mick wird von Jahr zu Jahr unleidlicher. Mittlerweile kümmern ihn nur noch die Pferde – und der Schwarzbrand.«

Keara hatte vergessen, wie freundlich und gelassen das Gesinde hier auf Ballymullan war, wie anders es sich anfühlte, mit Menschen zusammen zu sein, die ihre Familie und ihren Hintergrund kannten. »Er trinkt also immer noch so viel?«

»O ja, mehr denn je. Es haben sich jetzt ein paar Kerle zusammengetan und brennen das Zeug selbst. Eines Tages wird man sie erwischen und vor den Richter schleifen, das sage ich dir.«

Am folgenden Nachmittag blickte Mrs Mullane ihre Zofe an und seufzte. »Du wirst mir ja doch zu nichts nütze sein, solange du deine Familie nicht gesehen hast. Ich gebe dir zwei Stunden frei.«

Sobald Keara das Schlafzimmer ihrer Herrin aufgeräumt hatte, rannte sie ins Dorf hinunter. Nicht einmal zu einem kurzen Gruß blieb sie stehen, sondern winkte den vertrauten Gesichtern nur im Vorbeilaufen. Zuerst schlug sie den Weg zu ihrem alten Haus ein, dann rief ihr jemand zu, dass ihre Familie in eins der neuen Gebäude gezogen war, und sie hastete zurück zur Hauptstraße. Als sie bei den Neubauten ankam, wusste sie nicht einmal, in welchem ihre Familie nun lebte, und blieb unsicher vor der Vierergruppe von Häusern stehen. Sie kam sich vor wie eine Fremde.

Da trat eine Frau aus einem der Gebäude, sah Keara und rief ihr zu: »Ganz hinten.«

Es war ein schöner Tag, und die Eingangstür war weit geöffnet. Einen Moment lang stand Keara mit Tränen in den Augen da und beobachtete ihre Mutter, die leise summend etwas zu essen machte, dann brachte sie mit erstickter Stimme hervor: »Ich bin wieder da, Mam.«

Mit einem Freudenruf ließ Betsy das Messer fallen und kam zu ihrer Tochter gerannt, um sie fest in die Arme zu schließen und sich laut zu freuen, wie gut Keara aussah. Dann rief sie: »Mara! Mara, Liebes, deine Schwester ist hier.«

Ein weiteres Quietschen, und Mara kam aus dem Hinterzimmer gestürzt. Keara hob ihre jüngste Schwester hoch, drückte und küsste sie und wirbelte sie im Kreis herum, wie sie es immer tat. »Du hast zugenommen«, neckte sie das Mädchen, als sie es wieder absetzte.

Mara nickte ernst. »Wir haben jetzt jede Menge zu essen.«

Keara wandte sich wieder ihrer Mutter zu. »Was für ein reizendes Haus. Drei Zimmer, nicht wahr?«

Strahlend erwiderte Betsy ihren Blick. »Stimmt genau. Komm her und schau es dir an.« Stolz führte sie die separaten Schlafzimmer und die neuen Möbelstücke vor, die Diarmid vom Herrenhaus hergeschickt hatte, um ihnen auszuhelfen.

Doch so sehr Keara sich auch für ihre Mutter freute, machte dies nur noch deutlicher, wie abhängig sie von den Mullanes war. Sie setzte sich auf einen Hocker, Mara stehend an sie gelehnt, und wusste nichts mit sich anzufangen. »Du siehst auch etwas besser aus, Mam.«

»Das ist das gute Essen. Es geht uns allen besser, Liebes, dank dir. Sieh dir an, wie rosig Maras Wangen sind. Und ich schwöre dir, Ismay ist drei Zentimeter gewachsen.«

»Ich habe Da bei den Ställen gesehen, aber er …« Abermals musste sie Tränen hinunterschlucken, bevor sie fortfahren konnte. »Er hat sich von mir abgewandt.«

»Ach, Liebes, das hat er doch wohl nicht wirklich getan!«

Keara nickte bekümmert.

»Er ist wütend, dass er nichts von deinem Geld bekommt, aber Arla gibt ihm keinen Penny, und ich lasse mich dafür auch nicht von ihm drangsalieren. Seinetwegen werden die Mädchen nicht noch einmal hungern, und dabei bleibe ich.« Doch schon im nächsten Moment seufzte Betsy. »Das Ganze macht ihn so missmutig, dass er kaum noch ein Wort mit mir wechselt.«

Mit Mühe brachte Keara ein wackliges Lächeln zuwege. Was sie eigentlich hören wollte, war, die anderen hätten sie so vermisst, dass sie es ohne sie nicht länger aushalten würden. Beinahe hatte sie gehofft, ihre Mutter würde sie anflehen zurückzukehren. Doch das war albern. »Ich bin jedenfalls froh, dass ihr jetzt in diesem schönen Haus wohnen dürft.«

»Na, höre ich da einen englischen Akzent?«, neckte ihre Mutter sie.

»Da drüben muss man anständig reden, sonst wird man ausgelacht. Wo ist denn Ismay?«

»Die hilft heute bei Arla aus. Hat jetzt eine feste Stelle dort. Arla hat wirklich ein gutes Herz.«

Ein wenig plauderte Keara noch mit ihrer Mutter, dann ging sie mit Mara auf einen Spaziergang, und wenigstens daran hatte sich nichts geändert. Ihre kleine Schwester hielt noch immer fest ihre Hand und vertraute ihr all ihre kindlichen Geheimnisse an.

»Woher hast du denn das neue Kleid?«, fragte Keara.

»Aus dem Herrenhaus. Mr O'Neal hat uns ein paar Sachen bringen lassen. Für Mammy war ein hübsches blaues Kleid dabei, das Da verkaufen wollte, aber da ist Mr O'Neal böse geworden, und er musste es ihr zurückgeben. Das trägt sie jetzt am Sonntag zur Kirche, und manchmal sitzt sie einfach nur da und schaut es sich an und lächelt.«

Als Keara sich langsamen Schrittes auf den Weg zurück zum Gutshaus machte, ging ihr auf, dass sie kein rechtes Zuhause mehr hatte, nirgends wirklich ihren Platz fand. Und so war die Rückkehr nach Irland keineswegs die Lösung ihrer Probleme, sondern machte ihr nur bewusst, dass sie keine andere Wahl hatte, als weiter für Mrs Mullane zu arbeiten.

* * *

Theo schlenderte nach draußen, um zusammen mit Diarmid einen Blick auf die neuen Fohlen zu werfen. Die steife Förmlichkeit des Hauses in Lancashire war ihm zuwider. Was ihn betraf, so war Ballymullan sein Heim. Ein Ort, an dem er jederzeit in die Küche gehen und der Köchin einen Happen zu essen abschwatzen konnte. Oder den Garten durchqueren, um mit Diarmid über alles und nichts zu plaudern. Oder sogar einen Spaziergang mit Dick machen. Eigenartig, wie wohl er sich mit seinem Leibdiener immer fühlte.

»Klappt es mit Keara Michaels gut?«, erkundigte Diarmid sich unerwartet.

»Ja. Zu meiner Überraschung, wie ich gestehen muss. Seit sie für uns arbeitet, ist meine Frau weitaus zufriedener.«

»Ein nettes Mädchen, diese Keara.«

»Nicht mehr lange ein Mädchen«, kommentierte Theo trocken. »Jetzt, wo sie täglich anständiges Essen auf dem Teller hat, bekommt sie langsam Formen.«

Rasch spähte Diarmid zu ihm herüber. »Du hast doch nicht … Du würdest doch nicht …«

»Du weißt, dass ich von meinen eigenen Dienstmädchen die Finger lasse, auch wenn ich nicht leugnen kann, eine gewisse Versuchung zu spüren. Diese wilden Locken bringen einen auf verwegene Gedanken, und sie hat die schönsten Augen, die ich je gesehen habe.«

Angesichts dieser Lobeshymnen verspürte Diarmid ein wenig Sorge. Doch es gab Grenzen in seinem Umgang mit Theo, die er nicht überschreiten würde, und so hielt er sich zurück und wechselte das Thema.

* * *

Zwei Wochen später teilte Theo seiner Frau mit, dass er diesmal einige Monate auf Ballymullan zu verbringen gedachte. Sie brach in Tränen aus und flehte ihn an, sie allein nach Lancashire heimkehren zu lassen.

»Dahin kannst du zurück, sobald du mein Kind in dir trägst, eher nicht.«

Ihr Tobsuchtsanfall konnte niemandem im gesamten Haus entgangen sein. Erzürnt über ihren Mangel an Selbstbeherrschung zog er den Klingelstrang, und als Keara gerannt kam, wies er auf seine Frau. »Dann nutze deine Zauberkräfte, Mädchen. Überzeuge deine Herrin, dass es nicht ihr Tod sein wird, hier in Irland zu bleiben.«

Mit offenem Mund sah Keara ihm nach, als er das Zimmer verließ, und zuckte zusammen, als er die Tür krachend hinter sich zuwarf. Ohne groß darüber nachzudenken, ging sie zu Mrs Mullane, legte die Arme um sie und wiegte sie sanft. Die leisen Trostlaute, die sie von sich gab, waren eher einem Kind angemessen, doch dies war der wirksamste Weg, die Herrin zu beruhigen. Bisweilen fragte sie sich, ob Lavinia Mullane jemals zuvor von einem anderen Menschen in den Arm genommen worden war. Ihre Mam umarmte sie und ihre Schwestern ständig, auch wenn ihr Vater davon nichts hielt, und sie kuschelten auch miteinander. Das fehlte ihr. Sie konnte es nicht ausstehen, allein in ihrem Bett zu liegen.

Eine Stunde später verließ sie auf Zehenspitzen das Schlafzimmer und machte sich auf die Suche nach Dick. »Mrs Mullane wird nicht zum Essen hinuntergehen. Kannst du das bitte dem Herrn für mich ausrichten?« Als er nickte, fügte sie hinzu: »Und wenn du die Köchin bitten könntest, mir etwas zu essen nach oben bringen zu lassen, wäre ich dir sehr dankbar. Denn auch wenn sie nicht hungrig ist, bin ich es sehr wohl.«

Als einige Minuten später die Schlafzimmertür aufging, war Mrs Mullane eingeschlafen und Keara drehte sich nicht einmal um, um zu flüstern: »Stell es auf den Tisch. Ich hole es mir gleich.«

»Stell was auf den Tisch?«

Keuchend sprang Keara auf. »Verzeihen Sie, Sir. Ich wusste nicht, dass Sie es sind.«

Mrs Mullane murmelte etwas und schmiegte sich tiefer in ihr Kissen.

»Wie lange hast du diesmal gebraucht, um sie zu beruhigen?«, fragte der Herr leise.

Keara zuckte die Achseln. »Über eine Stunde.«

»Wird sie mich heute Nacht empfangen können?«

Ihr so eine Frage zu stellen! Keara lief feuerrot an.

»Ja oder nein?«

Ihre Verlegenheit amüsierte ihn sichtlich, also hob sie das Kinn und erwiderte seinen Blick geradeheraus. »Ich denke, es wäre klüger, ihr heute Nacht etwas Erholung zu gönnen, Sir.«

»Die Frau erholt sich viel zu viel, aber für heute lasse ich sie in Ruhe. Kümmere dich doch darum, dass sie sich in Zukunft etwas mehr Bewegung verschafft.«

Keara nickte.

Als er gegangen war, drehte Mrs Mullane sich auf den Rücken und sagte: »Danke, Keara. Mein Ehemann ist ein Ungeheuer.«

»Ach, er ist bloß ein Mann. So sind sie alle – wollen es ständig tun.«

»Aber doch nicht wirklich?«

»Doch, wirklich.«

Stirnrunzelnd sah Mrs Mullane sie an. »Woher willst du das wissen?«

»In unserem alten Haus gab es nur den einen Raum, deshalb habe ich mit eigenen Augen gesehen, wie mein Vater sich benimmt. Um weitere Kinder zu bekommen, tut er es wohl nicht, sondern nur fürs Vergnügen. Und ich habe andere Frauen reden hören, die über ihre Männer dasselbe sagen.« Sie sah die erstaunt aufgerissenen Augen ihrer Herrin. Hatte denn niemand je mit ihr darüber gesprochen?

Mrs Mullane legte einen Arm über ihre Augen. »Jedenfalls will ich keine Kinder, wenn sie so gemacht werden. Ich hasse es!«

Auch wenn sie die unterschwellige Hysterie in der Stimme ihrer Herrin hörte, hielt Keara offene Worte für angebrachter als besänftigendes Gesäusel. »Er wird nicht damit aufhören, bis Sie ihm ein Kind schenken, und daran wird alles Weinen auf der Welt nichts ändern.«

Entrüstet starrte Mrs Mullane sie an. »Also, wer sagt denn so etwas!«

Keara machte sich nicht die Mühe zu antworten. Es reichte, dass sie ihrer Herrin den Gedanken in den Kopf gesetzt hatte. Es war eigenartig, dachte sie bei sich, als sie zusah, wie die andere Frau wieder einschlief. Alles Geld der Welt konnte Mr Mullane nicht das Kind kaufen, nach dem er sich so sehnte, noch konnte es Mrs Mullane von den Annäherungsversuchen ihres Gatten freikaufen. Dann ging ihr plötzlich auf, was diese Planänderung bedeutete. Sie würde mehrere Monate ganz in der Nähe ihrer Familie verbringen. Ein Lächeln breitete sich über ihr Gesicht. Mindestens jeden zweiten Tag würde sie sie sehen können. Des einen Leid …

Einige Wochen später schien es so, als könne die Herrin schwanger sein, und ihr Gatte stellte seine nächtlichen Besuche ein. Als die morgendliche Übelkeit einsetzte, spazierte er pfeifend und lächelnd durchs Haus.

Es wärmte Keara das Herz, ihn so glücklich zu sehen. Er war ein reizender Mann. Sie wünschte, sie könnte auch eines Tages einen solchen Mann heiraten. Sie machte ihm keinen Vorwurf daraus, dass er so wenig Zeit wie irgend möglich mit seiner Frau verbrachte, doch das bedeutete, dass Keara sich vor der Aufgabe wiederfand, ihre Herrin Tag für Tag zu unterhalten.

Mrs Mullane klammerte sich stur an ihre Langeweile, da sie kaum je einen Fuß vor ihre Zimmertür setzte, und verbrachte die Zeit damit, sich zu sorgen. »Sieh doch!«, schluchzte sie. »Ich bin ihm völlig gleichgültig, alles, worum er sich schert, ist, ein Kind zu bekommen.«

»Erzählen Sie mir doch noch einmal von Ihrer Kindheit«, sagte Keara bittend. »Davon höre ich so gern.« Was eine Lüge war. Mittlerweile hatte sie die immer gleichen Geschichten von Lavinias Kindheit, ihren Freunden und ihrer alten Kinderfrau Nancy so oft gehört, dass sie sie auswendig kannte. Doch ihre Herrin schien es nie müde zu werden, sie zu erzählen.

Trotz Mr Mullanes Zufriedenheit lag eine deutlich spürbare Spannung über dem gesamten Haushalt. Es war die Köchin, die Keara erklärte, dass Mrs Mullane schon mehrere Babys verloren hatte.

»Also, dieses verliert sie nicht, wenn ich irgendetwas dagegen tun kann!«, verkündete Keara sofort.

»Das liegt in Gottes Hand«, entgegnete die Köchin. »Sie hasst es, ein Kind auszutragen. Du wirst schon sehen – je fetter sie wird, desto griesgrämiger.«

Was leider der Wahrheit entsprach. Mit der Zeit erschien es Keara, als könne die Herrin sich nicht entscheiden, wen sie mehr verabscheuen sollte: ihren Gatten oder das fremde Wesen, mit dem sie ihren Körper teilen musste. Mrs Mullane wurde äußerst unvorhersehbar und ließ viel von ihrer Wut an Keara aus. Ein- oder zweimal gab sie ihr gar eine Ohrfeige.

Lavinia Mullane war noch nie eine einfache Dienstherrin gewesen, doch auf einmal war es um ein Vielfaches schwieriger.

* * *

Melbourne überraschte Mark. Es war eine Stadt scharfer Kontraste, edle Prachtbauten standen keine hundert Meter entfernt von elenden Baracken. Die Gefährte, in denen man sich hier fortbewegte, nannten sich »Jingles«, zweirädrige Einspänner mit hölzernen Bänken und einer quadratischen Überdachung, die die Fahrgäste – wenig erfolgreich – vor dem Wetter schützen sollte. Bei seiner ersten Fahrt mit einem solchen Fuhrwerk fürchtete er, bei dem Geratter würden ihm die Zähne ausfallen.

Walter brüllte vor Lachen, als er Marks Gesichtsausdruck sah. »Daran gewöhnst du dich schon noch, mein Junge. Dir wird nichts anderes übrig bleiben. Für Leute wie uns gibt's nur das hier.«

»Ich würde trotzdem gern noch mehr von der Stadt sehen.

Warum bleiben wir nicht einige Tage hier, bevor wir zu den Goldfeldern aufbrechen?«

Walters Lächeln verzog sich zu einer verärgerten Miene. »Die Stadt ansehen kannst du auch später, wenn du dein Vermögen gemacht hast. Wir müssen so schnell wie möglich loskommen, sonst sind andere eher da als wir. Gold findet man nicht, indem man herumsitzt und Reden schwingt.«

Mark war verwundert, dass Walter zu glauben schien, es gebe eine Verschwörung, vor ihnen zu den Goldfeldern zu gelangen, doch es war ihm keinen Streit wert.

An jenem Abend nahm Walter ihn mit ins *Canvas City*, wo erfolgreiche Goldsucher zusammenkamen, um es sich gutgehen zu lassen, doch Mark war entsetzt, wie manche der Männer mit ihrem Geld um sich warfen. Sie kauften, was immer ihnen ins Auge fiel, tranken Champagner, als wäre es Wasser, nahmen sich Mätressen oder heirateten ihre Huren und spendierten immer neue Runden für neue Freunde, denen zweifellos mehr an ihrem Geld und ihrer Freigiebigkeit gelegen war als an ihrer Freundschaft.

Als er das zum Ausdruck brachte, blickte Walter ihn säuerlich an. »Wenn einer so hart geschuftet hat, dann hat er's auch verdient, sich was zu gönnen. Wenn du dir erst mal für ein paar Monate beim Goldgraben den Buckel krumm gearbeitet hast, wirst du auch ein anderes Liedchen singen.«

Von da an ging er abends allein aus, »um ein paar alte Freunde zu treffen, die die Nase dicht am Boden haben«. Unweigerlich kam er mehr als derangiert zurück, was ihrer Wirtin gar nicht gefiel.

Tagsüber jedoch scheuchte Walter ihn von hier nach dort, um eine Reihe von Dingen zu erledigen. Sie mussten beide eine Schürflizenz für zwanzig Schilling im Jahr erstehen.

»Besser als früher«, musste Walter widerwillig eingestehen. »Es gab Zeiten, da musste man drei Pfund im Monat für eine Lizenz hinlegen.« Dann bedachte er Mark mit seinem typischen listigen Grinsen. »Jedenfalls wenn die verdammte Polizei einen erwischt hat.«

Seine Erzählungen zeichneten ein eindrückliches Bild eines nach Marks Auffassung nahezu gesetzlosen Lebens. Als Walter dann noch darauf bestand, dass sie Revolver kauften, um sich verteidigen zu können, begann Mark sich zu sorgen, ob sich seit damals überhaupt etwas geändert hatte. Mark hatte noch nie eine Waffe in der Hand gehalten, geschweige denn abgefeuert, doch Walter ging mit ihm zu einem weitläufigen Park, um zu üben. Schlecht stellte Mark sich nicht an, auch wenn er sich nicht sicher war, ob er auf einen anderen Menschen würde schießen können.

Unter Walters Anleitung versorgte er sich außerdem mit einigen roten Flanellhemden, Moleskinhosen und einem Livingstonpalmhut – einer Art Strohhut mit breiter Krempe als Sonnenschutz. Walter zufolge war der Hut aus den Blättern der Livingstonpalme geflochten, doch für Mark sah es aus wie feines Stroh. Die robusten Kleider und hohen Stiefel, die er nun trug, unterschieden sich sehr von der Stadtgarderobe, die er nach Australien mitgebracht hatte und nun zum Großteil in Melbourne zu lassen gedachte.

Außerdem kauften sie Schürfwerkzeug, Decken, ein kleines Zelt und Kochutensilien. Darunter Töpfe zum Erhitzen von Wasser für etwas, das Walter »Feldtee« nannte, und Becher aus Blech, um selbigen zu trinken.

»Du kennst keinen wahren Durst, bis du einmal unter der australischen Sonne gearbeitet hast«, verkündete Walter. »Und nichts geht über Feldtee. Nichts auf der Welt. Du wirst nie wieder Milch in deinen Tee tun, wenn du ihn erst mal ohne gewohnt bist.«

Mark vereinbarte mit ihrem Herbergswirt, der ihm ein anständiger Mensch zu sein schien, wöchentlich eine kleine Summe dafür zu zahlen, dass er seine Truhe und eine seiner Taschen sicher auf dem Speicher verstauen durfte. Er besaß noch immer einige seiner Handelsgüter, wollte aber nicht das Risiko auf sich nehmen, sie mitzunehmen. Wie sollte er auf sein Hab und Gut achtgeben, während er den Sichertrog schwenkte? Also bestückte er eine robuste neue Metalltruhe mit allem, was in seinem neuen Leben möglicherweise von Nutzen sein könnte oder sich verkaufen ließe und kaufte einen Geldgürtel, den er von da an immer am Leib trug.

Als sie alles hatten, was sie brauchten, ließen sie sich von einem großen Ochsenkarren, der die Prospektoren mit Lebensmitteln und anderem Grundbedarf versorgte, zu den neuen Schürfstätten mitnehmen. Dafür zahlten sie jeweils fünf Pfund, was Mark unerhört teuer fand für eine derart unbequeme Fahrt.

Walter zuckte die Achseln. »Zu Fuß könnten wir nicht alles schleppen, also bleibt uns keine andere Wahl.« Zaudernd warf er Mark einen Seitenblick zu, bevor er hinzusetzte: »Die Fahrt wirst du mir allerdings auslegen müssen. Ich bin so gut wie abgebrannt.«

Mark war nicht klar gewesen, dass sein Partner so knapp bei Kasse war. Warum hatte er dann so viel Geld für Alkohol ausgegeben? »Was hättest du denn getan, hättest du mich nicht getroffen?«

»Mir einen anderen Grünschnabel gesucht, der auf Goldsuche gehen will, und mir von dem helfen lassen.« Walter klopfte Mark auf die Schulter. »Ach, bald werden wir genug Geld machen, dass ich dich mühelos auszahlen kann. Und mit mir an deiner Seite wirst du nicht dieselben dummen Fehler machen wie fast jeder Neuling, das ist die Investition mehr als wert.«

»Dann behalte ich wohl besser im Blick, was du mir schuldest.« Mark zog das kleine Notizbuch hervor, das er immer bei sich trug.

»Du meinst, indem du's aufschreibst?«

»Ja.«

»Traust du mir nicht, verflucht?«

»Ich halte es nur für klüger, wenn wir jedes Mal klar vereinbaren, um welche Summe es geht. Dann schreibe ich es auf und du kannst es mit deinen Initialen bestätigen, damit es später keine Uneinigkeit darüber gibt.« Er sah den alten Mann geradeheraus an.

Nach einer Weile wandte Walter den Blick ab und spuckte aus. »Wie du meinst.«

Mark hatte die Kosten sämtlicher Ausrüstungsgegenstände notiert. Nun teilte er die Summe durch zwei und addierte das Geld, das er Walter noch zusätzlich leihen sollte. Diese Angelegenheit fraß ein tiefes Loch in sein Kapital, doch wofür? Eine vage Chance auf einen großen Fund?

Als sie auf den ausladenden Wagen kletterten, vor den paarweise zehn Ochsen gespannt waren, ließ ihn Walters Frage nicht los: Traute er seinem Partner eigentlich? Er vertraute auf Walters Wissen über die Goldsuche, doch in vielerlei anderer Hinsicht, so erkannte er jetzt, traute er ihm ganz und gar nicht. Was vermutlich bedeutete, dass er sich nicht geschäftlich mit ihm hätte einlassen sollen.

Nur dass es nun zu spät war, sich darüber den Kopf zu zerbrechen. Mit einem scharfen Peitschenknall trieb der Fahrer seine Zugtiere an, und der Karren setzte sich rumpelnd in Bewegung.

Außerdem hatte es etwas Aufregendes, sich auf die Suche nach Gold zu machen. So etwas konnte man in Lancashire nicht tun. Es war ein großes Abenteuer.

* * *

Die Fahrt von Melbourne zu den jüngsten Schürfstätten wurde begleitet von den Rufen des Fahrers, der seine Ochsen antrieb. Bisweilen wurde es lauter und vulgärer, wenn er die massigen Tiere mit knallender Peitsche durch besonders schwierige Abschnitte treiben musste, wo der Schlamm die Wagenräder hinabsog. In einigen Senken reichte er bis zu den Achsen hinauf, und Mark gewöhnte sich rasch an, wieder und wieder abzuspringen, um das Gewicht des Wagens zu verringern. Selbst an den Schlamm gewöhnte er sich, denn der war in diesem neuen Leben allgegenwärtig.

Die fremdartige Landschaft wollte sich ihm nicht erschließen, und es ärgerte ihn, dass er die Namen der Pflanzen nicht kannte. Walter hielt das Interesse daran für verrückt. Selbst die Straße war nicht beschaffen wie eine englische, sondern teilte sich manchmal in mehrere ausgefahrene Rinnen, statt schlicht geradeaus zu führen. Er hatte keinen Schimmer, woher der Fahrer wusste, welche davon er nehmen musste.

Als er nachfragte, lachte der Mann. »Ich versuche nur, den allzu schlammigen Senken auszuweichen, junger Mann. Sobald wir auf festerem Untergrund sind, werden die Fahrspuren wieder zu einer zusammenfinden.

Am ersten Abend bekam Mark den Feldtee zu kosten, den Walter so laut und ausdauernd angepriesen hatte. Jeder von ihnen füllte seinen Topf mit Wasser und stellte ihn aufs Feuer. Als das Wasser kochte, wurde etwas Tee hineingeworfen und das Gebräu mithilfe eines Zangengriffs in die Blechbecher umgefüllt. Nach dem langen Tag auf der Straße war es in der Tat ein äußerst erquickendes Getränk, und Mark fand rasch Gefallen daran.

Als Melbourne hinter ihnen lag, passierten sie die ersten verlassenen Schürfstätten. Übrig waren nur einige wahllos ausgehobene Löcher im Boden, dazwischen Haufen von Abraum, die aussahen, als hätte ein Riese sie achtlos fallen lassen, und geschwärzte Stellen, an denen einmal Lagerfeuer gebrannt haben mochten. An einer schiefen Anordnung von Stangen wehten noch einige Fetzen Öltuch im Wind, die ursprünglich ein Zelt gewesen sein mussten. Davon abgesehen regte sich nichts, was den unheimlichen Effekt nur noch verstärkte.

»Wohin sind denn die Menschen alle verschwunden?«, wollte Mark von Walter wissen.

»Wer weiß das schon? Wenn sie an einem Ort kein Gold mehr finden, ziehen sie weiter zum nächsten. Manchmal passiert es über Nacht. Auch das macht es so aufregend. Wer will schon länger als ein paar Monate am selben Ort bleiben? Ich sicher nicht.«

Doch von ihrem Fahrer hörte Mark eine andere Geschichte. Oft wurde nur das Oberflächengold ausgewaschen, und obwohl noch mehr zu holen wäre, lagerte es zu tief, als dass man es im Alleingang hätte schürfen können. Dafür benötigte man Grubenausrüstung und Brechmaschinen, um das Gold aus dem Erz zu lösen. Davon wollte Walter jedoch weiterhin nichts hören und verkündete, es würde immer irgendwo Gold herumliegen, solange man nur den Grips besitze, danach zu suchen. Man müsse nur weiter hinausziehen heutzutage, das sei alles. Und ja, manchmal sei auch ein kleiner Tunnel zu graben, aber dazu brauche man keine komplizierte Maschine.

Je näher sie dem neuen Goldfeld bei Jarandyne kamen, desto fieberhafter wurde der Glanz in Walters Augen. Und ein wenig von seiner freudigen Erregung übertrug sich auch auf Mark, der fasziniert Walters Berichten aus der Anfangszeit lauschte. Obgleich er die meisten Geschichten seines Begleiters bereits kannte, hatte der Wagenlenker noch einige weitere beizusteuern, die in Marks Augen glaubwürdiger klangen.

»Da ist es«, sagte der Mann schließlich unvermittelt und deutete mit schmutzigem Zeigefinger nach vorn.

Wie ein ockerbrauner Fleck auf der Landschaft breiteten sich die Schürfstätten vor ihnen aus und fraßen sich ins Grün der Bäume und Wiesen. Als sie näher kamen, erspähte Mark schwer schuftende Männer wie schlammverkrustete Ameisen, die in ihrer fieberhaften Suche nach Gold weder den Neuankömmlingen noch einander Beachtung schenkten.

Vor einem Zelt mit der Aufschrift *Gemischtwarenhandel* hielt der Fahrer seinen Karren an. »Wir sind da.«

Walter war bereits abgesprungen. »Lade du unsere Sachen ab, Junge, und ich sehe mich rasch etwas um. Ich habe einen sechsten Sinn für Gold. Wenn ich eine Stelle ausgemacht habe, die vielversprechend aussieht für unseren Claim, lasse ich dich rufen.«

Und damit war er verschwunden, noch ehe Mark protestieren konnte.

Es dauerte drei Stunden, bis ein Junge auf Mark zukam und fragte, ob er Mr Gibson sei. Als dieser bejahte, erklärte der Junge schlicht: »Mr Hudson schickt mich, Sie zu holen. Hat gesagt, Sie geben mir einen Schilling dafür.«

»Erst, wenn du mich zu ihm gebracht hast.« Mark starrte auf den Haufen ihrer Ausrüstungsgegenstände. Wie, glaubte Walter, sollte er das alles transportieren? »Wir brauchen einen Handkarren.«

»Ich kenn einen, der einen hat. Wird Sie aber was kosten, sich den auszuleihen.« Der Junge rannte davon und kehrte mit einem alten Mann zurück, der einen wackligen Handkarren vor sich her schob. Für eine Stunde sollte Mark fünf Schillinge zahlen. Als er protestierte, das sei reiner Diebstahl, kicherte der Alte bloß. »Ohne mich bekommen Sie Ihre Sachen nicht vom Fleck, also bleibt Ihnen wohl keine andere Wahl. Mit diesem Karren mache ich mehr Geld, als ich je mit dem Goldschürfen gewonnen habe, mein junger Freund, und weniger anstrengend ist es noch dazu.«

Was Mark zu der Frage zurückbrachte, ob seine frühere Idee, die Goldschürfer mit Essen zu versorgen, nicht die bessere gewesen war.

In den folgenden Tagen arbeitete er sich hartnäckig an Walters Seite auf ihrem Claim ab. Bei seinen ersten Versuchen an der Goldpfanne verschüttete er bloß Wasser und Schotter über seine Stiefel und hörte seinen Partner fluchen, er sei ein ungeschickter Tölpel. Bald beschloss Walter, dass sie eine Wiege brauchten, um das Erz auszuwaschen, und so ließen sie die Schürfung ruhen, bis sie eine gebaut hatten. Woraufhin sie nun natürlich regelmäßig Wasser aus dem nahe gelegenen Fluss holen mussten, um den ausgegrabenen Schlamm waschen zu können.

Nach ein oder zwei Wochen schmerzten Marks Muskeln nicht mehr ganz so sehr, und er schlief auch nicht mehr über dem Abendessen ein. Langsam begriff er sogar, was sie hier taten, und lernte, die Goldkrümel zu erspähen, mit denen ihre Arbeit sie gelegentlich belohnte.

In der ersten Woche erschürften sie eine winzige Menge hellen Goldstaubs, die zwar nicht ihre Kosten deckte, Walter jedoch in lauten Jubel ausbrechen ließ.

»Ich hab dir doch gesagt, hier gibt es Gold, Junge«, wiederholte er ein ums andere Mal. »Das rieche ich.«

Nach der dritten Woche hatten sie genug erwirtschaftet, um die Herreise zu bezahlen, doch um Walters Schulden zu begleichen, reichte es noch nicht. Mark führte weiterhin täglich Buch, was seinen Kompagnon ungemein ärgerte. Jetzt notierte er die gewonnenen Goldmengen und den Erlös aus dem Verkauf derselben.

»Wenn wir erst einmal einen großen Fund machen, wird dein Gekritzel dich nicht mehr kümmern«, behauptete Walter regelmäßig, wenn sie nach Einbruch der Dunkelheit am Lagerfeuer saßen und Mark im Licht der Flammen mit zusammengekniffenen Augen in sein Notizbuch spähte.

»Wenn es darum geht, sich seinen Lebensunterhalt zu verdienen, ist es eine nützliche Angewohnheit, die Geschehnisse im Blick zu behalten.«

»Ich lebe schließlich noch, oder etwa nicht? Muss mir also über all die Jahre auch ohne Gekritzel meinen Lebensunterhalt verdient haben.« Dann lachte er meist, holte eine Flasche Grog hervor und nahm einen tiefen Zug. Auf unergründliche Weise hatte er immer genügend Geld, um sich den zu kaufen. Mark hatte husten müssen, als er das hochprozentige Gebräu probiert hatte, und fand auch den Geschmack nicht besonders angenehm, so hielt er sich an seinen Feldtee.

Was ihm an diesem neuen Leben am besten gefiel, war nicht das Gold, sondern dass er gesünder und kräftiger war als je zuvor, rank und schlank, doch durch die harte körperliche Arbeit voller geformter Muskeln. Damals in England hatte es ihn mit Bestürzung erfüllt, wie mühelos die Burns-Brüder ihn zusammengeschlagen hatten. Er bezweifelte, dass ihnen dies jetzt noch gelungen wäre.

Von den Schlägereien, die in schöner Regelmäßigkeit an der Schürfstätte ausbrach, hielt er sich wohlweislich fern, während manche Männer sich aus reiner Lust daran ins Getümmel stürzten. Ebenso behielt er wachsam ihr Lager und ihre Ausrüstung im Blick und ertappte einmal tatsächlich einen Fremden dabei, wie er in ihrem Zelt herumstöberte.

»Verschwinde!«, brüllte er.

Der Mann schlenderte so gemächlich nach draußen, dass Mark ihm am Ende einen groben Stoß versetzte. Als der andere stolperte und zu Boden ging, sprang er mit erhobenen Fäusten sogleich wieder auf. Noch immer zornbebend trat Mark auf ihn zu, hob ebenfalls die Fäuste und spürte eine Woge des Vertrauens in seine wachsende Wehrhaftigkeit. »Versuch es ruhig.«

Einen Augenblick lang starrten sie sich an, dann ließ der Eindringling die Arme sinken, zuckte mit den Schultern und humpelte davon.

Mark blickte ihm nach, fuhr jedoch herum, als er hinter sich ein Geräusch vernahm – wollte ihn ein weiterer Angreifer hinterrücks überrumpeln?

Doch es war nur Walter, der grinsend vor ihm stand. »Der

arme alte Lump hat sich vor ein paar Wochen am Bein verletzt und kommt mit der Arbeit nicht mehr hinterher. Hättest ihm was geben sollen, statt ihn so fortzujagen.«

»Was? Einen Mann noch bezahlen, der versucht hat, uns zu bestehlen?«

»Nun, aber er *hat* uns nicht bestohlen, nicht wahr? Mich hat auch ein paarmal das Glück im Stich gelassen, ich weiß, wie er sich fühlt.«

»Ich werde niemals wissen, wie es sich anfühlt, jemanden zu bestehlen«, entgegnete Mark eisig. »Stehlen ist falsch.«

»Mit genug Hunger im Bauch würdest auch du das schnell herausfinden.« Damit spazierte Walter davon, zweifellos auf dem Weg ins Grogzelt.

Mark wurde immer misstrauischer seinem Partner gegenüber und war froh, dass er den Geldgürtel erstanden hatte, so unangenehm es sich auch anfühlte, wenn das Teil nass wurde. Mittlerweile trug er ihn sogar des Nachts auf seinem Schlaflager.

* * *

Bestürzt sah Patience sich in dem kleinen Zimmer um, das ihr Vater angemietet hatte, und wechselte einen entsetzten Blick mit Harry. Wie sollten sie hier alle zusammen leben? In den Augen ihrer Mutter entdeckte sie gar Tränen. Irgendwie gab ihr das ein Gefühl von Kraft, sodass sie beinahe fröhlich klang, als sie sagte: »Wie schön, wieder unser eigenes Heim zu haben, nicht wahr, Mum?«

»Heim?« Nan lachte harsch auf, dann fing sie den missfälligen Blick ihres Mannes auf und schluckte hinunter, was sie noch hatte sagen wollen. »Ich muss Lebensmittel einkaufen. Kannst du mir etwas Geld geben, Alex?«

»Ich begleite dich. Wir müssen die Gegend kennenlernen.«

Er wandte sich seinen Kindern zu. »Ihr zwei könnt mit dem Auspacken beginnen.«

Patience sparte sich die Bemerkung, dass es nicht viel Sinn ergab auszupacken, solange nur eine einzige kleine Kommode für sie alle zur Verfügung stand.

Sobald ihre Eltern gegangen waren, nahm Harry seine Tasche auf. »Ich verschwinde«, verkündete er unvermittelt.

»Verschwinden?« Sie war verwirrt. »Willst du nach einer Anstellung suchen?«

Mitleidig sah er sie an. »Ich verschwinde von zu Hause – auf Dauer. Arbeit gibt es wie Sand am Meer, jetzt, wo so viele Männer auf die Goldfelder gezogen sind. Bald werde ich genug verdient haben, um mir die Ausrüstung leisten zu können, und es ihnen gleichtun. Aber wenn ich hierbleibe, wird Vater mir all meinen Lohn abknöpfen, und ich werde nie eine Gelegenheit bekommen, etwas Aufregendes zu unternehmen.« Er wandte sich zur Tür.

Patience fasste ihn beim Arm. »Harry, das geht doch nicht!«

»Und wie das geht.« Trotzdem zauderte er. »Es betrübt mich, euch allein mit ihm zurückzulassen. Wenn du eine Gelegenheit siehst, solltest du dich auch retten. Such dir eine Anstellung mit Kost und Logis. Es wird immer schlimmer mit ihm. Ich verabscheue ihn und seine dumme Frömmelei.«

Damit verließ er den Raum, und als Patience ihm bis zur Haustür folgte, fiel ihr auf, dass er keinen Blick zurück warf.

Mit Tränen in den Augen ging sie wieder hinein und machte sich daran, einen Teil ihrer Unterwäsche auf die drei Schubladen der Kommode zu verteilen, die schon bald voll waren. Der Rest ihrer Kleider würde in den Taschen und Truhen bleiben müssen. Immerhin waren sie jetzt sauber, nachdem sie unter dem Murren und Klagen ihrer Tante eine Reihe von Waschtagen eingelegt hatten. Sie versuchte, die Truhen an die Wand zu schieben, hatte jedoch nicht genug Kraft dazu. Damit würde sie warten müssen, bis sie ihren Vater um Hilfe bitten konnte.

Die Zeit bis zur Rückkehr ihrer Eltern erschien ihr ewig.

»Wo ist Harry?«, fragte ihr Vater sofort.

Patience drehte sich vor Nervosität der Magen um. »Er ist fort.«

»Was willst du damit sagen?«

»Er ist von zu Hause weggelaufen.«

Stocksteif stand Alex da, doch auf seinem Gesicht machte sich eine vertraute Zornesröte breit. »Und du hast nichts unternommen, um ihn aufzuhalten?«

»Wie sollte ich? Er ist stärker als ich.«

Nan ließ die zwei Beutel mit ihren Einkäufen fallen und setzte sich leise weinend aufs Bett. Sie sah zu ihrer Tochter empor. »Er kommt zurück. Meinst du nicht, Harry kommt zurück, Patience?«

»Ich weiß es nicht.« Sie glaubte es nicht. Nicht, solange er eine Wahl hatte. Und wenn sich ihr eine Gelegenheit böte, ihren Vater zu verlassen, würde sie es ebenfalls tun. Streng war er schon immer gewesen, doch mittlerweile war er ein rechter Tyrann, der ihrer aller Leben und Wünsche den seinen unterordnete und sie damit kreuzunglücklich machte.

Nach Ablauf einer Woche – einer unangenehmen Woche, während der ihr Vater abwechselnd Patience und den abwesenden Harry beschimpft hatte – verkündete er nach dem Abendessen: »Ich werde ihn verstoßen!«

Es bedurfte keiner weiteren Erklärung, wen er damit meinte.

Nan konnte ein Schluchzen nicht unterdrücken.

»Wenn er versucht, zu uns zurückzukriechen, werde ich ihn nicht wieder in diese Familie aufnehmen, denn er hat mein Vertrauen enttäuscht. Er ist nicht länger mein Sohn!« Er holte die große Bibel sowie ein Tintenfläschchen hervor und schlug die Seite auf, wo die Namen der Familie niedergeschrieben waren.

»Nein!«, flehte Nan. »Alex, das kannst du doch nicht tun.«

»Sei still, Weib.«

»Tu das nicht!«

Plötzlich schlug er nach ihr – das hatte er noch nie getan. Einen Moment lang herrschte absolute Stille im Raum, dann erhob sie sich, rieb sich die gerötete Wange und ging zum Bett, um sich mit dem Rücken zum Zimmer hinzulegen.

Patience stand ebenfalls auf, doch ihr Vater fauchte: »Bleib, wo du bist. Du wirst mit eigenen Augen zusehen, was ich zu tun gedenke, damit dir klar ist, was dir blüht, solltest du es jemals wagen, ohne meine Erlaubnis die Familie zu verlassen.«

Schwungvoll tauchte er seine Schreibfeder in die Tinte und strich feierlich Harrys Namen durch.

Patience sagte nichts. Was bedeuteten schon ein paar Striche auf Papier? Sie wusste, sollte sie Harry wiedersehen, würde sie definitiv mit ihm sprechen. Er war immer noch ihr Bruder, gleichgültig, was ihr Vater behauptete oder tat. Der einzige Grund, aus dem sie nun noch blieb, war ihre Mutter, die sie von ganzem Herzen liebte. Sie konnte sie nicht im Stich lassen, wusste jedoch auch, dass Nan ihren Mann niemals verlassen würde.

Am folgenden Tag kam ihr Vater lächelnd von der Arbeit bei einem Lebensmittelhändler heim. »Mich hat der Herr bereits mit einer Anstellung bedacht, und jetzt besteht eine Gelegenheit für dich, ganz in der Nähe als Kindermädchen zu arbeiten, Patience. Auch wenn wir nicht lange hierbleiben werden. Nur, bis ich eine anständige Freikirche gefunden habe, der wir uns anschließen können, aber das musst du deinem Arbeitgeber ja nicht erzählen. Ich ziehe es vor, in der Nähe meines Gotteshauses zu wohnen. Wenn wir uns dort niedergelassen haben, werdet ihr beide Freundschaften in der

Gemeinde schließen können, und wir werden alle weit zufriedener sein.«

Patience bemühte sich um einen ruhigen Gesichtsausdruck. Eine anständige Freikirche zu finden schien zum Lebensinhalt ihres Vaters geworden zu sein – beinahe wichtiger, als Essen auf den Tisch zu bringen oder ein richtiges Haus zu mieten. Manchmal hatte sie den Eindruck, dass sein Glaube die Grenzen des gesunden Menschenverstands verlassen hatte. Diesen Exzessen wollte, konnte sie sich nicht anschließen, und es schmerzte sie, wenn die anderen Mieter in ihrer Unterkunft ihn offen verlachten – und mit ihm Patience und ihre Mutter.

Einige Tage später entdeckte er eine kleine freikirchliche Gemeinde, die sich »Das Haus des Herrn« nannte und zu deren Gottesdienst er sie am folgenden Sonntag schleppte, obgleich es ein weiter Weg war, der Patience sehr ermüdete. Er habe bereits mit dem Prediger gesprochen, verkündete Alex, und ihn als gottesfürchtigen Mann erkannt.

Patience gefiel die Gemeinde ganz und gar nicht. Sie gehörte keiner Glaubensrichtung an, von der sie je gehört hatte, und der Gottesdienst dauerte noch länger als jene daheim in England. Was den Prediger anging: Der geiferte mit durchdringender, schneidender Stimme von seiner Kanzel herab, sie seien allesamt Sünder und sollten Buße tun. So fuhr er fort, bis einige Gemeindemitglieder stöhnend und wehklagend um Errettung flehten.

Patience hingegen wusste, dass sie keine Sünderin war, genauso wenig wie ihre Mutter.

Als ihr Vater sich mit einem flackernden Glanz in den Augen den lauten Rufen von »Halleluja! Gelobt sei der Herr!« anschloss, wurde ihr bang ums Herz. Der Prediger, Elishah Medbury, hatte ein grausames Gesicht und sprach nie von Gottes Liebe, immer nur von Sünde und Buße. In England hatte Patience das Gefühl von Wärme und Zuneigung in der

Gemeinde geliebt. Diesen Ort hingegen verabscheute sie instinktiv, und Mr Medbury jagte ihr eine entsetzliche Angst ein.

Bei ihrer Heimkehr war ihr Vater deutlich wohlgelaunter als zuvor. »Jetzt können wir nach einem anständigen Haus Ausschau halten. Tatsächlich weiß Mr Medbury von einem ganz in der Nähe der Kirche und wird es mir morgen nach der Arbeit zeigen.«

»Ich würde mir auch gern einen Eindruck davon machen, Alex«, sagte Nan. »Du weißt doch gar nicht, was ich in einer Küche brauche und solche Dinge.«

»Als Oberhaupt dieser Familie obliegt die Entscheidung, wo wir wohnen, mir. Wir wollen dir nicht solche Flausen in den Kopf setzen, wie meine Schwägerin sie offensichtlich hat. Bei Harry, der eines Tages in den Schoß des Herrn zurückfinden mag, aber nie wieder Teil dieser Familie sein wird, habe ich versagt. Bei dir und unserer Tochter wird mir das nicht geschehen.«

Patience' Herz wurde noch schwerer.

Einen Großteil des folgenden Tages verbrachte ihre Mutter bitterlich weinend.

Noch mehr weinte sie, als sie das schäbige kleine Haus sah, das er gemietet hatte, und dessen einziger Vorzug, soweit sie es erkennen konnte, darin lag, dass es nur eine Straße von ihrem neuen Gotteshaus entfernt war. Der langgezogene, schmale Garten hinter dem Haus war völlig verwildert, und nach vorn hin trennten sie keine zwei Meter von der Straße, sodass ständig Staub hereinwehte und die Vorbeilaufenden ihnen in die Fenster starrten.

* * *

Lavinia versuchte mit allen Mitteln ihren Gatten zu überzeugen, nach Lancashire zurückzukehren. »Ich will nicht, dass mein Kind hier zur Welt kommt«, wiederholte sie beharrlich und steigerte sich so in die Angelegenheit hinein, dass Theo schließlich nachgab.

In der Folge würde Keara für die kommenden sechs Monate keine Gelegenheit haben, ihre Familie zu sehen, und das nahm sie furchtbar mit. Mit der Unterstützung ihrer Herrin verbesserte sie ihre Schreibfähigkeiten so weit, dass sie kurze Briefe verfassen konnte, und lernte, diese richtig zu adressieren. Doch die Briefmarken musste sie von ihrer Herrin erbetteln, da sie es kaum je nach Ellerdale schaffte, um selbst welche zu kaufen. Zudem bemühte sie sich, »nur zur Sicherheit« ihren Lohnanteil beiseitezulegen, doch es schien immer etwas zu geben, das sie dringend brauchte, und so hatte sie kaum ein paar Schilling ansparen können.

Nicht annähernd genug, um zurück nach Ballymullan reisen zu können, sollte etwas geschehen.

»Ein gut aussehender Kerl, unser Herr, nicht wahr?«, flüsterte Minnie ihr eines Tages zu. Die beiden Dienstmädchen waren dabei, Mrs Mullanes Zimmer aufzuräumen, und ruhten sich für einen Moment am Fenster aus, nachdem sie das Federbett ausgeklopft hatten.

Keara nickte und folgte seiner Gestalt mit ihrem Blick übers Feld. »Mein Da sagt, er ist der beste Reiter, den er je gesehen hat.« Und ihr Da fand nicht oft lobende Worte für den Umgang anderer Männer mit Pferden.

Minnie seufzte und verharrte noch einen Augenblick länger am Fenster, bevor sie verärgert mit der Zunge schnalzte. »Nun ja, für solche wie uns ist er unerreichbar, nicht wahr? Komm, lass uns das Bett fertig machen.«

Keara zwang sich, den Blick vom Fenster abzuwenden, und hoffte, dass Minnie nicht bemerkt hatte, wie sie errötet war. Manchmal ertappte sie sich dabei, von Mr Mullane zu träumen – reizende Träume, in denen sie über die Straßen bei Ballymullan spazierten oder gemeinsam am Fluss saßen. Für seine Träume konnte man nichts, nicht wahr? Und der letzte Nacht war so bezaubernd gewesen …

* * *

Im achten Monat kam die Herrin nieder, und niemand vermochte zu sagen, wieso. Während die Wehen durch ihren Leib rollten, verweigerte sie schreiend jede Anweisung des Arztes und der teuren Hebamme, sondern warf sich bloß auf dem Bett hin und her wie eine massige, gestrandete Seekuh und bettelte darum, jemand möge diesen Schmerzen ein Ende setzen.

Selbst Keara konnte sie nicht dazu bewegen, zu tun, was nötig war, und so mussten sie ihren Ehemann hinzuholen, um sie dazu zu bewegen, ihren Geburtshelfern überhaupt Beachtung zu schenken. Keara, die vom anderen Ende des Raums zusah, war erstaunt, wie gut er mit seiner Frau umzugehen wusste.

Das Kind, von dem die Herrin schließlich entbunden wurde, tat nicht einen Atemzug und erinnerte Keara an die Totgeburten ihrer eigenen Mutter. Doch während ihre Mutter zu erschöpft gewesen war, um echtes Leid zu empfinden, lag auf Theos Zügen eine so alles überwältigende Qual, dass Keara Tränen des Mitgefühls in die Augen stiegen.

»Geben Sie ihn mir.«

Sie sah, wie er die Arme nach seinem toten Sohn ausstreckte.

»Überlassen Sie das besser der Hebamme«, riet ihm der Arzt.

»Ich will ihn halten«, beharrte Theo.

Die Tränen ließen Kearas Sichtfeld verschwimmen als sie sah, wie er das winzige Wesen zärtlich an seiner Brust hielt. Trotz all seiner Fehler hatte er einen solchen Schmerz nicht verdient. Und mittlerweile wusste sie einiges mehr über seine

Fehler: die Frauen, die er bisweilen in dem kleinen Häuschen auf dem Anwesen aushielt, und seine plötzlichen Abwesenheiten, meist nach einem besonders heftigen Streit mit seiner Frau. Nur Dick wusste, wohin er in diesen Zeiten verschwand, und der schwieg. Doch Theo Mullanes Fehler wurden mehr als aufgewogen durch seine Güte, und immer wieder ertappte sie sich dabei, wie sie ihn anstarrte. Ihr gefiel, wie sein dunkles Haar sich über seine Stirn legte, oder wie er über die Ländereien schritt wie ein Prinz – hoch erhobenen Hauptes und tief atmend. Und sah man ihn zu Pferd, erblickte man einen Mann, der mit sich und der Welt im Reinen war. Einen Mann, nach dem sich viele Köpfe wandten, nicht nur der von Keara, sondern auch die der anderen Dienstmädchen und selbst anderer Damen, die der Herrin einen Besuch abstatteten.

Dann raffte Mrs Mullane sich dazu auf, nach ihrem Kind zu fragen, und sie mussten ihr sagen, dass es tot war. Ein neuerlicher Weinkrampf. Und es war Keara, von der sie getröstet werden wollte, nicht ihr Ehemann.

Als hinter ihr eine Tür knallte, blickte Keara auf und sah das tote Kind wieder in den Armen der Hebamme, deren Lippen missfallend zusammengepresst waren. Vom Herrn war keine Spur mehr zu sehen.

Wer wird ihn wohl trösten?, fragte sie sich.

Schließlich verabreichte der Arzt Mrs Mullane zur Beruhigung Laudanum, und als sie friedlich schlummerte, ging Keara hinunter und bat die Haushälterin um Erlaubnis für einen Spaziergang über das Anwesen.

»Ja, gehen Sie nur und gönnen Sie sich etwas frische Luft, Liebes. Sie haben einen langen, harten Tag hinter sich. Wollen Sie vorher noch etwas essen?«

»Lieber bei meiner Rückkehr, wenn das in Ordnung ist.«

»Ich lasse es der Köchin ausrichten.«

Nach der drückenden Hitze in Mrs Mullanes Schlafzimmer roch die Nachtluft süß und kühl, auch wenn es eine Weile dauerte, bis Keara sich von den Gerüchen der Geburt in ihrer Nase frei gemacht hatte. Sie schritt hangabwärts zu dem Wasserlauf, an dem sie einst ihrem Schmerz und ihrem Heimweh freien Lauf gelassen hatte, und erinnerte sich, wie weich das grasbewachsene Ufer gewesen war. Wenn sie dort einfach nur eine Weile still sitzen könnte …

Doch ihr Herr war ihr zuvorgekommen. Reglos stand er da und starrte ins Dunkel auf der anderen Seite des Wassers. Im Mondlicht wirkte sein Gesicht wie eine eiserne Maske, erstarrt in einem Ausdruck unsäglicher Pein.

Als Keara zurückweichen wollte, bat er: »Geh nicht.«

Unsicher stand sie da und wusste nicht, was sie sagen oder tun sollte.

»Wie geht es ihr?«, fragte er.

»Sie schläft jetzt, Sir. Der Arzt hat ihr etwas dafür gegeben.«

»Vielleicht hätte ich ebenfalls darum bitten sollen. Gibt es irgendetwas, das man einem Mann verabreichen kann, der sich nach einem Kind sehnt und eben in das Gesicht seines toten Sohnes geblickt hat?« Seine Stimme brach und endete in einem erstickten Laut, bevor er sein Gesicht mit dem Arm verdeckte.

Zaudernd trat sie einen Schritt auf ihn zu, dann lief sie los, schloss ihn in die Arme, wie sie es schon so oft bei seiner Frau getan hatte, und ließ ihn an ihrer Schulter weinen. Sie würde niemals tatenlos zusehen können, wenn jemand litt, ganz gleich, ob es echtes oder eingebildetes Leid war. Doch im Gegensatz zu den Weinkrämpfen seiner Frau war Theos Qual allzu real. Die Laute, die ihm entwichen, der unterdrückte Schmerz in jedem Zucken seines angespannten Körpers trieb auch Keara erneut die Tränen in die Augen, und als er in die Knie ging und sie mit sich zu Boden zog, folgte sie ihm willig und hielt ihn weiter fest.

Irgendwann ebbte das harsche Schluchzen ab, doch er blieb bei ihr. Es hatte nichts Körperliches an sich, wie sein Kopf in ihrem Schoß ruhte – bloß das Bedürfnis einer gequälten Seele nach menschlicher Wärme und Trost.

Schließlich seufzte er schwer und setzte sich auf. »Niemand sonst vom Gesinde hätte es gewagt, mir heute Nacht Trost anzubieten, Keara Michaels.«

»Doch, natürlich – jeder Einzelne hätte alles in seiner Macht Stehende getan, um Ihnen zu helfen. Und Sie haben doch auch noch Dick. Dem liegen Sie sehr am Herzen.«

»Jeder andere hätte sich ängstlich davongeschlichen, und ich glaube nicht, dass ich irgendjemandem außer dir meinen Schmerz hätte offenbaren können, nicht einmal Dick.« Er warf ihr einen Seitenblick zu, seine grünen Augen waren dunkel von den Schatten der Nacht. »Du hast etwas Außergewöhnliches an dir, Keara Michaels.«

»Ach nein, Sir. Ich bin nur ein unwissendes Mädchen vom Land.« Sie rückte ein kleines Stück von ihm ab, damit er nicht auf die Idee käme, sie hätte irgendetwas anderes als Trost im Sinn gehabt. Doch aufstehen und gehen würde sie nicht, denn sie spürte, dass schon ihre bloße Gegenwart ihm guttat.

Ihm entging nicht, wie sie den Abstand vergrößerte, und er wünschte, sie wäre etwas weniger streng erzogen worden. Die Güte, die sie ihm heute entgegengebracht hatte, würde er ihr nicht mit derartigen Aufwartungen vergelten, doch es erschien ihm unausweichlich, dass sie eines Tages das Bett teilen würden. Das wusste er tief in seinem Inneren, denn etwas ebenso Elementares in *ihrem* Inneren reagierte auf ihn. Er spürte immer, wenn eine Frau an ihm interessiert war, und hatte ihren Blick mehr als einmal auf sich ruhen sehen. Ebenso, wie auch sein Blick öfter als gewöhnlich auf ihrem hübschen, frischen Gesicht und ihrem straffen, jungen Körper ruhte.

»Du wirst mit niemandem über diese Begegnung sprechen«, sagte er, um das Schweigen zu brechen. Es war eine Feststellung, kein Befehl. Er war sich ihres Schweigens längst sicher.

»Natürlich nicht, Sir.«

Während Keara wartete, dass er weitersprach, betrachtete sie, wie das vorüberfließende Wasser sich im Mondschein kräuselte und das Licht in lebhaften Mustern spiegelte, die den Blick mal hierhin, mal dorthin zogen.

»Hältst du mich für verrückt, dass ich mir so sehr einen Sohn wünsche?«

»Wünscht sich nicht jeder Mann einen Sohn? Selbst mein Da. Drei Töchter hat er, doch wir bedeuten ihm nichts.«

Theo legte ihr eine Hand auf die Schulter. »Auf eine Tochter wie dich sollte er stolz sein. Ich würde meine Seele verkaufen für ein Kind, ganz gleich, ob Sohn oder Tochter.« Einen Moment lang wurde sein Griff fester, dann zog er abrupt die Hand fort. »Ich danke dir, Keara. Du kannst zurück zum Haus gehen. Ich denke, ich werde hier noch eine Weile sitzen bleiben.«

Verstohlen schaute sie zu ihm hinüber und stellte erleichtert fest, dass seine Miene ruhiger wirkte. Anstelle der Qual lag darin nun eine tiefe Trauer. Sie wünschte, es gäbe eine katholische Kirche in der Umgebung, in der sie für ihn hätte beten können, dass sein Kinderwunsch bald erfüllt würde. Ein Gebet wurde wohl am ehesten erhört, wenn man es in Gottes Haus selbst sprach. Doch auf den Ländereien gab es keine katholische Kirche, und sie hatte auch nicht auf die Erlaubnis gedrängt, eine weiter entfernte besuchen zu dürfen. Lieber ging sie mit den anderen Dienstboten in die anglikanische Dorfkirche, denn den absoluten Glauben ihrer Mutter an die Unfehlbarkeit von Vater Cornelius teilte sie nicht.

Wie konnte es Sünde sein, eine andere Art von Gotteshaus zu betreten? Schließlich huldigten sie alle demselben Gott, oder etwa nicht? Davon abgesehen liebte sie es, des Sonntags in der kleinen steinernen Kapelle zu sitzen, das Farbenspiel der Buntglasfenster zu betrachten und dem Chor zu lauschen. Auf diesen Ausflug freute sie sich die ganze Woche über.

Ihre Zeit in England hatte sie verändert. Ob zum Guten oder zum Schlechten, konnte sie nicht sagen, nur, dass sie sich anders fühlte. Wieder spürte sie seinen Blick auf sich ruhen und schaute zur Seite. Ihr schnürte es die Kehle zu, als sie sah, wie traurig er noch immer wirkte. Nun, sie hatte alles in ihrer Macht Stehende getan, um ihn zu trösten – mehr hätte auch sonst niemand tun können. Und so erhob sie sich und strich ihren Rock glatt. »Gute Nacht, Sir.«

»Gute Nacht, Keara.«

Theo wandte den Kopf, um ihr hinterherzublicken, und als sie nach einigen Schritten innehielt und zu ihm zurückschaute, hob er die Hand zum Abschiedsgruß. Sie erwiderte die Geste und verschwand mit jenem freimütigen, sorglosen Schritt in den Schatten, der so sehr Teil von ihr war.

Himmelherrgott, er wollte sie!

7

August 1860 – Januar 1861

Im August des folgenden Jahres, als ein langer, schlammiger Winter sich dem Ende zuneigte, erlag Mark der Versuchung, seiner Familie in Lancashire zu schreiben. Den ersten Versuch zerriss er gleich wieder, weil er darin so sehr sein Herz ausgeschüttet hatte, dass er wie ein jammernder Tölpel klang. Dass er einsam war, hatte er sich selbst zuzuschreiben. Und es mochte sein, dass er wünschte, er wäre nie nach Australien gekommen, doch auch das war ganz allein seine Schuld. Letztendlich beschloss er, ihnen die Wahrheit zu verschweigen und sie nur wissen zu lassen, dass er bei guter Gesundheit war.

Trotzdem brauchte er mehrere Anläufe, seinen Brief zu vollenden. Zwar schrieb er darin von »Freunden«, doch wahre Freunde hatte er hier noch nicht gefunden. Er sprach davon, dass es reichlich Arbeit gab in Australien, doch von seinem Leben auf den Goldfeldern erwähnte er nichts. Und er verwendete die Adresse der Herberge in Melbourne, auf deren Speicher noch immer seine Sachen verstaubten. Von allen Menschen, denen er in Australien begegnet war, verband ihn mit den Parkers noch am ehesten eine Freundschaft. Sie waren einfache Leute, die sich freuten, durch seine Truhe und die Tasche auf dem Speicher ein kleines Zusatzeinkommen zu haben, und ihre Kinder und Enkelkinder waren ihnen wichtiger als alles andere.

Mit Walter verstand er sich dieser Tage gar nicht mehr gut, auch wenn sie gemeinsam einen Arbeitsrhythmus gefunden hatten, der ihnen etwas Geld einbrachte und es Walter sogar ermöglicht hatte, ein Viertel seiner Schulden abzubezahlen – wenn auch mit viel Murren.

Bisweilen machte Mark kurze Besuche in Melbourne, um seine Vorräte aufzustocken, und übernachtete stets bei den Parkers. Im Gegensatz zu Walter, der immer nur bis zur nächsten Mahlzeit dachte, beharrte er darauf, das Mehl sackweise zu kaufen. Ebenso hielt er größere Mengen Zucker und Tee vor als die anderen Schürfer. Seine Vorräte lagerte er in einer zweiten Metalltruhe, die er einem desillusionierten Mann billig abgekauft hatte, der seinen Hausstand aufgelöst hatte und zurück nach Sydney gegangen war. Zusätzlich kaufte er Büchsensardinen, Schinken, Käse, Pökelfleisch und Marmelade. Es war weit günstiger, diese Dinge selbst auf die Goldfelder mitzunehmen, als sie vor Ort zu kaufen. Für die Fahrt verdingte er sich jeweils auf einem der großen Ochsenkarren als zusätzlicher Wachmann und handelte als Bezahlung den kostenfreien Transport seiner Einkäufe aus.

Walter hatte nur mit den Achseln gezuckt, als er die Lebensmittelvorräte gesehen hatte, als verstünde er nicht, warum Mark sich die Mühe gemacht hatte, das alles hierherzuschleppen. Doch als er sich eines Tages daran hatte bedienen wollen, hatte er entdecken müssen, dass die Truhe verschlossen war, und Mark hatte ihn wissen lassen, dass er für jegliche Lebensmittel daraus würde bezahlen müssen. Das Ganze war in einen furchtbaren Streit ausgeartet, bei dem sie sich am Ende beinahe geprügelt hatten, und seitdem sorgte jeder selbst für sein Essen. Walter kümmerte es kaum, was er aß, und er wurde immer dünner, während er sich Abend für Abend mit »Freunden« betrank, die im Wochentakt zu wechseln schienen.

Für Mark waren diese Ausflüge nach Melbourne eine Erleichterung. Langsam war er es leid, etwas nachzujagen, das er mittlerweile als Narrengold betrachtete, und hatte es aufgegeben, auf einen großen Fund zu hoffen. Trotzdem hatte ihn dieses Leben viel gelehrt und ihn sowohl körperlich als auch geistig stärker gemacht. Er hatte sogar wieder etwas Geld angespart, das er zum Teil in Melbourne verwahrte. Doch so wollte er definitiv nicht viel länger leben.

Bei seiner zweiten Rückkehr aus Melbourne entdeckte er Walter dabei, wie er ihre Zelte abbrach, um ein anderes Goldfeld aufzusuchen, wo sie seiner Ansicht nach viel erfolgreicher sein würden. Walter hatte ihren Claim verkauft und all ihr Hab und Gut auf einen Karren geladen, mit dessen Besitzer er in den letzten zwei Wochen besonders viel Zeit verbracht hatte. Tatsächlich war es offensichtlich: Wäre Mark nicht ausgerechnet zu diesem Zeitpunkt zurückgekehrt, hätte sein sogenannter Partner sich ohne ihn davongemacht und ihre gesamte Ausrüstung mitgenommen.

Auch darüber brach wieder ein erboster Streit aus.

»Du hattest kein Recht, ohne mein Einverständnis den Claim zu verkaufen!«, brauste Mark auf.

Walter hob bloß die Schultern. »Man muss die Gunst der Stunde nutzen. Hab dir doch gesagt, wie dämlich diese Ausflüge nach Melbourne sind. Gold wirst du da nicht finden – nur Krämer, die es dir abknöpfen wollen.« Er wedelte abfällig mit der Hand. »Hier unten wird das nichts. Das Gold geht schon zu Ende. Als mir da diese neue Lagerstätte zu Ohren kam, hab ich keine Zeit verschwendet. Ich wollte dir doch eine Nachricht hinterlassen. Ich weiß nicht, worüber du dich eigentlich beklagst.«

»Aber …«

»Hör mal, wenn du getrennter Wege gehen willst, musst du's nur sagen.«

»Du schuldest mir noch Geld.«

Da verfinsterte sich Walters Miene. »Fein säuberlich aufgelistet in deinem verfluchten Notizbuch. Seinem Partner sollte man vertrauen können, statt alles haarklein aufzuschreiben.

Du bist ein Krämer im Herzen, kein Goldschürfer. Darum bringst du auch immer Zeug mit, das du dann verhökerst.«

»Damit mache ich gutes Geld.«

»Und verpasst links und rechts Gelegenheiten, den einen großen Fund zu machen.«

Mit Mühe schluckte Mark die nächste zornige Erwiderung hinunter. Vielleicht sollte er der Sache ein Ende machen, sich von dem Geld, das Walter ihm noch schuldete, verabschieden, und ihre verbliebene Ausrüstung zwischen ihnen aufteilen. Doch irgendetwas ließ ihn störrisch weitermachen. Warum sollte er so viel von seinem hart erarbeiteten Geld verlorengeben? Schweigend lud er seine Einkäufe aus Melbourne auf den Karren von Walters Freund Mac. Es reisten noch andere Männer mit, die sich mit dem Fahren und Gehen abwechselten, um die Pferde zu schonen – zwei abgehalfterte Kreaturen, die aussahen, als könnten sie jeden Moment ihren letzten Atemzug tun.

Als die anderen sich am ersten kleinen Gasthaus betranken, einer Schänke am Wegesrand, die Grog von fragwürdiger Qualität anbot, hielt Mark sich von ihnen fern. Während er seinen Reisebegleitern zusah, wie sie sich bis zur Besinnungslosigkeit vollaufen ließen, fragte er sich, woher Walter das Geld für den Alkohol hatte. War sein Partner auf mehr Gold gestoßen, als er zugeben wollte, während Mark in Melbourne gewesen war?

Die nächste Schürfung lag weiter im Norden. Die Männer, die mit ihnen reisten, erfüllten Mark mit Sorge, denn unter ihnen waren einige der Verrufenen und Gewalttätigen aus Jarandyne. Er wusste, dass sie ihn hinter seinem Rücken verhöhnten, weil er nicht mit ihnen trank, doch obgleich er gelegentlich ein Bier zu schätzen wusste, gedachte er nicht in solcher Gesellschaft die Kontrolle zu verlieren. Zudem schlief er nicht nur mit seinem Revolver direkt unter dem Kissen, sondern sorgte auch dafür, dass alle es wussten.

Zu Walters Entzücken gehörten sie zu den Ersten an der neuen Fundstätte, die sich nahe einer winzigen Siedlung namens Wardleworth Hill befand.

Auch diesmal überließ Mark die Wahl des Claims Walter, sorgte jedoch dafür, dass auch sein Name auf der Registrierung stand. Schweigend arbeiteten sie Seite an Seite, um ihr Gebiet abzustecken und das Zelt aufzustellen. Die Handgriffe waren ihnen so vertraut, dass sie nicht darüber reden mussten.

Als sie nach den ersten zwei Wochen noch keine nennenswerten Goldfunde gemacht hatten, weigerte Mark sich rundheraus, Walter noch mehr Geld vorzuschießen. Von seinem alten Gewerbe würde er hier gut leben können, wenn er einfach eine Art Speisehaus eröffnete, und dachte ernsthaft darüber nach, genau das zu tun.

Die Ironie des Ganzen brachte ihn zum Lächeln. Ohne ihn jedoch von seinen Überlegungen abzubringen. Doch langsam wuchsen ihre Golderträge, und so verschob er die Entscheidung.

Das Einzige, was ihn ein wenig mit Wardleworth Hill versöhnte, waren die Männer auf dem benachbarten Claim: ein Mann mit seinem jugendlichen Sohn, mit denen Mark sich anfreundete. Ross Campbell war ein stattlicher Mann mit einem sanften Lächeln und ebensolchem Gemüt. Sein Sohn war ein junger Riese, noch kaum der Kindheit entwachsen und bereits einen Meter achtzig groß. Mit diesen zwei würde niemand Schindluder treiben, und ihre Gegenwart gab Mark ein Gefühl von Sicherheit, denn mittlerweile sah Walter ihn manchmal an, als würde er ihn hassen. Vertrauen konnte er seinem Partner ganz sicher nicht mehr.

Doch sie waren so aneinander gewöhnt, dass sie weiterhin einigermaßen gut zusammenarbeiteten, solange sie nicht versuchten, eine Unterhaltung zu führen.

Für Mark war es ein einsames Leben, und so setzte er sich

eine Grenze, wie lange er noch zu bleiben bereit war. Sobald das Gold ausging, würde er verschwinden, Schulden hin oder her.

* * *

Diesmal fiel es Theo schwer, die Besuche im Bett seiner Frau wiederaufzunehmen, und sie war hocherfreut, in Ruhe gelassen zu werden. Doch nach einigen Monaten wappnete er sich. Er würde ein weiteres Mal versuchen, ein Kind zu zeugen. Und so erkundigte er sich bei Keara, ob seine Frau ihn an jenem Abend würde empfangen können.

Sie nickte, konnte jedoch nicht den Blick vom Boden heben. Ihre Herrin würde sich sehr aufregen, doch es stand Keara nicht zu, etwas zu sagen, und Mr Mullane würde sowieso nicht auf sie hören. Er war ein furchtbarer Sturkopf, und irgendwann würde sich das einmal rächen, doch sie konnte nicht umhin, Mitleid zu empfinden. Mit einer solchen Frau verheiratet zu sein …

Als das Schweigen sich ausdehnte, lachte Theo auf. »Du musst mir nicht sagen, dass Lavinia nicht begeistert sein wird von meiner Aufwartung, aber das ist nun einmal meines Wissens die einzige Methode, ein Kind zu zeugen, und sie ist die einzige Ehefrau, die ich habe. Letztes Mal waren wir so kurz vor dem Ziel …«

Als Keara die Nachricht weitergab, sah Mrs Mullane bestürzt zu ihr auf. »Nein! Oh, nein! Ich kann das nicht über mich ergehen lassen. Nicht noch einmal.«

»Alle Frauen müssen es über sich ergehen lassen«, entgegnete Keara unverblümt, denn sie wusste, Mitgefühl würde ihre Herrin nur anstacheln.

»Wenn er ein echter Gentleman wäre, würde er sich mir nicht aufdrängen.«

Darauf wusste Keara nichts zu erwidern. Was war schon

ein Gentleman? Der Vater dieses Mannes hatte seine Pächter während der Großen Hungersnot darben lassen und ihnen nur gerade so viel Hilfe zukommen lassen, wie es seine gesetzliche Pflicht gewesen war. Trotzdem war er unter den benachbarten Edelleuten ein geachteter Mann gewesen. Wenigstens war Theo Mullane seinen Pächtern gegenüber großzügig. In Kearas Augen machte ihn das zu einem weit besseren Mann.

Doch er tauchte weiterhin regelmäßig in ihren Träumen auf, und das besorgte sie. Sie hatte noch nie einen so attraktiven Mann wie ihn gesehen und verstand nicht, warum ihre Herrin ein solches Theater veranstaltete, wenn sie mit ihm das Bett teilen sollte. Wäre Keara mit ihm verheiratet gewesen, hätte sie mit ihm zusammen sein wollen. In Ballymullan hatte sie freiende Paare gesehen, die einander bei den Händen gehalten, sich geküsst und beim bloßen Anblick des anderen gelächelt hatten. Der Gedanke daran entlockte ihr ein Seufzen. Sie wollte dasselbe. Wollte das nicht jedes Mädchen? Kein Wunder, dass Vater Cornelius sie gewarnt hatte. Jedes Tier suchte nach einem Fortpflanzungspartner, und Menschen hatten denselben Instinkt.

Bloß dass Keara an eine Ehe nicht einmal denken konnte, weil sie so lange an dieses selbstsüchtige Weib gebunden war, wie ihre Familie darauf angewiesen war. Ihre Herrin unterschied sich von anderen Frauen, war in vielerlei Hinsicht wie ein Kind und hätte niemals heiraten sollen, wie Keara mittlerweile glaubte. Und obgleich Mrs Mullane ihrem Gatten dringend benötigte Mittel eingebracht hatte – denn darüber wusste das gesamte Gesinde Bescheid –, schien die Ehe keinen der beiden glücklich zu machen. Er war rastlos, bisweilen grundlos gereizt und verbrachte so wenig Zeit wie nur irgend möglich mit seiner Frau. Sie hingegen war schlicht dumm, und selbstsüchtig obendrein. Keara hatte die Erfahrung gemacht, dass sie am besten damit fuhr, wenn sie ihre Herrin wie ein Kind behandelte, ihr das Haar bürstete, besänftigend zu ihr sprach und simple Aufgaben fand, um ihr die Zeit zu vertreiben.

Kearas Gedanken jedoch konnten diese Aufgaben nicht fesseln, und manchmal glaubte sie wahnsinnig zu werden vor Langeweile und Frustration.

Als an jenem Abend die Zeit fürs Dinner kam, weigerte Mrs Mullane sich, ein angemessenes Kleid anzuziehen, geschweige denn, sich zu ihrem Mann zu gesellen. Sie wollte kein Essen gebracht bekommen und wollte auch Keara nicht bei sich behalten.

Gerade als Keara dabei war, das Zimmer zu verlassen, trat Theo mit grimmiger Miene ein. »Spielst du wieder die Märtyrerin, Lavinia?

Schluchzend hob seine Gattin ein Taschentuch an ihre Augen. Mit einer Geste bedeutete der Herr Keara, hinauszugehen, und sie meinte ihn murmeln zu hören: »Na gut, bringen wir es hinter uns«, als sie ging.

Mit Gejammer konnte man sein Herz nicht erweichen, dachte sie bei sich, als sie die Schlafzimmertür hinter sich zuzog. Und da ihre Herrin so leicht in Tränen ausbrach, lernte man rasch, ihnen keinen Wert beizumessen.

Keara ging hinunter in die Dienstbotenküche und ließ die Köchin wissen, dass das Abendmahl ihrer Arbeitgeber sich möglicherweise etwas verzögern würde, da der Herr soeben der Herrin seine Aufwartung gemacht hatte.

»Ah. Geht das wieder los, ja? Arme Mrs Mullane.«

»Und armer Mr Mullane«, gab Keara zurück. »Schließlich verlangt er nichts von ihr, worauf er kein Recht hätte, und es ist nicht so, als würde er sie schlagen.«

»Ich hätte nicht geglaubt, dass du dich einmal auf seine Seite schlagen würdest.«

»Ich versuche, mich auf niemandes Seite zu schlagen«, antwortete Keara seufzend und setzte sich an ihren Platz am

Tisch. Sie wusste nicht, warum sie für ihn Partei ergriffen hatte.

Das Mahl der Dienstboten kam zum Ende, und noch immer hatte die Herrin nicht geklingelt. Auch die Glocke fürs Speisezimmer rührte sich nicht. Sie alle lauschten darauf, sie konnten gar nicht anders. Wenn man so eng in einem Haushalt zusammenlebte, ließ sich nichts verbergen – schon gar nicht mit einer Herrin, die lauthals jedem ihr Leid klagte.

Als endlich Mrs Mullanes Glocke ertönte, seufzte Keara und erhob sich. Sie wusste, dass aller Augen auf ihr ruhten.

Beinahe augenblicklich läutete auch die Glocke des Herrn, und Dick folgte ihr nach draußen.

»Ich beneide dich nicht, Mädchen«, sagte er unvermittelt, als sie über die Dienstbotentreppe hinaufstiegen. »Hast du je daran gedacht, dir eine andere Anstellung zu suchen?«

»Das kann ich nicht. Meine Familie ist auf meinen Lohn angewiesen, mein Vater arbeitet als Stallknecht auf Ballymullan, und ihr Haus ist an eine Pacht gebunden. Was bleibt mir da für eine Wahl?«

»Aber Mr Theo würde seinen Unmut doch nicht an ihnen auslassen.«

»Er hat mir persönlich angedroht, sie auf die Straße zu setzen, als ich ihm gesagt habe, dass ich nicht nach England will.«

Verblüfft blieb Dick einen Moment stehen und starrte sie an, dann schüttelte er den Kopf. »Das hätte er niemals getan.«

»Aber gesagt hat er es, und ich habe es ihm abgenommen. Ich glaube, um ein Kind zu bekommen, würde er alles tun. Und da ich manchmal die Einzige bin, die sie zur Vernunft bringen kann, fürchte ich, er würde mich auch jetzt noch nicht ziehen lassen. Obgleich ich es mir doch wohl mehr als verdient habe.«

Sie seufzte und blickte so unglücklich drein, dass Dick kurz mitfühlend ihre Hand umfasste. *Wahrscheinlicher ist, dass Theo dich zu anziehend findet, als dass er dich gehen lassen würde,* dachte er, doch das sagte er nicht. Er war sich nicht sicher, ob ihr das überhaupt bewusst war. Manchmal glaubte er, es zu sehen, doch in anderen Momenten schien Keara keinen Schimmer von Theos Schwäche für sie zu haben.

Als sie den oberen Korridor erreichten, atmete Keara tief durch und stieß die Tür zum Zimmer ihrer Herrin auf. Sie wurde empfangen vom gewohnten Schluchzen und Wehklagen, doch diesmal unterbrochen von Drohungen, eines Tages würde Mrs Mullane sich an ihm rächen.

»Es wird ihm noch leidtun, dass er so mit mir umspringt.«

»Er behandelt sie nur so, wie es jeder Mann mit seiner Ehefrau tut.«

»Halt den Mund, du impertinente Kreatur! Was weißt du schon? Geh und hol mir warmes Wasser. Ich gedenke ein Bad zu nehmen.«

* * *

Nebenan fand Dick seinen Herrn am Fenster vor. »Kann ich Ihnen helfen, Sir?«

»Ich wünschte, du könntest. Aber meine Gattin kann wohl niemand in eine angenehme, wohlwollende Person verwandeln, nicht wahr?« Theo versuchte zu lachen, doch aus seiner Kehle kam nichts als ein Krächzen. »Ein Glück, dass ich gut im Saft stehe.«

Dick wartete schweigend und überlegte, ob sein Herr dem Häuschen im Wald einen Besuch abstatten würde, wie er es manchmal tat, nachdem er das Bett seiner Frau aufgesucht hatte. Dort draußen war derzeit eine lebhafte junge Frau namens Susan untergebracht. Nicht zum ersten Mal kam es Dick in den Sinn, dass bisher keine dieser jungen Frauen ein Kind bekommen hatte, doch darauf wagte er Theo nicht anzusprechen. War es Absicht oder war sein Freund und Arbeitgeber nicht in der Lage, ein überlebensfähiges Kind zu zeugen?

Doch Theo sagte nur: »Bring mir etwas Brot und Käse, ja? Und eine Flasche Brandy – mit zwei Gläsern, falls dir der Sinn danach steht, mir ein wenig Gesellschaft zu leisten.«

So würde der Abend also verlaufen, dachte Dick. Theos Verzweiflung musste abgrundtief sein. Das kam nicht oft vor, denn für gewöhnlich war er kein Trinker.

Bei seiner Rückkehr blickte Theo ihn an und erklärte: »Du bist ein guter Freund, Dick.«

»Nicht ganz die treffende Bezeichnung, Sir.«

»Nun, soweit ich überhaupt Freunde habe.«

»Sie sollten sich hier drüben mehr unter die Nachbarn begeben und sich Freunde Ihres Standes suchen.«

»Welchen Standes bin ich schon? Ein Ire – wofür sie mich verachten – und ein Mitgiftjäger, wofür sie mich noch mehr verachten. Als neureichen Emporkömmling würden sie mich eher akzeptieren, aber das bin ich nicht. Ich bin ein Landmensch und stolz darauf. Mein Herz schlägt für Pferde, nicht für Fabriken und Geldmacherei.« Gepeinigt sah er Dick an. »Ich habe sie nur geheiratet, um Ballymullan zu retten, doch das war es nicht wert. Lieber hätte ich das Anwesen verkaufen und nach Australien oder Amerika gehen sollen.« Mit angewiderter Miene schaute er sich um. »Der Unterhalt dieses verfluchten Mausoleums kostet ein Vermögen. Der alte Hardwick hatte beileibe nicht so viel Geld, wie die Leute glauben, und bei ihrer Verschwendungssucht rinnt es mir förmlich durch die Finger.«

Dick brummte besänftigend.

»Wenn ich nur endlich ein Kind von meiner Frau bekomme, verkaufe ich diesen Klotz und verlasse sie. Das Kind wird sie ohnehin nicht wollen, ich dafür umso mehr. Dann kaufe ich ihr ein Haus in Ellerdale, denn Irland hasst sie.« Er tat einen bebenden Atemzug. »Und wenn ich den Rest meines Lebens mit ihr verbringen muss, werde ich wahnsinnig.«

Dick konnte seine Überraschung nicht verbergen. »Haben Sie das wirklich vor? Sie verlassen?«

Theo starrte in sein Glas und schwenkte die bernsteinfarbene Flüssigkeit darin in kreisenden Bewegungen. »Könnte sein. Ich habe ernsthaft darüber nachgedacht.«

»Was ist mit ihrer Zofe? Keara vergeht vor Sehnsucht nach ihrer Familie. Wenn Sie Eastwood House verkaufen, sollten Sie wenigstens sie mit zurück nach Irland nehmen.«

Theo lächelte bitter. »Fürs Erste wird sie weiter vor Sehnsucht vergehen müssen – zumindest bis nach der Geburt meines Kindes. Aber ein reizendes Mädchen ist sie, so erbaulich und unverstellt. Vielleicht kann sie ja eines Tages ...« Er verstummte und schwenkte wieder seinen Brandy.

Dick war schockiert. »Keara ist ein achtbares Mädchen. Es wäre eine Schande, sie nur für Ihr eigenes Vergnügen zu ruinieren.«

»Aber sie empfindet etwas für mich, das weiß ich. Ebenso wie ich für sie.« Theo starrte ins Feuer und dachte daran zurück, wie Keara ihn nach dem Tod seines Babys getröstet hatte. Wie zu sich selbst murmelte er: »Wenn die Zeit reif ist, werde ich in dieser Angelegenheit etwas unternehmen. Und ich würde sie gut behandeln – in jeglicher Hinsicht. Ich würde ihr niemals ein Leid zufügen.«

Dick hielt sich wohlweislich mit weiteren Kommentaren zurück, doch gutheißen konnte er das nicht. Theo konnte nahezu jede Frau bekommen, die er wollte, weil er nicht nur wohlhabend, sondern auch gut aussehend und freundlich war. Warum musste er sich ausgerechnet diese aussuchen? Anders als einigen ihrer Kolleginnen wohnte Keara Michaels nicht das geringste Fünkchen Koketterie inne.

Obgleich sie Theo durchaus manchmal anhimmelte. Auch Dick war das aufgefallen. Nun, das taten die jungen Dienstmädchen alle, doch irgendetwas unterschied Keara von jenen Frauen, die Theo in seinem Häuschen im Wald unterzubringen pflegte. Es wäre falsch, sie dorthin zu bringen und eine Hure aus ihr zu machen.

* * *

An einem sengend heißen Nachmittag im Januar 1861 hob Mark ein paar Schaufeln Erde aus und starrte voller Abscheu darauf hinunter. Er war es leid. Unter lautem Rumpeln schüttete er seinen Aushub in die Wiege und begann sie viel zu grob zu schwenken, sodass einige Klumpen wieder hinausfielen.

»Langsam!«, brummte Walter. »Sonst musst du bloß alles wieder aufklauben.«

Seufzend wiegte Mark sein Schüttgut sanfter, während sein Gefährte den Inhalt des Schöpfeimers darüber goss. Als das Wasser Schmutz und Schlamm fortwusch, sah er in einer Ecke etwas blitzen und hielt in der Bewegung inne, um genauer hinzusehen. Er räumte einige Steinbrocken beiseite, um an das Schimmern heranzukommen.

Walter trat näher. »Was gibt es?«

»Ich dachte, ich hätte …« Mark deutete auf das Glitzern in der Ecke. »Ist das nicht …?«

Sein Partner stieß einen erstickten Laut aus, ehe er heiser flüsterte: »Sag kein Wort. Nicht einen verfluchten Ton. Wenn das ist, was ich glaube, was es ist, haben wir einen Sensationsfund gemacht.« Dann erhob er die Stimme und spie verächtlich: »Katzengold. Solltest du mittlerweile erkennen können, Junge.« Er sprach wieder leiser. »Wirf ein paar Schaufeln Schlamm drüber und versteck das Ding, schnell! Es wird langsam Zeit fürs Abendessen. Wir holen das Nugget raus, wenn niemand zuschaut.«

Kurze Zeit später zog Walter im Zelt das Nugget aus seinem Hemd hervor, wo er es versteckt hatte. Er setzte sich auf sein Bett und wischte vorsichtig den Schlamm von dem schweren, unregelmäßig geformten Klumpen.

»Hol einen Eimer Wasser.«

Mark tat wie geheißen und ließ anschließend die Zeltklappen herunter, um den Blick ins Innere zu verwehren.

Behutsam wusch Walter das Nugget ab, dessen Form an ein Herz erinnerte. Er wog es in den Händen. »Ich würde sagen, das hat – oh, zwei- oder dreihundert Unzen, womöglich sogar mehr. Was denkst du?« Er reichte es an Mark weiter, der zustimmend nickte.

»Das darfst du niemandem erzählen«, warnte Walter erneut.

»Ich hätte erwartet, du willst feiern.«

»Ich bin nicht so töricht, so etwas auf einem neuen Goldfeld durchsickern zu lassen, wo nur einmal die Woche jemand von der Bank kommt, um das Gold zu kaufen. Für diese kleine Schönheit könnten sie uns hier die Köpfe einschlagen, während wir auf die Erbsenzähler warten, die sie uns abnehmen sollen. Außerdem schätze ich, wenn wir das Gold nach Melbourne bringen, um es zu verkaufen, kriegen wir mehr dafür.« Er leckte seine Fingerspitze an und fuhr damit über die raue Oberfläche des Nuggets, um den Streifen schimmernden Edelmetalls zu streicheln, der unter der Feuchtigkeit zum Vorschein kam. »Ich nenne sie die Kleine Schönheit.«

»Gib sie mir noch mal.«

Walter beobachtete, wie Mark den unregelmäßig geformten Goldklumpen ebenfalls in den Händen wiegte, nahm ihn jedoch beinahe augenblicklich mit eifersüchtiger Miene wieder an sich. »Ich pass drauf auf.«

Mark schüttelte den Kopf und holte sich das Nugget zurück, ehe Walter wusste, wie ihm geschah. »Nicht, wenn du heute Nacht ins Grogzelt willst. Ich bleibe hier, den Revolver griffbereit, und bewache sie. Bis die Bankkäufer kommen, schließen wir sie lieber in meiner Truhe ein und gehen wieder an die Arbeit, sonst fragen sich die anderen noch, was los ist.«

Einen Moment lang kreuzten sich ihre Blicke, und was dort sprühte, barg das Potenzial eines weiteren Streits, womöglich gar einer Prügelei. Mark hielt den Atem an, während das Schweigen sich ausdehnte, denn Walters Launen waren in letzter Zeit immer unvorhersehbarer geworden.

»Also gut. Aber ich werd nur ein, zwei Gläschen trinken heut Abend, also denk nicht mal dran, dich damit aus dem Staub zu machen. Ich würde dich aufspüren, wohin du auch gehst.«

»Ich würde niemals versuchen, dich zu berauben, und das weißt du auch.« Doch irgendetwas sagte Mark, dass er bei seinem Partner nicht darauf vertrauen konnte, sondern Walter mit dem Nugget verschwinden würde, sobald er eine Gelegenheit sähe. Deshalb beschloss er, mit dem Gold unter seinem Kissen zu schlafen und es Walter nicht auszuhändigen, wenn er wiederkäme.

Erst nachdem er ein aus Resten zusammengewürfeltes Abendessen verzehrt und sich eine Weile auf seinem Bett ausgeruht hatte, drang langsam zu ihm durch, dass ihre Mühen ihnen ein kleines Vermögen eingebracht hatten. Nun, zumindest ihm erschien es wie ein Vermögen. Wenn Walter das Gewicht des Nuggets richtig einschätzte, würden sie etwa neunhundert Pfund dafür bekommen. Mehr als genug für den Alten, seine Schulden zu begleichen und noch reichlich Geld zum Verprassen zu haben. Mark würde seinen Anteil dazu nutzen, sich ein solides Geschäft aufzubauen.

Plötzlich wurde ihm vor Erleichterung zittrig. Mittlerweile verabscheute er dieses Leben, nicht wegen der körperlichen Unannehmlichkeiten, sondern wegen der Gewalt, die immer unter der Oberfläche lauerte und jederzeit ausbrechen konnte. Auf größeren Schürfungen, wo dauerhaft mehrere Polizisten stationiert waren, mochte es etwas friedlicher sein – auch wenn er selbst das bezweifelte –, doch auf so kleinen Goldfeldern wie diesem konnte jeden Moment eine Prügelei oder gar ein Aufstand ausbrechen. Bei einem einzigen hier stationierten Polizisten war es ein Wunder, dass noch niemand ermordet worden war, und Mark hielt seinen Revolver jederzeit geladen und griffbereit.

An diesem Abend kehrte Walter ausnahmsweise einmal früh und nahezu nüchtern aus dem Grogzelt heim. »Lass mich noch mal sehen«, sagte er, sobald er die Zeltklappen hinuntergelassen und eine Kerze angezündet hatte.

Seufzend stützte Mark sich auf einen Ellenbogen und zog das Nugget unter seinem Kissen hervor. Als Walter es einstecken wollte, nahm er es wieder an sich. »Ich bin jünger und stärker als du, deshalb werde ich darauf aufpassen. Bei mir wird es einem Dieb schwerer fallen, es mir abzunehmen.«

Finster starrte Walter ihn an, zauderte einen Moment und hob dann die Schultern.

Mitten in der Nacht hörte Mark seinen Gefährten aufstehen und murmeln: »Ich geh mal pissen.«

Als Walter wieder hereinkam, war Mark gerade dabei, wieder wegzudämmern. In dem beengten Zelt standen ihre Liegen unweigerlich dicht nebeneinander, und so dachte er sich nichts dabei, als ein Fuß auf dem Rand seiner Decke landete. »Pass doch auf, wo du hintrittst«, brummte er, dann explodierte seine Welt in Schmerz, als ihn etwas hart auf den Kopf traf.

Er versuchte, einem zweiten Schlag auszuweichen, kam jedoch nicht schnell genug fort. Während er noch den Mund öffnete, um nach Hilfe zu rufen, krachte abermals etwas auf seinen Schädel herab, und er spürte, wie er hilflos in eine schmerzerfüllte Dunkelheit davonglitt.

* * *

Mark erwachte von summenden Fliegen dicht neben seinem Ohr. Zu Beginn wusste er nicht, wo er war, und es fiel ihm schwer, sich zu bewegen oder auch nur seine Augen zu öffnen. Als er es versuchte, durchfuhr ihn ein stechender Schmerz und er stöhnte auf. Für einen Moment wagte er keinen Muskel zu rühren. Nach einer Weile gelang es ihm, die Lider wenigstens halb zu heben, und er erkannte, dass er im Zelt am Boden lag. Durch die Plane schimmerte Sonnenlicht herein. Draußen hörte er die gewohnten kurzen Rufe über das Plätschern des Wassers, das Knarren der Wiegen und das Kratzen der Schaufeln in der Erde hinweg.

Wo war Walter? Was war geschehen?

Als seine Augen langsam etwas schärfer stellten, sah er, dass seine Truhe offen stand und der Inhalt im gesamten Zelt verstreut lag. Unter sich spürte er ein Knäuel aus Bettzeug. Bei jeder Bewegung pochte sein Kopf so schmerzhaft, dass ihm das Denken schwerfiel.

Dann kehrte die Erinnerung zurück, und sein Zorn verlieh ihm die Kraft, sich in eine sitzende Haltung hochzustemmen. Sein Hemd war aufgeknöpft, und als er nach seinem Geldgürtel tastete, fand er nichts. Er stöhnte bei der Erkenntnis, all das Geld verloren zu haben, für das er so hart gearbeitet hatte. Im Sitzen erfasste ihn Übelkeit, und so legte er die Arme auf den Rand seiner Liege und ließ den Kopf darauf ruhen, bis sein Magen sich beruhigt hatte.

Wie viel Zeit verging, vermochte er nicht mit Sicherheit zu sagen, doch irgendwann gelang es ihm, sich auf die Liege zu hieven. Den Papierschnipseln und Kleidern, die darauf verstreut waren, schenkte er keine Beachtung. Eigentlich hatte er um Hilfe rufen wollen, doch ihm war so schummrig zumute, dass er für einen kleinen Moment die Augen schloss.

Als er wieder zu sich kam, hatten die Geräusche draußen den trägeren Rhythmus des heißesten Tagesabschnitts angenommen, und ihn plagte brennender Durst. Der Eimer frischen Wassers war umgekippt, und die Hälfte der Sachen aus dem Zelt fehlte.

Ebenso wie Walter.

Zweifellos würde auch das Nugget nirgends zu finden sein.

Mühsam richtete Mark sich auf und fragte sich vage, warum sie ihn nicht umgebracht hatten. Vielleicht hatten sie in der Dunkelheit aber auch geglaubt, es sei ihnen bereits gelungen.

Nichts als seine Sturheit hielt ihn auf den Beinen, als er in Richtung Zeltklappen taumelte wie ein Betrunkener. Als er nach draußen trat, traf ihn das Sonnenlicht wie ein Vorschlaghammer, und sein Kopf dröhnte vor Schmerz. Er konnte ein Stöhnen nicht unterdrücken. »Hilfe!«, rief er. »Ich brauche Hilfe.«

Ross vom Claim neben ihrem blickte vom Wasser auf und starrte ihn fassungslos an, bevor er den Eimer fallen ließ und den Hang heraufgerannt kam. »Was zum Teufel ist dir denn widerfahren, Mark? Junge, dein Gesicht ist ja voller Blut.«

»Letzte Nacht – Walter – niedergeschlagen – ausgeraubt.«

»Bist du dir sicher, Freund?«

»Ja. Wir haben gestern ein großes Nugget gefunden. Mehrere hundert Unzen, hat er geschätzt.«

Ross stieß einen überraschten Pfiff aus. »Und damit hat er sich aus dem Staub gemacht?«

»Ja.« Marks Kehle war rau und wund. »Habt ihr Trinkwasser da?«

»Sicher. Ich hole dir welches.« Behutsam geleitete er Mark zu der grob gezimmerten Bank vor seinem eigenen Zelt und brachte ihm einen vollen Becher. Gierig stürzte Mark das Wasser hinunter, und sofort füllte Ross das Behältnis auf. Kurz darauf hatte sich die Nachricht herumgesprochen wie ein Lauffeuer, und zwanzig oder mehr Männer standen um Mark versammelt und stritten darüber, was zu tun sei. Nach einer Weile schob sich jemand durch die Menge, und der vor Ort stationierte Polizist erschien.

»Was geht hier vor sich?« Als ein Strom von Antworten auf ihn niederging, blaffte er: »Ruhe!«, dann wandte er sich an Mark. »Sie hat aber jemand ordentlich erwischt. Müssen einen harten Schädel haben, dass Sie überhaupt noch am Leben sind. Was ist passiert? Ich habe keine Kampfgeräusche gehört letzte Nacht.«

Aufs Neue erklärte Mark, was geschehen war.

»Teufel noch eins, das hat uns gerade noch gefehlt, dass noch mehr Männer hierherströmen, um Gold zu schürfen!« Umständlich schrieb der Polizist das Vorgefallene nieder, dann steckte er seinen Bleistiftstummel wieder weg. »Wüsste nicht, wie wir den Kerl noch aufspüren sollten. Der wird schon meilenweit entfernt sein, und ich selbst kann ihm nicht nachjagen. Aber ich werde ihn zur Fahndung ausschreiben. Sollten Sie die Schürfstätte verlassen, Mr Gibson, lassen Sie mich wissen, wohin Sie gehen. Nur für den Fall, dass wir ihn erwischen.« Besonders hoffnungsvoll klang er allerdings nicht.

Und mit einem Mal reichte es Mark. Er sehnte sich verzweifelt nach einem Ort mit vernünftigen Straßen und Häusern, zwischen denen die Nächte nicht von Gebrüll und Kampfgeräuschen durchbrochen wurden. Er wollte wieder ein normales Leben führen, mit sauberen Kleidern und anständigen Mahlzeiten. Und genau das würde er tun. Er kämpfte sich auf die Füße, geriet jedoch ins Schwanken, als der Schmerz ihm das Gleichgewicht raubte.

Rasch kam Ross ihm zu Hilfe. »Setz dich lieber noch mal, Junge. Du wirst noch eine Weile nirgendwohin gehen. Willst du heute Nacht bei uns bleiben?«

»Nein, danke. Wenn ich nicht in meinem Zelt schlafe, verliere ich auch noch die kümmerlichen Reste, die mir noch bleiben.«

»Wohl wahr. Aber ruf, wenn du uns brauchst.«

Am späten Nachmittag hatte Mark sich weit genug gesammelt, um seine verbliebenen Habseligkeiten zu sichten. Den Geldgürtel hatte Walter zwar mitgenommen, doch der Revolver war noch da, verborgen unter den zerwühlten Decken, auf denen Mark erwacht war. Er war noch geladen. Mit einer Grimasse wog Mark die Waffe in der Hand und zielte damit auf den nächstgelegenen Zeltpfosten. Gebracht hatte ihm das Ding nichts. Trotzdem würde er es griffbereit halten, und zusätzlich würde er einen Stolperdraht in den Zelteingang spannen. Noch einmal würde er sich nicht überrumpeln lassen.

In seiner zweiten Blechtruhe war noch ein Großteil seiner Essensvorräte, ebenso wie seine Kleider. Das Schürfgerät lag noch auf dem Claim verstreut, wo sie es gestern hatten liegen lassen. Vermutlich war Walter der Ansicht gewesen, das Werkzeug nicht mehr zu brauchen, nun, da er das Nugget hatte. Was Mark verwirrte, waren die überall verstreuten winzigen Papierschnipsel, kaum eines davon größer als sein Daumennagel. Er nahm eines hoch, dann ein weiteres. Auf dem zweiten standen einige Zahlen geschrieben, und plötzlich erkannte er, woher das Papier kam: aus seinem Notizbuch. Es war in tausend Fetzen zerrissen und die Einzelteile durch das gesamte Zelt geworfen worden. Er lächelte grimmig. Wie sein einstiger Partner diese Aufstellung seiner Schulden gehasst hatte!

Und nun würde Walter das Geld nie zurückzahlen.

Es erfüllte Mark mit Bitterkeit, dass all seine harte Arbeit vergebens gewesen war. Wie sollte er überhaupt zurück nach Melbourne gelangen ohne einen Penny in der Tasche?

Ein über den Boden huschender Schatten ließ ihn nach der Pfanne greifen und verteidigungsbereit herumfahren.

»Hallo da drinnen!«, erklang eine Stimme gleich vor dem Zelteingang.

»Wer ist da? Was wollen Sie?«

»Ich hab mich gefragt, ob Sie Ihren Claim verkaufen würden.«

»Könnte sein. Kommen Sie herein.«

Ein Fremder schlug die Zeltklappen beiseite und blickte sich im Inneren um. »Da hat Ihr sogenannter Partner aber reichlich Chaos angerichtet, was? Verfluchter Tunichtgut. Ich kann Diebe nicht ausstehen.«

Mark stieß ein Schnauben aus, das sein Gast hoffentlich als Zustimmung werten würde. Im Augenblick konnte er nicht einmal an Walter denken, ohne dass ihm regelrecht übel wurde vor Wut und Abscheu – nicht nur seinem einstigen Gefährten, sondern auch sich selbst gegenüber, weil er sich so leicht hatte ausrauben lassen.

»Ich hab gehört, Sie haben ein großes Nugget auf dem Claim gefunden, wollen aber nach dem, was geschehen ist, Ihre Zelte abbrechen. Wenn Sie wollen, kaufe ich Ihnen den Claim ab.«

Und da ging Mark auf, was er tun konnte, um wenigstens an ein bisschen Geld zu kommen. Die Erleichterung machte ihn beinahe zittrig. »Ich werde morgen eine Auktion abhalten, in der ich den Claim und meine verbliebenen Habseligkeiten versteigere – das Werkzeug und so weiter. Dort können Sie mitbieten.«

»Und Sie sind sich sicher, dass Sie nicht heute schon verkaufen wollen? Das würde Ihnen eine Menge Aufwand ersparen.«

»Ich will den höchstmöglichen Erlös erzielen.« Er war sogar verzweifelt darauf angewiesen.

»Na gut.« Der Mann zuckte mit den Schultern und ging.

Mark schlief äußerst unruhig, schrak beim kleinsten Laut hoch und tastete nach dem Revolver.

Am Morgen bat er Ross, sein Zelt im Auge zu behalten, während er die Runde machte und den Leuten erzählte, was er vorhatte. Dann breitete er mit grimmiger Miene sein verbliebenes Hab und Gut in der Sonne aus. Noch während er dabei war, kamen einzelne Männer auf ihn zu und boten an, ihm dies oder jenes abzukaufen, und wenn er das Angebot für angemessen hielt, ließ er sich darauf ein.

Er seufzte erleichtert, als er das erste Geld in seine Tasche steckte. Sein Kopf dröhnte noch immer, und er war schockiert gewesen, als er in dem winzigen Rasierspiegel sein Gesicht gesehen hatte: ein geschwollenes Auge, die dazugehörige Gesichtshälfte ein einziger Bluterguss, gespickt mit Schnitten und Schürfwunden. Sein Haar war noch immer verklebt vom Blut, doch damit hatte er sich bisher nicht befassen können. Außerdem schmerzte es ohnehin noch zu sehr, um den Bereich ordentlich säubern zu können.

Bis zum Mittag hatte er den Claim und einen Großteil seiner nicht mehr benötigten Habseligkeiten verkauft. Damit blieb ihm noch die Truhe mit den Essensvorräten. Es entbehrte nicht einer gewissen Ironie, dass er nun wieder bei seinem ursprünglichen Gewerbe angelangt war. Er ging zu Ross, um ihn um ein Fleckchen in seinem Zelt zu bitten. Eine Weile wollte er noch bleiben, um mit dem Verkauf seiner Lebensmittel den größtmöglichen Gewinn zu erzielen, doch der Mann, der ihm das Zelt abgekauft hatte, hatte einen Zuschlag gezahlt, um es sofort mitnehmen zu dürfen. »Im Gegenzug für einen Schlafplatz in eurem Zelt biete ich euch kostenloses Abendessen, bis ich abreise, Ross.«

Sie gaben einander die Hand darauf.

Am folgenden Abend verköstigte Mark neben seinen zeitweiligen Gastgebern zehn weitere Männer mit dem in Australien so allgegenwärtigen Damperbrot und einem schlichten Rindfleischtopf. Sein Angebot sprach sich herum, und innerhalb einer Woche hatte er seine Vorräte aufgebraucht und wenigstens aus dieser Investition einen anständigen Gewinn gezogen.

Endlich konnte er abreisen. Und nie wieder in seinem Leben würde er auch nur einen Fuß auf ein Goldfeld setzen.

Er handelte einen Platz als zusätzlicher Wachmann auf einem Karren aus, der in Melbourne Nachschub für den im Lager aufgeschlagenen Laden besorgen sollte. Der letzte Transport war überfallen und ausgeraubt worden, deshalb waren sie froh gewesen, für den Preis der Fahrt einen weiteren Mann zu bekommen.

Mark verabschiedete sich von Ross und seinem Sohn und verließ das Lager ohne einen einzigen Blick zurück.

In einem neuen Holster an seinem Gürtel trug er den Revolver, geladen und einsatzbereit. So vertrauensselig wie einst würde er nie wieder sein. Und wenn irgendjemand versuchte, diesen Karren zu überfallen, würde derjenige sich mit ihm anlegen müssen.

Allerdings bezweifelte er, dass es jemand wagen würde. Nicht so kurz nach dem letzten Mal. Es war allseits bekannt, dass derlei Abschaum sich nach einem Überfall für gewöhnlich in andere Jagdgründe begab. Niemand wäre so dumm, es zweimal an derselben Stelle zu versuchen.

8

Februar 1861

Langsam beschlich Keara eine gewisse Sorge. Wenn sie ihrem Arbeitgeber auf dem Anwesen begegnete, hielt er immer öfter inne und starrte sie mit einem Ausdruck an, den sie nur als hungrig beschreiben konnte. Ab und an unterbrach er sie in ihrer Arbeit und erkundigte sich, wie es ihr ging. Doch die meiste Zeit starrte er sie bloß an.

Sie wünschte verzweifelt, sie hätte ihn an jenem Abend nicht getröstet, denn damit hatte sie seine Aufmerksamkeit auf sich gezogen, und das konnte zu Ärger führen. Doch die meiste Zeit wirkte er so unglücklich, dass sie nicht umhin konnte, mit ihm zu fühlen.

»Wie geht es dir, Keara?«, fragte er manchmal.

»Danke, gut, Sir«, antwortete sie dann mit gesenktem Blick, die Hände artig vor der Schürze gefaltet. Auf keinen Fall wollte sie den Eindruck erwecken, sie würde ihn zu seinen Annäherungen ermuntern.

Seine Entgegnungen waren ähnlich schlicht: »Ja, du siehst zufrieden aus« oder »Freut mich zu hören«.

Doch die Blicke, mit denen er sie bedachte, besagten etwas ganz anderes, und erfüllten sie immer wieder mit einem Schauer und einem … seltsamen Gefühl. Als würde sie sich selbst nicht mehr kennen.

An ihren freien Tagen ging sie gern auf den Ländereien des Anwesens spazieren, wobei sie die Gegend um jenes Häuschen im Wald geflissentlich mied. Manchmal gelang es ihr auch, auf diesem oder jenem Bauernkarren einen Platz für die Fahrt in die Stadt zu ergattern. Sie kannte die Wagenlenker vom Sehen, und sie alle waren gesetzte Familienväter, die den Dienstmädchen aus dem Herrenhaus mit Respekt begegneten. Bei ihnen fühlte sie sich wohl und lauschte interessiert den Erzählungen über ihre Familien und ihr Tagesgeschäft. Auch sie berichtete ihnen ihre kleinen Neuigkeiten, doch Arla schrieb nicht oft, und wenn, waren ihre Briefe enttäuschend kurz. Trotzdem war es schon viel wert zu wissen, dass ihre Mutter und ihre Schwestern wohlauf waren, und sie bewahrte sämtliche Briefe in einem Bündel auf, um sie von Zeit zu Zeit erneut zu lesen, um sich aufzumuntern.

In Lancashire waren harte Zeiten angebrochen. Dick hatte ihr erklärt, dass zwischen den nördlichen und südlichen Staaten in Amerika ein Krieg ausgebrochen war, durch den die Baumwolllieferungen zum Erliegen gekommen waren. Deshalb hatten viele Fabriken schließen oder auf Kurzarbeit umstellen müssen. Die Baumwollhungersnot nannten es viele. Für die Arbeiter war es beinahe so schlimm wie die Große Hungersnot nach der Kartoffelfäule einige Jahre zuvor in Irland.

Als sie in der Stadt zum ersten Mal ein Grüppchen dünner, hungrig wirkender Kinder teilnahmslos an einer Straßenecke stehen sah, stiegen ihr Tränen in die Augen. Zu sehr erinnerte ihr Anblick sie an ihre eigene Kindheit. Von da an konnte sie nicht anders, als den kleinen Betrag ihres Lohns, der ihr persönlich ausgezahlt wurde, darauf zu verwenden, Essen für die Kinder zu kaufen. Sie ertrug einfach nicht jenes ausgezehrte Aussehen auf den Gesichtern der barfüßigen kleinen Wesen.

»Auf diese Weise wirst du nie etwas für dich ansparen«, bemerkte Minnie eines Tages, nachdem sie zugesehen hatte, wie Keara im Ort einen Laib Brot gekauft und ihn unter einer Traube hagerer, zerlumpter Kinder verteilt hatte.

»Wofür brauche ich schon Geld?«, entgegnete Keara

leichthin. »Bekomme ich nicht all mein Essen und meine Kleider vorgesetzt?« Dabei wachte sie über die Kinder, die ihre Brotstückchen so rasch wie möglich hinunterschlangen, und passte auf, dass niemand sie ihnen fortnahm.

»Irgendwann braucht jeder ein wenig Geld auf der hohen Kante«, mahnte Minnie düster.

Keara wusste, dass der Rat ihrer Kollegin vernünftig war, doch sie ertrug es einfach nicht, in jene hungrigen Gesichter zu blicken, ohne alles in ihrer Macht Stehende zu unternehmen, um den Kindern zu helfen.

Eines Tages erfuhr sie bei ihrer Rückkehr aus dem Ort, dass Mr Mullane einen weiteren Aufenthalt in Irland plante. Und plötzlich spielte es keine Rolle, dass ihre Herrin dadurch noch missgelaunter war als sonst oder wie ihr Herr sie ansah. Alles, was jetzt zählte, war, dass sie ihre Mutter und ihre Schwestern wiedersehen würde. Schon der bloße Gedanke daran erfüllte sie mit Freude und brachte ihr eine erboste Zurechtweisung von Mrs Mullane ein, sie solle nicht herumträumen und dabei auch noch so einfältig grinsen.

»Du freust dich auf die Rückkehr nach Irland?«, fragte Mr Mullane am folgenden Tag.

Sie wagte es, ihm geradeheraus ins Gesicht zu blicken. »Das wissen Sie doch genau. Ich finde es furchtbar, von meiner Familie getrennt zu sein.« Und für einen Augenblick fragte sie sich, ob sie bei diesen Worten einen Anflug von Scham über sein Gesicht hatte huschen sehen.

* * *

Gemächlich rumpelte der Karren seinem Ziel Melbourne entgegen, als ein Schuss durch die Luft peitschte und der Wachmann auf dem Bock neben dem Wagenlenker aufschrie und seine Schulter umklammerte. Mark, der hinter einigen Kisten verborgen auf der Ladefläche saß, zückte mit grimmiger Miene seinen Revolver, verhielt sich jedoch fürs Erste äußerst still. Je länger seine Anwesenheit ein Geheimnis blieb, desto größer waren seine Chancen, etwas gegen diesen Überfall auszurichten, und Teufel noch eins – er würde sich kein weiteres Mal ohne Gegenwehr ausrauben lassen.

Eine Stimme rief: »Wenn ihr jetzt anhaltet, geschieht euch nichts!«

Als ein weiterer Schuss dicht am Gesicht des Fahrers vorbeipfiff, sah Mark ihn nicken und eine Hand heben, um anzuzeigen, dass er keinen Ärger machen würde. Langsam ließ der Mann die Hand wieder sinken und zügelte die zehn behäbigen Ochsen, die den schweren Karren zogen.

Als sie zum Stehen kamen, traten hinter einer kleinen Ansammlung von Bäumen drei bewaffnete Männer hervor, deren untere Gesichtshälften hinter Tüchern verborgen waren.

Mark spähte zwischen den Kisten hervor, auch wenn sein Blick auf die Straßenräuber zum Teil durch die über den Wagen gespannte Plane behindert wurde. Noch immer gab er sich nicht zu erkennen, denn in ihm stieg heißer Zorn empor beim Gedanken daran, dass diese Hunde ihm das bisschen Geld abknöpfen wollten, das er aus den Trümmern seiner Existenz noch hatte machen können. Noch nie hatte ihn die Wut derart überwältigt, nicht einmal, nachdem Walter das Gold gestohlen hatte.

»Geh rum und sieh nach, was sie geladen haben«, rief der mutmaßliche Anführer, und ein anderer Mann machte sich auf den Weg zum hinteren Ende des Karrens. Sein Schatten glitt neben ihm über die Plane.

»Ich werde gleich auf den Mann schießen«, raunte Mark so leise, dass nur der Wagenlenker und der zweite Wachmann ihn hören konnten. »Machen Sie sich bereit, in Deckung zu gehen! Das ist unsere einzige Chance.«

Er hörte ein leises, zustimmendes Grollen. Sie wussten alle, dass Straßenräuber ihre Opfer oft erschossen, damit niemand sie würde identifizieren können.

Langsam, um nur ja kein Geräusch zu machen, hob Mark seinen Revolver und zielte über den Lauf. Der Mann neben dem Karren scherzte mit seinen Kumpanen. Er hoffte, dieses Mal wäre genug Geld an Bord, dass es die Mühe auch einmal wert wäre.

Noch immer wutentbrannt richtete Mark die Waffe auf die Öffnung in der Plane am hinteren Ende des Wagens. Sobald er den Mann erblickte, schoss er ohne Vorwarnung, denn er wusste, dass er nur diese eine Chance hatte, das Blatt zu wenden.

Ehe die anderen Straßenräuber erneut das Feuer eröffneten, warfen sich schon der Fahrer und der zweite Wachmann über die Bank ins Wageninnere.

Während der Fremde am hinteren Ende sich an die Brust griff und zusammenbrach, fuhr Mark herum und feuerte blindlings nach vorn. Es gab einen Schusswechsel, eine der Holzplanken der Fahrerbank zersplitterte. Mittlerweile hatte auch der Wagenlenker sich seine hinter der Bank deponierte Flinte gegriffen und gab einen Schuss ab, der einen der Männer am Arm traf.

Die Straßenräuber brüllten ihrem Gefährten zu, mit ihnen das Weite zu suchen. Erneut schoss der Fahrer und erwischte den dritten Mann mittig am Rücken, sodass er bäuchlings zu Boden ging.

Mark wandte sich nach dem Räuber um, auf den er geschossen hatte, doch der rührte sich nicht mehr. Innerlich beschwor Mark den Fremden, sich aufzurappeln oder wenigstens einen Laut von sich zu geben, doch er regte sich nicht. Mark stockte der Atem.

Er konnte doch nicht … Er hatte diesen Mann doch nicht etwa getötet?

Der einzige Unverletzte unter den Räubern verschwand im

Gestrüpp, und kurz darauf hörten sie ein Pferd davongaloppieren.

In der sich anschließenden Stille blieben die drei Männer auf dem Karren, wo sie waren, und wagten keine Regung.

»Was ist mit Ihrem Kerl?«, wollte der Wagenlenker schließlich wissen.

»Hat sich nicht noch mal gerührt.« Als Mark genauer hinschaute, erblickte er ein blutiges Schlachtfeld, wo eigentlich die Brust des Mannes sein sollte, und plötzlich nahm er alles nur noch wie von ferne wahr.

Er hatte ihn umgebracht!

»Ist der dritte von diesen Lumpen fort, oder glauben Sie, das war nur eine Finte?«, fragte der Fahrer, der sich noch immer hinter der Bank duckte.

»Ich glaube, die Schweinehunde sind wir los«, brummte der Wachmann und stöhnte auf, als er sich unbedacht bewegte. »Und ich wäre sehr dankbar, wenn mir einer von Ihnen diese verfluchte Wunde verbinden würde, bevor ich ausblute.«

»Gut gemacht, Gibson!«, rief der Fahrer. »Dafür schulde ich Ihnen einen Drink. Und was ist mit Ihnen?«

Denn noch während er sprach, war Mark vom Wagen gehechtet, um sich am Wegesrand zu übergeben. Zitternd stand er dort. Er hatte einen Mann getötet! Natürlich wusste er, dass der andere ihn erschossen hätte, ohne mit der Wimper zu zucken, doch das änderte nichts. Bittere Galle stieg ihm in den Hals, und er erbrach sich erneut.

Es dauerte eine Weile, bis er sich wieder aufrichtete. Trotz der brennenden Sommersonne fühlte er sich noch immer zittrig. Langsam ging er zu den anderen hinüber. Seine Beine fühlten sich an wie aus Watte.

»Das erste Mal, dass Sie jemanden umgelegt haben?«, erkundigte sich der Wagenlenker mitfühlend.

Mark nickte.

»Bei mir sind es mittlerweile drei, alles Halunken, die mich unterwegs ausrauben wollten. Man gewöhnt sich dran und weiß irgendwann, dass man's jedes Mal wieder tun würde, aber lieber wär's mir, es ginge ohne.« Er klopfte dem Jüngeren auf die Schulter. »Sie hatten keine andere Wahl, Junge. Da haben Sie sich nichts vorzuwerfen. Sie haben uns allen das Leben gerettet.«

»Was …« Mark schluckte schwer, als ihm die Worte im Hals stecken blieben, und konnte sie nur mit Mühe im zweiten Versuch hervorwürgen. »Was machen wir jetzt?«

»Die Leichen auf die Ladefläche legen und dem nächsten Friedensrichter übergeben.« Er grinste. »Ist schon gut, das übernehmen wir. Sie sind ja selbst leichenblass.«

»Vielleicht sind ihre Pferde noch in der Nähe«, bemerkte der zweite Wachmann plötzlich. »Dann können wir die auch mitnehmen. Gehen Sie mal da hinter den Bäumen nachsehen, Gibson, während wir uns um die beiden hier kümmern. Aber halten Sie den Revolver griffbereit.«

Noch immer wie in einem Fiebertraum überließ Mark seine Gefährten ihrer blutigen Aufgabe, überprüfte seinen Revolver und ging los, die Waffe im Anschlag. Es waren tatsächlich zwei Pferde im Schatten neben einem kleinen Lager angebunden. Außerdem wehte von irgendwo in der Nähe ein widerwärtiger Gestank heran. Verwundert ging Mark ein Stück weiter und entdeckte eine Leiche, die wie hingeworfen am Grund eines ausgetrockneten Wasserlaufs lag. Es war unverkennbar, dass der arme Teufel schon seit Tagen dort lag.

Mit einem weiteren Schock erkannte er den Mann. Walter Hudson, sein einstiger Partner. Weit war er also nicht gekommen mit dem gestohlenen Gold.

Schaudernd ging Mark zurück zu den Pferden und nahm sie mit zum Ochsenkarren. Der verwesenden Leiche würde er sich keinen Schritt weiter nähern. Das würde er nicht ertragen.

»Da hinten liegt noch ein Toter«, berichtete er seinen Gefährten. »Aber der Leichnam ist nicht mehr transportfähig. Es ist mein ehemaliger Partner, der mir das Nugget gestohlen hat. Ist wohl schon seit ein paar Tagen tot. Jemand muss ihn umgebracht haben, um ihm das Gold abzuknöpfen.«

»Geschieht dem Halunken nur recht«, brummte der Fahrer und spuckte aus. »Kerle, die ihre Kumpel ausrauben, konnte ich noch nie ausstehen. Na los, binden Sie die Pferde hinten an, damit wir weiterfahren können.«

Der Friedensrichter im nächsten kleinen Örtchen pries Mark für seine Geistesgegenwart und behielt sie nur gerade so lange dort, dass er ihre Aussagen aufnehmen und von ihnen unterzeichnen lassen konnte. Mit den Pferden der Straßenräuber als Belohnung schickte er sie weiter nach Melbourne.

Auf dem Weg aus dem Haus bemerkte er: »Den anderen Kerl werden wir wohl kaum fassen, aber wenigstens haben Sie uns zwei dieser Halunken vom Hals geschafft. Gut gemacht.«

»Ich weiß schon, wo wir die Pferde verkaufen können«, sagte der Fahrer. »Ein schöner kleiner Bonus.«

Kurz darauf plauderte er schon wieder von seiner Frau und seinen Kindern und lachte über ihre Possen.

Mark beteiligte sich nicht am Gespräch. Alles erschien ihm plötzlich surreal. Eigentlich war seine gesamte bisherige Zeit hier in Australien völlig surreal. Er hätte bei dem bleiben sollen, was er konnte, statt sich diesem törichten Goldrausch anzuschließen. Und genau das würde er von jetzt an auch tun.

* * *

Sobald Keara auf Ballymullan frei bekam, rannte sie die Straße hinunter in Richtung Dorf, dass ihre Haube sich löste und nur noch an den Bändern hinter ihr flatterte. Sie spürte ihr Haar im Wind wehen, doch die Vorfreude auf das Wiedersehen mit ihrer Mutter und ihren Schwestern war so riesig, dass es sie nicht kümmerte.

Es war einer dieser Tage, an denen der Frühling bereits in der Luft lag, auch wenn es noch kalt war. Doch in ihren warmen Kleidern und gut sitzenden Schuhen spürte sie die Kälte nicht.

Das Wiedersehen war leider nicht so wundervoll wie erhofft, denn ihre Mutter wirkte wieder kränklich. Betsy ging leichthin darüber hinweg – Wann hatte sie sich schon je um sich selbst gekümmert? –, doch Keara war schockiert, wie dünn ihre Mutter geworden war und wie wenig Farbe sie im Gesicht hatte.

Als es Zeit wurde, zum Anwesen zurückzukehren, bot Ismay an, sie noch ein Stück zu begleiten. Mara wollte ebenfalls mitkommen, wurde jedoch von Ismay recht scharf angewiesen, bei der Mutter zu bleiben. Sobald sie außer Sichtweite des Hauses waren, blieben die beiden jungen Frauen stehen.

»Es geht bergab mit ihr, nicht wahr?«, fragte Keara mit tränenerstickter Stimme. Als Ismay nickte, streckte sie die Arme nach ihrer jüngeren Schwester aus, und einen Moment lang standen sie nur da und hielten einander sanft wiegend fest.

»Ich mache mir Sorgen um sie«, gestand Ismay. »Selbst Da ist es aufgefallen, und er hat aufgehört, sie zu belästigen. Ich bringe ihr immer etwas zu essen mit, aber sie rührt kaum etwas an. Vor einigen Wochen wurde es so schlimm mit ihr, dass ich schon dachte …« Sie schluckte schwer, dann fuhr sie fort: »Aber sie hat sich erholt. Sie behauptet felsenfest, ein paar Jahre hätte sie noch, wenn sie es gut anstellt.«

»Und siehst du das … ebenso?«

»Ich kann es nicht sagen. Ich nehme einfach jeden Tag so, wie er kommt. Aber sie möchte nicht, dass wir dich damit belasten, deshalb sag bitte nichts.«

Eine Weile gingen sie schweigend weiter, dann erkundigte sich Keara: »Wie geht es mit Arla voran?«

Ismay lächelte. »Ach, es ist wundervoll, für sie und Brian zu arbeiten. Ich kann schon so viel besser lesen und schreiben.

Die beiden geben mir wirklich die Kraft weiterzumachen. Manchmal denke ich: Sie haben auch schwere Zeiten durchlitten, aber sie haben es überstanden. Das gibt auch mir den Mut, irgendwie durchzuhalten.«

Abermals blieb Keara stehen. »Sollte ich die Arbeit für Mrs Mullane aufgeben? Heimkommen? Für Mama sorgen?«

Ohne das geringste Zögern schüttelte Ismay den Kopf. »Nein. Nur durch deinen Lohn haben wir all das Essen und das Haus. Und sie liebt dieses Haus. Es macht sie unheimlich glücklich, dort zu wohnen.«

»Ich weiß. Das sagt sie mir jedes Mal, wenn wir uns sehen.«

»Na also – du tust, was du kannst. Es gibt keinen Grund, irgendetwas zu verändern.«

Keara blieb noch eine Weile am Tor stehen und blickte ihrer Schwester auf dem Weg zurück ins Dorf nach. Es mochte sein, dass sie tat, was sie konnte, aber ihrem Gefühl nach war es einfach nicht genug. Sie sehnte sich nach ihrer Familie, wollte so unbedingt mit ihnen zusammen sein. Es fiel ihr von Tag zu Tag schwerer, das kindische Benehmen ihrer Herrin geduldig zu ertragen.

* * *

Eine Woche später betrat Theo lächelnd das Schlafzimmer seiner Gattin und wedelte mit einem Brief. »Mein Cousin Caley und seine Frau kommen uns für einige Tage besuchen.«

»Hierher?«, fragte Lavinia.

»Habe ich das nicht eben gesagt?«

»Aber das Haus ist so klein und in einem schrecklichen Zustand. Hier können wir unmöglich Besuch empfangen.«

»Caley wird das nichts ausmachen. Er und Noreen wandern nach Australien aus und wollen sich anständig von uns verabschieden. Die beiden werden mir fehlen. Caley ist mein Lieblingscousin.«

Sie starrte ihn an, als verstünde sie kein Wort von dem, was er sagte. »Warum um alles in der Welt gehen sie denn nach Australien? Sie haben doch ein schönes Haus in Sligo.«

»Weil sie leider nicht das schöne Einkommen haben, um dieses Haus zu unterhalten.« Doch er sah ihr an, dass sie mit dieser Auskunft wenig anzufangen wusste. Wie man zu Geld kam, schien sie nicht zu begreifen. Nur, wie man es ausgab. Er hätte gleich zu Beginn ihrer Ehe strenger mit ihr sein sollen, ihrer Verschwendungssucht einen Riegel vorschieben. Doch diese Gelegenheit hatte er vertan. Und nun war er darum bemüht, nicht noch mehr Unstimmigkeiten aufkommen zu lassen, sie so gut wie möglich bei Laune zu halten. Was äußerst schwierig war, denn sie waren so verschieden, dass es nicht einmal für eine vernünftige Unterhaltung reichte.

Zuweilen war es ein äußerst einsames Leben, das er führte. Gott sei Dank hatte er wenigstens Dick!

Keara stand am Fenster und versuchte unsichtbar zu bleiben, doch es war unübersehbar, wie Mr Mullane seine Ungeduld zügeln musste.

»Die beiden wandern aus, Lavinia, weil sie für ihre Söhne ein besseres Leben wollen«, erklärte er, während die Herrin weiterhin verständnislos dreinblickte.

Was Keara zu der Frage führte, wie Australien wohl sein mochte, wenn man so selbstverständlich davon ausgehen konnte, dort ein besseres Leben führen zu können.

»Morgen Nachmittag treffen sie bei uns ein. Die Jungen bleiben aber noch bei Noreens Tante, wir werden also nur Caley und Noreen bewirten.«

»Du hättest sie besser in Sligo verabschieden sollen, Theo. Kannst du sie nicht vertrösten? Ich will wirklich nicht …«

Sein Mund presste sich zu einem schmalen Strich zusammen, als ihm der Geduldsfaden riss. »Ich möchte aber, dass sie herkommen. Und warum stellst du dich überhaupt so an? Nach eurer letzten Begegnung hast du noch gesagt, du magst Noreen.«

Mrs Mullane hob die Schultern. »Das wird alles so ein Aufwand.«

Sein Tonfall wurde noch schärfer. »Aber nicht für dich. Du rührst doch in letzter Zeit keinen Finger mehr.«

»Warum sollte ich auch? Wozu sind denn Dienstboten da, wenn nicht für die Arbeit?«

»Dann sage ich dir hiermit ausdrücklich, dass es mich äußerst wütend machen würde, solltest du meine Verwandten nicht mit aller gebührenden Freundlichkeit empfangen.«

Sie verzog das Gesicht, erwiderte jedoch nichts.

Als er gegangen war, sah Keara ihre Herrin an, die an den Kamin getreten war, um ihre Hände zu wärmen. Auch wenn das Feuer kaum ausreichte, um die klamme Kälte aus dem riesigen Raum zu vertreiben. »Soll ich die Köchin über unseren Besuch informieren, Ma'am?«

Mrs Mullane blickte nicht einmal auf. »Solltest du wohl.«

Doch in der Küche war bereits Mr Mullane und brachte die Köchin zum Lachen. In Abwesenheit seiner Frau war er ein anderer Mensch, doch Mrs Mullane erwachte nur dann wenigstens ansatzweise zum Leben, wenn sie mit ihren alten Freundinnen in Lancashire tratschte. Kearas Ansicht nach waren diese Frauen beinahe so töricht wie die Herrin selbst, soweit sie es beim Servieren der Erfrischungen beobachten konnte.

Wie lange würde sie sich noch mit diesem hohlköpfigen Weib herumschlagen müssen?

* * *

Caley Gallagher und seine lebensfrohe Frau trafen spät am folgenden Vormittag in einer turmhoch beladenen klapprigen

Kutsche ein. Theo öffnete ihnen persönlich die Tür, um seinen Cousin zu umarmen und ihm auf die Schulter zu klopfen, während Noreen einen Luftkuss auf Lavinias Wange haucht und sagte, ihre Gastgeberin sehe gut aus.

»Können wir eine oder zwei Wochen bleiben, Theo?«, fragte Caley mit seiner volltönenden Stimme. »Der Verkauf war sehr kurzfristig, aber für eine anständige Summe hat der neue Eigentümer darauf bestanden, sofort einzuziehen, deshalb mussten wir das Feld räumen.«

»Sind wir nicht bedauernswert so ohne Dach über dem Kopf?« Noreen versuchte unglücklich dreinzublicken, scheiterte jedoch auf ganzer Linie.

Caley legte seiner Frau einen Arm um die Schultern und drückte ihr einen schallenden Kuss auf die Wange, dann sah er wieder zu Theo. »Die Jungen werden es gut haben bei Noreens Tante, aber für uns alle reicht der Platz nicht, weil ihre Mutter jetzt auch dort lebt.«

»Bleibt, so lange ihr wollt«, antwortete Theo. »Kommt mit in den Salon und macht es euch bequem.« Während Lavinia mit den Gästen ins Haus trottete, wandte er sich an Keara. »Würdest du der Köchin bitte ausrichten, uns einen kleinen Imbiss heraufzuschicken?«

»Jawohl, Sir.«

Dann folgte er den anderen in den Salon und setzte sich seinen Verwandten gegenüber. »Wann legt euer Schiff ab?«

»Erst in ein paar Wochen.«

»Wie seid ihr ausgerechnet auf Australien als Ziel gekommen?«

»Wegen des Sonnenscheins«, antwortete Noreen sofort. »Wenn wir schon arm sein müssen, dann ziehe ich dafür einen Ort vor, an dem es wenigstens nicht ständig regnet.«

»Und weil wir dort eigenen Grund und Boden kaufen können«, setzte Caley etwas ruhiger hinzu. »Du weißt ja, dass ich mir das immer gewünscht habe. Einen Ort, an dem ich Pferde züchten kann.«

»Ja, ich erinnere mich«, sagte Theo leise. Caleys Vater war der jüngste der drei Brüder seiner Mutter gewesen, deshalb hatte es für ihn kein nennenswertes Erbe gegeben. Theos Mutter hatte Ballymullan von einer Patentante geerbt, während der Hauptbesitz der Familie hinter Sligo an ihren älteren Bruder gegangen war. Doch der war nun tot, und sein Sohn gab sich wenig Mühe, mit dem Rest der Familie in Kontakt zu bleiben.

Theos Vater war für Ballymullan eine Katastrophe gewesen. Durch seine Misswirtschaft war das Anwesen so heruntergekommen, dass Theo es beinahe verloren hatte. Manchmal wünschte er, es wäre tatsächlich so weit gekommen. Lavinia war ein hoher Preis für die Rettung, den er sein Leben lang würde zahlen müssen.

Da Keara wusste, wie viel die Köchin zu tun hatte, half sie nicht nur, die Erfrischungen auf die Tabletts zu laden, sondern trug sie auch in den Salon. Theo und seine Verwandten unterhielten sich scherzend und lachend, doch ihre Herrin saß bloß stumm da und verzog verärgert das Gesicht, als sie ihre Zofe erblickte.

»Was ist denn in dich gefahren, dass du vorhin aufgetragen hast, Keara?«, fragte Mrs Mullane herrisch, als sie nach oben kam, um sich umkleiden zu lassen.

»Die Köchin hatte so viel zu tun, da habe ich ausgeholfen, Ma'am.«

»Nun, das kommt ab jetzt nicht wieder vor! Du bist meine Zofe und damit hier, um dich um mich zu kümmern – und zwar ausschließlich um mich.«

Keara unterdrückte ihren Ärger angesichts dieser überzogenen Anweisung.

»Außerdem«, fuhr sie mit weinerlicher Stimme fort, »wirst du, solange unser Besuch da ist, keine nachmittäglichen Ausflüge zu deiner Familie machen. Ich könnte dich jederzeit brauchen, um mir beim Umkleiden behilflich zu sein. Der Anstand muss gewahrt bleiben, selbst hier in Irland.«

»Aber Mrs Mullane …«

Unvermittelt erhob die Stimme ihrer Herrin sich zu einem Kreischen, und sie schlug Keara ins Gesicht. So etwas hatte sie noch nie getan. »Keine Widerrede! Ich bin äußerst nachsichtig mit dir, aber wenn das dazu führt, dass du meine Güte dazu ausnutzt, jeden Nachmittag bei deiner Familie herumzulungern, obwohl ich dich hier brauche … Und ich hätte gedacht, nach allem, was ich für dich getan habe, würdest du etwas mehr Rücksicht auf meine Bedürfnisse nehmen. Von faulem Klatsch und Tratsch mit dem restlichen Gesinde fange ich gar nicht erst an, sonst steckst du in ernsten Schwierigkeiten.«

Keara blieb der Mund offen stehen, sich so ungerechtfertigt angegriffen zu hören. Empört rieb sie sich die Wange. So etwas verdiente sie nicht.

In diesem Moment schwang die Tür auf und Theo kam herein. »Würdest du bitte deinen Tonfall mäßigen, Lavinia? Man hört dich im ganzen Haus.«

Auf den Wangen seiner Frau erblühten rote Flecken. »Ich rede, wie es mir gefällt. Ich gedenke nicht, in meinem eigenen Heim wie ein Geist herumzuschleichen, bloß weil du deine zweifelhafte Verwandtschaft eingeladen hast.«

Mit einer Geste bedeutete er Keara, den Raum zu verlassen, und bemerkte erst jetzt die rote Spur auf ihrer Wange. »Einen Augenblick.« Er wandte sich seiner Frau zu. »Hast du Keara etwa geschlagen?«

»Sie hatte es verdient.«

Mit einem wütenden Zischen sog er den Atem ein. »Keara, ich entschuldige mich im Namen meiner Frau. Du wirst nicht noch einmal einer so erbärmlichen Behandlung ausgesetzt sein, das verspreche ich dir.«

»Danke, Sir.« Draußen vor der Tür zögerte sie kurz, dann verharrte sie auf dem Korridor, um zu lauschen, wie die Diskussion weitergehen würde. Für gewöhnlich tat sie so etwas nicht, doch diesmal könnte es sie selbst betreffen.

»Wenn du Keara noch einmal schlägst, schlage ich dich doppelt so hart.« Als Mrs Mullane nichts erwiderte, hakte er scharf nach: »Hast du mich verstanden?«

»Ja.«

»Und du wirst das Mädchen nicht daran hindern, nachmittags ihre Familie zu besuchen, Lavinia.«

»Aber ich brauche sie hier. Sie hat kein Recht, mich so im Stich zu lassen.«

»Sie hat jedes Recht auf ihre freie Zeit, so wie jeder Dienstbote. Und so, wie du sie herumscheuchst, hat sie sich die auch mehr als verdient.«

Mrs Mullane brach in lautes, theatralisches Schluchzen aus. »Wenn du willst, dass ich dir ein Kind austrage, dann solltest du besser darauf achten, was ich brauche, statt mich ständig zu maßregeln. Warum schlägst du dich auf die Seite einer Dienerin?«

Auch von vor der Tür konnte Keara sich die Szene nur allzu gut ausmalen. Jede Sekunde würde ihre Herrin einen ausgewachsenen hysterischen Anfall bekommen und Mr Mullane aus dem Zimmer stürmen. Dann würde die Glocke nach ihr klingeln. Doch diesmal würde sie nicht kommen. Sie würde ihre Familie besuchen gehen, wie Mr Mullane es gesagt hatte.

Seine nächsten Worte verstand sie nicht, doch dann kreischte ihre Herrin: »Wie kannst du es wagen? Gestern Nachmittag war ich stundenlang mir selbst überlassen. Wofür bezahlen wir sie eigentlich, wenn nicht, um an meiner Seite zu sein?«

»Ich werde nicht weiter mit dir streiten. Komm und begleite mich zu unseren Gästen.«

»Mir geht es nicht gut, und zum Abendessen werde ich auch nicht kommen.«

»Und wie du zum Abendessen kommen wirst. Und wenn ich dich eigenhändig nach unten tragen muss.«

»O ja, dir gefällt es, Frauen deinen Willen aufzuzwingen, nicht wahr? Du bist ein Untier, Theo Mullane, kein Edelmann.«

»Hör mir gut zu, Weib ...«

Als Keara sich zum Gehen wandte, fragte neben ihr eine leise Stimme: »Kommt das öfter vor?«

Peinlich berührt, beim Lauschen ertappt worden zu sein, spürte sie ihre Wangen heiß werden. »Von Zeit zu Zeit.«

Mitfühlend lächelte Noreen Gallagher sie an. »Schauen Sie nicht so betrübt drein. Ich würde auch lauschen, müsste ich dieser Frau als Zofe dienen. Sie muss Sie ja fürchterlich herumscheuchen.«

Darauf wusste Keara nichts zu erwidern, und so sagte sie nur: »Bitte um Verzeihung, Ma'am.«

»Das müssen Sie nicht. Wir kennen Lavinia nun schon eine ganze Weile. Ihre Torheiten bringen uns nicht mehr aus dem Tritt.«

Ihr Lächeln war so herzlich, dass Keara die Gelegenheit ergriff zu fragen: »Wo ist Australien, Ma'am? Ist das Leben dort wirklich so viel besser als hier?«

»So erzählt man es sich zumindest. Jedenfalls ist es dort sehr viel wärmer als hier. Und es scheint oft die Sonne, habe ich gehört.«

»Dann muss es ein guter Ort zum Leben sein. Meine Mutter sehnt sich immer nach etwas Sonnenschein.« Seufzend machte sie sich auf den Weg zu ihrer Familie, auch wenn sie wusste: Was immer Mr Mullane sagte, bei ihrer Rückkehr würde ihre Herrin ihren Ärger an ihr auslassen.

Doch ihre Familie zu sehen war das alles mehr als wert.

9

Februar 1861 – Juni 1862

Als er Melbourne erreichte, nahm Mark sich wieder ein Zimmer bei den Parkers und war froh, dass er einen Teil seines Geldes dort gelassen hatte. Zwar würde er bedacht handeln müssen, aber es reichte immer noch, um ein Speisehaus zu eröffnen.

Einige Tage schlenderte er nur durch die Stadt und dachte darüber nach, ob er hier gern leben würde und wenn ja, in welcher Vorstadt. Es fühlte sich seltsam an auszuwählen, wo man sich niederlassen würde, statt einfach an dem Ort zu bleiben, an dem man geboren und aufgewachsen war. Als er stehen blieb, um einen Pferdekarren passieren zu lassen, hob er das Gesicht in die Sonne und erkannte unvermittelt, dass ihm das verqualmte, verregnete Bilsden nicht im Geringsten fehlte. Es waren die Menschen, die er vermisste, seine Familie. Ob sein Vater ihm mittlerweile vergeben hatte? Er wagte zu hoffen. Sein Vater war ein wahrer Christenmensch, anders als der bigotte Fanatiker Alex Jenner. Doch, sicherlich würde sein Vater ihm vergeben haben.

Auch wenn es im Stadtzentrum einige feine Straßen mit eleganten Geschäften und einer oder zwei imposanten Banken gab, erstreckten sich dahinter nichts als übel riechende Gassen und schmale Gänge, in denen sich der Abfall türmte. Selbst an einigen der größeren Straßen gab es noch offene Abflussrinnen, und die unbefestigten Fahrbahnen versanken in tiefem Schlamm, was Fußgänger vor große Schwierigkeiten stellte – besonders die Damen mit ihren langen Röcken. Verschmitzt lächelnd betrachtete Mark eine Weile das Geschehen. Nie zuvor hatte er derart viele weibliche Knöchel und Waden gesehen, die unter sorgsam emporgehobenen Säumen hervorblitzten, damit der empfindliche Stoff nur ja nicht im Schlamm landete.

Er suchte einige Lebensmittelhändler auf und war gar nicht zufrieden mit dem, was er dort vorfand. Es gefiel ihm nicht, dass vor den Fleischereien die Kadaver im Freien hingen, sodass sich Fliegen, Staub und weiß Gott was noch ungehindert darauf absetzen konnten. Als seine professionelle Neugier ihn bei ein oder zwei Geschäften zur rückwärtigen Seite trieb, musste er feststellen, dass das Vieh vor Ort geschlachtet wurde. Naserümpfend angesichts des Gestanks begann er sich zu fragen, wo in dieser Stadt man wohl gutes, frisches Fleisch kaufen konnte.

Unvermittelt ging ihm auf, dass derartige Zustände ohne Weiteres auch in Bilsden herrschen könnten, hätten sie nicht einen Arzt wie Jeremy Lewis gehabt. Lewis war die öffentliche Hygiene ein großes Anliegen, und schon vor Jahren hatte er vor den Konsequenzen gewarnt, die es haben konnte, wenn man sich nicht um die Ableitung der Abwässer und sauberes Trinkwasser kümmerte. Der zweite Ehemann von Marks Schwester Annie, ein aufgeklärter Mühlenbesitzer, hatte auf ihn gehört. Oft war es Frederick gewesen, der den Stadtrat von den nötigen Maßnahmen überzeugt hatte. Für Mark war all das eine Selbstverständlichkeit gewesen, solange er, abgesehen von ein paar Besuchen in London, nicht viel herumgekommen war. Erst jetzt verstand er wirklich, was hinter Jeremys Einsatz für all diese Dinge stand.

Nach gründlicher Überlegung und vielen Stunden des Umherwanderns in den Vororten kam Mark zu dem Schluss, dass er nicht in Melbourne leben oder gar eine Familie gründen wollte, und so nahm er schließlich eine Postkutsche aus der Stadt heraus. Vielleicht würde einer der kleineren Orte im

Hinterland der Kolonie Victoria besser zu ihm passen. Als die Kutsche in einem Städtchen namens Rossall Springs Halt machte, zwei Stunden von Melbourne entfernt in Richtung Ballarat, stieg er aus. Einfach, weil ihm gefiel, was er sah.

Er spazierte in einen Gemischtwarenladen mit der Aufschrift *Inh. S. Grove* und begann ein Gespräch mit dem Eigentümer. Ihm zufolge hatte Rossall Springs seinen eigenen kleinen Goldrausch erlebt, der vor einigen Jahren aber zum Erliegen gekommen war.

»Ich habe schon mehrere verlassene Schürfstätten gesehen«, sagte Mark interessiert. »Warum, denken Sie, ist Ihre Stadt weiter gediehen?«

»Weil das Land hier in der Gegend fruchtbar ist und die Bauern in Melbourne reichlich Abnehmer für ihre Ernte finden. Wir entwickeln uns«, fuhr Samuel Grove mit ausholender Geste fort, »zu einem Zentrum der Region, und da wir an der Straße nach Bendigo liegen, herrscht hier täglich Durchgangsverkehr, der zusätzliche Geschäfte bringt. Mittlerweile haben wir dreihundert Einwohner in der Stadt selbst und noch einmal so viele auf den umliegenden Farmen.«

Mark erschien diese Zahl eher klein und hätte für ihn eher ein Dorf als eine Stadt beschrieben, doch seinen Gesprächspartner schien sie mit Stolz zu erfüllen. »Vielen Dank für die Auskunft. Wäre es wohl möglich, dass ich mein Gepäck bei Ihnen unterstelle und mich ein wenig in Rossall umsehe? Sie müssen wissen, dass ich darüber nachdenke, mich hier geschäftlich niederzulassen.«

»Ach, wirklich? Darf ich fragen, um was für ein Geschäft es sich handelt?«

»In England habe ich ein Speisehaus betrieben und dachte mir, das könnte ich auch hier wieder tun.«

Samuel strahlte ihn an. »Das klingt nach einer hervorragenden Idee. Bisher gibt es für die Durchreisenden keine Möglichkeit, eine anständige Mahlzeit zu erstehen, und an den Markttagen kommen eine ganze Menge Leute in die Stadt. Zudem gibt es reichlich alleinstehende Männer in der Gegend, die froh wären über eine Anlaufstelle für ein warmes Essen. Wir brauchen wirklich mehr Frauen in den Kolonien.«

Und so machte Mark sich auf den Weg und betrachtete langsam gehend nicht nur die Gebäude, sondern auch die Menschen. Der Umgangston unter ihnen wirkte freundlich, und von der unterschwellig brodelnden Gewalt, die auf den Goldfeldern allgegenwärtig war, spürte er hier nichts. Von einer englischen Stadt unterschied es sich allerdings sehr: Es gab nur eine Hauptstraße, die an ihrem höhergelegenen Ende einen leichten Bogen machte, sodass sie mit der davon abgehenden Straße ein Y bildete. Dahinter wanden sich einige kurze Sträßchen, die sich eher an den Häusern zu orientieren schienen, als dass die Häuser an ihnen gebaut worden waren.

Es dauerte keine zwei Stunden, bis er sämtliche Straßen abgelaufen hatte und dazu mit einigen Einwohnern ins Gespräch gekommen war. Irgendjemand war so klug gewesen, außerhalb der Stadtgrenzen einen Ort zum Abladen aller Arten von Abfall einzurichten, sodass die Stadt selbst sauberer war als die meisten anderen, die er hier gesehen hatte. Das Wasser bezog man aus den namengebenden Quellen, die am entgegengesetzten Ende lagen. Der Mann, der Mark die Quellen zeigte, war stolz darauf, wie der Stadtrat das Wasser vor Verschmutzung durch tränkende Tiere oder den Abfall Durchreisender schützte, indem man einen stabilen Zaun darum gebaut hatte. Dafür wurde das Quellwasser nun gegen eine geringe Gebühr durch die Pumpen des Stadtrats in die Häuser geleitet.

Als Mark zur Hauptstraße zurückkehrte, musterte er sie erneut, diesmal mit dem scharfen Blick des Geschäftsmanns. Wenn er keine Räumlichkeiten an dieser Straße fand, machte es keinen Sinn, hier ein Speisehaus eröffnen zu wollen. Erneut fiel ihm auf, wie beliebig die Häuser zusammengewürfelt schienen. Einige standen dicht an der Straße, andere etwas zurückgesetzt mit ordentlichen Vorgärten. Die Bauten selbst bestanden größtenteils aus Holzplanken und Blechdächern, davor standen Lattenzäune.

Nur zwei Gebäude besaßen mehr als ein Stockwerk: die Kirche am einen und eine Bank am anderen Ende der Hauptstraße. Ein Schild vor der Kirche zeigte an, dass sie von zwei oder drei Konfessionen genutzt wurde und ebenfalls in einer gemeinschaftlichen Anstrengung erbaut worden war. In Marks Augen verhieß das nur Gutes. Die Bank war ein noch junges Gebäude aus unverputzten roten Ziegelsteinen mit einer imposanten Fassade. Es amüsierte ihn, dass niemand sich die Mühe gemacht hatte, die Seitenwände zu verschönern, als wartete man nur darauf, dass Nachbargebäude angebaut würden.

Wie Mr Grove ihm schon gesagt hatte, gab es noch kein Speisehaus im Ort, auch wenn das einzige Hotel der Stadt mit »Kost und Logis« warb. Als Mark allerdings hineinging und nach einer warmen Mahlzeit fragte, beschied ihm der Eigentümer, Essen würde nur abends serviert, und seinem Tonfall nach schien er selbst das als unerwünschten Aufwand zu empfinden. Die Trinkstube wirkte eher wie eine Spelunke, und als Mark den Kopf zur Tür hineinsteckte, waberten ihm Rauch und der Geruch von Bier entgegen, während es auf der Rückseite nach Urin stank. Und nein, Essen wurde hier nicht angeboten.

Er ging zurück zum Gemischtwarenladen, um die Angelegenheit genauer zu besprechen. »Es gefällt mir hier«, eröffnete er Mr Grove. »Ich habe den Eindruck, hier kann man gut leben.«

Auf diese Feststellung hin gab der Gemischtwarenhändler sich mit vor Stolz geschwellter Brust als Bürgermeister zu erkennen und rief laut nach einer Sally, sie solle »übernehmen, schnell!«. Dann geleitete er Mark in einen kleinen Salon hinter dem Laden, bedeutete ihm, sich zu setzen, und begann ihn über seine Absichten und seine finanzielle Situation zu befragen.

Mit Samuels enthusiastischer Unterstützung mietete Mark am Ende ein kleines Haus im Zentrum der Stadt, dessen Eigentümer sich an einer ruhigeren Straße ein weiteres gebaut hatten. Das Angebot zum Kauf lehnte er vorerst ab, bis er würde abschätzen können, ob sein Speisehaus gut lief, ließ sich jedoch den Erstzugriff zusichern. Im Augenblick hätte er es sich ohnehin noch nicht leisten können.

Es war äußerst befriedigend, konkrete Pläne für seine Niederlassung zu schmieden und ein normales Leben in Aussicht zu haben. Beim Spaziergang durch die Straßen von Rossall Springs ertappte er sich beim Pfeifen.

* * *

Schon zwei Wochen später eröffnete er sein Speisehaus, nachdem er in Mr Groves Karren die wöchentliche Einkaufsfahrt nach Melbourne mitgemacht hatte, um einiges Zubehör zu besorgen. Bei seiner Rückkehr blieb er auf der Straße stehen und blickte zu dem neuen kastanienbraunen Schild mit der cremefarbenen Aufschrift über seiner Tür empor: *SPEISEHAUS, Inh. M. Gibson.*

Eine weit bessere Art, seinen Lebensunterhalt zu verdienen, als mit dem Schürfen nach Gold.

Er stellte eine Frau an, die ihn in der Küche und bei der Bedienung unterstützen sollte, musste Ginny jedoch erst in seine Arbeitsweise einführen. Niemand, der in einem Haus mit Kathy und Annie aufgewachsen war, ertrug die Vorstellung von Schmutz und Unordnung in der Nähe von Lebensmitteln. Daheim in Bilsden hatte er die Küche und Vorratsschränke seines Speisehauses immer peinlich sauber gehalten und gedachte, hier ebenso zu verfahren.

Die ersten Gäste, die am Tag der Eröffnung gegen Mittag hereingeschlendert kamen, waren eine raubeinige Truppe, nur Männer, was ihm Sorgen bereitete. Zur Sicherheit ließ er sie das Essen im Voraus bezahlen, was einiges Murren hervorrief, doch er versprach, alles zu erstatten, sollte es am Ende irgendwelche Beschwerden geben.

Als er mit voll beladenen Tellern in den Speiseraum zurückkehrte, musste er entdecken, dass zwei seiner Gäste in Streit geraten waren und aufeinander einschrien. Der Größere der beiden drohte dem anderen, würde er nicht »sofort das Maul halten«, bekomme er »eine ordentliche Tracht Prügel«, und schlug so heftig mit der Faust auf den Tisch, dass sein Löffel von der Platte sprang und klappernd zu Boden fiel.

Wütend stellte Mark seine Teller auf einem anderen Tisch ab, marschierte geradewegs auf die Männer zu und herrschte sie an, auf der Stelle damit aufzuhören. Er musste sich erst zwischen sie schieben, bevor er wirklich ihre Aufmerksamkeit hatte. »Wer sich hier prügelt, landet sofort vor der Tür – und zwar auf Dauer. Hier kommt derjenige nicht wieder rein.«

Der größere Streithahn, von dem alle eingeschüchtert zu sein schienen, lachte ihm ins Gesicht.

Wutentbrannt packte Mark den Mann so rasch beim Kragen, dass er ihn überrumpelte, und riss ihn vom Tisch weg, sodass sein Stuhl polternd umfiel. »Das ist ein Speisehaus und keine zwielichtige Spelunke. Ein achtbares Speisehaus, um es genau zu sagen.«

Trotz der Gegenwehr des Mannes schüttelte Mark ihn grob, um seinen Worten Nachdruck zu verleihen. In diesem Moment war er froh um die Muskeln, die er sich auf den Goldfeldern erarbeitet hatte. »Wenn Sie sich prügeln wollen, können Sie verschwinden und das woanders tun. Und wenn Sie es unbedingt darauf anlegen wollen, können wir gern nach draußen gehen, dann zeige ich Ihnen, dass ich es ernst meine.«

Der Mann schüttelte ihn ab und baute sich vor ihm auf.

Auf einmal wurde es äußerst still, doch Mark zuckte mit keiner Wimper und starrte seinen Kontrahenten an. Bevor er den Schutz seiner neuen Existenz aufgab, würde man ihn schon bewusstlos schlagen müssen.

»Guter Eintopf«, bemerkte unerwartet eine gelassene Stimme vom anderen Ende des Raums. »Schon lange nichts so Gutes gegessen. Wär schade drum.«

Der Mann, der eben noch mit Marks Gegner gestritten hatte, blickte zu den dampfenden Tellern hinüber, nahm sich einen und setzte sich. Nach dem ersten Löffel schaufelte er das Essen mit großem Appetit in sich hinein. »Und wie gut das ist, verdammt. Ach, komm schon, setz dich hin und iss, Ratty! Den anderen Kram klären wir später.«

Ratty beobachtete, wie sein Freund sich den nächsten Löffel Fleisch in den Mund schob, zufrieden grunzte und sein Brot in die Sauce tunkte. Er leckte sich die Lippen und trat einen Schritt auf den Tisch zu, dann blickte er noch einmal finster zu Mark hinüber. »Das lass ich nur durchgehen, weil ich Hunger hab.« Damit hob er seinen Stuhl auf und ließ sich wieder auf den Sitz plumpsen.

»Die Regeln bleiben dieselben, und wer meinem Geschäft zu schaden versucht, dem lasse ich gar nichts durchgehen«, verkündete Mark laut und deutlich, dann verteilte er die restlichen Teller an die noch wartenden Gäste. Anschließend stellte er sich mit verschränkten Armen an die Wand und blieb dort, bis Ratty und sein Kumpan ihr Essen hinuntergeschlungen hatten und gingen.

Als der Mann, dessen Bemerkung die Spannung aufgelöst hatte, ebenfalls in Richtung Tür ging, hielt Mark ihn auf. »Danke für Ihre Hilfe.«

»Schon in Ordnung. Wär 'ne Schande gewesen, so gutes Essen zu vergeuden. Ich komm wieder. Genau wie Ratty, möchte ich meinen.«

Bald hatte Mark einige Bauern aufgetan, die ihn regelmäßig mit frischem Fleisch und Gemüse belieferten. Sie waren froh, nicht all ihre Waren nach Melbourne fahren zu müssen, und er genoss es, lokal einkaufen zu können. Was er an Fleisch nicht sofort verbrauchen konnte, pökelte er, sodass er nie in die Verlegenheit kommen würde, den Geschmack verdorbenen Fleisches überdecken zu müssen.

Doch noch hatte keine einzige Frau sein Etablissement betreten, und so fragte er Mr Grove, woran es liegen mochte, dass weder Damen noch Familien von seinem Angebot Gebrauch machten. Nach diesem Gespräch richtete er einen Nebenraum ein, den ein Schild als *Damen- und Familienzimmer* kennzeichnete. Von da an war auch dieser Raum an den Markttagen immer voll und wurde auch von weiblichen Reisenden besucht, wenn die Postkutsche Halt machte, um die Pferde zu wechseln.

In einer so kleinen Stadt gab es nicht genug Kundschaft, um ihn reich zu machen, doch es war genug, um ihm ein anständiges Einkommen zu verschaffen, und schon bald hatte er sich in seine alte Routine eingefunden.

Doch noch immer verfolgten ihn die Albträume über den Mann, den er getötet hatte. Langsam fragte er sich, ob sie je verschwinden würden.

* * *

Im April 1862 erhielt Mark eine Antwort auf den Brief an seine Familie. Es war ein abgestoßenes Päckchen, das ihm von den Parkers aus Melbourne nachgeschickt worden war. Als er es öffnete, erblickte er eine Fotografie seines Vaters mit Kathy, auf deren Schoß ein kleines Kind saß. Es konnte sich nur um seines handeln. Der Anblick berührte ihn so sehr, dass er Mühe hatte, die Tränen zurückzuhalten, und als ein Gast das Speisehaus betrat, legte er die Fotografie und den mitgeschickten Brief hastig beiseite. Später brachte er sie in sein kleines Wohnzimmer im hinteren Gebäudeteil, wo er sich in Ruhe damit befassen würde, wenn er für sich wäre.

Der Tag schien sich endlos hinzuziehen.

Als er schließlich hinter Ginny die Tür verschlossen und die letzte Wandlampe in der Küche gelöscht hatte, ging er wieder in sein winziges Wohnzimmer und holte das Päckchen hervor. Stumm starrte er die Fotografie an und zeichnete mit einem Finger John Gibsons Gesicht nach, während er erneut mit den Tränen kämpfte. Dieses Geschenk musste doch bedeuten, dass sein Vater ihm vergeben hatte. Anders konnte es doch nicht sein, nicht wahr?

Dann las er den Brief.

Seinem Vater und Kathy ging es gut, ebenso wie seinen Geschwistern, doch Frederick Hallam war gestorben.

Die Nachricht stimmte Mark sehr traurig. Nicht nur, weil er Frederick gemocht und respektiert hatte, sondern weil seine Schwester ihren zweiten Ehemann von ganzem Herzen geliebt hatte.

Nelly war ebenfalls tot!

Er konnte es nicht glauben, musste den Absatz dreimal lesen, bevor es zu ihm durchdrang. Ihn überrollte bittere Scham, als er las, wie ihr Vater sie in eine lieblose Ehe gezwungen hatte, wo sie sich vor Gram verzehrt hatte und schließlich gestorben war, nachdem sie Marks Kind zur Welt gebracht hatte. Seine Schuld. Das alles war seine Schuld. Der Gibson-Fluch! Er senkte den Kopf und ließ seinen Tränen endlich freien Lauf.

Als er sich schließlich wieder dem Brief zuwenden konnte, erfuhr er, dass seine Tochter auf den Namen Faith getauft war und bei seinem Vater und Kathy aufwuchs, nicht bei Nellys Familie. Dem Himmel sei Dank! Er fragte sich, wie Faith als Baby gewesen sein mochte. Auf der Fotografie war klar zu sehen, dass sie ein hübsches Mädchen war mit ihrem dunklen

Haar und dem breiten Lächeln. Sie erinnerte ihn an Nelly, aber auch an ihn selbst. Er trat zu seinem kleinen Rasierspiegel und musterte sein eigenes Gesicht, dann noch einmal die Fotografie. Ja, sie war definitiv seine Tochter. Daran konnte niemand zweifeln. Nelly war unverkennbar keine Jungfrau mehr gewesen, deshalb hatte er sich durchaus gefragt, ob ein anderer der Vater ihres Kindes war. Und auch wenn er das niemandem gegenüber geäußert hatte, war es einer der Gründe gewesen, weshalb er sich geweigert hatte, sie zu ehelichen.

Für seine Antwort brauchte er eine ganze Woche und schrieb darin vage von einem möglichen Besuch in England in unbestimmter Zeit. Es würde noch lange dauern, bis er an so etwas überhaupt denken konnte, doch immerhin hoffen durfte er – und auch seiner Familie Hoffnung geben. Von jetzt an würde er ihnen regelmäßig schreiben.

Wonach er sich sehnte, wurde ihm in den nächsten paar Wochen nach und nach klar, war eine Ehe, eine eigene Familie. Zwar zeigten die jungen Frauen von Rossall reges Interesse an einem so heiratswürdigen jungen Mann, doch zu keiner von ihnen fühlte er sich hingezogen. Er wünschte, er wäre es.

Zugleich ließ sein Körper ihn hartnäckig wissen, dass er nicht fürs Zölibat gemacht war, was ihm einige unruhige Nächte bescherte.

* * *

Keara bedauerte es, die Gallaghers aus Ballymullan abreisen zu sehen. Sie hatte noch einige Male mit Noreen Gallagher plaudern und mehr über Australien in Erfahrung bringen können. Es klang herrlich, und als eine Reihe grauer Regentage kein Ende nehmen wollte, ertappte sie sich dabei, sich nach dem Sonnenschein und der Wärme jenes fernen Landes zu sehnen.

Mr Mullane, der während des Besuchs seiner Verwandten

blendender Laune gewesen war, wurde immer reizbarer und verbrachte viel Zeit draußen bei den Stallungen oder fern des Anwesens.

Mrs Mullane war schon seit ihrer Ankunft in Irland grässlicher Laune, doch mittlerweile machte sie Keara das Leben zur Hölle und schien regelrecht Freude an ihren Boshaftigkeiten zu haben. Sie machte Unordnung, sobald Keara das Zimmer aufgeräumt hatte, verschüttete mit Absicht Dinge, schickte Keara auf Botengänge und ließ sie das Verlangte dann gleich wieder zurückbringen, ohne es auch nur angerührt zu haben.

Das entging auch Theo nicht, der dieses Spiel immer besorgter verfolgte und zusehen musste, wie Kearas für gewöhnlich blühende Gesundheit einem ausgezehrten, verhärmten Aussehen wich. Er wusste, dass sie sich um ihre Mutter sorgte, denn Diarmid hatte ihm erzählt, dass es nicht gut um Betsy Michaels stand. Sollte er eingreifen, seine Frau zurechtweisen? Vielleicht besser nicht. Dieses boshafte Verhalten zeigte sie erst seit seinem letzten Versuch, Keara zu helfen.

Stattdessen versuchte er es damit, seine Frau zu einigen Ausfahrten mitzunehmen, doch auch das war kein Erfolg. Lavinia hockte bloß schaudernd in der Kutsche und nörgelte, es gebe nichts zu sehen oder zu unternehmen, und in Irland sei es ununterbrochen kalt und verregnet.

»Verflucht, Weib, in Lancashire regnet es doch ebenso viel!«, rief er frustriert aus. »Deshalb haben sie doch dort die Baumwollspinnereien gebaut.«

»Aber Lancashire ist meine Heimat«, gab sie mit einem kindischen Schmollmund zurück. »Das wird dieser gottvergessene Fleck Erde niemals sein.«

An manchen Abenden war ihm die Vorstellung, ihr beizuwohnen, unerträglich, doch wenn er am nächsten Tag unterwegs ein Grüppchen spielender Kinder sah, packte ihn wieder die Sehnsucht nach einem eigenen Spross. Ganz egal, ob Sohn oder Tochter – Hauptsache, es war sein Kind.

Ab und an sah er Keara im Dorf mit einer ihrer Schwestern, und in diesen Momenten sah sie glücklicher aus. Es war wie Salz auf seine Wunden, dass ein Trunkenbold wie Mick Michaels so bezaubernde Kinder zeugen konnte, während er selbst nicht ein einziges zustande brachte.

Bei Keara hinterließen die Ausflüge ins Dorf gemischte Gefühle. Ihre Mutter wirkte furchtbar gebrechlich, doch es blieb ihnen nichts anderes übrig, als vorzugeben, Betsy sei bloß vorübergehend krank, denn sie beharrte darauf, sobald es wieder wärmer wäre, würde auch sie sich erholen. Einem geliebten Menschen sagte man nicht ins Gesicht, dass er nicht so aussah, als würde er sich je wieder erholen. Nicht wenn man diesen Menschen so sehr liebte wie die Michaels-Schwestern ihre Mutter. Nicht wenn Betsy selbst sich weigerte, ihr Dahinsiechen einzugestehen.

Kearas Sorge um ihre Familie bescherte ihr einige schlaflose Nächte. Immer wieder grübelte sie, ob sie ihre Kündigung einreichen und bei ihren Schwestern in Irland bleiben sollte. Ihr wurde schlecht vor Sorge bei der Vorstellung, wieder nach Lancashire abzureisen und ihre Mutter im Stich zu lassen.

Was, wenn sie sie nie wiedersähe?

* * *

Als Mark zu dem Schluss kam, dass er noch einige weitere Kochutensilien und mehr Geschirr brauchte, beschloss er, für ein paar Tage nach Melbourne zu fahren und dort in Ruhe alles auszuwählen. Ginny hatte mittlerweile genug Erfahrung, um das Speisehaus mit der Hilfe ihrer Schwester auch während seiner Abwesenheit zu betreiben.

Er schrieb den Parkers, ob sie ein Bett für ihn hätten, und bekam postwendend die Antwort, einen alten Freund könnten sie immer unterbringen. Und so stieg er in die neue Postkutsche, die dreimal wöchentlich in die Stadt fuhr. Vieles war in raschem Wandel und wurde zivilisierter, immer mehr Menschen zogen in die Stadt oder die umliegende Gegend. Leider würde es noch lange dauern, ehe Rossall Springs ans Eisenbahnnetz angeschlossen würde, sollte es überhaupt je dazu kommen. Die Vorzüge des modernen Reisens per Bahn fehlten Mark wirklich sehr.

Immer wieder hörte er stolze Verkündungen, Melbourne sei die am schnellsten wachsende Stadt auf dem Kontinent, und in der Tat erschien es ihm bei jedem Besuch überfüllter. Bei einem Spaziergang auf der Collins Street sah er unzählige Kutschen mit gut gekleideten Insassen und erinnerte sich, gelesen zu haben, Melbourne brüste sich damit, nur noch wenige Monate hinter der Mode in London und Paris zurückzuliegen. Er besah sich die Kleidung der Leute genauer und empfand einige Damen in der Tat als äußerst elegant, die üppigen Röcke über Reifröcken schwingend. Auch die Hutmode hatte sich verändert, wenn ihn nicht alles täuschte. Man konnte nicht mehrere Schwestern haben, von denen eine eine Damenschneiderei besaß, ohne das eine oder andere über Frauenkleidung zu lernen.

Er sah an sich selbst hinunter und verzog das Gesicht. Schäbig. Anders konnte man es nicht ausdrücken. Es wurde wohl neben den Kochutensilien Zeit für eine neue Garderobe. Doch keine Stadtkleidung. Er wollte schließlich nicht in der Großstadt leben. Und sollte er sich einen Schnauzbart wachsen lassen? Viele der Männer hier trugen Gesichtsbehaarung. Nein. So altmodisch es sein mochte, ihm gefiel das Gefühl frisch rasierter Haut. Als er auf den Goldfeldern keine andere Möglichkeit gehabt hatte, als seinen Bart stehen zu lassen, hatte er ihn furchtbar gejuckt und Mark hatte sich geschworen, nie wieder Bart zu tragen.

Immer mehr luxuriöse Gebäude wurden in der Stadt errichtet, und vor einer neuen Bank hielt er inne, um die Marmorfassade zu bewundern. Ein kleines Stück weiter befand sich ein Versicherungsbüro, dessen Architektur diesem Prunkbau in nichts nachstand. Und die Freudenhäuser der Bourke Street, in die Walter ihn hatte locken wollen – als würde Mark sich je mit Huren einlassen! –, schienen wie vom Erdboden verschluckt. Auch wenn sie vermutlich bloß an anderer Stelle wiedereröffnet hatten.

Er bog um eine Ecke und stieß mit einer Frau zusammen. Sofort wich er zurück, nahm den Hut ab und entschuldigte sich. Erst dann erkannte er Patience Jenner, die nicht nur schäbig gekleidet war, sondern auch ausgezehrt und unglücklich wirkte. Wie angewurzelt blieb er stehen und wusste nicht, was er sagen sollte.

Sie schnappte nach Luft und hob eine Hand an die Brust, als müsste sie den Schock zurückhalten. »Mark Gibson!«

Hastig zog er sie aus der Bahn eines Mannes, der ohne Rücksicht durch die Menge pflügte, und das Gefühl ihres weichen Körpers an seinem ließ auch etwas in seinem Inneren weich werden. »Haben Sie etwas Zeit für einen kleinen Spaziergang, Patience? Ich würde liebend gern erfahren, wie es Ihnen geht – und natürlich auch dem Rest Ihrer Familie. Ich habe mich schon des Öfteren gefragt, wie es Ihnen wohl ergangen sein mag.«

Sie klammerte sich an ihren Einkaufskorb, als bräuchte sie ihn zum Schutz, dann warf sie einen Blick auf eine Uhr über dem Eingang eines der größeren Geschäfte. »Eigentlich soll ich geradewegs heimkehren. Mutter geht es heute nicht gut, und es gibt einiges an Hausarbeit zu erledigen. Aber …« Sie zögerte, dann setzte sie in einer atemlosen Flut von Worten hinzu: »Ich wüsste ebenfalls gern, was Sie aus sich gemacht haben. Ein paar Minuten geht es vielleicht.«

Er bot ihr seinen Arm an, und gemeinsam schlenderten sie los. Sie bogen in eine etwas ruhigere Seitenstraße ab und hatten ihre Umgebung schon bald völlig vergessen, während sie plauderten und Neuigkeiten austauschten. Er fühlte sich genauso wohl mit ihr wie schon damals auf dem Schiff.

»Sie scheinen bei guter Gesundheit zu sein, Mr Gibson.« Sie warf ihm einen Seitenblick zu, und einen Moment ruhten ihre Augen auf seinem Gesicht.

»Das bin ich.« Er wünschte nur, er könnte dasselbe von ihr sagen. Sie wirkte sogar noch zerbrechlicher als zuvor, und das Unglück war ihr förmlich anzusehen.

»Dann haben Sie auf den Goldfeldern Ihr Glück gemacht?«

»Beinahe. Doch am Ende hat mein Partner mir unsere Ausbeute geraubt. Danach hatte ich genug von alldem. Es war ein raues Leben dort. Voller Gewalt.«

»Harry ist auch zu den Goldfeldern gezogen.«

»Zu welchem?«

»Das weiß ich nicht. Er ist kurz nach unserer Ankunft hier fortgelaufen, seitdem haben wir nichts mehr von ihm gehört.« Sie seufzte.

Mark würde ihr keine falschen Hoffnungen machen. »Es ist ein hartes Leben dort draußen, und die meisten Männer machen kein Vermögen. Eines Tages wird er heimkommen, ganz sicher.«

»Mein Vater hat ihn enterbt.«

»Ah.«

»Und hier ist das Leben auch nicht gerade leicht.«

In ihrem Tonfall lag eine ihm bislang unbekannte Schärfe, und es ließ ihn nicht los, wie offenkundig unglücklich sie war. Er sah sie den Mund öffnen, um noch etwas zu sagen, doch dann schloss sie die Lippen und schüttelte beinahe unmerklich den Kopf. »Sagen Sie mir, was Sie bedrückt, Patience«, beschwor er sie. »Ich bin schließlich ein alter Freund, und ich sehe Ihnen an, dass etwas Sie unglücklich macht.«

Mit gesenktem Kopf ging sie weiter. Kurze Zeit später

brach alles aus ihr hervor, als hätte sie die Worte schon zu lange zurückgehalten. »Vater ist mittlerweile furchtbar fanatisch und … und macht uns das Leben damit sehr schwer. Das Schlimmste ist, dass er mich nun drängt, ein Gemeindemitglied zu heiraten, das er als Freund bezeichnet.« Sie erschauerte.

»Und Sie mögen den Mann nicht?«

»Ich verabscheue ihn. Er ist grausam. Letztes Jahr ist seine Frau gestorben, und er hat bereits vier Kinder. Dieser Mann ist auf der Suche nach einer Haushälterin und Stiefmutter, nicht nach einer Ehefrau. Davon abgesehen ist er beinahe so alt wie mein Vater und ebenso fanatisch.« Ein Schluchzen entrang sich ihrer Kehle. »Ein Leben an seiner Seite wäre grauenvoll.«

»Können Sie nicht Nein sagen?«

Als sie zu ihm aufblickte, lag tiefe Verzweiflung auf ihren Zügen. »Das habe ich. Wieder und wieder. Sie kennen meinen Vater nicht. Er würde selbst einen Stein zermürben. Jedes Mal, wenn ich ablehne, zwingt er mich in die Knie und betet für mich, manchmal stundenlang.«

Kurz darauf murmelte sie trübsinnig: »Ich denke, wir sollten umdrehen. Ich stecke schon in genug Schwierigkeiten mit meiner Verspätung.«

»Soll ich Sie begleiten und Ihrer Familie einen Besuch abstatten?«

Sie schüttelte den Kopf. »Ich glaube, man würde Sie nicht willkommen heißen. Dieser Tage verkehren wir nur noch mit Mitgliedern der Freigemeinde.«

»Ich kann Sie nicht so unglücklich ziehen lassen.« Und in ihrer Gegenwart erschien ihm alles so simpel, dass er plötzlich die Lösung sowohl seiner Einsamkeit als auch ihres Unglücks sah. Er holte tief Luft und fragte: »Würden Sie in Erwägung ziehen, stattdessen mich zu heiraten?« In seinen Augen würde er damit nicht nur ihr helfen, sondern auch ein wenig Wiedergutmachung leisten für das, was er Nelly angetan hatte. Vielleicht sogar ein wenig Buße tun für den Mann, den er getötet hatte, was ihn bis heute nicht losließ.

Sie war so überrumpelt, dass sie stehen blieb und ihn mit offenem Mund anstarrte. »Aber Sie … Ich …« Dann errötete sie und sagte frei heraus: »Oh, Mark, ich wünschte, ich könnte. Aber ich kann nicht umhin, mich zu wundern, dass Sie überhaupt fragen.«

»Ich habe mich schon auf dem Schiff zu Ihnen hingezogen gefühlt, Patience, und ich glaube, Ihnen ging es ebenso, doch damals war nicht der richtige Zeitpunkt, also habe ich mich zurückgezogen. Tja, nun ist der richtige Zeitpunkt. Ich habe mein eigenes Geschäft und bin in der Lage, eine Frau zu ernähren – nicht im Überfluss, aber anständig. Ich betrachte es als großes Glück, Sie wiedergefunden zu haben, denn von allen Frauen, die mir begegnet sind, mag ich Sie am liebsten.«

Mit großen, staunenden Augen blickte sie zu ihm empor. »Ist das wahr?«

»Ja. Mit Ihnen habe ich mich immer wohlgefühlt.«

»Wie mit einem gut eingelaufenen Schuh?«, scherzte sie.

»Mehr wie mit einer alten Freundin. Soll ich Sie begleiten und Ihren Vater um seine Erlaubnis bitten?«

Ihr stiegen Tränen in die Augen. »Er würde sie verweigern. Er ist absolut darauf versteift, dass ich seinen Freund heirate, und betrachtet jeden Menschen außerhalb unserer Gemeinde als gottlos.«

Mark umfasste ihre Hand und lächelte sie an. »Aber würden Sie mich heiraten, wenn Sie könnten?«

Sie nickte, errötend zwar, doch ohne seinem Blick auszuweichen.

»Wie alt sind Sie jetzt?«

»Einundzwanzig, beinahe zweiundzwanzig.«

»Dann brauchen Sie doch die Erlaubnis Ihres Vaters nicht, oder?«

Die Traurigkeit in ihren Augen wich einem Hoffnungsschimmer. »Nein. Nein, die brauche ich nicht. Oh, Mark, könnten wir das wirklich tun?«

»Ja, das können wir. Es würde Ihnen doch nichts ausmachen, auf dem Land zu wohnen?« Um mögliche Sorgen über seine finanzielle Lage auszuräumen, berichtete er von seinem Speisehaus und wo er lebte. Beim Zuhören neigte sie den Kopf leicht zur Seite, an dieser Geste hatte er schon auf dem Schiff erkannt, wenn sie aufmerksam zuhörte. Sie konnte so bezaubernd sein, doch stattdessen war sie in dunkle, formlose Kleider gehüllt und trug ihr Unglück wie einen schweren Mantel.

»Wie kann es uns gelingen?«, fragte sie und schaute über ihre Schulter, als fürchtete sie, belauscht zu werden. Dabei standen sie zu zweit in einer stillen Seitenstraße, auf der kaum ein Mensch unterwegs war.

»Sagen Sie mir, wo Sie wohnen, und wie ich Ihnen eine Nachricht schicken kann. Ich werde mich um alles kümmern und Sie wissen lassen, wann es so weit ist.« Und so tauschten sie ihre Adressen aus, bevor er sie ziehen ließ. An der Ecke drehte sie sich noch einmal um und winkte ihm lächelnd zu.

Es fühlte sich richtig an, sie zu heiraten – sehr richtig. Seit seiner Ankunft in Australien hatte er sich so furchtbar einsam gefühlt. Eine große Liebe wie die zwischen Annie und Frederick war es nicht, doch es war ein warmes, glückliches Gefühl, und das war für ihn mehr als genug.

Davon abgesehen verdiente er eine Liebe wie die von Annie auch gar nicht. Nicht nach dem, was er Nelly angetan hatte.

* * *

Drei Tage später erhob sich Patience kurz vor dem Morgengrauen von ihrem Lager und lauschte aufmerksam, um sicherzugehen, dass ihr Vater noch nicht aufgestanden war. Sie ging zur im hinteren Teil des Hauses liegenden Küche, um wie gewohnt das Feuer zu schüren und mit den Vorbereitungen für den Tag zu beginnen. Das am Vorabend geschnürte Kleiderbündel legte sie auf einen Stuhl.

Geräuschvoll schürte sie das Feuer im Küchenofen, damit alles klang wie an einem gewöhnlichen Morgen und er noch etwas länger im Bett verweilte, während er wartete, dass die Küche warm würde. Sie trat nach draußen, um den Abtritt zu benutzen, und im Anschluss würde sie gehen. Doch als sie zu dem winzigen Klohäuschen trat, sah sie ihren Vater an der Küchentür stehen und sie quer über den Garten hinweg mit verschränkten Armen finster anstarren.

Ihr Herz machte einen schweren Satz, dann begann es panisch zu hämmern. Das Kleiderbündel in der Küche konnte ihm nicht entgangen sein, und wie sie ihn kannte, hatte er es geöffnet. Es schien, als müsste er alles wissen und kontrollieren, bis hinunter zu den Borten ihrer Kleider.

»Komm auf der Stelle her und erkläre dich, Tochter!«, donnerte er, als sie sich nicht rührte.

Stattdessen rannte sie zum Gartentor und stieß beim Hindurchlaufen hastig die daneben lehnenden Gartenwerkzeuge um.

Begleitet vom Geklapper der fallenden Werkzeuge floh sie die Straße hinter dem Haus hinunter, hörte ihren Vater scharf aufschreien und ihr dann hinterherbrüllen, sie solle auf der Stelle zurückkommen.

Doch die Hacken und Harken hielten ihn lange genug auf, dass sie außer Sichtweite gelangte, und ihre Angst verlieh ihr ungeahnte Kräfte. Sie rannte, wie sie nie zuvor gerannt war, und blieb erst mehrere Straßen weiter stehen – und auch dann nur kurz, um keuchend etwas Luft in ihre Lungen zu saugen. Ängstlich schaute sie über die Schulter, ob er ihr gefolgt war, doch obgleich zwei Männer auf der anderen Straßenseite sie überrascht anstarrten, hörte sie nichts, das auf eine Verfolgung hindeutete. Sie machte sich wieder auf den Weg, diesmal in schnellem Gang, um weniger Aufmerksamkeit auf sich zu ziehen, doch die Angst trieb sie schon bald wieder zum Laufschritt. Erst nach drei weiteren Biegungen fühlte sie sich in der Lage, sich zu einem zügigen Gehen zu bremsen, und auch das hauptsächlich, weil sie außer Atem war und Seitenstiche hatte.

Sie kannte Marks Adresse und hatte keine Schwierigkeiten, das Haus der Parkers nahe des Stadtzentrums ausfindig zu machen. Als ihr eine Frau mit einem freundlichen Gesicht die Tür öffnete, stieß sie hervor: »Ich bin Marks Verlobte.« Erst mit dem Schließen der Eingangstür hinter ihr ließ sie einen langen, zittrigen Seufzer der Erleichterung entweichen.

Als Mark zu ihr in den kleinen Salon der Pension geeilt kam, warf sie sich ihm schluchzend entgegen. Erst als sie sicher in seinen Armen lag, konnte sie wahrhaft glauben, dass ihr die Flucht gelungen war und ihr Vater sie nicht zurückschleifen konnte.

10

Juni – November 1863

Bei ihrer nächsten Reise nach Ballymullan eilte Keara zu ihrer Familie, sobald sie konnte. Ihr wurde das Herz schwer, als sie an der Tür innehielt und ihre Mutter sah, die zarter wirkte denn je. Sie hatte gehofft, ihr Zustand hätte sich gebessert, da in den Briefen niemand etwas von einer Verschlechterung erwähnt hatte.

Schieres Entsetzen umklammerte Keara mit eisigem Griff. Nein, noch nicht, flehte sie. Bitte, Gott, nimm sie uns noch nicht fort.

»Ist alles in Ordnung mit dir, Mam?«, fragte sie, als sie bei einer Tasse Tee beieinandersaßen. Ismay half Arla im Laden aus, und Mara war, wie Betsy stolz verkündet hatte, in der neuen Dorfschule, die mit Mr Mullanes Unterstützung aufgebaut worden war.

»Ach, so robust wie früher einmal bin ich nicht mehr, das ist wohl wahr, aber ich komme zurecht, Liebes. Immerhin werde ich auch älter. Mara ist mir mittlerweile eine große Hilfe, sie kümmert sich um all meine kleinen Erledigungen.« Lächelnd schaute sie sich um. »Und dieses Haus ist so viel angenehmer. So Gott will, bleiben mir noch ein paar Jahre, um sie mit euch zu verbringen.«

Doch auf Keara wirkte ihre Mutter, als klammere sie sich mit letzter Kraft ans Leben. Selbst die schlichte Aufgabe, einen Tee aufzusetzen, trieb ihr den Schweiß auf die bleiche Stirn. Doch wie dem auch sei: Betsy war offensichtlich fest entschlossen, so zu tun, als wäre alles gut, und so schwieg Keara.

Wenn ihre Mutter das alles selbst glaubte, machte es das vielleicht auch für ihre Schwestern etwas leichter.

Im Anschluss ging Keara noch ins Dorf, und Arla ließ Ismay für ein paar Minuten vor den Laden treten, damit sie mit ihrer Schwester sprechen konnte. Nach einer innigen Umarmung sagte Keara unverblümt: »Mam sieht noch schlechter aus.«

Ismay schlang sich die Arme um den Oberkörper und nickte. »Es geht ihr auch schlechter. Nach deinem letzten Besuch ging es ihr für eine Weile recht gut, seitdem schwindet sie dahin. Aber sie hat Arla und mich angefleht, dir davon in unseren Briefen nichts zu sagen. Hat felsenfest darauf bestanden, sie würde sich doch jedes Mal wieder erholen. Bloß dass es diesmal nicht zu übersehen ist, nicht wahr? Mam gerät außer Atem, sobald sie auch nur das Zimmer durchquert. Die meiste Arbeit im Haushalt müssen mittlerweile Mara und ich übernehmen, und er erwartet immer noch, dass das Essen auf dem Tisch steht, wenn er von der Arbeit kommt. Keinen Finger rührt er, um irgendjemandem zu helfen, nicht einmal jetzt.«

Als Keara nicht antwortete, sondern nur blicklos in die Ferne starrte, fuhr Ismay fort: »Diarmid hat den Doktor zu uns geschickt, um Mam zu untersuchen, aber der hat gesagt, er kann nichts für sie tun, und …« Sie musste eine Träne fortwischen. »… er glaubt nicht, dass sie Weihnachten noch erlebt.«

»Nein!« Entsetzt sah Keara ihre Schwester an. »Weiß sie das?«

»Natürlich nicht. Da schon, aber der will es nicht glauben. Er behauptet, sie würde bloß so tun, als ginge es ihr schlechter, damit sie nicht arbeiten muss. Wie kann er so was sagen, wenn man doch genau sieht, wie sie …« Ismays Lippen bebten, dann holte sie tief Luft und zwang sich weiterzusprechen. »Arla geht es auch nicht gut, auch wenn sie sich mit keinem

Wort beklagt. Manchmal hat sie Schmerzen im Bauch, richtig schlimme.«

»Arla?«

»Ja.«

»Aber … Was geschieht denn mit Mara und dir, wenn … wenn Mam …«

Ismay schüttelte den Kopf. »Ich weiß es nicht. Ich kann nachts kaum schlafen vor Sorge deshalb. Auf ihn werden wir uns nicht verlassen können, so viel ist sicher.«

Keara zog ihre Schwester in eine rasche Umarmung. »Wenn irgendetwas geschieht, verlasse ich die Stellung bei Mrs Mullane und wir drei schlagen uns gemeinsam durch.«

»Das würdest du tun?«

»Natürlich, Ismay. Ich bin jetzt einundzwanzig, alt genug, um für euch beide zu sorgen und … Ach, warum weinst du denn? Komm her, komm her.« Wieder umarmten sie einander.

»Weil ich dachte … Ich dachte, wir sind dir gleichgültig«, schluchzte Ismay an Kearas Schulter. »Ich dachte, du würdest in deiner feinen Stellung bleiben und … und es mir überlassen, mit ihm fertigzuwerden. Und ich glaube nicht, dass ich das könnte.«

»Das würde ich niemals tun. Ich wollte von Anfang an nicht von euch fortgehen, das weißt du doch.«

Die Schwestern lächelten einander zittrig an und wischten sich die Augen.

»Geh ein Stück mit mir spazieren«, bat Keara. Im Gehen versuchte sie, einen Plan zu schmieden, wie es ausgehen könnte, sollte es zum Schlimmsten kommen. »Ich nehme an, wir müssten in eine Stadt ziehen, aber wenn du auch eine Stellung findest, könnten wir vielleicht ein Zimmer mieten und genug verdienen, um uns drei zu ernähren. Da wird sich nicht um uns scheren. Der wird sich bloß aufregen, dass niemand mehr da ist, der ihn bedient.«

»Der wird sich eine andere suchen. Aus irgendeinem Grund scheinen die Frauen ihn zu mögen, selbst jetzt noch, wo ihm die Haare ausgehen.« Nach kurzem Zögern setzte sie hinzu: »Aber Mara und ich waren noch nie in der Stadt. Ein bisschen Angst macht mir das schon.«

»Ach, da ist alles größer und schmutziger als hier, sicher, aber es gibt auch viel mehr Arbeit. Und die Menschen leben auch dort in Häusern und tun all die üblichen Dinge. Nichts, wovor man sich fürchten muss.« Lächelnd sah sie Ismay an. »Wir könnten irgendwo in Irland bleiben, in Sligo vielleicht, oder sogar nach Lancashire gehen – dort ist es gar nicht so verkehrt, wenn man sich erst einmal daran gewöhnt hat. Aber nein, das hat keinen Sinn. Dort gibt es immer weniger Arbeit im Augenblick. Aber es heißt, im Süden Englands gibt es jede Menge zu tun. Ach, da sind so viele Orte, wohin wir gehen könnten.«

Sie rang sich ein Lachen ab und hoffte, sie klang zuversichtlicher, als sie sich fühlte. »Hier in Ballymullan brauchen wir es allerdings gar nicht erst zu versuchen. Außerdem glaube ich, ich würde ohnehin nicht hierbleiben wollen.« Lieber würde sie den Abstand zu Mrs Mullane so groß wie möglich halten – und auch den zu Mr Mullane. Seit jenem Tag, als er seiner Frau verboten hatte, sie zu schlagen, erfüllte sie so eine Wärme, wann immer sie ihn ansah. Dass er sie so beschützte, sie ihm so am Herzen lag … Natürlich hatte sie Vater Cornelius in der Beichte davon erzählt, doch auch die Bußen hatten ihre Gefühle nicht vertreiben können – genauso wenig wie die Verwirrung, die sie mit sich brachten.

Mit einem letzten zittrigen Lächeln und einer Umarmung verabschiedete Ismay sich von ihr. »Du hast mir eine große Last von der Seele genommen, Keara.«

Doch all die tapferen Worte konnten nicht die eisige Angst um ihre Mutter aus Kearas Herz vertreiben. Von jetzt an würde sie ihre paar Schillinge sparen müssen, statt sie für die armen hungrigen Kinder auszugeben. Es war nur mehr eine Frage der Zeit, bis sie und ihre Schwestern das Geld brauchen würden – womöglich gar selbst hungern müssten, während sie nach Arbeit und einem neuen Heim suchten.

* * *

Kurze Zeit später wurde Lavinia, so selten sie ihren Gatten auch in den letzten Monaten in ihrem Bett gesehen hatte, wieder schwanger. Die Nachricht machte sie äußerst wütend, hauptsächlich auf ihren Ehemann, doch ihr Ärger traf alle in ihrer Umgebung – selbst ihre Zofe. Und auch wenn sie Keara nicht wieder geschlagen hatte, machte sie ihr das Leben weiterhin zur Hölle.

Wie immer bettelte sie ihren Mann auch dieses Mal an, sie nach Lancashire heimkehren zu lassen. Und sobald er sicher war, dass sie wirklich sein Kind in sich trug, brachte Theo sie in kurzen, leichten Etappen und mit allem Luxus nach England.

Keara zog ernsthaft in Erwägung zu kündigen und bei ihrer Familie zu bleiben, doch Betsy sagte ihr, sie solle nicht albern sein. Am Ende drängte sie so panisch darauf, Keara solle ihre Stellung behalten, dass diese es ihr versprach.

Zurück in Lancashire wurde sie wie immer ein Opfer ihres Mitgefühls. Sie konnte nicht anders, als an das arme Kind zu denken und wie sehr der Herr es sich wünschte, und so massierte sie folgsam ihrer Herrin den Rücken und half ihr, wenn die Morgenübelkeit sie packte.

Doch Tag für Tag begleitete sie die Sorge um ihre Mutter und ihre Schwestern. Sie sehnte sich nach einem Brief aus der Heimat, doch der kam nicht. Es musste Arla doch wieder gut genug gehen, um einen Brief schreiben zu können? Und sicher hätte Vater Cornelius es sie doch wissen lassen, wäre es mit ihrer Mutter abwärts gegangen? Oder wenn es so aussähe, als würde es das bald.

Erst als Theo für einige Tage fort musste, wurde Lavinia ruhiger. Verbittert murrte sie, sein bloßer Anblick reiche aus, um sie in Aufruhr zu versetzen. »Er weiß, dass ich beim letzten Mal beinahe gestorben wäre, und trotzdem muss er unbedingt ein Kind haben. Sicher wäre er froh, wenn ich bei der Geburt ums Leben komme, dann könnte er irgendeine Zuchtmähre von Weib heiraten und eine ganze Dynastie von Kindern mit seinem üblen Gemüt und seiner lüsternen Art zeugen.«

Als Theo heimkehrte und Lavinia sich augenblicklich wieder aufregte, rief er den Arzt. »Sie benimmt sich so irrational. Kreischt und kauert sich nieder, sobald ich auch nur den Raum betrete.«

Der Doktor schürzte die Lippen. »Es kommt bisweilen vor, dass das Austragen eines Kindes den ohnehin anfälligen weiblichen Verstand aus der Bahn wirft. Und Ihre Gattin neigte schon immer zu – ähm – nervöser Gemütserregung.« Er räusperte sich und überlegte, wie er den in seinen Augen offensichtlichen Vorschlag formulieren sollte.

Theo nahm es ihm ab, auch wenn er eher im Scherz sprach. »Vielleicht sollte ich dann einfach verschwinden, bis sie das Kind geboren hat.«

»Ähem. Nun ja, unter den gegebenen Umständen mag das … durchaus für alle Beteiligten die beste Lösung sein.«

Ungläubig starrte Theo ihn an. »Meinen Sie das ernst?«

»Ja. Tut mir leid, alter Knabe.«

Nach einem lastenden Schweigen erklärte Theo: »Dann gehe ich auf das Anwesen in Irland.«

Doch auch das gefiel Lavinia nicht. »Es würde viel zu lange dauern, wieder nach England zu kommen, sollte … solltest du gebraucht werden. Ich will dich bei mir haben, wenn das Kind kommt.«

Es kostete ihn übermenschliche Kraft, sie nicht wütend anzufahren, was zum Teufel er ihrer Ansicht nach für die nächsten sechs Monate mit sich anfangen solle, da er einerseits aus seinem Heim verbannt werden und sich zugleich nicht zu weit entfernen sollte. »Dann … suche ich mir einen anderen Ort.«

»Irgendwo in der Nähe einer Bahnstation, sodass ein Telegramm dich bei Bedarf schnell erreicht.« Sie schluchzte geziert in ein Taschentuch, tupfte sich die Augen und nahm sich einen Schokoladenriegel. Ihrer Aussage nach linderte die Süßigkeit ihre Übelkeit, weshalb sie eine stetige Versorgung damit verlangte.

»Ich werde es in meine Überlegungen miteinbeziehen.«

Doch letztlich kam er zu dem Schluss, dass es das Beste wäre, sie in Ruhe zu lassen.

Sobald er das Zimmer verlassen hatte, versiegten Lavinias Tränen wie durch ein Wunder, und der anwesenden Keara wurde klar, dass ihre Herrin das alles in der gezielten Absicht getan hatte, ihn loszuwerden. Derlei hinterlistige Manipulationen erfüllten sie mit Abscheu. Unvermittelt beschloss sie, dass sie gehen würde, sobald das Kind da wäre – komme, was wolle. Sie konnte dieses Leben einfach nicht auf Dauer ertragen. Es musste doch möglich sein, irgendwo in Irland wieder eine Anstellung als Zofe zu finden. Und Mr Mullane würde ihr doch sicher ein gutes Zeugnis ausstellen, selbst wenn seine Frau sich weigerte?

Theo plante einen langen Aufenthalt in London, wo es ausreichend Zerstreuung für einen Mann geben musste, doch keine zwei Wochen nach seiner Ankunft in der Hauptstadt drohte er vor Langeweile den Verstand zu verlieren. Er war fürs Land gemacht, nicht für die Stadt. Was ihn glücklich machte, waren Pferde und Reiten, über seine Ländereien zu schreiten. Konzerte, Theaterstücke und höfliches Geplauder hingegen langweilten ihn zu Tode.

Glücklicherweise brachte eine Zufallsbegegnung mit Lord

Keynsor, einem angesehenen Pferdezüchter, mit dem er flüchtig bekannt war, eine Einladung mit sich. Als Theo dem Mann eines Abends gestand, er müsse sich auf ärztliche Anordnung von seiner schwangeren Frau fernhalten, lachte Keynsor schallend und lud ihn ein, so lange auf seinem Anwesen in Leicestershire zu verweilen, wie es ihm beliebte.

Doch obgleich er die Gesellschaft seines Gastgebers schätzte, wäre Theo lieber in Irland gewesen. Die Monate schienen äußerst langsam zu vergehen. Er verbrachte viel Zeit damit, durch die Landschaft zu reiten und Pläne zu schmieden, wie er nach der Rückkehr zu seiner Frau weiter verfahren wollte.

Wenn das Kind überlebte, wäre es eine einfache Sache. Er würde es in Irland aufziehen. Doch selbst wenn es nicht überlebte, wusste er, dass er es nicht über sich bringen würde, noch einmal mit Lavinia zu schlafen. Dann würde er sie verlassen, und das Gerede der Leute scherte ihn nicht. Ohne ihn würde es ihr besser gehen, auch wenn er bezweifelte, dass sie in der Lage war, echtes Glück zu empfinden. Er hingegen war es, und ein Leben ohne sie wäre pure Glückseligkeit.

Und was Kinder betraf, nun: Bislang hatte er sich bemüht, keine außerehelichen Sprosse zu zeugen, doch nun würde er es vielleicht doch tun müssen. So er es denn konnte. Wenn die Ursache für den Tod dieser armen Babys nicht in ihm zu finden war.

Dieser Gedanke hielt ihn so manch dunkle Nacht über wach.

* * *

Im Juni desselben Jahres war Patience sich sicher, dass sie schwanger war. Sie erzählte Mark davon, während der erste Wintersturm mit tosenden Böen und Regen auf die Häuser von Rossall Springs eindrang.

»Und du bist dir sicher?«, fragte er, obgleich er natürlich selbst bereits seine Vermutungen hatte.

»Ja. Ich habe mit Mrs Grove über …«, sie errötete leicht, »… die Symptome gesprochen, und sie ist sich sicher, dass ich ein Kind unter dem Herzen trage. Bist du … zufrieden?«

»Ja. Ja, natürlich bin ich das.« Er zog sie an sich, gab ihr einen Kuss und versuchte, seine Gefühle zu verbergen. Denn natürlich konnte er nicht umhin, daran zu denken, wie er eine andere junge Frau geschwängert und es sie das Leben gekostet hatte. Nein, Patience würde das nicht widerfahren. Sie war wohlgeliebt und bestens umsorgt.

Über die folgenden Wochen erfüllte Patience eine stille Freude auf das erwartete Kind, auch wenn es ihr nicht gut ging. Ihr war beinahe ununterbrochen furchtbar übel, und nichts schien zu helfen. Täglich wünschte Mark verzweifelt, es gäbe einen Arzt in Rossall Springs, und dachte immer wieder laut darüber nach, seine Frau nach Melbourne zu bringen, um sie untersuchen zu lassen, doch sie weigerte sich rundheraus.

»Ich will nie wieder auch nur in die Nähe meines Vaters gelangen«, beharrte sie, wann immer er das Thema ansprach.

Doch schon im folgenden Monat kam Alex Jenner zu ihnen. Er stieg aus der Postkutsche und betrat das Speisehaus mit einem martialischen Glanz in den Augen.

Bei seinem Anblick keuchte Patience auf und rannte zu Mark, der in der Küche arbeitete. Zu ihrer Bestürzung folgte ihr Vater ihr.

»Sei versichert, deine Sünden werden dich nicht loslassen!«, donnerte er.

Mark legte einen Arm um seine zitternde junge Frau. »Patience hat keine Sünden begangen, Mr Jenner.«

»Und das soll ich dem Unzuchtsünder glauben, der meiner Tochter auf der Überfahrt leere Versprechungen gemacht und sie nun aus ihrem Heim und von ihrer Familie fortgelockt hat? Der sie dem Mann gestohlen hat, für den sie bestimmt war?«

In der Ecke stand Ginny und verfolgte das Ganze in fasziniertem Entsetzen, und die Gäste im Speiseraum reckten schon die Hälse. Mark ging zur Küchentür hinüber und schloss sie. »Sie begleiten uns wohl besser in unsere Wohnräume, Mr Jenner. Ich wäre Ihnen allerdings dankbar, wenn Sie Ihren Ton mäßigen würden. Wir haben hier ein Geschäft zu führen.«

»Warum sollte ich schweigen? Ich bin hier, um eine Sünderin zu läutern.«

Nun erhob Mark selbst die Stimme und blaffte: »Weil ich Sie hinauswerfe, wenn Sie sich nicht beherrschen!«

Alex Jenner starrte ihn finster an, dann holte er tief Luft und verschränkte die Arme. »Ich bin hier, um meine Tochter mit heimzunehmen, auf dass sie die Vergebung des Herrn suchen möge und …«

»Der Platz einer Ehefrau ist wohl an der Seite ihres Mannes, nicht an der ihres Vaters.«

Misstrauisch sah Mr Jenner von Mark zu Patience. »Ich will die Eheurkunde sehen!«

Mit grimmigem Blick holte Mark die Emailkiste hervor, in der sie all ihre Dokumente aufbewahrten, und reichte Jenner die Urkunde. »Sehen Sie selbst. Patience und ich haben noch vor unserer Abreise aus Melbourne geheiratet.«

Jenner überflog das Blatt und drückte es Mark unwirsch wieder in die Hand, bevor er sich drohend vor seiner Tochter aufbaute. »Das ändert nichts an der Tatsache, dass du dich mir widersetzt hast, Tochter.«

Kreidebleich und bebend starrte sie ihn an, und ehe Mark zu ihr stürzen konnte, sank sie mit einem leisen Keuchen ohnmächtig zu Boden.

»Wenn Sie mit Ihrem Gegeifere unserem Kind geschadet haben, prügle ich Sie grün und blau – ob Schwiegervater oder nicht!«, spie Mark ihrem Besucher entgegen, hob Patience behutsam hoch und bettete sie aufs Sofa. Er ging neben ihr auf die Knie und tätschelte ihre Hand.

Jenner trat zu ihm und sagte mit dunkler Stimme: »Sie sind nicht der Mann, den ich für sie ausgewählt hätte.«

»Ich bin der Mann, den *sie* erwählt hat, und das ist alles, was für mich von Bedeutung ist.«

Patience seufzte, und ihre Lider begannen zu flattern. Ängstlich umklammerte sie Marks Hand, während ihr Vater laut für sie und ihr ungeborenes Kind zu beten anhob.

»Soll ich ihn fortschicken?«, flüsterte Mark.

Sie zögerte, dann flüsterte sie: »Noch nicht. Ich wüsste gern, wie es meiner Mutter geht und ob sie Nachricht von Harry haben.«

Nach einem schallenden »Amen« starrte ihr Vater auf sie herab und verkündete dann: »Ich habe beschlossen, dir zu verzeihen – um deiner Mutter willen.«

»Danke, Vater.«

Es gefiel Mark gar nicht, wie nervös seine Frau plötzlich wirkte und wie blass sie noch immer war. Er würde seinen Schwiegervater nicht bleiben lassen, sollte er Patience noch weiter aufwühlen. Doch im Augenblick blieb ihm nichts anderes übrig, als zu fragen: »Können wir Ihnen etwas zu essen anbieten?«

Jenner nickte. »Und einen Schlafplatz, hoffe ich? Bis zur nächsten Postkutsche morgen habe ich keine Möglichkeit, zurück nach Melbourne zu gelangen. Oder muss ich mir ein Zimmer in der Pension nehmen?«

»Bei uns werden Sie auf dem Sofa schlafen müssen«, antwortete Mark. »Wir haben kein Gästezimmer.«

Dankbar drückte Patience seine Hand.

Der Tag schien ewig zu dauern, und Mark war sich sicher, dass sein Schwiegervater Patience mehrfach zum Weinen brachte, auch wenn sie es vor ihm zu verbergen versuchte.

Doch er spürte, wie angespannt ihr Körper war, und sah ihre Hände zittern, wann immer sie etwas für ihren Vater tat. Der schien zu erwarten, von vorn bis hinten von ihr bedient zu werden.

»Nun, wenigstens sind Sie ein arbeitsamer Mann«, gestand Jenner ihm zu, als Mark sich ein paar Minuten nahm, um mit den beiden zu Abend zu essen. »Das respektiere ich, aber warum arbeitet meine Tochter nicht an Ihrer Seite?«

»Weil es ihr nicht gut geht. Und weil angesichts ihrer Schwangerschaft keine Notwendigkeit für sie besteht, ein Risiko einzugehen.«

»Ich sehe schon, an Ihrer Seite führt sie ein verhätscheltes, müßiges Leben. Hüten Sie sich, Müßigkeit ist aller Laster Anfang!«

»Davor wird Ihre Erziehung sie mit Sicherheit bewahren. Wie geht es Ihrem Sohn?«

»Ich habe keinen Sohn. Der Spross, den meine Frau zur Welt gebracht hat, ist dem Teufel anheimgefallen, und so habe ich ihn verstoßen.«

Mark atmete tief durch und zählte bis zwanzig.

Es schien eine Ewigkeit zu dauern, bis sie zu Bett gehen konnten. Als sie im Dunkeln nebeneinanderlagen, flüsterte Mark: »Auch wenn er dein Vater ist: Ich bin froh, wenn er wieder verschwindet. Ich frage mich, was er hier wollte.«

Am folgenden Morgen fand er es heraus.

»Ich bin auf der Suche nach einem neuen Heim und einer neuen Arbeitsstelle«, verkündete Jenner am Frühstückstisch abrupt. »Meine derzeitige Anstellung ist nicht weiter akzeptabel. Der Inhaber des Ladens ist ein gottloser Mann.«

Patience verschüttete die Milch, murmelte irgendetwas Unzusammenhängendes und floh in die Küche.

»Wie ich sehe, hast du hier Arbeit für eine Fremde, Sohn«, fuhr Jenner fort. »Es wäre angebrachter, diese Stelle einem Familienmitglied anzubieten.«

»Sprechen Sie von sich?«

Jenner nickte. »Ich halte mich für einen arbeitsamen Menschen und bin sicher in der Lage, alles Nötige zu lernen. Es kann ja keine schwierige Arbeit sein, wenn eine Frau dazu in der Lage ist. Und meine Frau vermisst ihre Tochter sehr. Davon abgesehen werde ich die Botschaft des Herrn in neue Gefilde tragen können, wenn ich hierherziehe.«

Mark sah an ihm vorbei zu seiner Frau, die mit schierem Entsetzen im Blick in der Küchentür stand und die Hand vor den Mund gehoben hatte. »Ich fürchte, das wäre nicht angebracht«, antwortete er bestimmt. »Sicher arbeiten Sie hart, aber ich würde mich nicht wohlfühlen, mit Ihnen zusammenzuarbeiten, und in diesem Haus gibt es definitiv nicht genug Platz für Sie. Davon abgesehen ist eine Frau für diese Stelle besser geeignet.«

»Du sollst Vater und Mutter ehren …«, hob Jenner an.

»Bei allem gebotenen Respekt, Mr Jenner. Auch wenn ich Ihnen stets mit Höflichkeit begegnen werde, sind Sie doch nicht mein Vater. Und um es klar auszudrücken, bin ich überzeugt, dass wir nicht gut genug miteinander auskommen, um zusammenzuarbeiten. Es gibt hier keinen Platz für Sie.«

Erbost starrte Jenner ihn an. »Verwehren Sie mir etwa den Zugang zu meiner Tochter?«

»Ich werde Sie nicht in meinem Speisehaus anstellen und würde es vorziehen, wenn Sie uns nicht noch einmal aufsuchen. Aber ich bin mir sicher, Patience wird Ihnen und Ihrer Frau gern regelmäßig schreiben. Ich nehme an, Sie leben noch unter derselben Adresse?«

Nach viel empörtem Prusten und Schnauben verzichtete Mr Jenner darauf, weiter in ihn zu dringen, und nahm etwas Verpflegung für seine Rückreise entgegen. »Sie lassen es uns wissen, wenn das Kind auf der Welt ist? Und Sie sorgen dafür, dass es anständig getauft wird?«

»Natürlich.«

Als Mark heimkehrte, nachdem er seinen Schwiegervater in die Postkutsche nach Melbourne gesetzt hatte, fand er Patience haltlos schluchzend vor. Er schloss sie in die Arme und wiegte sie, bis ihre Tränen versiegten, dann erklärte er ernst: »Dein Vater, Liebste, ist nichts als ein tobsüchtiger Heuchler.«

»Und ein Tyrann. Er macht mir Angst, schon mein Leben lang. Aber seit unserer Ankunft in Australien ist es ungleich schlimmer geworden. Mir tut meine Mutter leid, ich wünschte, ich könnte sie sehen. Und wie soll ich je Harry wiederfinden, wenn mein Vater nicht bereit ist, sich mit ihm auseinanderzusetzen?« Sie begann erneut zu weinen.

Darauf wusste auch Mark keine Antwort.

Von nun an trafen immer zu Monatsanfang Briefe von den Jenners ein, die Patience ausnahmslos an den Rand der Tränen brachten.

Es bereitete Mark große Sorgen, dass es seiner Frau noch immer nicht besser ging. Über die Monate schienen ihre Augen immer größer und glänzender zu werden, während ihr Gesicht schmaler und blasser wurde.

Auch Mrs Grove, die für gewöhnlich immer einen guten Rat wusste, wollte nichts einfallen, womit man Patience hätte helfen können. Irgendwann erklärte sie Mark im Flüsterton, Patience sei keine kräftige Frau und solle vielleicht nicht allzu viele Kinder austragen.

Darin stimmte Mark ihr absolut zu und hatte längst entschieden, dass er nach diesem Kind sein Möglichstes tun würde, ihr keine weiteren zu schenken. Er kannte die Methoden. *Eine* solche Erfahrung war mehr als genug für ihn. Und ein Kind.

Zwei, korrigierte er sich innerlich. Er hatte bereits eine Tochter in England – von der er Patience noch nichts erzählt hatte. Wie oft hatte er es sich schon vorgenommen, doch es schien nie der richtige Moment zu sein.

Er wünschte, er könnte die kleine Faith wenigstens einmal

kennenlernen. Doch um je nach England zurückkehren und seine Familie besuchen zu können, würde er eisern sparen müssen. Und im Augenblick war Patience alles, was zählte: Er sollte so gut wie möglich für ihr Wohlergehen und ihre Zufriedenheit sorgen.

* * *

Caley und Noreen Gallagher gefiel es sehr in Westaustralien, doch angesichts ihrer begrenzten Finanzen erwies es sich als zeitaufwendig, ein geeignetes Kaufgrundstück zu finden. Schließlich mieteten sie ein kleines Haus in einem Randbezirk der Hauptstadt Perth, und Caley machte sich daran, auf langen Ausritten die angebotenen Grundstücke zu begutachten.

»Es muss eines sein, das wenigstens teilweise erschlossen ist«, stellte er bedauernd fest. »Ich bin nicht und werde wohl auch nie jemand sein, der eigenhändig Bäume ausgräbt, um daraus ein Haus zu errichten.«

Allein die Vorstellung brachte Noreen zum Lachen. »Da stimme ich dir absolut zu, Liebling.« Sie blickte sich in ihrem winzigen Häuschen um, und ihr Lächeln verblasste. »Ich wünschte bloß, wir könnten eine Dienstmagd finden.«

»Wie die Hälfte der restlichen Damen in Perth.«

»Nun, wenigstens habe ich mich als gute Köchin erwiesen, wenn meine Waschkünste auch zu wünschen übrig lassen. Und man kann es den jungen Frauen auch kaum verübeln, wenn sie lieber die Gelegenheit zur Heirat ergreifen, als ein Leben als Dienstmagd zu führen, nicht wahr?«

Schließlich fanden sie ein passendes Grundstück bei Bunbury, einer kleinen Stadt etwa einhundert Meilen südlich der Hauptstadt. Nach dem winzigen Vorstadthäuschen wirkte ihr neues Wohnhaus riesig, und es waren bereits mehrere Koppeln gerodet und bereit, Vieh zu beherbergen.

Caley schrieb einen Brief an Theo und bat darum, seine

Pferde loszuschicken. Gut sechs Monate später erhielt er eine Antwort, in der Einzelheiten zu dem Schiff zu finden waren, mit dem die Tiere nach Australien kommen würden.

»Jetzt können wir uns ernsthaft der Zucht widmen«, stellte er voller Vorfreude fest. »Die Pferde, die ich hier gekauft habe, sind schon nicht schlecht, aber mit etwas besserem Blut in der Linie werden wir uns bald einen Namen machen.« Er las den Brief noch einmal und reichte ihn dann an Noreen weiter.

»Theo klingt schrecklich unglücklich«, sagte sie, als sie das Papier zusammenfaltete. »Warum um alles in der Welt hat er diese törichte Frau geheiratet?«

»Wegen des Geldes.«

Sie sahen einander an.

»Für mich wäre das nicht infrage gekommen«, antwortete sie lächelnd und streckte eine Hand nach ihm aus.

Er ging zu ihr, nahm sie in die Arme und küsste sie. »Für mich ebenso wenig, Liebling. Und ich bin wirklich außerordentlich froh, dass wir wieder in einem größeren Haus wohnen, wo die Jungen etwas weiter von uns entfernt schlafen.«

Sie lachte leise. »Ich auch.«

* * *

Keine Woche nach Theos Abreise führte Lavinia die ersten Veränderungen in Eastwood House ein. »Die Post ist auf direktem Wege zu mir zu bringen. Niemand rührt etwas davon an, bis ich sie sortiert habe«, ordnete sie an. Das Häuschen im Wald war derzeit unbewohnt, so viel hatte sie herausgefunden, doch sie wollte wissen, ob Theo irgendwo anders eine Mätresse aushielt. Was machte er denn mit all dem Geld ihres Vaters, wenn er es nicht für eine andere Frau ausgab? Warum sonst wurde er immer so gemein, wenn sie etwas kaufte?

Sie wurde eine Expertin im Aufdämpfen von Briefen und konnte sich stundenlang damit beschäftigen. Da zu diesen

Zeiten selbst ihre Zofe keinen Zutritt zu ihren Räumen hatte, verschaffte dies auch Keara einige bitter nötige Atempausen von den ständigen Forderungen ihrer Herrin.

Zu Lavinias Enttäuschung fand sich keine Spur irgendwelcher Gespielinnen Theos, ganz zu schweigen davon, dass er mit ihnen korrespondiert oder mit vollen Händen Geld für sie ausgab. Tatsächlich erhielt er nichts als langweilige Geschäftsbriefe, die sie nicht verstand, und in den Büchern fand sich weit weniger Geld, als sie erwartet hatte. Sie versiegelte die Briefe neu und schickte sie ihm nach, ohne sich die geringsten Sorgen zu machen, er könnte nach Anzeichen einer Manipulation Ausschau halten. In solch kleinen Dingen war er einfach zu vertrauensselig.

Einen Monat nach seiner Abreise allerdings entdeckte sie einen Brief an Keara in der Post und blickte nachdenklich darauf hinunter. Die Anschrift war von gebildeter Hand verfasst, nicht das übliche Gekritzel von Arla Lynch. Mit wem korrespondierte das Mädchen? Ohne Zögern dämpfte sie auch diesen Brief auf.

Vater Cornelius teilte Keara mit Bedauern mit, dass ihr Vater ums Leben gekommen war, als ein neuer Hengst ihn abgeworfen hatte. Er hatte sich das Genick gebrochen und war sofort tot gewesen. Ihre Mutter ließ nach ihr fragen. Vater Cornelius zeigte sich überzeugt, Mr Mullane würde ihr eine oder zwei Wochen Heimaturlaub gewähren, um ihrer trauernden Familie in ihrem Verlust beizustehen.

Lavinia zerknüllte das Blatt in der Hand und warf es ins Feuer. Lachend sah sie zu, wie es verbrannte. Für wen hielt dieser Bauernpriester sich, von einer Dame wie ihr zu verlangen, ohne die Dienste ihrer persönlichen Zofe auszukommen?

Sie erwähnte Mr Michaels' Tod mit keiner Silbe und behandelte Keara in der folgenden Woche besonders freundlich.

Theo war über Mick Michaels' Tod informiert worden, doch Diarmid hatte ihm ebenfalls mitgeteilt, dass Vater Cornelius Keara einen Brief geschrieben und sie gebeten hatte, für eine oder zwei Wochen nach Ballymullan heimzukehren. Er wollte sich noch vergewissern, dass Lavinia sich dem nicht in den Weg stellte, doch eine aufregende Einladung zur Begutachtung eines Zuchthengstes verdrängte jeden Gedanken daran komplett.

Zwei Wochen nach dem ersten Brief schickte der Priester einen weiteren, in dem er seine Trauer zum Ausdruck brachte, dass Keara es nicht für angebracht erachtet hatte, heimzukehren oder auch nur eine Antwort zu schicken. Leider müsse er Keara mitteilen, dass ihre Mutter vor zwei Tagen im Schlaf gestorben war.

Es stellt sich nun die Frage nach dem Verbleib deiner Schwestern. Arla geht es ebenfalls nicht gut, und sie würde dich gern sehen, aber wenn du schon für deine Mutter nicht angereist bist, wirst du das wohl kaum für deine einstige Wohltäterin tun.

Eine Cousine von Arla hat den Laden übernommen, sodass es dort für Ismay keine Arbeit mehr gibt. Und Mara ist mit elf Jahren natürlich noch etwas jung, um sich ihren Lebensunterhalt selbst zu verdienen.

Ich werde auch deinem Arbeitgeber schreiben, um mich zu erkundigen, ob er einen Vorschlag zur Versorgung deiner Schwestern hat. Ismay sagte mir jedoch, du seist bereit, deine derzeitige Anstellung zu verlassen und dir eine Arbeit zu suchen, bei der du mit deinen Schwestern zusammenleben kannst. Ich bin mir also sicher, es wird sich eine Lösung finden.

»Was?«, kreischte Lavinia, dann schlug sie eine Hand vor den Mund. Auf keinen Fall sollte ihr irgendjemand nahe kommen, ehe sie entschieden hatte, wie sie mit dieser Bedrohung ihres Wohlbefindens umzugehen gedachte. Als ihr wieder einfiel, dass der Priester geschrieben hatte, er wolle sich auch an Theo wenden, sah sie die restlichen Briefe durch und fand tatsächlich einen weiteren in derselben verschnörkelten Schrift.

Auch dieses Schreiben öffnete sie mithilfe von Wasserdampf und entdeckte eine Bitte, Keara zurück nach Ballymullan zu schicken, damit sie ihren Schwestern in ihrem Verlust beistehen und eine Möglichkeit finden könne, sie von nun an zu versorgen.

Diese Briefe verbrannte sie nicht, denn so etwas mit einem Brief von Theo zu tun, ängstigte sie doch etwas. Stattdessen schloss sie sie sorgfältig in ihrem Sekretär ein, während sie überlegte, was sie nun unternehmen sollte. Unter keinen Umständen würde sie sich darauf einlassen, die Zofe aufzugeben, die ihr so gut passte. Solange sie Theo im Dunkeln ließ, konnte sie sich die Zeit nehmen, eine Lösung für diese ärgerliche Situation zu finden. Eile hatte noch niemandem geholfen.

Es dauerte eine weitere Woche, ehe sie einen Plan ausgeheckt hatte, mit dem sie zufrieden war. Zu verdanken hatte sie die Idee einer ihrer Freundinnen, die erwähnt hatte, sie und ihr Gatte hätten einigen ihrer Fabrikarbeiter geholfen, zu Verwandten in Australien überzusiedeln, da es in der Stadt wegen der Baumwollhungersnot noch immer kaum Arbeit gab.

Australien. Lavinia wusste, dass es weit entfernt war. Gute drei Monate dauerte die Reise dorthin, hatte Noreen gesagt. Selbst ein Brief von oder nach dort brauchte mindestens diese Spanne.

»Wie habt ihr das angestellt?«, hatte sie ihre Freundin beiläufig gefragt. »Auf dem Anwesen in Irland haben wir auch einige Leute, die dort vielleicht besser dran wären. Diese irischen Bauern haben wirklich riesige Familien.«

»Es gibt verschiedene Wohltätigkeitsorganisationen, meine Liebe, die von den unterschiedlichen Konfessionen betrieben werden. Man muss nur das Geld zur Verfügung stellen, den Rest arrangieren die Organisationen selbst.«

»Verstehe.«

Am folgenden Tag schrieb Lavinia an Vater Cornelius.

Mein Gatte hat mich gebeten, mich der Angelegenheit anzunehmen, da Keara zutiefst erschüttert ist und ich ihr eine tröstlichere Stütze sein kann als er. Da ich ein Kind unter dem Herzen trage und in dieser schweren Zeit besonders auf ihre Dienste angewiesen bin, würde sie niemals in Erwägung ziehen, ihre Stellung bei mir aufzugeben. Tatsächlich ist unser Arzt überzeugt, dass ich das Kind ohne ihren beruhigenden Einfluss niemals austragen könnte. Wie Sie wissen, habe ich bereits andere verloren.

Lavinia kaute auf dem Ende ihres Federhalters herum und überlegte, wie sie den nächsten Absatz formulieren sollte.

Es erscheint mir für alle Beteiligten das Beste, dass die zwei Michaels-Mädchen ein neues Leben ohne Keara beginnen, und da die Verwandten meines Mannes so begeistert von den Möglichkeiten in Australien berichtet haben, lautet unser Entschluss, Ismay und Mara dorthin zu schicken.

Wie ich höre, betreibt die Kirche verschiedene Programme zur Verschickung von Waisen nach Australien, um sie dort als Dienstmädchen in Anstellung zu bringen. Anbei sende ich Ihnen fünfzig Pfund, was für diesen Zweck ausreichen sollte, sowie weitere zwanzig Pfund zu Ihrer freien Verwendung zum Wohle der Armen in Ihrer Gemeinde. Falls die Aufwendungen für die Michaels-Schwestern diesen Betrag übersteigen, lassen Sie es mich bitte wissen.

Keara leistet mir als meine Zofe so hervorragende Dienste, dass es uns eine Freude ist, auf diese Weise ihre Familie zu unterstützen. Ich bin mir sicher, es wird das Leben der Schwestern zum Besseren wenden. In Australien werden ihnen Möglichkeiten offenstehen, die sie in Ballymullan niemals bekämen.

Lavinia Mullane

Sie versah ihre Unterschrift mit einem schwungvollen Schnörkel, las das Geschriebene noch einmal und nickte zufrieden.

* * *

Vater Cornelius war entsetzt, als er den Brief überflog. Er konnte nicht fassen, dass Theo Mullane zu einer solchen Herzlosigkeit imstande war, auch wenn die Schwangerschaft seiner Frau die Umstände natürlich etwas erschwerte. Jedermann wusste, wie verzweifelt der Gutsherr ein Kind herbeisehnte, doch niemals hätte der Priester damit gerechnet, dass Keara einem solchen Plan zustimmen würde.

Ratsuchend ging er ins Gebet, dann machte er sich auf den Weg zu dem Haus, in dem Ismay und Mara nun zu zweit lebten und der Antwort ihrer Schwester harrten.

Mara kam ihm über den Pfad zum Haus entgegen. »Haben Sie Nachricht von Keara, Vater?«

Er nickte.

Im Haus ließ er sich schwer auf den ihm angebotenen Stuhl sinken.

»Nun?«, fragte Ismay, als er nichts sagte. »Was hat Keara geschrieben?«

»Sie hat mit ihren Arbeitgebern gesprochen und …« Es fiel ihm schwer, es auszusprechen, weil es eine so herzlose Entscheidung war. »Sie halten es alle für das Beste, wenn ihr zwei einen Neuanfang in Australien macht.«

Schockiert starrte Ismay ihn an. »Das glaube ich nicht.«

»Eure Schwester möchte an der Seite ihrer Herrin bleiben, die ein Kind erwartet und sehr auf sie angewiesen ist.«

»Das glaube ich Ihnen nicht. Zeigen Sie mir den Brief!«

Er reichte ihr das Papier.

Langsam und konzentriert las sie das Schreiben laut vor, den Finger auf den Zeilen. Bei einigen der längeren Wörter musste sie ihn um Hilfe bitten, und als sie fertig war, starrte sie einen Moment auf das Blatt hinunter, ehe sie zu ihm aufsah. »Der ist nicht von Keara.«

»Nein. Aber von ihrer Herrin, die die Angelegenheit in die Hand genommen hat. Ihr könnt euch sehr glücklich schätzen, dass so wichtige Leute wie die Mullanes um euer Wohlergehen besorgt sind, meine Liebe.«

»Dass sie uns loswerden wollen, meinen Sie.«

Mara zog ihre Schwester am Arm. »Ich will nicht fortgehen. Ich will zu Keara. Warum kommt sie nicht her?« Sie begann zu schluchzen.

Ismay legte einen Arm um sie und blickte den Priester finster an. »Wir gehen nicht dahin, das können Sie Mrs Mullane ausrichten.«

»Und was wollt ihr stattdessen tun?«

Sie biss sich auf die Lippe. »Ich überlege mir etwas.«

»Hast du denn Geld?«

Sie errötete. Erst heute Morgen hatte sie den letzten Rest ihrer mageren Ersparnisse für Lebensmittel ausgegeben. »Wenn es sein muss, gehen wir zu Fuß nach England. Wir müssen Keara sehen, müssen mit ihr reden.«

»Wenn ihr euch zu Fuß aufmacht, wird man euch als Bettler festnehmen – ganz zu schweigen davon, dass Mara viel zu jung für eine solche Reise ist und mit Sicherheit unterwegs krank werden würde.«

»Wir lassen uns nicht nach Australien schicken«, beharrte Ismay. »Außerdem glaube ich nicht, dass Keara das wirklich will. Als sie das letzte Mal hier war, haben wir genau besprochen, was wir tun wollen, sollte Mam sterben. Hinter der ganzen Sache steckt diese Mrs Mullane.«

Von etwas anderem war sie nicht zu überzeugen, und so verabschiedete Vater Cornelius sich mit der Mahnung, sie solle »gründlich über alles nachdenken«, ehe er sich ermattet zurück in seine Kirche begab, um ein weiteres Mal den Herrn um Rat anzurufen.

Als er gegangen war, wandte Ismay sich an Mara. »Wir gehen jetzt zu Diarmid O'Neal. Er hilft uns ganz bestimmt.«

Doch auch Diarmid hatte einen Brief von Lavinia bekommen und war hin- und hergerissen. Er konnte es nicht gutheißen, die beiden Mädchen von ihrer Schwester zu trennen, ganz zu schweigen von einer Verschickung ans andere Ende der Welt, doch wenn er irgendetwas täte, was Lavinia aufregte, würde Theo furchtbar wütend werden.

Das versuchte er auch Ismay zu erklären, doch sie hörte nicht zu, wiederholte nur beharrlich: »Wir müssen Keara sehen. Ich glaube nicht, dass sie uns fortschicken will, bis ich es aus ihrem Mund gehört habe.«

»Ihr könnt Keara nicht sehen. Mrs Mullane braucht sie in England.«

»Wir brauchen sie hier.«

»Die Not ihrer Herrin ist größer.«

»Wie kann das sein? Wir sind ihre Schwestern, und unser gesamtes Leben hängt von dem ab, was sie jetzt tut.«

»Ismay, es gibt nichts, was ich für euch tun kann. Die Entscheidung ist gefallen.«

Als die Mädchen wieder fort waren, schrieb er an Theo, ob es nicht einen anderen Weg gebe, den Mädchen zu helfen. Er beschrieb, wie sehr sie allein die Vorstellung von Australien aus der Fassung brachte. Solange er auf eine Antwort wartete, würde er den beiden wenigstens Arbeit im Herrenhaus geben und sie mit Essen versorgen.

Doch seine Antwort kam erneut von Lavinia Mullane statt von Theo.

Wie können Sie zwei unwissenden Kindern Gehör schenken, die Richtig und Falsch nicht unterscheiden können? Theo will wirklich nur das Beste für sie, und selbst Keara freut sich für ihre Schwestern. Bitte setzen Sie den Plan der Umsiedlung nach Australien weiter um.

Wenn nötig, greifen Sie zu Zwangsmaßnahmen, aber tragen Sie Sorge, dass die Mädchen das nächste verfügbare Schiff besteigen. Ein Hinauszögern kann nichts Gutes bringen, nur noch mehr Sorgen. Sobald sie unterwegs sind, werden sie sich schon fügen und akzeptieren, was von führender Hand für sie beschlossen worden ist.
Ich werde keine ruhige Minute haben, ehe ich nicht von Ihnen höre, dass es vollbracht ist.

Jene letzte Zeile gab den Ausschlag. Er machte sich auf, um ein weiteres Mal mit den Mädchen zu sprechen.

Weinend flehten Ismay und Mara ihn um Erbarmen an, und als er sich nicht umstimmen und zum Ungehorsam verleiten ließ, liefen sie fort.

Am nächsten Tag ließ die Köchin ihm ausrichten, die Schwestern seien nicht zur Arbeit im Herrenhaus erschienen, und er machte sich abermals auf den Weg zu ihrem Haus. Es war niemand dort und die Kleider der Mädchen waren verschwunden.

»Wir müssen sie zurückholen«, sagte er zu Vater Cornelius.

»Da haben Sie wohl recht. Können wir denn nichts anderes für sie tun, als sie auf die Antipoden zu schicken?«

»Und damit riskieren, dass dieses törichte Weib erneut ein Kind verliert? Das wage ich nicht. Davon abgesehen sind die Gallaghers aus freien Stücken dorthin ausgewandert, es kann also kein schlechter Ort sein. Ich lasse die Pferde anspannen und wir fahren ihnen nach. Sie begleiten mich doch, nicht wahr?«

»Das werde ich wohl.«

Es war ein Leichtes, die Schwestern aufzuspüren, denn sie waren den Leuten aufgefallen. Einige Dörfer entfernt holten sie sie ein, und schon jetzt sah Mara müde und schmutzig aus. Als Diarmid sie stellte, weigerte Ismay sich rundheraus, freiwillig mit ihnen zurückzukehren, und begann schreiend um sich zu treten, als die Männer sie mit vereinten Kräften in die Kutsche zu bugsieren versuchten. Das rief natürlich andere Leute auf den Plan, die wissen wollten, was hier vor sich ging.

Am Ende musste Vater Cornelius den Wachtmeister der Gemeinde bitten, ihnen zu helfen, die Mädchen unter Zwang zurückzubringen. Obgleich sie panisch protestierten, dies sei eine Entführung, glaubte der Wachtmeister natürlich dem Priester.

Auf dem Rückweg bemühte Diarmid sich erneut, Ismay zur Vernunft zu bringen. »Du bist erst fünfzehn Jahre alt, Mädchen. Lass dich von anderen Menschen mit mehr Erfahrung leiten. Das alles geschieht, um euch zu helfen und eine Chance zu geben, ein weit besseres Leben zu führen.«

Der Blick, mit dem sie ihn bedachte, sollte ihn noch lange in seinen Träumen verfolgen, so todunglücklich sah sie aus. »So weit fort von hier kann es kein besseres Leben sein. Wenn wir das tun, sehen wir unsere Schwester nie wieder.«

Mara klammerte sich laut schluchzend an die Ältere und wiederholte ohne Unterlass: »Ich will Keara. Wo ist Keara?«

Diarmid wünschte, er wüsste es. Es verblüffte ihn, dass sie keinerlei Anstrengungen unternommen hatte, sich für den Abschied von ihren Schwestern nach Ballymullan zu begeben oder wenigstens einen Brief zu schreiben, sollte es Mrs Mullane so schlecht gehen, dass sie nicht fortkonnte. Auch wenn die Frau in ihren Briefen kein bisschen schwach oder krank wirkte. Keara jedenfalls war keineswegs zu krank, um zu schreiben, und doch hatte sie nicht einmal eine kurze Botschaft geschickt, um ihre Schwestern zu trösten.

»Nun, ihr fahrt nach Australien, ob ihr wollt oder nicht«, sagte er schließlich. Er sah keine Möglichkeit, seine Anweisungen zu umgehen. »Wir dürfen nichts tun, was Mrs Mullane in ihrem heiklen Zustand aufwühlen könnte.«

Bei diesen Worten hörte Ismay auf zu weinen und starrte ihn mit geröteten Augen an. »Machen Sie sich ruhig vor, es wäre zu unserem Besten, aber in Wahrheit wollen sie uns nur loswerden. Und Sie sollten sich schämen, ihnen dabei zu helfen.«

Er hielt es für das Klügste, sie an jenem Abend in einer Gesindekammer unter dem Dach einzuschließen.

Als er sie am folgenden Morgen herausließ, verkündete Ismay übellaunig: »Ich hasse Keara. Und Sie hasse ich auch, Diarmid O'Neal. Aber am meisten hasse ich Mr und Mrs Mullane. Ich hoffe, von jetzt an gelingt diesen Leuten nichts mehr.«

»Halt den Mund, Mädchen. Weißt du denn nicht, dass du dich versündigst, anderen Menschen etwas Schlechtes zu wünschen?«

»Die größere Sünde ist es, uns nach Australien zu schicken.« Sie verschränkte die Arme vor der Brust und blickte ihn verstockt an, und plötzlich sah sie ihrer älteren Schwester unheimlich ähnlich, obgleich sie von jeher schmaler und weniger selbstsicher war.

Er seufzte. »Ich werde euch persönlich nach Dublin bringen und in die Obhut der guten Schwestern von St. Martha und St. Zita übergeben. Sie werden die Überfahrt nach Australien arrangieren, wie Keara es wünscht, und die notwendigen Vorkehrungen treffen, um euch in Lohn und Brot zu bringen, wenn ihr dort ankommt.«

Doch am folgenden Tag mussten sie abermals zwei heulende, kreischende Mädchen aus dem Haus in die Kutsche schleifen. Und das restliche Gesinde scharrte mit den Füßen und murrte, es sei einfach nicht richtig.

An der Bahnstation war es dasselbe. Alle Leute starrten sie an, und Ismay rief lauthals um Hilfe, schwor erneut, sie würden entführt.

Doch beim Anblick des Priesters, der bei der Bändigung der Mädchen half, wandten die Schaulustigen sich ab, und die Schwestern waren nicht kräftig genug, um zu verhindern, dass die Männer sie in den Zug beförderten.

In jeder anderen Situation wäre Ismay von der Reise fasziniert gewesen, denn es war ihre erste Zugfahrt. Heute jedoch sah sie alles durch einen Tränenschleier und nahm nur Maras zarte Hand wahr, die sich fest an ihre klammerte, das tränenüberströmte Gesicht ihrer kleinen Schwester und die Erkenntnis, dass Keara sie verraten hatte.

Auch den Ordensschwestern, die sie am Bahnhof in Empfang nahmen, widersetzte sie sich mit Klauen und Zähnen, doch die waren an widerspenstige Mädchen gewöhnt. Ismay und Mara waren nicht die Ersten, die unter Zwang nach Australien geschickt wurden. Gegen zwei robuste Nonnen konnte Ismay nichts ausrichten, schon gar nicht, als Diarmid ihre kleine Schwester tragend voranschritt.

Im Konvent wurden die Schwestern für die lange Reise nach Australien ausgestattet, ehe man sie in einem Zimmer einschloss. Ismay zerschnitt ihre Kleider mit der kleinen Schere aus ihrem neuen Nähzeug, doch es wurde ein weiterer Satz für sie aufgetrieben.

Selbst am Anleger gab man ihnen keine Gelegenheit zur Flucht.

»Ihr seid nicht die ersten Mädchen, die sich dagegen sträuben, mit unserem Waisenprogramm nach Australien verschickt zu werden, und ihr werdet auch nicht die letzten sein«, sagte eine der Schwestern in ihrer Begleitung verärgert. »Es wird euch nichts helfen. Macht lieber das Beste daraus.«

Sie sah zu, wie die Mädchen gewaltsam an Bord gebracht wurden, und seufzte. Niemand vor ihnen hatte sich so hartnäckig zur Wehr gesetzt. Sie sandte ein kurzes Gebet gen Himmel, die beiden möchten in ihrem neuen Leben Glück finden, dann richtete sie ihre Gedanken streng auf ihre nächsten Pflichten.

* * *

Als das Schiff abgelegt hatte, ließ man auch Ismay und Mara aus der winzigen Kabine, in der man sie festgesetzt hatte, und brachte sie an Deck. Unter der Aufsicht von Schwester Bernadette wurden die anderen Waisenmädchen, klar zu erkennen an ihren dunklen Uniformen, von Schwester Catherine zu etwas Bewegung an der frischen Luft angeleitet. Es war ein verzagtes Grüppchen, und mehrere von ihnen sahen aus, als hätten sie geweint.

»Ich hoffe, ihr zwei fügt euch jetzt und hört auf mit diesem Nonsens«, sagte Schwester Bernadette und musterte sie argwöhnisch.

»Jetzt bleibt uns schließlich keine andere Wahl«, antwortete Ismay. Sie legte einen Arm um Maras Schultern und würde sich keine weitere Träne gestatten. *Das werde ich Keara nie verzeihen*, schwor sie sich später, als sie an der Reling stand und über die unfassbare Weite des Wassers blickte.

Von da an verhielt sie sich den Nonnen gegenüber höflich und den anderen Mädchen gegenüber freundlich. Jetzt konnte sie sich nur noch bemühen, ihrer kleinen Schwester die lange Überfahrt so angenehm wie möglich zu gestalten. Es gab viel zu lernen, sowohl über das Leben an Bord als auch über das, was sie in Australien erwartete – wo immer das sein mochte. Und sie würden besser fahren, wenn sie sich mit den anderen anfreundeten und sich als ordentliche, arbeitsame Mädchen bewiesen.

Doch wann immer die Nonne, die das Grüppchen leitete, Ismay dafür tadelte, dass sie weiterhin darauf beharrte, man habe sie entführt und gegen ihren Willen auf dieses Schiff gebracht, blickte sie der Älteren in die Augen und erklärte tonlos: »Wir wissen beide, dass es genau so geschehen ist.«

Schwester Bernadette schüttelte den Kopf. »Ich dachte, du hättest deinen Frieden gemacht mit deinem neuen Leben, Kind.«

»Damit werde ich nie meinen Frieden machen. Aber ich

habe nicht vor, Ihnen Schwierigkeiten zu bereiten. Mara und ich müssen jetzt das Beste aus der Sache machen. Und ich würde gern den Leseunterricht besuchen, bitte. Wir beide.«

Doch eines Tages würde sie Keara wiederfinden und ihr ins Gesicht sagen, dass sie nicht mehr ihre Schwester war. An diesem Gedanken hielt sie sich fest, und irgendwie gab er ihr den Mut, nach vorn zu blicken und weiter für Mara zu sorgen. Wenigstens eine Schwester hatte sie noch.

* * *

Drei Monate nachdem er die Michaels-Schwestern nach Australien geschickt hatte, bekam Diarmid endlich einen Brief von seinem Arbeitgeber persönlich. Theo schrieb ihm aus Leicestershire, um ihm die Ankunft zweier Jährlinge anzukündigen, die er einem Freund von Lord Keynsor abgekauft hatte. Bei Letzterem habe er die vergangenen Monate verbracht. Er wäre Diarmid dankbar, wenn er ihn sofort wissen lasse, ob die Pferde unversehrt eingetroffen seien. Erreichbar sei er unter obiger Adresse.

Schockiert starrte Diarmid auf das Schreiben hinunter. Theo war schon seit mehreren Monaten nicht mehr in Lancashire? Und nach Mara und Ismay erkundigte er sich mit keinem Wort, was ihm gar nicht ähnlich sah, denn für gewöhnlich lag ihm sehr am Wohlergehen seiner Pächter.

Lavinia Mullane hatte geschrieben, Theo habe sie angewiesen, die Angelegenheit in die Hand zu nehmen. Doch was, wenn Theo das gar nicht getan hatte? Was, wenn er nicht einmal wusste, dass die beiden Mädchen fortgeschickt worden waren?

Diarmid kramte ihre Briefe diesbezüglich noch einmal hervor. Ja, hier stand: »Theo hat mich angewiesen.« Konnte es sein …? Konnte dies bedeuten, dass sie ohne das Einverständnis ihres Gatten gehandelt hatte? Hatte Theo auch nur die leiseste Ahnung, was seine Frau getan hatte?

Als die zwei Jährlinge eintrafen, benachrichtigte Diarmid wie erbeten seinen Arbeitgeber und setzte hinzu, dass er seine Anweisung ausgeführt habe, die zwei Michaels-Mädchen unter der Obhut der guten Schwestern von St. Martha und St. Zita nach Australien zu verschiffen.

Postwendend kam ein Brief, in dem Theo fragte, wovon zum Teufel er da rede.

Da wusste Diarmid seinen Verdacht bestätigt. Mit finsterer Miene verfasste er ein weiteres Schreiben, in dem er in allen Einzelheiten beschrieb, wie man ihn angewiesen hatte, die Mädchen fortzuschicken, wie Ismay und Mara fortzulaufen versucht hatten und wie sie bis zur letzten Minute verzweifelt nach ihrer Schwester gerufen hatten. Er betonte, im treuen Glauben gehandelt zu haben, nur Theos Anweisungen zum Wohl von Mrs Mullane und ihrem ungeborenen Kind befolgt zu haben, und dass er es sonst niemals getan hätte.

Er legte dem Brief die Nachrichten von Mrs Mullane bei, ohne sie zu kommentieren, denn der Inhalt sprach für sich.

Mit der letzten Zeile schrieb er:

Jetzt ist es zu spät, Mara und Ismay zurückzuholen, Theo. Die beiden sind schon auf Weg nach Australien. Ich will mit der Angelegenheit nichts mehr zu tun haben und überlasse es deinem Gewissen, deine nächsten Schritte zu leiten.

11

November 1863

Theo konnte nicht glauben, was er las. »Nein!«

Ihm war gar nicht bewusst, dass er laut gesprochen hatte, bis sein Gastgeber herüberschaute und sich erkundigte: »Schlechte Neuigkeiten, alter Knabe?«

»Ja.«

»Kann ich irgendwie helfen?«

Theo schüttelte den Kopf und sprang auf, dass die Anlagen des Briefs auf den Boden segelten. Er hob sie auf und hatte Mühe, seinen Zorn zu bändigen. »Ich glaube, ich muss …« Hastig verließ er den Raum. Er musste jetzt allein sein.

In seinem Schlafzimmer war Dick gerade dabei, saubere Wäsche einzuräumen.

»Lass sie liegen! Ich …« Wieder konnte Theo den Satz nicht zu Ende bringen, konnte seinen Leibdiener bloß mit einer Geste entlassen. Es war, als schnürte die Wut ihm die Kehle zu.

Endlich allein, legte er den zerknitterten Papierstapel auf den Schreibtisch und las noch einmal den Brief von Diarmid, bevor er sich mit den Nachrichten seiner Frau befasste. Als er alles gelesen hatte, stöhnte er laut und schob die Blätter beiseite. Er stützte die Ellbogen auf den Schreibtisch, hielt sich mit einer Hand die Stirn und schloss die Augen. Es war schwer zu glauben, dass Lavinia zu einer solchen Skrupellosigkeit imstande war und dabei auch noch so gerissen vorging – ausgerechnet Lavinia! Bloß dass der Beweis ihrer Tat hier vor ihm lag, schwarz auf weiß in ihrer runden, kindlichen Handschrift.

Sein erster Impuls war, auf direktem Wege nach Lancashire zu reisen und ihr die Briefe vorzuhalten. Dann wurde ihm klar, dass sie darüber nur in Hysterie verfallen würde und – zum Teufel, sie könnte das Kind verlieren.

Davon abgesehen hatte Diarmid recht. Es gab nicht wirklich etwas, das sie tun konnten, zumindest nicht kurzfristig. Womöglich würden sie die beiden Mädchen nicht einmal ausfindig machen können, denn sie waren nach Melbourne geschickt worden, das sich zu einer großen Stadt entwickelt hatte. Selbst wenn sie die Unbilden der Reise überlebten, konnten sie an ihrem Zielort einem Dutzend anderer Leiden erliegen. Selbst hier geschah das jeden Tag, und er nahm an, dass es in den Kolonien Gefahren gab, die Irland fremd waren.

Vor allem für zwei junge Mädchen ohne Beschützer. Immer wieder blieb er an diesem Gedanken hängen, wie eine Klette setzte er sich in seinem Kopf fest.

Seufzend wandte er sich seiner restlichen Korrespondenz zu, die er in seiner Erregung ebenfalls zerknickt hatte. Sein Cousin Caley berichtete, dass er und Noreen einen Hof südlich von Perth gekauft hatten und das Leben in Australiens warmem Klima genossen. Wer genug Geld mit auf den Kontinent brachte, um Land zu kaufen, konnte dort gutes Geld machen, hatte Caley gesagt. Jetzt war er zuversichtlich, für die Zukunft seiner Kinder vorsorgen zu können.

Nun, wenigstens einer klang zufrieden.

In diesem Moment ging Theo auf, dass es jemanden in Australien gab, der womöglich helfen konnte, und er ging hinunter in die Bibliothek. Zum Glück begegnete er niemandem auf dem Weg dorthin. Er suchte sich einen Atlas heraus und musterte die Karte Australiens, dann konsultierte er einen Weltalmanach. Dem Buch zufolge war es ein riesiges Land, etwa dreißigmal so groß wie das Vereinigte Königreich. Die Mädchen waren unterwegs zur Ostküste, nach Melbourne in der Kolonie Victoria, während Caley auf der anderen Seite des Kontinents lebte. Zwischen den beiden Orten lagen zweitausend Meilen.

Die Hoffnung, etwas für die Mädchen unternehmen zu können, schwand, und schwer legte sich das Schuldgefühl auf seine Schultern, während er den Rückweg in sein Schlafzimmer antrat.

Als Dick eine Weile später hereinkam, um ihn fürs Abendessen anzukleiden, schüttelte Theo den Kopf. »Ich bleibe oben. Ich würde keinen Bissen herunterkriegen.«

»Schlechte Nachrichten, Sir?«

Theo nickte. »Ich erzähle es dir später. Bitte richte Lord Keynsor mein aufrichtiges Bedauern aus und sag ihm, wir sprechen uns morgen. Es gibt ein Problem zu Hause und ich muss entscheiden, wie ich damit umgehen will.«

»Kann ich irgendwie helfen? Ich könnte Ihnen vielleicht ein Glas Brandy bringen.«

Theo schüttelte den Kopf. Betrinken wollte er sich jetzt ganz sicher nicht. Als er aufsah, bemerkte er Dicks besorgte Miene. »Bring mir einfach irgendein Sandwich und lass mich dann allein, ich muss nachdenken. Wir sehen uns morgen früh.«

Er setzte sich ans Feuer und starrte blicklos in die Flammen. Sicher, seine Freude am weiblichen Körper war etwas zu groß und er war zweifellos selbstsüchtig – das gestand er sich mit einer freudlosen Grimasse ein –, aber nie und nimmer hätte er zwei wehrlose Kinder ans andere Ende der Welt verschifft, wie Lavinia es getan hatte. Manche Dinge waren einfach schwer zu schlucken.

Bis weit in die Nacht lag er wach und schwankte zwischen quälenden Schuldgefühlen und schäumender Wut über die Untat seiner Frau.

Wie sollte er Keara – ausgerechnet Keara, die ihn in der Stunde seiner größten Not getröstet hatte! – beibringen, dass ihre Eltern tot waren und niemand sich die Mühe gemacht hatte, es ihr mitzuteilen, und dass die Schwestern, die sie so liebte, nach Australien geschickt worden waren? Nein, nicht *geschickt*, das Wort war viel zu sanft. Gewaltsam auf ein Schiff gezwungen und dort eingesperrt, bis es abgelegt hatte. Wie oft hatte er Keara mit der Jüngeren der beiden, Mara, spazieren gehen sehen. Wie glücklich und zufrieden die beiden zusammen gewirkt hatten.

Und ebenso schockierend war es, dass Keara nicht einmal von ihrer Mutter hatte Abschied nehmen können. Dieser Schmerz würde sie ihr Leben lang nicht loslassen.

Wie hatte Lavinia nur so etwas tun können?

Mit leiser Überraschung nahm er wahr, wie die Dämmerung das Zimmer mit einem dünnen grauen Licht zu erfüllen begann. Er stand auf und trat ans Fenster, starrte hinaus auf die neblige Landschaft und lehnte den schmerzenden Kopf für einen Augenblick an das kühle Glas. Obgleich das nicht wirklich den Zorn besänftigen konnte, der noch immer in ihm brodelte. Oder die Scham und den Ekel.

Er ging zurück zum Bett, setzte sich und stellte sich der unannehmbaren Wahrheit, der er die ganze Nacht zu entkommen versucht hatte. Im Augenblick gab es absolut nichts, was er für Keara tun konnte, und so würde er versuchen, sein ungeborenes Kind zu schützen, ehe er es ihr auch nur sagte. Eine selbstsüchtige Entscheidung, auf die er nicht stolz war, doch er würde später Wiedergutmachung leisten – irgendwie. Für den Anfang würde er Keara, sobald das Kind geboren war, aus Lavinias Fängen befreien. Er wusste, dass sie seine verfluchte Frau mehr als satt hatte.

Bei diesem Gedanken sog er abrupt den Atem ein. Vielleicht konnte er nun endlich seine eigenen Gelüste zulassen? Als seine Mätresse hätte Keara ein weitaus besseres Leben denn als Zofe, und sie könnten ihre Schwestern zurück nach England holen lassen. Die Jüngere in die Obhut einer anständigen Frau geben, der älteren eine Anstellung suchen.

Sofern die Mädchen nicht auf der Überfahrt zugrunde gegangen waren.

Und sie sie aufspüren könnten.

Nein, natürlich würden sie sie aufspüren. Die Nonnen führten mit Sicherheit Buch über ihre Schützlinge, und selbst wenn die Mädchen von ihren ersten Anstellungen weiterzogen: Wenn nötig, könnte er jemanden nach Australien schicken und mit ausreichend Geld ausstatten, um den Verbleib der Schwestern in Erfahrung zu bringen.

Eines war sicher: Er würde auf der Stelle nach Lancashire zurückkehren und Lavinia im Auge behalten. Bis zur Geburt würde es kaum noch einen Monat dauern, und wenn seine Gegenwart sie aufwühlte, dann sollte es eben so sein. Dieses Risiko würde er eingehen müssen. Auf keinen Fall konnte er zulassen, dass sie noch einmal etwas derart Verantwortungsloses und Herzloses tat. Nie wieder sollte sie Keara auf irgendeine Weise ein Leid zufügen.

Von dort aus würde er Diarmid schreiben und ihn anweisen, nie wieder irgendwelche Befehle von Mrs Mullane zu befolgen, ohne sich zuvor bei ihm persönlich zu vergewissern. Doch noch war er nicht zum Schreiben in der Lage. Nicht, solange die Wut auf Lavinia noch so ihn ihm kochte.

Wie hatte Diarmid glauben können, sein Herr würde eine solche Grausamkeit absegnen? War Theo zu selbstsüchtig geworden? Zum Teufel, er wusste es nicht. Im Augenblick hatte er das Gefühl, gar nichts zu wissen. Bloß, dass sein Leben sich nach der Geburt dieses Kindes grundlegend ändern würde.

* * *

Lavinia blickte auf, als das Klappern einer Kutsche auf der Zufahrt zu hören war. »Sieh nach, wer das ist, Keara.«

Die Zofe trat ans Fenster. »Es ist der Herr, Ma'am.«

»Was!« Lavinia stemmte ihren unförmigen Leib in die

Höhe und watschelte zum Fenster hinüber. »Ich habe ihm doch gesagt, er soll fortbleiben, bis ich ihn rufen lasse. Wie kann er es wagen, einfach so zurückzukommen?« Mit einer gewissen Befriedigung sah sie zu der Verbindungstür zwischen ihrem und seinem Schlafzimmer. Wenigstens würde er nicht mehr einfach so hereinmarschieren können, nachdem sie mehrere dicke Riegel hatte anbringen lassen. »Geh und sag ihm, ich will ihn nicht sehen. Ich werde die Tür hinter dir verschließen und erst wieder öffnen, wenn ich draußen deine Stimme höre und du hoch und heilig schwörst, dass er nicht bei dir ist.«

»Aber …«

»Tu, was man dir sagt!«

Widerstrebend ging Keara nach unten und begegnete auf der Dienstbotentreppe Dick. Mit einem freundlichen Gruß blieb er stehen und sagte: »Wie es aussieht, werden wir für die nächste Zeit bleiben. Wie geht es ihr?«

»Wie immer.« Keara verzog das Gesicht. »Nein, sie ist schlimmer denn je. Sie hält uns alle gehörig auf Trab mit ihren Launen und Forderungen.«

»Du siehst erschöpft aus.«

»Das bin ich auch. Ich bin nur diesem Kind zuliebe noch hier.« Und für Theo Mullane, der einst in ihren Armen um seinen verlorenen Sohn geweint hatte.

Dick senkte die Stimme. »Er ist beinahe außer sich wegen irgendetwas, das sie angestellt hat. Hast du irgendeine Ahnung, was das sein könnte?«

Keara schüttelte den Kopf und ging ihres Weges. Sie fand den Herrn auf dem vorderen Korridor im Gespräch mit der Haushälterin. Zaudernd hielt sie an der Dienstbotentür inne, doch als er sie sah, winkte er sie zu sich.

»Mrs Mullane hat mich gebeten, Ihnen auszurichten, dass sie – unpässlich ist und heute niemanden empfangen kann.«

»Gut. Denn ich will sie definitiv nicht sehen.«

Dabei lächelte er sie an, und sie sah, wie die Haushälterin ihr stirnrunzelnd einen raschen Blick zuwarf. Peinlich berührt von der warmen Zuneigung in seinen Augen machte Keara einen Knicks und suchte hastig das Weite, doch es war, als spürte sie noch immer seinen Blick. Als sie an der Dienstbotentür zurückzuschauen wagte, bestätigte sich ihr Verdacht. Er starrte sie noch immer mit diesem warmen Lächeln im Gesicht an.

Was war in ihn gefahren?

Wenn er glaubte, sie würde sich in die Sammlung seiner Mätressen einreihen, hatte er falsch gedacht. Nicht, dass er ihr ein solches Angebot gemacht hätte. Doch so, wie er sie bisweilen ansah … Sie konnte ein Seufzen nicht unterdrücken. Er war ein so reizender Mann, niemand kam ihm gleich, doch er stand so weit über ihr wie der Mond, und sie musste das Ganze vernünftig betrachten. Ha! Vernünftig – dabei träumte sie noch immer ständig von ihm. Doch wie sollte man Träume verhindern? Außerdem tat ein Traum niemandem weh außer einem selbst.

Es würde ihrer Mutter das Herz brechen, wenn sie einen solchen Fehltritt beging. Betsy mahnte immer, sie habe bitter bezahlt für ihren Sündenfall und wolle keine ihrer Töchter in einer solchen Situation sehen. Ihre Achtbarkeit sei das Einzige, was ein mittelloses Mädchen einem Ehemann darbringen könne.

Doch über die folgenden Tage begannen auch die anderen Dienstmädchen zu kommentieren, wie ihr Herr Keara ständig beobachtete, und ihre Sorge wuchs.

Eines Morgens rief die Haushälterin sie zu sich und sagte leise: »Ich hoffe, Sie ermutigen den Herrn nicht, Keara.«

Sie gab nicht vor, sie wüsste nicht, wovon die andere sprach. »Nein, Ma'am. Definitiv nicht. Ich wünschte, er würde aufhören, mich so anzusehen, wirklich.«

Die Haushälterin betrachtete sie forschend. »Ich glaube Ihnen. Wenn er Ihnen irgendwelche Schwierigkeiten macht, kommen Sie zu mir. Wenn nötig helfe ich Ihnen, von hier fortzukommen. Ich weiß, dass Sie ein anständiges Mädchen sind, und kann Ihnen jederzeit anderswo eine Anstellung besorgen.«

Erleichtert seufzte Keara auf. »Oh, Mrs Bertram, das ist mir ein großer Trost. Wissen Sie, ich habe so wenig Geld, weil ich fast alles an meine Familie schicke. Ich könnte es mir nicht leisten, einfach zu kündigen, selbst wenn ich wollte.«

Doch – Herr im Himmel – sie wollte gar nicht mehr kündigen! Seine Rückkehr nach so langer Zeit hatte all ihre guten Vorsätze ins Wanken gebracht.

* * *

Lavinia blieb in ihrem Schlafzimmer. Die Kommunikation mit ihrem Ehemann beschränkte sich auf kurze Notizen und mündlich überbrachte Nachrichten, bis eines Abends Anfang Dezember die Niederkunft begann. Wie schon die vergangenen Male veranstaltete sie ein großes Gezeter und Gestöhne und weigerte sich zu tun, was nötig war.

Keara, die miterlebt hatte, wie ihre eigene Mutter, so gebrechlich sie auch gewesen war, ihre Schreie gedämpft und mit ihrem Körper zusammengearbeitet hatte, um das Kind zur Welt zu bringen, konnte dieses Verhalten nur mit Widerwillen betrachten. Sie war erleichtert, als der Herr zu ihnen kam, um sie zu unterstützen, wie er es auch beim letzten Mal getan hatte. Mit seiner Hilfe konnten sie Lavinia überzeugen mitzuarbeiten. Während sie presste und schrie und ächzte, blieb er an ihrer Seite, beherrschte seine eigene Furcht und Abneigung gegen sie und gab ihr die Unterstützung und Anleitung, die sie brauchte.

Doch sobald das Baby geboren war, kurz vor zwei Uhr

früh, ließ er augenblicklich die Hand seiner Frau los und trat ans untere Ende des Betts.

»Es ist ein Junge, Sir«, verkündete die Hebamme.

Aus dem Bündel in ihren Armen ertönte ein leises Greinen.

Dann lebte das Kind also. Zutiefst erleichtert schloss Theo die Augen, dann öffnete er sie wieder und fragte: »Wie geht es ihm?«

»Warum hilft mir niemand?«, jammerte Lavinia.

Der Arzt ignorierte sie und machte sich daran, das Neugeborene zu untersuchen. Einen Moment lang blieb er stumm, dann schaute er zu Theo auf. »Schwach, aber normal.«

»Schwach? Wie schwach? Wird er überleben?«

Keara hörte die erstickende Angst in der Stimme ihres Herrn und spürte etwas in ihrem Inneren weich werden.

»Das Kind hat eine realistische Aussicht zu überleben, mehr kann ich Ihnen nicht versprechen«, antwortete der Arzt. »Immerhin wird er bestmöglich umsorgt werden.«

Lavinia begann laut zu schluchzen.

Ohne sich auch nur umzuwenden, blaffte Theo: »Kümmere sich jemand um sie.«

Die Hebamme wusch ihre Patientin und brachte dann mit Kearas Hilfe das Bettzeug in Ordnung und rückte die Möbel an ihre ursprünglichen Plätze. Mit besänftigenden Lauten gab Keara ihrer Herrin Wasser zu trinken und deckte sie gut zu, während sie zu erhaschen versuchte, was das Grüppchen auf der anderen Seite des Zimmers besprach.

»Es wäre das Beste, wenn Ihre Frau das Kind wenigstens für eine Weile selbst stillt«, fuhr der Arzt mit leiser Stimme fort. »In solchen Fällen scheint die Milch der leiblichen Mutter einen wohltuenden Einfluss zu haben.«

»Dann wird sie es tun.«

»Ganz bestimmt nicht!«, tönte es durchdringend aus Lavinias Kehle. »Ich habe nicht die Absicht, eine solche Widerwärtigkeit über mich ergehen zu lassen.«

Kalt blickte Theo sie an. »Doch, das wirst du, und wenn wir dich dafür jedes Mal ans Bett fesseln müssen.«

Sie starrte ihn mit offenem Mund an, dann warf sie unvermittelt mit einer Porzellanfigur von ihrem eben erst wieder an Ort und Stelle geschobenen Nachttisch nach ihm.

Das Figürchen zerschellte an der Wand hinter ihm und Theo trat wieder ans Bett, um sich drohend über sie zu beugen. »Hör auf der Stelle damit auf, sonst bekommst du eine Ohrfeige, du törichtes Weib.«

Schon öffnete sie den Mund, doch dann starrte sie unsicher auf Theos reglose Miene und schloss ihn wieder.

Er wandte sich an den Arzt und die Hebamme. »So töricht meine Gattin auch ist, so gerissen kann sie sein. Unter diesen Umständen werde ich wohl besser hier mit einziehen, bis wir sicher sein können, dass das Baby überlebt.«

An Lavinia gerichtet setzte er in leisem, aber wütendem Ton hinzu: »Glaube mir, du wirst den Anweisungen des Arztes bis ins Kleinste Folge leisten. Es sei denn, du willst das alles noch einmal durchmachen?«

Unter dem Ausdruck in seinen Augen sank sie in sich zusammen und starrte ihn nur schockiert an, ohne weiter zu protestieren.

Noch nie hatte Keara eine so eisige Entschlossenheit gesehen wie heute in Theos Blick. Doch als sie das zerbrechliche Kind ansah, das in den Armen der Hebamme wimmerte, als es zum Stillen ans Bett gebracht wurde, konnte sie es ihm nicht verdenken. Was für eine Frau verweigerte ihrem eigenen Kind seine größte Überlebenschance?

Sobald der heikle erste Monat vorüber war, würde Keara kündigen. Wann immer sie daran dachte heimzukehren, ihre Mutter wiederzusehen und bei ihren Schwestern zu sein, quoll ihr Herz über vor Freude. Das war es, was sie all die mühsamen Monate über hatte durchhalten lassen. Auch wenn es sie mit Sorge erfüllte, dass sie so lange nichts von ihrer Familie gehört hatte.

Irgendwie war sie sich gewiss, dass Theo Mullane diesmal nicht versuchen würde sie aufzuhalten. Er wusste, was für ein Mensch seine Frau war, wie schwierig es für Keara über die langen Jahre in ihrem Dienst gewesen war. Und sie sah ihm an, dass er selbst sich in dieser Zeit gewandelt hatte. Er war sanfter geworden, freundlicher – zu allen Menschen außer seiner Frau. Und so traurig es war, Sanftheit zeigte bei Mrs Mullane auch keine Wirkung.

Ja, jetzt konnte Keara sich gedulden – in der Gewissheit, dass sie in wenigen Wochen zu ihrer Familie heimkehren würde.

* * *

Zwei Wochen später befanden der Arzt und die Hebamme es für vertretbar, versuchsweise eine Amme einzustellen, und das Baby wurde aus dem Zimmer seiner Mutter geholt. Zu Kearas großer Erleichterung verschwand mit ihm auch sein Vater. Zwar hatte Theo kein Wort gesagt, sie nicht angerührt, doch allzu oft hatte sein Blick auf ihr geruht. Selbst seiner Frau war es aufgefallen, die daraufhin merklich gereizt mit ihrer Zofe umging.

»Wenn du dich ins Bett meines Mannes geschlichen hast …«, drohte sie eines Morgens finster.

»Das habe ich nicht. So eine bin ich nicht, und das wissen Sie auch.«

»Spar dir deine Impertinenz, Mädchen!«

Keara antwortete nicht, sondern sah ihre Herrin nur ruhig an. Schließlich gab Mrs Mullane naserümpfend nach: »Nun, sieh zu, dass du ihn nicht irgendwie ermunterst.«

Zwei Tage später richtete Dick Keara nach dem Frühstück

in der Dienstbotenküche aus, Mr Mullane wolle sie in der Bibliothek sprechen. Erschrocken sah sie ihn an und gestand: »Ich möchte nicht mit ihm allein sein.«

»Da bleibt dir nicht wirklich eine Wahl, Kleines. Er ist immer noch Herr des Hauses.«

»Weißt du, was er von mir will?«

»Nein.«

In der Bibliothek saß Theo in dem braunen Ledersessel am Feuer. Mit einer Geste bedeutete er ihr, auf dem Sofa gegenüber Platz zu nehmen. Im Setzen ordnete sie sorgsam ihre Röcke, senkte den Blick, um ihn nicht ansehen zu müssen, und verschränkte die Hände im Schoß.

»Ich habe dir etwas zu sagen, Keara, doch zuerst lass mich dir versichern, dass ich selbst nichts davon wusste, ehe es zu spät war, noch etwas zu unternehmen. Deine Schwestern …«

Schieres Entsetzen durchzuckte sie wie ein Blitz, und sie blickte auf. »Geht es ihnen gut?«

Er zögerte. Dieses Gespräch war genauso unangenehm, wie er befürchtet hatte. »Soweit wir wissen. Man hat sie – es gibt keinen sanfteren Weg, es dir beizubringen – man hat sie nach Australien verschifft.«

Das überrumpelte sie so, dass sie einen Moment lang kein Wort herausbrachte.

»Das ist leider noch nicht das Schlimmste. Vor einigen Monaten sind deine Eltern gestorben. Lavinia hat den Brief, in dem euer Priester es dir mitgeteilt hat, zurückgehalten.«

»Meine Mutter ist – tot?« Keara konnte die Tränen nicht mehr aufhalten, konnte den Gedanken nicht ertragen, dass sie ihre sanftmütige Mutter nie wiedersehen würde. »Nein! O nein!«

Er erhob sich und trat auf sie zu, doch als sie vor ihm zurückschrak, ließ er sich wieder auf seinen Platz ihr gegenüber sinken.

Es dauerte eine Weile, bis sie die Beherrschung über ihre

Stimme wiedererlangte. »Ich verstehe diese Sache mit Mara und Ismay nicht. Warum hat man sie denn nach Australien geschickt?«

»Weil meine Frau es so arrangiert hat. Es gibt da einen Konvent, der irische Waisen als Dienstmädchen dorthin vermittelt, und Lavinia hat Ismay und Mara dort eingeschrieben.«

»Und sie haben sich gefügt?«

»Nicht ohne heftige Gegenwehr, fürchte ich.«

Sie war zu schockiert, um zu weinen, zu schockiert, um irgendetwas zu tun, außer zu versuchen, es zu begreifen. Nach einer Weile sagte sie langsam: »Sie müssen denken, ich hätte davon gewusst. Sie müssen mich hassen.«

Jetzt konnte sie das Schluchzen nicht länger zurückhalten, und als er herüberkam, um sie in die Arme zu nehmen, ließ sie es zu. Sie weinte so lange und verzweifelt, dass er um ihren Verstand zu fürchten begann und murmelte: »Schhh, Keara. So können wir ihnen auch nicht helfen.«

Trotzdem dauerte es noch mehrere Minuten, ehe sie aufhören konnte, und dann saß sie absolut reglos neben ihm, eine Hand an den Mund gehoben, wie um weitere Klagelaute zurückzuhalten. Er wartete, dass sie das Wort ergriff.

Als sie schließlich die Hand sinken ließ, brachte sie mit rauer, brechender Stimme hervor: »Ich verstehe nicht, warum Mrs Mullane sich eine solche Mühe gemacht hat. Mara ist noch so jung, viel zu jung, um als Dienstmädchen zu arbeiten.«

»Meine Frau hat den Konvent dafür bezahlt, dass sie sich um Mara kümmern, bis sie alt genug ist, und sicher wird man ihr dort eine Ausbildung zukommen lassen.« Erst als er das sagte, wurde ihm bewusst, wie wenig er über das alles wusste. Er fühlte sich schuldig. In der Zeit des Wartens auf die Geburt hätte er Nachforschungen anstellen können, hatte es jedoch versäumt.

Nach kurzem Schweigen erklärte sie: »Ich muss ihnen nachreisen. Muss sie in Australien ausfindig machen. Ihnen sagen, dass ich nichts davon wusste. Sie heim nach Irland bringen.« Flehentlich sah sie ihn an. »Aber ich habe kein Geld. Helfen Sie mir?«

»Ja, ich helfe dir. Ich werde dir deinen Lohn und alles, was du darüber hinaus benötigst, zur Verfügung stellen, aber du kannst nicht einfach nach Australien aufbrechen, ehe wir mit Sicherheit wissen, wo genau deine Schwestern sich befinden. Ismay wird mittlerweile eine Anstellung gefunden haben und nicht ganz so einfach aufzuspüren sein wie Mara, verstehst du?«

Erneut machte sich Entsetzen auf Kearas Zügen breit. »Sie meinen – man hat sie getrennt?«

»Ich halte es für recht wahrscheinlich.« Unausweichlich. Doch es bestand keine Notwendigkeit, das hervorzuheben.

Sie senkte den Kopf und wiegte gepeinigt ihren Oberkörper.

Ihm blutete das Herz für sie.

Irgendwann sah sie kurz auf und flüsterte: »Ich werde Mam nie wiedersehen. Niemals.«

Bei diesem Gedanken flossen erneut Tränen, er sah sie über ihre Wangen rinnen und auf den dunklen Stoff ihres Kleids tropfen. Wie von selbst streckte seine Hand sich nach ihr aus, doch er zog sie zurück. Es war besser, wenn er sie nicht berührte. Im Augenblick mussten sie sich von Vernunft leiten lassen. »Deine Stellung als Zofe meiner Frau wirst du sicher nicht weiter ausüben wollen.«

»Ich will sie nie wieder auch nur sehen.«

»Ich ebenso wenig, doch unglücklicherweise bin ich im heiligen Stand der Ehe mit ihr verbunden, bis dass der Tod uns scheidet.«

Mitleidig sah Keara zu ihm herüber, und für einen Moment trafen sich ihre Blicke.

»Darf ich dir für den Übergang eine Unterkunft zur Verfügung stellen, nur bis wir einen Plan haben?« Sie nickte und er stand auf. »Dann geh und pack deine Sachen. Ich bringe dich zu dem Häuschen im Wald.«

Erschrocken blickte sie auf. »Doch nicht das, wo …«

»Im Augenblick wohnt dort niemand.« Dem war schon seit Monaten so, doch vor einigen Tagen hatte er Dick angewiesen, es für Keara vorzubereiten. Dort würde sie sich ungestört fangen können und wäre in Sicherheit vor Lavinias Bosheiten. Seine liebe Frau hatte die Existenz dieses Ortes immer ignoriert, und da sie kaum je spazieren ging, wusste sie vermutlich nicht einmal genau, wo er sich befand.

Schleppenden Schrittes ging Keara ins Dienstbotenquartier unter dem Dach und begann, ihre Kleider aufs Bett zu werfen. Wahllos zog sie sie aus den Schubladen, ohne sich um Knitterfalten oder Ordnung zu scheren, es sollte einfach nur schnell gehen.

Minnie kam hereingestürzt. »Da bist du! Die Herrin klingelt schon seit einer Ewigkeit nach dir. Sie ist schon ganz hysterisch.«

»Gut.«

Erst jetzt bemerkte Minnie den Kleiderhaufen. »Was tust du denn?«

»Ich gehe.«

»Er hat dir doch nicht etwa gekündigt?«

»Nein. Aber er hilft mir, von ihr fortzukommen.«

Minnie grinste. »Nun, er hat ja schon seit einer ganzen Weile ein Auge auf dich geworfen, nicht wahr? Das ist uns allen aufgefallen. Ich nehme an, er wollte die Geburt des Babys abwarten, ehe er etwas unternimmt. Es heißt, er ist sehr großzügig seinen Mätressen gegenüber.«

Mit zornblitzenden Augen fuhr Keara zu ihr herum. »Tja, dann ist euch wohl das Falsche aufgefallen. Ich werde niemandes Mätresse. Er zeigt einfach nur Güte, das ist alles. Meine Eltern sind tot und …« Sie konnte nicht weitersprechen, musste eine Hand vor den Mund heben, um die Tränen zurückzuhalten.

Minnies Miene wandelte sich, und ihre Stimme wurde sanfter. »Das tut mir leid. Davon wusste ich nichts.«

»Ich auch nicht. *Sie* weiß es dafür seit Monaten, hat es aber nicht für nötig gehalten, es mir zu sagen, weil es ihr nicht gepasst hat, mich in die Heimat reisen zu lassen. Nicht einmal zur Beerdigung!« Keara sah den Schock auf Minnies Gesicht und holte zittrig Luft. »Würdest du mir helfen, meine Truhe aus der Kammer zu holen?« Sie wollte nicht erst warten, bis jemand anders das übernehmen könnte.

»Ja, natürlich.« Als sie die schwere Truhe in ihr Zimmer geschleppt hatten, wandte Minnie sich zur Tür, zauderte jedoch noch einmal. »Was soll ich Mrs Mullane sagen?«

»Ich denke, der Herr wird ihr schon sagen, was sie wissen muss.«

»Gott sei Dank!«

In fieberhafter Eile packte Keara ihre Truhe, wollte einfach nur fort aus diesem Haus. Als Dick und einer der Gärtner kamen, um ihr Gepäck nach unten zu tragen, hatte sie bereits ihren Mantel übergezogen.

»Der Herr hat gesagt, du sollst zur Vordertür hinausgehen«, ließ Dick sie wissen.

Was kümmerte es sie, auf welchem Weg sie dieses Haus verließ? Zurückkehren würde sie niemals, so viel war sicher.

Als sie auf dem Weg über die Haupttreppe das erste Stockwerk passierte, hörte sie hysterisches Geheul aus der Richtung von Mrs Mullanes Schlafzimmer und hielt einen Moment inne. Gut!

Mr Mullane erwartete sie im Foyer, um sie zur wartenden Kutsche hinauszubegleiten. Das Gekreisch, das noch immer von oben zu hören war, kommentierte er mit keiner Silbe, ebenso wenig wie Keara. Von jetzt an konnte sich jemand anderes damit herumschlagen.

Sie wollte ihre einstige Herrin nicht einmal sehen, um ihr ins Gesicht zu sagen, wie grausam sie gehandelt hatte. Was würde es schon helfen? Das würde Mara und Ismay auch nicht zurückbringen.

Davon abgesehen verstand Lavinia Mullane ohnehin nur ihren eigenen Blickwinkel. Die Bedürfnisse anderer Menschen waren ihr schlichtweg unbegreiflich.

* * *

Theo half Keara persönlich in die Kutsche und blieb noch kurz an der Tür stehen. »Dick wird dir alles in deiner neuen Unterkunft zeigen. Wenn du irgendetwas brauchst, wende dich jederzeit an ihn.«

Sie nickte, und nach kurzem Zaudern trat er zurück und bedeutete seinem Leibdiener einzusteigen. Er hob die Hand, als sie abfuhren.

Wortlos betrachtete Dick sie. Was konnte man unter derartigen Umständen auch schon sagen? Als Theo ihm erzählt hatte, was vorgefallen war, hatte die Grausamkeit des Ganzen ihn mit Entsetzen erfüllt. Keara war anzusehen, dass sie am Boden zerstört war von ihrer Verzweiflung, und sie schien seine Gegenwart kaum zu bemerken. Blicklos starrte sie während der gesamten kurzen Fahrt auf ihre ineinander verkrampften Hände.

Als die Kutsche hielt, schien sie es gar nicht zu bemerken, und er musste sie an der Schulter berühren, ehe sie sich bewegte. »Es tut mir leid, was geschehen ist, Keara«, sagte er, als er ihr aus dem Gefährt half.

Sie starrte ihn an, als spräche er nur Kauderwelsch, und so gab er seinen Versuch eines Trosts auf und führte sie ins

Haus, bevor er wieder nach draußen trat, um dem Kutscher mit ihrem Gepäck zu helfen.

»Hat er sie also doch noch gekriegt, was?«, scherzte der Kutscher, als sie die Truhe von der hinteren Stellfläche hievten.

Dick sah ihn verärgert an. »So ist das nicht! Sie hat schlimme Nachrichten erhalten – zum Teil von der Herrin verschuldet – und der Herr musste sie aus dem Haus bekommen. Dieses Haus steht bloß zufällig leer. Du weißt genau, dass Keara kein leichtes Mädchen ist.«

Der Kutscher hob nur die Achseln. »Wir sind alle bloß Menschen. Aber wenn du das sagst.«

Da er offensichtlich nicht zu überzeugen war, sparte er sich jede weitere Erklärung. Das Gerede ließe sich ohnehin nicht aufhalten. »Fahr wieder zum Haus und bitte die Köchin, etwas zu essen herzuschicken. Wenn du das hier abgeliefert hast, fahre ich mit dir zurück. Wie es aussieht, lässt der Regen wohl nicht in absehbarer Zeit nach.«

Im Inneren des Häuschens fand er Keara am Kamin vor. Sie sah noch immer mit diesem schrecklichen starren Blick ins Feuer, ohne Anstalten zu machen, sich zu setzen. Als er eine ihrer Hände zwischen seine nahm, fühlte sie sich eiskalt an. »Gibt es irgendetwas, womit ich dir helfen kann, Mädchen?«

Langsam wandte sie sich ihm zu. »Nein. Aber Mr Mullane hat gesagt, er hilft mir, ihnen nachzureisen. Ganz gleich, wie weit Australien entfernt ist, ich muss sie finden.« Nackte Pein verzerrte ihre Züge. »Sie müssen glauben, ich *wollte*, dass man sie fortschickt. Diese Vorstellung ist unerträglich.«

Dick war sich nicht so sicher, dass Theo sie würde ziehen lassen, doch das behielt er für sich. »Der Kutscher bringt gleich noch etwas Essen her.«

Ihr entfuhr ein ersticktes Lachen, das auf halbem Wege in

ein Schluchzen überging. »Ich kann jetzt nichts essen. Ich will einfach nur meinen Frieden und nachdenken.«

»Mr Mullane lässt ausrichten, dass er später noch einmal nach dir sehen wird, aber davon abgesehen wird dich hier niemand belästigen. Er muss nur erst einmal Vorkehrungen für das Baby treffen.« Und für den weiteren Umgang mit seiner Gattin. Er hatte Dick anvertraut, dass er der Frau nicht mehr über den Weg traute. »Soll ich dir das Haus zeigen?«

Doch Keara schüttelte nur den Kopf und ging zum Fenster hinüber, um dort ins Leere zu schauen.

Als der Korb mit den Speisen und Lebensmitteln eintraf, trug Dick ihn eigenhändig ins Haus. Er ließ Keara wissen, dass das Essen in der Küche stand, und drängte sie, etwas zu sich zu nehmen – und wenn es nur wäre, um bei Kräften zu bleiben. Ihr Nicken verkündete völlige Gleichgültigkeit.

Auf der Rückfahrt kam er einfach nicht über ihre Verzweiflung hinweg. Und was diese zwei Mädchen derweil durchmachen mussten, im Glauben, ihre Schwester hätte sie im Stich gelassen, wagte er sich nicht einmal vorzustellen. Eine seiner Cousinen war im selben Alter wie Ismay, ein albernes junges Ding, aber mit einem Herzen aus Gold. Was, wenn ihr jemand so übel mitgespielt hätte? Denjenigen würde er umbringen wollen, das war die bittere Wahrheit.

* * *

Es dauerte einige Minuten, ehe Keara bewusst wurde, dass Dick gegangen war. Erleichtert seufzte sie auf, denn mehr als alles andere brauchte sie jetzt Raum für sich. Ziellos begann sie durch das Haus zu wandern. Hierher brachte Mr Mullane seine Mätressen. Es war klein, aber schön eingerichtet. Oben befanden sich zwei Schlafzimmer, unten zwei weitere Zimmer, eine Küche und eine Waschküche. Selbst der Abort lag angenehm nah an der Hintertür. Für ihre Familie wäre es ein Palast gewesen.

Ihre Familie!

Der Kummer drohte sie zu ersticken, und für einen Moment lehnte sie den Kopf an eine der Schlafzimmertüren. Leise stöhnend versuchte sie ihrer Gefühle Herrin zu werden. Doch schließlich entrang sich ein animalischer Laut ihrer Brust, unaufhaltsam, dann ein weiterer, und laut schluchzend warf sie sich aufs Bett.

12

November – Dezember 1863

Patience' Baby kam im November zur Welt, drei Wochen vor der Zeit. Bei der Geburt half ihnen Jane Putter, die in Rossall Springs die meiste Erfahrung damit hatte. Es war ein gesundes kleines Mädchen, und als Mark es in den Armen hielt, durchflutete ihn pure Freude wie eine große, warme Woge. Seine Tochter!

Jane räumte alles auf und begab sich dann auf ihre Ruhestatt im Wohnzimmer, denn sie hatte versprochen, für die erste Nacht zu bleiben.

Unter Patience' erschöpftem Blick machte Mark sich bettfertig, um sich zu ihr zu gesellen. Sie war sehr blass, doch auf ihren Lippen lag ein sanftes Lächeln.

»Bist du zufrieden?«, fragte sie unvermittelt mit hauchdünner Stimme. »Es macht dir nichts aus, dass es kein Junge ist?«

»Natürlich macht mir das nichts aus. Sie ist wunderschön.«

»Ich würde sie gern Amy nennen, wenn das für dich in Ordnung ist. Ich weiß, wir hatten uns auf Annie geeinigt, aber ich finde, sie sollte ihren eigenen Namen haben, nicht den deiner Schwester.«

»Was immer du wünschst, Liebling. Ich liebe dich.«

»Ich liebe dich auch. Und ich bin so glücklich.« Seufzend schloss sie die Augen. »Aber müde.«

Er sah zu, wie sie einschlief, und ging noch einmal zur Wiege, um einen weiteren Blick auf das friedlich schlafende Baby zu werfen. Die schnaufenden kleinen Atemzüge brachten ihn zum Lächeln. Ehe er ins Bett stieg, entzündete er noch ein Nachtlicht und stellte es in einer wassergefüllten Untertasse auf die Kommode.

Zwei Stunden später erwachte er, weil Patience neben ihm wimmerte.

Er legte ihr eine Hand auf die Schulter. »Was ist, Liebste?«

»Es fühlt sich … nass an. Da unten. Hol … Jane.«

Er warf die Decke zurück und beeilte sich, eine Kerze anzuzünden. Als er sich umwandte, keuchte er auf beim Anblick eines roten Flecks, der sich von ihrer Seite des Betts ausbreitete. Hastig schob er die Decke weiter zurück und entdeckte eine große Blutlache.

Er stürzte nach nebenan und weckte Jane, die eine Hand an die Brust hob und flüsterte: »Bitte, Gott, nicht das!«

Als sie ans Bett trat, warf sie ihm einen angsterfüllten Blick zu. »Hätten wir doch nur einen Arzt hier.«

Unter ihren Anweisungen half er beim Versuch, die Blutung zu stillen. Sie lagerten das Fußende der Matratze hoch und drückten mit aller Kraft auf Patience' Bauch, doch die rote Flut tröpfelte ungebrochen aus ihrem dünnen Leib.

Mittlerweile hatte sie das Bewusstsein verloren.

Jane wandte sich zu Mark und schüttelte den Kopf. Sie musste nicht in Worte fassen, was er bereits wusste. Mit tränenverschleiertem Blick kniete er sich ans Bett und hielt die Hand seiner Frau, und erst als die Hebamme ihn an der Schulter berührte, begriff er, dass Patience ebenso leise ihren letzten Atemzug getan hatte, wie sie ihr gesamtes Leben geführt hatte.

Jane beugte den Kopf zum Gebet, ehe sie das Gesicht der Toten zudeckte. »Das kommt manchmal vor. Ich glaube, irgendetwas im Inneren der Frauen reißt und …« Traurig schüttelte sie den Kopf. »Nun, da gibt es nichts, was wir tun können. Es ist eine harte Welt für uns Frauen, o ja.«

Einen Moment lang war er zu keinem Gedanken fähig,

konnte einfach nur dastehen, doch ein Weinen aus der Wiege ließ ihn sich umblicken. »Das Baby? Wie sollen wir sie ernähren?«

Jane schürzte die Lippen. »Nun, es gibt derzeit niemanden in der Stadt, die als Säugamme einspringen könnte, nur ...« Sie zögerte. »Da ist eine Aborigine-Frau, die vor zwei Tagen ein Kind verloren hat. Kalaya heißt sie. Kalaya Johnson. Ein netter Name, nicht wahr – für eine Heidin? Ihr Mann ist halb weiß. Eine recht anständige Frau, und sauber ist sie auch. Der Mann kümmert sich bei Mr Tidbill ums Vieh. Sie könnten sie dafür bezahlen, dass sie Ihr Baby stillt und sich um sie kümmert. Sofern Sie keine Einwände gegen die Frau haben, meine ich.«

Er war noch immer in seiner Trauer versunken, konnte den Blick nicht vom Gesicht seiner Frau lösen. »Was für Einwände sollte ich haben? Sie ist anständig und sauber, haben Sie gesagt.«

Jane klang etwas gereizt. »Das habe ich Ihnen doch eben gesagt. Sie ist eine Eingeborene.«

»Unter den gegebenen Umständen spielt das wohl kaum eine Rolle, oder sehen Sie das anders?«

»Nun, ich habe sie immer als anständige Frau erlebt, aber es gibt nun einmal Leute, die die Wilden nicht mögen«, antwortete Jane. »Ich werde jetzt Ihre Frau waschen und anziehen, und bei Anbruch der Dämmerung gehe ich zu Kalaya und spreche mit ihr.«

Er nickte, und später, als sie fort war, setzte er sich zu Patience und nahm Abschied. Er wünschte, er hätte sie mehr geliebt. Wünschte, er hätte ihr das nicht angetan. Einen kurzen Moment später hob das Baby erneut zu weinen an, und so nahm er Amy hoch und hielt sie zärtlich. Sie drehte das Köpfchen von Seite zu Seite, suchte blind nach der Brust ihrer Mutter, und das machte seiner Beherrschung den Garaus. Er begann zu schluchzen.

Eines war sicher, so schwor er sich, während er seine Tochter in einem vergeblichen Versuch, sie zu trösten, in seinen Armen wiegte: Nie wieder würde er heiraten, nie wieder für den verfrühten Tod einer weiteren jungen Frau verantwortlich sein. Zwei Frauen hatte er nun auf dem Gewissen – zwei!

Am Vormittag kehrte Jane allein zurück.

»Mrs Johnson will uns nicht helfen?«, fragte er voll panischer Angst um das Häuflein Mensch an seiner Brust.

»Sie wird das Baby stillen und versorgen, aber nicht hier. Die Sitten und Gebräuche der Aborigines unterscheiden sich von unseren. Ein Haus, in dem jemand gestorben ist, betreten sie nicht gern, ehe es davon gereinigt worden ist. Sie lässt ausrichten, dass Sie das Baby mit seinen Sachen zu ihr bringen können. Für zehn Schilling die Woche wird sie die Fürsorge für die Kleine übernehmen. Ich bin mir sicher, dass sie ihr trauen können, und das Haus ist sehr sauber, das verspreche ich Ihnen.«

Er nickte, dann sah er sich hilflos um. »Was muss ich denn mitnehmen?«

Jane tätschelte ihm die Schulter. »Ich packe alles Benötigte in die Wiege, dann können Sie die tragen und ich nehme das Kind. Wie soll sie denn eigentlich heißen?«

»Amy. Das hat Patience sich gewünscht.«

»Den Namen mochte ich schon immer.«

Es zerriss ihm das Herz, die sterbliche Hülle seiner Frau allein zurückzulassen, doch er musste jetzt an das Baby denken. Das hätte auch Patience gewollt.

Die Johnsons lebten in einem winzigen Haus am Stadtrand. Als Jane klopfte, öffnete der Ehemann.

»Mein Beileid zu Ihrem Verlust«, sagte er unbehaglich zu Mark.

»Und mein Beileid zu dem Ihren, Mr Johnson.«

Überraschung trat auf die Züge des Mannes, und er hielt ihnen die Tür auf.

»Sie müssen ihn nicht mit ›Mr Johnson‹ ansprechen«, flüsterte Jane. »Hier nennen ihn alle nur Billy.«

Im Inneren des Hauses trat ihnen eine hochgewachsene, dünne Frau entgegen, deren schöne braune Augen und breiter, üppiger Mund von einem sanften Gesichtsausdruck begleitet wurden.

Als sie die Arme ausstreckte, übergab Mrs Putter ihr das Baby.

»Wie heißt sie?«

»Amy.«

Mrs Johnson betrachtete das Gesicht des kleinen Mädchens und sprach einige Male ihren Namen vor sich hin, ehe sie ihre Brust freilegte und dem Kind anbot. Innerhalb weniger Sekunden saugte Amy mit Nachdruck daran und ließ gurgelnde Laute der Zufriedenheit hören.

Diese Intimität hätte Mark mit Scham erfüllen sollen, doch auf unerfindliche Weise war dem nicht so. Stattdessen sah er in tiefer Dankbarkeit zu, wie diese Fremde seiner Tochter eine Chance aufs Leben schenkte. »Vielen Dank«, brachte er mit rauer Stimme hervor. »Ich kann Ihnen gar nicht genug danken. Wenn ich Ihnen irgendwann einmal helfen kann, egal auf welche Weise, müssen Sie nur darum bitten, Mrs Johnson.«

Sie lächelte ihn milde an, dann ließ sie sich auf einem Schaukelstuhl nieder und murmelte dem Kind in ihren Armen sanfte Worte zu.

Mark wandte sich an ihren Ehemann und streckte die Hand aus. »Auch Ihnen danke ich, Mr Johnson.«

* * *

Sie beerdigten Patience am folgenden Tag, und Mark war gerührt, wie viele der Stadtbewohner sich die Mühe machten, zur Beerdigung zu kommen. Auch Kalaya Johnson sah er hinter den anderen Trauergästen stehen, Amy im Arm, und ihn durchfuhr die Schuld wie ein Schwert. Er hätte daran denken sollen, seine Tochter mitzubringen, war jedoch zu sehr in seine eigene Trauer versunken gewesen – und in sein schlechtes Gewissen.

Es drängte ihn, die Amme und das Kind nach vorn zu winken, doch da er wusste, dass das seine Nachbarn vor den Kopf stoßen würde, ließ er es. Nichtsdestoweniger zogen die beiden seinen Blick mehrfach auf sich, und es schenkte ihm Kraft zu wissen, dass seine Tochter hier war und wenigstens diesen einen Moment noch mit ihrer Mutter teilte. Davon würde er ihr erzählen, wenn sie größer wurde.

Nach der Andacht blieb er noch lange Zeit am Grab, den Kopf gebeugt und voller Reue. Irgendwann berührte ihn jemand am Arm, und als er aufblickte, stand Mrs Johnson bei ihm. Ohne ein Wort hielt sie ihm das Baby entgegen und er nahm seine Tochter in die Arme, dankbar für den Trost ihres warmen kleinen Leibes. Am liebsten wäre er abermals in Tränen ausgebrochen, hielt sich jedoch zurück.

Gemeinsam gingen sie wieder in den Ort, und als das Speisehaus in Sicht kam, streckte Kalaya die Arme nach dem Baby aus. »Sie müssen jetzt arbeiten. Kommen Sie Amy jederzeit gern besuchen.«

»Würden Sie und Ihre Familie sich über Essen freuen?«, fragte er. »Ich kann Ihnen etwas bringen lassen. Als Geschenk. Zum Dank.« Weil Amy sich bei ihrer Amme wohlfühlte, das sah er schon jetzt.

»Wenn Sie möchten«, antwortete sie.

»Ich esse immer, was übrig bleibt, nachdem die letzten Gäste weg sind.«

Sie lächelte. »Wir freuen uns über alles.«

»Wie viele Kinder haben Sie?«

»Drei.« Dann blickte sie auf die schlafende Amy hinunter. »Und dieses, zumindest für kurze Zeit.«

Als er ihr nachblickte, bewunderte er ihren anmutigen Gang.

Eine andere Frau hielt in ihren Besorgungen inne, um zu bemerken: »Was für eine Schande, dass sie die Einzige ist, die Ihrer Tochter helfen kann, Mr Gibson.«

Zorn wallte in ihm empor. »Im Gegenteil. Mrs Johnson macht das wundervoll, und ich könnte mir keine bessere Amme für Amy wünschen.«

»Nun, wenn Sie meinen.« Hastig machte sie sich wieder auf den Weg, doch in dem Blick, den sie über die Schulter warf, war das Missfallen nicht zu übersehen.

Bisher hatte er sich nicht im Ansatz mit der Stellung der Aborigines in Rossall Springs befasst. Sie waren einfach da, am Rande des Lebens der weißen Bevölkerung. Nun, da er wusste, wie gut Kalaya Johnson für seine Tochter sorgte, ging ihm langsam auf, wie schwer sie es haben mussten.

Doch er würde sie nie wieder mit denselben Augen betrachten, und er würde dafür sorgen, dass auch Amy wusste, dass sie ihnen ihr Leben verdankte.

Im Speisehaus angekommen vergewisserte er sich, dass Ginny und ihre Schwester in der Küche zurechtkamen, ehe er sich niedergeschlagen in seinen kleinen Salon zurückzog. Es würde keinen guten Eindruck machen, wenn er heute im Speisehaus arbeitete, doch er wünschte, er könnte.

Nach einer Weile fiel ihm ein, dass er die Jenners würde benachrichtigen müssen, dass ihre Tochter gestorben war und sie eine Enkelin hatten. Es war keine Aufgabe, an der er Gefallen fand, doch er holte die Schreibutensilien hervor und rührte etwas Tinte an.

Hoffentlich würden die Jenners es nicht für notwendig erachten, das Grab zu besuchen. Er wollte Patience' Vater nie wiedersehen.

Theo informierte das Gesinde unter Androhung fristloser Kündigung, Lavinia sei unter keinen Umständen in die Nähe des Babys zu lassen, dann begab er sich zu seiner Frau.

Sie lag auf dem Bett, sprang jedoch bei seinem Anblick sofort auf. »Wo ist Keara?«

»Fort.«

»Was soll das heißen?«

»Ich habe ihr gesagt, was du getan hast. Dass du ihre Schwestern nach Australien geschickt hast. Du hast ihr großen Schmerz bereitet. Deinetwegen konnte sie sich nicht von ihrer im Sterben liegenden Mutter verabschieden.«

»Diese Leute haben doch nicht dieselben Gefühle wie wir«, tat sie seine Vorwürfe verächtlich ab. »Sag ihr, du zahlst das Doppelte, dann kommt sie schon zurück.«

»Da irrst du dich.«

»Aber ich brauche sie. Sie ist die Einzige, die weiß, was ich brauche.«

»Sie ist die Einzige mit einem so gütigen Herzen, dass sie selbst für ein Monster wie dich Mitleid empfinden kann.« Weitere Vorwürfe schluckte er hinunter. Was würden sie schon bringen? Sie würde es nicht verstehen, schien kaum ein Gespür zu haben für Richtig und Falsch.

Ihr Hass verzerrte ihr Gesicht zu einer hässlichen Fratze. »Jetzt, wo du deinen Sohn hast, ist mein Schicksal dir gleichgültig.«

»Da hast du recht, das ist es. Selbst wenn dieses Kind nicht überleben sollte, bist du von jetzt an sicher vor mir, denn ich werde dich nie wieder anrühren. Du widerst mich an. Ich gedenke, mich wieder dauerhaft in Irland niederzulassen.« Er sah sich in dem überhitzten, verrüschten Zimmer um. »Dieses Anwesen werde ich veräußern, aber ich werde dir ein Haus in Ellerdale kaufen und dir eine Apanage zur Verfügung stellen, dann kannst du dein Leben führen, wie es dir beliebt.«

»Es beliebt mir hierzubleiben.«

»Nein.«

»Aber dies ist mein Zuhause. Und was sollen die Leute denken, wenn du ausziehst und ich in einer kleineren Bleibe wohnen muss?« Nach einem Moment des Kampfs mit ihrer Entrüstung bettelte sie: »Um Himmels willen, Theo, können wir das nicht zivilisiert lösen?«

»Wenn du mit ›zivilisiert‹ meinst, dass wir weiter unter demselben Dach leben, dann nein. Ich gehe zurück nach Irland und habe nicht vor, das Geld für den Unterhalt eines so riesigen Haushalts für eine einzige Person aus dem Fenster zu werfen. Du weißt, dass dein Vater uns nicht annähernd so viel hinterlassen hat wie erwartet. Tatsächlich wirst du deine Verschwendungssucht von jetzt an deutlich zügeln müssen. Deine Apanage wird so großzügig ausfallen, wie es mir möglich ist, aber wenn du alles ausgibst, wird es keinen Nachschub geben.«

»Theo, ich ...«

Wortlos verließ er den Raum und sie warf sich aufs Bett. Ihre Wut wärmte sie auch dann noch, als das Feuer langsam erstarb. Es zu schüren oder ihre beim Ausziehen achtlos fallen gelassenen Kleider aufzuheben, kam ihr nicht in den Sinn.

Sie konnte sich denken, wohin er Keara gebracht hatte – dorthin, wo er all seine Frauen hinbrachte, dachte sie verbittert. Nun, das würde sie sich nicht gefallen lassen. Diesmal nicht. Nicht mehr. Doch sie brauchte Hilfe, wenn sie etwas dagegen unternehmen wollte. Und so ging sie zu ihrem Schreibtisch hinüber und verfasste eine Nachricht, ehe sie den Klingelzug betätigte.

Jetzt gab es nur noch einen Menschen, der helfen würde, und sie war sich gewiss, dass Theo sie nicht daran hindern würde, diesen Menschen zurück in ihr Leben zu holen.

Als Minnie mit banger Miene eintrat, zwang Lavinia ein Lächeln auf ihre Züge. »Ich beiße schon nicht, Mädchen. Sorg dafür, dass diese Nachricht zugestellt wird – auf der Stelle!

Man soll sie per Kutsche abliefern und auf der Rückfahrt die Adressatin herbringen. Wenn du dich darum gekümmert hast, komm wieder her und hilf mir beim Anziehen. Oh, und bring in Erfahrung, was der Herr gerade treibt, während du unten bist, ja?«

Minnie kehrte zurück mit der Auskunft, der Unterkutscher werde die Nachricht überbringen und der Herr habe zu Fuß das Haus verlassen.

»Gut. Jetzt hilf mir beim Ankleiden. Ich habe es satt, in diesem Zimmer zu hocken.«

Obgleich Minnie sich eine Ohrfeige für ihre Ungeschicklichkeit mit dem Haar der Herrin einfing, überstand sie die Geduldsprobe besser, als sie erwartet hatte. Sie reichte Mrs Mullane einen Arm, um ihr die Treppe hinunterzuhelfen, und verabschiedete sich im kleinen Salon von ihr. In der Küche stellte sie schaudernd fest: »Ich weiß nicht, wie Keara das so lange ausgehalten hat. Sie will angezogen werden wie ein Baby.«

Mrs Bertram gab ihr den Rat, keinen Tratsch über Respektspersonen zu verbreiten, und schickte sie zurück nach oben, um das Zimmer der Herrin in Ordnung zu bringen.

»Ich muss doch etwa nicht weiter die Zofe für sie spielen, oder?«, jammerte Minnie. »Kann das nicht jemand anderes machen?«

»Nein. Aber ich werde morgen mit ihr über die Suche nach einer neuen Zofe sprechen.« Mrs Bertram hielt inne. »Wen erwartet sie noch gleich?«

»Das hat sie nicht gesagt.«

Über zwei Stunden später kehrte die Kutsche zurück und der Unterkutscher half einer Frau hinaus. Trotz ihrer äußerst aufrechten Haltung musste sie mindestens siebzig sein und trug ausschließlich Schwarz. Das weiße Haar hatte sie unter einer altmodischen Haube, die ihr halbes Gesicht verdeckte, zu einem strengen Dutt zurückgebunden. Als sie zum Haus emporsah, lächelte sie, doch der Fahrer erschauerte bei ihrem Anblick. Später erzählte er Minnie, lieber würde er jeden bösen Blick erdulden als das Lächeln dieser Frau.

Unbeeindruckt vom Regen ging die Alte zum Haus und schritt die Treppe hinauf. Als Minnie die Tür öffnete, marschierte sie wortlos ins Haus, sodass die Dienstmagd hastig zur Seite springen musste.

»Wo ist Mrs Mullane?«, fragte die Fremde.

»Dürfte ich um Ihren Namen bitten, Ma'am?«

»Nein, dürfen Sie nicht. Bringen Sie mich zu ihr.«

In diesem Moment öffnete sich die Tür des Salons und Mrs Mullane erschien im Foyer. »Nancy! Oh, Nancy, du bist wirklich gekommen!«

Die alte Frau ging zu ihr hinüber. »Ich habe dir doch gesagt, eines Tages würdest du mich noch einmal brauchen, mein Mädchen, nicht wahr?«

Die Tür fiel hinter ihnen ins Schloss und Minnie lief in die Küche, um das Vorgefallene zu berichten. »Zum Adel gehört sie nicht, aber eine von uns ist sie auch nicht. Und irgendetwas hat sie an sich, dass es einem kalt den Rücken hinunterläuft.«

»Nun übertreiben Sie nicht!«, blaffte Mrs Bertram.

»Warten Sie's nur ab. Außerdem hat sie Mrs Mullane 'mein Mädchen' genannt, und kein Widerwort von der Herrin! Sie werden schon verstehen, was ich meine, wenn Sie es mit eigenen Augen sehen.«

* * *

Im Salon brach Lavinia in Tränen aus, woraufhin die alte Frau ihr einen Klaps auf die Wange gab.

»Wie ich sehe, bist du wieder in einige alberne Verhaltensweisen verfallen, Mädchen. Wie oft habe ich dir nun schon gesagt, dass Tränen eine Schwäche sind?«

Lavinia schluckte und starrte ihre einstige Amme an. Plötzlich fragte sie sich, ob es die richtige Entscheidung gewesen war, nach ihr zu schicken, denn Nancy übernahm immer das Ruder und brachte Lavinia dazu zu tun, was man ihr sagte. Doch sie wusste, dass sie allein niemals zurechtkäme – das war sie noch nie –, und so würde sie sich damit abfinden müssen.

Nancy musterte sie. »Ich habe mich nicht verändert, nur dass du es weißt. Wenn du also nicht willst, dass ich dir die Wahrheit ins Gesicht sage und dir helfe, dich vernünftig zu benehmen, ruf lieber diesen Kutscher zurück und sag ihm, er soll mich nach Hause bringen.«

Bang dachte Lavinia an ein Leben ohne Keara, ohne irgendjemanden, und schüttelte den Kopf. »Nein, Nancy, bitte bleib. Ich brauche dich wirklich. Ich habe niemanden sonst. Niemand liebt mich und …«

»Hör auf, in Selbstmitleid zu versinken, und lass uns Tee bringen. Ich verdurste. Dann kannst du mir erzählen, was du getrieben hast. Wie ich höre, hast du ihm endlich einen Sohn geschenkt.«

»Ja. Jetzt hat er, was er will.«

Die alte Frau schloss für einen Moment die Augen, dann schüttelte sie den Kopf. »Nein, hat er nicht. Über diesem Haus schwebt noch immer der Tod. Das spüre ich.«

»Und wenn, mir ist es gleich. Er lässt mich sowieso nicht in die Nähe dieses Kindes. Ich jedenfalls werde keine weiteren Kinder bekommen, denn er behauptet, er erträgt es nicht, mich noch einmal anzufassen. Aber das glaube ich erst, wenn ich es sehe. Und – oh, Nancy, er will eine Trennung. Er hat vor, dieses Haus zu verkaufen und mir eins in der Stadt zu kaufen, was werden nur die Leute denken?«

»Du warst schon immer ein törichtes Ding. Ich habe dir gesagt, du sollst nett zu ihm sein, dafür sorgen, dass er dich lieb gewinnt, aber nein, du musst die aufbrausende Erbin spielen.« Als ein Klopfen ertönte, hielt sie inne und rief: »Herein! Stellen Sie den Tee dorthin.« Ihre Stimme verlor an Schärfe. »Schenk mir eine Tasse ein, Liebes. Den Rest kannst du mir erzählen, während ich trinke, und dann lesen wir gemeinsam den Teesatz.«

Lavinia schluckte schwer. Die Teeblätter erzählten dem Fragenden nicht immer, was man hören wollte, und manchmal ängstigten ihre Botschaften sie gar. Ebenso wie Nancy. Doch nun hatte sie wenigstens jemanden an ihrer Seite, dessen Hingabe sie sich sicher sein konnte. Jemanden, der sie mühelos gegen Theo und gegenüber jedem anderen Menschen unterstützen konnte.

Sie schenkte den Tee ein und ließ sich wieder auf ihrem Sessel nieder. Tatsächlich würde Nancy eine weit formidablere Verbündete abgeben, als Keara es je gewesen war. Sie hätte ihre einstige Amme schon vor Jahren zurückholen sollen.

»Setz dich aufrecht hin, lass dich nicht so hängen!«, blaffte Nancy. »Und eins von diesen Törtchen ist mehr als genug.«

Schmollend legte Lavinia das zweite Törtchen zurück.

»Also nun, erzähl mir alles ...«

* * *

Theo ging zu Fuß aus dem Haus und war froh, die mit Anspannung und Hysterie aufgeladene Atmosphäre hinter sich zu lassen. Erst als er schon auf halbem Weg zu dem Häuschen im Wald war, bemerkte er, dass es regnete und er nicht einmal einen Mantel übergezogen hatte. Bis er ankam, war er vollkommen durchnässt. Doch noch einmal zurückzugehen hätte er nicht ertragen.

Kurz vor seiner Ankunft ließ der Regen nach und wich strahlendem Sonnenschein, auch wenn am Horizont weitere dunkle Wolken dräuten. Er zauderte und schaute zum vorderen Schlafzimmer empor. Sollte er sie in ihrer Trauer stören oder nicht? Doch die Verlockung, sie zu sehen, sich zu vergewissern, dass sie den Schock zu verarbeiten begann und keinen Groll gegen ihn hegte, erwies sich als übermächtig. Außerdem zitterte er mittlerweile am ganzen Leib.

Er drehte den Türknauf und stellte fest, dass die Tür unverschlossen war. Sie würde lernen müssen, vorsichtiger zu sein. Er wollte kein Risiko eingehen, dass in diesem abgelegenen Winkel jemand einbrach und sie angriff.

»Keara?«, rief er vom Eingang in den kleinen Salon hinein. Doch es kam keine Antwort.

Durchgefroren bis ins Mark ging er zum Feuer auf der anderen Seite des Zimmers und warf einige Scheite aus dem daneben bereitstehenden Korb in die matte rote Glut. Als die Flammen knisternd zum Leben erwachten, streckte er seine Hände der Wärme entgegen.

Erst als das Feuer hell brannte, ging er zum Fuß der Treppe und rief erneut ihren Namen. »Keara! Bist du da?« Diesmal hörte er das Knarzen von Bettfedern, gefolgt von Schritten im Obergeschoss.

Als er vernahm, wie die Schlafzimmertür aufging, rief er: »Ich bin es nur!« und ging zurück in den Salon, um dort auf sie zu warten.

Zögernd hielt sie an der Tür inne. Sie wirkte zerwühlt, ihre Augen waren vom Weinen geschwollen.

Wie gern wäre er zu ihr geeilt und hätte sie in die Arme geschlossen, doch das ging natürlich nicht. »Sie sind ja klatschnass! Hatten Sie denn keinen Mantel bei sich, Sir?«

»Den habe ich vergessen. Ich war zu sehr mit meiner Sorge um dich beschäftigt – wollte sichergehen, dass du zurechtkommst.«

Sie trat ein und ging zum Feuer, streckte ebenfalls die Hände danach aus.

»Wie geht es dir? Sei ehrlich.«

Sie machte eine winzige Geste mit Schultern und Händen,

die ein Achselzucken sein mochte, und abermals stiegen ihr Tränen in die Augen. »Ich muss immer wieder an meine Mutter denken, dass ich sie nie wiedersehen werde. Und wie meine Schwestern jetzt glauben, ich hätte sie nicht gewollt, ich hätte sie fortgeschickt. Und es tut so weh!« Dicke Tränen rollten über ihre Wangen.

Mit nichts als Trost im Sinn schloss er sie in seine Arme, und haltlos schluchzend sank sie gegen ihn. »Ach, Keara, nicht doch!« Er küsste ihre Wange, dann ihre verquollenen Lider, und als sie sich an ihn klammerte, zog er sie wieder an sich. Tröstend wiegte er sie in seinen Armen und murmelte zusammenhanglose Worte.

Als er sie behutsam zum Sofa dirigierte, hielt sie sich an ihm fest, als wäre er ihr einziger Hoffnungsstrahl in einer feindlichen Welt. Schweigend saßen sie da und spendeten einander den schlichten Trost körperlicher Nähe. Als er von ihr abzurücken versuchte, besorgt um seine Reaktion auf jene Nähe, klammerte sie sich an ihn und protestierte mit einem leisen Laut, und so hielt er sie weiter fest.

Er hatte nicht vor, sie zu verführen, doch ohne nachzudenken drückte er ihr einen Kuss auf die erhitzte Stirn. Verwirrt sah sie zu ihm auf, dann schluchzte sie erneut und schmiegte sich noch enger an ihn, drängte sich seinen sanften Küssen entgegen. Er hätte sich ebenso wenig zum Aufhören zwingen können, wie er zum Mond fliegen konnte.

Da er überzeugt war, dass sie noch jungfräulich war, wollte er sich ihr auf keinen Fall aufzwingen und ließ sich alle Zeit der Welt. Obgleich er viele Frauen gekannt hatte, die meisten von ihnen erfahren und geschickt im Liebesspiel, fühlte es sich dieses Mal auch für ihn an wie eine völlig neue Erfahrung. Als würden sie einander wahrhaftig lieben, statt nur ihre Lust zu befriedigen. Ein letzter Funken seines Gewissens veranlasste ihn, sie auf Armeslänge von sich zu halten und zu fragen: »Keara, bist du dir sicher, dass du das willst?«

»Ich will nicht allein sein«, flüsterte sie und schmiegte sich wieder an ihn. »Ich bin schon so lange allein. Bitte hör nicht auf, mich zu halten.« Und sie küsste ihn erneut, was allen Worten ein Ende machte. Er versuchte nicht noch einmal aufzuhören. Konnte es nicht.

Wie sie auf dem Kaminvorleger landeten, wusste er nicht, doch als ihr Liebesspiel auf den Höhepunkt zusteuerte, schien der gesamte Raum erfüllt von Wärme und Licht zu sein. Es war mehr als das Feuer. Mehr als die Nähe. Es war, als wäre dies ein ganz besonderer Moment, dessen Glanz ebenso leuchtete wie die tanzenden Flammen.

Auch er war froh, nicht allein zu sein, froh, dass Keara mehr war als nur ein williger Leib in seinen Armen. Erschrocken realisierte er, dass sie ihm etwas bedeutete, mehr, als es je eine Mätresse getan hatte, oder gar seine Frau.

Als es vorüber war, zog er sie an sich und spürte einen kalten Luftzug am Rücken, während sie in seinen Armen leise seufzend einschlief.

»Du warst das Warten wert«, raunte er und schaffte es, einige ihrer Kleider hinter sich zu drapieren, um diesem verfluchten Zug Einhalt zu gebieten. Doch das Feuer erstarb langsam, deshalb hob er sie auf seine Arme und trug sie nach oben.

Sie murmelte etwas, erwachte jedoch nicht. Von unten holte er noch eine Lampe, und als er in deren Licht bemerkte, wie erschöpft sie aussah, wie rot ihre Lider waren, durchfuhren ihn schreckliche Schuldgefühle, dass er ihr Bedürfnis nach Trost so ausgenutzt hatte. Doch er *hatte* sie getröstet, das wusste er.

Und er selbst fühlte sich durch sie wie gereinigt nach den Jahren der Pflichterfüllung mit Lavinia.

Er legte sich zu ihr ins Bett und schlief schon bald ebenso tief wie sie.

Ein Ausruf ließ ihn hochfahren, und im grauen Licht der Dämmerung sah er, wie sie schockiert auf ihn herunterstarrte.

»Sieh mich nicht so an, Keara.«

»Aber Sie – wir …«

»Du warst mir eine willige Partnerin in unserem Liebesspiel letzte Nacht. Ich habe dich zu nichts gezwungen.«

Hitze schoss ihr ins Gesicht, und sie wusste nicht, was sie sagen, wohin sie ihren Blick richten sollte. Sie erinnerte sich verschwommen daran, mit ihm das Lager geteilt zu haben, an ein Gefühl von Nähe und Wärme und Liebe, das sie am liebsten ewig festgehalten hätte. Bloß dass er sie nicht lieben *konnte.* So lange sie sich auch schon zu ihm hingezogen fühlte, er war noch immer ihr Arbeitgeber.

Und sie war jetzt eine Gefallene. Was hätte nur ihre Mutter dazu gesagt?

Und doch zog er sie an sich, und als sie halbherzig protestierte und sich von ihm zu lösen versuchte, küsste er sie abermals, erstickte ihre Worte im Keim und machte besänftigende Laute – in der sicheren Erwartung, dass sie schon bald wieder in seine Arme sinken würde wie am vergangenen Abend.

Doch diesmal irrte er sich. Tatsächlich setzte sie sich so wild zur Wehr, dass er sie losließ und von ihr abrückte. Am Rand der Matratze liegend, einen Arm aufgestützt, bemerkte er amüsiert: »Ist es nicht ein wenig zu spät für diese mädchenhaften Skrupel, meine Liebe?«

»Ich muss letzte Nacht nicht bei Verstand gewesen sein.« Sie errötete, als sie seinen Blick auf ihren nackten Brüsten ruhen sah, und zog sich hastig die Decke bis unters Kinn.

»Dann hoffe ich, du gewinnst ihn auch nicht zurück, denn du bist eine reizende Bettgespielin.«

»Es war nicht recht von Ihnen, meine Verzweiflung auszunutzen, Sir«, stieß sie mit einem Anflug ihres gewohnten Feuers hervor.

Er lachte leise. »Sir? Wie kannst du mich weiter mit ›Sir‹

anreden, wenn doch unsere Leiber bereits eins waren? Von jetzt an heiße ich Theo, Keara.«

»Nicht für mich, o nein. Letzte Nacht mag ich verrückt gewesen sein, aber noch einmal werde ich mich nicht vergessen.«

»Ach, nein?«

Sie blickte sich um. »Wo sind meine Kleider, Sir?«

»Ich habe es dir doch gesagt: Auf ›Sir‹ reagiere ich nicht mehr.«

Finster funkelte sie ihn an. »Dann eben Theo! Theo! Wo sind meine Kleider, Theo?«

»Unten, genau wie meine.«

Zweifelnd biss sie sich auf die Lippe und sah ihn an, dann zog sie an der Decke. »Gib sie mir.«

Er zog den Stoff zurück zu sich. »Ich finde, es wäre eine Schande, diesen schönen Körper zu verhüllen.«

»Wie kannst du so mit mir umspringen?«, rief sie aus.

»Ich will schon seit Jahren so mit dir umspringen, und behaupte nicht, du hättest dich nicht ebenfalls zu mir hingezogen gefühlt, denn das glaube ich dir nicht. Einst hast du mich gehalten, als ich am Boden zerstört war. Letzte Nacht habe ich dasselbe für dich getan. Wozu das geführt hat, wäre unausweichlich eines Tages zwischen uns geschehen.«

Sie sah ihm an, dass er keinen Funken Reue für sein Tun verspürte, doch ihr ging es da anders. »Ehebruch ist eine Todsünde!«, brach es aus ihr hervor.

»Ach, du liebe Güte.«

»Ist dir das denn völlig gleichgültig?«

»So ziemlich. Ich fürchte, ich glaube nur an diese Welt und dieses Leben. Obgleich ich bei all meinen Fehlern immer versuche, niemandem zu schaden.«

»Nun, mir ist Sünde nicht gleichgültig, und ich möchte mich jetzt anziehen, *Sir.* Und ich werde keine weitere Nacht in diesem Haus verbringen, wenn *das* der Preis dafür ist.«

Seine Erheiterung erlosch. »Wie kannst du das sagen? Du weißt genau, dass es so nicht war. Als ob ich dir je so drohen würde!«

»Ich weiß nicht, was ich denken soll«, murmelte sie. »Ich will mich anziehen.«

Er wedelte mit der Hand. »Bitte. Deine Kleider sind unten. Nur wenige Schritte entfernt.« Doch die Decke hielt er fest.

Erneut trat eine tiefe Röte in ihr Gesicht, während sie zur Tür und dann zurück zu ihm blickte. »Das ist unfair.«

»Warum sollte ich fair sein, wenn ich dich in aller köstlichen Nacktheit hier bei mir im Bett habe? Ich bin auch nicht aus Stein.«

Bei dem Ausdruck in seinen Augen entfuhr ihr ein bestürztes Quieken, und sie wollte vom Bett springen, doch ehe sie sich aus dem Bettzeug befreien konnte, hatte er sie bereits gepackt und zog sie zu sich.

»Nicht!«, flehte sie. »Bitte tu das nicht. Bitte.«

Seufzend ließ er von ihr ab. Dieser Frau würde er niemals seinen Willen aufzwingen können. Sie war nicht seine Ehefrau, war ihm keinen Gehorsam schuldig. »Dann besprechen wir wohl besser, wie es weitergeht.« Er warf einen Blick in ihr gerötetes, verlegenes Gesicht. »Ach, Teufel noch eins, dann wickle dich in die Decke und komm mit nach unten, lass uns etwas zu essen suchen. Ich bin dem Hungertod nahe. Aber reden müssen wir wirklich.«

Sie wollte nicht reden, fühlte sich immer noch wie betäubt und verloren. Doch sie tat, wie ihr geheißen, und wandte den Blick ab, als auch er aufstand und sich eine Decke umlegte. Auf dem Weg die Treppe hinunter hielt sie sich bis zum Kinn sorgsam bedeckt, obgleich er vor ihr ging. Sicher fühlte sie sich trotzdem nicht, denn in seiner Nähe wisperte ohne Unterlass ein Gefühl durch ihren Körper, das sie nicht verstand. Und sie war sich bewusst, dass er sie zu nichts gezwungen hatte. Die Schuld lag genauso bei ihr wie bei ihm.

Sie ging wieder nach oben, um sich anzukleiden, huschte mit ihren Sachen an ihm vorbei, als könnte er sie jeden Moment anfallen. Doch er ließ sie widerstandslos gehen.

Allein im Salon zwängte er sich in seine Hose und ließ das Hemd lose hängen, ehe er in die Küche ging, um dort Feuer zu machen. Teufel aber auch, es war eiskalt im Haus! Als sie wieder nach unten kam, hatte er im Küchenofen ein hell loderndes Feuer entfacht. Er wedelte eine Hand in Richtung des Picknickkorbs auf dem Tisch. »Sieh einmal nach, was sie uns zu essen geschickt haben, ja?«

Schweigend packte sie das Essen aus und fühlte sich klein gemacht von der Art, wie er nun mit ihr umging. Erst die Hure, dann die Dienstmagd.

»Ich halte es nicht für Sünde, dass wir einander lieben«, sagte er leise.

Sie erwiderte nichts, konnte jedoch nicht umhin, sich zu fragen, was er mit »lieben« meinte. Sprach er bloß vom Akt oder konnte es mehr sein? Es gab jetzt niemanden sonst mehr, dem sie noch etwas bedeutete.

»Keara?«

Sie mied seinen Blick.

Als er eine Träne über ihre zarte Wange rinnen sah, fühlte er sich noch schuldiger. »Nicht weinen, Liebes. Wir finden eine Lösung. Bitte iss etwas.«

Sie schaute auf ihren Teller hinunter und schob ihn von sich. Keinen Bissen würde sie hinunterbekommen, davon war sie überzeugt.

»Iss!«, wiederholte er in schärferem Tonfall.

Sie nahm ein Stück Brot und begann es über ihrem Teller zu zerpflücken, auf der Suche nach etwas, das ihn von ihr ablenken würde. »Wie geht es dem Baby?«

»Als ich gestern Abend gegangen bin, ging es Richard gut, und ich muss bald zurück, um mich zu vergewissern, dass dem auch weiterhin so ist. Aber ich lasse dich hier nicht allein, ehe ich mir nicht sicher bin, dass du nicht fortläufst.«

Das hatte sie bereits in Erwägung gezogen und wieder verworfen. »Wohin sollte ich denn gehen? Und wie dorthin gelangen? Ich habe kein Geld.«

Er zog ein paar Münzen aus der Tasche, dann sah er sie zaudernd an. Er war es nicht gewohnt, mit irgendjemandem so vorsichtig umzugehen. »Das ist keine Bezahlung für das, was wir getan haben. Du bedeutest mir zu viel, als dass ich dich so behandeln würde. Ich dachte nur, du würdest dich besser fühlen, wenn du ein oder zwei Guineen in der Tasche hast. Aber versuch nicht, das Geld zu verwenden, um vor mir davonzulaufen. Ich würde dich aufspüren, das verspreche ich dir.«

Als sie keine Anstalten machte, das Geld zu nehmen, stapelte er die Münzen auf dem hohen Kaminsims. Er wandte sich um und erklärte: »Keara, ich verspreche dir hoch und heilig, dass ich dir helfen werde, deine Schwestern wiederzufinden. Ich bin furchtbar wütend über das, was meine Frau dir angetan hat – und ihnen.«

Und plötzlich brach sie wieder in Schluchzen aus und wehrte sich nicht, als er zu ihr ging, sie in die Arme nahm und hielt, bis sie zur Ruhe kam.

»Gibst du mir das Geld, das ich brauche, um ihnen nachzureisen?«, fragte sie, als sie wieder vernünftig sprechen konnte. »Es steht noch einiges an Lohn aus. Das muss doch ausreichen?«

»Wenn wir sie aufgespürt haben, werde ich sie wieder hierherbringen lassen. Ich lasse dich nicht allein durch die Welt ziehen. Was würde es den beiden helfen, wenn du dich in Gefahr bringst?«

Als sie ihn flehend anblickte, setzte er hinzu: »Außerdem bedeutest du mir zu viel.«

Sie erstarrte und sah ihn schockiert an. Diesmal konnte sie das Wort nicht ignorieren. »Bedeuten?«

»Ja. Bedeute ich dir denn gar nichts, nicht einmal ein wenig?«

Doch das konnte sie ihm nicht eingestehen. Außerdem, was brachte es, jemanden zu lieben, der so weit über ihr stand? Schon jetzt hatten ihre Gefühle für ihn sie zur Sünde verleitet. Von nun an würde sie sich besser beherrschen müssen. Diese Sünde durfte nicht noch einmal geschehen. Doch noch während sie sich das einbläute, durchfuhr sie ein schmerzhafter Stich, als sie an jene wundervolle Nähe zurückdachte.

»Du wirst noch hier sein, wenn ich heute hierher zurückkehre? Versprich mir wenigstens das, Keara.«

Nach kurzem Zögern nickte sie. Ihm zu entkommen würde einige Zeit und sorgfältige Planung erfordern, doch sie würde ihren Schwestern nachreisen, ganz gleich, was er sagte oder tat.

Er stand auf und blickte mit einem reuigen Lächeln auf seine zerknitterten Kleider hinunter. »Dann mache ich mich wohl besser auf den Weg. Sehe nach, wie die Dinge stehen.«

»Ja, Sir.«

»Mein Name ist Theo.«

Doch so vertraulich würde sie ihn nicht ansprechen. Das wagte sie nicht.

Als er fort war, machte sie etwas Wasser warm und wusch sich von Kopf bis Fuß, dann kniete sie sich auf den Boden und betete um Vergebung. Bloß dass ihr dabei immer wieder Theos Küsse in den Sinn kamen und ihre Gebete zerstieben ließen. Sie brauchte eine Standpauke von Vater Cornelius.

Ach, sie wusste nicht, was sie eigentlich brauchte!

Sie ging in die Küche, um etwas zu essen – diesmal wirklich, denn sie würde all ihre körperlichen und geistigen Kräfte brauchen, um ihr Ziel zu erreichen. Sie bedauerte, dass sie

Theo würde hintergehen müssen, denn auf seine Weise war er sehr gut zu ihr gewesen. Und sie schien ihm wirklich etwas zu bedeuten, zumindest ein wenig. Doch so konnte es definitiv nicht weitergehen. Davon abgesehen würde er ihrer ohnehin bald müde werden, wie es bei all seinen Mätressen war, und was bliebe ihr dann?

Nein, sie wagte es nicht, sich auf ihn zu verlassen, nur auf sich selbst. Aber sie würde es tun. Sie würde nach Australien reisen und ihre Schwestern finden – oder beim Versuch ums Leben kommen.

13

Dezember 1863

Zu Marks Missfallen tauchten die Jenners keine Woche nach seinem Brief mit der Mitteilung von Patience' Tod im Kindbett in Rossall Springs auf. Auf Mr Jenners Zügen lag ein triumphierender Ausdruck, doch Mrs Jenner sah man an, dass sie geweint hatte.

»Wir wünschen das Grab unserer Tochter zu sehen«, verkündete Alex Jenner lauthals.

Da er dabei mitten im Speisehaus stand und sich nicht um die Gäste scherte, bugsierte Mark die beiden rasch in den kleinen Salon im hinteren Bereich. Was stimmte nicht mit dem Mann, dass er sich nicht ruhig und anständig benehmen konnte?

»Diesem Haus fehlt eine weibliche Hand«, bemerkte Jenner sofort, als er sich in dem unaufgeräumten Zimmer umsah, das dringend abgestaubt werden musste. Er schaute zurück zu Mark und erklärte mit unverkennbarem Hohn: »Sie brauchen uns jetzt.«

Mark begann zu begreifen, worauf sein Schwiegervater aus war, und sein gesamtes Wesen lehnte sich dagegen auf, doch noch schwieg er. Vielleicht war es nicht so schlimm, wie er fürchtete. Der Mann hatte doch sicher nicht vor, aus dem Tod seiner einzigen Tochter Profit zu schlagen?

»Wie geht es dem Baby?«, erkundigte sich Nan Jenner nach einem raschen Blick von einem Mann zum anderen. »Dürfte ich sie bitte sehen?«

»Sie ist bei der Amme zu Hause. Ich bringe Sie hin, sobald die Mittagsgäste gegangen sind.«

»Sie legen zu viel Wert auf Irdisches, Mark Gibson. Dieses Kind ist wichtiger als Ihre Gäste.«

»Alex, nicht«, flehte Nan.

Doch ihr Mann schüttelte ihre Hand ab. »Wenn der Heilige Geist mich dazu bewegt, etwas zu sagen, dann tue ich das. Den Herrn verhöhnt man nicht. Patience hat sein Gebot gebrochen: Du sollst Vater und Mutter ehren. Dafür hat sie ihre Strafe erhalten.«

Dieses Gebaren erfüllte Mark mit Ekel und zugleich mit Mitleid für Mrs Jenner, die mit den Tränen kämpfte. Er versuchte das Thema zu wechseln. »Ich hole Ihnen etwas zu essen, ja?«

»Ich komme mit und helfe tragen«, sagte Nan sofort und entledigte sich ihres hässlichen schwarzen Huts und des schmucklosen Mantels.

Alex Jenner ließ sich auf Marks Lieblingssessel nieder und wartete darauf, dass seine Frau ihn bediente.

»Er meint es nicht so – so schroff«, sagte Nan leise, als sie das Zimmer verlassen hatten. »Es geht ihm nicht gut und …« Sie warf einen raschen Blick über ihre Schulter. »Ich fürchte, er ist sehr … starrsinnig geworden.«

»Das muss schwer für Sie sein«, sagte Mark sanft. Er hegte keinen Groll gegen diese arme, verblasste Kreatur, die Jahre älter wirkte als damals auf dem Schiff. Doch unter keinen Umständen würde er zulassen, dass ein freudloser Fanatiker wie Alex Jenner eine Rolle in Amys Erziehung spielte. »Ich muss die Mittagsschicht noch zu Ende bringen, ehe ich Sie zu Amy begleiten kann.« Der bloße Gedanke an seine pausbäckige kleine Tochter brachte ihn zum Lächeln. »Sie ist ein reizendes Baby. Sehr artig, und sie weint kaum.«

»Ihre Mutter war genauso.« Ohne ein weiteres Wort nahm

Mrs Jenner das Tablett mit nach hinten, doch ihre Miene war gramerfüllt.

Mark machte sich wieder an die Arbeit. Als die Mittagsgäste gegangen waren, aß er einen Teller Hammelpastete und Kartoffelbrei, ohne auch nur einen Bissen zu schmecken, dann kehrte er zurück zu seinen Schwiegereltern.

Nan hatte bereits das Zimmer aufgeräumt, doch Alex starrte nur missgelaunt in die leere Feuerstelle. Die Hitze des Sommertages schien er gar nicht zu bemerken, obgleich seine Frau ein Fenster geöffnet hatte.

Sie blickte auf, als Mark hereinkam. »Können wir jetzt das Baby besuchen?«

»Ja, natürlich. Vielleicht möchten Sie hierbleiben, Mr Jenner. Sie sehen müde aus«, sagte Mark, ohne sich jedoch Hoffnungen auf Erfolg zu machen.

»Ich muss das Kind sehen.« Er erhob sich. »Sie haben es taufen lassen?«

»Noch nicht. Es war noch keine Zeit dazu.«

Alex holte tief Luft. »Dann ist sie noch von Ursünde besudelt.«

»Sünde!« Gereizt sah Mark ihn an. »Welcher Sünde könnte ein so winziges Baby sich je schuldig gemacht haben?«

»Der ihrer Mutter natürlich.«

Mark kam endgültig zu dem Schluss, dass der Mann wahnsinnig war, und wünschte, er müsste ihn nicht in die Nähe seiner Tochter lassen. Doch aller Anstand gebot, den beiden nicht den Kontakt zu ihrer einzigen Enkelin zu verwehren. Auf dem Weg die Straße entlang sah er zu, wie sich unter ihren Schritten der Staub erhob, und war froh, als keiner seiner Begleiter Anstalten machte, Konversation zu führen.

Am Häuschen der Johnsons blieb er stehen. »Wenn Sie hier warten wollen, frage ich nach, ob es gerade passt, dass wir Amy besuchen.«

Eines der Kinder öffnete die Tür und schaute schüchtern zu ihm empor.

»Ist deine Mutter daheim?«

Von drinnen ertönte eine Stimme: »Kommen Sie herein, Mr Gibson!«

»Ich habe die Eltern meiner Frau bei mir. Ist es in Ordnung, wenn sie das Kind einmal besuchen?«

»Ja, natürlich. Ich habe sie eben gestillt und gewickelt.«

Er machte den Weg für Mrs Jenner frei und folgte ihr ins Haus. »Hier ist sie.«

Lächelnd und mit dem Baby auf dem Arm blickte Kalaya ihnen entgegen.

»Sie haben mein Enkelkind in die Hände einer Heidin übergeben?«, donnerte Alex und streckte die Hände aus, wie um das Baby seiner Amme zu entreißen.

Rasch stellte Mark sich zwischen den alten Mann und die junge Frau, die ihm mit solcher Güte begegnet war. »Wenn Sie nicht auf der Stelle still sind, muss ich Sie bitten zu gehen. Eine solche Unhöflichkeit gegenüber Mrs Johnson werde ich nicht dulden.«

»Sie ist eine gottlose Heidin, eine Wilde!«

Unter dem verletzten Blick einer erstarrten Kalaya schob Mark den alten Mann aus dem Haus.

Nan rührte sich nicht. Sie sah das Baby an, das wohlgenährt und behütet aussah. Ein kurzer Blick in die Runde zeigte ihr nichts als einen sauberen Wohnraum und eine ebenso ordentliche junge Frau. »Verzeihen Sie, Mrs Johnson«, sagte sie. »Mein Mann kann bisweilen etwas uneinsichtig sein. Dürfte ich einmal meine Enkelin halten?«

Kalaya nickte, nun in einen Schutzmantel aus distanzierter Würde gehüllt.

Freudig nahm Nan das Kind entgegen und musterte es fasziniert. »Sie sieht ihrer Mutter als Baby so unheimlich ähnlich, und zugleich hat sie die Augen ihres Vaters. Ich bete nur darum, dass sie ein glücklicheres Leben haben wird als meine arme Tochter.« Von draußen war noch immer Geschrei zu hören, und seufzend reichte sie das Kind zurück. »Ich muss zu meinem Mann zurückkehren. Was er zu Ihnen gesagt hat, tut mir leid.«

Kalaya nickte wortlos, doch in ihrem Blick stand nun Mitleid. Sie ging zum Fenster und sah hinaus. Gerade schob Mark Gibson den alten Mann gewaltsam zurück in Richtung Hauptstraße, während der brüllte und gestikulierte und alles versuchte, um zurück zu ihrem Haus zu gelangen. Sie war es gewohnt, dass andere sie aufgrund ihrer Hautfarbe verabscheuten, doch in Rossall war es nicht allzu schlimm. Hier neigten die Weißen eher dazu, sie schlicht zu ignorieren, auch wenn sie ab und an in ihrem Beisein über sie sprachen, als verstünde sie nicht jedes Wort.

Dieser alte Mann jedoch war schlimmer als jeder andere, wie er mit jedem grausamen Wort puren Hass um sich versprühte.

Sie blickte auf das Kind hinab. »Diesen Mann wird dein Vater von dir fernhalten müssen, wenn er dir ein glückliches Leben bereiten will, mein Kleines.« Dann begann sie, eines jener Lieder zu singen, mit denen schon ihre eigene Mutter ihre Kinder in den Schlaf begleitet hatte.

Erst am folgenden Tag kehrte Mark zurück. »Sie sind wieder nach Melbourne gefahren«, sagte er. »Es tut mir so leid, was dieser Mann Ihnen an den Kopf geworfen hat, Mrs Johnson.«

»Die Großmutter war nicht unhöflich zu mir. Aber sie ist eine sehr unglückliche Frau. Der alte Mann ist voller Zorn und Hass.« Einen Moment zauderte sie, dann wagte sie hinzuzusetzen: »Es wäre nicht gut für die Kleine, in seine Obhut zu gelangen.«

Mark nickte. Im Laufe einer größtenteils schlaflosen Nacht war er zum selben Schluss gekommen.

Einen Monat lang blieb Keara in dem Häuschen im Wald. Weihnachten verbrachte sie allein, voller Kummer und Einsamkeit und Schuldgefühlen. Er hatte ihr ein Buch gebracht, *Lady Audleys Geheimnis*, das sie nicht lesen konnte, weil die Wörter zu lang waren und die Figuren zu fremd. Dazu Zeitschriften, die sie immerhin in Teilen entziffern konnte, und ein Glas in Brandy eingelegtes Obst. Nie zuvor hatte sie etwas auch nur annähernd so Köstliches gegessen und schlang gierig das gesamte Glas hinunter, um anschließend auch noch den Saft zu trinken. In der Folge taumelte sie mit schwimmendem Kopf nach oben ins Bett und erwachte am nächsten Morgen mit leichten Kopfschmerzen, doch wenigstens hatte sie geschlafen.

Unweigerlich landete sie erneut mit Theo im Bett. Nicht, weil er sich ihr aufgezwungen hätte, sondern weil er gütig und aufmerksam war. Allein der Anblick, wie er den Gartenpfad entlanggeschritten kam, ließ ihr Herz rasen. Die Wärme in seinen Augen, die liebevollen Blicke, alles schien darauf ausgelegt, ihren Widerstand dahinschmelzen zu lassen.

Er brachte ihr weitere Geschenke: eine Flasche Parfum, Kleider. Mehr Kleider, als sie je brauchen konnte, und nicht wenige viel zu edel für sie. Mit diesen Gaben fühlte sie sich, als würde sie sich von ihm aushalten lassen, und brach in Tränen aus, als er gegangen war.

»Wir verreisen«, verkündete er eines Tages Ende Januar unvermittelt.

»Hm?«

»Nur für ein paar Tage, nach London. Du brauchst einen Tapetenwechsel, und ich ebenso. Es wird mir Freude bereiten, dir eine Welt zu zeigen, die weit größer ist als das hier.«

»Der einzige Ort, an den ich reisen will, ist Australien. Das weißt du sehr gut, Theo.«

»Nun, was das angeht, habe ich Neuigkeiten. Es sind die Schwestern von St. Martha und St. Zita, die deine Schwestern nach Australien eingeschifft haben. Neben ihren drei Häusern in Irland haben sie auch in Melbourne einen Konvent, wohin sie regelmäßig Mädchen schicken. In Australien angekommen, werden die Waisen als Hausmädchen vermittelt.« Er reichte ihr einen Brief. »Siehst du, das ist die Adresse in Melbourne. Ich habe ihnen bereits geschrieben und um Informationen über deine Schwestern gebeten. In meinem Brief habe ich auch erklärt, dass ich sie zurückholen möchte und bereit bin, jegliche Kosten zu übernehmen. Bis wir also eine Antwort erhalten, können wir nichts tun. In der Zwischenzeit verbringen wir ein paar gemeinsame Tage in London.«

Sie studierte den Brief und prägte sich die Adresse ein, ehe sie das Papier faltete und ihm zurückgab. Dann sah sie ihm geradeheraus in die Augen und erklärte: »Ich möchte lieber hierbleiben. Ich möchte nicht in der Öffentlichkeit mit dir gesehen werden, Theo.«

»Nun, ich werde stolz sein, mich mit der Frau, die ich liebe, in der Öffentlichkeit zu zeigen.«

»Du liebst mich doch nicht!«

»Doch, das tue ich, Keara.« Das war ihm klar geworden, als er letzte Nacht in seinem Bett in Eastwood House gelegen und sich gewünscht hatte, sie läge neben ihm.

Starrsinnig schüttelte sie den Kopf. »Würdest du mich wirklich lieben, dann würdest du mir helfen, nach Australien zu gelangen. Ich mag es nicht, deine Mätresse zu sein, das weißt du genau.« Ihre Stimme brach, und sie schluchzte auf.

»Ich habe dich nie dazu gezwungen, und das würde ich auch niemals tun.«

»Das macht es nur schlimmer. Ich begehe wissentlich eine Todsünde!«

»Warum hörst du dann nicht auf damit?«

»Weil ich schwach bin und du – du bist.« Und weil sie nicht anders konnte, als ihn ebenfalls zu lieben, auch wenn sie ihm das nicht sagen würde.

An jenem Tag ging er nicht mit ihr ins Bett, sondern unterhielt sich einfach mit ihr. Er umfing ihre Hand mit seinem kräftigen Griff, ließ sie wieder fallen, um zu gestikulieren, nahm sie wieder auf, einmal gar, um einen zärtlichen Kuss in ihre Handfläche zu drücken.

Als er wieder fort war, dachte sie, dass er sie möglicherweise – auf seine eigene Weise – tatsächlich ein wenig liebte. Doch es machte keinen Unterschied. Für zwei Menschen mit so unterschiedlichem Hintergrund konnte es keine Zukunft geben. Sie mochte gelernt haben, sich gewählter auszudrücken, doch am Ende war sie noch immer ein ahnungsloses Mädchen vom Land, das nicht einmal vernünftig lesen konnte, während er ein Edelmann war.

Rastlos und frustriert blätterte sie durch die Zeitung, die er mitgebracht hatte, und hielt abrupt inne, als ihr auf einer Seite das Wort Australien ins Auge sprang. Ein Wort, das wie in ihr Hirn eingebrannt schien. Mühsam entzifferte sie eine Anzeige, in der geschrieben stand, was eine Reise dorthin kostete. Zwanzig Pfund! Wie sollte sie je so viel Geld zusammenbekommen?

Trotzdem schnitt sie die Anzeige aus und versteckte sie in einer Schublade unter ihren Kleidern. Es erschien ihr wie ein Omen, ein Versprechen, dass sie es eines Tages schaffen würde, ihren Schwestern zu folgen.

Selbst wenn das bedeuten würde, Theo zu verlassen.

* * *

Er blickte auf seinen Sohn hinab. Richard war kein kräftiges Baby. Halbherzig strampelte er mit den Füßchen, musste zum Trinken überredet werden und schlief schlecht. Oft erwachte er mit einem dünnen, atemlosen Heulen, das Theo einen Schauer über den Rücken jagte.

»Und Sie sind sicher, dass er es schaffen wird?«, fragte er

den Arzt, der alle paar Tage herkam, um nach dem Kind zu sehen.

»Bei Babys kann man sich niemals irgendetwas sicher sein, Mr Mullane, aber derzeit sehe ich keinen Anlass zur Besorgnis. Die ersten paar Wochen hat er überstanden, das ist die gefährlichste Zeit. Und er nimmt zu, wenn auch langsam, das ist ein gutes Zeichen.«

»Ich muss für einige Tage nach London. Ich werde Ihnen meine Adresse hierlassen und möchte Sie bitten, während meiner Abwesenheit jeden Tag herzukommen. Sollte irgendetwas geschehen, senden Sie mir ein Telegramm, und ich komme auf der Stelle zurück.«

»Wie Sie wünschen.«

Theo blieb noch eine Weile im Kinderzimmer, und als die Amme sich räusperte und ihn mit bangem Blick ansah, fragte er: »Stimmt etwas nicht?«

»Nicht direkt. Es geht um die neue Zofe Ihrer Gattin, Nancy. Darf sie Richard besuchen, Sir?«

Er runzelte die Stirn. Bei einer Begegnung vor seiner Hochzeit mit Lavinia hatte er Nancy als nicht besonders sympathisch empfunden. Und tatsächlich hatte seine Frau anfangs regelrecht froh gewirkt, ihrer einstigen Amme entkommen zu sein. Nun hatte die Frau Lavinia wieder fest in ihren Fängen. Bloß dass ihm das jetzt gleichgültig war. »Kommt sie denn her?«

»Ja, Sir. Jeden Abend. Sie sagt, Ihre Frau möchte wissen, wie es ihm geht.«

Einen Augenblick überlegte Theo, dann zuckte er die Achseln. »Ich kann mir nicht vorstellen, dass Nancy ihm Schaden zufügen würde. Erlauben Sie ihr nur nicht, ihn mitzunehmen, und bleiben Sie jederzeit bei ihr, wenn sie hier ist.«

Tatsächlich begegnete ihm Nancy auf dem Korridor, als er ging. Er hielt inne und erkundigte sich: »Warum kommen Sie immer wieder her, um Richard zu besuchen? Und versuchen

Sie nicht, mir zu erzählen, er würde Lavinia etwas bedeuten. Für Lavinia ist niemand außer ihr selbst von Bedeutung.«

Nancy musterte ihn aufmerksam. »Ich wollte wissen, wie es ihm geht. Ich mag Babys.«

»Er gedeiht nicht so gut, wie wir es gern hätten, das ist Ihnen sicher klar.«

»Er gedeiht nicht im Geringsten.«

»Wie meinen Sie das?«

In ihren Augen schimmerte Mitleid. »Niemand kann das Unmögliche vollbringen, so sehr man ein Kind auch liebt, Mr Mullane.«

Ihren Worten hing ein schicksalhafter Klang nach, der ihn aus dem Gleichgewicht brachte, und es machte ihn zornig, dass sie seine dunkelsten Ängste angesprochen hatte.

Zu seiner Erleichterung nickte sie ihm nun zu und ging davon, ehe die Wut sich Bahn brechen konnte. Er wollte sie nicht vertreiben, denn auch wenn sie aussah wie eine Hexe und sich bisweilen auch so verhielt: Seit ihrer Ankunft verhielt Lavinia sich merklich vernünftiger. Dafür war er mehr als willens, die mystische Art und die seltsamen Launen der Alten über sich ergehen zu lassen.

Doch bei Richard lag Nancy falsch. Es musste so sein!

»Morgen fahren wir nach London«, teilte er Keara an diesem Abend abrupt mit.

»Das war also ernst gemeint?«

»Natürlich.« Er sah sich missfallend um. »Ich habe es satt, mich nur hier mit dir treffen zu können, aber eine Rückkehr nach Irland wage ich nicht. Es würde zu lange dauern, wieder herzukommen, falls … falls man mich braucht.« Außerdem hatte Keara Freunde in Ballymullan. Freunde, die ihr womöglich helfen würden, ihn zu verlassen. Ganz zu schweigen von Vater Cornelius, der zu ihrer Sittenlosigkeit einiges zu sagen hätte.

Theo zog sie an sich und küsste sie, spürte seine Sorgen

und sein Unglück davongleiten, als er ihre reine, duftende Haut liebkoste. Was hatte Keara Michaels nur an sich, dass sich in ihrer Gegenwart alles so richtig anfühlte?

Seufzend ließ sie den Kopf an seine Schulter sinken, und so standen sie einfach da und hielten einander. So war er mit keiner anderen Frau je umgegangen, hatte immer eine Barriere der Heiterkeit zwischen ihnen und sich aufrechterhalten. Keara musste er nichts vorspielen.

Er wusste, sie glaubte ihm nicht, dass er sie liebte. Das überraschte ihn, doch die Zeit würde zeigen, dass er es ernst meinte. Die Zeit und die Art, wie er sie behandelte.

* * *

Früh am folgenden Morgen besuchte er noch einmal Richard, der eine gute Nacht gehabt hatte und lächelnd in die Welt blickte, dann machte er sich bereit zum Aufbruch. Als er in dem Häuschen im Wald eintraf und sah, wie schmucklos Keara sich gekleidet hatte, bestand er darauf, dass sie sich noch einmal umzog und die feinen Kleider ausführte, die er ihr gekauft hatte. Am Ende musste er drohen, sie persönlich umzuziehen, wenn sie es nicht täte.

Wie erwartet huschte sie bei dieser Drohung hastig die Treppe hinauf.

»Jetzt komme ich mir noch mehr vor wie deine Hure«, klagte sie, als sie wieder herabkam. Eingehüllt in Seide und Spitze stand sie da, mit jeder Bewegung schwang der erste Reifrock, den sie je besessen hatte, hin und her. Beim Blick nach unten konnte sie nicht umhin, ihre Hände zu betrachten. Rot von der Hausarbeit und dem Wäschewaschen, nie und nimmer die Hände einer Dame. Außerdem fühlte sie sich eingeengt in dem steifen Korsett und musste sich in winzigen Schritten fortbewegen, damit der Reifrock nicht zu wild wogte und ihre Beine und Unterröcke preisgab.

»Sprich nicht so abfällig über dich, mein Liebling. Ich finde, du siehst wunderschön aus.«

Sie ging im Zimmer auf und ab. »Das fühlt sich seltsam an«, murmelte sie mit einer Geste auf den riesigen Glockenrock, der sich um sie bauschte.

Als er vortrat, hielt er einen kleinen Gegenstand in der Hand – einen Ehering. »Den brauchst du auch noch, Keara.«

Sofort versteckte sie die Hände hinter dem Rücken und wich vor ihm zurück. »Nein! Ich habe kein Recht, so einen zu tragen!«

»Sei nicht töricht! In einem Londoner Hotel würde es sehr merkwürdig aussehen, wenn meine angebliche Gattin keinen Ehering trägt.« Da sie noch immer keine Anstalten machte, das Schmuckstück entgegenzunehmen, nahm er ihre linke Hand und schob den Ring auf den entsprechenden Finger.

Beim Blick auf ihre Hand wünschte sie einen Augenblick lang, der Ring wäre echt, dann tadelte sie sich für ihre Dummheit. Das Metall schien auf ihrer Haut zu brennen.

Zuerst saßen sie schweigend im Abteil, als der Zug gen Süden ratterte, doch bei all den aufregenden Aussichten und Zwischenhalten konnte sie nicht umhin, Fragen zu den Orten an ihrer Strecke zu stellen. Als sie schließlich London erreichten, sprudelte sie förmlich über vor Begeisterung für das Gesehene und Vorfreude auf die Stadt. Womöglich würde sie gar einen Blick auf Königin Victoria erhaschen! Schon die Entdeckung, dass es an ihrem Endhalt einen echten Smith's-Bahnhofsbuchhandel gab, entlockte ihr einen erstaunten Ausruf.

Erst bei ihrer Ankunft im Hotel kehrte ihre Befangenheit zurück. Im Foyer stand sie mit gesenktem Blick neben Dick, während Theo ihre Zimmer buchte und erklärte, die Zofe seiner Frau sei kurzfristig erkrankt.

»Auf seine Art hat er dich wirklich gern«, murmelte Dick ihr zu.

Überrascht starrte Keara ihn an, denn für gewöhnlich hielt

er sich aus den Angelegenheiten seines Herrn heraus. Tatsächlich war er im Dienstbotenquartier berüchtigt dafür, dass er seine Meinung stets für sich behielt. »Das mag sein. Für den Moment. Aber mich drängt es immer noch, meine Schwestern zu suchen, und das will er mir nicht gestatten.«

»Er findet einen Weg, sie zurückzuholen, davon bin ich überzeugt.«

»Und bis es so weit ist, wird er sich eine neue Mätresse gesucht haben, also könnte er mich genauso gut einfach selbst nach Australien reisen lassen. Dadurch würde ich sie viel schneller wiedersehen.« Unter dem Gesinde war allseits bekannt, wie kurz die meisten Frauen nur in dem Häuschen im Wald verweilten, und das rief sie sich immer wieder in Erinnerung.

»Falls es dir ein Trost ist: Ich glaube, du wirst länger bleiben als die meisten anderen.«

»Und ich glaube, ich hätte das alles gar nicht erst zulassen sollen.«

Er lächelte milde. »Hättest du es denn verhindern können? Du hattest schon immer eine Schwäche für ihn.«

Schon wollte sie es abstreiten, doch ihn konnte sie nicht anlügen.

In diesem Moment kam Theo zu ihnen und bot ihr seinen Arm. Keara nahm ihn und ließ sich von ihm in eine opulente Suite auf dem Obergeschoss führen, die sie schweigend inspizierte.

»Das ist alles sehr – eindrucksvoll.«

»Gefällt es dir nicht?«

»Es gefällt mir nicht, mit dir hier zu sein, in diesen Kleidern, einen Ring am Finger, auf den ich kein Recht habe!« Vorwurfsvoll hielt sie ihre linke Hand in die Höhe.

»Ach, Keara, lass uns doch einfach ein paar Tage die Seele baumeln lassen, ja?«

Sie bezweifelte, dass sie ihre Schwestern so einfach würde

vergessen können. Kein Tag war vergangen, an dem sie nicht bittere Tränen geweint hatte wegen dem, was ihnen widerfahren war. Als Dick mit dem Gepäck ins Zimmer kam, entfernte sie sich und blickte aus dem Fenster, während er Theos Sachen auspackte. Schließlich war sie allein und räumte ihre eigene Truhe aus. Bedächtig ließ sie die Finger über die kostbaren Stoffe und die Spitze an der neuen Unterwäsche gleiten. Unter anderen Umständen hätte sie die Sachen geliebt. Jetzt fühlten sie sich an wie ein Mal ihrer Schande.

Sie wandte sich um, als Theo wieder hereinkam.

»Es gefällt mir, dich in angemessenen Kleidern zu sehen«, stellte er mit seinem herzerwärmenden Lächeln fest. »Zieh zum Dinner das Blaue an, das passt so schön zu deiner Augenfarbe – auch wenn es nicht diese Brillanz erreicht. Du musst die schönsten Augen auf der ganzen … Was ist denn? Was habe ich gesagt?«

»Ich habe die Michaels-Augen. Die meiner Schwester sehen ganz genauso aus.« Sie brach in Tränen aus.

Sofort kam er zu ihr und nahm sie in die Arme, streichelte ihr den Rücken und machte besänftigende Laute.

Doch sie hatte die Gereiztheit auf seinen Zügen gesehen, so schnell er sie auch wieder verbannt hatte. In plötzlicher Furcht, er könne seine Hilfe einstellen, nahm sie sich zusammen und bemühte sich, Interesse an seinen Plänen für London zu zeigen.

Was brachten Tränen schon?

* * *

Zwei Tage später kam Keara zu dem Schluss, dass sie etwas Verkehrtes gegessen haben musste. Ihr war so übel, dass sie das Bett nicht verlassen konnte. Besorgt schwirrte Theo um sie herum.

»Wir rufen einen Arzt«, beschloss er.

»Morgen geht es mir sicher wieder gut. Ich werde kaum krank. Es muss an all dem guten Essen liegen.«

»Wir gehen kein Risiko ein.«

»Theo, bitte! Ich möchte einfach nur eine Weile meinen Frieden haben. Es ist nichts weiter, das verspreche ich dir.« Sie hätte sich ja gefragt, ob sie sein Kind unter dem Herzen trug, doch da ihr Monatsfluss noch keinen Tag verspätet war, konnte sie unmöglich bereits unter Schwangerschaftsübelkeit leiden. Außerdem wussten sie beide, dass er nicht so leicht Kinder zeugte. Keine der anderen Frauen in dem Häuschen am Wald war schwanger geworden – auch wenn er sagte, dass er entsprechende Vorkehrungen getroffen hatte, weil er keine unehelichen Sprösslinge wollte. Das hatte sie überrascht. Doch auch in anderen Dingen war er ein widersprüchlicher Mensch: gutherzig und doch selbstsüchtig, großzügig, was Geld anging, und doch sparsam in kleinen Dingen wie beim Kerzenverbrauch. Dieser Mann war nicht so leicht zu durchschauen. Sie wünschte nur …

Es klopfte an der Tür und er ging hin, um zu öffnen. Draußen wartete ein Dienstmädchen mit einem Silbertablett, auf dem ein Umschlag lag.

»Telegramm für Sie, Mr Mullane.« Sie hielt ihm das Tablett entgegen.

»Danke.« Er schloss die Tür und riss den Umschlag auf. Beim Lesen der Nachricht entfuhr ihm ein bestürzter Ausruf. »Richard ist krank. Ich muss zurück nach Hause.« Dann sah er zu Keara auf. »Geht es dir gut genug für die Reise?«

Augenblicklich erkannte sie, dass dies ihre Gelegenheit sein könnte, von ihm loszukommen – vielleicht die einzige, denn für gewöhnlich beobachtete er sie mit Adleraugen. Sie schüttelte den Kopf und hielt sich ein Taschentuch vor den Mund, als wäre ihr noch immer übel. »Nein. Ich glaube, das wäre gar nicht klug.«

Stirnrunzelnd blickte er auf sie hinunter. »Ich lasse dich

nicht allein in London zurück. Tut mir leid, meine Liebe, aber du wirst mitkommen müssen. Eine Verzögerung wage ich nicht zu riskieren. Zieh dich rasch an, während ich nach unten ins Foyer gehe und die Abfahrtszeiten der Züge in Erfahrung bringe. Ich bin mir fast sicher, dass ich im Regal hinter dem Empfangstresen ein Bradshaw-Kursbuch gesehen habe.«

Sobald er das Zimmer verlassen hatte, machte sie sich daran, wenigstens einen Teil ihres Fluchtplans umzusetzen. Sie schlüpfte aus dem Bett und suchte nach der Geldbörse, die er in seinem Koffer verwahrte. Sie hätte beinahe frustriert aufgeschluchzt, als sie sie nicht sofort fand. Endlich ertastete sie das Leder und tat einen bebenden Seufzer der Erleichterung. Sie hätte nie für möglich gehalten, irgendjemand könnte so viel Geld brauchen, doch Theo hatte stets eine Börse voller Banknoten und Münzen in seiner Jackentasche sowie diese Reserve im Gepäck bei sich. Für ihn schien das nichts Besonderes zu sein. Die Nachricht über Richards Erkrankung hatte ihn so aufgewühlt, dass er wohl kaum in nächster Zeit sein Geld zählen würde. Und bis es so weit war, hoffte sie längst auf dem Weg nach Australien zu sein.

Sie seufzte. Er würde ihr fehlen. Nicht der Luxus, den er in ihr Leben gebracht hatte, sondern er, der Mann, den sie liebte. Der sie des Nachts in seinen Armen hielt und ihre Tränen fortküsste.

Als sie auf den Inhalt der Börse blickte, konnte sie eine gewisse Verbitterung nicht unterdrücken. Hätte sie in jüngeren Jahren auch nur eine Handvoll solcher Münzen besessen, hätte sie Essen für ihre Mutter und ihre Schwestern kaufen oder sie von Ballymullan fortbringen können – oder selbst dortbleiben, statt als Zofe für Lavinia Mullane arbeiten zu müssen. Möglicherweise wäre ihre Mutter dann noch am Leben.

Auch diesen Gedanken schob sie beiseite. Jetzt war nicht die Zeit für Reue. Die Börse musste zurück an ihren Platz, ehe Theo zurückkam. Sie hatte bereits ausgerechnet, wie viel Lohn die Mullanes ihr noch schuldig waren, und zählte rasch die entsprechenden Banknoten und Münzen ab. Dabei sagte sie sich ein ums andere Mal, dass es nicht wirklich Diebstahl war, doch die Schuldgefühle ließen sie nicht los.

In diesem Augenblick hörte sie Schritte und Theos Stimme auf dem Korridor. Vor Entsetzen war sie wie gelähmt. Jeden Moment würde er hereinkommen und sie beim Stehlen erwischen!

Ihre Hast machte sie ungeschickt, und einige Münzen fielen klimpernd zu Boden und rollten in die Ecken des Zimmers. Hoffentlich konnte Theo das draußen nicht hören.

Als sie sich daranmachte, das Geld aufzusuchen, vernahm sie das Geräusch des Schlüssels in der Zimmertür und schluckte ein Stöhnen hinunter. Zu spät!

Doch dann sprach ihn jemand an, und der Schlüssel drehte sich nicht. Rasch stopfte sie die Börse dorthin zurück, wo sie sie gefunden hatte, schloss den Koffer und schob ihn zurück an seinen Platz, dann stürzte sie zu ihren Kleidern. Mit fliegenden Fingern zerrte sie sich das Nachthemd über den Kopf und streifte sich die Unterröcke über. Als sie eben die Bänder an der Taille zu verknoten begann, drehte sich der Schlüssel im Schloss und die Tür schwang auf. Sie hielt ihm den Rücken zugewandt, wollte ihn nicht ansehen – fürchtete, auf ihrem Gesicht wäre klar abzulesen, dass sie eine Diebin war.

Eine weitere Sünde!

»Der nächste Zug fährt in einer halben Stunde«, verkündete er. »Beeil dich, damit ich Dick hereinholen kann, um meine Sachen zu packen.«

Achtlos warf sie sich den Rock und das Mieder über. »Du kannst ihn jetzt hereinholen. Ich bin bedeckt.«

»Komm her, lass dir helfen.«

Mit sanften Fingern knöpfte er das enge Mieder an ihrem Rücken zu.

Beinahe hätte sie sich ihm in die Arme geworfen und alles gestanden, doch in diesem Moment kam Dick herein, und so holte sie stattdessen tief Luft und ermahnte sich, dass sie an ihre Schwestern denken musste.

Minuten später hatten sie das Hotel verlassen. Es war wie ein Leben mit einem Wirbelwind, dachte Keara erschöpft. Wehe dem, der sich Theo Mullane in den Weg stellte, wenn er erst einen Entschluss getroffen hatte.

Und ihr war noch immer übel, auch wenn sie sich bemühte, sich das nicht anmerken zu lassen.

Es konnte doch unmöglich *das* bedeuten, oder?

* * *

Als Theo zu Hause eintraf, nachdem er Keara und ihr Gepäck an dem Häuschen im Wald abgesetzt hatte, sah er den Wagen des Arztes vor der Tür stehen, und sein Herz machte einen Satz. Mit einem knappen »Kümmere dich ums Gepäck, ja?« drückte er Dick etwas Geld für den Fahrer der Mietdroschke in die Hand und sprang ab, noch ehe das Gefährt zum Stehen kam.

Der Arzt trat aus der Bibliothek, als Theo sich zur Treppe ins Obergeschoss wandte. »Ich muss mit Ihnen sprechen, ehe sie hinaufgehen, Mr Mullane.«

Theo schluckte schwer und folgte ihm in die Bibliothek. »Wie geht es ihm?«

»Gar nicht gut. Eine schwere Erkältung.«

Stirnrunzelnd sah Theo den Mann an. »Eine Erkältung? Ist das so schwerwiegend, dass Sie mich zurückrufen mussten?«

»Für Richard ist es das. Im Augenblick ist er nicht in Gefahr, doch ich dachte, Sie würden es vorziehen, heimzukommen – für den Fall, dass sein Zustand sich verschlechtert.«

»Ja. Sie haben recht. Natürlich haben Sie recht. Und ich bin Ihnen sehr dankbar.«

Der Arzt zögerte, dann ergänzte er: »Auch der Zofe Ihrer Frau schulden Sie großen Dank. Sie hat Tücher über die Wiege des Babys gehängt und darunter mithilfe eines Spiritusbrenners Wasser aufgekocht, um das Tuchzelt mit Dampf anzufüllen. Eine klassische Methode, um Erkälteten das Atmen zu erleichtern. Sie ist eine sehr fähige Krankenpflegerin.«

Theo nickte, sein einziges Interesse galt seinem Sohn. »Ich gehe jetzt zu ihm.«

Im Kinderzimmer fand er Nancy vor.

Sie hob einen Finger an die Lippen und deutete mit dem Kopf in Richtung des Schlafzimmers der Amme, das mit dem von Richard verbunden war. »Sie war beinahe die gesamte Nacht mit ihm auf.«

»Mir scheint, ich bin Ihnen Dank schuldig.«

Sie nickte. »Diesmal haben wir ihn gerettet, aber es war eine knappe Angelegenheit. Ich bezweifle, dass er kräftig genug ist, eine weitere Krise zu überstehen.«

Sie starrten einander an.

»Ich habe Ihnen einmal davon abgeraten, Lavinia zu heiraten«, fuhr sie mit ihrer trockenen, alten Stimme fort. »Sie beide passen nicht zueinander, weder in Ihrem Wesen noch in Ihrer physikalischen Beschaffenheit. Aber eines Tages werden Sie ein Kind haben, Theo Mullane, das verspreche ich Ihnen.« Ihre Lider senkten sich etwas. »Eine kleine Tochter, ich sehe sie glasklar vor mir. Und sie wird kerngesund sein.« Sie lächelte, als spielte sich vor ihrem inneren Auge eine Szene ab. »Ein richtiger kleiner Wildfang, um genau zu sein.«

Bei dem seltsamen Glanz in ihren Augen überlief ihn ein Schauer, und für einen Moment glaubte er ihr. Dann ärgerte er sich über sich selbst. »Sparen Sie sich Ihre Wahrsagerei für Leichtgläubigere als mich. Aber für Ihre Fürsorge für Richard danke ich Ihnen.«

Mit einem Achselzucken ließ sie sich wieder auf dem Stuhl neben der Wiege nieder.

»Kann ich irgendwie helfen?«, fragte er, nachdem er eine Weile das Gesicht seines Sohnes betrachtet hatte. »Ganz gleich, wie?«

»Im Augenblick nicht. Er wird noch ein wenig bei Ihnen bleiben.«

Er beugte sich vor und gab dem Kind einen Kuss, ehe er das Zimmer und das Haus verließ, ohne mit irgendjemandem sonst ein Wort zu wechseln. Er suchte Zuflucht im Wald, wollte niemanden sehen, nicht einmal Keara. Wollte einfach nur etwas von diesem Schmerz loswerden. War es wirklich erst wenige Wochen her, dass sein Sohn zur Welt gekommen war? Dabei erschien Richard ihm längst wie ein Teil seiner selbst, ein unverzichtbarer Teil.

Nancy konnte doch unmöglich recht haben? Niemand konnte die Zukunft vorhersehen. Und doch hatte sie vollkommen überzeugt gewirkt. Er dachte zurück an das gerötete kleine Gesicht seines Sohnes, an sein schwächliches Weinen. Entsetzen machte sich in ihm breit. Was würde er tun, wenn er dieses Kind verlöre?

Er wünschte, Nancy wäre fortgeblieben, würde ihm nicht immer wieder solche Gedanken in den Kopf setzen. Selbst der Arzt weigerte sich, Richards Überleben als Gewissheit zu betrachten. Doch wenigstens hatte Nancy ihm die Idee einer Tochter geschenkt. Wagte er es, daran zu glauben? Und wessen Tochter? Vor seinem inneren Auge schien Kearas Gesicht zu schweben. Ach, ein Kind mit Keara wäre eine rechte Freude.

Ohne einen klaren Gedanken starrte er lange Zeit blicklos in den Wasserlauf und war bei seiner Rückkehr ins Haus so ausgekühlt, dass Dick ihn schalt, nicht besser auf sich achtgegeben zu haben.

»Vielleicht sollten Sie Keara einen Besuch abstatten?«, schlug er vor.

Theo schüttelte den Kopf. »Nein. Nicht heute.« Er wollte

niemanden sehen, musste sich mit der Möglichkeit auseinandersetzen, dass sein Sohn womöglich nicht überleben würde – sonst würde ihn der Verlust vernichten.

O Gott, warum nur?

* * *

Allein in ihrem Häuschen packte Keara ihre feinen neuen Kleider wieder aus und beschloss anschließend ebenfalls, im Wald spazieren zu gehen. In letzter Zeit war sie so viel drin gewesen, dass sie zu ersticken glaubte.

Etwa eine Stunde spazierte sie über die Ländereien, immer in sicherer Entfernung vom Herrenhaus. Hier und da sah sie jemanden in der Ferne, begegnete jedoch niemandem, was genau ihren Wünschen entsprach. Der Frieden des Waldes an diesem stillen, milden Januartag war Balsam für ihre Seele. Selbst in diesem Zustand, nackt und blätterlos, fand sie die Bäume wunderschön. Bald würden sie dicke Knospen treiben, ehe sich in einer Explosion hellen Grüns der Frühling breitmachte.

Würde sie dann noch hier sein? Immer noch in Sünde leben?

Sie wusste es nicht, jetzt, da sie etwas Geld hatte. Theo hatte ihr erzählt, dass die Welt eine Kugel war und Australien sich auf der gegenüberliegenden Seite befand, so weit entfernt, dass es mindestens drei Monate dauern würde, einen Brief dorthin zu verschiffen, und noch einmal so lange, bis eine Antwort einträfe. Derartige Entfernungen vermochte sie sich kaum vorzustellen.

Doch es würde auch nur drei Monate dauern, selbst dorthin zu gelangen, und auf diese Weise könnte sie ihre Schwestern viel schneller erreichen. Sie musste einfach Theo entkommen, musste den Zauber abwerfen, mit dem er sie belegt zu haben schien. Sie *musste.* Alles andere wäre ein Verrat an ihrer Mutter und allem, was sie für Keara auf sich genommen hatte.

Auf dem Rückweg zu ihrem Häuschen, mittlerweile verfroren und hungrig, sah sie eine Gestalt auf sich zukommen, eine alte Frau. Mit einem Nicken wollte sie an der Fremden vorbeigehen, doch die blieb stehen und streckte einen Arm aus, um sie aufzuhalten.

»Sie sind Keara Michaels, nicht wahr?«

»Wenn Sie es wissen, warum fragen Sie dann?«

»Ich frage, weil ich Lavinias neue Zofe bin.« Sie stieß ein heiseres Lachen aus. »Neu und alt. Ich war einmal ihre Amme.«

Keara wich zurück.

»Ich weiß, Sie hat Ihnen unrecht getan, doch sie begreift das nicht. Sie ist ein seltsames Kind, hätte niemals heiraten sollen, hätte stattdessen bei mir bleiben sollen. Niemand kann so für sie sorgen wie ich.« Sie musterte Kearas Gesicht. »Ja, sie hat Ihnen großes Unrecht zugefügt. Sie sind voller Kummer.«

»Würden Sie mich bitte vorbeilassen?«

»Gleich, mein Mädchen. Lassen Sie mich einmal eine Tasse Tee mit Ihnen trinken und dann den Teesatz lesen? Manchmal kann ich in die Zukunft sehen.«

Keara wusste, Vater Cornelius hätte sie ermahnt, sich von einer solchen Frau fernzuhalten, doch die Versuchung herauszufinden, ob sie ihre Schwestern je wiedersehen würde, war groß. »So etwas können Sie? Die Zukunft vorhersagen?«

»Manchmal. Was möchten Sie wissen?«

»Ob ich es nach Australien schaffe. Ob ich meine Schwestern wiedersehen werde.«

»Vielleicht kann ich Ihnen das beantworten.«

»Also gut. Kommen Sie mich besuchen.«

Nancy nickte. »Ich werde warten, bis Mr Mullane in der Stadt zu tun hat, dann komme ich zum Tee zu Ihnen.« Ohne einen Abschiedsgruß ging sie davon.

Keara blickte ihr nach und schauderte, als ein eisiger Wind am Saum ihrer Kleider zu zupfen begann. Am Himmel hingen schwere Wolken, und die Luft schien mit jedem Atemzug kälter zu werden. Es würde sie nicht überraschen, wenn es zu schneien begänne. Nun, das würde für sie auch nichts ändern. Sie war so oder so eine Gefangene hier, ganz gleich, wie das Wetter war. Sie war verfangen in einem Netz der Hoffnung, dass Theo ihre Schwestern für sie aufspüren würde, und hilflos, weil es niemanden sonst gab, an den sie sich wenden konnte.

Den restlichen Weg über ließ der Gedanke an Mrs Mullanes Zofe sie nicht los. Was für eine merkwürdige Frau. Langsam erfüllte die Vorstellung, gemeinsam mit ihr Tee zu trinken, Keara mit Unbehagen. Wie konnte sie jemandem trauen, der so eng mit Mrs Mullane verbunden war? Und irgendetwas hatte die alte Frau an sich, das einen beunruhigte, ein diffuses Unwohlsein auslöste.

Als könnte sie wahrhaftig in die Zukunft blicken.

Als würde sie die Gedanken ihres Gegenübers kennen.

Bei Kearas Ankunft am Haus fielen die ersten Schneeflocken, doch das war es nicht, was sie frösteln ließ.

* * *

»Und, hast du sie angetroffen?«, fragte Lavinia, als ihre Zofe zurückkehrte.

»Das habe ich, mein Küken, das habe ich.«

»Und was hältst du von ihr?«

»Sie scheint mir ein nettes Mädchen zu sein.«

»Ha! Wenn sie nett wäre, dann wäre sie noch an meiner Seite.«

»Doch dann wäre ich nicht hier. Mir gefällt es so besser.«

Lavinia biss sich auf die Lippe. Sie hatte vergessen, wie Nancy einem immer das Wort im Mund umdrehte, wie sie der alten Frau niemals etwas hatte vormachen oder sie überlisten können. Andererseits umsorgte Nancy sie ebenso gut wie Keara und half ihr dabei, Zukunftspläne zu schmieden. Wenn Nancy über zu mietende Häuser sprach, klang es fast wie eine gute Sache, dieses Anwesen zu verlassen und getrennt von Theo zu leben. Sie hatte schon immer die Gabe besessen, Lavinia aufzumuntern.

»Eine Sache ist da allerdings«, setzte Nancy unerwartet hinzu. »Keara trägt sein Kind unter dem Herzen.«

»Was?«

»Du hast mich schon verstanden.«

»Das kann nicht sein! Er ist doch erst seit so kurzer Zeit mit ihr zusammen. Sie macht ihm etwas vor. Das Kind ist von einem anderen.«

»Das bezweifle ich. So jemand ist sie nicht. Es stellt sich die Frage: Willst du, dass sie hierbleibt und ihm ein gesundes Kind schenkt, oder willst du sie fortschicken, ehe er es herausfindet?«

Begierig lehnte Lavinia sich vor. »Das kannst du? Sie fortschicken?«

»Ja. Sie will nach Australien, um den Schwestern nachzujagen, die du dorthin verschifft hast.«

»Soll sie nur gehen.«

»Ohne unsere Hilfe kann sie das nicht. Dafür wirst du mir Geld geben müssen.«

»Du bekommst so viel, wie du brauchst.«

* * *

Doch als Nancy zwei Tage später zum Tee bei Keara erschien, wurde sie nicht einmal ins Haus gelassen.

»Ich habe es mir anders überlegt.« Keara stand in der Tür und machte keine Anstalten, ihren Gast hereinzubitten.

»Warum?«

»Weil Teesatzlesen das Werk des Teufels ist und ich schon genug Sünden begangen habe. Außerdem traue ich Ihnen nicht. Warum sollten Sie mir helfen, wenn Sie für *sie* arbeiten?« Rasch schlug Keara die Tür zu, ehe die andere Frau noch etwas sagen konnte.

Seufzend machte Nancy sich auf den Heimweg. Es hätte die Sache leichter gemacht, hätte sie Keara Michaels' Vertrauen gewinnen können.

* * *

Wieder im Herrenhaus angekommen, begab sie sich zu Lavinia in ihren privaten Salon.

»Nun? Lange warst du ja nicht fort. Hast du mit ihr gesprochen?«

»Sie hat es sich anders überlegt. Will nichts mit mir zu tun haben.«

Lavinias Miene begann zu entgleisen, als wollte sie in Tränen ausbrechen.

»Es wird nicht geweint!«, mahnte Nancy scharf.

»Aber du hast gesagt, du schickst sie fort.«

»Und das werde ich auch, mein Küken. Nur dass ich jetzt Fred dafür werde einspannen müssen, um es mit Gewalt zu tun.«

Auf Lavinias Zügen machte sich Schadenfreude breit. »Gut. Das geschieht ihr recht.« Tatsächlich war es so viel befriedigender. Sollte die Kleine nur leiden. Sie hatte es verdient!

* * *

Richard erholte sich vollständig von seiner Erkältung und begann sogar, wieder zuzunehmen, und so machte Theo sich auf nach Manchester, um mit einem Makler über den Verkauf seines Anwesens zu sprechen. Er wollte Lavinia endlich hinter sich lassen, wollte sich mit seinem Sohn in die friedliche Schönheit Irlands zurückziehen.

Sobald Mr Mullane aufgebrochen war, ließ Nancy ihrem Neffen Fred und dessen Freund eine Nachricht zukommen. Die beiden hatten in einem nahe gelegenen Dorf nur auf eine solche Gelegenheit gewartet. In einer Mietkutsche fuhren sie zur entgegengesetzten Grenze des Anwesens und bahnten sich leise den Weg durch den Wald, den Freds Tante ihnen am Vortag gezeigt hatte. Bei ihrer Ankunft an dem kleinen Häuschen wartete Nancy bereits auf sie, gerade außer Sicht zwischen den Bäumen.

»Du kommst mit mir zur Tür, Fred. Dein Freund kann in der Nähe warten, bis wir sie dazu gebracht haben, uns zu öffnen«, verkündete sie in ihrer kurz angebundenen Art. »Und denkt daran, ihr sollt ihr kein Haar krümmen.«

Als Keara die Tür öffnete und erneut Nancy vor sich sah, runzelte sie die Stirn. »Ich bleibe dabei. Ich will nichts mit Ihnen zu tun haben.«

Doch als sie die Tür wieder schließen wollte, trat Fred vor, der sich seitlich versteckt gehalten hatte, stieß sie weit auf und packte Keara bei den Armen.

Panisch versuchte sie sich loszumachen, doch er war ein kräftiger Bursche, und noch während sie kämpfte, kam ein weiterer Mann herbeigerannt und half ihm, sie ins Haus zu schleifen. »Was machen Sie denn?«, schrie sie die Alte an.

»Sie nach Australien schicken«, antwortete Nancy. »Dorthin wollten Sie schließlich selbst.«

»Das glaube ich Ihnen nicht.«

»Ich lüge nicht. Und hören Sie auf, sich zu wehren. Wollen Sie etwa, dass dem Kind unter Ihrem Herzen etwas geschieht?«

Keara erstarrte und sah Nancy schockiert an. »Woher wissen Sie davon?«

»So etwas sehe ich immer. Das ist eine Gabe von mir.« Sie

wandte sich an ihren Neffen. »Fessle sie, solange wir alles vorbereiten. Je kürzer wir sie betäuben müssen, desto besser.« Sie holte ein kleines blaues Fläschchen hervor und stellte es auf den Tisch. Als sie das Grauen in Kearas Augen sah, erklärte sie knapp: »Es ist nur Laudanum. Das wird weder Ihnen noch dem Baby schaden.« Dann ging sie nach oben und überließ es den Männern, ihre Gefangene im Auge zu behalten.

»Bitte tun Sie mir das nicht an«, flehte Keara, doch die beiden drehten nicht einmal die Köpfe in ihre Richtung.

Einer schien sich wie zu Hause zu fühlen, setzte einen starken Tee auf und trank genüsslich eine Tasse davon. Was sie auch sagte, keiner der Männer sah sie auch nur an, und so gab sie es schließlich auf, um Erbarmen zu bitten. Doch ihre Angst ließ sich nicht unterdrücken, und so hoffte sie inbrünstig, Theo würde vorzeitig heimkehren. Doch außer geschäftigen Schritten über ihren Köpfen geschah nichts. Was machte die alte Frau dort oben?

Als Nancy herunterkam, trug sie Kearas Reisetasche. Auch sie ignorierte die Jüngere und sagte zu den zwei Männern: »Oben ist eine Truhe. Holt sie herunter.« Dann trat sie zum Tisch und maß in einem kleinen blauen Glas etwas vom Inhalt des Fläschchens ab.

Keara spürte ihre Angst zu schierem Entsetzen anwachsen, ihr hämmerte das Herz in der Brust. Würden sie sie jetzt vergiften? Sie ermorden?

Nancy sah sie an, als wüsste sie, was in ihr vorging. »Ich habe es Ihnen doch gesagt: Das ist kein Gift, nur Laudanum, das Sie einschläfern wird. Das alles wäre wesentlich einfacher gewesen, hätten Sie gleich auf mich gehört.«

»Theo wird furchtbar wütend werden. Er wird mir nachreisen.«

Nancy lächelte. »Er wird gar nicht wissen, was mit Ihnen geschehen ist. Und er wird viel zu beschäftigt mit seinem Sohn sein. Weiß er von Ihrem Kind?«

Keara antwortete nicht.

»Ich sehe es Ihnen am Gesicht an: Er weiß es nicht. Warum haben Sie ihm nichts gesagt?«

»Ich war mir noch nicht sicher.«

»Nein, das ist nicht der Grund. Sie haben befürchtet, er würde Sie niemals gehen lassen, wenn er es wüsste. Doch Sie wollen Ihren Schwestern nachjagen. Würden Sie das für mich schlucken?«

»Nein!«

Resigniert winkte Nancy ihren Neffen herbei. »Komm und halt sie für mich fest, Fred.«

Keara wand sich verzweifelt, doch ohne Erfolg. Als Nancy ihr die Nase zuhielt, versuchte sie alles, um nicht den Mund zu öffnen, doch letztlich musste sie nach Luft schnappen. Die Flüssigkeit glitt ihre Kehle hinab, und obgleich sie würgte und hustete, hielt Fred sie eisern fest, bis Nancy überzeugt war, dass das Laudanum unten bleiben würde.

»Bald werden Sie einschlafen, und wenn Sie wieder erwachen, werden Sie bereits auf dem Weg nach Australien sein. Trösten Sie sich mit diesem Gedanken. Das wollten Sie schließlich von Anfang an.« Einen Moment starrte Nancy sie noch an, dann wandte sie sich zum Tisch. »Habt ihr noch etwas Tee übrig gelassen, Burschen? Ich habe wirklich Durst.«

Ungläubig angesichts dieser Gleichgültigkeit sah Keara zu, wie die Alte sich setzte und sich eine Tasse Tee einschenkte. Als das Zimmer um sie herum zu verschwimmen begann, verlor auch ihre Angst an Schärfe, doch sie fragte sich noch immer, ob es wirklich nur Laudanum gewesen war oder ob man ihr Gift verabreicht hatte und sie im Sterben lag.

Noch nie in ihrem Leben hatte sie sich so hilflos gefühlt. Ihr letzter Gedanke galt Theo.

* * *

Zwei Tage später schaute Lavinia auf, als Nancy das Schlafzimmer betrat. »Und, gibt es Neuigkeiten?«

»Ja. Sie ist jetzt unterwegs. Und weiter weg als Australien geht es nicht. Wir hatten Glück, dass dieses Schiff genau zur rechten Zeit abgelegt hat. Was beweist, dass es genau so sein sollte. Als unser Fred die Überfahrt für sie gebucht hat, hat er gesagt, sie würde spät eintreffen, und bei ihrer Ankunft haben die Burschen so getan, als wäre sie betrunken. Mit ein wenig Schmiergeld haben sie sie ohne ärztliche Untersuchung an Bord bekommen. Manche Leute tun alles, solange man sie nur gut genug dafür bezahlt.«

»Und Theo wird sicher nicht herausfinden, was mit ihr geschehen ist?«

»Es sei denn, du sagst es ihm selbst.«

Lavinia verzog das Gesicht. »Das werde ich niemals. Er wird nicht einmal ahnen, dass er ein weiteres Kind hat, aber ich, ich werde es wissen.« Darüber kicherte sie gehässig, dann wurde sie wieder missmutig. »Er spricht nicht mehr mit mir, setzt sich nicht einmal mit mir an den Essenstisch, geschweige denn, dass er mit mir ausgehen würde. Es ist, als würde es mich nicht geben. Und wenn ich allein das Haus verlasse, werde ich nur angestarrt.«

»Sollen die Leute doch starren, mein Küken. Ich habe da von einem Haus in der Stadt gehört, das zum Verkauf steht – genau das Richtige für dich und mich. Nicht zu groß, aber elegant. Wenn du dort wohnst, wird es jede Menge für dich zu sehen und zu unternehmen geben. Du kannst jeden Tag deine Freundinnen besuchen und einkaufen gehen, wann immer es dir beliebt. Wenn du die Geschichte richtig verkaufst – wie dein Gatte dich im Stich gelassen und skrupellos dein Elternhaus verscherbelt hat –, wirst du viel Mitgefühl ernten.«

Auf Lavinias rundlichen Zügen breitete sich ein Lächeln aus. »Das werde ich wirklich, nicht wahr?«

Schon bald sprach sie eifrig davon, wie sie ihr Haus einrichten würde, was sie mit ihrer Zeit anfangen würde.

Nancy ermunterte sie dazu und verschwendete keinen weiteren Gedanken an Keara. Sie hatte getan, was sie hatte tun müssen, und nun musste sie sich um das Mädchen kümmern, das sie großgezogen hatte. Das Mädchen, das in ihrem Kopf nie wirklich zur Frau herangewachsen war.

Es war ein Fehler von den Hardwicks gewesen, Lavinia von ihr zu trennen, doch nun war es zu spät, um sich darüber zu sorgen.

* * *

Als Theo aus Manchester zurückkehrte, nahm er ein rasches Abendessen ein, ehe er nach oben ging, um sich umzuziehen. »Ich gehe zu Keara«, ließ er Dick wissen. »Warte nicht auf mich.« Auf dem Weg durch den Wald spürte er sein Herz leicht werden beim Gedanken daran, sie wiederzusehen. So war es jedes Mal. Sie war ihm schnell so wichtig geworden, dass er sich ein Leben ohne sie längst nicht mehr vorstellen konnte. Er wollte nicht einfach nur ihren Körper, sondern mit ihr zusammen sein, sie glücklich machen. Irgendwie war ihm, als würde seine Liebe zu ihr sein Leben zum Besseren wenden, so albern diese Idee auch sein mochte.

Doch als er das Häuschen erreichte, sah er die Tür im Wind schwingen, und plötzlich überkam ihn Angst. Warum hatte sie an einem so kalten Tag die Tür offen gelassen? Er stürzte ins Haus und rief: »Keara! Keara, wo bist du?«

Keine Antwort, kein Hauch ihrer Gegenwart war zu spüren, und das Haus war eiskalt, als stünde die Tür schon eine ganze Weile offen. Rasch durchsuchte er die zwei Zimmer im Erdgeschoss und sah mehrere benutzte Teetassen auf dem Tisch stehen. Er fragte sich, wer sie besucht haben mochte. Oben in ihrem Schlafzimmer fand er das reinste Chaos vor.

Einige ihrer feineren Kleider lagen in einem Haufen an der Wand, während all ihre schlichteren Sachen verschwunden waren.

Ein plötzlicher Einfall ließ ihn über die schmale Treppe auf den Speicher hasten, wo weder ihre Truhe noch ihre Reisetasche zu finden waren. Er polterte zurück nach unten, suchte nach einer Nachricht, durchkämmte Zimmer für Zimmer mit erzwungener Gründlichkeit. Sie musste ihm doch eine Nachricht hinterlassen haben.

Doch das hatte sie nicht.

Es gab nur einen Ort, wohin sie gegangen sein konnte: Australien. Woher hatte sie das Geld dafür genommen? Wie die Buchung bewerkstelligt? Er hätte schwören können, dass sie sich nie weiter als für einen Waldspaziergang von ihrem Häuschen entfernt hatte.

Hatte sie Freunde im Ort, die ihr geholfen hatten? Ihm gegenüber hatte sie mit keiner Silbe jemanden erwähnt.

Erneut durchsuchte er die Küche, konnte noch immer nicht glauben, dass sie ihm nicht einmal einen Abschiedsbrief hinterlassen hatte. Als er den Münzstapel auf dem Kaminsims sah, den sie nie angerührt hatte und über den sie schon zu scherzen begonnen hatten, stieg eisige Bestürzung in ihm empor. Sie hätte doch niemals ohne einen Penny in der Tasche alles hinter sich gelassen!

Einen Augenblick zauderte er noch, dann rannte er zurück zum Herrenhaus, erfüllt von nackter Angst um ihre Sicherheit. Er glaubte nicht, dass sie sich das Leben genommen hatte. So etwas würde sie nicht tun. Für eine Katholikin wäre das eine noch schlimmere Sünde gewesen als der Ehebruch mit ihm.

Doch wohin war sie verschwunden? Und mit wem? Wo immer sie auch sein mochte, er musste sie finden. Er würde nach ihr suchen lassen. Ganz gleich, was es ihn kosten würde, er würde sie wiederfinden und zurückholen.

Ohne sie konnte er nicht leben. Würde es nicht einmal versuchen.

14

Januar 1864

An einem heißen Januartag entließ die Postkutsche aus Melbourne zwei Männer in Rossall Springs. Der Ältere trug Schwarz und hatte sich den Hut tief ins Gesicht gezogen. Der Jüngere war in staubiges Braun gekleidet, hatte einen recht leeren Gesichtsausdruck und trug eine kleine Reisetasche. Sie nahmen sich ein Zimmer im Hotel und blieben dort, bis die Abenddämmerung hereinbrach, dann begaben sie sich auf einen Spaziergang durch die Stadt.

Am folgenden Morgen stellten sie ihre Tasche im Pensionsstall unter, wo auch die Postkutsche hielt, und zeigten ihre Fahrkarten nach Melbourne vor.

»Wir wollen uns nur noch einmal die Beine vertreten, aber wir werden wieder hier sein, ehe die Kutsche eintrifft«, sagte der Ältere. Als sie anschließend die Straße hinuntergingen, vergewisserte er sich: »Du weißt noch, was zu tun ist, Joseph?«

»Ja, Mr Jenner.« Mit leerem, mattem Blick trottete der junge Mann neben ihm her.

»Ich nehme das Kind und du wirst der Frau sagen, wenn sie uns folgt, dann schlägst du sie.«

»Aber ich kann sie doch nicht schlagen«, protestierte Joseph, wie schon mehrere Male zuvor an diesem Vormittag. »Dad sagt, ich darf keine Menschen schlagen.«

»Du musst sie auch nicht schlagen, du sollst es nur androhen.«

»Das wird Dad aber nicht gefallen.«

Alex atmete tief durch und betete um Geduld. So ochsenstark Joseph auch sein mochte, mit Verstand hatte der Herr ihn nicht besonders reichlich ausgestattet. »Das kann sie nicht wissen. Du bist groß genug, um jedem Angst einzujagen. Also tu, was ich dir sage, und gib vor, du würdest sie schlagen. Nur vorgeben. Verstanden?«

»Vorgeben.« Joseph nickte, doch ihm war noch immer anzusehen, wie unglücklich und verwirrt ihn das alles machte.

»Du erinnerst dich an den Weg zurück zum Pensionsstall?« Weitere Unsicherheit trat auf Josephs Züge. »Du musst dorthin zurückkommen, wo die Pferde sind.«

Josephs Gesicht leuchtete auf. »Pferde mag ich.«

»Ja. Also, wenn es getan ist, kommst du zurück zu den Pferden. Dort warte ich auf dich.«

Joseph nickte abermals, wirkte jedoch weiterhin besorgt.

Als sie das Haus der Johnsons erreichten, marschierte Alex durch die Tür, ohne sich die Mühe zu machen zu klopfen.

Schockiert blickte Kalaya auf, als zwei Männer in ihr Haus eindrangen, und sofort erkannte sie den Älteren. »Was wollen Sie?«

»Halt dein Maul!« Brutal schlug Alex sie ins Gesicht, dann wandte er sich zur Wiege und griff sich das Baby. Ohne Kalaya auch nur noch einmal anzusehen, stapfte er wieder hinaus.

Instinktiv schob sie sich vor ihre eigenen Kinder, die mit entsetzt geweiteten Augen in einer Ecke kauerten.

Der jüngere Mann folgte Mr Jenner zur Tür und sagte auf einen geflüsterten Befehl hin: »Wenn Sie versuchen, uns zu folgen, dann – dann schlage ich Sie.«

Kalaya erstarrte. Es war lange her, dass ein Weißer ihr Gewalt angedroht hatte, und sie würde sich hüten, Widerstand zu leisten. Erst recht gegen einen solchen Hünen wie diesen jungen Mann. Doch ihre Angst um das arme Baby zerriss sie beinahe. Sie verstand einfach nicht, was dieser Mann mit dem irren Glanz in den Augen mit seiner Enkelin wollte.

Sobald der jüngere Mann das Haus verlassen hatte, rannte

sie zur Tür und schob den Riegel vor. Durchs Fenster sah sie ihn hastig hinter dem Alten die staubige Straße hinunterlaufen.

Als die beiden hinter der Kurve verschwunden waren, rief sie den Kindern zu: »Bleibt hier!« und stürzte aus dem Haus. Sie rannte zum Speisehaus, so schnell sie konnte, hielt sich dabei jedoch auf den Seitenwegen. Auf keinen Fall wollte sie noch einmal diesen Männern begegnen. Den Weißen war es egal, wenn Schwarze verletzt wurden – nun, den meisten jedenfalls. Doch Mark war gut zu ihr, und sie liebte das Baby. Wie hätte sie das nicht tun können? Babys war es gleich, welche Hautfarbe jemand hatte.

Wohin brachte dieser Mann Amy? Und wieso?

Er würde ihr doch nichts antun?

* * *

Als Kalaya atemlos schluchzend in die Küche platzte, ließ Mark sein Fleischmesser fallen und eilte zu ihr. »Was ist passiert?«

»Der alte Mann, der Verrückte, ist mit einem anderen zusammen zurückgekommen und hat Amy entführt. Er hat mich einfach zur Seite gestoßen und sie aus der Wiege genommen. Der Jüngere hat gedroht, er würde mich schlagen, wenn ich ihnen folge, also habe ich gewartet, bis sie außer Sichtweite waren, und bin über die Nebenstraßen hierher gerannt.«

»Welche Richtung haben sie eingeschlagen?«

»Zur Hauptstraße.«

»Du kannst nach Hause gehen, Kalaya. Ich kümmere mich darum. Ginny, die Küche gehört dir.«

Mit offenem Mund starrte Ginny ihnen nach, dann schüttelte sie den Kopf und wandte sich dem nun verlassenen Hackbrett zu.

Als Mark die Hauptstraße erreichte, sah er gerade noch die Postkutsche nach Melbourne in der Ferne verschwinden. Er rannte zum Pensionsstall und brachte in Erfahrung, dass tatsächlich zwei Männer und ein Baby die Kutsche bestiegen hatten.

»Die haben mein Kind entführt«, stieß er hervor. »Ich brauche ein Pferd, und zwar schnell.«

Der Postbeamte, ein ältlicher Mann, der manchmal im Speisehaus aß, starrte ihn mit offenem Mund an. »Ihr Kind entführt?«

»Ja. Beeilen Sie sich, ja?«

»Die Pferde sind alle unterwegs, Mr Gibson. Ich habe nur die Postpferde hier, und die sind alle völlig erschöpft.«

»Irgendetwas muss doch möglich sein! Die haben mein Kind!«

»Es ist wirklich kein einziges frisches Pferd hier.«

Mark blickte sich um und entdeckte vor dem Stall einen Einspänner, auf dessen Fahrersitz sich ein Mann ausruhte. Er rannte hinüber und erklärte aufs Neue, was geschehen war.

»Teufel noch eins! Lassen Sie mich nur rasch meiner Frau Bescheid sagen, dann schnappen wir uns diese Schurken.« Der Mann sprang ab und verschwand im Postbüro, um gleich darauf wieder zu erscheinen. Hinter ihm traten zwei Frauen in die Tür des Büros, um ihre Abfahrt zu verfolgen.

»Pass ja auf dich auf, Tommy!«, rief eine von ihnen.

Mark hatte Mühe, seine Ungeduld zu zügeln, während Tommy das Pferd in Bewegung setzte.

Erst als sie schon außer Sichtweite waren, kam der Postbeamte wieder zu sich und rannte auf die Straße, um zu brüllen, jemand solle den Wachtmeister holen. Während sich um ihn eine Menschentraube bildete und lauthals zu erfahren verlangte, was denn geschehen sei, sahen zwei junge Männer sich an und holten ihre Pferde. Im Galopp nahmen sie die Verfolgung des Einspänners auf, begierig auf ein wenig Abwechslung.

Mittlerweile war die Postkutsche längst außer Sichtweite, und selbst der von ihr aufgewirbelte Staub hatte sich wieder gelegt. Unruhig rutschte Mark neben Tommy auf der Bank hin und her, während sie hinter der ältlichen Stute dahinzuckelten.

»Tut mir leid. Bessie ist nicht mehr die Jüngste, schneller kann sie nicht mehr laufen. Aber wir holen sie schon ein, keine Sorge.«

Mark nickte, den Blick unverwandt auf die Straße vor ihnen gerichtet und krank vor Sorge um seine kleine Tochter.

Das arme Pferd kam nur mühsam die Hügel hinauf und versuchte immer wieder in einen langsameren Schritt zu fallen. Bald holten die zwei jungen Männer sie ein und reihten sich hinter ihnen ein, witzelnd und lachend. Gerade als Mark überlegte, sie zu bitten, vorzureiten und die Postkutsche aufzuhalten, erhaschte er in der Ferne einen Blick darauf. »Da ist sie!«, rief er.

»Jippieh!«, jubelte einer der jungen Männer.

»Still, du Holzkopf«, fuhr Tommy den Burschen an. »Das ist kein Spiel. In dieser Postkutsche ist ein entführtes Baby. Und wir wollen doch nicht den Fahrer verschrecken und den Anschein erwecken, wir wären Straßenräuber, oder? Wenn die losgaloppieren, wird meine arme alte Bess sie nie einholen. Ihr seht doch, wie müde sie schon ist.«

Nach und nach, so langsam, dass Mark das Gefühl hatte, er wäre zu Fuß schneller, näherten sie sich der rumpelnden Postkutsche. Als der Wachmann seine Flinte hob und auf sie anlegte, stand Mark auf und rief: »Ich bin es nur!« Einen Moment lang geschah nichts, dann wandte sich der Fahrer um, erkannte ihn und zügelte sein Gespann.

Noch ehe der Einspänner zum Stehen kam, sprang Mark ab und riss die Kutschentür auf.

Alex Jenner war bereits auf den Beinen und hatte sich ans andere Ende der Kutsche zurückgezogen, Amy auf dem Arm. Wegen der Hitze war der lederne Fenstervorhang hochgerollt, und drohend hielt er ihren kleinen Leib in die gähnende Öffnung. »Wenn Sie versuchen, sie mir wegzunehmen, schlage ich ihr den Schädel ein. Besser, sie ist tot, als dass sie bei einem Heidenfreund wie Ihnen aufwächst.«

Der kräftige junge Mann in seiner Begleitung kauerte wimmernd in der gegenüberliegenden Ecke und hielt einen Arm schützend vors Gesicht, als würde er damit rechnen, jemand werde ihn schlagen. Die anderen Fahrgäste verharrten reglos auf ihren Plätzen und stierten ungläubig zwischen den Kontrahenten hin und her.

Amy begann laut zu brüllen und sich zu winden.

Einen Moment lang wusste Mark nicht, was er unternehmen sollte, dann sah er, wie sich hinter Jenner der Wachmann dem Fenster näherte. »Sie würden ein unschuldiges Kind ermorden?«, stieß er hervor, um die Aufmerksamkeit des alten Mannes ganz auf sich zu fokussieren.

»Sie ist eine Frucht der Sünde, und ich führe sie der Erlösung zu.« Aufs Neue hob Jenner die kleine Amy in Richtung Fenster und grollte dunkel, als er den Wachmann nur noch wenige Schritte entfernt stehen sah.

Mark wagte kaum, sich zu rühren, so groß war seine Furcht um seine Tochter.

Barsch gab Jenner dem jungen Mann in seiner Begleitung einen Befehl, woraufhin dieser die Tür öffnete. Der Wachmann draußen zögerte.

»Zurück mit Ihnen, oder sie stirbt!« Jenner hielt das Baby an den Füßen in die Höhe, was sie in panisches Brüllen ausbrechen ließ. Von den anderen Passagieren ertönte ein mattes »Ohh« der Bestürzung, und Jenner lachte.

Plötzlich verzerrte sich das Gesicht des jungen Mannes,

und laut schluchzend nuschelte er: »Nicht umbringen! Nicht umbringen!«

»Halt dein Maul, du Narr!«

Die ältere Dame, die Jenner am nächsten saß, nutzte diesen Moment der Ablenkung, um ihm Amy zu entwinden. Brüllend schlug er auf sie ein und versuchte das Baby wieder an sich zu reißen, doch sie wandte ihm den Rücken zu, um das Kind abzuschirmen. Im selben Moment stürzte der Wachmann nach vorn und packte Jenner beim Kragen, um ihn heulend und protestierend aus der Kutsche zu zerren.

»Ich brauche Hilfe!«, rief er, denn der Alte wehrte sich mit der Kraft eines Wahnsinnigen.

Mark rannte um die Kutsche herum, und gemeinsam gelang es ihnen, Jenner aus der Kabine und fort von Amy zu ziehen.

»Sie gehören doch auch zu dem«, warf ein anderer Fahrgast dem immer noch stöhnend in seiner Ecke kauernden Hünen vor. »Raus mit Ihnen, auf der Stelle! Und wagen Sie es ja nicht, Ihrem Freund beispringen zu wollen.«

Joseph kletterte auf der anderen Seite der Kutsche hinaus, möglichst weit entfernt von Jenner, und protestierte: »Er ist nicht mein Freund. Dad sagt, ich muss Mr Jenner gehorchen, aber er ist nicht mein Freund.«

Tröstend hielt die ältere Dame das weinende Baby an ihre Brust gedrückt und beobachtete durch die weiterhin offene Tür, wie der Wachmann und Mark Mr Jenner bändigten. Der Alte setzte sich noch immer brüllend zur Wehr. Schließlich gelang es ihnen, seine Arme und Beine mit einem Seil zu fesseln, das ihnen der Fahrer zuwarf. Staubbedeckt und schwer atmend erhob sich der Wachmann, sah Mark an und tippte sich an die Stirn.

Die alte Dame lehnte sich vor und sprach es aus: »Der Kerl ist geisteskrank.« Dann schaute sie hinab auf das Baby, das sich beruhigt hatte und nun nach Milch suchte. »Na, du bist aber ein hübsches kleines Ding, was? Was hat der böse alte Mann nur mit dir angestellt, hm?«

Mark trat an die Tür der Postkutsche. »Danke, dass Sie meine Tochter gerettet haben, Ma'am.«

»Warum hat er sie denn entführt?«

»Er ist ihr Großvater. Meine Frau ist im Kindbett gestorben, und jetzt will er das Mädchen haben.«

Sie blickte auf den Mann, der sich am Boden liegend noch immer gegen seine Fesseln stemmte. »Der Mann gehört eingesperrt.«

»So langsam glaube ich das ebenfalls.« Mark streckte die Arme aus und sah, wie die Dame Amy noch einen Kuss auf die Stirn drückte, ehe sie sie ihm übergab.

Die jungen Männer aus der Stadt, die ihnen gefolgt waren, sich während des Kampfes jedoch verdächtig bedeckt gehalten hatten, versprachen, Mr Jenner zu bewachen, bis der Wachtmeister eintreffen würde.

»Machen Sie mich auf der Stelle los!«, brüllte der Alte.

»Lösen Sie unter keinen Umständen seine Fesseln, was er auch sagt«, warnte Mark die beiden grimmig.

»Werden wir nicht«, beeilte sich einer der beiden zu versichern und wich hastig zurück, um Jenners ruckenden Füßen auszuweichen.

Unermüdlich wand der Alte sich am Boden und rief schließlich seinen Kumpanen an: »Joseph, komm her und befrei mich, auf der Stelle!«

»Wagen Sie es ja nicht, ihn loszubinden!«, blaffte Mark.

Der junge Mann trat einen Schritt vor, zauderte und blickte zwischen ihnen hin und her.

»Ein kräftiger Bursche, aber gewalttätig erscheint er mir nicht«, bemerkte einer der jungen Männer aus der Stadt. »Nehmen Sie ihn doch mit zurück nach Rossall, wo er dem Alten nicht helfen kann.«

»Dafür ist in meinem Einspänner kein Platz«, schaltete

sich Tommy ein. »Meine Bessie ist am Ende ihrer Kräfte. Da wird sie nicht auch noch diesen Ochsen ziehen.«

»Dann müssen wir ihn wohl für Sie im Auge behalten. He, du! Geh und setz dich da hinten unter den Baum.«

Joseph stierte von einem zum anderen, ehe er davontrottete. Wie ein Häuflein Elend plumpste er im Schatten zu Boden und murmelte: »Nicht mein Freund.«

Mark hielt Amy eng an sich gedrückt, während Tommy ihn zurück in die Stadt kutschierte. Für das Baby schienen alle Ängste vergessen, obgleich noch Tränen auf ihren Wangen zu erahnen waren. Er jedoch würde dieses furchtbare Erlebnis niemals vergessen. Noch immer sah er vor sich, wie Amy kopfüber in den Händen ihres Großvaters gebaumelt hatte. Allein die Erinnerung ließ ihn erschauern. »Ich kann Ihnen gar nicht genug für Ihre Hilfe danken«, sagte er heiser, während die Stute in Richtung Rossall zuckelte.

Tommy hob nur die Schultern und lächelte breit. »Meine Frau wird sich freuen, es als Erste zu hören. Nichts bereitet meiner Lucy so viel Vergnügen wie Klatsch und Tratsch.«

Als sie in Rossall einfuhren, begegneten sie Wachtmeister Snebble, der soeben ausritt, um herauszufinden, was da vor sich ging. Sie hielten an, um ihm das Vorgefallene zu schildern.

»Schicken Sie uns einen Karren, um die beiden wieder in die Stadt zu bringen«, bat er seufzend. »Wessen Karren, ist mir gleich, aber schicken Sie einen. Ich werde mir anhören, was der Mann zu seiner Verteidigung vorzubringen hat, und die zwei dann nach Rossall zurückbringen. Einen solchen Ärger kann ich heute wirklich nicht gebrauchen.« Erneut seufzte er leidgeprüft und ritt weiter.

Als der Wachtmeister die vier Männer an der Straße nach Melbourne erreichte, hatte Alex sich deutlich beruhigt. Auf Nachfrage erklärte er nach dem Lösen seiner Fesseln höflich und sehr ausführlich, wie sehr es ihm als besorgtem Großvater missfalle, sein einziges Enkelkind in den Händen einer Eingeborenen zu sehen, wo doch ihre Großmutter mit Freuden für Amy sorgen würde.

Wachtmeister Snebble rieb sich das Kinn. Auch wenn er sich ungern mit einem Gefangenen verbrüderte, teilte er doch voll und ganz die Ansichten des alten Mannes über die Eingeborenen. Wenngleich die Johnsons besser waren als die meisten anderen. Sie kannten ihren Platz und führten ein zurückgezogenes Leben.

Auch in der Wachstube von Rossall Springs wahrte Alex Jenner einen moderaten Tonfall und drückte weiterhin seine Sorge darüber aus, dass seine Enkelin von »einer solchen Frau« aufgezogen werden sollte. Da Wachtmeister Snebble wusste, dass viele der Ortsansässigen diesen Standpunkt teilten, schlug er vor, Mark solle auf eine Anzeige verzichten.

»Aber er hat versucht, sie zu entführen!«

»Es gibt in Rossall durchaus Sympathien für seine Gründe. Mit einer Anzeige würden Sie nur Unruhe verbreiten. Das wäre sicher nicht gut fürs Geschäft.«

Frustriert starrte Mark ihn an, voller Ekel, dass ein Mann im Auftrag des Gesetzes sich so einfach aus der Verantwortung stehlen wollte.

»Es ist die beste Lösung«, redete Snebble ihm weiter zu. »Hören Sie, ich werde ihn streng verwarnen, so etwas nicht noch einmal zu versuchen, und ihn zurück nach Melbourne schicken.«

»Das gefällt mir nicht.«

»Es ist das Beste so.«

»Tun Sie, was Sie für richtig halten.« Mark war entrüstet. Wie konnten die Leute so abfällig über Kalaya sprechen? Sie war eine hervorragende Mutter, eine sanfte Person, die niemals jemandem Leid zugefügt hatte. Und wenn man ihn fragte, war sie intelligenter und bei weit klarerem Verstand als

Alex Jenner. »Aber ich will zugegen sein, wenn Sie ihn verwarnen.« Nicht einmal das traute er Snebble noch zu.

Mit gesenktem Kopf stand Alex da und gab vor zuzuhören, während der Wachtmeister ihm eine strenge Verwarnung verlas und Mark mit finsterem Blick danebenstand, doch innerlich jubelte er. Im Anschluss erklärte er sich bereit, sich in seinem Hotelzimmer einschließen zu lassen, bis am folgenden Tag die nächste Postkutsche nach Melbourne ging. Auf dem Weg aus der Wachstube lächelte er seinen Schwiegersohn an und sagte im Vorübergehen leise: »Aber ich werde schon bald zurückkehren und meine Enkelin besuchen. Vielleicht bringe ich nächstes Mal meine Frau mit. Sie kann es kaum erwarten, das Kind wieder in ihren Armen zu halten.«

Sein Mund mochte Lächeln, doch in Jenners Augen stand ein derart kaltes Licht, dass Mark fröstelte. In diesem Moment wurde ihm klar, dass er Rossall Springs verlassen musste. Wenn er seine Tochter vor diesem Wahnsinnigen beschützen wollte, würde er irgendwo hingehen müssen, wo die Jenners ihn niemals aufspüren konnten.

Zum Stillen trug er Amy zu Kalaya, dann nahm er sie mit heim. »Ich kann Sie nicht noch einmal einer solchen Gefahr aussetzen, Mrs Johnson. Bis die zwei die Stadt verlassen haben, werde ich Amy abgesehen von den Stillmahlzeiten bei mir behalten. Erst danach bringe ich sie wieder zu Ihnen. Ist Ihnen das recht?«

Voller Mitgefühl sah sie ihn an. »Er hat schlimme Gedanken, dieser alte Mann. Das ist schwer für Sie, nicht?«

»Ja. Sehr schwer. Ich hoffe, er hat Sie nicht verletzt.«

»Nur ein paar blaue Flecken, nichts weiter.«

Er umfasste ihre Hand. »Sie haben uns wundervoll geholfen. Aber sobald Amy alt genug ist, um ohne Sie zurechtzukommen, werde ich Rossall den Rücken kehren müssen.«

Traurigkeit überschattete ihre Züge, doch sie nickte.

»Manchmal ist es besser zu gehen, als zu bleiben und in ständiger Gefahr zu leben.«

Das ließ ihn vermuten, dass auch sie und ihr Mann bereits Feindseligkeiten ausgesetzt gewesen waren und sich ebenfalls entschlossen hatten weiterzuziehen. »Ginge es nur um mich, würde ich bleiben, aber ich will Amy keiner Gefahr aussetzen.«

Ihr Blick wanderte zu ihren eigenen Kindern. »Uns ging es einmal ebenso. Und in dieser Stadt greift uns wenigstens niemand an oder misshandelt uns, solange wir ein stilles, bescheidenes Leben führen.«

»Wie halten Sie das aus?«

»Was bleibt uns schon für eine Wahl?« Sie sah auf Amy hinunter. »Meine Kinder werden mit ganz anderen Problemen zu kämpfen haben als sie.«

»Ihre Kinder werden aber auch eine Mutter haben, die sie liebt und beschützt, anders als Amy.«

»Lieben kann ich sie, ja, aber beschützen kann ich sie kaum vor …« Achselzuckend deutete sie in Richtung Stadt.

Langsam ging er zurück nach Hause, zu seinem Speisehaus, und fragte sich, ob wohl jemand in Rossall Springs Interesse daran hätte, es zu kaufen. Plötzlich fühlte er sich ebenso verloren wie auf der Schiffsreise nach Australien. Würde er sich jemals irgendwo in Frieden niederlassen können?

An jenem Abend dachte er ernsthaft darüber nach, ob er nach England zurückkehren sollte. Die arme Nellie war tot, und in Bilsden, umgeben von seiner Familie, wäre er sicher vor Alex Jenner. Dann verzog er das Gesicht und schüttelte den Kopf. Nein. Er war sich nicht sicher, wann es geschehen war, doch er hatte sich an Australien gewöhnt. Er liebte die Sonne und den weiten Himmel, die Tatsache, dass es überall wild lebende Papageien gab, ganze Schwärme davon, und dass es selbst im Winter höchstens im Gebirge schneite. Außerdem wollte er nicht mit eingezogenem Schwanz heimgerannt kommen.

Doch – das musste er sich eingestehen und hatte es bereits von vielen anderen Auswanderern gehört – wenn er bliebe, würde er diese Entscheidung für den Rest seines Lebens damit bezahlen, dass er abgeschnitten blieb von den Geschwistern, die er liebte, und von seinem Vater.

Was er auch täte, einfach würde es nicht werden.

Und sollte John Gibson irgendetwas zustoßen, ehe Mark ihn wiedersah und persönlich seine Vergebung empfangen konnte, würde es ihm das Herz brechen. Eine Tochter hatte er bereits im Stich gelassen. Das würde er nicht noch einmal tun. Selbst wenn er Amy dafür Mutter *und* Vater sein musste.

* * *

Als Dick nach drei Tagen der Suche nach Keara zurückkehrte, reichte Theo ein Blick auf seine Miene, um ihn in die Bibliothek zu schieben und den restlichen Haushalt mit lautem Türenknall auszusperren. »Was hat denn so lange gedauert? Wo ist sie? Hast du sie nicht finden können?« Seine Stimme drohte zu brechen.

»Ich glaube, sie ist auf dem Weg nach Australien. Ich habe Nachforschungen im Hafenamt in London angestellt, aber von dort hat in der vergangenen Woche kein Schiff nach Australien abgelegt. Allerdings hat man mir gesagt, dass eines aus Liverpool abgefahren ist, deshalb bin ich dorthin gefahren.« Dick zögerte.

»Und?«

»Ich vermute, Keara ist am Tag nach ihrem Verschwinden hier mit der *Silver Princess* abgereist.«

»Du vermutest? Sicher bist du dir nicht?«

»Der Agent hat mir versichert, es hätte keine unangemeldeten Passagiere gegeben, und erst recht keine Keara Michaels. Aber ich hatte das Gefühl, dass er lügt, und so habe ich mich etwas umgehört. Nach ein paar Drinks für einen Kerl, der alle Welt zu kennen schien, hat der mich wiederum einem der Dockarbeiter vorgestellt, die letzte Vorräte und verspätetes Gepäck auf die Silver Princess verladen hatten. Wie es aussieht, wurde wenige Stunden vor dem Ablegen eine Frau mitsamt ihrem Gepäck an Bord getragen. Sie war bewusstlos und roch stark nach Gin. Dem Dockarbeiter zufolge hatte sie dunkles Haar, aber ihr Gesicht hat er nicht gesehen. Aufs Schiff getragen wurde sie von zwei Männern, die ebenfalls betrunken zu sein schienen und jedem, der es hören wollte, erzählten, sie hätten eine rauschende Abschiedsfeier miteinander gehabt.«

»Keara trinkt keinen Alkohol.« Theo ließ die Hand auf die Armlehne seines Sessels niederfahren. »Und wenn sie bewusstlos war, bedeutete das, sie ist nicht aus freien Stücken mitgegangen. Aber wer hätte einen Grund gehabt, sie loszuwerden?«

Dick schüttelte den Kopf. Der einzige Mensch, der ihm dazu einfiel, war Theos Frau, doch das zu sagen, stand ihm nicht zu. »Es war zu spät, um sie zurückzuholen, aber immerhin fährt das Schiff nach Australien. Dorthin wollte sie doch.«

In Theos Augen lag nacktes Elend, als er seinen Freund ansah. »Ich verstehe nicht, was da geschehen ist, aber wenn Lavinia auch hier ihre Finger im Spiel hatte, dann …« Er verstummte, konnte keine Sekunde länger warten, es herauszufinden. Abrupt verließ er die Bibliothek und ließ die Tür hinter sich offen stehen.

Sprachlos blickte Dick ihm nach. Noch nie hatte er Theo wegen einer Frau so aufgewühlt gesehen, erst recht nicht wegen einer anständigen jungen Frau, die im Innersten niemandes Mätresse sein wollte, ganz gleich, wie gern sie Theo hatte. Und an ihren Gefühlen für ihn konnte niemand mehr zweifeln. Selbst die Art, wie sie ihn ansah, verriet ihre Liebe zu ihm. In Dicks Augen war ihre Abreise nach Australien die beste Lösung dieses Dilemmas, denn die Sorge um ihre Schwestern hatte Keara keine ruhige Minute gelassen.

Im Obergeschoss polterte Theo ins Zimmer seiner Gattin, als Nancy sie gerade auskleidete.

Sobald Lavinia ihn sah, schrie sie los und begann mit Sachen nach ihm zu werfen, doch er wich dem Bombardement von Pflegeutensilien mühelos aus und packte sie beim Arm. »Hör auf damit! Ich will nicht in dein Bett, du törichtes Weib, ich will nur wissen, was mit Keara ist.«

Sie erschlaffte und starrte ihn mit offenem Mund an. »Du fragst mich nach deiner Mätresse? Woher sollte ich irgendetwas über sie wissen? Ich will diese erbärmliche Gans nie wiedersehen.«

»Hast du sie entführen lassen? Sie nach Australien geschickt?«

»Warum sollte ich sie fortschicken? Ich will dich nicht wieder in meinem Bett haben. Was mich betrifft, kannst du deine Hure gern behalten, ihr passt zueinander.«

Er ließ sie los und trat einen Schritt zurück. »Bitte entschuldige die Störung.« An der Tür wandte er sich noch einmal um. »Du kannst beruhigt sein, ich werde nie wieder irgendwelche Anstalten machen, dein Bett zu besuchen.« Dann sah er zu der Zofe hinüber. Es konnte also nur sie gewesen sein.

Nancy erwiderte seinen Blick ungerührt, den Kopf leicht zur Seite geneigt. In ihrem abgenutzten schwarzen Kleid wirkte sie wie eine Krähe.

»Ich möchte Sie sprechen, wenn Sie Ihre Herrin zu Bett gebracht haben, Nancy.« Damit fuhr er auf dem Absatz herum und ging wieder nach unten, wo er unruhig auf die alte Frau wartete.

»Sag ihm nicht, dass sie ein Kind von ihm erwartet. Versprich mir, dass du ihm das nicht sagst«, forderte Lavinia, sobald die Tür hinter ihm ins Schloss gefallen war. Sie weidete sich an seiner Unwissenheit.

»Ich werde es ihm nicht sagen.« Auf lange Sicht würde es ohnehin nichts ändern.

Das schien Lavinia zu reichen, woraufhin sie sich wieder ihrer größten Sorge zuwandte. »Er wird doch nicht wieder in mein Bett wollen, oder? Und falls er es versuchen sollte, wirst du es nicht zulassen, ja?«

»Nein, mein Küken. Er wird dich nie wieder belästigen.« Sie sah zu, wie Lavinia aufstand und die Arme hob, um sich den Morgenmantel abstreifen zu lassen, ehe sie langsam zum Bett ging. Der bläuliche Schatten um die Lippen ihres Schützlings war deutlicher geworden, und Nancy wusste, dass Lavinias Gesundheitszustand labiler war, als irgendjemand sonst ahnte. Der jungen Frau, der sie auf die Welt geholfen hatte und die sie mehr als alles und jeden sonst liebte, blieben vielleicht noch einige Jahre, doch viel mehr nicht – oder sie könnte schon morgen sterben.

Dick hatte in der Bibliothek auf Theo gewartet. Besorgt um seinen Herrn und Freund war er auf und ab marschiert. »Hast du etwas in Erfahrung bringen können?«

»Nur, dass meine Frau von nichts weiß. Ich habe Nancy aufgefordert, später zu mir zu kommen, damit wir uns unterhalten können. Es kann nur sie gewesen sein.« Mit einem schweren Seufzen ließ er sich in seinen Sessel fallen und legte den Kopf an die Rückenlehne. Nach einer Weile murmelte er: »Was Keara nur denken muss.«

Es klopfte, und auf seinen Ruf hin trat eine sehr gefasst wirkende Nancy ein.

Dick wandte sich zum Gehen.

»Bleib!«, wies Theo ihn an.

Nancy sah von einem zum anderen. »Halbbrüder«, stellte sie unvermittelt fest. »Sind Sie darauf nie gekommen?«

Schockiert blickte Theo sie an, dann schaute er zu Dick

hinüber. Warum hatte er es nicht längst gesehen? Sie waren ähnlich groß und hatten dieselbe Haar- und Augenfarbe, obgleich Dick etwas schmaler und nicht ganz so hochgewachsen war wie er. Zu seiner Überraschung lächelte der andere Mann verschmitzt. »Wusstest du das?«

Dick nickte. »Ja. Meine Mutter hat es mir vor einigen Jahren gesagt.«

»Warum hast du nie etwas davon erwähnt?«

»Welchen Unterschied hätte es denn gemacht?«

»Einen großen.« Dann fuhr Theo zu Nancy herum. »Wenn Sie versuchen mich abzulenken, wird Ihnen das nicht gelingen. Ich will wissen, was Sie mit Keara gemacht haben.«

»Darf ich mich setzen, während wir reden? Ich habe einen langen Tag hinter mir.«

Er wies ihr einen Sessel zu und beobachtete, wie sie sich niederließ und ihren Blick ins Feuer richtete.

»Keara?«, bohrte er nach.

Sie seufzte. »Ich habe sie dorthin geschickt, wo sie hinwollte, nach Australien. Dort liegt ihr Schicksal. Ihres ebenfalls.«

»Machen Sie sich nicht lächerlich. Ich habe nicht vor, nach Australien auszuwandern. Nach Irland werde ich gehen, sobald ich diesen Kasten verkauft habe.«

Sie lächelte und hob matt die Schultern. »Wenn Sie das sagen, Sir.«

»Ist das der einzige Grund?«, hakte Theo fassungslos nach. »Sie haben Keara fortgeschickt, weil sie aus dem Teesatz ihre Zukunft gelesen haben oder irgendeinen solchen Nonsens?«

»Ihren Teesatz musste ich dafür nicht lesen. Ihr Wunsch, ihre Schwestern zu finden, war mächtig. Aber ihre Gegenwart auf dem Anwesen hat Lavinia aus der Bahn geworfen. Sie sollten ihre Mätressen nicht so dicht beim Haus halten.« Sie hob den Blick und sah ihn geradeheraus an. »Mein Hauptbeweggrund war, das Unrecht wiedergutzumachen, das Lavinia diesen zwei Mädchen zugefügt hat. Doch aus diesem Unrecht wird noch Gutes erwachsen, Sie werden schon sehen.«

»Also haben Sie Keara betäubt und auf die *Silver Princess* eingeschifft?«

Sie nickte. »Ich habe ihr nur Laudanum gegeben. Und man hat ihr kein Haar gekrümmt.«

»Ich glaube nicht, dass ich Ihnen das jemals werde verzeihen können, Nancy.« Mit einer weiteren Geste entließ er sie. Wäre seine Gattin nicht so abhängig von dieser alten Frau, hätte er Nancy noch heute Nacht vor die Tür gesetzt.

Sie zögerte und legte schließlich etwas auf den Tisch. »Das ist ihr Geld. Eine Diebin bin ich nicht.«

Als die Tür hinter ihr ins Schloss fiel, nahm Theo die Börse auf und kippte den Inhalt auf den kleinen Beistelltisch neben dem Sessel. »Teufel noch eins! Sie wird mittellos da drüben ankommen. Wie soll sie ohne Geld nach ihren Schwestern suchen? Meine gesamte Familie hat ihr nichts als Schaden zugefügt.« Er schaute hinüber zu Dick, und das neue Wissen um ihre Beziehung ließ ihn gestehen: »Wenn Richard nicht wäre, würde ich ihr nachreisen und sie alle zurückholen. Ich liebe sie, Dick. Nach all den Jahren mit Lavinia war sie – wundervoll.«

»Aber sie war nicht glücklich als Ihre Mätresse«, antwortete Dick leise. »Das hat mir von Anfang an Sorge bereitet …« Er zögerte und setzte schließlich hinzu: »Sir.«

»Nein! Schluss mit dem ›Sir‹ und dem Siezen. Nie wieder. Mein Name ist Theo, wie du sehr gut weißt.«

Mit einem Nicken nahm Dick die Anweisung hin. Er hatte seiner Mutter versprechen müssen, es Theo nie zu sagen, doch er war froh, dass es nun jemand anders getan hatte.

Voller Schuldgefühle starrte Theo das Muster des Teppichs an. Schuldgefühle, vor denen er seit Wochen die Augen verschloss. Selbst wenn er Keara nachreiste – und das war es, wonach es ihn in seinem Innersten verlangte –, konnte er ihr auch jetzt nicht die Ehe und damit die Achtbarkeit bieten, nach der sie sich sehnte und die sie verdiente. Er realisierte, dass Dick etwas gesagt hatte, und schaute auf. »Entschuldige. Wie war das?«

»Ich habe gefragt, ob du ihr jemanden hinterherschicken willst. Falls ja, würde ich das übernehmen.«

Theo nahm einen langen, bebenden Atemzug, schüttelte jedoch schließlich den Kopf. »Nur falls mir zu Ohren kommt, dass sie in Schwierigkeiten steckt. Ich glaube, für den Moment kann ich nur eines für sie tun: Sie gehen lassen.«

»Eines solltest du allerdings noch wissen, bevor du endgültig entscheidest.«

»Und das wäre?«

»Die *Silver Princess* segelt nach Westaustralien. Das liegt von dort, wohin Kearas Schwestern geschickt wurden, am entgegengesetzten Ende des Kontinents, fast zweitausend Meilen entfernt von der Kolonie Victoria.«

Theo stöhnte auf. »Glaubst du, das hat Nancy absichtlich getan?«

Kurz dachte Dick darüber nach, dann schüttelte er den Kopf. »Nein. Sie ist keine gebildete Frau. Wahrscheinlich wusste sie es einfach nicht besser.«

»Was zum Teufel soll ich nur tun? Ich kann Keara doch nicht einfach ihrem Schicksal überlassen. Sie hat kein Geld.«

»Du könntest deinem Cousin Caley etwas schicken und ihn bitten, es an sie weiterzuleiten. Die Gallaghers sind doch auch nach Westaustralien gegangen, nicht wahr?«

Verblüfft starrte Theo ihn an. »Ich bin ein solcher Idiot. An die beiden habe ich überhaupt nicht gedacht.« Nur Keara hatte seinen Kopf ausgefüllt, wie einsam und verängstigt sie sein musste. »Aber das wäre tatsächlich eine Möglichkeit, nicht wahr?«, fuhr er langsam fort. »Auch wenn mir im Augenblick nichts anderes einfallen will, was ich noch für sie tun könnte.« Und diese Erkenntnis brachte ihn an den Rand der Tränen, so sehr frustrierte es ihn.

Doch nichts würde die Leere füllen können, die sie in seinem Leben hinterließ, selbst nach der kurzen Zeit, die ihnen miteinander vergönnt gewesen war. Und seit er mit Keara geschlafen hatte, war ihm der Appetit auf andere Frauen völlig abhandengekommen. Nicht eine hatte er seither gesehen, die er auch nur als annähernd attraktiv empfunden hätte. Das entlockte ihm ein trockenes Lächeln. Da wandelte er sich tatsächlich noch zum Monogamisten, hätte glücklich werden können mit ihr – und nur mit ihr. Sein Lächeln verblasste. Bloß, dass es unmöglich war.

Sein Sohn brauchte ihn hier.

15

Januar – Mai 1864

Keara mühte sich, die Augen zu öffnen und sich aufzusetzen, doch ihr Körper wollte ihr nicht gehorchen, und so konnte sie nur daliegen und darauf warten, dass der diffuse graue Nebel um ihr Gehirn sich lichtete. War sie krank gewesen? Wo war sie? Das Bett, auf dem sie lag, war hart und schmal, und der Raum um sie herum schien zu schwanken.

»Sie wird wach«, erklang eine Stimme in der Nähe. »Soll ich die Oberin holen?«

»Noch nicht. Die Arme wird noch eine Weile brauchen, ehe sie vernünftig sprechen kann.«

»Die Arme, von wegen! Die muss ein ganzes Fass Gin ausgesoffen haben. Ich hab noch nie jemanden gesehen, der so lange gebraucht hat, um sich von einer Feier zu erholen. Ich weiß wirklich nicht, was sie sich dabei gedacht haben, eine solche Schnapsdrossel zu uns zu stecken.«

»Ich bin mir gar nicht so sicher, ob sie eine Schnapsdrossel ist. Es waren ihre Kleider, die nach Gin gerochen haben, aber in ihrem Atem ist etwas anderes, irgendetwas Süßliches.« Die Sprecherin schnipste mit den Fingern. »Ich weiß, was es ist! Laudanum. Das hat meine Schwiegermutter immer benutzt.«

»Maggie Brett, du nimmst wohl wirklich von jedem nur das Beste an. Selbst die Oberin hältst du für anständig, wo sie doch ein echter Drachen ist. Außerdem hast du das Herzchen doch mit eigenen Augen an Bord kommen sehen. Die Matrosen mussten sie bis in unser Quartier tragen, und sie hat nach Gin gestunken wie ein ganzer Pub.«

»Wir werden sehen.«

Nach einigen vorsichtigen Atemzügen zwang Keara ihre Lider in die Höhe und sah sich um. Ihr schmerzte der Kopf, und sie war völlig ausgetrocknet. »Wasser«, krächzte sie.

»Habe ich hier, Liebes. Nimm einen kleinen Schluck. Nein, noch nicht mehr. Lass das erst einmal in deinem Magen ankommen. Wir wollen doch nicht, dass du dich übergeben musst, oder? Ich bin übrigens Maggie. Wie ist dein Vorname?«

»Keara.«

»Wohlan, Keara Dixon. Ist dir übel?«

»Nein. Bloß durstig.«

»Nimm noch einen Schluck.«

Ein Schatten fiel über den kleinen Raum, und mit Mühe drehte Keara den Kopf und sah sich einer drallen Frau in strenger marineblauer Kleidung und mit einem noch strengeren Gesichtsausdruck gegenüber. Stirnrunzelnd blickte die Ältere vom Eingang auf sie herab.

»Sind Sie also endlich wieder bei Sinnen, Dixon!«, stellte sie fest.

Dixon? *Was soll dieser Name?*, fragte sich Keara, hatte jedoch nicht die Energie, die Frau zu korrigieren.

»Dass Sie es von vornhrein wissen: An Bord wird nicht getrunken. Ihre Taschen habe ich bereits durchsucht und keine Flaschen gefunden, aber ihre Truhe werde ich mir auch noch vornehmen, wenn sie im weiteren Verlauf der Überfahrt hochgebracht wird.«

Mit offenem Mund starrte Keara sie an. »Überfahrt? Was für eine Überfahrt?«

»Die Überfahrt, für die Ihre Freunde Sie in letzter Minute vor dem Ablegen noch an Bord gebracht haben – nach Australien, mein Mädchen. Und Sie können sich glücklich schätzen, dass die zwei Sie noch rechtzeitig hergeschafft haben, denn die waren beinahe so betrunken wie Sie.«

Also hatte Nancy die Wahrheit gesagt. Keara wusste nicht, ob sie froh oder traurig sein sollte, dass sie nun auf dem Weg war, ihren Schwestern nachzuspüren. Sie hatte keine Gelegenheit gehabt, Theo Lebewohl zu sagen. Dieser Gedanke schmerzte so sehr, dass sie die Augen schließen musste und Mühe hatte, nicht in Tränen auszubrechen. Als sie wieder aufschaute, stand die Frau noch immer im Eingang.

»Ich bin Oberin Kirby, verantwortlich für das Ledigenquartier der Frauen, und ich werde Sie genauestens im Auge behalten. Ich weiß nicht, was der Agent sich dabei gedacht hat, eine Schnapsdrossel wie Sie als Dienstmädchen nach Australien zu schicken.«

Keara ließ erneut ihre Lider sinken und die Stimme der Oberin über sich hinwegrauschen. Als sie das nächste Mal die Augen öffnete, war die Frau fort, dafür saß Keara gegenüber auf der unteren Koje eine Frau, die in etwa so alt sein musste wie sie, und lächelte sie an.

»Du wirst keinen Atemzug tun können, ohne dass sie dir über die Schulter sieht«, prophezeite Maggie. »Hättest deine Abschiedsfeier lieber etwas vorverlegen und nüchtern an Bord kommen sollen.«

Einer Sache war Keara sich absolut sicher, auch wenn alles andere sie noch immer vor ein Rätsel stellte. »Ich trinke keinen Alkohol, und es hat nie eine Abschiedsfeier gegeben. Jemand wollte mich loswerden und hat mir gegen meinen Willen Laudanum eingeflößt. Danach kann ich mich an nichts mehr erinnern. Und diese Überfahrt habe ich definitiv nicht gebucht.«

Skeptisch sah Maggie sie an. »Hör mal, Keara, wenn du mit solch abenteuerlichen Geschichten anfängst, werden die Leute sich bloß gegen dich stellen, ganz gleich, ob sie wahr sind. Halt einfach für eine Weile die Füße still und benimm dich, hm? Lass den Aufruhr im Sand verlaufen.«

»Ich lüge nicht. Außerdem heiße ich nicht Dixon. Mein Name ist Michaels. Keara Michaels.«

Nachdenklich starrte Maggie sie an. »Und wenn ich richtig höre, bist du auch noch Irin. Das wird der Oberin noch weniger gefallen. Die anderen Irinnen hat sie alle in die Kabinen neben ihrer gesteckt, um sie im Auge zu behalten. Für sie sind deine Landsleute Abschaum. Aber du klingst nicht so wie die anderen, da ist irgendetwas Weicheres in deiner Stimme.«

»Ich habe einen Großteil meiner Zeit als Zofe in Lancashire verbracht.«

»Und deiner Zeit als Ehefrau.« Maggie deutete auf den Ring an Kearas Finger.

»Ehefrau? Ich …« Keara unterbrach sich, als ihr die Übelkeit wieder einfiel, die sie in letzter Zeit regelmäßig plagte. Die alte Frau hatte gesagt, sie erwarte ein Kind. »Ja, richtig. Bloß, dass ich jetzt Witwe bin. Ich – äh – habe vor drei Wochen meinen Mann verloren.«

Maggie streckte die Hand aus und ergriff die von Keara. »Mein Beileid. Ich bin auch Witwe, aber bei mir ist es schon mehr als ein Jahr her, und ich konnte ihn sowieso nicht ausstehen.« Bei der Erinnerung verdüsterte sich ihr Gesicht.

»Sind wir wirklich unterwegs nach Australien?«

»Ja.«

»Ich habe zwei Schwestern, die dort sind, deshalb wollte ich tatsächlich dorthin, aber nicht so.«

»Du hast ein ehrliches Gesicht und machst den Eindruck, als würdest du die Wahrheit sagen, es ist nur … Nun ja, das klingt alles ein wenig weit hergeholt.«

»Auch in meinen eigenen Ohren.« Seufzend schloss Keara erneut die Augen und improvisierte eine Geschichte. »Erst vor sechs Monaten habe ich Theo kennengelernt, und nun ist er tot, und ich bin auf dem Weg nach Australien. Wahrscheinlich war es seine, äh, Mutter, die mich loswerden wollte. Sie konnte mich nie ausstehen.«

»Wie ist dein Mann gestorben?«

»Er hat sich eine Erkältung eingefangen, die sich in den Lungen festgesetzt hat.« Sie erinnerte sich an einen Nachbarn in Ballymullan, der auf diese Weise ums Leben gekommen war. »Er konnte kaum noch atmen, es hat furchtbar gerasselt in seiner Brust, und er hat verzweifelt nach Luft geschnappt. Es war grauenvoll, ihm dabei zusehen zu müssen. Und dann war es auf einmal still, und man sagte mir, er sei tot.« Sie bemühte sich, ein paar Tränen hervorzubringen, und schaffte es, indem sie an ihre Mutter dachte. Auch wenn es ihr nicht behagte, diese Frau mit dem freundlichen Gesicht anzulügen, die ihr so wohlwollend begegnete.

»Du armes Ding.«

Kurz ruhte erneut eine Hand auf ihrer, dann wurde es still. Als Keara die Augen öffnete, war sie allein. Hatte sie wirklich all diese Lügen erzählt? Befand sie sich wahrhaftig auf dem Weg nach Australien?

Und konnte es sein, dass sie ein Kind von Theo unter dem Herzen trug?

Als die Schläfrigkeit sie abermals überrollte, kämpfte sie nicht mehr dagegen an. In diesem benebelten Zustand war es einfach alles zu viel, um es zu verarbeiten. Sie wollte nur noch schlafen.

* * *

Keara erwachte des Nachts in einer dunklen Kabine. Sie zwängte sich aus ihrer Koje und fragte sich, wo man auf einem Schiff sein Geschäft verrichtete.

»Was ist denn?«, flüsterte jemand.

»Ich brauche einen Abort oder was auch immer man stattdessen hier benutzt.«

Maggie stieg aus ihrer unten liegenden Koje gegenüber. »Dann müssen wir wohl die Oberin bitten, dich rauszulassen.

Nachts werden wir hier eingeschlossen, damit wir uns nicht den Matrosen an den Hals werfen. Ha! Wenn du die sehen könntest, die würde ich nicht mal mit 'ner Kneifzange anfassen. Na komm, ich helfe dir.«

Als Keara taumelte, legte Maggie einen Arm um sie und brachte sie in die Hauptkabine, in der ein Tisch und Bänke aufgestellt waren. Eine kleine Lampe an der gegenüberliegenden Wand verbreitete mattes Licht.

Die Oberin erwachte schnell, eine massige Gestalt im Flanellnachthemd. Drohend starrte sie Keara an. »Wenn das ein Versuch werden soll, sich an die Seeleute heranzumachen, Dixon, werden Sie recht bald die Erfahrung machen, dass ich meinen Mädchen keinen Umgang mit der Besatzung gestatte. Maggie, Sie können ihr zeigen, wohin sie gehen muss. Und Sie bleiben ununterbrochen in ihrer Nähe und bringen sie anschließend auf direktem Wege hierher zurück, ist das klar?«

»Jawohl, Frau Oberin.«

Die Vorrichtung auf dem Schiff war weit besser als die Aborte, mit denen Keara aufgewachsen war: Unter einem Sitz befand sich ein Loch, durch das ihre Ausscheidungen geradewegs in die See gespült wurden. Maggie zeigte ihr, wie sie mit der Handpumpe frisches Meerwasser heraufholen konnte, um nachzuspülen, nachdem sie »ihre Notdurft verrichtet« hatte, wie sie es nannte.

Als die junge Frau sie zurück zur Kabine brachte, erwartete die Oberin sie an der Tür. In der Zwischenzeit hatte sie sich ein Schultertuch übergeworfen. Sobald sie in der Kabine waren, drehte sie den Schlüssel im Schloss und zog ihn ab.

»Könnte ich bitte etwas zu trinken haben?«, fragte Keara.

Maggie schob sie auf eine der Bänke und sagte: »Warte da, ich hole dir etwas.« Die Oberin zog sich in ihre eigene Kabine zurück.

Nachdem Maggie das Wasser gebracht hatte, sah sie zu, wie Keara es durstig hinunterstürzte, und sagte: »Wenn ich du wäre, würde ich Keara Dixon bleiben und mich von jetzt an benehmen wie der reinste Engel. Sag der Oberin, dass man dir etwas in den Becher getan haben muss und dass es dir leidtut, ihr solchen Ärger bereitet zu haben. Komm ihr nur ja nicht mit irgendwelchen Geschichten von Leuten, die dich loswerden wollen.« Nach kurzem Zögern setzte sie hinzu: »Auch wenn ich dir tatsächlich glaube. Ich hab das Laudanum selbst gerochen.«

Keara nickte. Es war ein guter Ratschlag. Wer sollte ihr schon glauben, wo sie doch selbst kaum fassen konnte, was ihr widerfahren war?

»Hast du Hunger?«

»Nein.«

»Dann lass uns wieder ins Bett gehen. Ich jedenfalls bin müde, selbst wenn du's nicht bist.«

Am nächsten Morgen fühlte Keara sich beinahe wieder wie sie selbst. In ihrer Kabine wohnten noch zwei weitere junge Frauen, die die oberen Kojen belegten. Eine bedachte sie mit einem ausgemacht unfreundlichen Blick und erklärte: »Wenn du hier irgendwelchen Alkohol hereinzuschmuggeln versuchst, sage ich's der Oberin.«

»Ich trinke keinen Alkohol. Irgendjemand muss mir etwas in den Becher getan haben. Danach kann ich mich an nichts mehr erinnern.«

Das brachte ihr nur zynische Mienen ein, doch Maggie in der gegenüberliegenden Koje zwinkerte ihr zu und nickte anerkennend. Dann schwang sie sich aus dem Bett und begann sich anzukleiden. »Wir stehen nacheinander auf«, erklärte sie während einer hastigen Katzenwäsche und warf sich ihre Kleider über. »Hier ist nicht genug Platz, als dass sich zwei Leute gleichzeitig bewegen könnten. Als sie die letzten Bänder zuschnürte, wies sie mit dem Kopf auf die beiden oberen Kojen. »Das sind übrigens Alice und Brenda.«

»Und ich schließe mich Brenda an: Wenn ich dich mit einer Flasche Gin oder irgendetwas sonst erwische, gehe ich auf der Stelle zur Oberin.« Alice rümpfte missbilligend die Nase.

»Und was diese Geschichte angeht, ihr hätte jemand etwas in den Becher getan«, setzte Brenda mit angewiderter Miene hinzu, »der Gin-Gestank hat die gesamte Kabine ausgefüllt, oder, Alice?«

»Daran war kein Vorbeikommen.«

»Dann müssen sie das Zeug wohl über ihre Kleider verschüttet haben, nicht?«, entgegnete Maggie.

Alice und Brenda verließen die Kabine, sobald sie fertig waren, doch Maggie blieb auf ihrer Koje sitzen und wartete auf Keara. »Du siehst aus, als könntest du eine Freundin gebrauchen, und die zwei da sind unzertrennlich, deshalb biete ich mich an. Ich bin auch ein wenig einsam.«

»Ich brauche wirklich eine Freundin«, gab Keara zu. »Du bist sehr gut zu mir, dafür danke ich dir.«

»Nun, wir haben eine lange Reise vor uns. Siebzig Tage, heißt es – wenn wir Glück haben. Hast du Bücher mitgebracht?«

»Ich weiß es nicht. Jemand anderes hat meine Sachen gepackt.«

Maggie schüttelte den Kopf, enthielt sich jedoch jeden Kommentars. Keara meinte es sichtlich ernst mit ihrer Geschichte. Wenn sie eine Lügnerin war, dann eine wirklich gute. Allerdings kam sie Maggie nicht vor wie eine.

Außerdem – hatten sie nicht alle das ein oder andere zu verbergen?

* * *

Am nächsten Morgen musste Keara sich übergeben, sobald sie aus der Koje stieg, und würgte nichts als schaumige gelbe Galle hoch.

Maggie, die erneut auf sie gewartet hatte, sah sie verblüfft an. »Was ist mit dir, Liebes?«

»Ich glaube, ich bin schwanger.«

»Von deinem Mann?«

Darauf konnte Keara nur eine Antwort geben. »Natürlich. Bloß dass er es nun nie erfahren wird, nicht wahr? Er wird es nie erfahren!«, stieß sie hervor und brach in Tränen aus. Denn obgleich Theo nicht ihr Ehemann war, hätte er definitiv von dem Kind wissen wollen. Der Gedanke machte sie so traurig, dass sie nicht aus dem Weinen herauskam, und so schob Maggie sie sanft zurück in ihre Koje, wischte das Malheur auf und redete tröstend auf sie ein. Irgendwann wusste sie sich nicht mehr zu helfen und holte die Oberin.

»Stellen Sie das augenblicklich ab, hören Sie!«

Erst der scharfen Stimme der Oberin gelang es, Kearas Kummer zu durchdringen, und mit Mühe unterdrückte sie ihr Schluchzen, auch wenn ihr Atem noch immer bebte.

»Wussten Sie von diesem Kind, als Sie die Überfahrt gebucht haben?«

Keara schüttelte den Kopf.

Zaghaft zupfte Maggie am Ärmel der Älteren. »Sie hat erst vor drei Wochen ihren Mann verloren. Sie will zu ihren Schwestern, die bereits in Australien sind.«

»Nun, sie kann wohl kaum die gesamte Überfahrt da herumliegen und weinen, oder?« Die Oberin warf einen Blick über ihre Schulter in die Hauptkabine, wo die anderen Frauen leise in ihren Messen zum Frühstück zusammenkamen. Einige beobachteten in offener Neugier, was hier vor sich ging. »Maggie, gehen Sie jetzt und holen Sie sich Ihr Frühstück, aber legen Sie auch etwas für Keara für später beiseite.« Als sie sich wieder der jungen Frau in ihrer Koje zuwandte, wurde ihr Tonfall um eine Winzigkeit weicher. »Es ist immer sehr traurig, wenn ein Vater die Geburt seines Kindes nicht mehr erleben darf.«

Keara nickte und konnte nicht verhindern, dass ihr abermals Tränen in die Augen stiegen. So viele Jahre hatte Theo Mullane sich nach einem Kind gesehnt, und wie mühelos konnte sie ihm eines schenken. Doch wenn sie ihm davon berichtete, würde er sie holen kommen und als seine Mätresse zurück nach Irland schleifen. Davon war sie überzeugt. Und dann würde sie ihre Schwestern womöglich niemals finden.

Sie war hin- und hergerissen, und das war es, was ihr am meisten das Herz bluten ließ.

Doch wenigstens hatte Theo nun einen Sohn. Sie ließ eine Hand auf ihrem noch flachen Bauch ruhen, während sie darauf wartete, dass die Übelkeit verging. Das Kind würde ihres sein, ganz allein ihres. Und sie würde dafür Sorge tragen, dass es umgeben von Liebe aufwuchs und niemals hungern musste. Ohne Vater wäre es immer noch besser dran als mit einem, wie sie ihn gehabt hatte.

Doch sie wünschte, sie könnte es Theo mitteilen. Wünschte es sich so sehr!

* * *

Zwei Tage später erfuhr Keara, dass das Schiff nach Westaustralien segelte, nicht zur Kolonie Victoria. Jemand hatte eine Karte von Australien mitgebracht und zeigte ihr, wo Perth lag. Ein anderer kannte die Entfernung von dort bis nach Melbourne, und es war ein lähmender Schock, als sie erfuhr, dass sie trotz allem noch siebzehnhundert Meilen weit von ihren Schwestern entfernt sein würde. Das war weiter als die gesamte Länge Englands von der Nord- bis zur Südspitze, ließ eine Frau sie hämisch wissen. In diesem Augenblick begriff Keara, wie riesig die Welt wirklich war, und für einen Moment konnte sie nur dasitzen und bestürzt die Karte anstarren.

Die Oberin hatte das Gespräch mitgehört und ergänzte ein

weiteres Detail: Die einzige Möglichkeit, von Perth nach Melbourne zu gelangen, war der Seeweg.

Keara hatte Mühe, all das zu verarbeiten. Es war, als hätte jemand ihre Welt auf den Kopf gestellt – aufs Neue. »Wie viel kostet eine solche Fahrt?«, fragte sie mit vor Anspannung heiserer Stimme.

»Etwa zwölf Pfund, meine ich«, antwortete die Oberin. »Vielleicht ein paar Schilling mehr.«

Keara flüchtete in die relative Abgeschiedenheit ihrer Kabine, sank auf ihre Koje und ließ den Kopf in ihre Hände sinken. Sie war zu schockiert, um zu weinen. Das hatte die alte Frau absichtlich getan. Es musste so sein.

Doch dann erinnerte sie sich an Nancys strenge Züge. Bösartig hatte sie nicht gewirkt, nur entschlossen, Keara um ihres Schützlings willen loszuwerden. Noch einmal meinte sie, die knarrige Stimme zu hören: »Ich füge niemals jemandem absichtlich Schaden zu. Und eines Tages werden Sie froh sein, dass ich das getan habe, das verspreche ich Ihnen.« Selbst in ihrer Erinnerung spürte sie die absolute Ehrlichkeit in dieser Aussage.

Vielleicht hatte Nancy ihr wirklich nichts Böses gewollt. Möglicherweise hatte sie einfach nicht gewusst, wie weit Melbourne und Perth auseinanderlagen – aber geschadet hatte sie Keara dadurch am Ende doch. Es war Keara mehr als bewusst, wie schwer es war, mit dem Lohn eines Dienstmädchens auch nur ein einziges Pfund zusammenzusparen. Ganze zwölf Pfund für die Fahrt von Perth nach Melbourne beiseitezulegen, ganz zu schweigen von einer Reserve für etwaige Ausgaben bei ihrer Ankunft, wäre praktisch unmöglich. In ihr wuchs ein Baby heran, das nicht nur ebenfalls Bedürfnisse hatte, sondern es ihr durch den wachsenden Bauch auch ungleich erschweren würde, eine Stelle zu finden.

Sie würde an die Nonnen schreiben, wie Theo es bereits getan hatte. Die Adresse hatte sie sich eingeprägt. Doch würden sie ihr auch antworten? Und wenn ja, würden sie ihr sagen, wo ihre Schwestern sich befanden? Wussten sie es überhaupt? Es wechselten ständig Leute ihre Arbeitsstellen und zogen weiter. Aber zumindest Mara mit ihren elf Jahren würden sie doch noch nicht in eine Anstellung als Dienstmädchen geben?

Übermannt von diesem weiteren Schicksalsschlag lag sie da und starrte blicklos gegen die Koje über ihr. Maggie musste an ihrer Schulter rütteln, um ihre Aufmerksamkeit zu gewinnen.

»Du wusstest wirklich nichts von dieser Überfahrt, nicht wahr?«

»Nein.«

»Und wenn deine Schwestern in Melbourne sind, dann steckst du so richtig in der Tinte, mein Mädchen.«

»Ja.«

Maggie beugte sich vor und drückte Keara kurz. »Ich hab's noch nie ausstehen können, wenn Leuten so übel mitgespielt wird. Was hältst du davon, wenn wir nach der Ankunft zusammenbleiben?« Nach kurzem Zaudern gestand sie: »Ich bin auf der Flucht vor jemandem.« Ein rascher Blick über ihre Schulter, dann: »Und zwar vor meinem Ehemann. Er ist gar nicht tot – auch wenn ich wünschte, er wäre es, der Mistkerl. Aber er hat mich geschlagen, und unsere kleine Tochter auch. So schlimm, dass sie gestorben ist. Das werde ich ihm nie verzeihen, niemals. An dem Tag habe ich beschlossen, ihn zu verlassen.«

»O Maggie, nein!«

Doch die junge Frau nickte. »Ich hab mir sein Erspartes gegriffen und damit meine Flucht bezahlt. Davon bereue ich nichts, und ich hab nicht vor, irgendwem in Australien zu erzählen, dass ich in Wahrheit weiterhin verheiratet bin.« Ihr entfuhr ein zittriges Lachen. »Brett ist genauso wenig mein Name, wie Dixon deiner ist, aber *seinen* Namen werde ich nie wieder benutzen, solange ich lebe. Ach, wir sind schon ein seltsames Paar, wir zwei, was?«

Keara drückte ihre Hand. »Es wird uns beiden guttun, zusammenzubleiben.«

»Und wir finden einen Weg, nach Melbourne zu gelangen, das verspreche ich dir. Alle beide. Wenn du mich noch als Freundin haben willst …?«

»Natürlich will ich das. Allerdings erscheint mir eine Flucht nach Australien als recht drastisch. Hätte dir nicht deine Familie helfen können?«

»Die sind alle tot – jedenfalls alle, die mir nah sind. Ich wollte einfach nur so weit fort von ihm wie möglich. He, vielleicht könntest du mich als Cousine adoptieren statt bloß als Freundin?« Maggie breitete einladend die Arme aus und lächelte dabei breit.

Bei ihren Worten begann in Kearas Innerem etwas Hartes, Unglückliches zu schmelzen. »Ich wollte schon immer eine Cousine, Maggie«, antwortete sie und versuchte durch einen Tränenschleier hindurch zu lächeln. Abermals umarmten die Frauen einander, ehe sie die Kabine verließen, um sich ihren Mitreisenden zu stellen – zusammen.

* * *

An einem Abend zwei Wochen später betrat Theo das Kinderzimmer. Er war in Sorge um Richard, der an diesem Morgen sehr apathisch gewirkt hatte. Für gewöhnlich legte er seine Besuche bei seinem Sohn auf Zeiten, zu denen er wusste, dass Nancy anderweitig zu tun hatte, doch an diesem Abend saß sie mit Richard in den Armen neben der Wiege und schaukelte ihn sanft.

Als Teo hereinkam, blickte sie mit zurückhaltender Miene auf. »Ich kann jederzeit gehen, wenn Sie es wünschen, Sir.«

»Nein. Auch wenn ich Ihnen nicht verzeihen kann, was Sie

Keara angetan haben, weiß ich doch, dass Sie Richard guttun.« Unbehaglich, beinahe rastlos stand er da.

Sie sah hinunter auf das Kind. »Warum setzen Sie sich nicht hierher und halten ihn ein wenig? Heute ist er etwas unruhig, aber Sie haben immer eine besänftigende Wirkung auf ihn.«

Also setzte Theo sich und wiegte behutsam seinen Sohn in seinen Armen. Er war froh, als Nancy still und leise aus dem Zimmer schlüpfte.

Wäre er doch nur ungebunden. Auf der Stelle wäre er Keara nachgereist, um sie zu heiraten. Doch diese Freiheit war ihm versagt. Er hatte ein Anwesen zu verkaufen, eine törichte Frau zu versorgen und Arbeiter, die für ihren Lebensunterhalt auf ihn angewiesen waren, bis ihm jemand das Anwesen abnahm.

Und, am allerwichtigsten, einen Sohn, um den er sich kümmern musste. Als er auf Richard hinunterschaute, erschreckte es ihn abermals, wie gebrechlich das Kind wirkte. Guter Gott, sollte er denn alles verlieren? Nicht nur die Frau, die er liebte, sondern auch noch seinen Sohn?

* * *

Von jenem Abend an ging es mit der Gesundheit des Jungen bergab, und so aufmerksam man ihn auch umsorgte und pflegte: Niemand konnte daran zweifeln, dass der kleine Richard Mullane unaufhaltsam dahinschwand. Theo ließ alles andere stehen und liegen, um so viel Zeit mit seinem Sohn zu verbringen wie nur irgend möglich, während Lavinias Anteilnahme sich darin erschöpfte, des Morgens an der Tür zum Kinderzimmer zu stehen und das Kind anzustarren, das nun fast ununterbrochen in den Armen seines Vaters oder seiner Amme ruhte.

In den Armen seines Vaters hauchte Richard denn auch

seinen letzten Atem aus. Ein schwaches Seufzen, und er war nicht mehr. Theo schaute auf ihn hinunter, und als er begriff, was geschehen war, verharrte er völlig reglos – noch nicht bereit, den zarten Leib seines Sohnes abzulegen. Voller Widerstreben, mit der Verkündung des Geschehenen die hektische Betriebsamkeit auszulösen, die unweigerlich folgen würde.

Nancy erschien an der Tür, als hätte sie gespürt, was geschehen war. Wie betäubt von seinem Elend blickte Theo zu ihr auf. »Ich glaube, er ist gerade gestorben.«

Sie setzte sich zu ihm und berührte wie zum Abschied sacht die blasse Wange des Kindes. »Ja. Er hatte ein ähnliches Herzproblem wie seine Mutter, nur schlimmer.«

»Wie seine Mutter?«

Sie nickte. »Ist Ihnen der bläuliche Schatten um Lavinias Lippen noch nicht aufgefallen? Sie ahnt nichts davon, denn wie wir beide wissen, sieht sie nur, was sie sehen will. Ihre Mutter hatte dasselbe Leiden, ebenso wie ihre Großmutter. Es ist besser so, dass sie keine weiteren Nachkommen hinterlassen werden.« Sie lehnte sich vor, um ihm behutsam das Kind abzunehmen. »Ich werde ihn für Sie waschen und aufbahren. Er wird aussehen wie ein Engel. Und nun gehen Sie und lassen Ihren Tränen freien Lauf.«

Und so ging Theo hinunter zum Fluss, weil dort die Erinnerung wartete, wie Keara ihn getröstet hatte. Wie weit das nun in der Vergangenheit zu liegen schien.

Doch er weinte nicht, konnte nicht. Dazu saßen der Schmerz und die Trauer einfach zu tief.

Als er ins Haus zurückkehrte, sprachen alle Bediensteten nur noch in gedämpftem Ton, und jemand hatte einen Streifen schwarzen Krepps an den Türklopfer gebunden.

Als würde das irgendetwas bringen!

Dick war der Einzige, der normal mit ihm redete. »Es tut mir so leid.«

Hilflos starrte Theo ihn an, ehe er den Kopf schüttelte. »Ich kann nicht darüber reden.«

Und so umarmte Dick ihn einfach nur fest.

Doch selbst jetzt konnte er nicht weinen.

* * *

Dick besuchte die Beerdigung und verfolgte aus den hinteren Reihen, wie Lavinia unter ihrem schweren Schleier schluchzte und Nancy sie tröstete. Doch es war Theos Gesicht, das ihn noch lange nicht losließ. Nie zuvor hatte er einen so gramgepeinigten Mann gesehen. Auch Dick hatte es getroffen, wie klein der Sarg des Babys war, der von seinem Vater persönlich hinausgetragen worden war. Mit einem brüsken »Ich nehme ihn« hatte Theo die zwei Männer zur Seite geschoben, die man für diese Aufgabe ursprünglich vorgesehen hatte.

Dick wünschte, es gäbe etwas, womit er seinem Halbbruder helfen könnte, doch es gab nichts. Er wusste noch, wie verloren er sich nach dem Tod seiner Mutter gefühlt hatte, denn es hatte immer nur sie beide gegeben. Doch sie hatte wenigstens ihr Leben genossen und fünfzig Sommer gezählt. Manch einer hätte gesagt, sie hatte es zu sehr genossen, doch Dick hatte sie sehr geliebt.

Nach dem Trauermahl verabschiedeten sich die Gäste, und Nancy brachte Lavinia in die Geborgenheit ihres Zimmers, ehe sie sich auf die Suche nach Theo machte. Sie entdeckte ihn in der Bibliothek, ein unberührtes Glas Cognac in den Händen.

»Hinaus!«, sagte er, ohne auch nur den Kopf zu wenden, um zu sehen, wer dort war.

Sie ignorierte seinen Befehl und trat leise hinter ihn. Als sie ihm eine Hand auf die Schulter legte, spürte sie seine Anspannung. So erfüllt von angestauter Qual, hätte sie ihn niemals allein lassen können.

Er versuchte sie abzuschütteln und erhaschte aus dem Augenwinkel einen Blick auf ihr Gesicht. Der strenge Ausdruck war völlig daraus gewichen, ihre Augen waren voller Mitgefühl. »Gehen Sie, lassen Sie mich einfach in Ruhe«, murmelte er und wandte sich wieder ab.

Doch stattdessen kam sie nach vorn und setzte sich neben ihn, legte ihm eine Hand auf den Arm. »Sie haben noch keine Träne geweint. Sie müssen um ihn weinen.«

»Verflucht, lassen Sie mich in Frieden!« Er stieß sie fort, stand auf und ging ans Fenster, doch sie folgte ihm und hob die Hand, um sanft seine Wange zu streicheln.

»Ich habe um ihn geweint«, sagte sie. »Er war noch so klein, und ich konnte nichts tun, um ihm zu helfen. Mehrfach habe ich geweint, denn ebenso wie Ihres war er auch das Kind meiner Lavinia. Er war so ein hübsches Baby.«

Theo versuchte alles, um die Woge des Kummers zurückzudrängen, die ihn bei diesen Worten und der Erinnerung an das Gesicht seines Sohnes durchflutete, doch die Trauer ließ sich nicht länger unterdrücken. Mit einem gequälten Aufschrei ließ er das Glas fallen und drehte sich zu ihr, und als sie die Arme um ihn legte, barg er den Kopf an ihrer Schulter. Heiseres Schluchzen schüttelte seinen Körper, und auch sie begann zu weinen.

Er bemerkte nicht einmal, dass sie ihn zurück zum Sofa brachte und dort behutsam wiegte. Liebevoll streichelte sie ihm über den Rücken und stieß leise, dunkle Laute des Trostes aus, ließ ihn wenigstens einen Bruchteil seiner Qual hinausweinen.

Als Spross einer langen Linie von Heilerinnen konnte sie niemals tatenlos zusehen, wenn jemand litt. Als Hexe hatte man sie beschimpft in dem Dorf, in dem sie aufgewachsen war. Den Leuten war es gleich gewesen, dass sie ihre Kräfte zum Guten einsetzte. Sie machten ihnen Angst. So ging es den meisten Menschen. Doch ihr wohnte ein angeborenes Bedürfnis inne, anderen in ihrer Not beizustehen. Aus diesem Grund hatte sie sich auch so lange um Lavinia gekümmert, wie man sie gelassen hatte. Arme Lavinia. Ihr Leben lang ungeliebt von allen außer Nancy.

Keine Sekunde hatte sie gezögert, Keara nach Australien zu schicken, denn ein unbestimmbarer Instinkt hatte ihr gesagt, dass dort die Zukunft der jungen Frau lag. Ebenso wenig hatte sie gezögert, auf Theo Mullane zuzugehen und ihm Trost zu spenden, obgleich sie der einzige Mensch im Haus war, der es gewagt hätte, ihn heute Abend anzusprechen.

Als Theos erste Tränenflut versiegte, ließ er den Kopf auf die Rückenlehne des Sofas sinken und starrte an die Decke.

»Es liegt keine Schande darin, um ein Kind zu weinen«, sagte Nancy leise. »Eine Schande wäre es, es nicht zu tun.«

»Ich habe mir so sehr einen Sohn gewünscht«, murmelte er.

»Sie werden Ihren Nachwuchs noch bekommen.«

Zweifelnd starrte er sie an. »Wie meinen Sie das?«

»Ich habe die Gabe des Zweiten Gesichts.« Seine skeptische Miene brachte Nancy zum Lächeln. »Ob Sie es glauben oder nicht, es ist die Wahrheit. Eines Tages werden Sie ein Kind haben.«

»Nicht von Lavinia. Sie könnte ich nie wieder anrühren.«

»Lavinia wird nicht immer an Ihrer Seite sein. Es wird eine zweite Ehefrau geben.« Damit erhob sie sich und verließ das Zimmer ebenso lautlos, wie sie gekommen war.

Noch lange saß er da und blickte ins Feuer. Auf ihre Wahrsagung gab er nicht viel, wahrscheinlich war es nur ein weiterer Versuch, ihn zu trösten. Stattdessen wanderten seine Gedanken zu Keara. Wo war sie jetzt und wie ging es ihr? Hatte sie bereits erfahren, dass sie unterwegs zur falschen Küste Australiens war?

Würde er sie je wiedersehen?

Alex Jenner tauchte eines heißen Februartages erneut in Rossall Springs auf und verlangte, seine Enkelin zu sehen, als hätte er nie versucht, sie zu entführen.

Höflich, aber bestimmt verweigerte Mark ihm den Besuch, doch als sein Schwiegervater wieder gegangen war, rannte er zur Hintertür hinaus und auf direktem Wege zum Haus der Johnsons, um sich zu vergewissern, dass es allen gut ging. Da Kalaya nervös wirkte, nahm er seine Tochter für die Dauer von Jenners Aufenthalt in der Stadt mit zu sich und bat die Amme, zum Stillen zu ihnen zu kommen. Über Seitenstraßen trat er den Rückweg zu seinem Speisehaus an.

Am Abend kehrte der alte Mann zurück und verkündete in derselben Lautstärke wie schon zuvor dieselbe Forderung, und so brachte Mark seine Tochter nach vorn, um sie ihm zu zeigen. Allerdings weigerte er sich, sie dem alten Mann zu übergeben. Alex hob dröhnend zum Gebet an, und bei dem plötzlichen Lärm zuckte das Baby zusammen und heulte gleich darauf los.

Mark besänftigte sie und wartete, bis Jenner zum Ende kam. »Bitte gehen Sie jetzt.« Zu seiner Erleichterung folgte sein Schwiegervater der Aufforderung, obgleich er an der Tür innehielt, noch einmal auf das Kind sah und dann Mark gegenüber missbilligend den Kopf schüttelte.

Am folgenden Tag kam Kalayas ältester Sohn, der Jenner beobachtet hatte, und berichtete Mark, dass der Alte die Kutsche nach Melbourne bestiegen habe. Erleichtert seufzte Mark auf und brachte Amy zurück zu Kalaya. Er wurde langsam besser darin, sie zu versorgen, doch sie war nicht an ihn gewöhnt und deshalb unruhig in seiner Obhut.

Einen Monat später erschien Jenner jedoch erneut, und beim Anblick seines zorngeröteten Gesichts wurde Mark eng ums Herz.

»Ich bin hier, um meine Enkelin zu sehen.«

»Würden Sie bitte damit aufhören, Mr Jenner?«, sagte

Mark. »Letztes Mal haben Sie ihr mit Ihrer lauten Stimme Angst gemacht.«

»Ich werde jeden Monat hierherkommen, bis Sie das Kind von dieser schmutzigen Heidin fortholen und in die Obhut seiner Großmutter übergeben.«

»Mrs Johnson ist ebenso reinlich wie Sie und ich und besucht regelmäßig die Kirche. So, wie sie Amy umsorgt, könnte ich es mir besser nicht wünschen, und ganz gewiss werde ich meine Tochter nicht von hier fort nach Melbourne schicken.«

»Wie Sie Ihr Kind die Milch einer Eingeborenen trinken lassen können, ist mir ein Rätsel. In Melbourne könnten wir eine weit angebrachtere Säugamme für sie finden – eine Weiße.«

»Nein. Meine Tochter bleibt bei mir. Und ich wäre Ihnen dankbar, wenn Sie jetzt mein Geschäft verlassen und nicht noch einmal nach Rossall Springs kommen.« Als der andere Mann sich nicht rührte, trat Mark einen Schritt auf ihn zu.

Langsam ging Jenner nach draußen, blieb jedoch mitten auf der Straße stehen und rief: »Ich habe ein Recht darauf, meine Enkelin zu sehen.« Dann fiel er auf die Knie und begann zu beten, noch immer in voller Lautstärke.

Mittlerweile waren die Nachbarn aus ihren Häusern und Geschäften getreten und verfolgten das Schauspiel.

Mark blickte sich um, hob demonstrativ die Schultern und ging wieder hinein. Allerdings beobachtete er das weitere Geschehen durchs Fenster.

»Ein beharrlicher Mann«, bemerkte einer seiner Gäste. »Und warum lassen Sie ihn denn keine Zeit mit dem Kind verbringen? Immerhin ist er ihr Großvater.«

»Er macht ihr Angst. Darüber hinaus hat er seine eigenen Kinder sehr unglücklich gemacht. Meine Frau hatte eine Todesangst vor ihm, und ihr Bruder ist von zu Hause fortgelaufen.«

»Ach, die Kleine ist doch noch ein Baby«, fiel ein anderer

mit ein. »Was kann er da schon groß anrichten? Und in einer Sache stimme ich ihm zu: Mir würde es auch nicht gefallen, mein Kind von einer Eingeborenen stillen zu lassen. Die sind nicht wie wir, und davon werden Sie mich nicht abbringen.«

Mark hatte nicht vor, sich auf diese Diskussion einzulassen. »Mrs Johnson kümmert sich ausgezeichnet um Amy. Das weiß ich, weil ich sie jeden Tag besuche.«

Der Mann verzog das Gesicht, grummelte etwas Unverständliches und wandte sich wieder seinem Essen zu.

Es erschien Mark wie eine Ewigkeit, bis der Wachtmeister heranmarschiert kam, und noch länger, bis Mr Jenner sich dazu bewegen ließ, seine Mahnwache aufzugeben. In der Zwischenzeit war Kalaya zur Hintertür hereingeschlüpft, um Amy zur Sicherheit ihrem Vater zu übergeben.

Am folgenden Tag begab Mark sich Rat suchend zu Samuel Grove, zu dem er eine lose Freundschaft aufgebaut hatte. »Gibt es denn nichts, was ich gegen meinen Schwiegervater unternehmen könnte? Der Mann schädigt mir bewusst das Geschäft.«

Samuel zögerte, ehe er gestand: »Es gibt in der Stadt durchaus Sympathien für ihn. Wenn Sie sich bemüht hätten, wäre es durchaus möglich gewesen, eine weiße Amme für Amy zu finden und die Eingeborene nur bis zu diesem Zeitpunkt zu beschäftigen.

Mark war nicht klar gewesen, dass sogar Samuel den allgemeinen Vorurteilen anhing. »Kalaya ist wundervoll mit Amy. Eine bessere Amme für sie könnte ich mir nicht wünschen.« Als sein Freund ihn daraufhin mit einem zynischen Blick bedachte, setzte er seufzend hinzu: »Nun, in dieser Hinsicht werden wir offensichtlich auf keinen gemeinsamen Nenner kommen, aber ich habe Ihnen einen geschäftlichen Vorschlag zu unterbreiten. Ich möchte mein Speisehaus verkaufen und fortziehen.«

»Wegen des alten Mannes?«

Mark nickte.

Jetzt wurde Samuel nachdenklich. »Möglicherweise hätte ich selbst Interesse an dem Speisehaus. Vor einem Kauf müsste ich aber natürlich die Bücher einsehen. Die Einkünfte überblicken, sodass wir einen angemessenen Preis vereinbaren können. Meine Frau könnte die Leitung übernehmen, sie ist eine gute Köchin.«

»Kommen Sie heute Abend vorbei, aber bitte erwähnen Sie es niemandem gegenüber, sonst ist das Geschäft geplatzt. Ich möchte gehen, ohne dass irgendjemand weiß, wohin Amy und ich verschwunden sind.« Dass es eine Sache war, ein guter Koch zu sein, aber eine völlig andere, Tag für Tag für große Menschenmengen zu kochen, behielt er für sich.

Aus Samuels Tonfall klang deutliche Missbilligung. »Also wollen Sie fortlaufen.«

»Ja. Und ich will Ihr Versprechen, dass Sie niemandem verraten werden, wohin wir gegangen sind.«

Schließlich nickte Samuel. »Versprochen. Es ist Ihr Leben und Ihre Entscheidung.«

»Selbst wenn mein Schwiegervater Sie direkt fragt?«

»In einigen Dingen mögen wir uns uneinig sein, aber Sie haben sich stets als guter Nachbar erwiesen.«

Mark nickte und ging zurück an die Arbeit. Fortlaufen – es schien zu einem wiederkehrenden Motiv seines Lebens zu werden. Ihn erfüllte eine gewisse Trauer. Er hatte gehofft, in Rossall Springs bleiben zu können.

* * *

Zwei Tage später trugen sie alle größeren Besitztümer, die Mark mitnehmen wollte, im Dunkel der Nacht zum Hinterhof des Gemischtwarenladens und verstauten sie unter der Plane des großen Wagens. Bei seiner gewohnten Einkaufsfahrt nach Melbourne am nächsten Tag brachte Samuel sie in ein Lagerhaus am Hafen.

Nur Kalaya wurde von Mark in seine Pläne eingeweiht, und er bat sie, ihm so viel wie möglich über die Versorgung seiner kleinen Tochter beizubringen.

Überrascht sah sie ihn an. »Sie als Mann wollen solche Dinge tun?«

»Sie hat nun einmal nur mich, ob Mann oder nicht. Sie waren ihr wirklich eine wundervolle Amme, und ich bin Ihnen zutiefst dankbar. Sollten Sie also jemals Hilfe brauchen, wenden Sie sich an Mr Grove, und er wird sich darum kümmern. Ich werde entsprechende Vorkehrungen mit ihm treffen.«

»Wir kommen schon zurecht. Billy hat eine gute Arbeit, Rossall Springs ist jetzt unsere Heimat. Aber ich danke Ihnen.«

Mark empfand es nicht im Geringsten als erniedrigend, ein Baby zu versorgen. Über die Zeit war seine Liebe zu Amy nur noch größer geworden, und mit ihren mittlerweile fünf Monaten war sie ein fröhliches, properes Baby und das Licht seines Lebens. Wahrscheinlich brauchte er bei allem, was er für sie tat, vor allem deshalb länger als Kalaya, weil er nie der Versuchung widerstehen konnte, mit ihr zu spielen. Ihr herzhaftes Lachen zauberte immer ein Lächeln auf sein Gesicht.

Bisweilen fragte er sich, wie es seiner anderen Tochter in England erging. Beinahe jeden Abend betrachtete er die Fotografie von Faith und ihren Großeltern und versuchte sich auszumalen, wie sie heranwuchs und sich veränderte. In jedem Fall würde sie geliebt und glücklich aufwachsen, denn sein Vater und Kathy liebten Kinder. Er konnte nicht umhin, Alex Jenner mit John Gibson zu vergleichen, einem zutiefst religiösen Mann, dessen Glaube jedoch von Liebe und Güte geprägt war. Jenner hatte mit seinem geifernden Fanatismus letztlich beide seiner Kinder vertrieben, während John von all seinen

Kindern vergöttert wurde und bis auf Mark auch alle in seiner näheren Umgebung wusste.

Mark schrieb seinem Vater, um ihn wissen zu lassen, dass er nach Westaustralien ziehen und ihnen seine neue Adresse zukommen lassen würde, sobald er sich dort niedergelassen hatte. Erst jetzt berichtete er auch, dass er nun eine weitere Tochter hatte, seine Frau jedoch im Kindbett gestorben war. Er bat um ein weiteres Bild von Faith und, wenn möglich, auch von der gesamten Familie. Er wünschte, er könnte ebenfalls eine Fotografie von sich und Amy beilegen, denn Bilder konnten großen Trost spenden, doch für eine Aufnahme hätten sie eigens nach Melbourne fahren müssen, und das war ihm zu riskant. Vielleicht später einmal.

* * *

In der folgenden Woche gab Mark vor, so krank zu sein, dass Ginny und ihre Schwester das Speisehaus ohne ihn führen mussten. In zwei Tagen würde Samuels Frau die Leitung übernehmen und erst dann enthüllen, dass Mark sein Geschäft an sie und ihren Mann verkauft hatte. In der Stadt würden sie erzählen, er sei nach Sydney gezogen. Er hatte seine Abreise genau passend gelegt, um in Melbourne ohne langen Aufenthalt den Dampfer nach Westaustralien zu erreichen, und hoffte, Alex Jenner würde sie nie wieder aufspüren können. Vielleicht würde er es auch gar nicht erst versuchen? Was würde es ihm schon nutzen?

Am letzten Abend packte Mark seine verbliebenen Sachen und stellte alles bereit, um Amy am kommenden Morgen rasch füttern zu können. Auch für die Fahrt bereitete er etwas zu essen vor, denn in Samuels Gespann würden sie deutlich länger nach Melbourne brauchen als mit der Postkutsche. Schließlich wanderte er noch einmal durchs Haus und empfand weniger Bedauern als erwartet, es hinter sich zu lassen.

Sicher, er hatte sich hier ein erfolgreiches Leben aufgebaut, und Samuel hatte ihm einen guten Preis gezahlt, doch für ihn gab es hier zu viele traurige Erinnerungen. Noch immer wandte er sich bisweilen um, um etwas zu Patience zu sagen, oder hob den Kopf in Erwartung ihres Anblicks, wenn jemand in die Küche kam.

Er wusste, dass er sie in der kurzen Zeit, die ihnen miteinander vergönnt gewesen war, glücklich gemacht hatte. Das war ihm ein Trost, doch er hatte sie nur sehr gern gehabt, nicht wahrhaftig geliebt. Und manchmal hatte ihre Fügsamkeit ihn gereizt. Wenigstens sich selbst konnte er das eingestehen, auch wenn er hoffte, dass er es sie nie hatte spüren lassen. Das war einer der Gründe, weshalb er Amy nicht in der Obhut der Jenners aufwachsen lassen wollte. Er wollte, dass seine Tochter ebenso lebhaft spielte wie seine Nichten und Neffen daheim in Bilsden, statt eingeschüchtert und ängstlich stillzusitzen.

Noch vor Anbruch der Dämmerung schlüpften er und seine schläfrige Tochter mit dem Rest ihrer Habseligkeiten unter die Plane von Samuels Wagen. Sobald es hell war, trat Samuel seine wöchentliche Fahrt nach Melbourne an, und erst ein gutes Stück außer Sichtweite von Rossall Springs zügelte er die Pferde und rief: »Sie können jetzt herauskommen.«

Sein junger Hilfsarbeiter Zeke gaffte mit offenem Mund, als hinter einigen Kisten Mark und Amy zum Vorschein kamen, um sich einen bequemeren Platz zu suchen.

Samuel fixierte den Jungen mit einem durchdringenden Blick, für den er berüchtigt war. »Wenn du irgendjemandem erzählst, dass wir heute Mark und seine Tochter mitgenommen haben, sorge ich dafür, dass du in Rossall nie wieder Arbeit findest.« Dann verzog er den Mund zu einem leutseligen Lächeln. »Aber ich weiß ja, dass du so etwas nie tun würdest, nicht wahr, Zeke?«

»Natürlich nicht, Mr Grove.« Er blickte zu Mark. »Sie wollen wohl diesen Schwiegervater loswerden, was?«

»Ja. Würde es dir da anders gehen?«

»Ganz sicher nicht! Der Alte ist ja komplett geistesgestört.«

In Melbourne setzten sie Zeke bei der Pension ab, in der Samuel immer abstieg, sodass er nichts über die Fahrt hinaus wissen würde. Von dort aus fuhren sie geradewegs zum Hafen, wo sie ihr Eintreffen für die Reise nach Westaustralien bestätigten, die Samuel eine Woche zuvor für Mark und seine Tochter gebucht hatte.

»Es heißt, eines Tages wird ganz Australien über ein Straßennetz verbunden sein«, sinnierte Samuel, als sie das Reedereibüro wieder verließen. »Und die Eisenbahn soll auch kommen. Dieses unser Land hat eine großartige Zukunft vor sich, Mark, und ich hoffe, Sie werden auch da drüben im Westen ein Teil davon bleiben.«

Mark ergriff die ihm dargebotene Hand. »Das werde ich. Und vielen Dank für Ihre Unterstützung, Samuel. Sie waren mir eine unschätzbare Hilfe.«

Sein Gegenüber zuckte mit den Schultern. »Sie sind immer ein guter Nachbar und Freund gewesen, und davon abgesehen«, er lächelte verschmitzt, »werde ich mit diesem Speisehaus, das Sie da hochgezogen haben, ein hübsches Sümmchen dazuverdienen.«

»Denken Sie an unsere Vereinbarung, dass Kalaya sich jederzeit an Sie wenden kann, sollte sie oder ihre Familie Hilfe brauchen. Sie bekommen alles von mir zurückerstattet. Dasselbe habe ich ihr gesagt. Über die Parkers können Sie mich immer erreichen.«

Samuel seufzte. Auf diese Abmachung hatte er sich ob seiner eigenen Vorurteile gegen die Eingeborenen nur widerstrebend eingelassen, doch als Mark angeboten hatte, jegliche entstandenen Unkosten zuzüglich zehn Prozent

Aufwandsentschädigung zu bezahlen, hatte er den Auftrag wie jede andere Geschäftsvereinbarung angenommen. »Wenn Sie Ihr Geld ständig verschenken, werden Sie nie zu einem Vermögen kommen.«

»Ich will kein Vermögen, nur ein anständiges Auskommen für meine Töchter.« Erst nachdem die Worte seinen Mund verlassen hatten, wurde Mark klar, dass seine Ambitionen sich seit der Gründung seines Geschäfts verändert hatten. Er war nicht wie Annie, die immer nach mehr Geld zu hungern schien, und würde sein Leben anders führen als sie. Wie es stattdessen werden würde, konnte er nicht wissen, doch sein oberstes Ziel würde immer sein, seine Tochter zu einem glücklichen Menschen heranzuziehen.

»Töchter? Sie haben noch ein Kind?«

»Ja. Derzeit lebt sie in England bei meinem Vater.«

»Für zwei Ehen erscheinen Sie mir reichlich jung.«

»Mit der Mutter meiner ersten Tochter war ich nicht verheiratet. Fürs Erste ziehen mein Vater und meine Stiefmutter sie groß, aber ich hoffe, dass ich sie eines Tages werde zu mir holen können.«

* * *

Zwei Tage verbrachte Mark mit seiner Tochter in einer Pension, während das Schiff beladen wurde und auch seine Sachen aus dem Lagerhaus ins Unterdeck gebracht wurden. Zum zweiten Mal in seinem Leben wollte er spurlos verschwinden, doch diesmal war er nicht allein. Amy war ihm ein großer Trost. Und obgleich er nicht die geschickteste Amme sein mochte, schienen seine Anstrengungen ihr auch nicht zu schaden. Mittlerweile nahm sie Brei und zerdrücktes Obst recht gut an und vertrug auch Kuhmilch.

Seine Pensionswirtin war verblüfft, einen Mann für ein Kind sorgen zu sehen, und als sie erfuhr, dass seine Frau gestorben war, kümmerte sie sich aufopferungsvoll um sie beide. Die Wäscheberge, die Amys Windeln und Essgewohnheiten mit sich brachten, arbeitete sie ohne Murren ab. Sie begleitete ihn sogar persönlich, um noch einige zusätzliche Spucktücher und Kleider für das Kind zu kaufen, denn es war abzusehen, dass er für die Reise nach Westaustralien mehr davon brauchen würde.

Dann und wann grübelte er, ob er doch bleiben und Alex Jenner die Stirn hätte bieten sollen. Doch er wollte nicht ständig über die Schulter blicken müssen, während er seine Tochter großzog, und wollte nicht, dass sie mit Nervosität reagierte, wann immer ihre Großeltern auftauchten.

Er wünschte sich so viel mehr für Amy, als ihrer armen Mutter vergönnt gewesen war.

16

Mai – Juni 1864

Theo hatte Glück und fand recht schnell einen Käufer für das Anwesen in Lancashire. Während er alles für seine Rückkehr nach Ballymullan in die Wege leitete, spürte er nichts als Erleichterung bei dem Gedanken, Lavinia hinter sich zu lassen.

Seine Gattin, begleitet von Nancy, hatte bereits eine hübsche moderne Villa im Stadtzentrum bezogen, und aus Höflichkeit stattete er ihnen vor seiner Abreise noch einen Besuch ab.

Man empfing ihn im Salon.

Lavinia wirkte aufgedunsen im Gesicht, obgleich sie sichtlich an Gewicht verloren hatte.

»Es bestand kein Bedarf für dich hierherzukommen«, sagte sie sofort. »Ich hätte keine Einwände gehabt, dich nie wiederzusehen.«

»Lavinia!«, mahnte Nancy.

Mit einem affektierten Schulterzucken ließ die Jüngere sich auf einem ausladenden blauen Samtsessel nieder, streichelte geistesabwesend über den Stoff und vermied es, Theo anzusehen.

»Du kannst dich jederzeit an mich wenden, sollte es dir an irgendetwas fehlen«, sagte er und fragte sich, warum er sich die Mühe gemacht hatte herzukommen.

Nancy wartete auf eine Reaktion Lavinias, und als diese ausblieb, übernahm sie das Reden. »Das werden wir nicht vergessen, Sir. Ich wünsche Ihnen eine angenehme Reise.«

Derweil fingerte Lavinia an einer Borte ihres Sessels herum.

Mit einem kurzen, frustrierten Schnauben erhob er sich. »Dann verabschiede ich mich.«

Nancy begleitete ihn zur Tür. »Es war freundlich von Ihnen zu kommen. Und sorgen Sie sich nicht. Ich werde mich für Sie um Lavinia kümmern.«

»Dessen bin ich mir sicher.« Er zögerte, ehe er die Frage stellte, die ihn seit Langem nicht losließ: »Was hat sie getan, dass Sie ihr mit solcher Hingabe begegnen?«

Sie lächelte. »Mich gebraucht. Niemanden sonst gehabt, der sie liebt.«

Er verstand es noch immer nicht.

»So bin ich eben gestrickt – eine geborene Heilerin. Gute Reise, Sir.«

Einen Moment blickte sie ihm noch nach, dann kehrte sie in den Salon zurück und sah, dass auch Lavinia ihn durchs Fenster beobachtete.

»Er ist ein gut aussehender Mann, nicht wahr, Nancy?«

»Ja, mein Küken.«

»Aber das Zusammenleben mit ihm mochte ich nicht. Muss ich ihn noch einmal wiedersehen?«

»Nicht, wenn du das nicht möchtest.«

»Möchte ich nicht.« Unvermittelt drehte sie sich um und umarmte ihre einstige Kinderfrau. »Mit dir bin ich viel glücklicher.«

Nancy drückte sie einen Moment lang an sich und wusste, mehr Wertschätzung würde sie nicht erfahren. Dann schob sie Lavinia auf Armeslänge von sich und sagte munter: »Also gut, lass uns einen Spaziergang durch die Stadt machen.«

* * *

Theo richtete sich wieder auf Ballymullan ein, doch es schien seinen Zauber verloren zu haben. Nichts konnte seine Aufmerksamkeit fesseln. Dem Gesinde – sogar Dick – begegnete er gereizt und verbrachte viel Zeit mit ziellosen Ausritten. Oft bemerkte er kaum, wenn ihn jemand grüßte, so eng umfing ihn das Netz seiner Gedanken und seiner Reue.

Als ein Brief von Caley und Noreen eintraf, starrte er lange auf den Umschlag, ehe er ihn öffnete. Beinahe wünschte er, die beiden wären nicht so glücklich in Australien, was kindisch war. Natürlich wünschte er niemandem so etwas. Er riss den Umschlag auf und las die drei Seiten in Noreens Handschrift – Caley war nicht gut im Briefeschreiben.

Es klang, als würde ihnen das Leben in Westaustralien sehr zusagen, wobei Noreen überall das Leben genießen könnte, wie er wehmütig dachte. Sein Cousin konnte sich glücklich schätzen, ihr begegnet zu sein. Er beneidete das Paar um seine enge Verbindung.

Wenn er zurückschrieb, würde er etwas Geld für Keara beilegen. Es musste doch möglich sein, dass sie sie aufspürten, ihm Nachricht von ihr sandten? Doch er konnte sich nicht dazu aufraffen, den Federhalter zur Hand zu nehmen, obgleich er den Brief mehrfach las. Irgendwie konnte er sich zu gar nichts aufraffen.

Und ach, wie sehr er seine Verwandten um das Wetter in Australien beneidete! So viel Sonne. Er schaute aus dem Fenster auf den grauen Himmel und die unruhigen Wolken. Was war es noch, das Keara so gern gesagt hatte? »Bring mir Sonnenschein für einen Penny mit.«

Wie viel Sonnenschein bekam man für einen Penny? Genug, um Hände und Gesicht damit zu wärmen?

Jedenfalls nicht genug, um sein Herz damit zu wärmen. Dafür brauchte man einen geliebten Menschen.

* * *

Mark und Amy erreichten Perth gegen Ende Mai. Ihm war nicht klar gewesen, wie klein der Ort war – eher eine Provinzstadt als die Hauptstadt einer eigenen Kolonie. Doch in kleinen Orten wie diesen fühlte er sich wohler als in Großstädten. Es gelang ihm, eine Unterkunft zu finden, obgleich es aufgrund eines Mangels an Wohnraum nicht leicht war.

Unglücklicherweise schien seine Wirtin ein Baby als Ärgernis zu betrachten und zauderte anfänglich, einen Mann und ein Kind aufzunehmen, die keine Frau bei sich hatten, die sie versorgte. Doch am Ende zuckte sie mit den Schultern und erklärte: »Also gut. Solange das Baby nicht zu viel schreit. Eine Störung meiner anderen Gäste werde ich nicht dulden. Und um die Wäsche werden Sie sich selbst kümmern müssen. Vielleicht ist meine Nachbarin bereit, das zu übernehmen.«

Mark machte sich sogleich auf den Weg, die Stadt und ihre Möglichkeiten für die Eröffnung eines Speisehauses zu inspizieren. Ausreichend Kundschaft schien es zu geben in Perth, doch irgendwie reizte ihn die Vorstellung, zum dritten Mal ein solches Geschäft aufzubauen, wenig. Vielleicht konnte er auch etwas anderes tun?

Es war reiner Zufall, dass ein weiterer Gast eintraf, der einen Gasthof auf dem Land führte. Sie kamen miteinander ins Gespräch. Jim Porting war ein Mann fortgeschrittenen Alters und wurde des Lebens, das er derzeit führte, langsam müde. Seinen Erzählungen nach brachte ein Landgasthof nicht ganz so hohe Erträge, wie es mit einer Pension in Perth möglich wäre, doch die Vorstellung reizte Mark dennoch. Er ließ sich darauf ein, den Gasthof zu besuchen und sich ein Bild davon zu machen. Abgesehen vom Offensichtlichen würde der Ausflug ihm Gelegenheit bieten, sich einen Eindruck von der Gegend zu verschaffen, selbst wenn Jims Gasthof sich als ungeeignet erweisen sollte. Und bei seiner Rückkehr würde er sich definitiv nach einer anderen Unterkunft umsehen, denn seine

Wirtin war nicht nur übellaunig, sondern auch völlig unbegabt in der Küche.

Am nächsten Tag verließen sie Perth in gemächlichem Tempo auf Jims Karren, gezogen von zwei robusten Gäulen, die – wie Jim stolz berichtete – beinahe reine Welsh Cobs waren. Mark hatte keinerlei Erfahrung mit Pferden, machte es sich jedoch zur Aufgabe, so viel wie möglich über den Umgang mit ihnen zu lernen, und Jim erwies sich als enthusiastischer Lehrer.

»Früher war ich Stallknecht«, berichtete er bedauernd. »Wollte mir ein besseres Leben aufbauen in Australien, und das habe ich wohl auch, aber es ist einsam hier draußen.« Er schaute zu Mark hinüber. »Denken Sie gut darüber nach, ob Sie wirklich auf dem Land leben wollen, mein Junge. Ich will Sie nicht ausnutzen.«

»Ich werde es mir gründlich überlegen, keine Sorge.«

Mittlerweile war Winter, und Mark hatte trübe, kalte Monate erwartet, doch als er sich in diese Richtung äußerte, lachte Jim nur. »Wir haben auch im Winter noch reichlich Sonnentage. Wenn es allerdings regnet, dann öffnet der Himmel alle Schleusen.«

Wie sich gleich am folgenden Tag bestätigte. Noch nie hatte Mark solche Wassermassen herabstürzen sehen, und nach kurzer Zeit lenkte Jim die Pferde von der Straße, um unter einigen großen Bäumen den Wolkenbruch abzuwarten. Er holte eine kleine Plane hervor, unter der sie einigermaßen trocken bleiben würden.

Amy vertrieb ihnen die Zeit mit ihrem fröhlichen Zappeln und Krähen.

»Nur dafür tut man das alles«, bemerkte Jim. »Für die Kinder. Und die Enkelkinder.«

Die leise raschelnden Wälder mit ihren riesigen Bäumen, die sie hin und wieder durchquerten, hatten es Mark schnell angetan. Dergleichen hatte er in Victoria nirgends gesehen, dort war die Landschaft um die Goldlagerstätten regelrecht zerfleischt. Und um Rossall Springs herum waren die Wälder größtenteils der Landwirtschaft zum Opfer gefallen, sodass es nichts gegeben hatte, was sich mit diesen gigantischen Bäumen hätte messen können.

Wenn sie anhielten, um den Pferden eine Pause zu gönnen, war die Luft bisweilen so still, dass man all die kleinen Geräusche der Natur vernehmen konnte, und er hätte stundenlang so dasitzen und einfach nur lauschen können. Für einen Mann, der in einer verrußten Industriestadt in Lancashire aufgewachsen war, erschien dies beinahe magisch. Jim hingegen war offensichtlich fest entschlossen sicherzustellen, dass Mark wusste, worauf er sich einzustellen hatte, und ließ sich düster über Buschfeuer und achsentiefe Schlammkuhlen im Winter aus.

Auch ihnen machten die schlammigen Straßen das Vorankommen schwer, und so mussten sie die Nacht in der Scheune eines Farmers verbringen. Gegen Mittag des folgenden Tages erreichten sie den Gasthof, der an der Straße von Perth nach Bunbury lag, über die auch sie hergekommen waren. Von dort aus waren die winzige Stadt Pinjarra (Mark lernte, dass hier niemand das Wort »Dorf« verwendete, obgleich viele der Siedlungen kleiner waren als die meisten englischen Dörfer) und das deutlich größere Bunbury etwa gleich weit entfernt. Während der Fahrt hatten sie auch andere Wagen gesehen, was in Marks Augen ausreichend Gelegenheit bieten sollte, müde Reisende mit einer warmen Mahlzeit und einem Dach über dem Kopf zu versorgen.

Im Buschland, etwa eine halbe Meile hinter dem Gasthof, lag die kleine Siedlung Meriniup, nicht einmal groß genug für einen eigenen Laden, aber mit mehreren Bauernhöfen unterschiedlicher Größe in der näheren Umgebung. Mark fragte sich, warum Jim nicht auf die Idee gekommen war, neben seinem Gasthof auch einen Gemischtwarenladen zu betreiben, und musste dann über sich selbst lächeln. Er mochte zwar nicht darauf aus sein, das große Geld zu machen, doch derartige Gelegenheiten konnte er nicht übersehen. Vielleicht steckte doch mehr von seiner Schwester Annie in ihm, als ihm bewusst war.

Der Gasthof selbst war größer, als Mark erwartet hatte, eine weitläufige Ansammlung grob zusammengezimmerter Gebäude, an die immer wieder hier und dort etwas angebaut worden war.

In einem Haus zur Rechten befanden sich drei Gästezimmer, davor war reichlich Platz, um Wagen abzustellen, und auf der Rückseite ein Unterstand für die Zugtiere der Reisenden, auch wenn dort nur zwei Wände etwas vor dem hartnäckigen Wind schützten. Dann gab es noch einen kleinen Stall mit Sattelkammer für Jims Pferde, und linker Hand des Gästebereichs stand sein Heim – leicht schräg ausgerichtet, wie um das Kommen und Gehen auf dem Gelände im Blick zu haben.

Es verwunderte Mark, dass die Küche des Gasthofs in einem weiteren Einzelgebäude ganz hinten lag, und als Jim sich erneut in Erzählungen von Buschfeuern erging, fragte er sich, warum der Mann die Umgebung des Hauses nicht von Gebüsch und Bäumen und Altholz frei hielt, wenn die Gefahr so groß war. Selbst er als Neuankömmling sah, dass das eine kluge Vorsichtsmaßnahme wäre.

Mrs Porting war dünn und gebeugt, die schwindende Gesundheit stand ihr ins Gesicht geschrieben. Zwar sprach sie kaum und überließ es ihrem Mann, Mark alles zu zeigen, doch bei Amys Anblick bat sie sofort darum, das Mädchen einmal halten zu dürfen, und plötzlich gurrte und strahlte sie wie ein anderer Mensch.

Jim sah voller Zuneigung lächelnd zu und vertraute Mark an: »Meine Frau liebt Babys, o ja. Möchte gern in die Nähe unserer Tochter ziehen und mit den Enkeln helfen.«

»Das wird sicher schön. Was für Alkohol verkaufen Sie hier?«

»Bier, wenn ich welches von Perth hierherschaffen kann, aber größtenteils Rum. Ich nehme einen Schilling pro Glas von den Gästen und helfe auch den Siedlern in der Gegend ab und an mit einem Fässchen aus, wenn sie auf dem Trockenen sitzen. Wenn Sie auch Alkohol verkaufen wollen, werden Sie sich natürlich eine Lizenz besorgen müssen«, setzte Jim trübsinnig hinzu, »und das wird nicht billig. Dieser neue Gouverneur – Hampton heißt er – steht den anderen Offiziellen in nichts nach, der nimmt's auch vom Lebendigen. Aber wie Sie hier ohne Frau zurechtkommen wollen, weiß ich wirklich nicht.«

»Es gibt doch sicherlich Frauen in der Umgebung, die bereit wären, im Gasthof zu arbeiten?«

Jim zuckte die Achseln. »Hab nie gefragt. Ich trau Fremden nicht, nur meiner Familie.«

Mark wusste, dass er sich umsehen und noch einige andere Optionen besichtigen sollte, doch irgendwie sprach ihn dieser Gasthof an. »Können wir einen Spaziergang nach Meriniup machen? Mit einigen der Ortsansässigen sprechen?«

Erneut hob Jim die Schultern. »Warum nicht? Weit ist es ja nicht.«

»Ich passe gern auf Ihre Amy auf«, bot Mrs Porting sofort an.

Die Siedlung bestand aus einem halben Dutzend Häuser, von denen eines leer stand. Anfänglich war es als Unterkunft für die Sträflinge errichtet worden, die hier zum Straßenbau eingesetzt worden waren, und diente nun bisweilen den Kartografen als Zwischenhalt, wenn sie gen Süden reisten.

Die Bewohner der Siedlung arbeiteten größtenteils auf den umliegenden Gehöften oder einem Gut in der Nähe, und sie alle besaßen genug Land, um eine Kuh oder ein paar Schafe zu halten und ihre Lebensmittel weitgehend selbst anzubauen.

Die Frauen, denen Mark begegnete, machten einen freundlichen Eindruck, und für gewöhnlich tobten auch ein oder zwei kleine Kinder um sie herum, sodass Mark sah, dass es ausreichend Spielkameraden für Amy geben würde, wenn sie älter wäre.

»Der größte Landbesitzer hier ist Mr Dangerfield«, erklärte Jim. »Er wohnt mit seiner jungen Frau auf dem großen Gut. Ist schon seine zweite Frau. Die erste ist vor ein paar Jahren gestorben, und seine Kinder sind alle erwachsen. Er hat jede Menge Geld, aber sie ist eine Sträflingstochter. Man sollte meinen, er hätte sich etwas Besseres suchen können, was?«

Diesem Tonfall war Mark schon öfter begegnet. In Australien schien sich selbst der ärmste Schlucker jedem überlegen zu fühlen, der den Makel von Sträflingsblut in sich trug.

»Haben zwei Hausmädchen und zwei Hofknechte auf dem Gut, aber da kommt nie adliger Besuch. Nicht mal seine Kinder lassen sich sehen, und die Dienstmädchen wohnen auch nicht im Haus. Dangerfield will seine hübsche junge Frau wohl für sich allein haben.« Jim kicherte. »Nun, sie ist auch ein echter Hingucker, deshalb kann man es ihm kaum übelnehmen.«

Damit schlug Jim den Rückweg zum Gasthof ein, im selben schlurfenden Gang, in dem er alles erledigte. Mark machte dieses Schleichen wahnsinnig, und es juckte ihn in den Beinen, kräftig auszuschreiten.

Nach einem schlichten und nicht besonders verlockenden Essen am selben Abend sah Jim ihn an. »Können Sie sich nun vorstellen, den Gasthof zu kaufen, oder nicht?«

»Möglicherweise. Allerdings nicht zu Ihrem Preis. Darf ich einen Blick in die Bücher werfen?«

Jim konnte nichts als ein zerfleddertes Büchlein vorweisen, in dem ein paar Zahlen notiert waren, und schien das für mehr als ausreichend zu halten. »Der Gasthof deckt unsere Kosten und noch ein wenig darüber hinaus. Aber wenn Sie den Preis berechnen, müssen Sie auch an all die Gebäude denken.«

Mark versuchte sich an einer Schätzung der Gesamteinkünfte und rechnete seinen Gastgebern dann vor, wie viel Gewinn der Gasthof machen müsste, um die geforderte Summe zu rechtfertigen. Doch an Jims verdattertem Gesichtsausdruck war recht schnell abzulesen, dass er derlei Kalkulationen nicht nachvollziehen konnte, während seine Frau nicht einmal vorgab zuzuhören. Sie war mehr daran interessiert, Amy auf ihrem Schoß zu schaukeln und verträumt ins Feuer zu blicken.

Kurz entschlossen brach Mark die Diskussion ab und erklärte: »Ich bin bereit, Ihnen die Hälfte des genannten Preises zu bieten, und nur dann, wenn darin sämtliche Ausstattung abgesehen von Ihren persönlichen Möbeln und Habseligkeiten enthalten ist.«

Jim runzelte die Stirn. »Ich komme Ihnen entgegen. Drei Viertel meines ursprünglichen Preises.«

Bedauernd schüttelte Mark den Kopf. »Nein. Mein Angebot beruht auf den zu erwartenden Gewinnen, und wenn es Ihnen nicht zusagt, können Sie mich morgen nach Perth zurückbringen und nach einem anderen Käufer Ausschau halten.«

»Würden Sie bar zahlen?«, fragte Mrs Porting unerwartet.

»Ja. Übergabe des Betrags in Perth.« Dort hatte Mark sein Geld bereits bei einer Bank eingezahlt.

»Dann nehmen wir das Angebot an.« Sie sah auf das friedlich auf ihrem Schoß schlafende Kind hinunter. »Ich will fort von hier, je früher, desto besser. Auf diese Weise ersparen wir uns eine Menge Aufwand und Warterei.«

»Aber …«

»Jim, ich will so bald wie möglich umziehen!«

Und damit war die Angelegenheit erledigt.

Als die Portings zu Bett gegangen waren, schlenderte Mark noch einmal nach draußen, immer in Hörweite seiner Tochter. Er war umgeben von Ruhe und Frieden. Die Hühner schliefen, und aus dem Pferdestall kam kein Laut. Selbst die zwei zotteligen Hunde hatten sich nicht die Mühe gemacht, hervorzukommen und ihn zu begutachten. Tief durchatmend stellte er fest, dass er ein wirklich gutes Gefühl bei der Sache hatte. Er war jung und kräftig und hatte vor, diesen Ort zu einem florierenden Gasthof und Gemischtwarenhandel aufzubauen.

Auch wenn es mit einer Frau an seiner Seite einfacher gewesen wäre, das wusste er. Nun, er hatte definitiv nicht vor, noch einmal zu heiraten, und derlei Probleme ließen sich auch anderweitig lösen, wenn man wollte.

* * *

Zwei Wochen später fuhr Mark ein letztes Mal mit Jim gemeinsam nach Meriniup, um das Gasthaus zu übernehmen. Die Formalitäten hatte er in einem Tempo vorangetrieben, das allerseits für Erstaunen gesorgt hatte, und zusätzlich einen erfolgreichen Antrag gestellt, als Poststelle für den wachsenden Bezirk zu fungieren. Mittlerweile fühlte er sich auch sicher im Umgang mit dem Karren, den er zusammen mit den Pferden ebenfalls erstanden hatte. Auf der Ladefläche befanden sich seine Besitztümer und eine beachtliche Menge an Lebensmittelvorräten, die er sorgfältig ausgewählt hatte, sowie ein Fass guten Biers.

»So viel Essen brauchen Sie niemals«, hatte Jim bemerkt, als er ihm beim Aufladen geholfen hatte.

»Das wird sich zeigen. Wenn man für Nachschub die gesamte Strecke bis nach Perth fahren muss, habe ich lieber zu viel als zu wenig. Und die meisten Sachen werden sich eine Weile halten. Davon abgesehen werde ich neben dem Gästebetrieb auch Lebensmittel verkaufen.«

»Viel zu viel Aufwand«, brummte Jim.

Mark antwortete darauf nicht mehr, sondern genoss die Landschaft und die frische Luft. Er freute sich auf sein neues Leben. Die Portings hatten eine junge Frau aus der Siedlung erwähnt, die bereit sei, ihm mit dem Baby und im Haus zu helfen, und so schien alles gut vorbereitet für einen Neuanfang.

Zwei Tage später verließen Jim und seine Frau den Gasthof endgültig, und Mark wandte sich der Frau zu, die sich bereit erklärt hatte, als Hausmädchen und Kinderfrau für ihn zu arbeiten. »Nun denn, Edith, machen wir uns ans Putzen. Ich arbeite schon seit Jahren mit Essen und Speisehäusern, und wenn es eines gibt, das ich mit Sicherheit weiß, dann, dass Sauberkeit das oberste Gebot ist.«

Am Ende der zweiten Woche – es waren nur sporadisch Reisende bei ihnen abgestiegen – erklärte Edith unverblümt: »Mein Dad hat gesagt, ich soll der Sache eine Chance geben, Mr Gibson, weil er will, dass ich daheim bleibe. Aber das Leben hier ist zu einsam für mich, und ich bin nicht besonders wild auf Babys, auch wenn Ihre Amy ein gutes Mädchen ist. Ich bleibe, bis Sie einen Ersatz für mich gefunden haben, aber dann ziehe ich nach Perth, ganz gleich, was Dad sagt. Immerhin bin ich jetzt zweiundzwanzig.«

Ihre Worte waren keine Überraschung für ihn. Auch wenn die junge Frau Amy angemessen versorgte, tat sie nichts, was über ihre Grundpflichten hinausging, es sei denn, Mark wies sie ausdrücklich dazu an. Vor allem aber sah er sie nie mit dem Kind reden oder spielen. Seine Tochter hatte eine bessere Betreuung verdient.

»Wenn Sie bleiben, bis ich jemand anderen gefunden habe, Edith, zahle ich Ihnen für die letzte Woche den doppelten Lohn.«

Er sah, wie ihr Gesicht aufleuchtete, und wusste, dass er den richtigen Ton getroffen hatte. Trotzdem saß er an jenem Abend noch lange da und starrte ins Feuer. Welche Frau würde an einem so abgeschiedenen Ort leben und arbeiten wollen? Und wo sollte er mit der Suche beginnen? Nicht in Meriniup, so viel war sicher. Doch von Perth hatte er gehört, dass es dort ein »Dienstmädchenproblem« gab und selbst gut situierte Damen oft persönlich die Hausarbeit verrichten mussten.

Letztlich war Perth jedoch der einzige Ort, an dem auch nur die geringste Chance für ihn bestand, angemessene Unterstützung zu finden, und so überließ er den Gasthof und etwaige Gäste für einige Tage Edith und ihrem jüngeren Bruder und fuhr nach Perth. Seine Tochter saß sicher angebunden in einer hölzernen Kiste neben ihm auf dem Bock.

* * *

Selbstgewiss traf Alex Jenner Mitte Juni in Rossall Springs ein und marschierte in das Speisehaus. An der Tür hielt er inne und blickte sich stirnrunzelnd um. Irgendetwas hatte ich verändert. Eine Frau kam auf ihn zu und begrüßte ihn. Irgendwo hatte er sie schon einmal gesehen, doch nicht hier. Die Küchenhilfe war älter und fülliger.

»Kann ich Ihnen helfen, Sir? Möchten Sie etwas essen?«

»Ich möchte meinen Schwiegersohn Mark sprechen.«

Das unverbindliche Lächeln auf ihren Zügen wich einem nervösen Ausdruck. »Der ist leider nicht hier.«

»Ich gehe nicht, ehe ich ihn gesprochen habe! Wo immer er sich also versteckt, lassen Sie ihm ausrichten, dass ich hier bin.«

Sie verschwand in die Küche, und er verharrte mit verschränkten Armen an der Tür. Niemals würde er sich abwimmeln lassen. Als er seine Frau gefragt hatte, wann man ein Kind abstillen konnte, hatte sie gesagt, mit sieben Monaten dürfte das ein Leichtes sein. Er würde nicht aufgeben. Sein Versuch, das Kind zu entführen, war voreilig gewesen, wusste er jetzt, und er hatte nicht einmal die Flucht vernünftig geplant, sondern sich einfach auf die Postkutsche verlassen. Welch eine Dummheit. Beim nächsten Mal würde er bessere Vorkehrungen treffen und ein eigenes Gefährt organisieren.

Die Frau kehrte in Begleitung eines Mannes wieder, in dem Alex den Eigentümer des Gemischtwarenhandels nebenan erkannte.

»Ihr Schwiegersohn hat Rossall letzten Monat verlassen, Mr Jenner«, eröffnete ihm der Händler. »Der neue Eigentümer dieses Speisehauses bin ich.«

Stocksteif stand Alex da, während in ihm der Zorn pulsierte und sein Gehirn mit einem kreischenden Lärm anfüllte. Der Raum schien sich um ihn zu drehen, und als er seine Fassung zurückgewann, stellte er fest, dass er an einem Tisch saß und die Frau ihm ein Glas Wasser reichte.

»Ist alles in Ordnung mit Ihnen?«

»Ja. Nur ein kleiner … Schwindelanfall. Ihre Auskunft ist ein Schock.« Kurz sah er zu den beiden auf, ehe er den Blick senkte, um die noch immer in ihm pochende Wut zu verbergen. »Ich gebe zu, ich habe mich nicht immer klug verhalten, aber meine Frau und ich sehnen uns verzweifelt nach unserer Enkeltochter. Wir haben unsere beiden eigenen Kinder verloren, die Kleine ist alles, was uns noch bleibt.«

Ein rascher Blick verriet ihm, dass die Augen der Frau sich mit Tränen des Mitgefühls gefüllt hatten. Da der Mann keinerlei Emotionen zeigte, wandte er sich direkt an sie. »Verzeihen Sie, Mrs …?«

Der Mann antwortete an ihrer Stelle. »Grove.«

»Wissen Sie, wohin mein Schwiegersohn gegangen ist?«

Sie schüttelte den Kopf.

»Wann ist er abgereist?«

Wieder sprach Mr Grove. »Vor einigen Wochen. Niemand hat ihn fahren sehen.«

Stirnrunzelnd sah Alex ihn an. »Das ist unmöglich. Irgendjemand muss wissen, wohin er verschwunden ist.«

»Ich fürchte, nein. Das hat für einigen Aufruhr in der Stadt gesorgt.« Samuel holte eine Taschenuhr hervor. »Und nun, Mr Jenner, müssen wir uns wieder an die Arbeit machen. Möchten Sie etwas essen oder soll ich Ihnen den Weg zum Hotel beschreiben? Es gibt aber auch eine weitere tägliche Postkutsche, sodass Sie auf direktem Wege nach Melbourne zurückkehren könnten. Die Abfahrtszeit ist drei Uhr nachmittags.«

»Ich denke, ich werde erst einmal etwas essen.« Alex sah die Frau an. »Ist das in Ordnung?«

Ein rascher Blick zu ihrem Mann, der nickte. »Hätten Sie gern den Standard oder das Spezialmenü, Mr Jenner?«

»Den Standard.«

Er aß langsam und musterte jeden, der hereinkam. Als die Wirtin zu ihm kam, um seinen Teller abzuräumen, sagte er leise: »Wenn Sie auch nur den Hauch einer Ahnung haben, wo ich mit der Suche nach meiner Enkelin beginnen kann, wäre ich Ihnen dankbarer, als ich in Worten ausdrücken kann. Meine liebe Frau ist schon ganz außer sich vor Sehnsucht nach dem Kind.«

Sie schüttelte den Kopf, erklärte jedoch nach einem raschen Blick über die Schulter: »Ich fürchte, er hat die Kolonie verlassen. Ich hoffe, Ihre Frau kann ihren Frieden damit machen. Der kommt nicht zurück.«

Alex zahlte sein Mahl und machte sich auf einen Spaziergang durch die Stadt. Auf der Rückseite des Gemischtwarenladens traf er einen jungen Mann an, der dabei war, einen Wagen zu beladen. »Sieht nach schwerer Arbeit aus«, bemerkte er.

Der Jüngere zuckte die Achseln. »Nicht für mich. Ich mache das jede Woche, wenn wir nach Melbourne fahren.«

Aus der Hintertür trat Samuel Grove und rief barsch: »Zeke! Ich brauche dich hier drinnen.«

Alex ging weiter. Zwei Informationen. Mehr würde er

wohl kaum bekommen. Er buchte einen Platz in der Postkutsche nach Melbourne und lächelte in sich hinein, als er bei der Abfahrt Samuel Grove ins Postbüro gehen sah. Er war überzeugt, dass der Mann mehr wusste, als er zugab. Doch vielleicht spielte das gar keine Rolle. Wenn der Händler jede Woche zur selben Zeit mit seinem Karren nach Melbourne fuhr, ließe sich vielleicht dort mehr in Erfahrung bringen. Zum Beispiel, welche Dampfer in andere Kolonien vor etwa einem Monat abgelegt hatten.

Bei seiner Heimkehr war er beinahe gut gelaunt, doch seine Frau brach in Tränen aus, als er ihr berichtete, dass Mark ihre Enkelin aus der Kolonie fortgebracht hatte.

»Sieh nur, was du angerichtet hast, Alex Jenner – all die Forderungen und Ereiferungen! Jetzt werde ich mein einziges Enkelkind nie wiedersehen.« Und sie geriet so außer sich, dass an diesem Tag nichts mehr mit ihr anzufangen war. Ein Abendessen bereitete sie ihm auch nicht zu, das machte ihn zornig. Es war Aufgabe einer Ehefrau, ihrem Mann in allen Dingen zu gehorchen und ihm demütig zu dienen. Kein Wunder, dass seine Tochter so widerspenstig geworden war.

Doch seine Frau irrte sich. Sie würde Amy definitiv wiedersehen, denn Alex würde schlicht nicht zulassen, dass seine Enkelin von einem Mann großgezogen würde, der sie den Händen von gottlosen Heiden überließ.

Er würde sie finden, und wenn es Jahre dauerte, und dann würde er Amys Seele retten.

* * *

Als das Schiff sich der Küste von Westaustralien näherte, wurde das stürmische Wetter etwas ruhiger, und alle Passagiere erfasste große Aufregung, dass das Ende ihrer langen Reise so kurz bevorstand.

Bei der ersten Landsichtung blieb Keara in ihrer Koje, statt mit Maggie an Deck zu gehen, um den fernen Küstenstreifen anzusehen. Sie hatte sich als mittelmäßig seetauglich erwiesen – das Schwanken machte ihr nicht ganz so schwer zu schaffen wie manch anderen, doch wirklich wohl war ihr auch nur dann, wenn die See äußerst ruhig war. Was sie ohne Maggies Unterstützung getan hätte, wusste sie nicht, denn sie hatte kein Schiffszeug mit an Bord gebracht und sich vieles von ihrer adoptierten Cousine leihen müssen.

Als sie vor Rottnest Island auf einen Lotsen warteten, begab sie sich doch an Deck, fragte sich oben jedoch, wozu sie sich die Mühe gemacht hatte. Es war ein sehr flaches Stück Land mit nicht besonders ansprechender Vegetation. Was ihr jedoch gefiel, waren der Sonnenschein und das tiefe Blau des Wassers, das ganz anders aussah als der dunkle Atlantik. Sie hob ihr Gesicht der Wärme entgegen. Wenn dies der Winter war, wie musste es erst im Sommer sein?

Kurz vor dem Anlegen kam die Oberin zu Keara und sagte leise: »Ich habe Ihnen und Ihrer Freundin ein gutes Zeugnis ausgestellt. Ich weiß nicht, wie es dazu gekommen ist, dass sie in einem solch unseligen Zustand an Bord gebracht wurden, aber ich teile nur meine persönlichen Erfahrungen mit und habe an Ihrem Verhalten an Bord nicht das Geringste auszusetzen. Mit diesem Zeugnis gelingt es Ihnen vielleicht, eine befristete Anstellung zu finden, auch wenn ich bezweifle, dass angesichts Ihres Zustands jemand bereit sein wird, Sie dauerhaft einzustellen.« Bei diesen Worten ging ihr Blick zu Kearas Bauch, der nun langsam sichtbar hervortrat.

Ein Raddampfer brachte sie vom Hafen in Fremantle den Fluss hinauf nach Perth. Nach dem Ausschiffen versammelten sich alle ledigen Frauen auf Arbeitssuche an einem Fleck, während die Oberin eine Liste an einen Beamten übergab, der für ihre Unterbringung verantwortlich war. Keara wäre es lieber gewesen, sich selbst umzusehen, statt in dieses Armenhaus zu gehen, doch mit den wenigen Münzen in ihrer Börse konnte sie es sich nicht leisten, Hilfe auszuschlagen. Ihr Kabinengepäck wurde auf einen Karren verladen, und sie folgten dem Gefährt.

»Ist das zu fassen?«, grummelte Maggie.

»Was denn?«

»Dieser Sand. Das kann man doch nicht Straße nennen.« Empört sah sie auf den feinen weißen Sand hinunter, der nicht einmal fest genug war, dass man vernünftig darauf laufen konnte.

Bei ihrer Ankunft wurden sie einer Achtergruppe zugeteilt, die übergangsweise in einem zugigen Schuppen an der Seite des eigentlichen Gebäudes wohnen sollte. Mit Bestürzung inspizierten sie ihre neue Unterkunft, bis Maggie laut sagte: »Kopf hoch, Mädchen! Wenigstens haben wir ein Dach über dem Kopf und der Boden schwankt nicht mehr unter unseren Füßen.«

Eine grauhaarige Frau mit mürrischer Miene erschien an der Tür und klatschte in die Hände, um ihre Aufmerksamkeit zu wecken. »Ich bin hier als Aufseherin für die Frauen verantwortlich. Aus Platzgründen werden wir Ihre Truhen an einem anderen Ort lagern müssen, bis Sie eine Anstellung gefunden haben. Wenn Sie irgendetwas daraus benötigen, müssen Sie sich an mich wenden.«

»Dann hoffe ich, es gibt hier eine Möglichkeit, unsere Sachen zu waschen«, meldete Maggie sich sofort zu Wort. »Ich habe nichts Sauberes mehr bei mir.«

»Ruhe, bitte! Ihre Kleider können Sie in die Hauswäsche geben wie alle anderen.«

»Ganz sicher nicht«, murmelte Maggie. »Wenn alles zusammengeworfen wird, ruinieren sie die Sachen nur.«

Die Aufseherin bedachte sie mit einem strafenden Blick, ehe sie fortfuhr: »Gegessen wird um sechs Uhr früh, zwölf Uhr mittags und sechs Uhr abends. Wir hoffen, die meisten von Ihnen werden zügig eine Anstellung finden und der Regierung nicht zu lange zur Last fallen. Immerhin sind Sie zum Arbeiten hierhergekommen. Bis dahin wird von Ihnen erwartet, dass Sie zu Ihrem Unterhalt hier beitragen, indem Sie in der Wäscherei oder in der Küche arbeiten und nähen, wenn Sie nicht anderweitig zu tun haben. Hat jemand von Ihnen Erfahrung in der Küche?«

Augenblicklich hob Maggie die Hand und zog die von Keara gleich mit nach oben.

»Aber das habe ich nicht!«, flüsterte Keara.

»Aber ich habe Erfahrung in der Wäscherei, und das ist eine furchtbare Arbeit. Außerdem hast du in unserer Messe auf dem Schiff geholfen, und ich habe schon meinen eigenen Haushalt geführt. Es ist also nicht so, als wüssten wir nicht, wie eine Kartoffel aussieht.« Triumphierend lächelte Maggie sie an, als sie für die Küchenarbeit eingeteilt wurden.

Einen Großteil ihrer Zeit verbrachten sie dort tatsächlich mit Kartoffelschälen, dem Zerteilen von minderwertigem Fleisch oder dem Schneiden von Gemüse. Das alles wurde unter dem Kommando einer verdrießlichen Frau mit muskelbepackten Armen zusammen in die Töpfe geworfen und ergab einen essbaren, aber nicht besonders appetitlichen Eintopf.

Am Ende des ersten Tages winkte die Köchin sie zu sich und erklärte: »Man sieht, dass ihr keine Erfahrung mit Küchenarbeit habt, also versucht gar nicht erst, es abzustreiten.«

Besorgt sahen Keara und Maggie einander an.

»Aber da ihr immerhin sauber und arbeitsam seid, dürft ihr bleiben.«

Die nächste bestürzende Erkenntnis war, dass die Arbeit suchenden Frauen in der Unterkunft behandelt wurden wie Schulmädchen. Ihr Kommen und Gehen wurde genauestens beobachtet und kontrolliert.

»Wenn sie so schon mit uns umspringen«, klagte Maggie, »dann möchte ich nicht in der Haut der armen Schlucker auf dem obersten Stockwerk stecken.«

Keara fröstelte. Wenn sie keine Möglichkeit fand, sich ihren Lebensunterhalt zu verdienen, würde sie in genau einem solchen Armenhaus ihr Kind zur Welt bringen müssen.

Selbst in ihrer Freizeit gab es kaum Gelegenheit, Perth zu erkunden, und nicht einmal Spaziergänge im Sonnenschein konnten sie genießen, denn sie durften das Grundstück des Arbeits- und Armenhauses nicht verlassen. Besonders ärgerlich daran war, dass – obwohl der Juni hier den Winteranfang bedeutete – zwischen den Regenschauern immer wieder jenes herrliche klare Wetter herrschte.

»Meine Mutter hätte dieses Wetter geliebt«, sagte Keara eines Tages. »Wenn ich zum Laden gegangen bin, hat sie immer zu mir gesagt, ich soll ihr Sonnenschein für einen Penny mitbringen. Und hier gibt es Sonnenschein für Tausende Pennys, nicht wahr?« Ihr brach die Stimme, mehr konnte sie nicht sagen. Niemals in ihrem Leben würde sie Lavinia Mullane verzeihen, dass sie es ihr verwehrt hatte, ihre Mutter am Sterbebett zu besuchen, und manchmal übermannte die Trauer sie noch immer zu den unerwartetsten Gelegenheiten. Und es verging kein einziger Abend, an dem sie nicht an ihre Schwestern dachte, während sie einzuschlafen versuchte. Immer wieder fragte sie sich, wo sie jetzt sein mochten und was sie wohl taten.

Schon am ersten Nachmittag erschienen die ersten potenziellen Arbeitgeber, um die Neuankömmlinge zu begutachten und Angebote zu machen. Alice und Brenda, mit denen Keara und Maggie auf dem Schiff die Kabine geteilt hatten, verließen das Heim schon am nächsten Tag – jede mit einem triumphierenden Blick über die Schulter zu ihren einstigen Mitbewohnerinnen.

Doch sobald jene Damen, die ein Hausmädchen suchten, von der Aufseherin über Kearas Zustand aufgeklärt wurden, wandten sie sich der nächsten Frau zu. Maggie erhielt zwei Angebote, weigerte sich jedoch rundheraus, sich von »meiner

Cousine Keara« trennen zu lassen, und brach in lautes (und vorgespieltes) Geheul aus, als die Aufseherin sie zur Annahme des zweiten Angebots zwingen wollte.

Am Sonntag durfte Keara mit einigen Mitinsassen des Heims, die ihren Glauben teilten, die Messe in der Katholischen Kathedrale besuchen. Einige Tage später ließ man sie auch zur Beichte gehen.

»Aber das erlaube ich nur, weil die Oberin des Schiffs Ihnen ein so gutes Zeugnis ausgestellt hat«, mahnte die Aufseherin, die ihnen selbst die kleinsten Ausflüge zu missgönnen schien.

Auf dem Rückweg führte sie einer der älteren Heimbewohner am neuen Regierungsgebäude vorbei, das gerade umgebaut wurde, weil der derzeitige Gouverneur es als nicht seiner Bedeutung angemessen empfunden hatte.

»Also, ich hätte nichts dagegen, da zu wohnen«, bemerkte die Frau neben Keara. »Weiß nicht, was daran nicht angemessen sein soll.«

»Für mich sieht es aus wie ein Palast. Mir würde schon ein Zimmer reichen, solange es nur mein eigenes ist.« Seufzend blickte Keara auf ihren Bauch hinunter. Vor der Geburt des Babys war nicht daran zu denken, ihren Schwestern nachzuspüren, und selbst dann würde es schwierig werden, eine Stelle zu finden, bei der sie ihr Baby bei sich behalten und zugleich Geld für die Fahrt nach Melbourne sparen könnte. Doch sobald sie eine feste Adresse hatte, würde sie den Nonnen schreiben. Mehr konnte sie im Augenblick nicht tun.

* * *

Als schließlich ein Mann mit einem Pferdekarren angefahren kam und nach einem Hausmädchen fragte, waren von den Immigrantinnen neben Maggie und Keara nur noch zwei alte Frauen ohne Arbeit. Beim Absteigen vom Kutschbock griff er noch einmal hinauf und holte etwas aus einer Kiste hervor, das zuerst aussah wie ein Bündel Kleidung. Doch als das Bündel ein speckiges kleines Fäustchen hervorstreckte, stieß Maggie Keara an. »Er hat ein Baby. Dann sucht er wohl eine Kinderfrau. Muss seine Frau verloren haben, sonst würde die sicher die Auswahl übernehmen.«

Während er mit der Aufseherin in ihr Büro verschwand, zwinkerte Maggie ihrer adoptierten Cousine zu. »Ein gut aussehender Kerl, nicht wahr? Nun ja, zumindest wäre er es, würde er auch mal lächeln.«

»Wenn du das sagst.« Was interessierte es sie, wie der Mann aussah? Alles, was Keara wollte, war eine Arbeitsstelle.

Einige Minuten später brachte die Aufseherin den Interessenten in das Zimmer, in dem die vier Frauen warteten. »Stellen Sie sich bitte hier in einer Reihe auf«, rief sie scharf, ehe sie sich in milderem Tonfall an ihren Begleiter wandte. »Das sind die Frauen, von denen ich Ihnen erzählt habe, Mr Gibson.« Sie bedachte Maggie mit einem strengen Blick. »Und diesmal, Brett, lasse ich es Ihnen nicht durchgehen, eine gute Stelle auszuschlagen, nur weil Sie nicht von Ihrer Cousine lassen wollen.«

Von draußen kam eine andere Frau hereingelaufen und flüsterte der Aufseherin etwas ins Ohr, die verärgert mit der Zunge schnalzte. »Bitte entschuldigen Sie mich für einen Moment, Mr Gibson. Es scheint eine kleine häusliche Krise zu geben.« Sie eilte mit der anderen davon.

»Meine Cousine und ich bleiben zusammen«, ließ Maggie den Mann wissen, bevor er den Mund aufmachen konnte. »Wir sind fleißige Frauen und lassen uns gern auf einen niedrigeren Lohn ein, wenn Sie uns dafür beide nehmen.«

Er blinzelte überrascht. »Sie wissen doch gar nicht, um welche Art von Arbeit es überhaupt geht.«

»Schlimmer als hier in der Küche kann es nicht sein. Die meiste Zeit produzieren wir nicht einmal anständiges Essen.«

»Ah, Sie haben Küchenerfahrung.«

»Ja. Und meine Cousine hat vor ihrer Heirat als Dienstmädchen gearbeitet.«

Das Stoffbündel zappelte und wand sich. »Darf ich das Baby sehen?«, fragte Keara, die daran zurückdenken musste, wie gern sie Mara als Baby im Arm gehalten hatte. Als sie vortrat und in das rosige Gesicht blickte, gurgelte das Kind sie fröhlich an. Lächelnd stupste sie sanft einen Finger in das weiche Bäuchlein und säuselte ein wenig Kauderwelsch, was dem Baby ein Kichern entlockte.

»Wie heißen Sie beide?«, erkundigte sich Mr Gibson.

»Die beiden wollen Sie nicht einstellen. Die da erwartet ein Kind«, warf eine der alten Frauen ein, drängelte sich vor und deutete mit dem Finger auf Keara. »Angeblich ist sie verwitwet, aber wer weiß schon, ob Sie die Wahrheit sagt?«

Augenblicklich trat er einen Schritt zurück. »Tut mir leid. Diese Stelle wäre für Sie ungeeignet. Ich wohne ziemlich abgeschieden, und es gäbe niemanden, der Ihnen bei der Niederkunft beistehen könnte. Davon abgesehen brauche ich nur eine Frau.« Er wandte sich noch einmal an Maggie. »Und Sie wollen wirklich nicht einmal in Erwägung ziehen, die Stelle anzutreten?«

»Na los! Sag schon zu!«, flüsterte Keara. Sie spürte, wie ihre Augen sich mit Tränen füllten, und wandte rasch den Blick ab, doch Maggie legte einen Arm um sie.

»Tut mir leid, Mr Gibson. Ich lasse meine Cousine nicht im Stich, nicht, nachdem sie vor so kurzer Zeit erst ihren Mann verloren hat. Wir nehmen nur Arbeit an, bei der wir zusammenbleiben können.«

Daraufhin musterte Mark die beiden alten Frauen, die ihn beide hoffnungsvoll ansahen. Doch sie schienen sich nicht einmal anständig gewaschen zu haben, geschweige denn kräftig genug für die Arbeit im Gasthof zu sein, und so schüttelte er den Kopf. Just in diesem Moment kam die Aufseherin zurück, und er sagte zu ihr: »Ich fürchte, keine der Kandidatinnen kommt infrage. Mrs – äh«, er deutete mit dem Kopf in Kearas Richtung, »erwartet ein Kind, wenn ich das richtig sehe, und ihre Cousine möchte bei ihr bleiben.«

Die Frau warf Maggie einen erbosten Blick zu. »So geht das nicht, Brett! Ich habe es Ihnen gesagt: Das nächste Angebot müssen Sie annehmen. Wenn Sie sich nicht an die Regeln halten, können wir Sie hier nicht länger unterbringen.«

Seufzend drehte Mark sich um und überließ die beiden ihrem Streit. Er wollte keine Angestellte, die gegen ihren Willen bei ihm war. Es musste doch irgendwo in Perth jemand zu finden sein?

Maggie stemmte die Hände in die Hüften und funkelte die Aufseherin stur an. »Ich lasse Keara nicht allein.«

»Dann verlassen Sie wohl besser beide das Heim. Wenn Sie sämtliche Angebote ausschlagen, haben Sie kein Anrecht auf Unterstützung.«

Keara keuchte auf.

Wutentbrannt, dass die Frau sie trennen wollte, starrte Maggie die Aufseherin an. »Das ist unfair. Sie wissen genau, dass es in Perth an Unterkünften mangelt, nur deshalb hat man uns doch hier untergebracht.« Außerdem hatten sie nicht genug Geld, um allein über die Runden zu kommen, wie die Aufseherin sehr gut wusste.

»Die Regierung ist nicht dazu da, nach Ihrer Pfeife zu tanzen. Wenn Sie mir nicht auf der Stelle versprechen, dass Sie das nächste Stellenangebot annehmen, gebe ich Ihnen eine Stunde, um das Heim zu verlassen. Ihre Truhen können Sie noch eine Woche bei uns unterstellen, und sollten Sie sie bis dahin nicht abgeholt haben, werden wir den Inhalt für das Armenhaus verwenden.«

»Wir lassen uns nicht trennen«, beharrte Maggie.

»Dann gehen Sie wohl besser.« Mit regloser Miene verschränkte die Aufseherin die Arme vor der Brust, doch als die beiden jungen Frauen davongingen, lächelte sie zuversichtlich. In ein oder zwei Tagen würden sie wieder vor der Tür stehen. Diese beiden würden niemals ihren Körper verkaufen, so etwas erkannte sie auf einen Blick. Aber eine Nacht im Freien würde ihnen eine Lektion sein, und im Anschluss würden sie sich weit fügsamer zeigen.

Maggie betrat den Schuppen als Erste und machte sich gleich daran, ihre Habseligkeiten in ihre Tasche zu stopfen. Mit hochroten Wangen schimpfte sie dabei in sich hinein.

»Es tut mir leid, dass du meinetwegen solche Schwierigkeiten hast«, sagte Keara kleinlaut, als sie ebenfalls eintrat. »Vielleicht machst du dich besser noch einmal auf die Suche nach Mr Gibson und nimmst sein Angebot doch noch an?«

»Und was willst du machen, wenn ich ins Hinterland verschwinde?«

»Dich sehr vermissen. Aber für mich wird sich auch noch etwas finden, selbst wenn es nur befristet ist.« Sie versuchte ein Lächeln, scheiterte jedoch.

»Tja, ich lasse dich aber nicht im Stich.« Endlich sah Maggie sie an und ließ für einen Moment ihre tapfere Fassade fallen. »Mal ganz davon abgesehen, dass du mich brauchst: Eine so gute Freundin wie dich, der ich vertraue und die mir wirklich am Herzen liegt, hatte ich noch nie. Das gebe ich nicht auf. Lieber sterbe ich.«

Keara trat zu ihr und schloss sie in die Arme. »Das bedeutet dann aber auch, dass du mich nach Melbourne begleitest, wenn das Baby auf der Welt ist.«

Maggie schniefte verstohlen. »Na ja, ich wollte schließlich schon immer was von der Welt sehen. Und jetzt lass uns hier verschwinden.«

Mit gepackten Taschen auf den Schultern verließen sie das Heim. Als sie zu Fuß in Richtung Stadtmitte gingen, sagte Maggie: »Jetzt kann uns wenigstens niemand mehr verbieten, uns mal in Ruhe umzusehen.«

»Aber wo sollen wir schlafen? Es heißt, Unterkünfte sind hier schwer zu finden. Hast du Geld?«

»Ein oder zwei Pfund. Viel ist mir nach der Überfahrt nicht mehr geblieben. Wie ist es mit dir?«

»Leider nur ein paar Schillinge. Die Leute, die mir das Laudanum eingeflößt haben, haben mir auch mein Erspartes gestohlen.« Was sie allerdings wiederum größtenteils Theo gestohlen hatte, deshalb konnte sie sich wohl kaum beklagen.

»Dann müssen wir eben im Freien schlafen.«

Den Rest des Tages wanderten sie in der Stadt herum, doch in allen Geschäften und Pensionen, in denen sie nachfragten, konnte niemand ein Hausmädchen gebrauchen – geschweige denn zwei.

Bei Einbruch der Dunkelheit kauften sie sich etwas Brot und gingen zum Essen hinunter an den Fluss. Anschließend spazierten sie eine Weile flussaufwärts, bis sie an ein dichtes Gebüsch kamen.

»Hier können wir übernachten«, verkündete Maggie. »Falls es regnet, werden wir uns einen Unterschlupf suchen müssen, aber im Augenblick ist keine Wolke zu sehen, also sollte es schon gehen.«

Doch es wurde unangenehm kalt, und so taten sie kaum ein Auge zu. Sobald es hell wurde, standen sie auf, versuchten ihre Kleider zu richten und wuschen sich Hände und Gesicht im Fluss.

»Na komm«, sagte Keara, als Maggie sich auf einen Felsbrocken sinken ließ und trübsinnig ins Wasser starrte. »Versuchen wir es weiter. Aber wenn wir nichts finden, müssen wir irgendwann zurück ins Heim und tun, was sie uns sagen – das weißt du.«

Maggies Gesichtsausdruck war düster. »Dahin gehe ich nicht zurück, komme, was wolle. Wenn wir in Perth keine Arbeit finden, machen wir uns eben zu Fuß auf den Weg ins

Umland. Irgendwann findet sich etwas, anders geht es gar nicht.«

»Und was, wenn das nicht funktioniert? Australien ist nicht England. Du hast doch selbst gehört, wie weit die wenigen Siedlungen hier voneinander entfernt sein sollen.«

»Aber es gibt Siedlungen.«

»Darüber unterhalten wir uns in ein paar Tagen noch einmal.« Doch Keara glaubte nicht, dass es etwas bringen würde. Und sie würde nicht zulassen, dass ihre Schwangerschaft Maggies Chancen auf eine Anstellung zunichtemachte. Wenn nötig, würde sie allein in das Heim zurückkehren. Ohne sie würde Maggie sicher nicht einfach so ins Blaue hinein loswandern.

17

Juni 1864

Schon bald wurde der Tag kühl und diesig, es sah nach Regen aus. Keara und Maggie liefen jede Straße einzeln ab, klopften überall an und fragten nach Arbeit. Doch obgleich eine freundliche Frau ihnen wenigstens etwas Brot und Butter gab, waren die meisten anderen Leute so beschäftigt, dass sie ihnen bloß knapp antworteten, es gebe hier keine Arbeit, schon gar nicht für zwei.

Gegen Mittag standen sie in einer Seitenstraße und überlegten, was sie als Nächstes tun sollten, als ein Karren auf sie zu ruckelte, gezogen von zwei stämmigen Braunen. Als sie das Gefährt betrachteten, flüsterte Maggie auf einmal: »He, es ist der Kerl von gestern!«

Keara hob den Kopf und erkannte Mr Gibson.

Auch er sah sie sofort und zügelte die Pferde, als er ihr leicht zerzaustes Äußeres und ihre Reisetaschen bemerkte.

Sobald er den Mund aufmachte, kam Maggie ihm zuvor und rief erbost: »Und, haben Sie schon jemanden gefunden?«

»Nein.«

»Dann hätten Sie wohl besser uns nehmen sollen, statt dafür zu sorgen, dass man uns aus dem Heim hinauswirft!«

»Die haben Sie vor die Tür gesetzt?«

»Ja. Weil ich Keara nicht alleinlassen wollte. Und das werde ich auch nicht.«

Mark schaute an ihr vorbei zu der Schwangeren, die ihre Freundin am Arm zog und peinlich berührt wirkte. »Vielleicht können wir …« Doch Amy fiel ihm ins Wort, ehe er seine Gedanken ordnen konnte. An ihrem wütenden Tonfall erkannte er, dass sie Hunger hatte und eine frische Windel brauchte. Er fischte seine Taschenuhr hervor und stellte überrascht fest, dass es schon beinahe ein Uhr war, dann sah er die Frauen an. »Ich muss meine Tochter füttern. Würden Sie uns beim Essen Gesellschaft leisten, sodass wir uns in Ruhe unterhalten können? Ich kenne ein Speisehaus gleich hier um die Ecke.«

»Wir haben kein Geld für Speisehäuser«, entgegnete Maggie sofort. »Wir haben ja nicht einmal genug für eine Unterkunft. Die letzte Nacht mussten wir im Freien verbringen.«

»Sie sind eingeladen.« Mark schaute hinunter zu Amy, die mittlerweile rot im Gesicht war. »Kommen Sie. Die junge Dame verlangt ihr Mittagessen.« Ohne auf ihre Zustimmung zu warten, rief er einen Straßenbengel herbei und sagte: »Einen Schilling, wenn du für eine Stunde meinen Wagen im Auge behältst.«

In die Augen des Jungen trat ein Leuchten, und er nickte sofort.

Die beiden Frauen tauschten einen überraschten Blick, nahmen jedoch ihre Taschen und folgten Mr Gibson.

Er bestellte drei Mahlzeiten und ein Glas Milch. Als das Essen kam, zerdrückte er seine Kartoffeln für Amy in der Sauce, doch sie jammerte und zappelte noch immer und stieß beinahe seinen Teller vom Tisch.

»Kommen Sie, geben Sie sie mir, während Sie sich um das Essen kümmern.« Keara nahm ihm das Kind ab, das sie mit zitternder Unterlippe zweifelnd ansah. »Aber, aber, er füttert dich doch gleich, mein Kleines«, säuselte sie, wippte das Kind auf ihrem Schoß und redete weiter auf es ein.

Amy beruhigte sich und griff nach dem schwarzen Haar, das sich wie so oft schon wieder aus der Frisur löste. Als ihre Finger sich in den Locken verfingen, krähte sie triumphierend, was auch Keara zum Lachen brachte.

Erstaunt beobachtete Mark, wie seine Tochter sich an diese Fremde schmiegte. »Sie können mit Kindern umgehen, wie es scheint.«

»Als Älteste konnte ich reichlich Erfahrungen mit meinen kleinen Schwestern sammeln.«

Dabei wurde ihr Gesichtsausdruck so traurig, dass er nicht weiter nachfragte, sondern Amy eine Serviette in den Kragen steckte und sich darauf konzentrierte, Essen in ihren Mund zu befördern, statt es überall auf ihren Kleidern zu verteilen.

Als sie aufgegessen hatten, war in ihm eine Entscheidung herangereift – zum Teil durch die Wärme der Freundschaft der beiden Frauen, die er hatte beobachten können, und zum Teil durch Kearas Umgang mit seiner Tochter. »Hören Sie, es tut mir leid, dass ich Sie in so große Schwierigkeiten gebracht habe. Ich stelle Sie beide bei freier Kost und Logis ein, aber bis mein Gasthaus etwas besser etabliert ist, kann ich Ihnen nur für eine Person Lohn zahlen. Wenn Sie das Risiko eingehen wollen – und in Meriniup wird es niemanden geben, der Sie bei der Geburt unterstützen kann – nun, von mir aus können wir es versuchen. Aber Sie werden sich überlegen müssen, wie es mit dem Baby weitergehen soll. Vielleicht möchten Sie dafür zurück nach Perth ziehen?«

Maggie klatschte in die Hände und lachte vergnügt. »Ich wusste doch, dass sich etwas ergibt! Ich wusste, dass wir nicht noch einmal in dieses Loch müssen! Und irgendjemanden wird es geben, der bei der Geburt aushelfen kann. Es gibt immer jemanden.«

»Das werden wir hoffen müssen. Hauptsache, Ihnen ist klar, dass es keine Garantie dafür gibt.« Er wandte sich noch einmal an Keara. »Sie sind wohl erst kürzlich verwitwet. Mein Beileid.«

Kurz zögerte sie, dann schüttelte sie den Kopf. Sie wollte ihr neues Leben nicht auf Lügen aufbauen. »Ich bin nicht verwitwet. Ich war nie verheiratet.«

Schockiert starrte er sie an.

Maggie keuchte auf. »Du Idiotin! Warum hast du ihm das gesagt?«

»Ich lüge nicht gern. Das ist kein guter Anfang.« Keara sah wieder Mark an. »Das Kind in meinem Bauch ist das meines Arbeitgebers. Ich habe ihn sehr geliebt, aber seine Frau hat mich nach Australien geschickt, um mich loszuwerden.«

»Und man hat sie nicht *geschickt.* Die haben sie betäubt und aufs Schiff geschleift. Ich habe gesehen, wie sie sie an Bord gebracht haben, und sie ist erst nach dem Ablegen wieder zu sich gekommen.« Offensichtlich wollte Maggie für klare Verhältnisse sorgen. »Ich konnte das Laudanum noch riechen.«

Keara stieß sie leicht an. »Lass. Das spielt doch jetzt keine Rolle.«

Auch Marks Schwester war einmal schwanger von ihrem Arbeitgeber vor die Tür gesetzt worden, doch Annie hatte man nicht um die halbe Welt geschickt, um sie loszuwerden. Und er hatte noch immer ein schlechtes Gewissen, dass er selbst eine schwangere Frau im Stich gelassen hatte.

Keara wartete ab, ob er einfach aufstehen und gehen würde.

Stattdessen sah er ihr ins Gesicht und sagte leise: »Das muss sehr schwer für Sie gewesen sein. Danke für Ihre Ehrlichkeit, aber das ändert nichts an meinem Angebot.«

Kearas Augen glänzten verdächtig und sie schluckte schwer. »Ich danke Ihnen, Mr Gibson. Sie werden Ihre Großzügigkeit nicht bereuen, das verspreche ich Ihnen.«

Er nahm seine mittlerweile schläfrige Tochter wieder entgegen und drückte sie lächelnd an sich. »Dann sind wir uns einig.«

Es war seltsam, einen Mann für ein so kleines Kind sorgen zu sehen, doch er schien es gewohnt zu sein und liebte sein

Baby unverkennbar sehr. Kearas Vater hatte seine Töchter nie auf den Arm genommen oder auch nur gestreichelt.

Mark schob seinen Stuhl zurück. »Also gut. Wie schnell können Sie abfahrbereit sein?«

Breit lächelnd tat Maggie es ihm nach. »Sobald wir unsere Truhen aus dem Heim geholt haben. Ich freue mich schon jetzt darauf, dieser Aufseherin zu erzählen, dass wir Arbeit gefunden haben.«

Eine Stunde später saßen sie zu beiden Seiten von Mr Gibson auf dem Bock des Karrens, während das Baby hinter Keara friedlich in seiner Holzkiste schlief.

Mark schwieg eine Weile, ehe er sagte: »Es ist beinahe Vollmond. Wenn wir heute so lange wie möglich auf der Straße bleiben, können wir es bis morgen Abend zum Gasthof schaffen. Natürlich werden wir den Pferden regelmäßige Pausen gönnen müssen, aber wenn wir sie nicht zu sehr antreiben, werden sie brav weitergehen. Die beiden sind robust. Allerdings werden wir auf dem Karren schlafen müssen. Ist das für Sie in Ordnung?«

»Solange Sie keine Dummheiten versuchen«, gab Maggie warnend zurück.

Keara verdrehte die Augen angesichts der unverblümten Worte ihrer Freundin, doch Marks Miene wurde finster, als er in scharfem Ton antwortete: »Ich würde mich niemals einer Frau aufzwingen.«

Als das Baby zu wimmern begann, lehnte Keara sich zurück und hob es aus seiner Kiste. »Ach, du süßes Ding«, sagte sie leise. »Willst du ein wenig mehr von der Welt sehen?«

In ihren Armen beruhigte Amy sich sofort, strahlte zu ihr empor und reckte ihr ein pummeliges Fäustchen entgegen, das Keara impulsiv küsste.

»Sie können gut mit Kindern umgehen«, stellte Mark erneut fest. »Vielleicht könnten wir die Betreuung von Amy mit in Ihren Aufgabenbereich legen?«

»Ist mir nur recht«, meldete Maggie an.

»Mit Freuden.« Keara drückte einen Kuss auf die rosige Samtwange des Kindes, ohne auch nur darüber nachzudenken. »Ich habe mich auch immer um meine jüngste Schwester Mara gekümmert, als sie noch ein Baby war. Heute ist sie in Melbourne, deshalb muss ich sparen, um die Fahrt zur anderen Seite des Kontinents bezahlen zu können. Bloß dass ich vor der Geburt meines eigenen Babys nichts unternehmen kann.«

»Können Sie Ihren Schwestern nicht schreiben? Sie herkommen lassen?«

»Ich weiß nicht genau, wo sie sich befinden. Beim Tod meiner Eltern war ich mit meinen Arbeitgebern in England, und man hat meine Schwestern mit einem Konvent nach Australien geschickt, ohne mir etwas davon zu sagen. So etwas machen die Leute mit irischen Waisen.« Plötzlich lag Verbitterung in ihrer Stimme. »Aber ich werde sie wiederfinden, und wenn es den Rest meines Lebens dauert. Sie können nicht einfach verschwunden sein. Die Schwestern von St. Martha und St. Zita werden sicherlich Aufzeichnungen führen und wissen, wohin es sie verschlagen hat.«

Mark wusste nur zu gut, wie leicht Menschen in der riesigen Weite von Australien verschwinden konnten, erst recht bei den beschwerlichen Bedingungen, unter denen hier die Fernkommunikation stattfand. Manch einer verschwand bewusst, andere wiederum starben fern von ihren Lieben, ohne dass jemand bei ihnen war, der das Geschehene hätte weitergeben können. Auf den Goldfeldern hatte er diese namenlosen Toten allzu oft gesehen. Doch das behielt er für sich und wechselte lieber das Thema, indem er den Frauen von seinem neuen Heim und Geschäft erzählte und sogar seine Pläne und Hoffnungen für die Zukunft mit ihnen teilte.

Bei einer Farm am Weg kauften sie etwas zu essen und frische Milch für Amy, doch ein Angebot für ein Dach über dem

Kopf für die Nacht lehnte Mark ab. Sobald die Pferde ausgeruht und satt waren, spannte er sie wieder an.

Bei der Weiterfahrt verfiel er in Schweigen und fragte sich, was er sich da aufgehalst hatte. Ein heruntergekommener Gasthof mitten im Nirgendwo, zwei Angestellte, von denen eine schwanger war, eine winzige Tochter, die in allem auf ihn angewiesen war. Und nun auch noch deutlich zusammengeschrumpfte Ersparnisse. Nun, irgendwie würde sich schon alles finden. Daran musste er glauben.

Als der Mond aufging, sah Keara in den Himmel hinauf. »Haben Sie je etwas so Schönes gesehen wie diese Sterne?«

Er mochte den Klang ihrer Stimme, die Andeutung des Singsangs der Iren gepaart mit dem sanften Lancashire-Einschlag. Die Sprechweise der anderen Frau war flacher, eher wie die Stimmen, mit denen er aufgewachsen war. Es schien, als würde sie es mit der ganzen Welt aufnehmen, um bei ihrer Freundin zu bleiben. Nun, Loyalität wusste er zu schätzen. »Ich hatte auch von Anfang an das Gefühl, dass die Sterne hier viel heller strahlen als in England«, stimmte er zu. »Mittlerweile liebe ich das Leben in Australien. Wenn Sie bereit sind, hart zu arbeiten, und nicht erwarten, dass alles genauso abläuft wie in der Heimat, glaube ich, Ihnen könnte es auch gefallen.«

Eine Weile hingen seine Worte in der Luft, während die beiden Frauen einen Blick tauschten und darüber nachdachten. Plötzlich lachte Maggie auf. »Ach, ich hab mein Leben lang nichts anderes gemacht als harte Arbeit. Das macht mir keine Angst. Und ich bin auch nicht hergekommen, um unglücklich zu sein.«

»Warum sind Sie denn hergekommen?«, erkundigte er sich. »Auf der Suche nach einem Ehemann? So machen es viele Frauen.«

»Nein, danke. Davon hatte ich schon einen, der hat mir

gereicht. Ich bin hergekommen, um mir ein neues Leben aufzubauen.«

»Sie sind auch verwitwet?«

»Ja.« Bei ihrer Antwort mied sie Kearas Blick. »Unseretwegen müssen Sie sich nicht Sorgen, Mr Gibson. Wir werden uns unseren Unterhalt redlich verdienen, und keine von uns wird sich mit einem neuen Ehemann aus dem Staub machen.«

Er lächelte trocken. »Das ist gut.« Doch er wusste, dass sie beide begehrt sein würden, selbst die Schwangere. In der Kolonie waren anständige Frauen Mangelware, und Keara war hübsch, während Maggie eine Lebhaftigkeit an sich hatte, die ihr ebenfalls eine gewisse Anziehungskraft verlieh. Auch wenn ihre hageren Züge und die knochige Nase im Vergleich mit ihrer Freundin litten.

»Ich hatte nicht damit gerechnet, dass es hier auf dem Land so – so leer ist«, sagte Maggie unvermittelt. »Das letzte Haus liegt schon meilenweit hinter uns. Ist es mit Ihrem Gasthof auch so? Ganz allein mitten im Nirgendwo?«

»Nun ja, es gibt eine kleine Siedlung in der Nähe, etwa dreißig oder vierzig Leute. Wie viele es genau sind, lässt sich schwer sagen.«

»Heiliger Strohsack«, gab die unverwüstliche Maggie zurück, »das ist ja schon beinahe eine Großstadt.« Sie lächelte ihn verschmitzt an. »Dann hoffe ich, es kommt jede Menge Kundschaft vorbei, denn sonst werden Sie nie reich.«

»Dies ist die Hauptverbindungsstraße nach Süden, es gibt also recht regen Verkehr, und wenn die Kolonie weiter wächst, werden auch weitere Siedler herkommen.« Er machte eine ausladende Geste. »Sehen Sie doch, wie schön es hier ist. Wer würde nicht hier leben wollen?«

Sie sah Keara an und verzog das Gesicht, antwortete jedoch nicht. Was sie betraf, würde sie die Stadt jederzeit vorziehen. Doch für den Anfang war es eine gute Stelle. Ein Geschenk des Himmels, wenn sie ehrlich war.

Es war schon lange dunkel, als sie Meriniup nach einem anstrengenden zweiten Reisetag erreichten, doch im Gasthaus brannte noch Licht. Vor dem Gästequartier stand ein kleiner Wagen, dessen Ladefläche mit einer Plane abgedeckt war.

»Was ist denn hier los?«, murmelte Mark. »So lange haben wir nie geöffnet. Hier, nehmen Sie die Zügel, Maggie. Keara, behalten Sie Amy für mich im Auge?«

Er marschierte ins Haus und sah eine verängstigt wirkende Edith Rum einschenken. Vor ihr saß ein bärtiger Kerl, der das Glas entgegennahm, ohne Anstalten zu machen, ihr Geld dafür zu geben. »Hat er den bezahlt? Und warum ist so spät noch geöffnet?«

Der Mann fuhr herum und starrte ihn an. »Was geht dich das an? Verschwinde und such dir woanders Gesellschaft.«

Edith schrie »Achtung!« und deutete auf eine Stelle schräg hinter ihm. Es gelang ihm gerade noch rechtzeitig, zur Seite zu springen, ehe man ihm einen Stuhl über den Schädel ziehen konnte. Er nutzte das Taumeln seines Angreifers, um dem Kerl einen Kinnhaken zu verpassen, der ihn der Länge nach zu Boden warf. Stöhnend blieb der Mann liegen.

Edith schrie abermals auf, als ein weiterer Mann unter einem Seitentisch hervorkam, wo er offenbar geschlafen hatte, und sich auf Mark stürzte.

Draußen hörten Maggie und Keara den Aufruhr und blickten einander bestürzt an.

»Irgendetwas stimmt da nicht. Wir müssen ihm helfen«, sagte Keara und erstarrte, als ein lautes Krachen ertönte.

Maggie erschauerte. »Das klingt nach einer Prügelei. Ich gehe da nicht rein, ehe ich mir sicher bin, dass es nicht gefährlich ist.«

Kurz entschlossen drückte Keara ihr das Baby in die Arme. »Nun, ich schon. Vielleicht braucht Mr Gibson Hilfe.« Sie sprang flink vom Wagen und lief zur Tür, wo sie innehielt, um sich ein Bild von der Lage zu machen.

Ihr neuer Arbeitgeber kämpfte mit zwei Männern, während eine junge Frau – vermutlich Edith – heulend danebenstand, statt ihm zu Hilfe zu kommen. Hinter ihr duckte sich ein dürrer Junge, in dessen Miene pures Entsetzen geschrieben stand. Keara sah sich um und griff sich den nächstbesten schweren Gegenstand, einen Hocker. Ein weiterer Mann richtete sich gerade am Boden auf und rieb sich das Kinn. »Wenn Sie nicht bleiben, wo Sie sind, ziehe ich Ihnen den hier über den Schädel, ich warne Sie.« Drohend wedelte sie mit dem Hocker.

Als der Angesprochene kapitulierend die Arme ausbreitete, eilte sie weiter und verharrte einen Augenblick am Rande der Prügelei. Auf der Suche nach einer Gelegenheit, einen der zwei Fremden niederzuschlagen und Mr Gibson so eine faire Chance zu verschaffen, musste sie hastig zurückweichen, als die Männer unvermittelt in ihre Richtung stolperten.

Ah! Sie sah ihren Moment gekommen und schlug zu, ließ den Hocker krachend auf Kopf und Schultern des nächsten Gegners niederfahren. Der Mann ging zu Boden und stand nicht wieder auf. Sie riskierte einen raschen Blick über die Schulter, um sich zu vergewissern, dass auch der Dritte sich nicht bewegt hatte. Der saß immer noch da und hielt sich das Gesicht, und so wandte sie sich wieder um, um zu schauen, ob Mr Gibson noch weitere Hilfe benötigte. Dem war nicht so. Eben landete er einen Treffer mitten in die Magengrube seines Gegners, und als der Mann sich zusammenkrümmte, schlug er ihm mit der Faust gegen die Schläfe und streckte ihn damit endgültig nieder.

Einige Sekunden wartete er noch, um sicherzugehen, dass sein Gegner wirklich nicht mehr kampffähig war, dann rannte er hinter die Theke und kam mit einem Revolver in der Hand zurück. Die Art, wie er die Waffe hielt, verriet, dass er damit umzugehen wusste. Obgleich sein Atem schnell ging, war seine Hand ruhig, als er die drei Männer beobachtete. Nachdem keiner von ihnen Anstalten machte, den Kampf fortzusetzen, schaute er zu Keara hinüber, warf den Kopf in den Nacken und lachte schallend. »Sie sind eine beeindruckende Frau.«

Sie lächelte. »Ich habe schon als Kind gelernt, mich und meine Schwestern zu verteidigen. Es gab keine Brüder, die mir hätten helfen können. Außerdem sind Maggie und ich auf diese Stelle angewiesen. Da können wir es nicht gebrauchen, dass Ihnen etwas zustößt.«

Als der Mann, den Keara niedergeschlagen hatte, sich aufzurappeln begann, warnte Mark laut: »Wenn hier noch einer Schwierigkeiten macht, schieße ich.«

Der Fremde musterte zuerst den Revolver, dann Marks Gesicht. »Ach, wir haben nur ein wenig über die Stränge geschlagen. War doch keine böse Absicht.«

»Nun, damit Sie nicht noch einmal in Versuchung geraten: Packen Sie Ihre Freunde ein, spannen Sie die Pferde an und suchen Sie sich eine andere Unterkunft für die Nacht.«

Die junge Frau schluchzte noch immer, und so ging Keara zu ihr hinüber, schüttelte sie einmal kräftig und sagte scharf: »Das reicht! Haben sie Ihnen etwas angetan?«

Die andere schüttelte den Kopf. »Nein, aber sie wollten.«

Keara wagte nicht, zu viel Mitgefühl zu zeigen. »Nun, es ist ihnen nicht gelungen.« Dann wandte sie sich dem Jungen zu, der vielleicht zwölf Jahre alt sein mochte. »Geht es dir gut?«

Er nickte, blieb jedoch dicht bei seiner Schwester.

»Bleibt lieber, wo ihr seid.« Fragend sah sie zu ihrem Arbeitgeber hinüber.

»Holen Sie Maggie und das Baby ins Haus«, sagte er leise. »Aber halten Sie sich aus meiner Schusslinie fern«, warnte er mit einer Geste zu den Männern.

Sie nickte und schlüpfte nach draußen. »Bloß ein paar Grobiane, die Ärger machen wollten, Maggie. Mr Gibson hält sie mit vorgehaltener Waffe in Schach, also pass auf, dass du nicht zwischen die und ihn gerätst.« Sie ließ sich das Baby reichen und wartete, bis Maggie vom Wagen geklettert war.

Gerade als sie gemeinsam zum Gasthaus gehen wollten, kam einer der Männer aus der Tür gestolpert. Als er sie bemerkte, verzog er finster das Gesicht, sagte jedoch nichts und humpelte zu dem anderen Wagen. Die anderen beiden folgten, und hinter ihnen erschien Mark auf der Veranda, den Revolver noch immer im Anschlag. »Der Mond ist hell genug, dass ich mühelos mein Ziel treffen könnte«, bemerkte er beiläufig. »Auf den Goldfeldern lernt man, erst zu schießen und dann Fragen zu stellen.«

Doch den Männern war die Kampfeslust abhandengekommen, und sie spannten zügig ihre Pferde vor und holten ihre Habseligkeiten aus dem Zimmer, das Edith ihnen zugewiesen hatte. Mark ging selbst noch einmal hinein, um sicherzustellen, dass sie nichts gestohlen hatten, dann ließ er sie davonfahren.

Als das Klappern ihres Wagens im Dunkeln verklang, ließ er einen langen Atemzug entweichen und sah auf seinen Revolver hinunter. »Ich hätte nicht geglaubt, dass ich in der Lage wäre, ihn noch einmal zu benutzen. Aber wenn es darum geht, Heim und Kind zu verteidigen, ist die Lage doch etwas anders.«

»Ihn noch einmal zu benutzen?«, hakte Maggie nach.

Mark zauderte, ehe er gestand: »Ich habe einmal einen Mann damit erschossen. Einen Straßenräuber, der den Wagen überfallen wollte, in dem ich saß. Hätte ich es nicht getan, hätte er mich umgebracht, aber die Erinnerung an meine Tat bereitet mir immer noch Albträume.« Achselzuckend deutete er zur Tür. »Tut mir leid, dass Sie eine so unschöne Begrüßung in Meriniup erwartet hat. Wollen Sie hereinkommen?«

Maggie war ungewöhnlich still, als sie sich in dem großen Gastraum umsah, in dem alles aus Holz zu bestehen schien – Wände, Fußboden, Möbel, selbst die Decke. Sie schaute zu der jungen Frau, die schniefend Holz nachlegte, ehe sie einen Kessel aufs Feuer setzte. Der Junge stand tatenlos herum. »Passiert so etwas hier öfter?«, fragte Maggie schließlich in den Raum hinein.

»Himmel, nein.« Bei der Vorstellung erschauerte Mark sichtlich.

Edith kam herüber und wischte sich mit einem Zipfel ihrer Schürze die Augen. »Es gab schon einmal Ärger, mein Dad hat mir davon erzählt. Kurz nachdem sie das Gasthaus gebaut haben.« Sie heulte erneut auf. »Ich will nach Hause! Hier kann ich nicht schlafen. Womöglich kommen die zurück.«

»Das wage ich zu bezweifeln«, entgegnete Mark, doch sie war nicht zu überzeugen, bis er sie fragte, ob sie und ihr Bruder wirklich im Dunkeln zu Fuß heimgehen wollten.

»Können Sie uns nicht bringen?«, bettelte sie. »Sie haben eine Waffe. Mit Ihnen wären wir in Sicherheit.«

»Und mein Kind und diese zwei Frauen soll ich hier allein lassen?«

»Also, da drüben im Gästequartier schlafen Johnny und ich jedenfalls nicht.«

Maggie seufzte. »Sie können mit uns zusammen hier schlafen, Liebes. Wir nehmen auch ein Nudelholz mit ins Bett, nur zur Sicherheit.«

»Ich denke, wir sollten alle hier schlafen – nur für heute Nacht«, schaltete Keara sich ein. »Falls diese Schurken wirklich zurückkommen. Wir können die Matratzen hier in den Gastraum legen.«

Mark nickte. »Ich bringe den Wagen hinters Haus und spanne die Pferde aus.« Er sah von Keara zu Maggie. »Eine von Ihnen sollte den Revolver an sich nehmen, solange ich fort bin.«

Keara ließ die kleine Amy auf ihrem Schoß wippen. »Ich kann nicht, ich muss diese junge Dame hier wickeln.« Außerdem widerstrebte es ihr, das Ding anzufassen.

Maggie überraschte sich selbst. »Ich nehme ihn. Aber Sie werden mir zeigen müssen, wie er funktioniert.«

Keine Stunde später lagen sie alle auf provisorischen Lagern vor dem Kamin, die Türen sicher verriegelt. Keara fand es heimelig und fühlte sich sicher, und sie blickte ruhig ins Feuer, bis der Schlaf sie umfing.

Am Morgen darauf konnten sie kaum glauben, wie ereignisreich ihre Ankunft gewesen war, und mit vereinten Kräften entluden sie den Karren und verstauten die Vorräte. Es erschien wie ein Omen, dass die Sonne wieder schien, als wäre nichts geschehen.

»Kommen Sie zurecht, wenn ich jetzt Edith und ihren Bruder heimbringe?«, fragte Mark. »Sie wird heute ohnehin kaum zu gebrauchen sein.«

»Die ist überhaupt nicht zu gebrauchen«, bemerkte Maggie. »Zuckt bei jedem Geräusch zusammen. Ich bin froh, wenn ich dieses armselige Ding nicht mehr um mich haben muss.« Sie begleitete ihn noch nach draußen und blickte den dreien nach, als sie über einen Pfad durch den Wald davongingen, ehe sie wieder zu Keara ins Haus ging. »Und, wie gefällt es dir in Meriniup?«

Keara schmunzelte. »Es ist schon in Ordnung, solange wir nicht jeden Abend in Prügeleien verwickelt werden.«

»Du musst völlig den Verstand verloren haben, dich da einfach einzumischen – und das in deinem Zustand.«

»Mr Gibson brauchte Hilfe. Und wir brauchen ihn.«

* * *

Von seiner Rückkehr nach Melbourne an verbrachte Alex Jenner jeden arbeitsfreien Nachmittag am Hafen. Er kam mit mehreren Leuten ins Gespräch, doch erst bei seinem dritten Besuch begegnete ihm ein Mann, der sich mit Schiffen in andere Kolonien auszukennen schien. Auch wenn es wider seine

Natur ging, dem Alkohol zu frönen, lud er den Mann auf ein Bier ein und ließ sich mehr erzählen.

Wie es schien, konnte sein Schwiegersohn um jene Zeit des Monats entweder nach Westaustralien oder nach Brisbane gefahren sein.

»Wie ließe sich wohl in Erfahrung bringen, welches Schiff er tatsächlich genommen hat?«, überlegte er laut.

»Wenn Sie mir ein wenig Geld zustecken, könnte ich Sie vielleicht mit ein paar Leuten vom jeweiligen Schiff bekannt machen. Aber auch die werden ihre Zeit bezahlt wissen wollen.«

»Nächstes Mal kann ich etwas mehr Geld mitbringen, aber reich bin ich nicht. Ich bin nur ein besorgter Großvater, den es grämt, dass seine Enkelin in den Händen eines gottlosen Verräters aufwachsen soll, der sie zu einer ebensolchen Sünderin heranziehen wird, wie er es ist.« Er sah den Mann die Stirn runzeln und nahm sich zurück. »Hier. Für Ihre heutigen Mühen.« Er schob dem Mann fünf Schillinge zu und sah seine Miene aufleuchten. »Wann soll ich wieder herkommen?«

Für das Treffen mit dem ersten Seemann musste er auf der Arbeit Krankheit vorschützen, doch der Mann konnte ihm nur sagen, dass er auf der Fahrt nach Brisbane niemanden an Bord gesehen hatte, auf den Marks Beschreibung gepasst hätte.

In der Woche darauf nahm Alex sich einen weiteren Tag frei, um mit einem anderen Seemann zu sprechen. Als er diesmal seinen Schwiegersohn beschrieb, wusste sein Gegenüber genau, von wem er sprach, und nannte sogar den Namen Mark Gibson.

»Sieht man nicht oft, dass ein Mann sich um ein kleines Kind kümmert, nicht wahr? Aber ihm schien es nichts auszumachen, und das Baby war ein fröhliches kleines Ding.«

»Ah, Sie schenken mir großen inneren Frieden. Ich weiß nicht, wie ich Ihnen danken soll.« Alex ließ ein paar Münzen in die aufgehaltene Hand fallen und gab auch seinem Kontaktmann noch einige. »Der Herr segne Sie beide.«

Er ging heim und saß an jenem Abend tief in Gedanken versunken da, während seine Frau auf Zehenspitzen um ihn herumschlich und sich bemühte, ihn nicht zu stören.

»Ich habe in Erfahrung gebracht, wohin sie verschwunden sind«, verkündete er abrupt.

Freudig lächelnd setzte Nan sich zu ihm. »Wohin denn?«

»Nach Westaustralien.«

Ihre Miene wurde traurig. »Das ist so weit entfernt, wir werden sie nie wiedersehen.«

»Überlass das mir. Vielleicht lassen unsere Brüder und Schwestern im Herrn sich überzeugen, uns zu helfen.«

Schockiert starrte sie ihn an. »Was willst du damit sagen, Alex?«

»Dass ich vorhabe, ihm nach Westaustralien zu folgen und meine Enkelin zurückzuholen, um sie hier bei uns anständig großzuziehen.«

»Aber Alex, das geht doch nicht! Er ist ihr Vater. Wir haben kein Recht, sie …«

Er ohrfeigte sie so hart, dass sie vom Stuhl stürzte. »Hüte deine Zunge, Weib!«

Weinend kroch sie von ihm fort und suchte Schutz im Schlafzimmer.

Er vergaß sie, sobald er sich wieder gesetzt hatte. Seine Ersparnisse reichten nicht aus, um ihrer beider Überfahrt zu bezahlen, aber möglicherweise würde er die Mitglieder ihrer Gemeinde dazu bewegen können, die Rettung einer unschuldigen Seele mit einer Spende zu unterstützen.

Alex' Enkelin würde nicht in den Fängen von Mark Gibson aufwachsen. Bei seinen eigenen Kindern mochte er versagt haben, doch mit Amy würde er strenger umzugehen wissen – wie er auch lernte, strenger mit seiner Frau zu sein.

Züchtigung zum Wohle des Seelenheils, so musste man es anstellen.

Er blieb sitzen, bis das Feuer im Kamin erstarb, ohne zu bemerken, dass er nicht zu Abend gegessen hatte.

Nan lag weinend auf dem Bett und wusste nicht, was sie unternehmen sollte, um ihn aufzuhalten. Mittlerweile hatte er jede Vernunft hinter sich gelassen, außerdem schien er sie eher als Dienerin denn als Ehefrau zu betrachten. Doch außer ihm hatte sie keinerlei Familie in Australien und keine Möglichkeit, ihr Auskommen zu sichern, und so sah sie keinen Ausweg.

Was war nur in ihn gefahren?

18

August 1864

Eines Tages hielt Caley bei seiner Heimkehr triumphierend einen Brief aus Irland in die Höhe. »Er hat endlich geschrieben!«

»Und keinen Tag zu früh! Was steht in dem Brief?«

Er las Theos Brief laut vor.

Liebe Noreen, lieber Caley,
es war eine Freude, euern letzten Brief zu erhalten und zu lesen, dass ihr endlich einen Ort gefunden habt, an dem ihr Wurzeln schlagen wollt. Bunbury scheint ein nettes Städtchen zu sein, doch am meisten freut es mich, dass ihr auf euerm Gehöft beste Bedingungen für die Pferdezucht vorgefunden habt. Und ja, ich werde die zwei Stuten und den Hengst, die ihr bei mir untergestellt habt, mit dem nächsten Schiff zu euch schicken – der Golden Empress. Man sagte mir, dass sie etwa einen Monat nach diesem Brief in Perth eintreffen wird.

»Ich werde hochfahren müssen, um die Tiere in Empfang zu nehmen«, sagte Caley sofort. »Wirst du hier eine Weile ohne mich zurechtkommen, Liebste?«

»Natürlich. Ich habe doch die Kinder, und Jack und seine Frau leben im Gesindequartier gleich nebenan. Nun lies schon weiter.«

Zu meiner großen Trauer ist mein Sohn Richard nie richtig gediehen und nur wenige Wochen alt geworden. Das ist auch der Grund für mein langes Schweigen. Einen erneuten Versuch mit Lavinia könnte ich nicht ertragen, und so haben wir uns darauf geeinigt, von jetzt an getrennt zu leben, sie in Lancashire und ich hier auf Ballymullan. Was ich nun mit dem Rest meines Lebens anfangen soll, weiß ich nicht recht. Es ist noch zu früh, um klar sehen zu können.

»O nein! Nicht schon wieder. Der arme Mann!« In Noreens Augen schimmerten Tränen. »Dein Onkel hätte den Galgen verdient dafür, dass er Theo in diese Ehe gedrängt hat.«

»Mit einer solchen Frau hätte ich auch keine Kinder zeugen wollen«, murmelte Caley. »Ich glaube, Menschen unterscheiden sich in dieser Hinsicht gar nicht so sehr von Pferden. Schlechtes Zuchtmaterial produziert kränkliche Nachkommen.« Einen Moment lang schwiegen sie beide und lächelten einander an, dann las er weiter vor.

Was ich euch jetzt mitteile, erfüllt mich mit Scham, und ihr seid die Einzigen, die davon wissen – abgesehen von Diarmid und Dick natürlich. (Wusstet ihr übrigens, dass er mein Halbbruder ist?)

Bei dieser Enthüllung schnappte Noreen nach Luft. »Also, ist das zu glauben? Dein Onkel und ein uneheliches Kind! Der alte Pharisäer! Nach allem, was er uns vorgehalten hat, nachdem er herausgefunden hatte, dass wir etwas voreilig waren.« Sie fing den Blick ihres Mannes auf und lachte auf. »Verzeih, Liebling. Ich unterbreche dich schon wieder, nicht wahr?«

Er schenkte ihr ein liebevolles Lächeln. »So wie immer, aber anders möchte ich es mir auch nicht vorstellen. Und jetzt schweig, Weib, und hör zu.«

Sie zog eine Grimasse und hielt sich mit beiden Händen den Mund zu.

Während Lavinias Schwangerschaft sind Kearas Eltern gestorben, und meine Gattin hat ihre Schwestern nach Australien verschiffen lassen (gewaltsam), um nicht auf Kearas Dienste verzichten zu müssen.

»O nein! Wie unglaublich grausam.« Erneut stiegen Noreen Tränen in die Augen, als sie ihren Mann ansah. »Ich weiß noch, wie ich mich mit dem Mädchen unterhalten habe und wie sie von ihrer Familie erzählt hat. Selbst für eine Fremde wie mich war ihre Liebe zu ihnen unverkennbar. Oh, diese schreckliche Frau gehört fortgesperrt!«

Auch wenn sie ihre Reise in der Obhut eines Konvents angetreten haben, der offenbar regelmäßig junge Irinnen als Dienstmädchen in die Kolonien schickt, und sie demnach vermutlich in Sicherheit sind, werde ich Lavinia diese Untat niemals verzeihen können. Als ich Keara davon unterrichtet habe, hat sie ihre Stelle bei meiner Frau verlassen und für eine Weile unter meinem persönlichen Schutz gelebt.

Zu meiner weiteren Schande hat Lavinias neue Zofe es gewagt, Keara in meiner Abwesenheit entführen und unter Betäubung auf ein Schiff nach Australien verschleppen zu lassen. Ich hatte keine Möglichkeit mehr, es zu verhindern, und kann noch immer kaum glauben, dass in der heutigen Zeit jemand ungestraft mit so etwas davonkommen soll, doch ihnen ist es gelungen.

Noch schlimmer ist allerdings, dass die Schwestern nach Melbourne geschickt wurden, Keara hingegen nach Perth. Der Grund, euch das alles zu schreiben, liegt natürlich darin, dass ich euch anflehen möchte, sie ausfindig zu machen und euch zu vergewissern, dass es ihr gut geht. Könntet ihr ihr das Geld für die Fahrt nach Melbourne geben und dazu noch genug, um nach ihrer Ankunft dort die Suche nach ihren Schwestern voranzutreiben?

Ich brauche unbedingt Gewissheit, dass es ihr gut geht. Ich hoffe und bete, dass die Wiedervereinigung mit ihren Schwestern so schnell wie möglich gelingt. Anbei findet ihr einen Wechsel, der all eure sowie Kearas Ausgaben decken sollte.

In liebevoller Zuwendung
Theo

Noreen holte ein Taschentuch hervor und wischte sich die Augen. »Er klingt so traurig und hoffnungslos!«

Caley schlug mit der rechten Faust in seine linke Hand, wieder und wieder, wie er es oft tat, wenn er aufgewühlt war. Nach einiger Zeit ergriff Noreen sanft seine Finger und hob sie an ihre Lippen.

»Wir werden das Mädchen für ihn finden«, sagte sie leise. »Perth ist keine große Stadt. An einem Ort wie Melbourne hätte sie vielleicht verschwinden können, aber in Perth muss es jemanden geben, der weiß, wohin sie gegangen ist. Du kannst dich umhören, wenn du hinfährst, um die Pferde abzuholen.«

»Bis dahin dauert es noch einen Monat.«

»Sie wird nicht innerhalb eines Monats dahinsiechen, und ein kräftiges Mädchen wie sie wird mühelos eine Anstellung finden. Du bist immer so ungeduldig, Caley Gallagher.«

Das entlockte ihm ein wissendes Lächeln. »Du bist auch nicht immer besonders geduldig.«

So saßen sie noch eine Weile da, seine Hand in ihrer, bis sie unvermittelt aufsprang. »Was tue ich eigentlich, hier herumzusitzen, während das Abendessen auf den Tisch zu bringen ist!«

Doch auch während des Kochens ließ sie der Gedanke an diese arme junge Frau nicht los. Abgeschnitten von allen, die sie kannte und liebte, allein in einem fremden Land, zweifellos voller Sorge um ihre Schwestern.

* * *

Diarmid sah Theo an, der über die Bücher gebeugt dasaß, die letzten Minuten über jedoch nur ins Leere gestarrt hatte. »Irgendjemand muss es sagen, also nehme ich es auf mich: So kann es nicht weitergehen.«

Theo zuckte zusammen und blickte auf. »Was?«

»Ich sagte: So kann es nicht weitergehen. Seit deiner Rückkehr aus England lässt du den Kopf hängen wie ein Hund, der seinen Schwanz verloren hat.«

»Ich komme einfach nicht zur Ruhe, weiß nicht, was ich mit mir anfangen soll.«

Diarmid gab nicht vor, nicht zu wissen, worum es ging. Schon vor einigen Wochen hatte er sich eines Abends mit Dick betrunken und von ihm erfahren, warum Theo so niedergeschlagen war. »Wegen Keara Michaels?«

Theo nickte. »Mich lässt einfach der Gedanke nicht los, wie furchtbar verängstigt sie gewesen sein muss, als sie auf diesem Schiff wieder zu sich gekommen ist. Ich habe selbst gesehen, wie furchtbar es für sie war, dass ihre Schwestern so weit fortgeschickt wurden. Das werde ich Lavinia niemals verzeihen – und ebenso wenig kann ich mir selbst verzeihen, dass ich sie nicht gut genug beschützt habe.«

»Sie ist eine kluge junge Frau und kein Kind. Sie wird diese Situation besser meistern, als es die meisten anderen könnten.«

Theo nickte, schien jedoch nur halb überzeugt.

Draußen näherten sich Schritte, gefolgt von einem vertrauten dreifachen Klopfen, das die Ankunft von Vater Cornelius verhieß.

»Treten Sie ein, Vater, und setzen Sie sich.« Diarmid machte seinen Platz frei und bedeutete dem Priester, es sich dort bequem zu machen.

»Mit Ihnen wollte ich sprechen, Theo.« Vater Cornelius holte einen Brief hervor. »Ich habe eine Antwort von den Schwestern erhalten.«

Theo setzte sich auf, plötzlich äußerst aufmerksam.

»Die Mädchen sind heil angekommen und haben auf der

Überfahrt keine Schwierigkeiten gemacht. Für die Ältere, Ismay, hat man eine Anstellung gefunden, die Jüngere wurde ins Waisenhaus des dortigen Konvents aufgenommen und hatte ebenfalls Glück. Keinen Monat nach ihrer Ankunft fand sich ein Paar, das bereit war, sie zu adoptieren, und sie gleich mitgenommen hat.«

»Und schreiben die Schwestern auch, wohin?«

Verwirrt blickte Vater Cornelius auf. »Wohin?«

»Wohin Ismay und Mara vermittelt wurden.«

»Nein. Nein, davon schreiben sie nichts. Aber ich bin mir sicher, jegliche potenziellen Arbeitgeber werden gründlich überprüft, ebenso wie adoptionswillige Ehepaare. Es sind sicherlich gläubige Katholiken mit gutem Ansehen in ihrer Gemeinde.«

Theo runzelte noch immer die Stirn. »Aber sicher können Sie sich da eben nicht sein. Sie vertrauen diesen Nonnen einfach blind.«

»Einem Nonnenorden wird man wohl zutrauen dürfen, dass sie anständig für ihre Schützlinge sorgen.«

Vater Cornelius wirkte etwas beleidigt, deshalb bat Theo darum, den Brief an sich nehmen zu dürfen.

»Wozu sollte das nötig sein?«

Er blickte mit einem schiefen Lächeln von dem Priester zu Diarmid. »Weil ich nach Australien reisen werde. Wenn ich diesen Brief bei mir habe, werden die Nonnen mir glauben, dass ich kein Betrüger bin – erst recht, wenn Sie noch eine kurze Nachricht für mich verfassen könnten, in der Sie mich vorstellen …«

»Sind Sie sich sicher, dass Sie das tun wollen?«

»Mehr als sicher. Meine Frau hat die Mädchen fortgeschickt, deshalb liegt es in meiner Verantwortung, sie zurückzuholen. Ich werde nicht ruhen, ehe ich dieses Unrecht wiedergutgemacht habe.«

»Nun denn.«

Theo überließ dem alten Priester seinen Platz am Schreibtisch und schritt ruhelos auf und ab, während Vater Cornelius schrieb. Der Brief, den er ihm überreichte, war kurz und bündig, doch er würde seinen Zweck erfüllen. Es gefiel Theo gar nicht, wie wenig er über den Verbleib von Ismay und Mara wusste – oder auch nur darüber, wie er Keara mit ihnen in Verbindung bringen sollte –, aber dies musste ihm doch einen vernünftigen Ausgangspunkt bieten.

Als der Priester wieder fort war, sah Diarmid ihn zweifelnd an. »Bist du dir sicher, dass du das Richtige tust?«

»Ja. Es ist einfach inakzeptabel, verstehst du?«

»Was?«

»Nicht zu wissen, was genau mit diesen beiden Mädchen geschehen ist – genau wie mit Keara. Nicht sicher sein zu können, dass sie zufrieden sind. Ich werde nicht ruhen können, bis ich mich persönlich von ihrem Wohlergehen überzeugt habe.« Zum ersten Mal seit Wochen sah er Diarmid mit einem echten Lächeln an. »Weißt du, es fühlt sich einfach an wie die richtige Entscheidung.«

Damit verließ er das Büro des Verwalters und ging hinauf zum Herrenhaus, wo er nach Dick klingelte.

Er wartete nicht einmal, bis sein Halbbruder die Zimmertür geschlossen hatte. »Ich fahre nach Australien. Solange ich nicht weiß, dass es ihr gut geht, werde ich nichts zustande bringen – und dann werde ich ihr helfen, ihre Schwestern aufzuspüren.«

Dick war so geschockt, dass es ihm für einen Moment die Sprache verschlug. »Bist du verrückt geworden?«

Theo nickte. »In gewisser Weise ja. In anderer Hinsicht glaube ich, ich bin zum ersten Mal seit Monaten bei klarem Verstand. Begleitest du mich?«

Sein Halbbruder stand so lange stocksteif und wortlos vor ihm, dass er seine Frage wiederholte.

Schließlich senkte Dick den Kopf, ehe er wieder aufsah und antwortete: »Ich denke, das werde ich nicht tun.«

Theo presste die Lippen zusammen, um eine schroffe Antwort zurückzuhalten, und sagte schließlich: »Darf ich fragen, warum nicht?«

Mit weit ausholender Geste wies Dick zum Fenster. »Deshalb. Jedes Mal, wenn wir fortgehen, fehlt Irland mir mehr. Für dich wäre ich hingefahren, hätte es keine andere Möglichkeit gegeben, aber wenn du die Reise selbst antrittst, besteht kein Grund für mich, es zu tun. Ich könnte es nicht ertragen, Irland für immer zu verlassen, verstehst du? Und was wäre, wenn du beschließen solltest, in Australien zu bleiben? Du hast schon des Öfteren davon gesprochen auszuwandern, dir in den Kolonien ein neues Leben aufzubauen.« Er schüttelte den Kopf. »Das ist nichts für mich.«

Theo wandte sich um, trat ans Fenster und ließ den Blick über die neblige, verregnete Landschaft schweifen. »Es scheint, als müsste ich jeden verlieren, der mir etwas bedeutet.«

»Wirst du die Reise trotzdem antreten?«

»O ja. Ich muss.«

Dick kam zu ihm und legte ihm eine Hand auf die Schulter. »Ich glaube, für dich ist es die richtige Entscheidung. Du wirkst schon jetzt wieder mehr wie du selbst, auch wenn ich dich enttäuscht habe.«

Theo drehte sich zu ihm um. »Ich habe zu viel von dir verlangt. Du hast jedes Recht auf dein eigenes Leben.« Auf seinem Gesicht erwachte ein Lächeln. »Außerdem brauche ich jemanden, der Diarmid dabei hilft, die Geschäfte zu führen. Wer wäre da besser geeignet als mein Bruder? Würdest du das für mich tun?«

»Selbstverständlich.«

»Ich werde mit den Pferden hinüberfahren. So kann ich unterwegs ein Auge auf sie haben. Und auch gleich ein paar meiner eigenen Tiere mitnehmen.« Mittlerweile sprühte er förmlich vor Tatendrang.

Seltsamerweise schlief er in dieser Nacht gut, besser als seit vielen Wochen.

Es war definitiv die richtige Entscheidung.

Er ließ seine Frau in einem kurzen Brief wissen, dass er nach Australien reisen würde, um das von ihr begangene Unrecht wiedergutzumachen, und verwies sie an Diarmid, sollte sie bei irgendetwas Hilfe benötigen. Allerdings erinnerte er sie auch daran, dass es kein weiteres Geld geben würde, sollte sie ihren Unterhalt überziehen. Von da an stürzte er sich in einen Wirbel an Vorbereitungen, die ihm keine freie Minute ließen, bis er mit den Pferden im Schlepptau nach England übersetzte, um das Schiff nach Australien zu erreichen.

Anders hätte er es auch nicht haben wollen.

* * *

Nachdem er Edith und ihren Bruder sicher daheim abgeliefert hatte, beeilte Mark sich, zum Gasthaus zurückzukehren. Keara und Maggie hatten bereits Frühstück gemacht.

»Wir werden ein paar Damperbrote backen müssen«, sagte er, während er im Kopf zu ordnen versuchte, was am dringendsten zu erledigen war. »Wer von Ihnen möchte das übernehmen?«

Die Frauen antworteten beide gleichzeitig und lachten auf, ehe Keara ihrer Freundin mit einer Geste den Vortritt ließ.

»Ich weiß zwar nicht, wie es geht, weil wir unser Brot daheim immer beim Bäcker gekauft haben, aber ich koche und backe gern«, sagte Maggie.

»Mir geht es ähnlich«, gestand Keara. »Es ist wohl besser, wenn Sie uns beiden beibringen, wie es geht, Mr Gibson.«

Es fühlte sich verkehrt an, sich so förmlich von den beiden anreden zu lassen, wo sie doch mindestens über einige Monate eng zusammenleben würden. »Nennt mich ruhig Mark. Hier in Australien nehmen wir es nicht so genau mit der Anrede.« Auch wenn er sich fragte, wie hilfreich die zwei in der Küche sein würden, wenn sie nicht einmal Brot backen konnten, holte er alles Nötigte hervor und brachte ihnen bei, wie es ging. »Wie man richtiges Sauerteigbrot backt, zeige ich euch ein anderes Mal.«

Als die Laibe draußen im Küchenofen buken, nahm er seine Tochter hoch. Sie war eben von Keara gewickelt worden und gluckste schon bald fröhlich, als er mit ihr spielte. Anschließend setzte er sie sich auf die Hüfte und machte seine neuen Angestellten bei einer Führung mit den weit verstreuten Nebengebäuden des Gasthofs vertraut. Er öffnete jede Tür und jeden Schrank und förderte Unmengen an Ausstattung aller Art zutage.

»Besonders ordentlich waren Ihre Vorgänger nicht«, bemerkte Keara kritisch. »Im Haus sieht es nicht viel besser aus.« Sie sah sich zwischen den Gebäuden um. »Ich hatte nicht damit gerechnet, dass der Gasthof so groß sein würde.« An der Rückseite des Haupthauses waren weitere Schuppen, Unterstände und Aborte willkürlich verstreut.

»Groß mag er sein, aber nicht annähernd sinnvoll geplant«, stimmte Mark ihr zu. »Seht nur, wie weit das Hauptlager von der Küche entfernt ist. Das ist schlicht dumm.«

»Und sollen wir ernsthaft hier draußen kochen, mit nur drei Wänden und an der vierten Seite dem Wetter ausgesetzt?«, fragte Maggie und blickte missbilligend umher.

»So machen es die Siedler hier für gewöhnlich«, sagte Mark, »aber mir kommt es auch seltsam vor. Dabei fällt mir ein, dass ich euch noch Lederschürzen besorgen muss, damit eure Röcke nicht dem Funkenflug zum Opfer fallen. Ich habe im Gastraum immer einen Kessel auf dem Feuer und bereite dort auch das eine oder andere einfache Gericht zu, aber auf lange Sicht werden wir etwas Besseres brauchen. Ich denke, ich werde eine anständige Küche an die Rückseite des Haupthauses anbauen. Hier liegt genug Felsgestein herum, um einen ordentlichen Kamin aufschichten zu können.« Er trat gegen die grob zusammengezimmerten Bretter, mit denen der alte Eisenherd überdacht war. »Seht euch das an. Ich könnte es mit bloßen Händen einreißen.«

»Brauchen wir dann einen Zimmermann?«, überlegte Keara.

Mark lächelte. »Das kann ich selbst. Mein Vater war ein recht ordentlicher Heimwerker und hat mich viel gelehrt. Und der Schrottplatz meiner Schwester war gar nicht so anders als dieser Gasthof. Dort haben wir auch oft Möbel repariert oder aus dem Altholz noch etwas Neues gebaut.«

Zum Abschluss zeigte er ihnen das Wohnhaus, das er als Wirt von den Portings übernommen hatte. »Ich denke, ihr zwei solltet ebenfalls hier schlafen. Wenn ich in Perth bin, um Vorräte einzukaufen, werdet ihr ohnehin bei Amy bleiben müssen. Ihr könntet gemeinsam in eines der hinteren Zimmer ziehen – oder sogar jede eines allein bewohnen.«

Keara verzog das Gesicht und sah auf ihren Bauch hinunter. »Ich glaube, ich werde ein eigenes Zimmer brauchen.«

Er sah sie an und schloss kurz die Augen.

»Habe ich etwas Falsches gesagt?«, fragte sie vorsichtig.

»Nein. Es ist nur – meine Frau ist im Kindbett gestorben, deshalb macht mich der Gedanke an die Geburt ein wenig nervös. Aber sie war immer etwas anfällig, keine kräftige Frau wie du, Keara.«

»Wir ziehen gern hier ein.« Maggie wollte kein weiteres Gerede vom Tod im Kindbett hören. »Ich würde auch nicht in der Nähe der Gäste schlafen wollen, wenn es öfter solche Halunken gibt wie die von gestern Abend.«

Den Rest des Vormittags verbrachten sie damit, den Gastraum auf Vordermann zu bringen, und Mark war zufrieden mit dem, was er sah. Die beiden Frauen arbeiteten gut zusammen und waren ebenso reinlich wie er. Nach einer Weile ging er hinaus, um die Pferde zu versorgen und die Hühner zu füttern, ehe er einen schlichten Eintopf für sie selbst und potenzielle Gäste aufsetzte. Langsam fühlte er sich hier heimisch, und das verdankte er zu einem nicht unwesentlichen Teil auch den beiden Frauen, die er zuerst nicht hatte einstellen wollen. Es war schon bemerkenswert, wie schnell sie sich aneinander gewöhnt hatten und wie wohl sie sich miteinander fühlten.

Die ersten Reisenden trafen gegen Mittag ein, zwei junge Burschen auf dem Weg nach Perth. Beim Anblick der beiden jungen Frauen – und eine davon so hübsch – leuchteten die Gesichter der Männer auf, und Mark ging auf, dass dies möglicherweise häufiger vorkommen würde. Unter seiner unauffälligen Beobachtung wussten Keara und Maggie mit den Männern umzugehen, denn es waren höfliche junge Burschen, doch Mark wusste, dass es mit anderen Gästen anstrengender werden konnte. Männer, die lange ohne weibliche Gesellschaft gewesen waren, verhielten sich für gewöhnlich höflich, aber einige wurden auch schwierig.

Tatsächlich kamen schon am nächsten Abend drei junge Männer aus der Siedlung ins Gasthaus und hielten sich an ihrem mit Wasser verdünnten Rum fest, da das Bier sich nach der weiten Fahrt noch nicht gesetzt hatte. Es war offensichtlich, dass sie wegen der Frauen gekommen waren. Sie verhielten sich tadellos, würdigten Mark jedoch kaum eines Blickes.

»Herrscht denn hier auf dem Land ein solcher Mangel an Frauen?«, fragte Maggie entrüstet, als die drei gegangen waren. »Einer von denen hat mich doch wahrhaftig gefragt, ob ich mit ihm spazieren gehen würde. So eine Frechheit! Und er war bestimmt fünf Jahre jünger als ich.«

»Mir hat es auch nicht gefallen, wie sie mich angeschaut haben«, gab Keara zu. »Trotz des Babys.« Sie war sich sehr sicher, dass kein Mann je die Erinnerung an Theo würde auslöschen können. Seit ihrer Abfahrt aus England war er ununterbrochen in ihren Gedanken. Es überraschte sie, wie sehr er ihr fehlte, wenn man bedachte, wie kurz die Zeit war, die sie miteinander gehabt hatten. Auch wenn sie seit ihrem sechzehnten Lebensjahr im selben Haus gelebt hatten.

Mark betrachtete sie besorgt. Sie hatte wieder jenen traurigen Gesichtsausdruck, der sich manchmal über ihre Züge legte, wenn sie glaubte, niemand sähe sie. Hatte sie diesen geheimnisvollen Arbeitgeber geliebt? Das fragte er sich schon länger. Sie verlor kein Wort über ihn, er kannte nicht einmal den Namen des Mannes.

Unweigerlich wanderte sein Blick zu ihrem Bauch hinunter. Um das Baby schien sie sich keine Sorgen zu machen, meisterte die Schwangerschaft problemlos und zeigte keinerlei Anzeichen von Erschöpfung, ganz anders als Patience. Er war es, der voller Sorge um die Geburt war. Jener sanft gerundete Bauch war wie eine ständige Mahnung, dass bereits zwei Frauen ihr Leben verloren hatten, weil er sie geschwängert hatte. Er glaubte nicht, dass er das ein weiteres Mal ertragen würde. Nicht dass dieses Kind von ihm gewesen wäre, aber er spürte eine gewisse Verantwortung für Keara.

Doch die Geburt lag noch drei Monate in der Zukunft, und so behielt er seine Ängste für sich und beobachtete nur aufmerksam ihren Gesundheitszustand. Sobald sie irgendwelche Anzeichen von Schwierigkeiten zeigte, würde er sie auf der Stelle nach Perth bringen und medizinisch versorgen lassen.

»Ein bisschen steif ist er ja, nicht wahr?«, sinnierte Maggie eines Abends, als sie vor dem Feuer saßen, zu träge, um aufzustehen und zu Bett zu gehen.

»Wer?«

»Mark natürlich.«

Darüber dachte Keara einen Moment nach, den Kopf zur Seite geneigt, die Lippen geschürzt. »Ich glaube, er ist nur ein wenig schüchtern. Manche Männer sind eben so, und mir sind sie so lieber.«

»Nein, da steckt mehr dahinter. Ständig beobachtet er dich. Du glaubst doch nicht, dass er sich in dich verliebt hat, oder?«

»Nein, das glaube ich nicht. An Liebe und dergleichen will ich nicht einmal denken. Ich werde niemals heiraten. Niemals! Außerdem kann ich nicht einfach eine Familie gründen und sesshaft werden. Ich muss nach meinen Schwestern suchen, sobald wir das Geld dafür zusammenhaben. Es sei denn, du hast es dir anders überlegt und willst mich nicht mehr begleiten. Ich würde dir keinen Vorwurf daraus machen, wenn du hierbleiben möchtest.«

Maggie griff nach ihrer Hand und drückte sie. »Natürlich habe ich es mir nicht anders überlegt.« Sie seufzte zufrieden. »Ach, Keara, Liebes, ich war noch nie in meinem Leben so glücklich wie in diesen letzten Wochen. Genug zu essen, niemand, der mich verprügelt, Menschen, mit denen man sich unterhalten kann – es ist nicht annähernd so einsam hier draußen, wie ich dachte! Und die Krönung ist, dass du mich behandelst wie eine echte Cousine.« Plötzlich war ihre Stimme tränenerstickt. »Ich warte nur immer darauf, dass irgendetwas schiefgeht.«

»Warum um alles in der Welt sollte es?«

* * *

Einen Monat später kehrte ein Reiter bei ihnen ein. Keara beobachtete durchs Fenster, wie er sein Pferd anband. Als er ins Gasthaus kam, setzte sie sich in Bewegung, um ihn zu bedienen, hielt jedoch geschockt inne, als sie ihn erkannte. Dies war der Mann, der einst Theo auf Ballymullan besucht hatte und dessen Frau so freundlich zu Keara gewesen war, so viel

Verständnis gezeigt hatte für die Herausforderungen, die die Arbeit für Lavinia Mullane mit sich gebracht hatte …

Caley Gallagher blieb wie angewurzelt stehen und starrte sie ebenfalls an, denn auch er erkannte sie sofort. Da er sich als Erster erholte, eilte er auf sie zu. »Keara Michaels! Sie sind es, nicht wahr?«

»Ja, Mr Gallagher. Ich hoffe, Sie und Mrs Gallagher haben sich hier gut eingelebt.« Sie wusste nicht, was sie sagen sollte, und versuchte verzweifelt, sich ihr Unbehagen nicht anmerken zu lassen. Es war unausweichlich, dass er Theo schreiben und ihm sagen würde, wo sie war. Wie könnte er das nicht tun? Und was, wenn Theo dann herkäme? Sie glaubte nicht, dass sie es ertragen könnte, ihn wiederzusehen, denn das würde bedeuten, dass sie ihn früher oder später wieder würde gehen lassen müssen, wenn er nach England zurückreiste.

Und was, wenn er versuchte, ihr das Baby wegzunehmen?

»Meine Frau und ich leben nur ein paar Stunden entfernt in Bunbury. Erstaunlich, nicht wahr?« Caley blickte durchs Fenster zu seinem Reittier. »Gibt es hier jemanden, der mein Pferd versorgen kann? Er würde sich sicher über etwas Wasser und Futter freuen. Und ich hätte auch gern etwas zu essen, wenn das möglich ist.« Es war ein kühler Tag, und es war das Schild mit der Aufschrift *WARMES ESSEN*, das ihn zum Anhalten bewogen hatte. Für gewöhnlich ritt er an diesem Gasthaus vorbei, doch ihm war zu Ohren gekommen, dass es einen neuen Wirt hatte, der ein besserer Gastgeber war als sein Vorgänger, und so freute er sich darauf, sich selbst einen Eindruck zu verschaffen. Hoffentlich würde sich das Gasthaus für die Zukunft als guter Zwischenstopp auf dem Weg nach Perth erweisen. Andere Männer mochten ihre Pferde schinden, doch für ihn kam das nicht infrage. Noch neigte er dazu, sich selbst zu schinden, gestand er sich mit einem schiefen Lächeln ein.

Bei seinen Plänen für Westaustralien war ihm entgangen,

dass es hier weder eine Eisenbahn noch vernünftige Straßen gab. Und auch wenn er sein neues Heim liebte und großen Gefallen daran fand, sein eigenes Stück Land zu besitzen, war er wenig erfreut darüber, wie lange der Weg nach Perth und zurück dauerte – eine Reise, die dann und wann unumgänglich war.

»Ich hole Mark.« Keara hastete hinaus, ehe er noch etwas sagen konnte, und blieb gleich neben der Hintertür stehen, um eine Hand ans Herz zu heben. Es hämmerte viel zu schnell in ihrer Brust.

»Ist alles in Ordnung?«

Als sie aufblickte, sah sie Mark neben sich stehen. »Entschuldige. Ich habe nur einen kleinen Schock zu verdauen. Eben ist ein Mann hereingekommen, den ich aus Irland kenne – er ist ein Cousin meines ehemaligen Arbeitgebers. Er hat gefragt, ob jemand sein Pferd versorgen kann, während er etwas isst.«

Mark runzelte die Stirn. »Ich fürchte, er wird sich selbst um sein Pferd kümmern müssen. Sag ihm, er kann es hinters Haus bringen, dort haben wir eine Tränke, und ich kann ihm etwas Futter verkaufen. Einen Stallburschen kann ich mir im Augenblick allerdings noch nicht leisten.« Als sie sich nicht rührte, hakte er nach: »Ist wirklich alles in Ordnung? Er hat dich doch nicht … zu sehr aufgewühlt?«

»Mir geht es gut. Es war nur ein Scho… eine Überraschung, ihn hier zu sehen.«

Mr Gallagher nickte, als sie ihm ausrichtete, was zu tun war. »Sie und ich müssen unter vier Augen sprechen, bevor ich wieder aufbreche, Keara. Ich habe eine Nachricht von meinem Cousin für Sie.«

Sie schloss die Augen, und als sie sie wieder öffnete, hatte er bereits den Raum verlassen.

Eine Viertelstunde später kam er zur Hintertür wieder herein, und bis dahin hatte sie sich weit genug unter Kontrolle, um munter zu erklären: »Wir haben nur Eintopf, aber der ist gut. Dazu kann ich Ihnen ofenwarmes Damperbrot anbieten.«

»Ein Teller Eintopf kommt mir gerade recht. Und frisches Damperbrot schmeckt genauso gut wie jedes andere.«

»Wir haben auch Apfelkuchen mit Sahne.«

Seine Miene hellte sich auf. »Davon nehme ich auch ein Stück. Ich habe schon einmal hier Halt gemacht, aber da war das Essen wenig appetitlich. Mit Ihnen habe ich hier nicht gerechnet, ich wollte in Perth nach Ihnen Ausschau halten.«

»Ach ja? Woher ...« Doch sie konnte es sich schon denken.

»Theo hat mir einen Brief geschickt, kurz nachdem Sie aus England abgelegt hatten. Er hatte ihre Spur bis zum Schiff nachverfolgt, aber es war zu spät, um Ihnen noch zu helfen. Was seine Frau getan hat, erfüllt ihn mit tiefer Scham, und er macht sich furchtbare Sorgen um Sie, deshalb hat er mich gebeten, in Erfahrung zu bringen, ob es Ihnen gut geht.« Als sie nicht antwortete, blickte er auf und sah, dass sie mit den Tränen kämpfte. »Aber es geht Ihnen nicht gut, nicht wahr?«

Sie schluckte und bemühte sich, normal zu sprechen. »Es ist nur ein wenig ... aufwühlend ... Sie von Theo sprechen zu hören.«

Die Liebe zu seinem Cousin war ihr deutlich anzusehen, und Caley empfand großes Mitleid.

»Was sollen Sie mir denn ausrichten?«, wollte sie wissen.

Gerade als er zu sprechen ansetzte, kam Maggie herein, und so sagte er leise: »Können wir uns nach dem Essen irgendwo ungestört unterhalten? Ich habe Ihnen auch noch einige andere Dinge zu erzählen.«

Sie brachte ihm einen Teller Eintopf und ein großes Stück knusprigen Damperbrots, dann stellte sie sich an die hintere Wand des Gastraums, wo Maggie bereits auf sie wartete.

»Was ist denn los? Geht es dir gut, Liebes? Der Mann hat dich doch nicht belästigt, oder?«

»Mhmm. O nein. Nein, natürlich nicht. Es ist bloß – ich kenne ihn. Na ja, zumindest bin ich ihm schon einmal begegnet. Er ist mit Theo verwandt und hat eine Nachricht von ihm für mich. Kannst du hier für eine Weile alles im Auge behalten, wenn er mit dem Essen fertig ist? Dann setze ich mich mit ihm auf die Gästeveranda. Dort können wir uns in Ruhe unterhalten.«

»Du siehst ganz schön geplättet aus«, merkte Maggie besorgt an.

»So fühle ich mich auch. Ich hätte niemals damit gerechnet, jemandem aus der Heimat zu begegnen. Erst recht nicht hier. Sieht man mir die Schwangerschaft an?« Ohne es zu bemerken, legte sie in jener uralten schützenden Geste aller werdenden Mütter eine Hand auf ihren Bauch.

»Nur, wenn du nicht aufpasst.«

Doch Caley hatte zwei Kinder und erwartete gerade das dritte. Ebendiese Geste hatte er bereits unzählige Male bei seiner eigenen Frau gesehen. Als ihm dämmerte, was das bedeutete, vergaß er den Löffel in seiner Hand und brauchte eine Weile, ehe ihm aufging, dass sein Essen kalt wurde. Rasch aß er weiter, denn das Mahl, das sie ihm aufgetischt hatte, war wirklich ausgezeichnet.

Eine halbe Stunde später erhob er sich und zahlte. »Können wir uns jetzt unterhalten, Keara?«

Sie nickte, tauschte noch einen Blick mit Maggie und führte ihn nach draußen.

Als auch Mark zum Essen hereinkam, berichtete Maggie ihm, was sie wusste, und gemeinsam traten sie ans Fenster, um zur Gästeveranda hinüberzuschauen. Doch alles, was sie erkennen konnten, waren zwei Gestalten, die in dem windgeschützten Winkel in der Wintersonne saßen.

Caley wusste nicht, wie er es taktvoll ausdrücken sollte,

und so fragte er, sobald Keara sich gesetzt hatte, geradeheraus: »Ist das Kind von Theo?«

Sie nickte.

»Weiß er davon?«

Ein Kopfschütteln.

»Um Himmels willen, Sie wissen doch, wie sehr er sich nach einem Kind sehnt. Wie konnten Sie ihm das vorenthalten?«

»Er hat doch einen Sohn. Dieses Kind ist meines.«

»Sein Sohn ist gestorben. Vor einem Monat ist ein Brief von Theo gekommen, den er nicht lange nach Ihrem Verschwinden abgeschickt hat. Er klang tieftraurig.«

»Was? Richard ist tot? O nein! Nein, nicht schon wieder!«

Ihr war alle Farbe aus dem Gesicht gewichen, und obgleich sie die Finger auf ihre Lippen presste, konnte sie die Tränen nicht zurückhalten. Besorgt sah Caley sie an.

»Das muss ihn so furchtbar getroffen haben. Und *sie* war ihm sicher kein Trost.«

»Ich bezweifle, dass es sie überhaupt kümmert«, musste Caley ihr beipflichten. »Sie ist eine schreckliche Frau. Er hat Eastwood House verkauft und lebt seitdem von ihr getrennt. Während sie ein Haus in Lancashire bezogen hat, ist er wieder auf Ballymullan. Er macht sich solche Sorgen um Sie. Nach allem, was er schreibt, haben Sie keinen Penny, keine Möglichkeit, nach Victoria zu gelangen, um nach ihren Schwestern zu suchen. Er hat mich gebeten, in Perth nach Ihnen zu suchen. Sehen Sie, hier!« Er holte den Brief hervor. »Sie können es selbst lesen.«

Doch als sie auf das Papier hinabstarrte, verschwammen die Wörter vor ihren Augen, und sie schüttelte den Kopf. »Sie werden ihn mir vorlesen müssen. Ich kann ohnehin nicht besonders gut lesen, aber heute kann ich vor lauter Tränen nicht einmal die Schrift erkennen.« Ihr entschlüpfte ein Schluchzen, und sie senkte den Kopf, um ihre Tränen zu verbergen.

Und so las Caley ihr den Brief in seinem weichen irischen Singsang vor, und das allein ließ sie schon erbeben vor Sehnsucht nach Ballymullan. Als er zum Ende gekommen war, schwieg sie einen Moment, ehe sie tief Luft holte und abermals ein Schluchzen nicht unterdrücken konnte. »Würden Sie ihn mir bitte noch einmal vorlesen, damit ich ihn mir gut einprägen kann?«

Er tat ihr den Gefallen.

Nach einem weiteren langen Schweigen sagte sie: »Wissen Sie, es ist besser so.«

»Wie meinen Sie das?«

»Ich werde nicht noch einmal mit ihm in Sünde leben. Wir hätten niemals … Ich hatte nie vor …« Nun war ihr Weinen nicht mehr aufzuhalten.

Neben der Veranda erschien Mark. »Was ist denn, Keara?« Der Blick, mit dem er Caley bedachte, kündete von tiefer Abneigung und Misstrauen.

Sie hatte Mühe, ihr Schluchzen lange genug zu bändigen, um die Situation zu erklären. »Es ist nicht … Es liegt nicht an ihm. Er ist ein Cousin von Theo.«

Maggie war Mark gefolgt und schob sich nun zwischen den Männern hindurch, um schützend die Arme um Keara zu legen. Streng befahl sie den beiden: »Lasst uns in Frieden, ich übernehme jetzt.«

Folgsam zogen die beiden sich zurück.

»Sie folgen mir besser zurück ins Haus, Mr Gallagher«, sagte Mark knapp. »Sie brechen hier nicht wieder auf, ehe ich weiß, womit Sie sie so aus der Bahn geworfen haben.«

Nach einigem Zögern offenbarte Caley, was er wusste.

Mark hörte ihm aufmerksam zu, seufzte schließlich und setzte eine Kanne Tee auf. »Dann hat man Keara also entführt und gegen ihren Willen auf dieses Schiff gebracht?«

»So ist es. Und der Vater des Kindes ist mein Cousin Theo.« Caley starrte ins Feuer. »Noch schlimmer ist, dass er sich verzweifelt ein Kind wünscht und erst vor Kurzem seinen einzigen Sohn verloren hat. Es wäre grausam, ihm dieses Kind vorzuenthalten.«

»Was Keara widerfahren ist, war ebenso grausam.« Die Vorstellung, dass jemand eine Schwangere entführte und so weit fortschickte von allem, was sie kannte, erfüllte ihn mit Wut.

»Das war doch nicht Theos Schuld!«

»Nein, aber das Baby sehr wohl, und er kann sie immer noch nicht heiraten, da er bereits eine Frau hat. Sie ist ein anständiges Mädchen und hat Besseres verdient.«

»Das weiß er selbst. Er hat mir Geld geschickt, das ich ihr geben soll. Anscheinend hat man ihr sogar ihr Erspartes gestohlen. Er weiß, dass sie nach Melbourne wird reisen müssen, um ihre Schwestern ausfindig zu machen. Was seine Frau da getan hat, erfüllt ihn mit tiefer Scham.«

»Das sollte es auch.«

Caley seufzte. »Hätten Sie ein Glas Rum für mich? Ich brauche jetzt etwas Stärkeres als Tee. Und schenken Sie sich auch gleich einen ein, auf meine Kosten.«

Als Keara und Maggie schließlich hereinkamen, erhob sich Caley so hastig, dass er dabei seinen Stuhl umwarf. »Geht es Ihnen wieder etwas besser, Keara?«

Sie nickte.

»Das Geld können Sie mir geben«, sagte Maggie. »Sie will Sie nicht noch einmal sehen – genauso wenig wie ihn. Vor allem ihn nicht. Sie möchte einfach nur ihr Baby zur Welt bringen und dann ihre Schwestern suchen.«

»Ist das die Wahrheit, Keara? Ist es wirklich das, was Sie wollen? Sie wissen, was das mit Theo machen wird.«

»Was bleibt mir denn anderes übrig? Ihre Achtbarkeit war das Einzige, was meine Mutter hatte, und einen Großteil meines Lebens ging es mir genauso. Es ist schon schlimm genug, dass ich seinen Bastard in mir trage, aber noch einmal als seine Mätresse zu leben, ist für mich undenkbar.« Eine unerklärliche Müdigkeit machte sich in ihr breit, und sie sank auf den nächstbesten Hocker, stützte einen Ellbogen auf den Tisch und ließ ihre pochende Stirn in ihrer Hand ruhen.

Caley fischte ein paar Münzen aus der Tasche und legte sie auf den Tisch. »Den Rest des Geldes werde ich Ihnen auf dem Rückweg bringen müssen. Theo hat einen Wechsel mitgeschickt, den ich erst einlösen muss, ehe ich Ihnen das Geld auszahlen kann.«

Als Keara sich nicht rührte, nahm Maggie die Münzen an sich. »Ich passe für dich darauf auf, Liebes.« Misstrauisch musterte sie Caley. »Wo wohnen Sie, Mr Gallagher?«

Matt zupfte Keara am Ärmel ihrer Freundin. »Das spielt doch keine Rolle, Maggie.«

Maggie machte sich los. »O doch, das tut es. Wir müssen pragmatisch bleiben, Keara. Dies ist die Antwort auf all unsere Gebete. Wenn er uns den Rest des Geldes wirklich bringt, haben wir genug, um uns nach der Geburt des Babys auf die Suche nach deinen Schwestern zu machen.«

Caley wühlte abermals in seinen Taschen und förderte ein Stück Papier zutage, auf das er seine Adresse kritzelte und dazu eine Wegbeschreibung.

Maggie nahm den Zettel entgegen, ohne dass ihr misstrauischer Gesichtsausdruck verschwand. »Also gut. Ich bringe Keara jetzt in ihr Zimmer, damit sie sich ausruhen kann. Ich hoffe, wenn wir zurückkehren, sind Sie verschwunden, Mr Gallagher. Für heute hat sie genug Aufregung gehabt.«

Voller Bewunderung für ihre Loyalität sah er ihr nach. Was Keara betraf: Trotz ihrer Trauer und der vielen Tränen war sie weit hübscher, als er sie in Erinnerung gehabt hatte. Oder lag es an der Schwangerschaft, dass sie ein solcher Glanz umgab? Als er sich umwandte, sah er, dass Mr Gibson ihn beobachtete. »Ich breche jetzt auf, aber in ein bis zwei Wochen komme ich wieder. Ich muss ein paar Pferde abholen, die

Theo für mich hierher verschifft hat, deshalb kann ich Ihnen leider kein genaues Datum nennen. Aber ich komme wieder, und zwar mit dem Geld.«

Mark nickte. Doch als er Caley Gallagher davonreiten sah, kroch eine neue Sorge in seine Gedanken, eine vollkommen selbstsüchtige. Wenn Keara das Geld hatte, um sich auf die Suche nach ihren Schwestern zu machen, würde sie Meriniup schon bald nach der Geburt des Babys verlassen. Man musste sie nur von Ismay und Mara sprechen hören, um zu wissen, wie sehr sie die beiden liebte.

Und was würde dann aus Amy und ihm werden?

War es an der Zeit, an eine zweite Ehe zu denken? Bisher war das für ihn nicht infrage gekommen, doch vielleicht war das ein Fehler. Immerhin hatte er ein Kind großzuziehen. Ein Mädchen brauchte eine Mutter, wenn es heranwuchs, und Keara ging wundervoll mit Amy um. Das Problem war nur: Wenn er je seine Meinung über eine weitere Ehe änderte, dann wollte er es aus wahrer Liebe tun. Zu Keara fühlte er sich jedoch nicht auf diese Weise hingezogen, so sehr er sie auch mochte und für ihren Mut bewunderte.

19

August – September 1864

Eigentlich hatte Theo mit einer ermüdend öden Überfahrt gerechnet, doch am Ende erlebte er viel Interessantes. Das Schiff hatte recht viel Nutzvieh geladen, und der Kapitän war ein erfahrener Seemann, dem an schnellem Vorankommen gelegen war und der sich gern mit seinen Passagieren über ihre derzeitige Position und Geschwindigkeit austauschte. Den Schiffsbetrieb leitete er mit effizienter Hand. Sie fingen frisches Regenwasser auf, wann immer es ging, es gab gutes, herzhaftes Essen, die raubeinigeren Mitfahrer aus dem Zwischendeck wussten sich unter seinem strengen Blick zu benehmen und es gab regelmäßige Unterhaltung für alle an Bord. Bei den Zwischendeckspassagieren fanden vor allem die Tanzveranstaltungen großen Anklang, und Theo sah ihnen gern dabei zu. Bisweilen gesellte er sich sogar selbst zu ihnen.

Tagsüber half er bei der Versorgung der Pferde. Manchmal leistete er ihnen auch einfach nur Gesellschaft, denn die armen Tiere waren die meiste Zeit über in großen, kistenartigen Boxen an Deck eingesperrt. Bei schlechtem Wetter führte man sie sogar in die Dunkelheit unter Deck, wo sie am südlichsten Punkt ihrer Reise einige Tage ausharren mussten, während das Schiff durch die eisige See pflügte – ebenso wie die Passagiere.

Theo spürte keinerlei Anzeichen von Seekrankheit. Im Gegenteil: Ihm gefiel es sogar, wenn das Schiff bei rauerer Witterung über die riesigen Wellen rollte. Auch seine Mitfahrer waren eine interessante Mischung, ob nun aus dem

Zwischendeck oder der Kabinenklasse. Von jenen unter ihnen, die zum wiederholten Male nach Australien reiste, lernte er viel über das Land, denn er hatte eine Gabe, mit anderen ins Gespräch zu kommen. Nach allem, was er hörte, vermutete er – hoffte es, betete darum! –, dass es in Perth nicht leicht für Keara sein würde, wirklich spurlos zu verschwinden. Perth war mit Abstand die kleinste der kolonialen Hauptstädte. Er selbst hätte es wohl eher als Kleinstadt bezeichnet, und andere nannten Westaustralien unverblümt »die Aschenputtel-Kolonie«.

Den Gedanken an Lavinia verdrängte er so weit wie möglich, denn von jetzt an war sie nur noch dem Namen nach seine Frau, und welche Rolle spielte schon ein Blatt Papier? Richard jedoch konnte er nicht vergessen. Beinahe jede Nacht träumte er vom Gesicht seines Babys, von den zarten Zügen und dem flüchtigen Lächeln.

Als sie Anfang September vor der Küste Westaustraliens ankerten, war er nach drei Monaten an Bord mehr als bereit, das Schiff zu verlassen. Er freute sich auf frische Lebensmittel und echte Bewegung – ganz zu schweigen davon, die armen Pferde aus ihrer Gefangenschaft zu erlösen.

Am Hafen in Fremantle sagte man ihm nach dem Ausschiffen, er könne am folgenden Tag wieder herkommen, um beim Abladen der Pferde zu helfen. Er hatte gehofft, Caley würde schon da sein, musste nun aber über sich selbst lächeln. Vermutlich wusste sein Cousin um die Abläufe im Hafen und würde erst morgen eintreffen, um die Pferde abzuholen. Theo würde seine Ungeduld auf ein Wiedersehen also noch etwas zügeln müssen.

Er lachte gemeinsam mit den anderen Passagieren über ihren schwankenden Gang, als sie sich bemühten, wieder das Gehen auf einem Untergrund zu erlernen, der sich nicht ständig unter ihren Füßen bewegte. Ein Mann, mit dem er sich an Bord gut verstanden hatte, bot an, ihm bei der Suche nach einer Unterkunft behilflich zu sein, und er nahm dankend an. Als es Abend wurde, war Theo hundemüde und wollte nur noch etwas zu essen und ein Bett, das nicht schwankte.

Am folgenden Morgen war er schon früh am Anleger, erfuhr jedoch, dass man die Pferde erst gegen Mittag abladen würde. Trotzdem blieb er dort und vertrat sich nur dann und wann die Beine, denn er wollte Caley so früh wie möglich erwischen. Als er seinen Cousin schließlich in der klaren Frühlingssonne auf sich zukommen sah, durchströmte ihn eine Woge der Zuneigung. Caley sah gesund und kräftig aus und lächelte sonnengebräunt und zuversichtlich in die Welt hinaus.

Beim Anblick seines Cousins blieb er wie angewurzelt stehen, ehe er loslief und ihn stürmisch in die Arme schloss. Lachend begrüßten sie einander mit den üblichen Witzen, wie viel hässlicher der jeweils andere seit ihrer letzten Begegnung geworden sei, und fielen einander immer wieder in die Arme.

»Es tut so gut, ein vertrautes Gesicht zu sehen«, gestand Caley mit vor Rührung rauer Stimme. »Das ist etwas, das einem wirklich sehr fehlt, wenn man in ein anderes Land auswandert. Keine Verwandtschaft in der Nähe, niemand, an den man sich in absolutem Vertrauen wenden kann, wenn man in Schwierigkeiten ist. Auch wenn wir in unserer neuen Nachbarschaft durchaus einige gute Freunde gefunden haben.« Dann lachte er beinahe beschämt auf. »Da rede und rede ich über meine Gefühle, dabei weiß ich noch gar nicht, was dich hierherführt!«

»Keara.«

»Ah.«

Der Unterton in der Stimme seines Cousins entging Theo nicht. »Ihr habt sie doch nicht etwa … schon gefunden?«

»Doch.«

»Geht es ihr gut?«

»Natürlich.«

Theo musste die Augen schließen, als eine Woge der Erleichterung ihn jeglicher Beherrschung zu berauben drohte. »Gott sei Dank! Oh, Gott sei Dank!« Als Caley nicht weitersprach, drängte er aufgeregt: »Und? Wo ist sie? Können wir sie besuchen?«

»Sie lebt und arbeitet in einem Gasthof zwei Tagesritte südlich von Perth. Wir kommen direkt vor ihrer Haustür vorbei, wenn wir heim nach Bunbury fahren. Aber, Theo, ich bin mir nicht sicher, ob es klug wäre, jetzt ...« Er sah die Entschlossenheit in der Miene seines Cousins und setzte verlegen hinzu: »Um ehrlich zu sein, hat sie gesagt, es sei besser, dass du so weit fort bist. Es ist unverkennbar, dass sie keine Frau ist, die als irgendjemandes Mätresse glücklich werden könnte, und mehr als das kannst du ihr nicht bieten. Es sei denn, Lavinia ist etwas zugestoßen?«

»Nein. So schwach ihr Herz Nancy zufolge auch angeblich ist: Als ich sie das letzte Mal gesehen habe, war sie gesund und munter. Wahrscheinlich überlebt sie uns am Ende alle.« Er hielt einen Moment inne, denn er hatte Mühe, seine Stimme und seine Emotionen zu beherrschen. Keara so nah zu sein – und dann an ihrem Heim vorbeizureiten! Nein, das konnte er nicht. Es war ihm schlicht unmöglich. »Ich muss sie sehen und mich vergewissern, dass sie zufrieden ist. Und ich bin es ihr schuldig, ihr bei der Suche nach ihren Schwestern zu helfen. Wenigstens das kann ich noch für sie tun.«

Caley seufzte. »Und nichts, was ich noch sage, würde dich davon abbringen?«

»Nichts.«

»Dann erzähle ich dir wohl besser auch den Rest.«

Erschrocken fasste Theo ihn beim Arm. »Was willst du damit sagen? Sie hat doch nicht etwa geheiratet, oder?«

»Nein. Unter den gegebenen Umständen wäre das wohl das Letzte, was sie tun würde.« Caley zauderte, wusste nicht, wie er es am besten ausdrücken sollte, und kam dann zu dem

Schluss, dass dieser Schlag sich nicht abmildern ließ. »Sie ist schwanger von dir, Theo. Die alte Kinderfrau deiner Gattin hat es herausgefunden, das war vermutlich ihr Hauptgrund, Keara loszuwerden. Deshalb fürchte ich …« Angesichts der Pein in den Augen seines Cousins sprach er nicht weiter und legte ihm stattdessen einen Arm um die Schultern. »Na komm. Suchen wir uns einen ruhigeren Ort als dieses Getümmel.« Er schob Theo fort vom Anleger und zu einem schattigen Fleck an einer Wand, wo sie sich gemeinsam hinsetzen und der Welt den Rücken kehren konnten.

Theo schwieg lange Zeit, ehe er Caley einen gequälten, vorwurfsvollen Blick zuwarf und erneut in die Ferne starrte. »Und das sollte ich deiner Meinung nach einfach ignorieren?«

»Um ehrlich zu sein, bin ich mir selbst nicht sicher, was nun das Richtige wäre. Hör zu, erst einmal müssen wir uns jetzt um die Pferde kümmern. Die werden ein paar Tage brauchen, bis sie sich so weit von der Überfahrt erholt haben, dass wir aufbrechen können. Fürs Erste können wir also ohnehin nichts unternehmen. Ich habe jemanden gefunden, der uns eine Koppel für die Tiere zur Verfügung stellt, bis sie ihre Seemannsbeine wieder los sind, aber auch danach werden wir es langsam angehen müssen, sie mit gutem Futter aufpäppeln und in kurzen Abschnitten reisen. Und so ist es vielleicht auch am besten. Es gibt viel, worüber du nachdenken musst.«

Theo nickte, wenn er auch noch immer sehr in sich gekehrt wirkte. Doch er folgte Caley zurück zum Anleger und wartete mit ihm, bis die Pferde abgeladen wurden. Das zumindest holte ihn ein wenig aus seiner Gedankenversunkenheit. Es schmerzte ihn, wie dünn und nervös die Tiere waren, und es schien beinahe wie ein Wunder, dass keines während der Überfahrt gestorben war. Bei ihrem Anblick wurde klar, dass es mindestens eine Woche dauern würde, ehe sie es wagen konnten, sich auf den Weg zu machen, und selbst dann würden sie sehr behutsam vorgehen müssen.

Caley entfuhr ein erleichtertes Seufzen, als er sah, wie Theo sich zusammennahm und begann, den Pferden gut zuzureden, während sie sich auf dem plötzlich wieder unbeweglichen Untergrund zurechtzufinden versuchten. Eines nach dem anderen konnte er schließlich anbinden: drei von Caley und drei eigene, jeweils ein Hengst und zwei Stuten.

»Mit diesen Schönheiten haben wir eine wirklich gute Basis«, stellte Caley mit erfahrenem Blick fest und malte sich dabei aus, wie die Tiere aussehen würden, wenn sie wieder etwas Muskeln zugelegt hatten. »Ich nehme an, du willst sie erst einmal bei mir unterstellen, bis du selbst ein Stück Land gefunden hast?« Überrascht sah er zu seinem Cousin auf, als ihm klar wurde, was er da eben gesagt hatte. »Du bist hier, um dich niederzulassen, nicht wahr? Davon hast du schon früher gesprochen.«

Theo nickte desinteressiert. »Vielleicht.«

»Leihst du uns deinen Hengst aus, um meine Stuten zu decken?«

»Mmmhm.«

Caley gab es auf, seinen Cousin ablenken zu wollen, und konzentrierte sich auf das, was jetzt anstand. Bis sie Meriniup erreichten, würde Theo die Neuigkeiten doch sicher verarbeitet haben und wissen, was er in der Angelegenheit unternehmen wollte?

Er würde doch bestimmt nicht versuchen, Keara ein erneutes Leben als seine Mätresse aufzuzwingen?

Doch jetzt war auch das Wohl eines Kindes zu bedenken. Das machte womöglich einen großen Unterschied.

Ach, was wusste Caley schon? Noreen sagte immer, er habe kein Gespür dafür, was in anderen Menschen vorgehe.

* * *

Triumphierend marschierte Alex vom Gottesdienst heim,

während seine Frau unglücklich hinter ihm hertrottete. »Du hast es gehört, nicht wahr?«

Sie nickte.

»Sie haben meinen rechtschaffenen Eifer anerkannt. Haben mir Geld gegeben. Das sind wahre Brüder im Geiste.«

Darüber würde sie nicht mit ihm diskutieren. Auch wenn es illoyal sein mochte, fragte sie sich im Stillen, ob die anderen Gemeindemitglieder nicht eher eine Gelegenheit gesehen und beim Schopf ergriffen hatten, Alex loszuwerden. Mit einigen unter ihnen hatte er in der letzten Zeit scharfe Auseinandersetzungen gehabt.

»Wir nehmen gleich den nächsten Dampfer«, verkündete er.

»Sollten wir nicht … erst einmal versuchen, in Erfahrung zu bringen, wo genau Mark jetzt lebt?«

»Nein, das sollten wir nicht. Dergleichen können wir viel besser bewerkstelligen, wenn wir erst selbst in Westaustralien sind. Davon abgesehen wollen wir ihn doch nicht auf unser Kommen aufmerksam machen, nicht wahr? Sonst ergreift er womöglich wieder die Flucht, zieht vielleicht gar zurück nach England. Das kommt durchaus vor.«

Voller Verzweiflung angesichts seines Plans schüttelte sie den Kopf, doch Alex schien ihr Schweigen als Zustimmung zu werten.

»Du fängst jetzt besser an, dich um alles zu kümmern. Was wir nicht brauchen, werden wir verkaufen, ich will mit so leichtem Gepäck wie nur irgend möglich reisen. Gleich als Erstes morgen früh werde ich im Laden meine Kündigung erklären, dann gehe ich hinunter zu den Reedereibüros und bringe in Erfahrung, wann der nächste Dampfer ablegt.«

Sobald sie daheim angekommen waren, holte er das Geld hervor, das bei der Kollekte für seine Mission zusammengekommen war, und zählte es ein weiteres Mal voll hämischer Freude. Mit dieser Summe wären seine Ausgaben mehr als gedeckt, davon war er überzeugt. Dann verlor er sich in Tagträumen von seiner triumphalen Rückkehr mit seiner Enkelin.

Währenddessen ging Nan ihre Habseligkeiten durch und liebkoste unter Tränen all ihre kleinen Schätze und Erinnerungsstücke. Sie wusste, dass er ihr nicht erlauben würde, irgendetwas davon mitzunehmen.

Und sie behielt recht.

»Früchte des Mammons!«, spie er verächtlich aus und zerschmetterte eine Vase, die einmal ihrer Großmutter gehört hatte.

Das war der Tropfen, der das Fass zum Überlaufen brachte. Verbittert fragte sie sich, was für ein Ehemann zu so etwas fähig wäre. Ein schlechter! Und sollte sie eine Möglichkeit finden, ihn zu verlassen, dann würde sie es tun.

* * *

Mark wartete einige Tage ab, bis Keara nicht mehr ganz so oft ins Leere starrte, ehe er ihr einen gemeinsamen Waldspaziergang vorschlug. Irritiert starrte sie ihn an.

»Wozu denn das?«

»Ich möchte mit dir reden, ohne dass uns jemand unterbricht.«

»Sollen wir Amy mitnehmen?«

Kurz zögerte er, dann schüttelte er den Kopf. »Nein. Sie würde nur ablenken. Es geht … um etwas Wichtiges.«

Als sie dem Pfad in den Wald folgten, atmete Keara tief ein, genoss den leicht harzigen Geruch der Eukalyptusblätter und bestaunte die Wildblumen, die in diesem herrlichen Frühlingswetter überall aus dem Boden schossen – ein wunderschöner Teppich, der ihr große Freude bereitete.

Mittlerweile kannte sie auch einige der Pflanzen beim Namen. Die seltsam geformten grünen Blumen mit dem roten Flaum hießen Kängurupfoten und hatten tatsächlich Ähnlichkeit mit der Pfote eines Tiers, daneben gab es Orchideen aller Art, von winzigen Pflänzchen bis hin zu größeren Exemplaren in leuchtenden Farben. Dann die papierartigen Strohblumen, die sie gern pflückte und im Gastraum auf die Tische stellte. Es gab auch rote und blaue Kletterpflanzen, die sich teilweise bis auf sechs oder acht Meter Höhe in die Bäume rankten. Besonders die blauen waren atemberaubend, ein herrliches Schauspiel in ihrem liebsten Blauton, so intensiv, dass es beinahe violett war.

Eine freistehende Pflanze, die unter den Siedlern als Grasbaum bekannt war, hatte einen dunklen Stamm, vielleicht rußgeschwärzt von vergangenen Buschfeuern, über dessen Oberfläche sich spiralförmig alte, abgestorbene Ansätze der langen, ledrigen, grasartigen Blätter zogen. Jene Blätter waren so spröde, dass sie einem in der Hand zerbrechen konnten, wenn man nicht aufpasste. Einige dieser Bäume trugen langstielige Blütenstände auf ihren Kronen, die wie die Speere der Eingeborenen über ihnen emporragten, weshalb sie auch manchmal »Blackboys« genannt wurden.

Zwischen den Baumkronen flogen die verschiedensten Vogelarten umher, unter anderem Papageien und Kakadus, die sie vor ihrer Ankunft in Australien noch nie gesehen hatte, winzige Honigfresser und ihre persönliche Lieblingsart, der Gartenfächerschwanz, der mit besagtem Schwanz wedelte wie ein Hund und vorwitziger war als die anderen Vögel. Ihr ging auf, dass Mark bereits redete, und sie bemühte sich, ihm ihre volle Aufmerksamkeit zu schenken.

»Ich habe dir angesehen, wie sehr dich Mr Gallaghers Auftauchen aufgewühlt hat«, sagte er jetzt. »Fürchtest du dich vor diesem Mann? Dem, der dir das Geld geschickt hat?«

Sie hielt einen Moment im Gehen inne, um darüber nachzudenken, und schüttelte dann den Kopf. »Nein. Vor Theo könnte ich niemals Angst haben.« Es waren ihre Gefühle, die sie ängstigten, denn sie konnte ihn noch immer nicht vergessen, sehnte sich noch immer jeden Tag danach, ihn wiederzusehen.

»Er ist der Vater deines Kindes, aber mit einer anderen Frau verheiratet. Stimmt das?«

»Ja.« Sie ging weiter, starrte dabei aber auf ihre Füße, wie um ihre Schritte sorgfältig zu setzen, während sie in Wahrheit nur seinem Blick ausweichen wollte.

»Was wirst du tun, wenn das Baby auf der Welt ist?«

»Jetzt, da ich etwas Geld habe, werde ich nach Melbourne fahren, um meine Schwestern zu suchen.« Plötzlich wurde ihr klar, in welche Richtung er dachte, und sie schaute auf. »Oh, du machst dir Sorgen, wer dich dann hier unterstützen soll. Ich verspreche dir, wir werden dich nicht einfach so im Stich lassen. Wir gehen erst, wenn du einen Ersatz für uns gefunden hast.« So viel waren sie ihm schuldig.

»Meine Sorge dreht sich mehr um dich, Keara«, antwortete er sanft. »Drüben in Victoria ist es sehr anders als hier. Melbourne ist mittlerweile eine Großstadt und wächst ungebremst weiter. In der Stadt sind die Menschen nicht immer … nett. Oder hilfsbereit. Und nach allem, was du mir erzählt hast, fehlt dir jede Erfahrung mit einer derartigen Umgebung.«

»Maggie begleitet mich, ich werde also nicht auf mich allein gestellt sein.«

»Hat sie denn mehr Erfahrung mit dem Großstadtleben?«

Erneut blieb Keara stehen und sah ihn verwirrt an. »Warum sagst du das alles? Du willst doch sicher nicht andeuten, ich solle die Suche nach meinen Schwestern aufgeben? Das werde ich niemals tun!«

Sie gingen weiter, und nach einigen Schritten sagte er leise: »Ich mache mir auch Sorgen um Amy. Du bist die einzige Mutter, die sie kennt, und … du gehst so wundervoll mit ihr um.«

»Ich liebe sie«, antwortete sie schlicht. »Es wird mir das

Herz zerreißen, sie hier zurückzulassen. Aber sie wird immer noch dich haben, und ich weiß, wie viel sie dir bedeutet.«

Er gab es auf, das Thema behutsam einleiten zu wollen. »Nun, ich bin mir nicht sicher, ob das ausreichen wird. Deshalb habe ich mich gefragt … Könnte es nicht uns beiden helfen, wenn wir heiraten? Damit wärst du sicher vor diesem Mann, der dir nun schon zwei schlaflose Nächte bereitet hat.« Sacht berührte er die dunklen Schatten unter ihren Augen. »Und ich hätte eine Mutter für Amy, ganz zu schweigen von einer Ehefrau, die mir im Gasthaus zur Seite stehen würde.«

»Und was würde aus meinen Schwestern werden?«

»Ich wäre bereit, den Gasthof zu verkaufen und zusammen mit dir zurück nach Melbourne zu gehen. Ich kann dort immer noch einen anderen kaufen. Allein wird diese Suche für dich keine leichte Aufgabe sein. Du brauchst einen Mann an deiner Seite, der dich beschützt.« Selbst seinem Schwiegervater würde er sich stellen, wenn es sein musste, würde jedoch alles Menschenmögliche unternehmen, um den Jenners aus dem Weg zu gehen.

Ein weiteres Mal blieb Keara stehen, diesmal, um ihn zu betrachten. Er war ein großer, gut aussehender Mann. Freundlich dazu, ein liebender Vater, ehrlich und arbeitsam. Warum also schlug ihr Herz bei seinem Anblick nicht höher, wie es bei Theo geschah, wenn er auch nur den Raum betrat? Sie mochte Mark sehr gern, doch auf rein geschwisterliche Weise. Bei der Vorstellung, mit ihm das Bett zu teilen, wich sie hastig einen Schritt zurück und errötete, als sich unverhofft die Erinnerung an das Liebesspiel mit Theo in den Vordergrund drängte. »Aber du liebst mich nicht, Mark. Und ich liebe dich nicht.«

»Das nicht. Aber wir kommen gut miteinander aus. Ich mag deine Gesellschaft, und dir scheint es mit mir ebenso zu gehen. Das ist doch sicherlich eine gute Basis für ein zufriedenes gemeinsames Leben?«

»Deine Frau hast du auch nicht geliebt, nicht wahr?«, fragte sie und ahnte die Antwort bereits.

»Ich … hatte sie gern, sie hat mir viel bedeutet.«

»Das ist nicht dasselbe.« Sie verstummte, wusste nicht, was sie ihm sagen sollte. Sein Vorschlag ergab durchaus Sinn. Nur hatte sie bereits wahre Liebe erfahren, kannte die Leidenschaft, die daraus erwuchs. Sie wusste nicht, ob sie eine Ehe ohne diese Dinge ertragen könnte.

Er lachte, doch es war ein trockener, bitterer Laut. »Meine ältere Schwester hat eine solche Liebe gefunden. Mir ist dieses Glück bisher verwehrt geblieben. Ich glaube, es wird ohnehin nicht besonders vielen Leuten zuteil. Denkst du, du wirst so etwas noch einmal erleben?«

Sie schüttelte den Kopf. »Nein. Theo war – etwas Besonderes. Schon lange bevor wir das Bett miteinander geteilt haben, war da immer eine Verbindung zwischen uns.« Er hatte in ihren Armen um seinen schlimmsten Verlust geweint, sie hatte in seinen Armen dasselbe getan. Was sie verband, ging über Leidenschaft weit hinaus. »Aber ich hätte nicht als seine Mätresse bei ihm bleiben können. Das hat sich von Anfang an falsch angefühlt.« Sie schlang die Arme um ihren Oberkörper und sah zu ihrem Arbeitgeber und Freund empor. »Du bist ein guter Mann, Mark, aber damit hast du mich überrumpelt. Ich weiß nicht, was ich sagen soll.«

»Dann sag nichts. Denk darüber nach. Lass dir Zeit. Ich bleibe bei meinem Vorschlag.«

»Also gut.« Sie drehte um und ging zügig zurück in Richtung Gasthof, ohne dass ihre Leibesfülle sie in irgendeiner Weise zu bremsen schien.

Er folgte ihr, versuchte jedoch gar nicht erst, sie einzuholen. Natürlich hatte er auf ein Ja gehofft. Niemand konnte über einen längeren Zeitraum mit Keara Michaels zusammenleben, ohne ihren Wert zu erkennen und sie lieb zu gewinnen.

Die Schlange, die sich auf einem sonnigen Fleck am Wegesrand zusammengerollt hatte, sah sie nicht einmal, und als er noch den Mund öffnete, um sie zu warnen, war sie schon daran vorbeigegangen. Also sagte er nichts und passte nur auf, selbst einen angemessenen Abstand zu der Kreatur zu halten. Allerdings beschloss er, dass er den Frauen noch am selben Abend eine Lehrstunde im Umgang mit Schlangen geben würde – etwas, das er selbst gleich zu Beginn seiner Zeit auf den Goldfeldern gelernt hatte.

Doch als er in jener Nacht in seinem Bett über Kearas Worte nachdachte, erkannte er, dass er nicht daran glaubte, ihm würde je eine solche Liebe vergönnt sein, wie sie sie für diesen Theo empfand. Zweimal war er nun schon davongelaufen. Zu was für einem Mann machte ihn das? Jedenfalls nicht zu der Sorte, der die unsterbliche Hingabe einer Frau zufliegen würde.

Und in wenigen Wochen würde Keara ihr Kind zur Welt bringen. Allein der Gedanke daran ließ ihn frösteln. Sie hingegen schien keinerlei Angst zu haben. Sie war bei blühender Gesundheit, eine Augenweide. Wann immer sie davon erzählte, wie schnell die Geburten ihrer Mutter vonstattengegangen waren, war ihr die klare Überzeugung anzuhören, dass es bei ihr ebenso sein würde.

Ja, er hoffte, sie würde auf sein Angebot eingehen, und war enttäuscht, als sie ihm am nächsten Tag sagte, sie könne nichts entscheiden, ehe das Baby auf der Welt sei.

* * *

Nach zwei Wochen ohne ein Lebenszeichen von Caley Gallagher erklärte Maggie bestimmt: »Wenn er dir nicht bald das restliche Geld bringt, suchen wir ihn an seiner Adresse auf und haken nach.«

Keara lächelte. »Er kommt schon noch.«

»Wie kannst du dir da so sicher sein?«

»Ich bin es einfach.«

Maggie schnaubte verächtlich. »Du bist viel zu vertrauensselig, mein Mädchen.«

Zwei Tage später hörten sie mehrere Pferde herankommen, und als Maggie zum Fenster hinausschaute, rief sie aufgeregt: »Es ist Mr Gallagher! Er hat noch jemanden bei sich, und dazu ein paar Pferde. Sie führen sie hinters Haus, also haben sie vor, über Nacht zu bleiben. Komm und schau, schnell!«

Doch Keara spielte gerade Hoppe Reiter mit Amy und fühlte sich heute recht träge. »Sie werden schon hereinkommen, wenn sie so weit sind. Geh du lieber in die Küche und schieb die Fleischpastete in den Ofen, mittlerweile sollte er heiß genug sein. Und ich denke, wir werden nicht nur diese Pastete brauchen. Gut, dass Mark ein Känguru geschossen hat, nicht wahr?«

Mit einer Grimasse verschwand Maggie in die Küche.

Auf dem Hof hinter dem Gasthaus begrüßte Mr Gallagher Mark mit einem fröhlichen: »Haben Sie heute Nacht Platz für uns?«

»Natürlich. Ihre Pferde werden Sie allerdings selbst versorgen müssen. Dort drüben ist eine kleine Koppel, auf der noch reichlich Gras steht. Hafer und Kraftfutter kann ich Ihnen eimerweise verkaufen.« Bald würde er allerdings nach Perth fahren müssen, um seine Vorräte aufzustocken. Langsam schien seine Übernahme des Gasthofs sich herumzusprechen, und es machten immer mehr Reisende bei ihnen halt, ob für eine Pause und eine warme Mahlzeit oder gleich für eine ganze Nacht. Auch aus Meriniup kamen regelmäßig Leute, um bei ihm einzukaufen.

»Ist Keara in der Nähe?«, erkundigte sich Gallagher.

»Ja, natürlich. Sie ist drinnen und …« Fragend blickte Mark zu dem zweiten Mann, der – statt sich vorzustellen – ohne ein Wort unvermittelt in Richtung des Hauses marschierte. Die Pferde hatte er sich selbst und Mr Gallagher überlassen.

Mark wollte ihm nachgehen, um herauszufinden, was er vorhatte, doch Gallagher legte ihm eine Hand auf den Arm. »Lassen Sie ihn unter vier Augen mit Keara sprechen. Das ist mein Cousin, der Vater ihres Kindes.«

Einen Moment lang war Mark wie gelähmt vor Schock, dann blickte er Mr Gallagher verärgert an. »Sie hätten es ihr schonend beibringen sollen, hätten uns bei Ihrem letzten Besuch vorbereiten sollen. Ein solcher Schock ist nicht gut für eine Frau in ihrem Zustand.«

»Ich wusste selbst nicht, dass er herkommen würde.« Als Mark erneut in Richtung Hintertür gehen wollte, sagte Gallagher in schärferem Ton: »Halten Sie sich da raus. Die zwei müssen reden.«

Wäre es nach Mark gegangen, wäre der Bursche nicht einmal in Kearas Nähe gelangt. Was, wenn er sie überredete, mit ihm fortzugehen? Wie sollte er dann Amy versorgen? Aber Keara war nicht dumm, sie würde sich nicht von leeren Versprechungen blenden lassen. Nicht wahr?

Da kam Maggie summend um die Ecke und unterbrach sich, um festzustellen: »Da sind Sie also wieder, Mr Gallagher.«

»Da bin ich wieder. Und das restliche Geld für Keara habe ich auch mitgebracht.«

»Und dazu den Vater ihres Kindes«, warf Mark grimmig ein. »Der Mann ist gerade ins Haus gegangen, um mit ihr zu reden.«

Sie schaute zu Mr Gallagher hinüber. »Hat er noch seine Frau in England?«

Er nickte.

»Dann hätte er fortbleiben sollen.« Sie wandte sich zum Haus, doch auch ihr stellte Mr Gallagher sich in den Weg. Bittend sah er sie beide an und wiederholte: »Lassen Sie die beiden reden. Es ist an ihnen, ihre Differenzen beizulegen, nicht an uns.«

* * *

Im Haus war Keara immer noch ins Spiel mit Amy vertieft, sang ihr ein kleines Liedchen vor und ließ sie auf ihrem Schoß auf und ab wippen. Anfangs bemerkte sie nicht, wer hereingekommen war, und so wandte sie nicht den Kopf.

Dadurch konnte Theo sie betrachten, konnte die Rundung ihres Bauchs auf sich wirken lassen und spürte, wie sein Herz einen nervösen Satz machte. Doch sie war nicht Lavinia. Auf ihren Wangen lag der rosige Glanz blühender Gesundheit. Er hatte Gemälde der Madonna mit Kind gesehen, doch noch nie war ihm eine so berückend schöne Szene wie Keara mit diesem kleinen Mädchen im wahren Leben begegnet. Ihm stockte der Atem, er konnte weder sprechen noch sich bewegen.

Schließlich wandte sie sich lächelnd um und setzte an: »Maggie, hast du …«, ehe sie nach Luft schnappte. Das Lächeln erstarb, und ihr wich sämtliche Farbe aus dem Gesicht.

Einen Augenblick lang fürchtete Theo, sie würde in Ohnmacht fallen, und hastig trat er auf sie zu, hielt jedoch inne, als sie zurückwich.

»Warum bist du hergekommen?«, fragte sie schließlich in gepeinigtem Ton. »Warum konntest du mich nicht in Frieden lassen, Theo?«

»Weil ich mir schreckliche Sorgen um dich gemacht habe.« Dann gestand er: »Nein. Das ist nicht der Hauptgrund. Ich *habe* mir Sorgen gemacht. Aber letztlich konnte ich einfach nicht ohne dich leben, Keara. Dazu liebe ich dich zu sehr.«

Sie schluckte schwer und schloss die Augen, doch sein Gesicht schwebte noch immer vor ihr, und so hob sie die Lider wieder. Mit seiner frischen Bräune sah er noch attraktiver aus als zuvor. Und sie glaubte ihm, wenn er sagte, dass er sie liebte, denn an seinen Augen war es noch viel deutlicher abzulesen als an seinen Worten. Verrieten ihre Augen ihre Gefühle für ihn ebenso unübersehbar? Vermutlich ja. Sie öffnete den Mund und schloss ihn gleich darauf wieder, wusste nicht, was sie sagen oder tun sollte. Seine Gegenwart war so überwältigend, dass es außer ihnen nichts und niemanden sonst in diesem Raum zu geben schien.

Amy brach den Zauber mit einem unverhofften Krähen und streckte die Arme nach dem Neuankömmling aus. Aufgeregt hüpfte sie auf Kearas Knien auf und ab.

Er ging vor ihnen in die Hocke. »Ein bezauberndes Kind. Zu wem gehört sie und wie ist ihr Name?«

»Amy ist die Tochter meines Arbeitgebers. Ihre Mutter ist kurz nach ihrer Geburt gestorben, und seit einigen Monaten kümmere ich mich um sie.«

»Meinst du, sie kommt einmal zu mir?«

Sofort reckte Amy sich wieder nach ihm und ließ sich von ihm hochnehmen. Leise redete er auf sie ein, um Keara einen Augenblick zu gönnen, um den Schock seines Auftauchens zu verarbeiten – und auch um sich selbst zu beruhigen.

Kurze Zeit später gelang es ihr, in etwas gefassterem Tonfall zu erklären: »Es hat keinen Zweck, Theo. Ich kann – ich will nicht deine Mätresse sein.«

»Ich weiß. Glaube mir, das verstehe ich. Aber ich kann ohne dich nicht leben, Liebste.«

Keara sehnte sich so sehr danach, ihn zu berühren, dass es schmerzte. Gequält schloss sie die Augen und senkte den Kopf, war sich jedoch des starken, schlanken Körpers neben ihrem unverändert eindringlich bewusst.

Plötzlich begann Amy zu zappeln und zu protestieren, und Keara musste aufschauen. Theo hielt das Kind zu fest, deshalb setzte sie an, es ihm abzunehmen, doch das brachte sie ihm noch näher. Sie erstarrte, keine Handbreit von ihm entfernt.

Die Zeit schien stillzustehen, während sie einander ansahen. Die Liebe zwischen ihnen pulsierte förmlich in der Luft, wie ein unsichtbares Band der Erkenntnis, des Wiedererkennens ihrer Leiber – Reaktionen, die sich nicht verhindern, sondern höchstens ignorieren ließen.

Doch als er die Hand nach ihr ausstreckte, wich sie hastig aus. »Nein. Nein, Theo, nicht noch einmal.« Sie sprang auf.

Er ließ den Arm sinken und verharrte so reglos, wie es ihm möglich war. »Geh nicht! Wir müssen reden.«

Doch Amy wurde langsam müde, greinte und wollte hinuntergelassen werden, während sie sich mit den speckigen Fäustchen die Augen rieb.

»Sie braucht ein Nickerchen. Ich muss sie hinlegen.« Keara ging zur Tür hinüber. »Ich bin gleich wieder da.«

»Du … wirst nicht weglaufen?«

Sie sah ihn über die Schulter hinweg an. »Nein, Theo, das werde ich nicht.«

Doch als Amy schlief, verharrte sie am Bett des kleinen Mädchens, presste die Hände gegen ihre Wangen und wünschte verzweifelt, sie müsse noch nicht zu ihm hinausgehen und mit ihm sprechen.

Als sie schließlich in den Gastraum zurückkehrte, bemühte sie sich, jegliche Emotionen auszublenden und sich normal zu verhalten. »Kann ich dir ein Glas Bier bringen? Oder vielleicht einen Tee?«

»Ich möchte nichts anderes als deine Zeit, um mit dir zu reden, Liebste.«

»Zwischen uns gibt es nichts zu sagen, das nicht bereits gesagt wäre. Ich weiß, dass du mich … gernhast, aber du bist verheiratet. Daran hat sich nichts geändert.«

»Wie kannst du sagen, es hätte sich nichts geändert, obwohl du mein Kind unter dem Herzen trägst?«

Automatisch legte sie eine Hand auf ihren Bauch und schaute auf seine Wölbung hinunter.

»Wenn ich dir verspreche, dass ich keine Anstalten machen werde, dich zu berühren: Setzt du dich bitte zu mir und sprichst mit mir, Keara? Wir müssen darüber reden, was wir tun wollen.«

»Wir? *Wir* werden gar nichts tun.« Und dann kam ihr die Erleuchtung: die eine Sache, mit der sie sich von ihm freimachen könnte. »Außerdem ist mir die Ehe angetragen worden. Ich brauche nichts mehr von dir.«

Schockiert starrte er sie an. »Unmöglich! Du bist schwanger von mir.«

»Das macht ihm nichts aus. Er braucht eine Frau, und ich brauche ein Zuhause.«

»Wer ist es?«

»Der Eigentümer des Gasthofs natürlich.«

Plötzlich stand tiefe Pein in seinen Augen, zeichnete jede Linie seines Gesichts. »Du kannst ihn nicht heiraten, Keara.«

»Warum nicht?«

»Weil du ihn nicht liebst.«

»Ich mag und respektiere ihn.«

Er schüttelte den Kopf. »Das ist nicht genug. Deine Liebe gilt immer noch mir, und irgendwann wird das zwischen euch stehen. Glaube mir, Liebste, es ist die Hölle auf Erden, mit einem Menschen leben zu müssen, während man einen anderen liebt.«

Unruhig erhob sie sich und begann auf und ab zu gehen – immer darauf bedacht, ihm nicht zu nahe zu kommen.

»Außerdem«, erklärte er jetzt hinter ihr, »will ich verdammt sein, wenn ich mein Kind von einem anderen großziehen lasse.«

Sie fuhr herum. »Und meines!«

Seine Stimme wurde weicher. »Oh, Keara, gerade du weißt doch, was ich durchlitten habe. Wenn dieses Kind lebendig zur Welt kommt, könntest du niemals so grausam sein, es mir wegzunehmen und ihm den Namen eines anderen Mannes zu geben. Das könntest du nicht!«

Sie blieb bei der Eingangstür stehen, sah hinaus in den Sonnenschein und fühlte sich verloren. Richard war tot. Wer hatte Theo diesmal getröstet? Angesichts der Qual in seiner Stimme wäre sie am liebsten zu ihm gelaufen, und so legte sie lieber eine Hand an den Türrahmen, als sie eingestand: »Nein. Ich würde dir niemals dein Kind vorenthalten, Theo.«

Er trat einen Schritt auf sie zu. »Ach, Keara … Keara.«

Rasch wandte sie sich um. »Aber ich werde nicht noch einmal in dein Bett fallen. Niemals!« Sie wich vor ihm zurück. »Komm … Komm nicht näher. Lass mich … Lass mich einfach in Ruhe nachdenken.« Damit flüchtete sie sich ins Hinterhaus und schob in ihrem Schlafzimmer den Riegel vor.

Theo sank auf einen Stuhl und vergrub das Gesicht in den Händen.

* * *

Draußen stand Maggie und versuchte mitzuhören, was Theo und Keara besprachen. Diesmal war es Mark, der sie beim Oberarm fasste und von der Tür fortzog.

»Lass den beiden etwas Privatsphäre«, mahnte er leise.

»Aber was, wenn er ihr wehtut?«

Mr Gallagher kam zu ihnen herüber. »Glauben Sie, er würde sie schlagen oder dergleichen?«, fragte er entrüstet.

»So etwas machen Männer nun einmal.«

»Theo nicht.«

»Das behaupten die Freunde solcher Männer immer.«

Mark legte ihr einen Arm um die schmalen Schultern. »War dein Ehemann so jemand, Maggie?«

Sie bedachte ihn mit einem bösen Blick und schüttelte ihn ab, um sich in der offenen Küche ans Kochen zu machen. »So sind die meisten.«

»Nein, sind sie nicht.«

Er klang so bestimmt, dass sie innehielt und die Stirn runzelte. »Wie kannst du davon so überzeugt sein?«

Jetzt lächelte er. »Weil ich acht Geschwister habe, die großenteils glücklich verheiratet sind, und einen Vater, der es schon zum dritten Mal ist.«

»Dann bist du ein Glückspilz.«

Seine Miene wurde traurig. »Nein, das bin ich nicht. Ich bin nach Australien geflüchtet und habe meine Familie seither nicht gesehen. Sie fehlen mir alle sehr.«

Sie begegnete seinem Blick. »Ich habe niemanden, der mir fehlen könnte. Da wäre mir deine Situation lieber.«

Caley sah ein letztes Mal nach den Pferden und ging dann zu Maggie, um ihr beim Kochen zuzuschauen und etwas mit ihr zu plaudern. Doch ebenso wie sie spähte er immer wieder zur Hintertür des Gasthauses und fragte sich, was Theo und Keara wohl bereden mochten.

Auch Mark werkelte vor sich hin und versuchte sich von Keara abzulenken, indem er die Hühner fütterte und ihnen frisches Wasser gab. Dafür ging er eigens an den kleinen Wasserlauf hinunter, den die Leute aus der Siedlung als Fluss bezeichneten und über den grünen Klee lobten, weil er das gesamte Jahr über Wasser führte und selbst im heißesten Sommer nicht austrocknete. Dieser kleine Wasserlauf war es, der die ersten Siedler dazu bewogen hatte, sich in Meriniup niederzulassen. Diese Seite von Australien war ganz anders als Victoria, verlässliche Wasserquellen waren hier ein rares Gut.

Es dauerte über eine halbe Stunde, ehe Theo wieder herauskam. Caley sah auf den ersten Blick, dass es kein besonders erfolgreiches Gespräch gewesen war für seinen Cousin. Er konnte nur hoffen, dass Keara ihn am Ende wieder in ihr Leben aufnehmen und damit jenen trostlosen Ausdruck von seinen Zügen verbannen würde.

Mark und Maggie tauschten einen Blick, und als Keara

sich auch nach mehreren Minuten nicht blicken ließ, verkündete sie abrupt: »Ich gehe besser nach ihr sehen.«

Mark nickte. Zu seinem großen Missfallen besaß Theo Mullane eine ebenso gewinnende Persönlichkeit wie sein Cousin, und es war offensichtlich, dass er Keara von ganzem Herzen liebte. Und sie ihn.

Wollte er eine Frau, die einen anderen Mann so sehr liebte?

Zum Teufel, wusste er überhaupt, was er wollte?

20

September – Oktober 1864

Theo und Caley verbrachten die Nacht auf dem Gasthof, und Keara ging ihnen so weit wie irgend möglich aus dem Weg. Sie wusste, dass sie Theo mit ihrem Verhalten wehtat, doch ihr gemeinsames Dilemma erschien ihr so unüberwindbar, dass sie erneut darüber nachdachte, Mark zu heiraten. Wäre sie dazu in der Lage? Sie wusste es nicht. Ihre Gefühle waren so in Aufruhr, dass sie kaum klar denken konnte.

Erschwert wurde das Ganze noch durch ihre Zweifel, ob Mark überhaupt schon bereit für eine zweite Ehe war. Es erschien ihr, als hätte er sich hinter eine mentale Barriere zurückgezogen – höflich, freundlich, arbeitsam und absolut verschlossen über seine innersten Emotionen. Theo war da ganz anders. Seine Gefühle standen ihm klar ins Gesicht geschrieben, ob Leidenschaft oder Zorn – oder die Pein, die sie in diesen Stunden beide quälte.

Sie konnte ihm nicht sein Kind vorenthalten. Würde es nicht übers Herz bringen.

Am nächsten Morgen kam Theo nach dem Frühstück zu ihr, und sie hielt in ihrem Tun inne, um ihn argwöhnisch anzusehen. Er war nicht ganz so hochgewachsen wie Mark, hatte jedoch eine Präsenz und Vitalität an sich, die ihn aus der Masse hervorhoben.

»Wir brechen bald auf. Schenkst du mir noch ein paar Minuten, ehe wir losreiten?«, bat er.

Sie zauderte. »Was gibt es denn noch zu bereden?«

»Eine Menge.«

Hilflos hob sie die Hände. »Also gut. Es gibt einen kleinen Pfad hinter dem Gasthof, dort können wir ein wenig spazieren gehen.«

Sie liebte es, den Wald um sich herum zu spüren, das trockene Wispern der Eukalyptusbäume mit ihren ledrigen Blättern, die das ganze Jahr über unter jedem Schritt knisterten – so verschieden vom weichen grünen Sommerlaub der irischen Bäume und ihren kahlen Ästen im Winter. Noch immer empfand sie tiefes Bedauern, wann immer sie an ihre Heimat dachte. Diese Sehnsucht würde nie verblassen, doch mittlerweile glaubte sie nicht mehr daran, noch einmal dorthin zurückzukehren. Es gab dort nichts mehr für sie. Alle Menschen, die sie liebte, waren hier in Australien. Selbst Theo.

Sie beschloss, ihm die Wildblumen zu zeigen, weil sie wusste, dass er ihre Schönheit zu schätzen wüsste. Und sie hoffte, ihn damit wenigstens für eine Weile abzulenken.

»Versprichst du mir, nicht von hier fortzugehen, ohne mir zu sagen, wohin?«, fragte er abrupt, während sie den Pfad hinuntergingen. »Ohne dieses Versprechen gehe ich hier nicht fort.«

Eigentlich wollte sie ihm gar nichts versprechen, doch dann sah sie seinen Blick auf ihrem gewölbten Bauch ruhen, sah die nackte Sehnsucht darin. »Also gut. Ich verspreche es.«

Sein Aufatmen war so deutlich, dass unverkennbar war, wie sehr ihn das erleichterte. »Danke.«

Sie versuchte das Thema auf etwas Unverfänglicheres zu lenken. »Die Wildblumen hier sind um diese Jahreszeit besonders hübsch.«

»Zum Teufel mit den Wildblumen! Wir müssen über dich und mich reden, über das Baby, über unsere Zukunft.« Er ging ein paar Schritte, bog einen Zweig für sie zur Seite, um ihr das Durchkommen zu erleichtern, und als sie an ihm vorbeiging, trafen sich ihre Blicke. Ihr stockte der Atem. Unwillkürlich blieb sie stehen und musste daran denken, wie es sich anfühlte, sich in seine Arme zu schmiegen. Es kostete sie große Überwindung weiterzugehen.

»Nach der Geburt des Babys – wenn wir sicher sein können, dass es gesund ist – möchte ich dir helfen, deine Schwestern wiederzufinden. Wirst du mir das erlauben?«

»Manchmal frage ich mich, ob ich sie je wiedersehen werde.«

»Das wirst du, denn wir werden die Suche so lange fortsetzen, bis wir sie gefunden haben.«

Erneut hielt sie inne und schloss für einen Moment die Augen. »Das versuche ich mir auch immer wieder zu sagen, aber Australien ist ein großes Land. Mark hat einmal gesagt, wie leicht es hier für einen Menschen ist, spurlos zu verschwinden. Das werde ich nie vergessen.« Als sie die Lider wieder hob, sah sie, wie er ihr die Hand entgegenstreckte. Sie wagte nicht, sie zu ergreifen, wagte es nicht, ihn zu berühren. Stattdessen ging sie weiter.

»Deine Schwestern sind ebenso hübsch wie du«, bemerkte er einige Schritte hinter ihr. »Sie werden den Leuten im Gedächtnis bleiben. Und die Nonnen werden Aufzeichnungen über sie haben.«

»Den Nonnen habe ich gleich nach meiner Ankunft hier geschrieben, aber es ist nichts zurückgekommen.«

»Verflucht sollen sie sein! Wie können sie es wagen, irische Mädchen einfach so zu zwingen, das Land zu verlassen? Und dreimal verflucht soll Lavinia sein! Sie steht nicht nur unserem gemeinsamen Glück im Weg, sondern hat auch noch dir und deiner Familie schreckliches Leid zugefügt«, stieß er heiser hervor. »Das werde ich ihr niemals verzeihen, nie und nimmer.«

»Sie ist selbst ein sehr unglücklicher Mensch.«

»Und verdient es auch!«

»Das dachte ich auch, ganz zu Beginn, als ich gerade herausgefunden hatte, was sie getan hat. Doch ich habe auch noch klar in Erinnerung, wie kindhaft sie war. Wie ein furchtbar selbstbezogenes Kind, das nie wirklich erwachsen geworden ist. Und sie fand es schrecklich, mit dir das Bett zu teilen, und du hast sie trotzdem gezwungen.«

»Wir waren verheiratet, um Himmels willen! Was hätte ich denn sonst tun sollen? Außerdem sind manche Frauen einfach so. Man bringt ihnen von Kindheit an bei, dass das Ehebett eine lästige Pflicht ist, die mit Freude oder Genuss nichts zu tun hat.« Er sah, dass sie ihm nicht recht glaubte, und erklärte: »In meiner Gesellschaftsschicht ist eine Heirat – vor allem für den verarmten Landadel – eine rein geschäftliche Angelegenheit. Da geht es nicht um das persönliche Vergnügen im Bett. Man hat seiner Familie gegenüber seine Pflicht zu erfüllen, wie mein Vater nicht müde wurde, mich zu erinnern. Genau wie ihre Eltern es ihr zweifelsohne eingebläut haben. Also habe ich sie auf das Drängen dieser Eltern hin geheiratet, und ich habe mich wirklich bemüht. Himmel, ich habe alles versucht, um es ihr so angenehm wie möglich zu machen, Keara. Aber Lavinia war einfach nicht in der Lage, darauf einzugehen, es zu genießen. Hätte sie mir auch nur ein einziges lebensfähiges Kind geschenkt, ich hätte sie mit Freuden in Frieden gelassen.«

Sie dachte über das Gesagte nach und vertraute sich ihm aus einem Impuls heraus ebenfalls an. »Meine Eltern waren auch nicht glücklich in ihrer Ehe. Sie hatten heiraten müssen, weil meine Mutter schwanger war – mit mir. Nur hatte mein Vater nie heiraten wollen, und wenn er schon ein Kind zeugen musste, dann hätte es wenigstens ein Sohn sein sollen. Sie war furchtbar unglücklich mit ihm, aber uns drei Mädchen war sie eine liebevolle Mutter.« Sie sah hinauf in das von der Sonne durchbrochene Blätterdach, folgte den Strahlen mit ihrem Blick zum laubbedeckten Waldboden, beobachtete, wie die Lichtflecken auf ihren Händen tanzten. »Manchmal muss ich daran denken, wie sehr sie Australien geliebt hätte.« Sie machte eine weit ausholende Geste. »Sie hat sich immer nach Wärme und Sonnenschein verzehrt – und musste stattdessen in einer zugigen Baracke mit Lehmboden hausen und hungern. Alles, was sie hatte, waren ihre Töchter und ihre Achtbarkeit. Sie hat immer gesagt, solange ihr das noch bleibe, könne sie erhobenen Hauptes über die Straße gehen.«

»Und aus diesem Grund willst du nicht mit mir in Sünde leben.«

Sie nickte.

»Würdest du mit mir zusammenwohnen, wenn ich dir verspreche, dich nicht anzurühren?«

Erneut blieb sie stehen und sah ihn an, während sie sagte: »Und was glaubst du, wie lange wir das durchhalten? Wir hatten auch beim ersten Mal nicht vor, miteinander das Bett zu teilen. Es ist einfach … passiert. Und das würde es wieder. Also nein, ich werde nicht mit dir unter einem Dach wohnen, Theo.«

»Aber du erlaubst mir, dich bei der Suche nach deinen Schwestern zu unterstützen? Oh, Keara, ich werde keine Ruhe finden, ehe ihr wieder miteinander vereint seid.«

Eigentlich hatte sie nicht zulassen wollen, dass er in ihrer Nähe blieb, doch wie konnte sie ihm das verwehren – und erst recht sich selbst? Es wäre alles so viel einfacher, hätte sie die Unterstützung eines Adligen im Umgang mit den Nonnen. Oder machte sie sich etwas vor? Suchte sie nur nach Ausreden, um ihn nicht fortschicken zu müssen? »Maggie wird ebenfalls mitkommen«, warnte sie ihn.

»Wie ihr meint.« Damit würde er sich zufriedengeben müssen, doch er wusste, dass er sie niemals aufgeben würde. Das Kind würde sie aneinander binden. Wenn es lebend zur Welt kam. O Gott, wenn es überlebte! Das war keinem seiner anderen Kinder vergönnt gewesen. Würde Nancy recht behalten mit ihrer Behauptung, dass der Grund dafür bei Lavinia lag? Oder traf auch ihn eine Schuld?

Dieser Gedanke hatte ihn schon so manche Nacht wach gehalten.

»Wir kehren wohl besser um«, sagte er schließlich seufzend. Weitere Zugeständnisse würde er ihr zu diesem Zeitpunkt nicht abringen können. »Ich werde bei Caley die Pferde eingewöhnen und dich regelmäßig hier besuchen kommen. Wenn es an der Zeit für die Niederkunft ist, werde ich hier einziehen.« Als er sie zum Protest ansetzen sah, hob er eine Hand. »Nichts, was du sagst oder tust, wird an diesem Entschluss rütteln können, Keara. Nichts! Ich werde dir bei der Geburt zur Seite stehen.«

Sie machten sich auf den Rückweg.

»Du könntest die Wildblumen wenigstens einmal anschauen«, bemerkte sie leise. »Es ist wirklich wunderschön hier, wenn man mit offenen Augen durch die Landschaft geht.«

Und so blieb er stehen und sah sich um. Ihm stockte der Atem angesichts des herrlichen Blumenmeers, das ihm in seinem inneren Aufruhr bisher völlig entgangen war.

»Ich muss blind gewesen sein, durch diese Märchenlandschaft zu wandern und sie nicht wahrzunehmen.« Er warf ihr einen Seitenblick zu. »Das stellst du mit mir an, Keara.«

Er stellte dasselbe mit ihr an. Um die Spannung zu lösen, ging sie zu ihrer liebsten Kletterpflanze hinüber. »Ist das nicht ein berückendes Blau?«

»Sehr berückend – aber nicht so berückend wie deine Augen. Ich hoffe, die wird unser Kind von dir erben.«

»Oh, Theo!« Eine Sekunde lang berührte sie seine Hand, dann zuckte sie zurück, drehte sich um und eilte davon. Schon jetzt geriet ihre Entschlossenheit ins Wanken. Sie würde niemals mit ihm zusammenleben können, ohne ihn lieben zu wollen und sich nach seiner Liebe zu sehnen. Sie musste ihn auf Abstand halten. Wenn sie es konnte.

Bei ihrer Ankunft am Gasthof verließ sie ihn wortlos,

machte sich auf die Suche nach Amy und beschäftigte sich mit allerlei Kleinigkeiten.

Sie war zu stolz, um zum Aufbruch der Männer nach draußen zu gehen, und Theo suchte sie nicht noch einmal auf. Doch einen Blick durchs Fenster konnte sie sich nicht verwehren – und stand noch lange da, selbst als er und sein Cousin mit ihrer kleinen Pferdeherde längst gen Süden verschwunden waren. Amy wurde unruhig und begann zu greinen, und auch Keara verlor den Kampf gegen ihre Tränen.

Maggie beobachtete sie vom anderen Ende des großen Gastraums. Es machte sie traurig, die Schultern ihrer Freundin so gramgebeugt zu sehen, doch sie wusste nicht, was sie dagegen unternehmen sollte.

Selbst Amy verstummte für einen Augenblick.

Dann wandte Keara sich um und sagte fröhlich zu dem Kind auf ihrem Arm: »Also gut, junge Dame, suchen wir dir etwas zu essen.«

Maggie begegnete sie mit derselben Fröhlichkeit und weigerte sich fortan, auch nur ein Wort über Theo Mullane zu verlieren.

* * *

Alex Jenner buchte Plätze auf dem Küstendampfer für sich und seine Frau. Während der Fahrt nach Westaustralien verbrachte er viele Stunden an der Reling, starrte aufs Meer hinaus und ignorierte jegliche Versuche anderer Passagiere, mit ihm ins Gespräch zu kommen. Das verschaffte Nan eine willkommene Gelegenheit, sich mit den Frauen an Bord zu unterhalten oder auch einfach einmal auszuruhen.

Es waren Jahre vergangen, seit sie zuletzt so viel Müßiggang genossen hatte, und da sie im Gegensatz zu Alex nicht seekrank wurde, genoss sie die Reise sehr. Sie wünschte, sie müsste niemals enden.

»Ein gut aussehender Mann, Ihr Gatte«, sagte eine der anderen Passagierinnen zu ihr. »Für sein Alter.«

Die Worte platzten aus ihr heraus, ehe Nan sie aufhalten konnte. »Wahre Schönheit kommt von innen!«

»Oh. Kein einfacher Geselle, was?«

Zur Antwort schob Nan ihren Ärmel hoch und enthüllte den Bluterguss, mit dem er sie am Vortag versehrt hatte. Sie hatte es gewagt, ihn beim Gebet zu unterbrechen, um anzuregen, er solle sie zum Essen begleiten, ehe es kalt würde.

Die Frau sog scharf den Atem ein, dann betrachtete sie mitleidig Nans gebeugtes Haupt. »Sie sollten zurückschlagen. Ich habe noch nie verstanden, warum manche Frauen es sich gefallen lassen, wenn jemand so mit ihnen umspringt. Ich würde das nicht hinnehmen.« Sie schaute hinüber zu ihrem Ehemann, der zwar ein grobschlächtiges Gesicht, aber ein freundliches Lächeln hatte. »Nicht, dass ich bei meinem Josh je Grund zur Klage gehabt hätte. Er ist der freundlichste Mann, der mir je begegnet ist, und ein guter Versorger noch dazu. Ich kann mich wirklich glücklich schätzen.«

Nan blieb noch eine Weile sitzen und dachte über das nach, was die Frau gesagt hatte. Es war ihr nie auch nur in den Sinn gekommen, sich zur Wehr zu setzen, doch plötzlich ging ihr auf, dass es sie schon seit einer ganzen Weile immer mehr danach drängte. Sie hatte genug von Alex' Übellaunigkeit und seinen überzogenen Forderungen. Nicht nur hatte er beide ihrer Kinder vertrieben, sondern plante jetzt obendrein, ihre Enkelin ihrem Vater zu entreißen.

Es war so furchtbar falsch.

Nach und nach machte sich eine Idee in ihr breit, und am Ende der Schiffsreise war sie so weit gediehen, dass Nan nun wusste: Wenn sie ihn aufhalten könnte, würde sie es tun. Und als er sie das nächste Mal ohrfeigte, schlug sie zurück und traf ihn hart am Arm. Er hob erneut die Hand und sie tat es ihm gleich.

»Wie kannst du es wagen?«, brüllte er.

Aus einer anderen Koje brüllte jemand herüber, er solle still sein.

Herausfordernd starrte Nan ihn an. »Von jetzt an werde ich mich jedes Mal wehren, wenn du mich zu schlagen versuchst, Alex Jenner. Ich habe es nicht verdient, dass du mich so behandelst, und werde mir das nicht mehr gefallen lassen.«

Verblüffter hätte er nicht dreinblicken können. Seine Hand sank herab, und er kehrte ihr den Rücken zu.

Sie hatte sich selbst überrascht. Doch nach Jahren der Unterwürfigkeit fühlte es sich gut an, sich aufzulehnen, statt weiter ihre Wünsche zu unterdrücken. Grundgütiger, selbst ihre Gedanken hatte sie bisweilen zu unterdrücken versucht. Es war wie ein unverhofftes Erwachen.

In jener Nacht sah sie im Traum ihre Tochter auf sich herablächeln und nahm es als Zeichen, dass sie das Richtige tat.

* * *

Bei ihrer Ankunft in Perth suchten die Jenners sich ein Zimmer, ein winziges und nicht besonders sauberes Kämmerlein. Nan wartete auf ihre Gelegenheit und hielt sich im Umgang mit ihrem Ehemann zurück, bis sie klarer sehen würde. Dann würde sie handeln.

Alex machte sich auf, um Nachforschungen über Mark Gibson anzustellen, und kehrte mit finsterer Miene zurück, weil er nichts herausgefunden hatte und der Verwaltungsbeamte ihn ohne Termin nicht vorgelassen hatte. Als sich das Abendessen, das ihre Wirtin ihnen vorsetzte, als kaum genießbar erwies, wurde er noch übellauniger, und Nan ahnte bereits, dass er bald versuchen würde, sich an ihr auszulassen.

Konnte sie … Wagte sie es?

Als sie sich bettfertig machten, sagte sie etwas, das ihm

missfiel, und er erhob die Hand gegen sie. Sie schlug seinen Arm beiseite.

»Ich habe es ernst gemeint«, warnte sie ihn in leisem, wütendem Ton. »Das lasse ich mir nicht länger gefallen.«

»Weib –«, hob er an, doch sie fiel ihm ins Wort.

»Dein ›Weib‹ kannst du für dich behalten, Alex Jenner! Du kennst meinen Namen«, fuhr sie beherrscht fort. »Ich habe deine Übellaunigkeit satt. Ich bin dir immer eine gute Ehefrau gewesen, weit besser, als du es verdienst, und du solltest mich respektvoller behandeln.«

Kampfbereit stand sie da, obgleich sie wusste, dass er der Stärkere war, doch Alex wandte sich bloß ab und schlug die Bibel auf, die er stets mit sich führte. Laut begann er daraus vorzulesen, in einem leiernden Tonfall, der es schwer machte, die Worte zu verstehen – eine weitere lästige Angewohnheit von ihm. Da er sie dabei vollkommen ignorierte, ging sie ins Bett, drehte sich zur Wand und gab vor zu schlafen.

Am nächsten Morgen weigerte er sich, mit ihr zu sprechen.

Sie wechselte stattdessen beim Frühstück ein paar Worte mit der Wirtin und griff mit gesundem Appetit zu.

Trotzdem war sie froh, als er die Pension verließ, denn es war anstrengend, sich so unbekümmert zu geben, während sie in Wahrheit vor Elend und Sorge verging. Während sie überlegte, was sie mit dem Tag anfangen sollte, kam ihr der Gedanke, ihre Wirtin zu fragen, welche Möglichkeiten es gab, ihren Schwiegersohn zu finden.

An jenem Abend kehrte Alex abermals verdrossen zurück.

»Hast du irgendeine Spur von Mark finden können?«, erkundigte sich Nan.

Doch er ignorierte sie und teilte ihr erst beim Zubettgehen knapp mit: »Morgen habe ich einen Termin mit dem Verwaltungsbeamten. Kannst du hier ein Hemd bügeln?«

»Ich werde morgen früh die Wirtin fragen. Sicher lässt sie mich in ihre Waschküche. Sie ist eine gute Seele.«

Dieses Mal verströmte er bei seiner Rückkehr puren Triumph, verriet jedoch mit keinem Wort, was er in Erfahrung gebracht hatte. Es war Nan unmöglich, es aus ihm herauszubekommen. Am Ende wurde seine Miene so hämisch, dass sie es aufgab. Sie hätte sich denken können, dass er einen anderen Weg finden würde, ihr das Leben schwer zu machen.

Als er am folgenden Morgen die Pension verließ, zauderte sie einen Moment, doch dann folgte sie ihm. Mittlerweile schritt er einher, ohne auf seine Umgebung zu achten, marschierte einfach stur auf sein Ziel zu. In seiner ständigen Eile entging er so manchem Zusammenstoß nur knapp, schien es jedoch kaum zu bemerken. Es wurde immer schlimmer mit ihm. Wohin würde das noch führen? Für einen Augenblick krampfte ihr Furcht das Herz zusammen.

Er ging von einem Fuhrunternehmen zum nächsten, und sie nahm an, dass er ein Gefährt zu mieten versuchte, um irgendwohin zu gelangen. Sie konnte nicht umhin, sich zu fragen, ob er sie mitzunehmen gedachte, und ob es sie überhaupt kümmern würde, wenn er sie zurückließe. Vermissen würde sie ihn jedenfalls nicht, aber sie war fest davon überzeugt, dass er Böses im Schilde führte, und wollte immer noch alles in ihrer Macht Stehende unternehmen, um ihn daran zu hindern.

Den Heimweg schlug er so unvermittelt ein, dass es ihr nicht mehr gelingen würde, vor ihm zur Pension zu gelangen, und so ging sie noch eine Weile spazieren. Am Fluss war es schön, breit und ruhig floss er nahe der Stadt dahin. Und doch befand sie sich abermals an einem fremden Ort. Wie lange war es nun schon her, dass sie ein Gefühl von Heimat empfunden hatte? Länger als ihr Fortgang aus England. Ihr Zuhause waren ihre Tochter und – wenn auch in geringerem

Maße – ihr Sohn gewesen, und nun waren sie beide aus ihrem Leben verschwunden.

Als sie in der Pension eintraf, war Alex fieberhaft ins Packen vertieft und hatte dabei all ihr Hab und Gut aus den Schubladen gezerrt und auf dem Bett verstreut.

»Wo warst du denn?«, schrie er. »Wir müssen morgen früh aufbrechen, du nichtsnutziges Weib! Na los, pack unsere Sachen.«

Sie trat ins Zimmer ein, nahm die Sachen aus den Taschen und packte sie sorgfältig neu. Nur noch so wenig, was sie besaßen. Doch ihr liebstes Erinnerungsstück hatte er noch nicht in die Finger bekommen, da er die Tasche mit ihrem »Frauenkrempel« gemieden hatte.

»Wann brechen wir auf?«, fragte sie, als sie beinahe fertig war.

»Die Taschen müssen heute Abend um sechs beim Fahrer sein, damit sie noch auf dem Wagen verstaut werden können. Wie lange dauert das noch?«

»Fünf Minuten.«

»Ich gehe und frage die Wirtin, ob sie uns ihren Handkarren leiht.«

Schnaufend trug er ihr Gepäck nach draußen, Stück um Stück, doch die kleinste Tasche hielt Nan zurück. Ihr Nachtzeug würden sie heute noch brauchen, rief sie ihm in Erinnerung.

Als er gegangen war, sank sie auf einen Stuhl und weinte. Sie hasste ihn. Er hatte ihrer aller Leben auf den Kopf gestellt, und wofür? Für nichts. Alles, was ihnen nun noch blieb, waren eine Truhe und zwei Taschen.

Als er eine Stunde später noch nicht zurückgekehrt war, beschloss sie, zu Bett zu gehen, und nutzte die Gelegenheit, sich einmal gründlich zu waschen. Manchmal ging er des Abends noch spazieren. Es war immer eine Erleichterung, das Zimmer für sich zu haben.

Einige Stunden später erwachte sie im Dunkeln und war noch immer allein. Wie spät war es? Sie hatte keine Möglichkeit, es herauszufinden, denn die einzige Uhr, die sie noch besaßen, war seine Taschenuhr – ihre kleine Kaminuhr hatte er verkauft.

Sie stand auf und spähte aus dem Fenster. Auf der Straße war es still, es musste mitten in der Nacht sein.

An Schlaf war nicht mehr zu denken, und als das Morgengrauen den Himmel versilberte, dämmerte auch ihr, dass er sie verlassen hatte.

Sie weckte die Wirtin und schilderte ihr das Problem. Mit offenem Mund starrte die Frau sie an. »Ich weiß nicht, was Sie von mir erwarten, aber wenn Sie kein Geld für ein Zimmer haben, können Sie hier nicht bleiben. Er hat nur bis heute bezahlt.« Ein Hauch von Mitgefühl ließ sie jedoch hinzusetzen: »Allerdings hat er auch Frühstück für zwei bezahlt, deshalb werde ich Ihnen noch etwas Essen für später mitgeben. Wenden Sie sich besser gleich an die Polizei. Fragen Sie nach, ob jemand eine Leiche gefunden hat.«

Doch Nan wusste, dass das nicht der Fall sein würde, denn sie konnte sich denken, was Alex vorhatte. Er würde Mark und das Baby aufsuchen. Was sie nicht verstand, war, warum er sie nicht mitgenommen hatte. Sollte es ihm tatsächlich gelingen, Amy zu entführen, wie wollte er sie versorgen? Das Kind musste bald ein Jahr alt sein. In dem Alter waren sie schon recht lebhaft, krabbelten überall herum.

Die größte Angst bereitete ihr aber, dass er vor ihrer Abreise aus Melbourne noch einen Revolver gekauft hatte. Angeblich, weil die Kolonie Westaustralien ein rückständiger, gefährlicher Ort sei, an dem man in der Lage sein müsse, sich zu verteidigen.

Was hatte er damit vor? Er wollte Mark doch nicht etwa töten?

Sie brach in Tränen aus. Ihr Plan, ihn aufzuhalten, war gescheitert – gescheitert, ehe sie es auch nur versucht hatte.

* * *

Als Theo das nächste Mal nach Meriniup kam, war er allein und lenkte sein Pferd geradewegs hinters Haus. Es war Maggie, die ihn entdeckte und zu Keara rannte, um sie zu warnen. Soweit sie es hatten ausrechnen können, war ihre Niederkunft nur noch eine oder zwei Wochen entfernt, und obgleich es ihr weiterhin gut ging, ermüdete sie nun schneller als gewöhnlich. Heute hatte sie sich eben hingelegt, um sich auszuruhen.

Verärgert wälzte sie sich nun vom Bett und nahm Amy hoch, die strampelnd neben ihr gelegen hatte. »Danke für die Warnung, Maggie. Mach du dich jetzt besser wieder an die Arbeit.«

»Soll ich nicht bei dir bleiben?«

»Nein. Dass er verschwinden soll, kann ich ihm gerade noch ohne Hilfe sagen.«

Als Theo zur Hintertür hereinspaziert kam, blickte sie ihm abweisend entgegen und blaffte: »Was willst du?«

»Dich sehen natürlich.«

Amy schaute mit zitternder Unterlippe zu Keara empor, verunsichert durch den scharfen Tonfall.

»Entschuldige, mein Schatz. Ich wollte dir keine Angst machen.« Sie drückte der Kleinen einen Kuss auf den Scheitel und wandte Theo den Rücken zu.

Doch diese Gelegenheit nutzte er aus, um hinter sie zu treten und die Arme um sie und Amy zu legen. »Ich werde mich nicht vergraulen lassen, gewöhn dich also lieber daran, dass ich herkomme.«

Warm strich sein Atem über ihr Ohr, und für einen Moment schloss sie die Augen und lehnte sich an ihn, ehe sie sich zwang, sich von ihm zu lösen. »Kann ich dir etwas bringen?«

Er hatte ihre Reaktion gespürt, würde sich jedoch hüten, es anzusprechen. »Ja, bitte. Ich hätte gern etwas zu essen, wenn es nicht zu viel Aufwand ist – und ein Zimmer für die Nacht.«

»Dafür sind wir da. Und das ist *alles*, wofür wir da sind.« Sie band Amy auf dem Stuhl an, den Mark für sie umgebaut hatte. »Bitte schön, mein Engel.« Da das Kind wieder zahnte, holte sie eine harte Brotrinde hervor und gab sie ihm zum Kauen.

Theo ließ sich am großen Tisch in der Mitte nieder. »Ich wünschte, du würdest mir erlauben, dich hier herauszuholen – selbst wenn du nicht mit mir zusammenleben willst. Du solltest in deinem Zustand nicht mehr so hart arbeiten.«

»Mach dich nicht lächerlich. Ich bin doch nicht krank. Was sollte ich denn den ganzen Tag lang mit mir anfangen, wenn ich keine Arbeit hätte?«

»Dich ausruhen.«

»Dafür bin ich nicht gemacht. Wäre ich zum Herumsitzen verdammt, würde es keine Woche dauern, ehe ich verrückt würde. So, ich hole dir dein Essen, es dauert nicht lange. Passt du solange bitte auf Amy auf?« Ohne seine Antwort abzuwarten, schlüpfte sie zur Hintertür hinaus und hielt einen Moment inne, um vergeblich zu versuchen, ihren rasenden Puls zu beruhigen. So erging es ihr immer, wenn Theo in der Nähe war.

Mark kam um die Ecke und blieb stehen, um sie zu mustern. »Geht es dir gut? Er … bedrängt dich doch nicht?«

»Natürlich geht es mir gut, und natürlich bedrängt er mich. Ich wünschte, er würde mich in Frieden lassen, aber er kommt immer wieder an.«

»Er hat dich gern.«

»Er ist verheiratet.« Das rief sie sich regelmäßig in Erinnerung. Musste es tun.

Mark sah zu, wie sie etwas Schinken anbriet und geschickt

ein Ei dazu in die Pfanne schlug. »Wir sollten wirklich diese offene Küche angehen.«

»Mir gefällt es so, erst recht jetzt, da das Wetter etwas wärmer wird.« Sie warf einen Blick in die Runde und lächelte. »Australien gefällt mir.«

»Mir ebenfalls.«

Als sie Theo sein Essen brachte, bat er: »Willst du dich nicht zu mir setzen und mir Gesellschaft leisten?«

Und ob sie wollte, doch sie fürchtete sich davor, der Versuchung nachzugeben. »Ich habe zu tun.«

Ehe sie wusste, wie ihr geschah, hatte er sie beim Handgelenk gefasst und zog sie auf den Stuhl neben sich. »Das kann warten. Außerdem kann ich nicht Amy beaufsichtigen und gleichzeitig essen.« Er wartete, bis sie es sich bequem gemacht hatte, ehe er fortfuhr: »Ich hätte es dir schon beim letzten Mal sagen sollen, aber ich konnte nicht klar denken: Vater Cornelius hat eine Antwort von der Mutter Oberin des Konvents hier in Australien erhalten und mir den Brief mitgegeben. Ich habe ihn dir herausgesucht und mitgebracht.«

Ihr stockte der Atem, der Raum schien sich um sie zu drehen.

»Keara! Liebste, geht es dir gut?« Rasch schob er seinen Teller von sich und legte die Arme um sie.

Bebend ließ sie sich gegen ihn sinken. »Geht es ihnen gut? Sag mir, dass es ihnen gut geht, Theo. Ich könnte es nicht ertragen, wenn ihnen etwas zugestoßen wäre.«

»Sie sind wohlbehalten in Australien angekommen.« Er kaute auf seiner Unterlippe. »Aber die Mutter Oberin ist der Ansicht, es könne nichts Gutes daraus erwachsen, jetzt noch einmal alles durcheinanderzubringen. Sie schreibt, Ismay sei kurz nach ihrer Ankunft in eine Anstellung vermittelt worden, und Mara hätte eine oder zwei Wochen später eine anständige katholische Familie adoptiert. Weitere Details wollte sie nicht preisgeben.«

»Nicht einmal eine Adresse, an die ich schreiben könnte?« Keara hob eine Hand an ihre Lippen. »Nicht einmal das?«

»Nein, Liebste. Leider nicht.«

Sie waren beide überrascht, als sie in Tränen ausbrach und sich schluchzend an seine Brust schmiegte. »Das ist grausam. Pure Grausamkeit!«

»Ich kann dir nur zustimmen.« Er hauchte einen sanften Kuss auf ihre Stirn. »Deshalb müssen wir nach Melbourne fahren, diese bärbeißige Frau in ihrer Höhle zur Rede stellen und darauf bestehen, dass sie uns mehr erzählt.«

Ihr wurde bewusst, dass sie in seinen Armen lag, und hastig wich sie zurück.

»Ich bin nicht deine Liebste«, murmelte sie verärgert, ehe sie mit dem Handrücken ihre Tränen fortwischte.

»Hast du denn nie ein Taschentuch bei dir?«, neckte er sie und holte sein eigenes hervor. »Und natürlich bist du meine Liebste. Warum sonst hätte ich dir bis nach Australien folgen sollen?«

Sie blickte auf das Stück Stoff hinunter und erinnerte sich an eine andere Gelegenheit, zu der er sie weinend angetroffen hatte. Nur dass dieses Taschentuch nicht makellos gebügelt und sie selbst kein unwissendes Mädchen mehr war. Noch war er derselbe wie damals. Er war trauriger und wirkte zugleich großherziger und mehr mit sich im Reinen. Sie löste sich endgültig von ihm, massierte seufzend ihren schmerzenden Rücken und ließ sich Zeit damit, ihre Tränen zu trocknen. Nur widerstrebend dachte sie daran, sich wieder an die Arbeit zu machen. »Zeig mir diesen Brief«, bat sie schließlich, »und dann iss weiter. Ich ertrage es nicht, gutes Essen verkommen zu sehen.«

Er zog ein Blatt Papier aus der Tasche und reichte es ihr.

Konzentriert las sie das Schreiben, fuhr langsam mit dem Finger über die Zeilen. »Diese Mutter Oberin klingt sehr streng. Warum will sie uns nicht sagen, wo meine Schwestern sind?«

»Ich weiß es nicht.« Das bereitete ihm mehr Sorge, als er ihr gegenüber zugeben wollte.

»Wir werden warten müssen, bis das Baby alt genug ist für die Reise«, sagte sie schließlich.

Abermals ließ er das Besteck sinken. »Gott sei Dank, dass du es dir nicht anders überlegt hast, Keara. Ich war so in Sorge, du würdest meine Hilfe ausschlagen.«

Sie sah ihn an und gestand: »Ich brauche dich. Eine Frau, die einen derart kalten Brief schreibt«, verächtlich wedelte sie mit dem Blatt, »wird sich von einem unwissenden irischen Landei wie mir gar nichts sagen lassen. Um dieser Frau beizukommen, wird es schon einen feinen Edelmann wie dich brauchen!«

Lächelnd blickte er an sich hinunter. »Ich kann dir keine Wunder versprechen. Und ein Edelmann mag ich zwar sein, aber fein bin ich nicht im Geringsten, Keara. Ich verbringe meine Zeit lieber im Freien, statt mich bei Tee und Kanapees zu spreizen wie ein Pfau. So war ich schon immer.«

Natürlich wusste sie das bereits. »Maggie und ich werden also mit dir zusammen nach Melbourne reisen. Aber Theo …«

»Was?«

Zu den nächsten Worten musste sie sich zwingen. »Wenn wir sie gefunden haben, werde ich nicht bei dir bleiben.«

»Das sehen wir dann. Selbst wenn du nicht mit mir zusammenleben willst: Ich werde mich nicht aus dem Leben meines Kindes ausschließen lassen. Und ich würde es auch nicht glauben, würdest du behaupten, dass du das vorhättest. So grausam bist du einfach nicht, Keara.«

Sie ließ sich an das harte Holz der Stuhllehne sinken und dachte daran zurück, wie sie ihn im Arm gehalten hatte, während er um ein tot geborenes Kind geweint hatte. »Darüber unterhalten wir uns ein anderes Mal.« Dann stemmte sie sich hoch, zögerte und sagte schließlich leise: »Es tut mir leid, dass Richard gestorben ist.«

Ihm kamen die Tränen, und als er sie ansah, glomm in seinen Augen seine nackte Seele. »Er ist in meinen Armen gestorben.«

»War jemand bei dir, um dich zu trösten?«

»Nur Nancy.«

Überrascht weitete sie die Augen. »Lavinias Zofe?«

»Ja. Nach der Beerdigung habe ich mich bei ihr regelrecht ausgeweint. Sie war sehr … gütig.«

Für einen Moment nahm Keara seine Hand, spürte seine Wärme, seine Liebe. Dann ließ sie los und trat einen Schritt zurück. »Ich gehe mir besser das Gesicht waschen. Und du isst jetzt, ja?« Damit nahm sie Amy hoch und verließ den Raum.

Er aß alles auf, ohne einen Bissen zu schmecken. Auch wenn er einen weiteren Sieg errungen hatte, war der Krieg noch lange nicht gewonnen. Doch er würde sie nie wieder ziehen lassen.

Und es blieb immer noch abzuwarten, ob dieses Kind lebensfähig sein würde. Das war im Augenblick seine größte Sorge. Und nicht nur die Sicherheit des Kindes, sondern auch die von Keara trieb ihn um. Eine Geburt war ein gefährliches Ereignis für eine Frau.

Ihm war nicht klar gewesen, dass er zu einer solchen Liebe fähig war. So oft hatte er nun schon des Nachts wach gelegen, kalten Schweiß auf der Stirn vor Angst, dass er einen Fehler machen und ihr noch mehr Leid zufügen würde.

* * *

Zuerst suchte Nan eine Adresse auf, die sie auf einem Zettel gesehen hatte, den ihr Mann für ein paar Minuten auf einem

Tisch hatte liegen lassen. Es war das Postamt. Sie erkundigte sich, ob man ihr sagen könne, wo sich Mark Gibson aufhielt. Wenn es nicht allzu weit war, würde sie eben zu Fuß hingehen. Doch der Beamte erklärte, es seien zwei Tagesreisen mit dem Pferdekarren, und so verließ sie das Büro einsam und voller Furcht. Sie wusste nicht, was sie tun sollte.

Den ganzen Tag lang wanderte sie voller Sorge durch die Straßen, ihre kleine Tasche in der Hand. Diese war so klein, dass sie hätte weinen mögen beim Gedanken daran, dass sie nun all ihren weltlichen Besitz enthielt. Bei Anbruch der Dunkelheit suchte sie sich einen kleinen Hinterhof und schlief an eine Tür gelehnt im Sitzen. Immer wieder schreckte sie hoch, war jedoch dankbar, dass es nicht regnete und so spät im Frühling schon recht warm war. Hunger spürte sie nicht, nur eine tief sitzende Übelkeit angesichts dessen, was Alex vorhaben mochte.

Als sie am folgenden Morgen weiterzog, fühlte sie sich ein wenig schwindlig und abwesend, und so ging sie hinunter zum Fluss, setzte sich in die Sonne und schlief noch einmal ein. Als sie später am Tag zurück in die Stadt ging, kam sie an einer Kirche vorbei und ging hinein, ohne sich darum zu kümmern, welcher Konfession das Gotteshaus geweiht war. Sie setzte sich in eine der vorderen Bänke und wartete – worauf, wusste sie selbst nicht.

Sie musste lange dort gesessen haben, denn als eine Hand auf ihrer Schulter sie aus ihrer Geistesabwesenheit riss, war sie so steif, dass sie sich im ersten Moment nicht rühren konnte. Geblendet starrte sie zu einem Mann empor, der im Gegenlicht der hinter dem Fenster untergehenden Sonne nur als Silhouette erkennbar war.

»Geht es Ihnen gut?«, fragte er sanft.

»Nein. Nein, es geht mir nicht gut.« Sie brach in Tränen aus. »Mein Mann hat mich verlassen, und ich habe kein Dach über dem Kopf und weiß nicht, was ich tun soll!«

Jetzt unterhielten sich mehrere Stimmen über ihren Kopf hinweg, doch es wollte ihr nicht gelingen, dem Gespräch zu folgen. Als jemand sie drängte aufzustehen, gehorchte sie, blieb jedoch reglos stehen, bis sie erneut jemand am Arm zog.

»Haben Sie heute schon etwas gegessen, meine Liebe?«, drang die Stimme einer Frau zu ihr durch.

Stirnrunzelnd versuchte Nan sich zurückzuerinnern, dann schüttelte sie den Kopf. Es war alles viel zu viel Aufwand.

Man reichte ihr eine Tasse Tee und ein Stück Brot mit Butter, und als sie entgegnete, sie habe keinen Hunger, bestand man hartnäckig darauf, dass sie aß. Anschließend fragte man sie, ob sie laufen könne. Sie nickte und folgte der Sprecherin, zutiefst erleichtert, als man ihr ein Bett für die Nacht gab, ein echtes Bett.

Erst am folgenden Morgen begriff sie, wo sie war: im Armenhaus. Diese Erkenntnis löste einen erneuten Weinkrampf aus, doch als eine scharfe Stimme ihr befahl, still zu sein, gab sie sich größte Mühe aufzuhören.

»Es … tut mir leid«, brachte sie heraus.

»Gestern Abend waren Sie zu erschöpft, um zu sprechen. Nun sagen Sie uns Ihren Namen und erklären Sie, was mit Ihrem Mann vorgefallen ist«, verlangte eine streng dreinblickende Frau.

Und so erzählte Nan, wie Alex ihr befohlen hatte, die Sachen zu packen, dann damit verschwunden war und ihr somit beinahe ihr gesamtes Hab und Gut genommen hatte.

»Dann nehmen wir Sie wohl besser hier auf, bis wir wissen, ob wir eine Arbeitsstelle für Sie finden können.«

»Ich bin im Armenhaus, nicht wahr?«, fragte sie furchtsam.

»Ja.«

Nan entwich ein langes, bebendes Seufzen. Sie fühlte sich zu betäubt, um noch weinen zu können. Niemals hätte sie geglaubt, einmal so tief zu sinken, und ihre Scham war so brennend, dass es ihr nicht gelang, der Frau ins Gesicht zu sehen.

»Ich denke, wir werden Sie fürs Erste auf der Krankenstation einsetzen. Dort können Sie bei der Versorgung der Kranken helfen.«

Sie tat, was man ihr sagte, und schwankte stets zwischen Scham und Wut. Weinen konnte sie nur, wenn sie glaubte, dass niemand hinsah.

Wie sollte sie hier herauskommen? Würde Alex zurückkehren und sie holen? Wollte sie das überhaupt?

21

Oktober 1864

Theo blieb nur wenige Tage fort, ehe er gegen Ende Oktober abermals auf den Gasthof kam und mit entschlossener Miene ins Haupthaus marschierte, noch ehe er sich um sein Pferd gekümmert hatte. »Von jetzt an bleibe ich hier, bis das Baby auf der Welt ist«, verkündete er.

Keara brachte es nicht übers Herz, wütend auf ihn zu sein.

»Wie geht es dir?«, fragte er, als sie nicht antwortete.

»Ich habe es langsam satt«, gestand sie und deutete auf ihren prallen Bauch.

Argwöhnisch musterte sie ihn, als er auf sie zu trat, dann blickte sie keuchend nach unten. Das Baby trat kräftig aus. »Heute ist es besonders lebhaft.«

»Dürfte ich – einmal fühlen, wie es sich bewegt?«

Sie nahm seine Hand und legte sie auf ihren Bauch. Schweigend standen sie da, während das Kind wieder und wieder zutrat. Als Keara in sein Gesicht blickte, sah sie pure Freude. Und Liebe. Eine tückische Wärme breitete sich in ihr aus, und sie konnte nicht anders, als ihn anzulächeln.

»Es fühlt sich kräftig an«, bemerkte er schließlich. »Mein armer Richard hat nie so um sich getreten, selbst nach der Geburt nicht.«

»Manchmal hält es mich damit nachts wach.« Dann wandte sie sich ab, weil diese große Nähe ihr Angst machte. »Kann ich dir etwas zu essen bringen?«

»Nur wenn du mir beim Essen Gesellschaft leistest.«

Sie gab der Versuchung nach. »In Ordnung. Die anderen lassen mich ohnehin nicht mehr viel tun.«

In diesem Moment kam Maggie herein und sah ihn feindselig an. »Sie sind also wieder da, ja? Ich habe mich schon gefragt, wessen Pferd das sein mag.«

Er wagte einen Versuch, sie zu necken. »Schön, wenn man so herzlich willkommen geheißen wird.«

Doch Maggie ließ sich nicht erweichen und betrachtete ihn weiter mit finsterer Miene, also wandte er sich wieder Keara zu. »Dann sattle ich das arme Tier nun ab und komme gleich zum Essen wieder herein.«

Als er den Gastraum verlassen hatte, tadelte Maggie scharf: »Du spielst mit dem Feuer, mein Mädchen!«

»Ich weiß. Aber es ist nun einmal sein Kind.«

An jenem Abend blickte Mark über den Tisch, als sie alle aufgegessen hatten. »Theo, Sie sagten, Sie wollen eine Weile bleiben?«

»Ja. Bis das Kind auf der Welt ist.« Mit einem schiefen Lächeln in Kearas Richtung setzte er hinzu: »Und wenn ich dafür auf der Straße mein Lager aufschlagen muss.«

»Das wird nicht nötig sein«, antwortete sie abwinkend. In den letzten Tagen fühlte sie sich sehr friedfertig – zu friedfertig, um mit ihm zu streiten. Außerdem wollte sie ihn bei sich haben, wenn das Kind zur Welt kam, auch wenn die Vorstellung Maggie mit Entsetzen erfüllte. Bei Lavinias Geburten war er ein so wundervoller Begleiter gewesen, und Keara wollte sich der Niederkunft nicht allein stellen müssen. Sie wusste, was zu tun war, und fühlte sich gut genug, um auf einen glücklichen Ausgang zu hoffen, wollte ihn jedoch trotzdem an ihrer Seite wissen.

Lächelnd blickte Mark zwischen ihnen hin und her. Es war unverkennbar, wie die beiden einander anschauten. »Wären Sie dann bereit, hier alles im Auge zu behalten, während ich einmal kurz nach Perth hinauffahre? Ich muss einige Vorräte dringend aufstocken, hätte aber kein gutes Gefühl dabei, Keara und Maggie hier allein zu lassen – gerade jetzt.«

»Kein Grund zur Sorge, wir können auf uns aufpassen«, warf Maggie sofort ein.

Mark sah sie an. »Es besteht sehr wohl Grund zur Sorge, und das weißt du auch.«

Missmutig senkte sie den Blick auf ihren Teller und fühlte sich ausgeschlossen. Als sie wieder aufschaute, lächelte Theo ihre Freundin an und Keara erwiderte das Lächeln. Was, wenn sie Maggie nicht mehr in ihrem Leben haben wollte? Was, wenn sie sich wieder als Theos Mätresse aushalten ließe? Allein die Vorstellung machte Maggie schon wütend. »Einen schönen Beschützer hast du uns da ausgesucht, Mark. Wo war er denn, bitte schön, als sie Keara entführt und nach Australien verschifft haben?«

Stirnrunzelnd sah Keara sie an und schüttelte knapp den Kopf, und so hielt Maggie fortan den Mund. Man konnte niemanden beschützen, der sich nicht beschützen lassen wollte.

»Ich bleibe gern«, erklärte Theo nun eilig. »Es wird mir eine Freude sein.« Nach einem schiefen Lächeln in Kearas Richtung wandte er sich an Maggie. »Und es beschämt mich zutiefst, dass ich als Kearas Beschützer so kläglich versagt habe, glauben Sie mir.« Mit verlegener Miene sagte er zu Mark: »Ich kann mich hier gern um alles kümmern, aber ein Koch bin ich nicht.«

»Dafür entpuppt Maggie sich langsam als richtig gute Köchin. Das wird sie wunderbar allein hinbekommen.« Damit schob er seinen Stuhl zurück und erhob sich. »Dann breche ich noch heute Nachmittag auf.« Lächelnd sah er auf seine Tochter hinunter, ehe er Keara anblickte. »Ohne die junge Dame hier werde ich wesentlich schneller wieder hier sein. Denkst du, du kannst sie ein paar Tage lang allein betreuen?«

»Natürlich. Ich sage es euch immer wieder: Ich bin nicht krank!«

Er gab Amy einen Kuss. »Sie hat wirklich Glück, dass es dich gibt.« Dann sah er wieder Theo an. »Wenn Sie ein paar Minuten für mich hätten, würde ich Ihnen gern alles zeigen und erklären, was zu tun ist.«

Als sie nach draußen traten, brummte Theo: »Danke, dass Sie mir helfen hierzubleiben.«

Mark gab nicht vor, er wüsste nicht, was Theo meinte, und fühlte sich in der Gesellschaft des anderen Mannes wohl genug, um einzugestehen: »Die Geburt macht mir immer mehr Angst, je näher sie rückt. Zwei Frauen habe ich nun schon umgebracht, indem ich sie geschwängert habe.«

Erstaunt sah Theo ihn an. »Das ist doch nicht Ihre Schuld. Alles, was wir tun, birgt seine Risiken.«

»Warten Sie ab, wie Sie darüber denken, falls Keara etwas geschieht«, erwiderte Mark düster.

Eine Stunde später war er fort.

Als Theo in den Gastraum zurückkehrte, lächelte er Keara fröhlich an. »Nun denn, wie es scheint, wirst du mich für ein paar Tage ertragen müssen.«

»Ich habe reichlich zu tun, also bilde dir nicht ein, ich würde hier müßig mit dir herumsitzen und tratschen. Du wirst dir schon selbst eine Beschäftigung suchen müssen.«

Doch er musste sie beobachtet haben, denn als Maggie ihr wenig später Amy abnahm und ihr brüsk befahl, sie solle sich ausruhen, kam er zu ihr.

»Wir hatten noch kaum Gelegenheit, uns einmal in Ruhe zu unterhalten«, stellte er fest und lehnte sich auf seinem hölzernen Stuhl zurück. »Worüber wollen wir reden?«

»Erzähl mir von deiner Überfahrt«, stieß sie verzweifelt vor, denn ein unverfänglicheres Thema wollte ihr nicht einfallen.

Und so berichtete er von seinen Erlebnissen auf dem Schiff, und während sie seiner tiefen Stimme lauschte, wünschte sie, sie müsste ihn nicht wieder fortschicken. Als er sich nach ihrer eigenen Reise erkundigte, versuchte sie, das Gespräch zurück zu ihm zu lenken, doch das unterband er sofort.

»Ich will wissen, was geschehen ist, Keara, alle Einzelheiten: Wie es ihnen gelungen ist, dich zu entführen, und was du empfunden hast, als dir klar geworden ist, was geschehen war. Und ich werde immer weiter fragen, bis du es mir erzählt hast.«

Also entschied sie sich, ihm einige Details von der Überfahrt zu berichten, und ertappte sich dann dabei, ausführlicher zu antworten, als sie geplant hatte. Sein ehrliches Interesse verleitete einfach zum Reden, und so umriss sie sogar grob, wie Nancy und die zwei Männer sie überwältigt hatten.

»Eine merkwürdige Frau«, bemerkte Theo. »Sie hat zu mir gesagt, die Entführung werde dir auf lange Sicht nicht schaden, denn deine Zukunft liege in Australien.«

»Und ich glaube, damit hatte sie recht. Wenn Ismay und Mara hier sind, warum sollte ich zurück nach Irland wollen?«

»Und wenn du und unser Kind hier sind, warum sollte *ich* dann dorthin zurück wollen?«

Doch das wurde ihr zu persönlich, und so entgegnete sie leichthin: »Theo Mullane, du bist ein Charmeur, wie er im Buche steht. Und ich sitze hier herum und tratsche, wo ich doch längst Amy füttern müsste.« Ungelenk stemmte sie sich hoch und wünschte, ihr Bauch wäre nicht so riesig, denn er machte sie schwerfällig und plump. Fand Theo sie damit unansehnlich?

Doch mit liebevoll leuchtenden Augen eilte er ihr zu Hilfe. »Diese letzte Stunde habe ich mehr genossen, als ich in Worte fassen kann.«

»Dass du hier bist, ist ein Spiel mit dem Feuer«, platzte es aus ihr heraus.

Er zog sie in seine Arme und beugte sich über den prallen Bauch hinweg, um ihr einen sachten Kuss auf die Wange zu geben. »Dann werde ich weiter mit dem Feuer spielen. Darf ich noch einmal fühlen?« Und schon lag seine Hand auf ihrem Bauch, doch seine Miene war so ehrfürchtig, dass sie es ihm nicht verwehren konnte.

Das Baby trat, und als er zu ihr aufschaute, schimmerten Tränen in seinen Augen. »Es ist so wundervoll, dieses Leben zu spüren, die Hoffnung und …« Ihm brach die Stimme.

Sie konnte der Versuchung nicht widerstehen, eine Hand zu heben und ihm über die Wange zu streicheln. »Ach, Theo, lägen die Dinge doch nur anders. Aber du bist noch immer ein verheirateter Mann.«

»Wir finden einen Weg, zusammen zu sein.«

Doch sie schüttelte den Kopf und wich zurück.

Er ließ sie gehen, schwor sich jedoch im Stillen abermals, bei ihr zu bleiben, was immer sie auch sagte oder tat.

* * *

Bei seiner Ankunft in Perth brachte Mark zuerst einige Briefe von den Siedlern in Meriniup zum Postamt und erkundigte sich, ob es Post für seine kleine Nebenstation gab, die er am nächsten Tag mitnehmen könnte. Für die königliche Bezahlung von fünf Guineen jährlich verwaltete er nun den Postverkehr des gesamten Bezirks. Nun, jedes bisschen Einkommen half, doch viel wichtiger als das Geld war die Tatsache, dass diese Funktion für Publikumsverkehr in seinem Gasthof sorgte, wenn die Leute kamen, um Briefe oder Päckchen aufzugeben oder abzuholen.

»Sie sind diese Woche schon der Dritte, der nach dem Fleckchen fragt«, bemerkte der Beamte, »auch wenn ich den anderen beiden natürlich nicht die Post ausgehändigt habe. Schließlich waren sie nicht offiziell ermächtigt wie Sie.«

»Ach ja? Neue Siedler, die sich bei uns niederlassen wollen?«

»Nein. Zuerst war da dieser alte Mann, der nach Ihnen gefragt hat. Mark Gibson, hat er gesagt, und er wäre verwandt mit Ihnen. Nun, da drüben hängt eine Liste der Bezirkspostämter an der Wand, einschließlich der Namen der Ermächtigten, da konnte ich ihm die Auskunft wohl schlecht verwehren, nicht?«

»Was war das für ein alter Mann?«

»Ein wenig seltsam war er, wenn Sie mich fragen.« Der Beamte tippte sich an die Stirn und verdrehte die Augen.

Mark wurde flau im Magen. Es konnte doch unmöglich …? »Hat Ihnen der Mann seinen Namen genannt?«

»Nein. Ich habe ihn nur zu der Liste geschickt.« Argwöhnisch musterte er Mark. »Und warum auch nicht? Sie sind doch nicht etwa mit dem Gesetz in Konflikt geraten? Wenn dem so wäre, wären Sie nicht berechtigt, ein Postamt zu führen.«

»Nein, natürlich habe ich keine Schwierigkeiten mit dem Gesetz.« Schon wandte er sich zum Gehen, da fiel ihm ein, dass der Beamte noch jemanden erwähnt hatte. »Wer hat sich denn noch nach Meriniup erkundigt?«

»Eine ältere Dame. Schien geweint zu haben. Zuerst hat sie sich die Liste an der Wand angesehen, dann hat sie noch einmal bei mir nachgefragt, wie weit es bis nach Meriniup ist. Aber als ich es ihr gesagt habe, ist sie gleich wieder in Tränen ausgebrochen. Hat noch gemurmelt, sie hätte keinen Penny in der Tasche. Hat mir regelrecht leidgetan, wenn Sie's unbedingt wissen müssen. Ich seh's nicht gern, wenn Frauen weinen.«

»Hat sie sich denn vorgestellt?«

»Ja, ich hab mir den Namen aufgeschrieben. Nicht, dass ich gedacht hätte, ich würde ihn noch einmal brauchen, aber man weiß ja nie, und sie schien es ein wenig zu trösten.« Er wühlte in einer Schublade herum. »Wo hab ich ihn nur? Ich weiß, dass ich ihn irgendwo hier – Ah, da ist er! Eine Mrs Jenner.«

Mark musste sich am Tresen festhalten. Es waren definitiv seine Schwiegereltern. Warum nur hatten sie solche Mühen auf sich genommen, um ihn erneut zu plagen? Und warum hatten sie nacheinander nach ihm gefragt und nicht gemeinsam? »Wo ist sie? Haben Sie auch eine Adresse?«

»Ich habe gehört, dass man sie ins Armenhaus gesteckt hat. Völlig mittellos, die arme Seele. Die Frau eines Verwandten arbeitet dort. Hat erzählt, die alte Dame hat ihr leidgetan, weil man ihr ansehen konnte, dass sie eigentlich eine achtbare Frau ist. Wie es scheint, hat ihr Mann sie sitzen lassen, ohne einen Pfennig oder auch nur ein Dach über dem Kopf.«

Was Mark reichlich Stoff zum Nachdenken gab.

Beinahe hätte er sich den Besuch im Armenhaus erspart, doch er musste in Erfahrung bringen, was hier vor sich ging. Patience hatte ihre Mutter gerngehabt, auch wenn die Frau unter der erdrückenden Herrschaft ihres Mannes kaum eine Persönlichkeit oder auch nur eigenständige Gedanken zu haben schien. Doch warum hatte Mr Jenner seine Frau nun im Stich gelassen? Es ergab keinen Sinn.

Im Armenhaus musste er eine ganze Reihe Fragen beantworten, ehe man ihn mit einer »Insassin« sprechen ließ, und zu seinem Entsetzen musste er dann feststellen, dass man Nan Jenner in Heimkleidung gesteckt hatte. Sie starrte ihn an, als wüsste sie nicht, ob sie sich freuen oder fürchten sollte, ihn vor sich zu sehen, und ihr Mund formte seinen Namen, ließ jedoch keinen Laut entweichen.

»Ich bedaure sehr, Sie in solchen Umständen vorzufinden, Mrs Jenner. Was ist mit Ihrem Mann?«

»Er hat sich auf die Reise zu Ihnen gemacht. Hat mir nichts von seinem Aufbruch gesagt, ist einfach so verschwunden.« Sie brach in Tränen aus. »Und ich hatte keinen Penny, niemanden, an den ich mich hätte wenden können. Sehen Sie sich nur an, wie tief ich seinetwegen gesunken bin!«

Behutsam tätschelte er ihre Hand, bis sie sich etwas beruhigt hatte. »Wissen Sie, was er will?«

»Ja. Ihre Tochter. Er ist wie besessen von dem Gedanken, sie nach den Regeln seiner Sekte selbst aufzuziehen.« Nach kurzem Zaudern setzte sie leise hinzu: »Und in letzter Zeit hat er sich noch seltsamer verhalten als sonst. Ich glaube, Sie sollten so schnell wie möglich heimfahren. Wie lange werden Sie brauchen?«

Bei ihren Worten stieg eine kalte Angst in ihm empor wie Eiswasser. »Zwei Tage. Gut möglich, dass er mir sogar auf dem Weg hierher entgegengekommen ist.«

»Gibt es denn keinen schnelleren Weg?«

»Nein. Westaustralien hält keinem Vergleich mit England stand, ist nicht einmal so fortschrittlich wie Melbourne. Die einzige Verbindung ist eine raue Landstraße, und die Kräfte der Pferde haben ihre Grenzen.«

»Wer passt auf Amy auf?«

»Freunde von mir.«

Händeringend starrte sie ihn an, die Furcht stand ihr ins Gesicht geschrieben. »Und niemand ahnt, dass er kommt. Er wird sie überrumpeln und Amy entführen, und er hat keine Ahnung, wie man ein Kind versorgt. Selbst unsere eigenen hat er mit keinem Finger angerührt, als sie klein waren.« Sie schluchzte abermals. »Und was wird aus mir? Was soll ich nur tun, wenn er nicht kommt, um mich zu holen? Ich will nicht zu ihm zurückgehen, aber wenn ich es nicht tue, werde ich den Rest meines Lebens im Armenhaus verbringen.«

Er ertrug es nicht, sie so am Boden zerstört zu sehen. Die Ähnlichkeit mit Patience war frappierend, nur dass Nan älter und farbloser war, vom Leben gezeichnet. Und er würde nicht zulassen, dass ein Mann, der seine Frau und seine Tochter so unglücklich gemacht hatte, in Amys Leben eine Rolle spielte.

Es würde Jenner doch sicher nicht gelingen, Amy zu entführen? Immerhin war Theo auf dem Gasthof, und Keara war immer in der Nähe des Kindes.

Erneut hörte Mark seine Schwiegermutter schluchzen und legte eine Hand auf ihre. Er konnte diese arme Frau einfach nicht im Stich lassen. »Wollen Sie sich meinen Händen anvertrauen?«

Sie starrte ihn an, als wagte sie nicht zu hoffen, ihn richtig verstanden zu haben. Dann schlug sie eine Hand vor den Mund, während ihre Augen abermals feucht wurden. »Holen Sie mich aus diesem Heim heraus?«

»Ja. Wir müssen uns nur beeilen.« Er machte sich auf die Suche nach dem Heimvorsteher und verließ keine Stunde später mit seiner Schwiegermutter das Armenhaus. Der Mann war so erleichtert, eines seiner Mündel loszuwerden, dass sich sogar die Tasche und die Kleider wiederfanden, mit denen man sie hergebracht hatte.

Zu sehen, wie wenig sie nur noch besaß, erfüllte Mark mit großer Trauer, doch er sagte nichts dazu, half ihr nur auf ihren Platz auf dem Karren und fuhr weiter zu seinem Lebensmittelhändler. Zu diesem Zeitpunkt war es bereits unmöglich, zum Gasthof zu gelangen, ehe Alex Jenner seiner Tochter nahe kommen konnte, und so würde eine weitere Stunde zur Aufstockung seiner Vorräte kaum einen Unterschied machen. Zumindest redete er sich das ein. Doch die Sorge ließ ihn keine Sekunde los. Es war ein Fehler gewesen, alles Theo anzuvertrauen, der keine Ahnung hatte, dass jemand hinter dem Baby her sein könnte. Mark hätte sofort aufbrechen sollen, doch bis er zu diesem Schluss gekommen war, hatte er bereits diverse Vereinbarungen getroffen und beaufsichtigte das Beladen seines Wagens, und so konnte er sich nur beeilen und schließlich sein Gespann scharf antreiben.

Schweigend saß Nan Jenner auf dem Weg gen Süden neben ihm. Nur ein einziges Mal blickte sie zurück nach Perth.

»Eine schöne Stadt, aber ich war hier furchtbar unglücklich. Andererseits war ich auch vorher schon sehr lange Zeit unglücklich.« Sie wandte sich Mark zu. »Ich kann Ihnen nicht genug dafür danken, dass Sie mich aus diesem Heim herausgeholt haben, aber ich werde nicht noch einmal mit Alex zusammenleben, wenn ich es irgendwie vermeiden kann. Ich weiß, dass ich gelobt habe, ›in guten wie in schlechten Zeiten‹ an seiner Seite zu stehen, aber *er* ist es, der *mich* verlassen hat.«

Mit einem kurzen Seitenblick fragte er: »Was haben Sie stattdessen vor?«

»Ich habe mir überlegt …« Sie begann den Stoff ihres Rocks zwischen ihren Fingern zu kneten und mied seinen Blick, ehe sie herausbrachte: »Ich könnte für Sie auf Amy aufpassen, wenn Sie wollen. Ich verspreche Ihnen, dass ich mich bei ihrer Erziehung ganz nach Ihren Wünschen richten würde. So lange habe ich versucht, so zu sein, wie er es von mir erwartet hat, weil ich es für meine Pflicht als Ehefrau hielt. Aber das war falsch von mir, und meine Kinder haben sehr darunter gelitten. Dieses Leid werde ich nicht auch noch meiner Enkelin antun. Kinder sollten lachen und spielen und sich des Lebens freuen dürfen. Es ist keine Sünde, glücklich zu sein!«

»Wir werden abwarten müssen, wie es weitergeht«, war alles, was Mark dazu einfallen wollte. Erst einmal musste er für Amys Sicherheit sorgen, dann musste er in Erfahrung bringen, was Keara im Hinblick auf die Suche nach ihren Schwestern vorhatte. Ob sie das wirklich mit Theo Mullane angehen wollte.

Nan verstummte wieder und seufzte nur von Zeit zu Zeit.

Als sie an jenem Abend ihr Lager unter dem Sternenzelt aufschlugen, fragte er: »Was ist, wenn Ihr Mann darauf besteht, dass Sie zu ihm zurückkehren?«

»Dann weigere ich mich. Eher würde ich mich umbringen, als zu ihm zurückzugehen.«

»Was Amy angeht, kann ich Ihnen keine Versprechungen machen. Wir werden sehen müssen, wie Sie sich miteinander verstehen. Aber ich werde dafür Sorge tragen, dass Sie zurechtkommen, selbst wenn Sie am Ende nicht mit uns zusammenleben sollten. Es gibt reichlich Nachfrage nach Dienstmädchen, davon gibt es hier bei Weitem nicht genug.«

»Das soll mir recht sein.« Doch während sie weiter langsam gen Süden rumpelten, schwor sie sich im Stillen, ihm zu beweisen, dass sie seinen Wünschen tadellos Folge leisten konnte. Sie sehnte sich danach, das Baby wiederzusehen. Wobei Amy nun gar kein richtiges Baby mehr sein würde, denn Patience' Tod lag nun schon fast ein Jahr zurück. Und welch ein schreckliches Jahr es gewesen war. Das schlimmste ihres Lebens.

* * *

Keara war erleichtert, als am Nachmittag des zweiten Tages eine Familie bei ihnen einkehrte und über Nacht bleiben wollte. Das ersparte ihr nicht nur eine weitere Unterhaltung mit Theo, sondern verschaffte ihr auch eine willkommene Ablenkung, indem sie bei der Betreuung der Wallers und ihrer drei Kinder half. Mrs Waller war eine angenehme Gesprächspartnerin, die sich sehr freute, die Nacht auf dem Weg nach Perth in einem weichen Bett verbringen zu können. Diese Familie hatte in Australien sichtlich ihr Glück gemacht und reichlich Geld zur Verfügung.

Auch beim Kochen versuchte Keara zu helfen, doch Maggie war mittlerweile mehr als routiniert und scheuchte sie ein ums andere Mal zurück auf ihren Stuhl, um sich zu schonen.

Theo tat ebenfalls, was er konnte, um den Gästen einen angenehmen Aufenthalt zu bereiten. Er nahm sich Mr Wallers und seines Sohnes Bert an, der sich mit seinen vierzehn Jahren als Mann betrachtete. Die beiden Töchter, zwölf und neun Jahre alt, hielten sich an ihre Mutter. Als er Mr Waller zeigte, wo er seine Pferde unterstellen konnte, unterhielt er sich angeregt mit ihm über das Siedlerleben – etwas, das mehr und mehr sein Interesse weckte.

Doch auch wenn sie nicht allein waren, spürte Keara an jenem Abend ununterbrochen, wie Theo sie beobachtete.

Wie hätte es ihr auch entgehen können, wo doch ihr eigener Blick immer wieder zu ihm wanderte, ganz gleich, wie sehr sie ihn auch zu ignorieren versuchte?

22

Oktober 1864

Am folgenden Morgen wurde Keara ohne erkennbaren Grund sehr früh wach, und da auch Amy sich bereits regte, wechselte sie dem Kind die schmutzige Windel und machte ihr etwas zu essen. Sie liebte es, als Erste auf zu sein, und genoss die kühle Stille der Morgendämmerung, ehe die Hitze des Tages hereinbrach. Von Theo und den Wallers war noch nichts zu sehen, sie und Amy waren allein. Mittlerweile zog sich das Mädchen bei jeder Gelegenheit auf wackligen Beinchen in die Höhe, wenn sie auch noch nicht ihre ersten Schritte getan hatte. Heute stand sie an einen Hocker geklammert da und wedelte stolz mit ihrem Brotkanten.

Als Keara hinter sich Schritte hörte, rührte sie in der Annahme, es sei Theo, seelenruhig weiter in ihrem Haferbrei. Doch dann ertönte eine fremde Stimme: »Verhalten Sie sich absolut still, sonst bin ich gezwungen, Sie zu erschießen.«

Keuchend fuhr sie herum und sah sich einem ältlichen Mann gegenüber, der einen Revolver auf sie gerichtet hielt. »Was wollen Sie?«

»Mein Enkelkind.«

»Sie sind Patience' Vater?« Mark hatte ihnen von den Problemen erzählt, die ihn dazu getrieben hatten, Victoria zusammen mit seiner Tochter zu verlassen. Sie konnte nicht fassen, dass Mr Jenner die beiden aufgespürt hatte.

»Ja, das bin ich. Und das reicht an Gerede. Ich meine es absolut ernst.«

Als er abermals mit dem Revolver wedelte, so achtlos, dass

sie schreckliche Angst bekam, das Ding könne jede Sekunde losgehen, erstarrte sie.

»Kommen Sie mit mir, Sie tragen das Kind.«

So langsam wie möglich nahm sie Amy auf den Arm und lauschte dabei angestrengt, ob noch jemand gerade aufstand und mitbekommen würde, was vor sich ging. Doch im Rest des Gasthofs herrschte Stille.

»Beeilung!«, blaffte er schließlich. »Und keinen Laut!«

Sie ließ den Topf auf dem Herd stehen. Nicht lange, und der Haferbrei würde anbrennen – vielleicht würde der Gestank jemanden wecken. Mehr konnte sie nicht tun. Der Mann schien es nicht zu bemerken.

Mit der Waffe wies er ihr den Weg, und sein Blick war so starr, dass ihr ein kalter Schauer über den Rücken rieselte. Was hatte er mit Amy vor? Und mit ihr?

Er deutete auf den Pfad durch den Wald. »Wir gehen dort entlang.«

»Aber …«

Grob rammte er ihr den Revolver in die Flanke. »Ich habe Ihnen befohlen zu schweigen, Weib!«

Und so schluckte sie ihre Fragen und Sorgen hinunter und schritt vor ihm den Pfad entlang. Die ganze Zeit über spürte sie seine Gegenwart in ihrem Rücken. Durch ihren dicken Bauch und das Kind auf ihrem Arm konnte sie kaum den Boden vor ihren Füßen sehen. Einmal stolperte sie über etwas und fiel gegen einen Baum. Nur mit Mühe konnte sie Amy vor einer Verletzung bewahren. Auf dem unebenen Untergrund geriet sie mehrfach ins Wanken und verlor beinahe das Gleichgewicht.

Das Kind schien mit jeder Minute schwerer zu werden. Keuchend vor Anstrengung blieb Keara stehen, um sich an einen Baum gelehnt kurz auszuruhen. Doch auf ein Grollen des Mannes hin stieß sie sich an einem Ast ab, um sich wieder in Bewegung zu setzen. Dabei gelang es ihr, einen jungen Trieb abzuknicken, der vom Weg aus deutlich zu sehen sein würde. An einem Fetzen Rinde baumelte der Zweig im Wind. Vielleicht würde dieser kleine Hinweis nie jemandem auffallen, doch sie musste versuchen, Spuren zu hinterlassen.

»Passen Sie gefälligst auf, wohin Sie treten!«, schnauzte jene rostige Stimme von hinten. »Ich will nicht, dass Sie meine Enkelin verletzen.«

»Wohin gehen wir?«

Er versetzte ihr einen Stoß, der sie vorwärts taumeln ließ. »Halten Sie den Mund und gehen Sie.«

In weiten Kurven schlängelte der Pfad sich durch den Wald. Sie war schon mehrmals hier entlangspaziert, ohne ihm je bis zu seinem Ende gefolgt zu sein, und konnte sich nicht vorstellen, wohin der Mann sie bringen wollte. Es sei denn, er wollte sie bloß irgendwo weit fort von allem erschießen? Bei diesem Gedanken setzte die Angst sich in ihrer Magengrube fest wie ein schwerer Stein.

Mittlerweile war sie völlig außer Atem von Amys Last in ihren Armen.

»Halt!«, sagte der Mann unvermittelt. »Wir machen hier eine kurze Pause.«

Jetzt gesellte sich auch noch Seitenstechen zu Kearas Beschwerden. Als sie sich vorbeugte, um Amy abzusetzen und ihren schmerzenden Armen etwas Erholung zu verschaffen, spürte sie ein Ziehen im Bauch, ehe er sehr hart wurde. Sie würde doch sicher nicht ausgerechnet jetzt niederkommen? Angespannt wartete sie auf ein weiteres Ziehen, das jedoch ausblieb. Es musste die Anstrengung des langen Tragens gewesen sein.

Als sie unauffällig zu ihrem Entführer hinüberspähte, sah sie ihn verwirrt in die Runde schauen. Konnte es sein, dass er die Orientierung verloren hatte? Wenn er das Kind ein weiteres Mal entführen wollte, wartete doch sicherlich irgendwo entlang der Straße ein Gefährt auf ihn, das ihn zurück nach

Perth bringen würde. Es ergab keinen Sinn, dass sie tiefer und tiefer in den Wald vordrangen. Nichts von alldem ergab einen Sinn.

Als sie sich wieder auf den Weg machten – diesmal ging er voran –, ließ sie ihr Taschentuch fallen und betete mit hämmerndem Herzen, dass er es nicht bemerken würde, ehe sie die nächste Biegung umrundeten und das verräterische weiße Stoffstück außer Sicht war.

* * *

Maggie stand auf und reckte und streckte sich. Die Welt um sie herum war noch das gewohnte verschwommene Wabern, das sich erst mit ihrer ersten Tasse Tee auflösen würde. Doch als sie nach draußen in die Küche trat, war von Keara nichts zu sehen, und sie rümpfte die Nase angesichts des Gestanks. Auf dem Herd kokelte ein Topf Haferbrei vor sich hin, und mit einem bestürzten Ausruf riss sie ihn vom Feuer, ehe sie sich sorgenvoll umsah. Es sah ihrer Freundin gar nicht ähnlich, gutes Essen so lange auf dem Herd zu vergessen, dass es anbrannte.

Keara war nirgends zu entdecken, und so ging Maggie wieder ins Haus. Auch ihr Schlafzimmer war leer. Methodisch durchsuchte Maggie das gesamte Hinterhaus, ehe sie draußen im Lagerschuppen nachsehen ging. Nirgends eine Spur von ihrer Freundin oder Amy.

Nun ernsthaft besorgt, ging sie zur Veranda des Gästequartiers, doch von den Wallers kam noch kein Lebenszeichen, obwohl Keara ihnen versprochen hatte, sie zu wecken, sobald sie selbst aufstand.

Maggie klopfte an der letzten Tür, hinter der Theo untergebracht war. Kurze Zeit später öffnete er und blinzelte sie überrascht an. »Stimmt etwas nicht?«

»Ich hoffe nicht. Ich kann bloß Keara und Amy nicht finden, und ich habe überall gesucht.«

»Ich bin gleich bei Ihnen.« Er warf die Tür zu, und Maggie ging grübelnd zurück zum Haupthaus, wo sie noch einmal einen Blick auf den Hinterhof warf und sogar im Stall nachschaute, wo Keara so gut wie nie anzutreffen war.

Als sie wieder in den Gastraum trat, wartete Theo bereits auf sie. Angezogen hatte er sich, doch die Rasur hatte er sich gespart, Stoppeln zierten sein Kinn. »Heraus mit der Sprache«, sagte er sofort.

»Also, Keara steht immer als Erste auf. Sie wird schon im Morgengrauen wach, genau wie Amy. Kurze Zeit später stehe ich dann auf. Heute früh war nirgends eine Spur von den beiden zu finden, und ich habe wirklich überall nachgesehen. So kurz vor ihrer Niederkunft bereitet mir das natürlich Sorge. Und wo können die beiden nur stecken? Es gibt hier nichts, wohin sie um diese Uhrzeit aufbrechen würden, außerdem würde Keara niemals einfach so verschwinden, ohne jemandem Bescheid zu geben. Und auf dem Herd war ein Topf mit Haferbrei, der dort schon eine ganze Weile gestanden haben muss, denn der Brei war völlig verkohlt. Das hätte sie niemals freiwillig geschehen lassen. Was ist nur mit den beiden passiert?«

Auch er machte sich Sorgen, beherrschte seine Angst jedoch. »Bewahren Sie Ruhe. In Hysterie zu verfallen wird ihr nicht helfen. Ist so etwas schon einmal vorgekommen?«

»Einfach so verschwunden ist sie noch nie. Der einzige Ärger, den wir hier hatten, war bei unserer Ankunft aus Perth, als ein paar Taugenichtse meinten, ihnen gehöre der Gasthof. Damals hat sie Mark geholfen, die Kerle zu vertreiben. Aber seitdem haben wir nie wieder etwas von denen gesehen.«

»Haben Sie sich vielleicht in Perth Feinde gemacht?«

Maggie lachte kurz auf. »In Perth waren wir nur ein paar

Tage, und die meiste Zeit davon eingepfercht in einem Immigrantenheim.«

»Und was ist mit Mark? Seine Tochter ist ebenfalls verschwunden. Könnte ihm aus irgendeinem Grund jemand etwas Böses wollen?«

Stirnrunzelnd starrte sie ihn an, dann schüttelte sie den Kopf. »Nein. Nein, das kann nicht sein.«

»Was kann nicht sein?«

»Sein Schwiegervater hat einmal versucht, Amy zu entführen. Aber danach hat Mark Victoria im Geheimen verlassen und niemandem gesagt, wohin er gehen würde. Nein, es können unmöglich diese Leute sein.«

»Das sollte man meinen, aber so schwierig ist es nicht, jemanden aufzuspüren. Wir haben Kearas Spur zum Schiff damals recht schnell nachverfolgen können.«

»Mark sagt, dieser Mr Jenner ist ein schrecklicher Mann, völlig geblendet von religiösem Eifer.«

»Aber wenn er hierhergekommen wäre, hätte ihn doch sicherlich jemand gesehen?« Nach einer kurzen Pause überlegte er: »Vielleicht wollte Keara jemandem in Meriniup einen Besuch abstatten?«

»In Meriniup haben die Leute zu viel zu tun, um ihre Zeit mit Besuchen zu vergeuden, erst recht so früh am Morgen. Manchmal geht Keara gern ein wenig im Wald spazieren, aber nicht um diese Uhrzeit. Das tut sie eher nachmittags.«

In diesem Moment kamen die Wallers in den Gastraum, unverkennbar in Erwartung eines Frühstücks.

»Verzeihen Sie«, sagte Theo knapp. »Keara und das Baby sind verschwunden und wir machen uns große Sorgen, deshalb sind wir nicht dazu gekommen, Ihnen etwas zu kochen. Wäre es vielleicht möglich, dass Sie auf Ihren eigenen Proviant zurückgreifen?«

Der Junge horchte auf. »Haben sie sich im Wald verlaufen?«

Überrascht blickte Theo ihn an. »Warum sagst du das?«

Bert trat von einem Fuß auf den anderen. »Ziemlich früh heute Morgen bin ich aufgewacht und zum Abort gegangen. Da habe ich von Weitem gesehen, wie Keara in Richtung Wald gegangen ist, das Baby hatte sie auf dem Arm. Hinter ihr war noch ein Mann.«

Theo versteifte sich. »Wie sah der Mann aus?« Sie versuchte doch sicher nicht, ihm davonzulaufen?

»Alt. Weiße Haare, Halbglatze, ungefähr so groß wie sie. Ich hab sie wirklich nur kurz gesehen. Ich dachte, es ist bestimmt ein Nachbar oder dergleichen.«

»So jemanden gibt es in Meriniup nicht«, warf Maggie ein. »Die Leute, die sich hier niedergelassen haben, sind fast alle noch jung.«

»Zeig mir, wohin sie gegangen sind«, sagte Theo zu dem Jungen, der ihn eifrig nach draußen führte.

»Ich könnte mitkommen und Ihnen helfen. Daheim habe ich ein paar Freunde unter den Ureinwohnern, die mir gezeigt haben, wie man Fährten liest.«

Die Eltern erfüllte dieses Angebot sichtlich mit Unbehagen. »Sie brauchen einen Eingeborenen«, sagte Mr Waller. »Die wissen, wie man wirklich Fährten liest.«

»Wir haben nicht die Zeit, erst jemanden herzuholen«, entgegnete Theo. »Würden Sie Ihrem Sohn gestatten, es zu versuchen? Ich weiß noch so wenig über dieses Land. Ich bin erst seit wenigen Wochen hier.«

»Also gut. Aber wenn es Ihnen nichts ausmacht, begleite ich Sie ebenfalls. Und meinen Revolver nehme ich auch mit.«

Überrascht sah Theo ihn an. »Halten Sie das für notwendig?«

»Schaden kann es nicht.« Geradeheraus erwiderte er den Blick. »Wir sind hier nicht in England, und Sie täten gut daran, das nicht zu vergessen. In diesen Wäldern können sich viele Geheimnisse verbergen. Als wir unser Land gerodet haben, ist eine Leiche zum Vorschein gekommen, nicht wahr, Jane?«

Seine Frau nickte. »Und zwar in europäische Kleider gehüllt, es war also kein Eingeborener. Erschossen. Damals hat mein Len auch mir und den Mädchen beigebracht, mit einer Waffe umzugehen. Man kann nie vorsichtig genug sein.«

Das machte Theos Sorge um Keara nur noch größer. Er wandte sich Maggie zu. »Sie bleiben hier, aber seien Sie auf der Hut. Wir wollen nicht, dass Sie auch noch verschwinden.«

»Ich hole mir das Fleischmesser aus der Küche«, antwortete sie sofort.

»Wir bleiben bei Ihnen. Zusammen sind wir sicherer.« Mrs Waller legte ihren Töchtern die Arme um die Schultern und sah sie wachsam, aber nicht ängstlich an.

Bert ging voran zu einem schmalen Pfad, der in den Wald führte. Mit erhobener Hand hielt er sie zurück. »Hier sind sie entlanggegangen. Sehen Sie die Fußabdrücke? Lassen Sie mich vorangehen, damit ich nach Spuren Ausschau halten kann.«

»Also gut, aber such, so schnell du kannst«, bat Theo. »Wir wissen nicht, was der Alte will.« Wenn der Kerl Keara oder ihrem ungeborenen Kind Leid zufügte, würde Theo ihn umbringen.

Bert bremste ihn erneut. »Langsam. Wenn wir zu schnell gehen, übersehen wir womöglich etwas Wichtiges.«

Theo seufzte. »Dann such eben langsam, aber such, um Himmels willen!«

* * *

Keara blieb stehen und hielt sich keuchend den Bauch, als eine weitere Wehe durch sie hindurchging, diesmal weit heftiger.

»Was soll das? Warum bleiben Sie stehen?«

»Mein Kind kommt zur Welt. Oh!«

»Sie lügen!« Mit eisigem Blick sah der alte Mann sie an. »Entweder, Sie gehen weiter, oder …«

Erneut wedelte er so unachtsam mit dem Revolver, dass sie ihren Protest hinunterschluckte und Amy mit ihrem eigenen Körper gegen die Waffe abzuschirmen versuchte. Mit zusammengebissenen Zähnen ging sie weiter, doch zwei oder drei Minuten später fuhr erneut eine reißende Wehe durch ihren Bauch, und mit einem Aufschrei blieb sie erneut stehen. Jetzt kamen die Wehen immer rascher, eine nach der anderen. Die Geburten ihrer Mutter waren für gewöhnlich sehr schnell verlaufen. Darum hatten sie alle anderen Frauen im Dorf beneidet. Würde es bei ihr ebenso sein?

Und wenn sie endgültig anhalten musste, um das Kind zur Welt zu bringen, würde dieser Mann sie dann wahrhaftig erschießen? Stöhnend schaffte sie es irgendwie weiterzugehen, kam jedoch nur langsam voran.

Kurz darauf begann Amy auf ihrem Arm zu heulen und zu zappeln. Das tat sie immer dann, wenn sie hungrig war.

»Was hat denn das Kind?«, fragte er barsch.

»Sie hat ihren Brotkanten aufgegessen und will jetzt ihr Frühstück.« Keara riskierte es, stehen zu bleiben, um zu versuchen, das Mädchen zu beruhigen, doch Amy brüllte weiter und verlangte stur nach dem Essen, das sonst immer so schnell vor ihr stand. »Wie weit – au! – müssen wir noch gehen?«

Er sah sich um und rieb sich mit einer Hand die Stirn. »Nicht mehr weit, glaube ich. Die Abzweigung muss hier irgendwo sein.«

Soweit Keara wusste, führte dieser Weg nur immer weiter in den Busch, und die einzigen Abzweigungen waren Wildpfade. Wie war er denn zum Gasthof gelangt? Er musste ein Gefährt irgendwo an der Straße abgestellt haben, doch sie bewegten sich stattdessen immer weiter in den Wald hinein. Das behielt sie jedoch für sich und hoffte, dass er sich tatsächlich verirrt hatte, denn sie selbst würde von hier aus mühelos nach Hause finden.

»Dann wird das Baby eben schreien müssen«, sagte er schließlich kurz angebunden. »In diesem Tal der Tränen müssen wir uns alle in Geduld üben.«

»Sie ist noch zu jung, um das zu verstehen. Und ihre Windel ist nass, sie muss gewickelt werden. Haben Sie saubere Babykleidung bei sich?«

»Die können wir in Perth beschaffen.«

Perth? Er glaubte doch wohl nicht, dass Amy ganze zwei Tage in ihrer vollen Windel ausharren könnte, bis sie in Perth wären? Doch Keara sah keinen Funken des Begreifens in seinen Augen, nur Verärgerung über das anhaltende Weinen des Kindes. Keuchend krümmte sie sich, als eine weitere Wehe sie überrumpelte.

Noch ehe sie ganz abgeklungen war, trat er auf sie zu und stieß sie mit dem Revolver an. »Gehen Sie weiter, aber langsam, sodass ich nach der Abzweigung Ausschau halten kann. Irgendwo hier ist sie.«

Sie bemühte sich zu gehorchen, doch kurz darauf entwich ihr ein Stöhnen, und sie beugte sich vor, als die Wehe sie zwang mitzuschieben. Als die Spannung nachließ, spürte sie Feuchtigkeit an ihren Schenkeln herabrinnen und wusste, dass die Fruchtblase geplatzt war. Einige Schritte stolperte sie noch voran, doch als sie eine Lichtung mit einem umgestürzten Baum erreichten, hielt sie erneut an, setzte Amy ab, umklammerte ihren Bauch und schrie den Alten an: »Ich kann nicht weitergehen! Das Baby kommt! Jetzt!«

Angewidert sah er auf sie hinunter. »›Mit Schmerzen sollst du Kinder gebären‹. Frauen sind unreine Kreaturen.«

Keara versuchte Amy im Blick zu behalten, als sie ihrem Pressdrang nachgab, sich mit dem Rücken gegen den Baum gestützt hinhockte und ihren Rock hochhob, um ihre Beine frei zu machen. Es war ihr gleichgültig, ob er ihren Körper sah. Alles, was sie jetzt noch kümmerte, war, ihrem Instinkt zu gehorchen und ihr Baby zu gebären.

Der Alte wich erschauernd zurück und wandte die Augen ab.

Die Wehen kamen nun sehr dicht hintereinander, doch nach einer Weile gelang es Keara, noch einmal nach Amy zu schauen. Was sie sah, erfüllte sie mit Entsetzen. Eine große Schlange musste sich auf der Lichtung gesonnt haben und kroch nun langsam auf das Kind zu, das noch immer heulend mit den Armen wedelte. Mark hatte die Sorte Tigerotter genannt und sie gewarnt, dass ihr Biss tödlich war. Verzweifelt versuchte Keara, sich nach vorn zu werfen, konnte sich jedoch nicht bewegen. »Schnell!«, schrie sie ihrem Entführer zu und zeigte auf das Reptil. »Tun Sie doch etwas! Schießen Sie!«

Er drehte sich um und erstarrte vor Schock, als er das Tier sah.

»Sie dürfen Ihre Enkelin nicht sterben lassen!« Keara sah sich um nach etwas, womit sie die Schlange schlagen oder bewerfen könnte, doch neben kleinen Zweigen, Laub und Rinde fand sich nichts, das groß genug war, um als Waffe dienen zu können.

Er zauderte noch einen Augenblick, ehe er die Waffe hob und auf die Schlange zu richten versuchte. Doch mittlerweile war die Kreatur zwischen ihm und seiner Enkeltochter, und er ließ den Revolver wieder sinken. »Ich kann nicht schießen«, stieß er heiser hervor. »Womöglich bringe ich sie damit um, und sie ist noch nicht getauft.«

Während eine weitere Woge Keara überrollte und sie zwang, sich unter Stöhnen ihrem Körper und seinen Forderungen zuzuwenden, warf der Alte die Waffe fort und machte einen großen Satz.

Als der Schmerz abebbte, sah sie, wie er sich auf die Schlange stürzte und sie genau an der falschen Stelle anfasste. Mark hatte Maggie und ihr beigebracht, wie man mit Schlangen umzugehen hatte, da die Tiere hier draußen im Busch allgegenwärtig waren. »Nicht!«, schrie sie. »Packen Sie sie beim Schwanz und schleudern sie gegen einen Baum!«

Doch als er sich nach ihr umsah, krümmte die Schlange bereits ihren Kopf nach hinten, erzürnt über die Störung, und versenkte ihre Zähne in sein Handgelenk. Mit einem panischen Schrei schleuderte er sie von sich und umklammerte seinen Arm, schieres Entsetzen im Gesicht.

Ohne auch nur nachzusehen, wo die Schlange landete, wandte er sich um und verschwand in die Richtung, aus der sie gekommen waren, lauthals um Hilfe rufend. Keara sah ihn stolpern und der Länge nach hinschlagen, und nach einem harten Aufprall mit der Schläfe auf einer Baumwurzel blieb er für einen Augenblick desorientiert liegen. Dann rappelte er sich empor, nun blutüberströmt von der Platzwunde an seiner Stirn, und rannte davon.

Als er außer Sichtweite war, blickte Keara sich nach der Schlange um, konnte sie jedoch nirgends entdecken. Amy saß noch immer an derselben Stelle, jetzt ohne irgendwelche Anzeichen von Erregung oder Unbehagen, und nuckelte am Daumen. Dann überrollte die nächste Wehe Keara, und sie war zu nichts mehr in der Lage, außer ihrem Drängen zu gehorchen und zu pressen.

* * *

Bert entdeckte einen abgebrochenen Zweig an einer Stelle, an der es Anzeichen für einen kurzen Aufenthalt gab. »Sehen Sie, der kann nicht von allein abgeknickt sein, und die Bruchstelle ist noch frisch. Ich wette, das hat sie absichtlich gemacht. Klug von ihr.«

Ein Stück weiter fand er das Taschentuch und hob es auf, um es Theo zu reichen.

»Das hat sie noch gestern Abend benutzt.« Er erkannte die ausgefranste Ecke wieder, an der die Kleine genuckelt hatte.

»Du machst das gut, mein Sohn«, lobte Mr Waller ermutigend.

In diesem Augenblick ertönte ein Stück weiter vorn ein gellender Schrei, dann hörten sie krachende Schritte durch den Busch auf sich zukommen. Theo schob sich an dem Burschen vorbei und rannte den Pfad hinunter. Wenn Keara in Schwierigkeiten steckte …

23

Oktober 1864

Doch es war nicht Keara. Vor ihm erschien ein alter Mann, der wie betrunken auf ihn zuwankte und sich den Arm hielt. An seiner rechten Schläfe strömte Blut herunter und sein Gesicht war aufgeschürft. »Hilfe!«, schrie er. »Mich hat eine Schlange gebissen! Hilfe!«

Sie mussten ihn festhalten, damit er nicht an ihnen vorbeirannte. Zuckend und stöhnend schrie er weiter nach Hilfe, als würde er nicht ganz begreifen, dass sie vor ihm standen.

»Die alte Schlange, das ist der Teufel und Satan!«, faselte er. »Fürwahr, der Teufel wird dich versuchen.«

»Was für eine Schlange war es?«, fragte Mr Waller und ohrfeigte den Alten, als er nicht reagierte.

Erschrocken zuckte der Mann zusammen und starrte wild umher. »Groß. Gestreift.« Dann verfiel er abermals in sein Gefasel.

»Teufel! Das klingt nach einer Tigerotter.« Mr Waller tauschte einen Blick mit seinem Sohn.

»Ist das schlimm?«, wollte Theo wissen.

»Ja, sehr schlimm. Mehr als die Hälfte der Gebissenen sterben daran.«

Nackte Angst schnürte Theo die Kehle zu. »Sie kümmern sich um ihn und ich suche Keara. Weit kann sie nicht sein.« Er packte den alten Mann beim Arm und schüttelte ihn, um seine Aufmerksamkeit auf sich zu lenken. »Wo sind die Frau und das Kind? Sind sie auch gebissen worden?«

»Da – da hinten. Bei der Schlange!«

Theo gefror das Blut in den Adern, und er stieß den Alten zur Seite.

Mr Waller erklärte: »Hören Sie, ich bringe den Mann zurück zum Gasthof. Gehen Sie nur …«

Doch Theo war schon längst wieder losgerannt.

Als er die Lichtung erreichte, sah er als Erstes Amy, die spielend dasaß. Wo war Keara? Auf ein Wimmern hin fuhr er herum und entdeckte sie. Stöhnend wand sie sich neben einem großen umgestürzten Baum am Boden. Er warf sich neben ihr auf die Knie. »Hat die Schlange dich gebissen?«

»Nein. Das Baby … kommt jetzt!«

Ihn durchlief ein Schauer der Erleichterung. Noch während er sie in den Armen hielt, begann sie zu pressen und stöhnte unter der Anstrengung. Diese Erfahrung hatte er mehr als einmal mit Lavinia geteilt, doch anders als seine Gattin brauchte Keara keine Ermunterung, mit ihrem Körper zusammenzuarbeiten. Als dic Wehe abebbte, fragte er leise: »Schaffst du es zu Fuß zurück, wenn ich dich stütze? Wir müssen dich in ein Bett schaffen, Liebste.«

Sie lachte zittrig. »Tut mir leid, Theo, dafür ist keine Zeit. Du weißt, was zu tun ist, nicht wahr? Wenn nicht, kann ich dich anleiten.«

»Ich weiß, was zu tun ist.« Mit ruhiger, besänftigender Stimme begleitete er sie weiter, half ihr, die Röcke hochzuhalten, lobte ihre Tapferkeit und hielt ihre Hand, während sie presste und keuchte. Weit in seinem Hinterkopf tauchte die Frage auf, wo die anderen geblieben waren, ehe er sie vollkommen vergaß, als er das Köpfchen des Babys hervortreten sah. Er konnte nicht fassen, wie schnell es ging. Ihm traten Tränen in die Augen. Sein Kind. *Oh, lieber Gott, bitte lass es am Leben sein!* Ihm fiel ein, dass sie etwas brauchen würden, um das Kind darin einzuwickeln, und hastig streifte er sein Hemd ab, schob altes Laub und Zweige neben ihr beiseite und ebnete die Erde darunter etwas.

Nach einigen weiteren Minuten ächzender Anstrengung presste Keara das Baby schließlich hervor und Theo legte es behutsam auf sein Hemd, dankbar, dass alles so gut lief. »Es ist ein Mädchen – und sie atmet. Keara, sie atmet. Sie ist rosig und …« Er konnte nicht weitersprechen, mit tränennassen Wangen blickte er die Liebe seines Lebens an und sah sie zu ihm emporlächeln. Als die Nachgeburt kam, handelte er mit seiner gewohnten Effizienz und band die Nabelschnur mit einem seiner Schnürsenkel ab. Dann hielt er seine Tochter für einen kostbaren Augenblick an sich gedrückt – als der erste Mensch überhaupt, der sie hielt. Mit einem sanften Kuss auf ihre weiche Wange legte er sie ehrfürchtig in die Arme ihrer Mutter.

»Unsere Tochter«, flüsterte Keara. »Oh, Theo, sie ist so wunderschön.«

Blinzelnd blickte das Kind in die Welt, wedelte mit einem seiner winzigen Ärmchen und schmiegte sich instinktiv an die Wärme seiner Mutter.

Er wischte sich über die Wangen. »Was bin ich nur für ein Narr. Das ist doch nichts, worüber man weint.«

»Das sind Freudentränen«, entgegnete sie zärtlich und schloss für einen Moment die Augen. Auch ihre Wangen waren feucht. Niemals hätte sie sich vorstellen können, welche überwältigende Liebe sie für dieses neugeborene Baby empfand.

»Geht es dir gut, Liebste?«

Auch wenn ihr die Lider schwer wurden, öffnete sie die Augen wieder, denn sie wusste, wie besorgt er sein musste. »Ich bin nur erschöpft, Theo. Lass mich etwas ausruhen – nur ein paar Minuten –, dann machen wir uns auf den Rückweg.«

»In dieser Verfassung wirst du bestimmt nicht zu Fuß gehen!«

Sie stieß ein leises, perlendes Lachen aus. »Nun, fliegen kann ich auch nicht, also wird mir wohl nichts anderes übrig bleiben.« Flatternd senkten sich ihre Lider, ehe sie erneut die Augen aufriss und Panik den sanften Mutterglanz von ihren Zügen vertrieb. »Amy! Wo ist sie? Da war eine große Schlange.«

»Als ich angekommen bin, war sie wohlauf.« Doch nach jenem ersten kurzen Blick hatte die Geburt ihn so gefangen genommen, dass er nicht mehr daran gedacht hatte, nach dem Kind zu sehen. Sofort sprang er auf und lief über die Lichtung, um sie friedlich auf dem Boden schlafend vorzufinden, den Daumen im Mund. Ihr tränenfeuchtes Gesicht war schmutzverschmiert. Behutsam hob er sie hoch, trug sie zu Keara hinüber und bettete sie auf den Saum ihrer Röcke. »Es geht ihr gut, Liebste. Sie ist nur schläfrig, genau wie du.«

Sie streckte eine Hand nach dem Köpfchen des älteren Babys aus, ehe sie seufzend wegdämmerte, ihr eigenes Kind zärtlich an die Brust gedrückt.

Theo blieb an ihrer Seite und hielt wachsam Ausschau nach Schlangen und Spinnen. Die anderen würden ihnen zu Hilfe kommen, sobald es ihnen möglich war. Im Augenblick wollte er sie gar nicht hier haben, sondern ganz allein diesen glücklichsten Moment seines Lebens auskosten. Einmal beugte er den Kopf zu seiner kleinen Tochter hinab, um ihrem leise schnaufenden Atem zu lauschen, und schloss in purer Ekstase die Augen. Proper und rosig sah sie aus, mit einem flaumigen dunklen Haarschopf auf dem Kopf. Nie hatte er etwas so Schönes gesehen wie sie in den Armen ihrer Mutter.

Mit Bedauern vernahm er, wie sich Stimmen und Schritte aus der Richtung des Gasthofs näherten.

Als Maggie und Mr Waller in Sichtweite kamen, rief sie laut: »Da sind sie!«

Rasch hob Theo einen Finger an die Lippen, doch es war bereits zu spät. Als er hinunterschaute, begann Keara sich zu regen und öffnete die Augen. Ihr erster Blick galt der Vergewisserung, dass es ihrer Tochter gut ging. Er ging neben ihr auf die Knie und half ihr, sich aufzurichten. »Es wird Zeit, dich heimzubringen, Liebste«, sagte er. »Maggie, würden Sie Amy tragen? Keara, Mr Waller und ich können mit unseren Armen eine Sänfte bilden und …«

Sie lachte. »Ich kann auf eigenen Beinen laufen, Theo Mullane. Hilf mir einfach hoch und lass mich deinen Arm als Stütze benutzen.«

Und so machten sie es, mit seinem stützenden Arm um ihre Taille und gefolgt von Maggie und Mr Waller, die jeweils ein Baby auf dem Arm trugen.

Bei der Ankunft am Gasthof war Keara müde und froh, sich ins Bett legen zu können. Zwar erlaubte sie Maggie, ihr beim Waschen zu helfen, wollte jedoch nichts davon wissen, wie eine Invalide behandelt zu werden.

Theo verharrte an der Tür und sah zu, bis Maggie ihn mit einem verärgerten Schnalzen hinausscheuchte. Also stand er nur vor der verschlossenen Tür und konnte sein Lächeln einfach nicht bändigen. Und es scherte ihn nicht im Geringsten, ob er dabei dämlich aussah. Er konnte nicht fassen, wie stark Keara war. Unter solch extremen Umständen mit solcher Bravour ein Kind zur Welt zu bringen! Und was für eine prächtige, gesunde Tochter sie ihm geschenkt hatte! Ihm wurde die Kehle eng vor Rührung, wann immer er an das Baby dachte.

Bert streckte den Kopf zur Tür des Gastraums herein und seufzte erleichtert, als er Theo sah. »Mam lässt ausrichten, Sie sollen schnell kommen. Sie glaubt, der alte Mann liegt im Sterben.«

Widerstrebend folgte Theo dem Burschen und fand Alex Jenner in einem der Gästezimmer auf dem Bett vor. Kurz nach seinem Eintreffen hatte der Mann einen Krampfanfall erlitten, sich keuchend und zuckend umher geworfen und die Augen verdrehte. Danach klang seine Atmung seltsam, fast wie ein Schnarchen.

Mrs Waller stand am Fußende und sah zutiefst besorgt aus.

»Eine Weile hat er sich noch hierhin und dorthin gewälzt und über seine Kopfschmerzen geklagt«, flüsterte Mrs Waller. »Sein Arm ist beinahe auf die doppelte Größe angeschwollen, sehen Sie. Dann hat er gesagt, er könne nicht atmen. Leider gibt es nicht wirklich etwas, das ich für ihn tun könnte.«

»Ein so tiefer Biss einer Tigerotter ist für gewöhnlich tödlich«, erklärte Mr Waller ruhig.

Theo trat ans Bett und starrte auf den Mann hinunter, der sein Kind in Gefahr gebracht hatte. Die starren, verständnislosen Augen und das verquollene Gesicht erfüllten ihn mit Entsetzen. Sein röchelndes Atmen schien im gesamten Zimmer widerzuhallen.

»Sie haben recht. Ich bezweifle, dass ihm jetzt noch irgendjemand helfen könnte.« Und auf einen Sterbenden konnte er nicht einmal weiter zornig sein, stellte Theo fest.

Er verließ das Zimmer, um noch einmal nach Keara zu sehen, dann ging er hinters Haus zu den Pferden. Halt suchend lehnte er die Stirn an den Hals seiner Stute und genoss einen Augenblick der Stille.

Eine Stunde später kehrte er zurück ans Bett des alten Mannes und blieb dort, während sein Atem immer schwerer ging, ehe er abflachte, weniger verzweifelt klang – und plötzlich Stille herrschte.

»Er ist nicht mehr«, stellte Mrs Waller in normalerem Tonfall fest. »Er hatte Glück, dass es so schnell vonstattengegangen ist. Manchmal dauert es einen ganzen Tag lang, bis das Opfer stirbt.« Sie deckte sein Gesicht zu und sah zu Theo auf. »Wissen Sie, wer er ist?«

»Ich persönlich habe ihn noch nie gesehen, aber wie es scheint, war er der Schwiegervater des Wirts. Offenbar hat er sich schon seit einer guten Weile nicht mehr ganz rational verhalten.«

»Wenn Sie möchten, können Len und ich ihn aufbahren. Damit haben wir Erfahrung. Aber den Inhalt seiner Taschen sollten wir behalten, er hat nicht wenig Geld bei sich. Gibt es hier einen Ort, um ihn zu begraben?«

»Das weiß ich nicht. Ich bin selbst erst seit einigen Tagen hier. Ich werde Maggie fragen.«

Er ging zurück in den Gastraum, wo die beiden Töchter der Wallers in einer Ecke zusammensaßen, und sah Maggie eben aus Kearas Zimmer kommen. Rasch hob sie einen Finger an die Lippen, was er so verstand, dass Keara schlief. Er sehnte sich danach, sich zu ihr zu setzen, wollte noch einmal seine Tochter beobachten – allein ob der schlichten Freude, sie so ruhig atmen zu sehen. Doch es gab einiges zu erledigen.

»Der alte Mann ist tot«, teilte er Maggie mit. »Gibt es hier irgendwo einen Friedhof?«

»Himmel, das weiß ich gar nicht! Ich laufe wohl besser in die Siedlung hinüber und erkundige mich. Irgendjemand dort wird es wissen. Halten Sie bitte die Ohren offen, falls Keara wach wird? Sie wird reichlich zu trinken brauchen, um den Milchfluss anzuregen. Ich husche lieber gleich in die Siedlung, solange es gerade ruhig ist. Wollt ihr zwei mich begleiten?« Eifrig sprangen die Mädchen auf. Maggie griff sich ein Schultertuch, ging zur Tür und drehte mit verlegener Miene wieder um. »Ach, ich vergesse immer noch ständig, dass ich hier kein Schultertuch brauche. Ist diese Sonne nicht herrlich? Und dabei ist noch nicht einmal Sommer.«

Theo folgte ihr zur Tür und hob ebenfalls das Gesicht in die Sonne. Das Leben ging seinen Gang, ganz gleich, was dem Einzelnen widerfuhr. Und die Sonne war wirklich herrlich, ihre Wärme beinahe eine Liebkosung. Er hörte Mr Waller in den Gastraum kommen und trat ebenfalls wieder ein.

»Mir ist etwas eingefallen. Der alte Mann muss irgendein Gefährt gehabt haben. Können Sie sich erinnern, ob eines vorbeigefahren ist?«

Stirnrunzelnd überlegte Theo. »Gestern Nachmittag ist noch recht spät ein Wagen in südlicher Richtung vorbeigefahren, ein einspänniger Karren. Aber angehalten hat derjenige nicht, deshalb haben wir uns nichts dabei gedacht.«

»Den muss er irgendwo abgestellt haben. Ich mache mich lieber mit Bert auf die Suche, solange es noch hell ist. Am besten zu Fuß, denke ich. Wenn er auf Schusters Rappen zum Gasthof gekommen ist, kann es nicht weit sein. Meine Frau lässt ausrichten, dass sie gern für Sie auf Amy achtgibt. Für ein Baby kann meine Jane sich immer erwärmen.«

Auf dem Gasthof wurde es wieder still. Als er hörte, dass Keara sich regte, trat Theo leise ins Zimmer und begegnete ihrem erwartungsvollen Blick. »Hast du Durst?«

Sie nickte.

»Ich mache dir einen Tee.«

»Hungrig bin ich auch. Heißhungrig.« Verschmitzt lächelte sie ihn an.

»Du bist unglaublich. Eigentlich solltest du nur träge daliegen, erschöpft von den Strapazen der Geburt.«

»Aber das bin ich nicht. Arme Frauen bringen ständig Kinder zur Welt und kümmern sich trotzdem weiter um ihre Familien. Meine Mutter lag nie lange im Wochenbett.«

»Ich finde dich trotzdem unglaublich.« Auf Zehenspitzen ging er zu ihr hinüber, betrachtete zärtlich lächelnd seine Tochter und drückte Keara einen Kuss auf die Wange. Sie schenkten einander ein Lächeln, dann ging er in die offene Küche hinter dem Haus, um ihren Tee aufzubrühen. Dankbar entdeckte er einen vollen Kessel auf dem Herd. Sorgsam füllte er ihn danach wieder auf und stellte ihn zurück auf die Flamme, ehe er die Kanne zu Keara hineintrug.

Am liebsten hätte er es ihr verschwiegen, doch Keara bestand darauf zu erfahren, was mit Mr Jenner geschehen war, und ließ sich nicht abspeisen. »Er ist tot.«

Einen Moment lang schwieg sie. »Nun, auch wenn es herzlos klingen mag: Ich glaube, es ist besser so. Wenn du mich fragst, war er mehr als ein bisschen verrückt.« Zum ersten Mal an diesem Tag hörte er ihre Stimme zittern. »Oh, Theo, ich dachte, er würde mich und mein ungeborenes Kind umbringen.«

Und so musste er sie in die Arme schließen – fest und innig.

Sie brachte es nicht fertig, ihn von sich zu schieben, bis das Baby aufwachte und nach ihrer Brust zu suchen begann.

Andächtig sah er zu, wie sie ihre Tochter anlegte, und reichte ihr immer wieder den Tee, damit sie daran nippen konnte – leise lachend über die Verrenkungen, mit denen sie um den kleinen warmen Körper herum hantierten.

»Wie sollen wir sie nennen?«, fragte sie.

»Möchtest du sie nach deiner Mutter nennen?«

»Nein. Meine Mutter hieß Betsy, und in meinen Augen gibt es schönere Namen. Außerdem möchte ich, dass unser Baby seinen eigenen Namen hat.«

»Nell?«, schlug er vor. »Den Namen mochte ich schon immer. Die Kurzform von Helen.«

Darüber dachte sie einen Moment nach, sagte es ein paarmal vor sich hin, dann nickte sie. »Ja. Nell.« Ihr Strahlen war überwältigend.

»Oh, Keara, ich liebe dich von ganzem Herzen.« Er hatte es nicht für möglich gehalten, dass man so viel für jemanden empfinden konnte.

Auch ihre Gefühle ließen sich nicht verleugnen. »Ich liebe dich auch, Theo.«

»Wenn es eines Tages möglich ist, werde ich dich sofort heiraten. Und nichts auf der Welt wird mich jetzt noch dazu bringen, dich und Nell zu verlassen. Nichts.«

Ein Schatten zog über ihr Gesicht, dann schenkte sie ihm ein trauriges Lächeln. »Unwissende irische Landmädchen wie ich heiraten keine Edelmänner wie dich, Theo.«

»Daheim in Irland vielleicht nicht, aber ich glaube, in Australien könnte das leichter sein.«

»Und was ist mit Lavinia?«

»Ich weiß es nicht. Nancy hat gesagt, es ginge ihr nicht gut, und sogar angedeutet, dass sie nicht alt werden würde.«

»Es widerstrebt mir, mein Lebensglück auf den Tod einer anderen Frau zu gründen«, sagte sie traurig und wischte die Milch um den weichen, feuchten Mund des Babys fort.

»Ich will mit dir und Nell zusammen sein, ob verheiratet oder nicht, ob im selben Bett oder nicht.«

Schweigen senkte sich herab. Einmal hob er die Hand, wie um sie zu berühren, dann ließ er sie wieder sinken. Er wusste, was er von ihr verlangte. Wie würde sie sich entscheiden?

Schließlich sah sie zu ihm empor, und in ihren Augen schimmerte ebenso viel Liebe wie Tränen. »Theo, es ist falsch, es geht gegen alles, was mir beigebracht wurde, aber ich werde als deine Frau mit dir zusammenleben. Ich liebe und brauche dich. Wir beide brauchen dich.«

Im nächsten Moment lagen sie einander weinend und küssend in den Armen, bis das protestierende Greinen des Säuglings zwischen ihnen sie zurückweichen ließ.

Theo schaute auf das empört gerötete Gesicht des Kindes hinab und sah eine Lebhaftigkeit, die Richard nie besessen hatte. Dann hob er den Blick zu den schönen blauen Augen der Frau, die er liebte. »Ich bin der glücklichste Mann auf Erden«, brachte er heiser hervor.

* * *

Gute zwei Stunden späten kamen Mr Waller und sein Sohn zurück und brachten ein ausgemergeltes, erschöpft wirkendes Pferd mit, das einen klapprigen zweirädrigen Karren zog.

»Das arme Tier war ein Stück abseits der Straße einfach an einen Baum angebunden«, rief Mr Waller Theo entgegen.

»Ohne Futter oder auch nur Wasser. Mein Bert hier hat die Radspur bemerkt, wo der Alte von der Straße abgebogen ist, auch wenn er sie zu verwischen versucht hat. Vor dem Anschirren haben wir das Pferd erst einmal an einem kleinen Wasserlauf saufen lassen, aber es sah nicht kräftig genug aus, um auch noch zwei stämmige Kerle wie uns zu ziehen, deshalb sind wir zu Fuß gegangen.«

Beim Sprechen schlug er seinem Sohn in jener entspannten Zuneigung auf die Schulter, die Theo eines Tages auch mit seinen eigenen Kindern aufzubauen hoffte. Ihm wurde leicht ums Herz, als ihm klar wurde, dass er jetzt wirklich zuversichtlich darauf blicken konnte, eine ganze Familie zu haben.

Und das mit der Frau, die er liebte.

Wen scherte es schon, ob sie verheiratet waren oder nicht?

Doch wenn Nancy in ihren Aussagen über Lavinia recht behalten sollte, wenn er je in der Position sein sollte, Keara zu heiraten, dann würde er es ohne das geringste Zögern tun.

* * *

Am nächsten Morgen kam ein Mann über den Pfad von Meriniup herangeritten, auf einem edlen, reinrassigen Pferd. Er hielt am Gasthof an und band sein Reittier an der dafür vor dem Haupthaus aufgestellten Stange an. Einen Moment lang zögerte er, dann ging er hinein.

Maggie blickte auf. »Kann ich Ihnen behilflich sein, Sir?«

»Wer hat hier das Sagen, Mädchen?«

Sein Tonfall missfiel ihr, doch irgendetwas hatte er an sich, das sie dazu bewegte, ihre schnippische Antwort hinunterzuschlucken. »Mr Mullane. Ich hole ihn her.«

Der Mann schlug beim Warten abwesend seine Handschuhe mit der rechten Hand in die linke, und als Theo hereinkam, musterte er ihn forschend.

Theo erwiderte den Blick geradeheraus und wartete darauf, dass der andere das Wort ergriff.

»Charles Dangerfield.« Er streckte die Hand aus.

»Theo Mullane.«

Ein Händeschütteln.

»Sie sind Ire?«, fragte Dangerfield.

»Ja.«

»Meine Mutter stammte aus Irland. Mir wurde zugetragen, dass es hier einen Todesfall gegeben hat.«

»Ja. Ein Schlangenbiss.«

»Ich besitze ein Stück Land, das den Segen eines Priesters erhalten hat. Meine erste Frau liegt dort begraben, und mit der Zeit haben auch andere Leute aus der Gegend ihre Toten dort zur letzten Ruhe gebettet. Mir gefällt es so. Dann liegt Margaret nicht ganz allein dort. Sie können auch einen Platz haben, wenn Sie wollen.«

»Das ist sehr freundlich. Darf ich Ihnen eine Erfrischung anbieten? Maggie?«

Sie hätte sich gleich denken können, dass diese zwei sich gut verstehen würden. Der Adel hielt immer zusammen. »Ich hätte Scones und Tee oder Bier oder Rum.«

»Tee und Scones reichen völlig. Setzen Sie sich doch, Mr Dangerfield«, sagte Theo mit einer einladenden Geste. »Ich bin allerdings nicht der Wirt. Das wäre Mark Gibson, der zurzeit in Perth ist. Aber in einem oder zwei Tagen wird er wieder hier sein.«

»Begegnet bin ich dem Burschen noch nicht, aber wie man hört, ist er ein fleißiger Kerl. Es gibt hier noch eine Frau, nicht wahr? Seine Angetraute?«

»Nein, sie ist *meine* Angetraute.«

Dangerfield war anzusehen, dass er das bezweifelte, doch er stellte Theo nicht zur Rede. Vielleicht hatte er selbst seine Geheimnisse. Jemanden wie ihn erwartete man in einer so winzigen Siedlung nun wirklich nicht.

In diesem Moment öffnete sich die Tür zum Hinterhaus und Keara kam hervor, voll bekleidet und mit dem Baby auf dem Arm.

Theo ließ alles stehen und liegen und eilte zu ihr hinüber. »Solltest du auf den Beinen sein?«

Sie lächelte. »Ich habe es dir doch gesagt: Ich bin nicht krank. Und Nell möchte etwas von der Welt sehen.«

»Darf ich dir Mr Dangerfield aus Meriniup vorstellen? Meine Frau Keara.«

Kurz weitete sie überrascht die Augen, dann wandte sie sich dem Neuankömmling zu und nickte. »Es hieß, es gehe Ihnen gesundheitlich nicht gut, Mr Dangerfield. Ich hoffe, Sie sind nun auf dem Weg der Besserung.«

»Das bin ich, vielen Dank.« Sein Blick war undurchdringlich, doch sein Benehmen tadellos höflich. »Gratulation zu einem glücklichen Ausgang Ihres Accouchements. Dürfte ich Ihre Tochter einmal sehen, Ma'am?«

Sie ging zu ihm, um ihm das schlafende Kind zu zeigen, während sie sich im Stillen fragte, was ein Accouchement sein sollte.

»Prächtiges Kind«, befand er. »Sieht gesund aus.«

Dann tat er sich mit großem Appetit an den Scones gütlich, ehe er sich von ihnen verabschiedete.

»Es war mir peinlich, als deine Frau vorgestellt zu werden«, gestand Keara, als das Klappern der Hufe in der Ferne verklang. »Er muss wissen, dass ich das nicht bin – schließlich lebe ich schon seit Monaten hier, ohne dass man von dir je etwas gesehen hätte.«

»Er mag es sich denken, aber sagen wird er nichts. Und wenn wir von hier fortgehen, wird niemand außer unseren engsten Freunden ahnen, dass es nicht die Wahrheit ist. Wir könnten sogar andeuten, dass das der Grund für unsere Übersiedlung nach Australien war: dass meine Familie dich nicht akzeptieren wollte. Aber soweit es mich betrifft, *bist* du meine

Frau, Liebste.« Er verfiel in einen scherzenden Tonfall. »Und nun setz dich endlich, oder ich binde dich persönlich auf dem Stuhl fest. Der Enge deines Schlafzimmers magst du entkommen sein, aber du wirst keinen Finger rühren. Maggie und ich kommen wunderbar ohne dich zurecht, und Mrs Waller bereitet es Freude, Amy zu umsorgen.«

Also setzte sie sich und genoss die schlichte Freude, Zeit mit ihm und ihrer Tochter zu verbringen. Mehr hätte sie sich vom Leben kaum wünschen können.

* * *

Sie begruben Alex Jenner noch am selben Nachmittag. Die Wallers hatten sich entschieden, noch eine Nacht zu bleiben, um ihnen zu helfen. Fröhlich hatte Mr Waller verkündet, er sei nun sein eigener Herr und könne kommen und gehen, wie es ihm beliebe. Sein ältester Sohn sei nicht nur mehr als fähig, das Gehöft der Familie allein zu versorgen, sondern würde sich sogar freuen, noch etwas länger das Sagen zu haben.

Er und Bert begleiteten Theo zu dem Buschfriedhof. Der arme klapprige Gaul des Alten zog den Karren mit dem grob zusammengezimmerten Sarg. Sie passierten ein großes Tor und wandten sich wie beschrieben nach rechts. Über einen zugewachsenen Trampelpfad erreichten sie schließlich ein Fleckchen, wo der Boden frei gemacht worden war. Jemand hatte bereits eine Grube ausgehoben, neben der ein Spaten senkrecht in der Erde steckte wie ein Wächter.

Die Wallers halfen Theo dabei, den schlichten Sarg ins Grab hinabzulassen, ehe sie in respektvollem Schweigen Theos kurzem Gebet lauschten. Dann machten sie sich gemeinsam im Wechsel daran, das Grab mit der weichen Erde zu füllen und am Ende festzustampfen. Neben vier hölzernen Kreuzen befand sich ein marmorner Grabstein auf dem kleinen Friedhof, dessen Inschrift ihn Margaret Dangerfield widmete, der geliebten Ehefrau von Charles.

»Echten Marmor sieht man hier draußen selten«, bemerkte Len Waller, als sie sich auf den Rückweg machten. »Er muss sie sehr geliebt haben, dass er den Brocken den ganzen Weg von Perth hierhergeschafft hat.«

Oder, dachte Theo deutlich zynischer bei sich, er hatte Schuldgefühle. Maggie hatte erzählt, seine zweite Ehefrau sei deutlich jünger als er und eine Schönheit, seine Kinder aus erster Ehe würden die beiden jedoch nie besuchen.

Den Rest des Weges legten sie alle sehr nachdenklich zurück.

* * *

Zu Marks Erstaunen war Nan Jenner der langen Fahrt nicht nur gewachsen, sondern schien regelrecht aufzublühen. Oft hob sie ihr Gesicht der Sonne entgegen und kommentierte alles, was ihnen unterwegs begegnete. Auch wenn ihre ersten Anmerkungen in so zaghaftem Ton vorgetragen wurden, dass ihm aufs Neue eindringlich bewusst wurde, wie sehr ihr Mann sie unterdrückt hatte. Nachdem Mark sie zum Sprechen ermuntert hatte, lernte er sie als vernünftige, fürsorgliche Frau kennen, und so schob er seine Sorge um Amy beiseite und erzählte ihr von seinem Leben mit Patience.

Das brachte sie zwar zum Weinen, doch am Ende sagte sie aufrichtig: »Ich bin froh, dass ihr wenigstens diese kurze, glückliche Zeit vergönnt war. Der Rest unseres Lebens war sehr zurückgezogen. Alex war nicht immer so schlimm wie in den vergangenen Jahren, aber den Kindern gegenüber war er immer äußerst streng. Bei unserer Ankunft hier war die Enttäuschung über den Tod seines Bruders so groß, dass ich glaube, diese Verbitterung hat ihn nie wieder losgelassen. Ich habe ohnehin nie verstanden, warum er nach Australien kommen wollte. Ihm hat hier alles von der ersten Minute an missfallen.«

Kurze Zeit später seufzte sie und wiederholte: »Nein, was auch geschehen mag, ich werde nicht zu ihm zurückgehen.«

Mark sagte dazu nichts, holte nur seine Taschenuhr hervor, um einen Blick darauf zu werfen. Die Meilen schienen nur so dahinzukriechen, doch es gab keine schnellere Fortbewegungsmöglichkeit. Erneut bemühte er sich, seine Sorge um Amy zu vergessen und Mrs Jenner zuzuhören.

»Ich habe bloß … Angst, dass er versuchen wird, mich dazu zu zwingen.« Sie warf ihm einen raschen, aber flehentlichen Seitenblick zu.

»Das werde ich nicht zulassen, wenn das nicht Ihren Wünschen entspricht.«

»Er kann wirklich sehr laut und zornig werden – und ich bin immer noch seine Ehefrau.«

»Die er über Jahre schrecklich behandelt und schließlich verlassen hat. Meiner Ansicht nach ändert das einiges.«

Als sie sich Meriniup näherten, wies er sie auf die mittlerweile vertrauten Wegmarken hin und wünschte verzweifelt, er wäre schon dort. Alex Jenner hatte zwei Tage Vorsprung. Was hatte er in dieser Zeit angestellt? Mark wünschte, er könnte die Pferde mit der Peitsche zum Galopp antreiben, doch die armen Tiere waren müde und hatten ihr Bestes gegeben. Warum nur hatte er einen so abgelegenen Gasthof gekauft? Rossall Springs hatte weit besser zu ihm gepasst. Westaustralien war so dünn besiedelt, und er sah keine zukünftigen Einwandererströme voraus. Nach Victoria waren die Leute wegen des Goldes in Scharen gekommen, sodass die Hauptstadt Melbourne Jahr um Jahr gewachsen war, doch hier drüben im Westen war nirgends etwas von Gold zu hören. Hier sprach man nur über Land und Bauholz, Schafe und Ackerbau.

Endlich umrundeten sie die letzte Kurve, und er rief aus: »Ah! Da sind wir!«

Die Pferde trotteten ohne sein Zutun ums Haupthaus herum und warfen die Köpfe hoch, sichtlich froh, wieder zu Hause zu sein. Gleich neben dem Stall kamen sie zum Stehen. Mark ließ die Zügel fallen und sprang ab, als Theo aus der Hintertür trat.

»Ist alles in Ordnung?«, rief Mark, als er die ernste Miene des anderen sah.

»Ihrer Tochter geht es gut, aber wir hatten einigen Ärger.«

Nan Jenner stöhnte auf. »Das war Alex, ich weiß es einfach.«

Hinter Theo erschien Keara mit Amy auf dem Arm. Erleichtert seufzte Mark auf und nahm seine Tochter entgegen, um sie für einen Moment bebend an sich zu drücken.

Als er sich umwandte, sah er, wie Theo seiner Schwiegermutter vom Wagen half, und empfand Mitleid angesichts ihrer bangen Miene.

»Das ist meine Schwiegermutter Mrs Jenner«, stellte er sie vor. »Theo Mullane und meine Angestellte Keara.«

»Ehemalige Angestellte«, berichtigte Theo ihn.

Und plötzlich wusste Mark, was sich verändert hatte. »Du hast das Baby zur Welt gebracht, Keara!«

»So ist es. Ich stelle dir unsere kleine Nell gern gleich vor.« Lächelnd sah sie zu, wie er mit Amy schmuste und sie dann hoch über seinen Kopf hob – das liebte die Kleine. Anschließend wandte er sich zu Nan um, die sich im Hintergrund hielt. »Sagen Sie Hallo zu Ihrer Enkeltochter.«

Mit feuchten Augen trat sie vor und breitete die Arme aus. Amy neigte den Kopf zur Seite und musterte sie für einen Moment, ehe sie lächelte und mit den Armen wedelte, als wollte sie zu ihrer Großmutter.

Während Nan sie mit tränenüberströmtem Gesicht glücklich an sich drückte, wandte Mark sich an Theo und Keara und fragte leise: »Was gab es denn für Ärger?«

Beide schauten unsicher zu Mrs Jenner hinüber.

»Sie weiß, dass ihr Mann hierherkommen wollte, und auch, was er vorhatte. Er hat sie in Perth sitzen lassen. Ich habe sie im Armenhaus gefunden.«

»Das ist ja furchtbar!« Keara trat zu der Älteren. »Möchten Sie nicht ins Haus kommen, Mrs Jenner? Dann mache ich Ihnen einen schönen Tee, und wenn Sie Hunger haben ...« Sie legte einen Arm um sie und brachte sie nach drinnen.

Eilig erklärte Theo, was vorgefallen war, und Mark pfiff überrascht.

»Wie sagen wir es seiner Frau?«, fragte Theo schließlich.

»Das übernehme ich. Ich glaube, sie wird mehr Erleichterung verspüren als alles andere. Die letzten paar Jahre mit ihm müssen furchtbar gewesen sein. Sie wollte unter keinen Umständen zu ihm zurück.« Auf Marks Gesicht erschien ein schiefes Lächeln. »Dieser Lauf der Ereignisse vereinfacht sogar einiges für mich. Wenn sie sich gut mit Amy versteht, wird sie bei uns bleiben und ihre Betreuung übernehmen. Ich weiß, dass Sie und Keara sich bald auf die Suche nach ihren Schwestern machen wollen.«

Theo nickte. »So ist es. Und ... Wir haben beschlossen, von nun an als Ehepaar aufzutreten.« Bei den letzten Worten sah er Mark herausfordernd an.

»Das halte ich für eine hervorragende Idee. Sie liebt Sie wirklich sehr.«

»Danke. Ich liebe sie ebenfalls, und bitte seien Sie versichert, dass ich sie noch heute heiraten würde, wäre es mir möglich. Eine wilde Ehe ist nicht die Lösung meiner Wahl, und Keara betrachtet es sogar als Sünde – aber wir werden uns nicht noch einmal auseinanderbringen lassen. Außerdem müssen wir jetzt auch an das Kind denken.« Ein Lächeln breitete sich über seine Züge. »Kommen Sie, ich will sie Ihnen vorstellen. Lernen Sie unsere kleine Nell kennen!«

Mark folgte ihm, hielt jedoch auf der obersten der drei Stufen ins Haus inne. Er hatte kein Gefühl von Zuhause, und mittlerweile glaubt er auch nicht mehr daran, dass er das hier je empfinden würde. Er wollte … mehr. Er wollte, was Theo und Keara miteinander hatten. Was seine Schwester Annie gehabt hatte. Und das würde er nicht finden, wenn er sich hier draußen im Busch verkroch. Beim Anblick der liebenden Blicke, die Theo und Keara miteinander wechselten, durchfuhr ihn scharfer Neid, doch rasch schob er das Gefühl beiseite.

Würde er je eine solche Liebe erfahren? Er hoffte es.

Nachdem sie alle Nell gebührend bewundert hatten, nahm Mark seine Schwiegermutter beiseite und erzählte ihr, was geschehen war.

Als sie ihn ansah, war in ihrer Miene weder Trauer noch Erleichterung zu erkennen. Schließlich sagte sie leise: »Es ist das Beste so. Am Ende konnte er nicht mehr klar denken. Irgendetwas Gutes muss dennoch in ihm gewesen sein, wenn er sein Leben für Amy gegeben hat, und das wird mir immer ein Trost sein.«

»Möchten Sie eine Weile allein sein? Sie können mein Zimmer haben.«

Sie schüttelte den Kopf. »Nein. Ich möchte unter Menschen sein. Allein war ich viel zu oft in meinem Leben. Aber am allermeisten möchte ich bei meiner Enkelin sein. Ach, sie ist ein reizendes kleines Mädchen, Mr Gibson. Sie müssen furchtbar stolz auf sie sein.«

Er lächelte. »Das bin ich. Und bitte lassen Sie uns von jetzt an Mark und Nan sein. Da ich schon jetzt sehen kann, dass ihr zwei euch wunderbar versteht, hoffe ich sehr, du bleibst bei uns.«

Das trieb ihr nun doch die Tränen in die Augen, doch es waren abermals Tränen des Glücks, die schon bald wieder trockneten.

* * *

Zum Abendessen gesellten sich die Wallers zu ihnen und ließen sich neugierig den Neuankömmlingen vorstellen. Ironischerweise schienen sie sich im Gegensatz zu Mark sehr heimisch zu fühlen auf dem Gasthof und hatten es so gar nicht eilig, ihre Reise fortzusetzen.

»Ich beneide Sie, Mr Gibson«, gab Mrs Waller offen zu, als sie nach dem Essen ihr Besteck niederlegte. »Wir haben mit harter Arbeit viel erreicht, aber es ist ein einsames Leben da draußen. Deshalb sind wir auch auf der Suche nach einem Neuanfang mit etwas Leichterem als der Landwirtschaft. Unser Ältester ist verlobt und will das Gehöft übernehmen, und ich möchte meinen Töchtern noch ein anderes Leben zeigen, ehe es zu spät für uns ist – auch wenn Bert bei Peter bleiben möchte.« Sie blickte sich um und seufzte. »Ein Ort wie dieser wäre perfekt. Man lernt neue Gesichter kennen, sieht jeden Tag Reisende vorbeiziehen.«

Verblüfft starrte Mark sie an. »Meinen Sie das ernst?«

»Ja, natürlich.«

Ihr Gatte legte ihr einen Arm um die Schultern. »Daheim verschlägt es meiner Jane bisweilen sehr die Stimmung, über Tage keiner Menschenseele zu begegnen. Und wenn dieses Prachtweib unser Leben ändern will, dann ändern wir es eben.« Er schmunzelte. »Leisten können wir es uns nun wirklich.«

Mark holte tief Luft. »Mr Waller, ich denke darüber nach, diesen Gasthof zu verkaufen und nach Victoria zurückzugehen. Käme es für Sie infrage, den Hof zu übernehmen?«

Mit leuchtendem Gesicht wandte Mrs Waller sich ihrem Mann zu. »Oh, Len, hier wäre es genau richtig für uns. Nah genug bei Peter, um ihn ab und an besuchen zu können, aber nicht so nah, dass seine Frau das Gefühl haben müsste, wir würden ihr ständig über die Schulter sehen.«

»Sehen wir uns morgen einmal in Ruhe um«, antwortete

er. »Ein solcher Kauf will gut durchdacht sein, und zuerst muss ich jeden Winkel inspiziert haben.«

Ihrem Lächeln war anzusehen, dass sie mit einer solchen Antwort gerechnet hatte, doch von jetzt an schien schon fast ein wenig Besitzerstolz in ihrem Blick zu liegen, wenn sie sich umschaute.

Als Maggie den Tisch abräumte und Theo die Pferde füttern ging, fand Keara sich neben Mark am Tisch wieder. »Was wirst du tun, wenn du verkauft hast?«

»Zurück nach Victoria gehen, wieder ein Speisehaus oder vielleicht auch einen Gasthof betreiben – aber irgendwo, wo es etwas mehr Leben gibt.« Er blickte zu Nan hinüber, die mit Amy Hoppe Reiter spielte und unverkennbar völlig darin aufging.

»Dann können wir alle zusammen nach Victoria reisen. Wir werden uns auf die Suche nach meinen Schwestern machen, sobald ich wieder ganz bei Kräften bin.« In diesem Augenblick sah sie Maggie an der Hintertür stehen und sie alle mit trauriger Miene betrachten, ehe sie aus dem Raum schlüpfte.

Als Keara sich erhob, kam Theo eben wieder herein. »Wohin des Weges? Du musst dich ausruhen, bis du wieder ganz bei Kräften bist.«

Sie winkte ab. »Ach, nun hör schon auf, mich zu behandeln wie eine Porzellanpuppe. Ich spiele nicht länger die Invalide für dich. Mir geht es prächtig und Nell ebenso. Und wo wir gerade davon sprechen, wird es Zeit, dass ich die junge Dame wieder einmal stille.«

»Ich leiste euch Gesellschaft«, sagte Theo sofort und trat schon zu dem provisorischen Bettchen, das sie im Gastraum aufgestellt hatten. Er liebte es, wie gierig seine Tochter die Muttermilch in sich aufsaugte.

»Dann bring sie schon einmal ins Schlafzimmer«, bat ihn Keara. »Ich muss noch kurz mit Maggie sprechen.«

Sie ging nach draußen und fand ihre Freundin schweigend in der Küche vor, die Arme steif herabhängend, die Hände zu Fäusten geballt, das Gesicht im Schatten. Ohne Zögern lief Keara zu ihr und umarmte sie.

Überrascht fuhr Maggie herum. »Wofür war das denn?«

»Damit du nicht mehr so elend dreinblickst. Glaubst du etwa, ich lasse dich im Stich?«

»Für mich ist kein Platz mehr.«

»Doch, natürlich, bei uns wird immer Platz für dich sein. Oder bist du etwa nicht meine Cousine?«

»Du weißt sehr gut, dass ich das nicht bin.«

»Nichts dergleichen weiß ich«, entgegnete Keara bestimmt. »Es sei denn, du willst nicht mehr mit mir verwandt sein?«

Mit bebender Stimme fragte Maggie: »Meinst du das wirklich ernst?«

»Natürlich.«

»Ach, Keara, auf einmal hat jeder von euch jemanden, und da hatte ich Sorge, dass ich niemanden hab.«

»Das war wohl reichlich dämlich von dir, was? Da kennst du mich doch wohl besser!« Keara kicherte. »Auch wenn du dich daran gewöhnen wirst müssen, ab und an auf Nell aufzupassen.«

Da brach Maggie endgültig in Tränen aus und brauchte eine Weile, ehe sie sich wieder beruhigte.

»Na komm«, sagte Keara schließlich. »Genug geweint. Auf mich wartet ein hungriges Kind. Und wir haben eine Reise zu planen.«

Theo streckte gerade den Kopf zur Zimmertür heraus, um nach ihr zu suchen, als sie wieder hereinkam. Bei seinem Anblick vergaß sie alles andere und lief geradewegs in seine Arme.

Als die Tür sich hinter ihnen schloss, seufzte Nan gerührt auf. »Ist es nicht wundervoll, eine solche Liebe zu sehen? Mr Mullane kann sich sehr glücklich schätzen mit seiner Frau, wirklich sehr glücklich. Kommen Sie, Maggie, setzen Sie sich zu mir. Wir hatten noch kaum Gelegenheit, uns zu unterhalten. Erzählen Sie mir von sich, mein Mädchen …«

Und plötzlich fühlte auch Maggie sich als Teil einer liebenden Familie und spürte Freudentränen in ihren Augen. Niemals, das schwor sie sich, würde sie diese Familie in irgendeiner Weise enttäuschen.

* * *

Gemächlich schnaufte der Dampfer auf seinem Weg nach Melbourne über die Große Australische Bucht. Keara und Theo standen an der Reling, er hatte den Arm um ihre Schultern gelegt.

»Wir werden deine Schwestern finden«, sagte er leise. »Ich verspreche dir, wir finden sie. Eher hören wir nicht mit der Suche auf.«

Sie wandte sich ihm zu und lächelte ihn an, dankbar für sein Gespür für ihre traurigen Momente. »Ich wüsste so gern, wo Mara und Ismay jetzt sind.«

»Wo immer sie auch sein mögen, wenn sie dir auch nur im Entferntesten ähneln, kommen sie zurecht. Da bin ich mir sehr sicher.«

Hinter ihnen ertönte ein Meckern, und als nicht sofort jemand darauf reagierte, steigerte es sich zu einem durchdringenden Wutgeschrei.

Lachend drehte Keara sich um. »Schenkt dir etwa niemand Beachtung?«

Die vier Monate alte Nell wedelte mit den Fäustchen und schob ein paar Spuckebläschen aus dem Mund, um ihrem Bedürfnis nach Essen Nachdruck zu verleihen.

»Na komm«, sagte Theo und nahm den Tragekorb hoch, den er zusammen mit Mark gebaut hatte. »Gehen wir hinunter in die Kabine und kümmern uns um Madame.«

Auf der Kajütenleiter drehte Keara sich noch einmal zu ihm um und stellte schmunzelnd fest: »Noch so jung, und trotzdem hat sie dich schon komplett um den Finger gewickelt.«

»Das habt ihr beide. Und so soll es auch bleiben.«

Starke Frauen, ferne Länder, große Gefühle: Der Auftakt der fesselnden »Töchter des Horizonts«- Saga.

Anna Jacobs
TRÄUME IM GLANZ DER MORGENRÖTE
Töchter des Horizonts
Aus dem Englischen von Diana Beate Hellmann
386 Seiten
ISBN 978-3-7413-0338-8

Singapur 1860: Die Engländerin Isabella Sanders strandet nach dem Tod ihrer Mutter alleine und mittellos in dem exotischen Shanghai. In ihrer Not nimmt sie eine Anstellung als Hauslehrerin bei dem Händler Mr. Lee an.
Als Mr. Lee auf Bram Deagan trifft, sieht er in ihm den idealen Partner, um sein Unternehmen noch erfolgreicher zu machen und überredet Isabella den Engländer zu heiraten. Doch die Vergangenheit wirft dunkle Schatten auf die junge Ehe …

Ein mitreißender historischer Roman über eine starke junge Frau, die für Glück und Freiheit kämpft.

Jessica Weber
DAS LEUCHTEN
DER FREIHEIT

416 Seiten
ISBN 978-3-404-18819-2

Kiel, Ende 19. Jahrhundert: Die junge Arbeitertochter Luise träumt von der großen weiten Welt und davon, ein besseres Leben als ihre Eltern zu führen. Aber ihr Freiheitsdrang bringt sie mehr als einmal in ernsthafte Gefahr. Als Luise in eine psychiatrische Anstalt eingewiesen wird, kann allein der Medizinstudent Julius ihr Vertrauen gewinnen. Mit seiner Hilfe findet sie zu sich selbst und kämpft sich zurück ins Leben. Doch bald darauf verlieren sich ihre Wege und Luises Mutter drängt ihre Tochter zu einer baldigen Heirat mit einem Offizier der kaiserlichen Marine ... Doch was ist mit Luises eigenen Träumen und ihrem Wunsch nach Freiheit?

Lübbe